U0536151

长安文化与中国文学研究

秦地小说与"三秦文化"

李继凯 著

商务印书馆
创于1897 The Commercial Press
2013年·北京

图书在版编目(CIP)数据

秦地小说与"三秦文化"/李继凯著.—北京：商务印书馆，2013
(长安文化与中国文学研究)
ISBN 978-7-100-10495-1

Ⅰ.①秦… Ⅱ.①李… Ⅲ.①小说评论－陕西省－20世纪 Ⅳ.①I207.42

中国版本图书馆 CIP 数据核字(2013)第 288064 号

国家"211 工程"三期重点学科建设项目
《长安文化与中国文学》
此书修订获
陕西省哲学社会科学基金项目(10K117)经费资助

所有权利保留。

未经许可,不得以任何方式使用。

长安文化与中国文学研究
秦地小说与"三秦文化"
李继凯 著

商 务 印 书 馆 出 版
(北京王府井大街36号　邮政编码 100710)
商 务 印 书 馆 发 行
三 河 市 尚 艺 印 装 有 限 公 司 印 刷
ISBN　978 - 7 - 100 - 10495 - 1

2013 年 12 月第 1 版　　开本 880×1230　1/32
2013 年 12 月北京第 1 次印刷　印张 16
定价:56.00 元

《长安文化与中国文学研究》
编委会

顾　问：霍松林
主　编：张新科　李西建
编　委：（按姓氏笔画排列）

马歌东	尤西林	冯文楼	邢向东
李继凯	李　强	刘生良	刘锋焘
杨恩成	吴言生	张学忠	赵望秦
赵学勇	胡安顺	党怀兴	高一农
高益荣	程世和	傅功振	傅绍良
曾志华	霍有明	魏耕原	

《长安文化与中国文学研究》工作委员会

顾　问：霍松林
主　任：李西建　张新科
委　员：邢向东　赵望秦　霍有明　刘锋焘
　　　　赵学勇　李继凯　尤西林

总　序

　　长安是中国历史上建都朝代最多、历时最久的都市,先后有13个王朝建都于此,绵延1100余年,形成了辉煌灿烂的长安文化。长安文化具有多种特性。首先,它是一种颇具特色的地域文化,以长安和周边地区为核心,以黄土为自然生存环境,以雄阔刚健、厚重质朴为其主要风貌,这种文化精神一直延续到今天,仍然富有强大的生命力。20世纪中国文学的"陕军"、中国艺术的"长安画派"等,显示出独特的魅力,可以称之为"后长安时代"的文化。其次,它是一种相容并包的都城文化,既善于自我创造,具有时代的代表性,又广泛吸纳其他地区、其他民族的文化,也善于吸纳民间文化,形成多元化的特点。复次,它是中国历史鼎盛时期的盛世文化,尤其是周秦汉唐时期,是中国历史上的盛世,其所产生的文化以及对外的文化交流,代表了华夏民族的盛世记忆,不仅泽被神州,而且惠及海外。第四,它是历史时期全国的主流文化。由于长安是历史上许多王朝的都城,是当时政治文化的中心所在,以长安为核心形成的思想、文化,辐射到全国各地。第五,它是中国文化的源头,产生于中国历史的早期,是中国文化之根,对中国文化以及中华民族共有家园的形成具有不可估量的影响。

对长安文化进行研究,一直受到人们的重视,近年来更有了新的起色,尤其是"长安学"、"西安学"的提出,为长安文化的研究注入了新的时代因素,并受到海外学者的关注。陕西师范大学地处古都长安,研究长安文化是学术团队义不容辞的责任。为了深入挖掘长安文化的内在价值,探讨长安文化在中国文化、世界文化史上的地位,陕西师范大学文学院借国家"211工程"三期建设重点学科之机,以国家重点学科中国古代文学为龙头,全面整合文学院学术力量,申报了"长安文化与中国文学"研究项目,获得国家教育部的支持。本项目的研究,一方面是要发挥地域文化的优势,进一步推动长安文化的研究,并且为当代新文化建设贡献力量;另一方面也为研究中国文学找到一个新的切入点和突破口,使文学研究有坚实的文化根基。这是一种新的视野和新的尝试,我们的研究主要有以下三个方向:

第一,长安文化与中国文学的演变

立足文学本位,充分发挥地理优势,以长安文化为背景,对中国文学进行系统研究。1. 长安文化与中国文学精神。主要研究长安文化的内涵、产生、发展、特征以及对中国文学精神所产生的影响。2. 汉唐文学研究。主要研究长安文化形成时期以《史记》和汉赋为代表的盛世文化的典型特征以及对后来长安文化的奠基作用,研究唐代作家作品、唐代文化与文学、唐代政治与文学等,探讨汉唐时期长安文化与中国文学之间的内在联系及其在中国文学史上的价值与意义。3. 汉唐文学的域外传播。主要对汉唐文学在域外的传播、汉唐文学对域外文化的影响、长安文化对域外文化的接受等问题进行全面研究。4. 古今文学演变。以长安文化为切入点,探讨长安文化辐射下"后长安时代"中国文学的发展规律以及陕西文学的内在演变。

确立本研究方向的依据在于,长安文化从本质上说是以周秦汉唐为代表的中国传统文化,具有深刻的内涵。本项目首先需要从不同的层面对长安文化进行理论总结和阐释,探讨长安文化对中国文学精神的渗透,在此基础上进一步探讨长安文化对中国文学演变所产生的重要影响。汉唐时代是中国文化的转折期,也是长安文化产生、发展乃至鼎盛的重要时期。所谓"汉唐雄风"、"盛唐气象"就是对这个时期文学的高度概括。不仅如此,汉唐文学流播海外,对日、韩等汉语文化圈国家文化产生了深远影响,研究域外传播,可以从新的角度认识汉唐文学及长安文化的价值意义。今天的古城长安(西安)以新的面貌出现在世界舞台,形成新的文化特征。通过古今文学演变研究,探讨、总结中国文学和陕西文学的发展规律,进而为长安学(或西安学)的研究奠定良好基础。

第二,长安与西北文化

立足于长安文化,突出地域文化特色。主要有:1. 西北重点方言研究。关中方言从汉代开始即对西北地区产生辐射作用,这种作用在唐代以后持续不断,明清两代更有加强。因此,西北方言与关中方言的关系极其密切。从古代直到现代,西北的汉语方言与藏语、阿尔泰语系诸语言发生接触,产生了一些重要的变异。对这些问题的研究是我们的任务之一。2. 秦腔与西北戏曲研究。在长安文化的大视野下研究长安文化对秦腔及西北戏曲形成发展的影响;同时以秦腔及西北戏曲为载体,研究戏曲对传播长安文化所起的作用,从而显现长安文化在西北民族文化精神铸造中的巨大作用。3. 西北民俗艺术与文化遗产保护与利用研究。主要研究西北民俗文化特征、形态以及对精英文化的影响,研究如何保护和利用文化遗产并为当代文化建设服务。

确立本研究方向的依据在于,加强西北地区代表性方言的研究,对西北方言史、官话发展流变史、语言接触理论研究等,都具有重大的理论和现实意义。秦腔是我国现存最古老的戏曲剧种之一,号称中国梆子戏家族的鼻祖,是长安文化的活化石。秦腔诞生于陕西,孕育于秦汉,发展于唐宋,成熟于明末清初,受到西北五省(区)人民的喜爱,已经入选我国首批非物质文化遗产推荐项目。西北民俗的中心在陕西,陕西民俗文化是西北民俗文化的发源和辐射中心地。陕西民俗文化作为民族传统文化形式,对社会个体和整个社会都有重要意义。同时,陕西曾是中国文化的中心之一,作为最早的游牧文化与农耕文化的交汇点,留下了许多宝贵的文化遗产,这包括物质文化遗产和非物质文化遗产两方面。对于这些遗产的整理、保护以及利用,不仅可以加速社会文化、经济等各方面的发展,也可以构建和完善中国文化的完整性。

第三,长安文化经典文献整理与研究

对长安文化经典文献进行整理与研究,主要内容有:1. "十三经"的整理与研究。主要完成《十三经辞典》的编纂任务。之后,再进一步进行"十三经"的解读与综合研究,探讨经典文化在中国文学发展中的重要意义。2. 与长安文化有关的文学文献整理与研究。本项目拟对陕西尤其是关中地区的古代文学文献进行系统的整理(如重要作家的诗文集等),在此基础上进行综合研究。

确立本研究方向的依据在于,"十三经"与长安文化关系密切,保存了先秦时期的重要文献,尤其是《诗》、《书》、《礼》、《易》几部经典中的绝大部分内容,属于以丰镐为都城的西周王朝的官方文献。"十三经"既是早期长安文化的标志性成果,也是秦汉以来长安文化和中国文化的理论基础和思想渊源,内容涉及古代文化的许多方面,诸如天人合一的思维模式、天下为公的大同理想、以民为本的治国原则、和谐人际的伦理主张、自强不息的奋斗精神、重视德操的修身境界等等。这些思想、精神渗透在民族的性格与心理之中,具有强大的凝聚力。另外,长安文化形成时期,产生了许多经典文献,经、史、子、集均有保存。许多文人出生于长安,或游宦到长安,创作了大量的文学作品,对长安文化的形成起了重要作用,这是研究长安文化的基础,需要进行细致的整理。

围绕以上三个方向的研究,我们期望能对长安文化进行较全面的认识,尤其是对长安文化影响中国文学的诸多问题有开拓性的认识。在商务印书馆、中华书局、中和化德传媒有限公司、三秦出版社、陕西人民出版社等单位的大力支持下,我们拟把研究成果以不同的丛书形式出版,目前已启动的有《长安文化与中国文学研究》、《长安文献资料丛书》、《陕西方言重点调查研究》等。《十三经辞典》已经出版十卷,我们将抓紧时间完成其余工作,使其成为完璧。总之,通过"长安文化与中国文学"项目的实施,我们要在学术上创出新特色,在队伍上培养出新人才,使我们的学科建设再上一个新台阶,同时也为国家与地方文化建设及文化遗产保护做出一定的贡献。

"长安文化与中国文学研究"工作委员会

2009 年 11 月 22 日

兼容并蓄:审美个性化的必由之路(代序)
——李继凯《秦地小说与"三秦文化"》
畅广元

　　诗无达诂,仁者见仁,智者见智,这些话大抵都是在讲人的审美活动是有其鲜明的个性特色的,不可死板地划一求同。于是,也就有了一种误解,似乎审美的鲜明个性纯然就是一切均出自个人的见解,一切都要与他人求异。这种误解的危险在于它有可能让审美主体遁入自我狭窄的天地,到头来把鲜明的个性转换成明显的荒谬。其实,具有鲜明个性的审美与主体审美实践的兼容并蓄并不矛盾,甚至可以说,没有兼容并蓄就没有个性鲜明的审美。最近,我读了《二十世纪中国文学与区域文化丛书》中的一部:《秦地小说与"三秦文化"》,作者是李继凯同志,在"后记"中他说道:"在研究和写作过程中,也时有一得之乐,有些想法是有点'别致'的。何况从地域文化角度来较为系统地考察秦地20世纪小说,也带有开拓性,即使是初步的,也是必要的,有一定价值的。"结合全书的实际内容看,他的这段话讲得很实在,在他所说的"一得之乐"、想法的"别致"和"带有开拓性"的考察中,读者均能从中见出作者审美的鲜明个性和判断的独到准确。然而这部书绝不是全用作者个人的见解写成的,也不是一切都与前人或同时代人求异的。这就愈加强化了我的这种看法:兼容并蓄是通向审美个性化的必由之路。

还是从李继凯同志的这部书说起,在我看来,李著的成就主要有这么几方面:一是对20世纪秦地文化(包括民间文化)的基本精神及其演化脉络论述和梳理得清晰;二是对秦地乡土小说的文化主题概括得颇有特色;三是对秦地小说的文化心态描述得相当准确;四是把作品的文化主题与文化心态同三秦文化的关系论证得得体可信,创见迭出。全书三十余万字,涉及的文化领域广阔,需要的资料量大,要认真阅读的短、中、长篇小说在百余部(篇)以上,而且要从区域文化的角度对秦地小说作20世纪断代史的概括,实在是一项艰巨的工程。《韩非子·解老》云:"论必盖世,则民人从。"而要有盖世之论,不资诸家之善,而兼有之,是不可想象的。李继凯正是驰骛乎兼容并包,勤思乎参天贰地,才顺利地完成了这一工程。具体地讲,他是在明确地追求自己对秦地作家作品与秦文化的关系之独特见解的过程中,认真翻检并吸纳了他人关于秦文化的研究成果,他人关于秦地作家与作品的评论以及其与三秦文化关系的见解,特别是通过作家自己关于其作品与地域文化关系的夫子自道和研究者对作品的分析之相对照的融会,才使这一有一定审美价值与较高学术价值的著作得以完成。

就治学而言,兼容并蓄与厚积薄发是相通的,可以说这是老生常谈的话题。但就审美而言,"兼有"中何以显示自我的审美个性,似还有不少可说的话。在李继凯的这部书中,审美与治学是统一起来的,对秦地小说与"三秦文化"这一命题所包容的规律性的东西的揭示,是以从区域文化角度对秦地小说进行审美感受为基础的,正是这种审美感受的独特和深刻,使得其科学的论证具有了说服力和感染力。那么,他是如何通过兼容并蓄走向审美个性化的呢?审美的个性是由主体审美角度、审美目的和审美方法构成的。角度,就是观察事物的出发点,对具体的个人来讲,这种出发点与其生存状态、生存境界是一致的,一般它常包容着主体的价值取向、兴趣爱好、文化素养,甚至特殊癖好。有的人观察事物的出发点容易稳态化,他的个性须在这稳态中得到表现;有的人观察事物的出发点可以随对象与需要之不同而灵活变动,他的个性同样也会在变动中得到显示。对秦地小说完全可以从不同的角度去审美,李继凯认为"从地域文化角度来透视文学世界的人文景观,自会领略到许多我们过去视而不见或格外小觑的东西"。不用说,他从"三秦文化"角度来透视秦地小说更能见出从习惯性角度见不出的东西。这种角度的变化是主体追求审美经验的丰富性和追求文学作品价值的多元化阐释的结果,它本身就是主体自我审美人格得以提升的重要标志。因为这种审美角度的转换不仅意味着主体审美领域的拓展,更其重要的,是其整体精神境界的升华。李继凯认为:"我们曾经极其迷恋洋人的东西,将舶来物视为稀世的珍奇,这促使我们生成一种开放的眼光,这于我们有益。"但是"向异域撷取的文化果实并非就是我们需要的一切,甚至会像南橘北枳那样,因水土之异而恶变;固有的本土文化也能化育出富有营养的果实,地方'特产'往往拥有更大的市场;尤其是以本土文化为主导与外来文化融合生成的'新型本土文化',常能结出更其丰硕的文化果实。"他的这段话既表明了新的审美角度的选择是以深刻的文化反思为依据的,也告诉了人们他所谓的地域文化已经不完全是固有的本土文化,而是"以本土文化为主导与外来文化融合生成的'新型本土文化'"。个中所显示出的精神境界的升华与审美角度的个性特色是十分清楚的。然而实现这种角度的转换,却是以兼容并蓄为前提的,要反思"曾经极其迷恋洋人的东西"之得失,要较为准确地把握"新型本土文化",无论如何都要非常认真地对待那一特定历史时期的文化现象,要从对大量的文化研究成果的再认识中,从繁杂万状的活生生的现实文化形态中,敏锐地发现"新型本土文化"的结构性因素及其构成状态,而这就需要"非取制于一狐,而求味于兼采"。这里的关键是主体的辨析和选择要得当,否则兼容并蓄有可能把个性的东西溶解到诸家之中,主体的"本真"反被一般的"大家"所取代。一旦通过辨析和选择,主体独特的角度脱颖而出,它便会在其大脑的神经通路上形成主体新的审美兴奋点,使其在面对文学作品时,由于审美意向明确,艺术感受的灵敏度高,而较之他人更能发现其所想撷取的东西。李继凯在其专著中之所以能把柳青、杜鹏程、王汶石和魏钢焰等秦地五六十年代的作家颇有见地地命名为"白杨树派",并较为全面地论述了"二十世纪秦地小说的文化格局",确实是有赖于他对自己审美角度把握得好,以及由此而对20世纪三秦文化精神的深刻理解。

  审美目的当然是与审美角度紧密相关的,之所以选取这样的角度,是为了更好地达到既定目的。然而目的本身也决定着审美活动的特点,抱着研究目的的审美阅读,不同于一般的欣赏阅读,它的目的性明确。如果说一般的欣赏阅读目的就在于笼统的欣赏，因此止于美感，未尝不可的话，那么有研究目的的审美阅读，就不能止于美感，还必须把美感转化为一种理性认识，一种对规律性的思考。这种转化，从本质上讲，是把美感的创造性想象活动转化为创造性的思维活动，即概念运演活动，但这种概念运演活动又不同于纯然的抽象思维，给主体留下强烈美感印象的作品中的人物与情境，正是其得以形成特定概念，并保证这种概念在逻辑运演中清晰明确的依据，换句话说，这种概念运演并不割断与美感的联系，反而会互相强化，这就是文学研究中的理性认识总是具有相应的形象性与感染性的原因。李继凯为撰写《秦地小说与"三秦文化"》而阅读大量文学作品就属于抱着研究目的的审美阅读，不过，他还有更具体的目的，即重建一个文学世界，而这个文学世界既与自己的父老乡亲和民俗风情有着血肉联系，又具有自己的审美方式和文化遗产。诚为他所说："经过对'文学与地域文化'这一话题的重新思考或反思，既可以激发我们重建文学世界的热情，也可以促使我们寻觅心萦神系的精神家园——那里不仅有炊烟袅袅、芳草青青、溪流潺潺、小路弯弯，更有我们自己的父老乡亲和民俗风情，以及我们自己的审美方式和文化遗产。"从这样的审美目的出发，他把秦地小说整体上给他的文化思想上的启示，以及这种文化思想赖以构成的作家们的文化心理结构在作品中的生动反映，分别概括为秦地小说的文化主题与文化心态，前者具体说明为"生存·创业主题，造反·革命主题，性恋·爱情主题和解脱·信仰主题"，后者则表述为："求实求变心态，恋乡怀旧心态和废土废都心态"。他的这种关于20世纪秦地小说"文化主题"与"文化心态"的独到概括，显然是在己见先成的基础上博采众家之善，才得以展开和论证的。值得人们注意的，是他不仅采得博，而且用得巧。在说明"废土废都心态"时，他慧眼独具地引证了历史地理学家关于黄土高原历史时期生态平衡失调及其影响的研究成果，仅在行文的恰当处，只需笔锋一转，便把这种生态平衡失调所造成的"废土"现象与作家的特殊心态联系起来："至少，这种荒芜的黄土地'视象'，不是完全欺蒙人的感觉，那里在生态层面和心态层面都存在着再明显不过的'废土'现象。面对废土，喟叹常常冲撞得人心窝窝疼痛难忍，作为黄土地的作家，必不可免在这种焦虑忧思中生成出趋向反思忧患的心态。这种心态也同样易于被'废都'现象所诱发。"博采巧用从采什么和为何用两个方面体现了研究者的审美目的，同时也给人们留下了他由美感转化为理性认识的思路轨迹，足见，由兼容并蓄走向审美的个性化，至关重要的一点就是善于博采巧用。

审美方法既受审美角度的制约，又为审美目的服务，在三者的统一之中，凝聚着研究者阅读文学作品的审美个性。李继凯在对秦地上说的文化主题的分析和文化心态的描述上，分别采取了不同的运思方法，前者的思路走向大致是从现实出发，现实所蕴涵的文化主题经由作家的创造性建构而在作品中得到映射。他说："驻足于20世纪末的我们，透过历史的烟云，从蓝田人的采撷、半坡人的劳作、轩辕黄帝的伟绩、西周青铜文化、始皇陵兵马俑、汉唐丝绸之路、临潼贵妃池、大雁塔、法门寺以及李自成的故地、延安的宝塔和窑洞等等可以直观的或想象的视域里，能否感悟出历史文化厚重的主题呢？应该说，秦地的小说家从这些历史文化的遗迹及其代表的文化传统中是能够感悟到或观察到那些让他们难以平静的文化主题的,因为他们已经将它们表现在他们的作品里了。""历史文化进入现实,现实文化回应历史,作家的心灵将古往今来的时间隧道沟通,并从中获得丰富的滋养。文化主题的形成,只不过是其中的一个方面。"后者的思路走向则是从作品的实际出发,让作家的文化心态透过作品构成因素的分析自然地呈现给人们。他说:"作家文化心态的呈现,主要并非是主体的直接言说,而是从其作品的倾向、情节、人物以及创作方法、技巧的实践中自然地流露出来的。因此,在观照作家文化心态时便离不开对作品的分析。"两种运思的方法虽不同,但都不忽视主体的审美感受。在阐明作品所展示的文化主题时,研究者首先是自己得对三秦大地上"可以直观的或想象的视域里"所包容的深厚的文化内涵有独到的感受和理解,然后才能挪移性地观照和体味作品;在对作品获得预料性的美感基础上,再进一步审视其是如何表现这些文化主题的。在这个过程中,由于主体能兼容并蓄地接受多学科的知识和同行们关于秦地小说的评论,他起码在两个方面获得了资助:一是关于对三秦文化历史的和现实的价值与意义的揭示,二是对秦地小说文化底蕴的评述。这些资助固然不能取代研究者关于对象的自我感受和理解,但却在其准确深刻地把握对象的文化意蕴,以及巧妙地揭示作品文化主题上起到了周纳完备、突出特点和赢得说服力的作用。更其重要的,是使论者的审美发现和理论阐述有了一种在既有研究成果基础上的新发展形态。在辨析文化心态时,研究者倾其精力于作品的审美文化分析上,对重点的作家作品,他吸取作家的言说与作品的实际描写所构成的相映之趣,形成自己颇有新意的审美判断;在描述他所认定的作家文化心态时,常能以作品的具体分析为中心,在展开的纵向与横向的比较中,让原本是相当模糊,甚至是只能感悟难以言传的文化心态鲜活地呈现给人们。兼容并蓄此时给他的好处,更多的是营养性补充,使其对作品的分析和作家心态的论证,显得功力深厚、老道自如而又不失其个性特色。

李继凯在对他人研究成果兼容并蓄的基础上形成了自己的审美角度、审美目的和审美方法,又在研究秦地小说与"三秦文化"这一重大课题时,以博采巧用其所容蓄,助其审美文化研究之成功,并使其成果具有学术视野广阔、三论(以作品的实际内容、作家的自我言说和他人的相关论述统为一体证明自己对秦地小说的艺术发现)统一的较强说服力和(个别精彩章节尤为突出的三秦文化与秦地小说家特定的艺术风格相互映照的)审美感染力等特点。在我看来,这就是他通过兼容并蓄走向审美个性化的具体表现,当然也是他治学的一大特色。我之所以要从兼容并蓄这一角度评说李继凯同志的撰写其学术专著时的审美活动,实在是有感于时下论文,常是由人所见为高下,而其所见,往往变化仅系滞于规矩之方圆,旁通又凝阂于一途之逼促。于是,偏食酸咸者,莫能识文之味,用思有限者,不能得文之神。想来这大概就是明人宋濂所谓的知文之所以为难,是由于"问学有浅深,识见有精粗"的缘故吧。如是,便说了上面一些话。

目　录

导言　秦地：文化与小说的厚土 …………………………… 1
　第1节　从"西北风"谈到长安文化 ………………………… 2
　第2节　再说秦地及其文化 ………………………………… 10
　第3节　略说秦地小说与"三秦文化" ……………………… 16

第一章　20世纪秦地小说的文化轨迹 ……………………… 27
　第1节　并非漂亮的开端 …………………………………… 27
　第2节　延安文化与根据地小说 …………………………… 37
　第3节　秦地小说中的"白杨树派" ………………………… 62
　第4节　丰富而又复杂的"陕军"小说 ……………………… 84

第二章　20世纪秦地小说的文化格局 ……………………… 100
　第1节　三个板块 …………………………………………… 100
　第2节　文化范畴 …………………………………………… 115

第三章　20世纪秦地小说的文化主题 ……………………… 152
　第1节　生存·创业主题 …………………………………… 154
　第2节　造反·革命主题 …………………………………… 167
　第3节　性恋·爱情主题 …………………………………… 175
　第4节　解脱·信仰主题 …………………………………… 183

第四章　20世纪秦地小说的文化心态 …… 194
第1节　求实求变心态 …… 196
第2节　恋乡怀旧心态 …… 207
第3节　废土废都心态 …… 217

第五章　20世纪秦地小说与民间文化 …… 248
第1节　民俗民风的呈现 …… 248
第2节　方言文化的吸纳 …… 280
第3节　民间原型的重构 …… 298

第六章　20世纪中国文学格局中的秦地小说 …… 311
第1节　大西北文学的一支主力军 …… 311
第2节　秦地小说的三次"东征" …… 325
第3节　文学与地域文化的关联及启示 …… 358

附录 …… 363
附录1　中国西部文学研究三十年 …… 363
附录2　文化习语与西部文学 …… 380
附录3　大师茅公与秦地文学 …… 389
附录4　论20世纪末陕西作家群文化心态的嬗变 …… 403
附录5　《高兴》与《阿Q正传》的比较分析 …… 416
附录6　西安文化名人与西安城市文化发展初探 …… 430
附录7　复杂人性的探询和文学生命的建构 …… 453

原版后记 …… 485

修订版后记 …… 488

导言　秦地：文化与小说的厚土

伴随着中国改革开放的进程，进入"新时期"发展空间的中国西部也迎来了新的机遇与挑战。显然，西方人预言并担忧的"东方睡狮"的真正觉醒，中国人期待和奋斗一个多世纪的中华民族的伟大复兴或和平崛起，没有西部的大力开发和真正兴起是不可能达成的。改革开放以来，西部文学渐渐兴起，紧密相关的文学研究也伴随着社会转型、文学新变而呈现出了竭力振作、旨在重建的发展面貌。诚然，西部在复苏，老树绽新花，旷远辽阔的苍茫大地也发出了"谁主沉浮"的叩询，本应作为中国文学及其研究"半壁江山"的西部文学世界包括文学研究也在积极重建之中。[①]而作为西部文学的代表性区域之一的秦地文学（陕西文学），向来享有"文学大省"的称谓，古来的长安文化、汉唐文学以及现当代的延安文学、创业文学和"陕军东征"等，都有丰富的意涵值得探讨。受题旨所限，笔者将在地域文化的背景上深入考察20世纪秦地小说的文化轨迹、文化格局、文化主题、文化心态等，而这自然离

---

①　参见李继凯：《中国西部文学研究三十年》，《文学评论》2008年第4期。该文就新时期以来"西部文学研究"这一话题或"作为一种文学思潮"的西部文学的若干主要方面，进行了简略回顾和较为深入的思考。详见本书附录。

不开对历史上的地域文化、西部文化、长安文化及民间文化的回顾,也离不开对现实社会、创作主体、现代文化及文学变迁的关注。

第1节 从"西北风"谈到长安文化

古老强劲的"西北风",吹过冰山雪地、戈壁荒漠、森林草原、大河峻岭和高原沟坡,穿过历史的尘埃烟云、遗迹旧址和城市乡村,在游牧文明和农耕文明、本土文化和外来文化共同熔铸的时空中,回旋流转,抑扬顿挫,声声入耳,丝丝透心,令人良多感慨,兴奋且复悲凉。倘用一句时髦点的学术话语来说,这入耳透心的"西北风",①恰是一种有力度和深度的"审美范型"。至少在20世纪的一个时期里,其情形确如陕北作家高建群所形容的那样:"西北风像一个阴沉着脸的陕北汉子,正在猛烈地、凶狠地冲击着艺术领域,或音乐,或影视,或绘画,或文学。"②亦如有的学者指出的那样:"在西部(主要指大西北——引者注)作家眼中,西部精神从某种意义上讲是西部文化与原始人性相结合所体现出的价值总和。西部精神的价值不仅是作家意识里承袭的烙印,而且更要发掘历史的、现当代的、让人们感受到和目睹到的荒芜与恐怖环境

---

① 当然,这里说的"西北风"是文艺家创造的"西北风"或"大西北风情"。赵园说:"'大西北风情'在某种意义上是文学艺术创造的结果。文学艺术不只成功地创造了这'风情'的美感形态,而且创造了陶醉于这风情的观众与读者。"《地之子》,北京十月文艺出版社1993年版,第151页)

② 高建群:《东方金蔷薇》,陕西人民教育出版社1991年版,第6页。

中那些属于人的踪迹。西部作家在现代意识的统摄下,发现了那些能震颤人们灵魂的原始古朴、原始淳厚的人性。并且,西部还保持着自身的神秘。……西部作家在展现这种特殊的地域文化时,具有历史的纵深度和忧患意识。"①而这种"西部精神"及其影响下的文学,必然拥有着鲜明的地域文化特色,透现出独异的地域风貌和人文景观,其粗犷沉雄、深邃凝重的审美风范,冷峻而又提神,对那种甜腻缠绵、靡靡之音型的消费文学,是一种反拨,也是一种补充——既为"互补",又为"充氧"。连向来曲尽笔墨写异性情恋的较多阴柔色调的贾平凹也说过:"在霍去病墓前看石雕,我觉得汉代艺术最了不起,竟能在原石之上,略凿细腻之线条,一个形象便凸现而出,这才是艺术的极致。所以,在整个民族振兴之时振兴民族文学,我是崇拜大汉之风而鄙视清末景泰蓝一类的玩意儿的。"②这位从秦地商州山地走出来的作家,深得秦头楚尾之商州地气的滋养,讲求雅中有韵、秀中有骨、柔中有刚,务求独立的艺术品格,遂在海外也有人视之为文坛上的"独行侠"。贾氏内潜的意志毕竟是有相当大的力度的。他既如此,那来自陕北黄土高原的路遥,来自关中白鹿原一带的陈忠实等,更是注重捕捉秦地神韵、大西北风采的渴求骨力和大气的作家,更希冀通过对

---

① 赵学勇等著:《新文学与乡土中国》,兰州大学出版社1993年版,第36—37页。

② 《平凹文论集》,青海人民出版社1986年版,第31页。贾平凹在《我看小说》中也说:"霍去病墓前的石雕,或虎,或羊,或卧牛,随便将一块不规则的丑石凿几下,一件精美无比的艺术品就产生了,但它正是在一块石头上完成的!"这种作为秦地文化的石雕艺术,显然对贾平凹小说观念也产生了深切的影响。

历史或时代的独特把握,营构出雄奇豪放而又忧郁苍凉的充溢着"大西北风情"的史诗,来给历史、给读者一个深厚的交代。或许,秦地小说家也有赵园所说的那种"大西北情结",既有对北方气象的倾慕,也有那种令人动容的"大西北的忧郁"。① 是的,"西北风",强劲而复悲凉。

大西北,在中国版图上一般是指陕、甘、宁、青、新这五个省区(有人认为也应包括内蒙古西部)。从主要方面看,这里幅员辽阔,地老天荒,展现着雄奇苍凉的景观,珍藏着人和自然的奥秘。确如一诗人所吟:"大西北,雄伟辽远的大西北/奔驰着:风、云、烟沙、马蹄/列祖列宗开发的地方/悍野的自然,强者的领地/红柳丝点亮风沙中的辉煌/地平线展开梦幻般的神秘/遥远的沙柱摇摆着地球的旗语。"②然而就在大西北这块雄奇广邈而又苍凉浑茫的土地上,比较而言,有一方似乎特别适宜于"故事树"生长的水土,这就是典称"三秦"、③今称"陕西"、雅称"秦地"④的地方。或可借"西北歌王"王洛宾的歌词"在那遥远的地方,有位好姑娘……"的形式,来描述这块不仅有许多好姑娘、好儿郎,而且有许多好故

---

① 详参赵园:《地之子》,北京十月文艺出版社 1993 年版,第 214—222 页。
② 章德益:《我应该是一角大西北的土地》。秦地著名散文家李若冰在《心系大西北》一文中也再次申明自己酷爱大西北的理由:"虽然,我看到的是大沙漠,大戈壁,可是,不正是这样的地方,更能显示我们人民的生话、劳动、斗争和建设的魄力吗!"并说"至今,我仍然抱有这种感情。随着时间的推移,这种感情变得更牢实,更强烈了"。见《李若冰散文选》,陕西人民教育出版社 1995 年版,第 4—5 页。
③ "三秦"一名,从起源到现在已有两千余年,今陕西省简称秦(也简称陕),在陕西人口里多呼之为"三秦"。详见后文的有关介绍。
④ 如唐诗人韦庄有诗云:"心为岳色留秦地,梦逐河声出禹门。"李白亦有诗云:"黄河万里触山动,盘涡毂转秦地雷。"

事、好小说的地方——

  在这古老的地方，
  有丰富宝藏，
  珍藏的故事多如牛羊，
  小说借此插上了翅膀。
  ……

  当然，歌唱的时候也并非始终理直气壮。因为提起赫赫有名的"秦"字，对大部分中国人以及一些外国人来说，似乎便可引发出极其复杂的意念和情感。
  也许会由此令人马上想到"先秦"。是的，那是一个在中国历史上标划得非常鲜明的一个断代。就在这个断代里，秦国从无到有，从弱到强，使"秦"之大旗沾满腥风血雨，迎风猎猎飘舞，睹之胆气频生，憧憬向往；抑或不寒而栗，仇怨恨骂；自然也会有人泰然处之，冷静分析。据有关学者指出，"秦"字的甲骨文和金文写法，上部均作双手持杵临臼之形，下部则都作双禾，禾即今日小米（谷子）。① 这表明，历史悠久的"秦"字从双禾和作双手持杵临臼之状，正含稻谷加工之意，恰是秦地农业文明的符号化。《说文解字》释"秦"曰："秦伯益之所封国，地宜禾，从禾舂省。"② 查考历史，

---

  ① 参见徐中舒主编：《甲骨文字典》；容庚编著：《金文编》。
  ② 段玉裁《说文解字注·七篇上》注云："地宜禾者，说字形所以从禾从舂也。职方氏曰：雍州谷宜黍稷，岂秦谷独宜禾欤？……按此字不以舂禾会意为本义，以地名为本义者，通人所传如是也。"

秦伯益初封之地并非陕甘一带，而在鲁地。有学者指出："伯益族兴起于帝尧时期，秦人、秦之称始于舜时期。以鲁地曲阜为中心，是秦之先的发祥地；以嬴、费为中心的地域，是伯益多年经营的发展地；以今河南为中心的'秦'地，是伯益东移入居华夏的居地，以及受封后的邑地。所以说，秦的发源地是在东方，而不是复兴后的'西垂'"。①作为文化地理寻根意义上的考证是繁琐、困难的，其结果往往也是歧见纷出、莫衷一是。但无论如何，"秦"作为一个国家一种文化形态，是于西北（主要是陕甘一带）崛起并走向四方的，是多种民族和文化在人文地理及社会历史的演进中融合的结果。② 由此，秦地文化或三秦文化是可以在较大程度上代表"西北文化"的。

言及文化即意味着复杂和争议。特别是当秦国"奋六世之余烈，振长策而御宇内"，进而统一了六国、确立起秦大帝国地位的时候，就不免"树大招风"，引起了世间历代难以休止的各种议论。其中倾向于否定和憎恶的议论长期居于主导地位，尤其是在倡扬民主自由、反对独裁专制的时代，对秦始皇的所作所为竭力贬抑或否定。自然，也有与此截然相反的意见喧嚣一时，甚至在一个时期，竟大有将秦王朝及始皇帝嬴政奉为楷模之意。其实，从历史的、辩证的观点出发，历史或现实的语境不同，看法出现差异在所难免，理性的态度则是：对秦王朝、秦始皇和秦文化都应好处说

---

① 杨东晨、杨建国：《秦人秘史》，陕西人民教育出版社1991年版，第54页。
② 详参黄新亚《三秦文化》，辽宁教育出版社1993年版，前五小节，据《辞海》介绍，古时西域称中国为"秦"，后来外国人通称中国为支那，盖即"秦"音之变（China）；作为陕西省的简称，则因战国时为秦国地而得名。"秦"又作为中华文化共同体的代称流播于世界。参见冯天瑜等：《中华文化史》，上海人民出版社1990年版，第428页。

导言　秦地：文化与小说的厚土

好、坏处说坏，好坏兼有或难于判断则谓为复杂，实事求是地给予具体的分析。① 只要从历史的角度看问题，就能够明白，在秦国发展史中，业已积淀着此前炎黄文化的富于生命力的部分，其中由炎帝的农耕取向、黄帝的修德振兵所体现的勇于开拓、锐意进取和务实创新，就是极具积极意义的方面。② 而秦亡后的秦文化的精华部分，也并未真正消亡。消亡的是始皇后期强行扭曲的秦"暴政"，那是秦文化中被推至残暴之极端的部分，就其主体而言，秦文化作为一种融汇再造的"第三种文化"，仍然具有旺盛的生命力，并继续促成关中地区（亦称秦中、秦川）在政治、经济和文化上的崛起。③ 从文化传承的意义上讲，秦文化在历史的风雨中既不可避免地会风化消蚀，又自然会适逢其会地增生发展。这实足以证明起自古老秦地的文化是有较大较强的生命力的。④ 甚至在不少关键之处，为中国之所以为"中国"的特色，提供了相当稳固的文化基型。史称"汉承秦制"，就是一个有力的证明。从本质上讲，汉家与秦人在文化追求上并没有大的差异。及至后世，肇始

---

① 极为仇恨"大一统"独裁的顾准也说过："事实上，大国而不独裁，在古代确实办不到；但人类进步到现在，则确实完全办得到……"参见《顾准文集》，贵州人民出版社1993年版，第289页。

② 炎黄文化的生成与发展，与秦地关系很密切。详参武文著《永不板结的黄土地》（人民出版社，1995年版）和杂志《西秦纵横》（1993年）。毛泽东在进入秦地（陕北）之后，也郑重写出祭黄帝陵的文章："赫赫始祖，吾华肇始；胄衍祀绵，岳峨河浩。聪明睿知，光被遐荒；建此伟业，雄立东方……"见1937年4月6日《新中华报》（延安）。应当说，这也是对地域文化的认同和继承。

③ 参见王大华：《崛起与衰落》，陕西人民出版社1987年版，第8—9页，第126页。

④ "秦文化"仅指历史上秦国人创造的文化，"秦地文化"（主要是三秦文化）则是该地域古今生成、存在的文化。后者包括了前者但又不限于前者。

于秦的那种重视变法、讲求改革、酷爱统一、热衷秩序,讲农耕经济、求功利价值的文化律令,仍时或迸射出耀眼的光芒。[①] 秦之兴衰确有很大的研究价值。

驻足在 20 世纪末的秦地上,观照秦地文化的行旅和秦地小说的世界,必会使人想到很多很多。翘首西秦惹梦思,挥斥方遒会有时。绵绵思绪中,亦必会产生对秦地文化和小说命运的深切关注,由此也可领略到秦地小说与本土文化幽邃而又复杂的关系。因为地域历史文化的客观存在,总要通过各种渠道对该地域的人文面貌或文化个性产生重要影响,并通过影响作家文化心理(即作为中介的"文心")来影响其作品的创作。从历史上看,考察史地、文化与文学之关系,向来为有识之士所关注,但迄今为止能在这方面进行系统、深入考察、研究的专著仍不多见。

近些年来,在秦地关于文化的讨论常常涉及"长安文化"、"长安学"或"西安学"等概念,提倡者可谓不遗余力。倘若从区域文化角度来看,所谓"长安文化",当然是生成于长安及关于长安的文化。而长安是秦地的文化中心、政治中心,所以长安文化在较大意义上是可以代表秦地文化的。而长安文化从某种意义上说,也是"西北风"与中原文化等文化要素结合生成的复合形态。仿佛儒道进入潼关、刘邦进入汉中,西北风的遒劲有力也会化为"征服"的力量。自然,细究之,西北风与长安文化还是有其差异的。

[①] 自从公元前 221 年秦统一中国以后,"大一统"的观念和追求似乎就成了中国人的"宿命",在治乱轮回中,顽强地支撑起华夏民族那具古老长寿而又伤痕累累的躯体。仅此一点,就不可轻于否定。历史毕竟不是幻想。古老的"大一统"现象及文化心理,是一个很有研究价值的关乎人类命运、国家命运的文化课题。

因为长安文化的"成熟"与宫阙相关联,而"西北风"则更多地与多民族的民间文化相关联。但我们关注的却主要是两者的契合所彰显的更具包容性的审美文化,因为要探讨秦地小说与地域文化的关联,我们的眼光就不能仅仅关注朴野的"西北风"或代表都市文化的"长安文化",而要充分注意秦地与西北风的血脉相连以及与长安文化的遇合。在这种意义上,我们自然不能忽视源远流长的长安文化对秦地文学的深刻影响。

众所周知,古都长安是中国历史上建都朝代最多、历时最久的都市,先后有13个王朝建都于此,绵延一千一百余年。经过漫长的岁月洗礼和深厚的文化积淀,诞生了辉煌灿烂的长安文化。但作为观念中的长安与地理位置的长安,都曾有或可以有一定程度的"位移",特别是在历史长河中,即使辉煌如汉唐的长安,也实际上很难"长治久安",经常会有这样那样的变乱,但有心者总是特别注重主要方面和文化事相,从事相关的文化记载和研究。如汉朝的陇东人辛氏便有著作考察汉时长安文化,还有汉的赵岐,晋的葛洪,唐的韦述和杜宝,宋的张礼、宋敏求和程大昌,元的骆天骧,清的毕元等,他们都曾考察、搜集和研究过长安文化,并留下了相关的著述。笔者以为,无论是秦地文化还是其代表形态之一的长安文化,都是建构性的,有其不可忽视的动态的、发展的、变化的亦即不断建构的特征,兼容并蓄、博大精深、雄阔刚健且博雅大气,从"新国学"视野来看,尤其如此。比如,长安文化在历史上曾是无可争议的主流文化、官方文化,也是当时理想形态的都市文化、地域文化,长期在世界范围内特别是在东亚地区,长安文化都有着非常巨大的影响。作为中国历史上鼎盛时期极其辉煌的盛世文化,确实不仅泽被九州大地,而且惠及海外诸国。但由于政治经济军事方面的变故,长安文化也曾沦落尘埃,主要在民间日常生活中加以维系,在文化传承的意义上,长安文化则更多体现在精神文化认同或历史文化记忆方面,并经常通过文学艺术的形式呈现出来。迄今人们提及长安文化,脑海中便仍会很快想象出它的繁盛、开放、包容及大气磅礴、强劲有力,想起丝绸之路、西天取经等极富文化象征意味的事件。秦人或长安人的视野是世界性的,因此也衍生出"守正求变"的基本文化建设策略,渴望进入文化大融合的圆融境界,却也并不忽视变通,更不拒绝变化,这也是古今长安文化的魅力所在,甚至是吸引陕北陕南当代作家落户长安(西安)的一个文化之因。从大处着眼,历史上的长安文化对中国古代文学的风貌与古今文学的嬗变及文学思想的形成都产生了重要影响,而随着国际化大都市西安的崛起,长安文化的复兴和人文西安的兴盛也必将吸引更多的国内外文人,并给予更多的关注、研究和书写。

第2节 再说秦地及其文化

言犹未尽,让我们再来集中谈一下"秦地"及其文化。

秦地,本不是固定不变的疆域。秦人的踪迹也东西流徙,动荡不定。史家证明,秦人复兴之地在渭河上游一带,即甘肃东南部的天水市,旧名为秦州,另有秦安县,在清水县还有秦亭。这些以"秦"名之的地方,大抵和秦人的早期活动有关。而秦人,既有本地人,也有外来人。甘肃秦安大地湾遗址的发现和发掘,业已证明它最早的文化遗存比仰韶文化还要早一千多年。[1] 秦人带着较为深厚的文化传统和异地流徙中的广见博识,从很早便抛弃了夜郎式的偏狭,开始有意识地强固自身,[2]并努力吸收外来文化和进行外向开拓。秦穆公时,东扩领土至黄河,遂与晋国加强交往,对晋文化吸收较多。郭沫若在《殷周青铜器铭文研究》中也证明了这点。其时,秦还对戎文化积极吸取,促成了华戎文化的结合。《史记·商君列传》指出:"始秦戎狄之教。"就说明秦人与戎狄关系相当密切。此外,秦文化还对楚文化、齐鲁文化等地域文化进行了积极的汲取。这种多元文化融合影响下的秦人,处地虽然偏僻,其志却颇高远,表现出来的,也正是上升阶段的姿态。[3]《史记·孔子世家》曾记齐景公问孔子,说:"昔秦穆公国小处僻,其霸何也?"孔子是这样回答的:"秦,国虽小,其志大;处虽僻,行中正。……以此取之,虽王可也,其霸小矣。"如此说来,孔老夫子倒成了预言家![4] 还是在秦嬴政即位之前,秦国疆域就包括了今陕西全境和甘肃、四川、湖北的大部以及河南的局部,已设置了巴、蜀、汉中、上郡、河东、陇西、南郡、黔中等11郡。及至"秦王扫六合,虎视何

---

[1] 参见李汀等著:《甘肃秦安大地湾遗址发掘报告一段落》,《光明日报》1986年8月6日。

[2] 参见林剑鸣:《秦史稿》,上海人民出版社1981年版,第443页。

[3] 比如秦都迁移,就有多处,基本是越迁越大,从迁都于泾渭之会,由平阳到雍城(陕西凤翔县城南),又从雍城、栎阳(陕西临潼县栎阳镇东北)到咸阳(今咸旧市以东,又称渭城),宫殿越来越富丽堂皇,都城也越来越有帝王气象。

[4] 毛泽东曾说:"真正做了点事的是秦始皇,孔子只说空话。"这话其实挺有意思。参见陈晋:《毛泽东之魂》,中央文献出版社1997年版,第271页。

雄哉"亦即嬴政统一全国之后。倘循"率土之滨,莫非王土"的说法,或称四海之内皆为"秦地",似乎也有根据。西垂秦地就由初始蛮荒之域,向外扩大到统一的天下。但本书所特指的"秦地",却并非是指这种变动不居的秦国领土,而是如今通常所说的"三秦大地",亦即"秦地"是"三秦大地"的略语。

所谓"三秦",又有来历。如众所知,秦亡而有楚汉之争,项羽为了称霸而设鸿门宴,意欲剪除劲敌刘邦。未果,遂封刘邦为汉王,管理汉中等地。但为了防范刘邦,使其难以东进,便又将关中、陕北封给了三位故秦降将,史称"三秦王"。① 即雍王章邯,领有今陕西中部咸阳以西和甘肃东部地区;塞王司马欣,领有今陕西咸阳以东地区;翟王董翳,领有今陕西北部地区。据此,后世便沿用"三秦"之称,代指如今陕西的三个区域:陕南、关中和陕北。这样,"三秦"也就成了陕西的别称或雅号,②"秦地"也成了与此相应的一个颇有历史感和文化意味的地理名称。而我们所说的"秦地小说",便是在这块荣辱交并、故事特多的土地上生长、开放的精神花朵;我们所说的"三秦文化",③也便是在这块历史悠久的厚

---

① 此"三秦王"与前秦创立者符洪自称的"三秦王"不同。详参《史记》卷七《项羽本纪》。

② 史学界有人将东晋十六国时期的前秦、后秦和西秦合称为"三秦"。此三国属地在关陇地区。前秦和后秦属地均在今陕西境内,并且都建都在长安。只有西秦在今甘肃境内,都苑川(甘肃榆中)。此"三秦"属地与嬴秦王朝的腹心地带基本相合。参见洪涛:《三秦史》,复旦大学出版社 1992 年版。唐诗人王勃有诗句云"城阙辅三秦"(《送杜少府之任蜀州》),其中的"三秦"出典即《史记》所说的三秦之地。又可参汉辛氏撰《三秦记》。

③ 著名学者严家炎先生称之为"陕秦文化",见《二十世纪中国文学与区域文化丛书·总序》,该丛书由湖南教育出版社 1997 年出版。

土上生成、传播的人文成果,无论从物质到精神,还是从民间到宫廷,各种文化成果都有极为丰富和辉煌的记录。不仅在这块土地上曾诞生大量的典籍,而且那些地上地下的文物也成了令人叹为观止的巨大博物馆。

事实的确如此。在历史上,尽管三秦的三大板块地貌不同(关中平原、陕北高原和陕南或秦巴山地),但总体看三秦大地的水土似乎格外丰足,对秦人也格外厚爱,致使三秦文化拥有着几乎是无与伦比的昔日辉煌,并牢固地将周秦汉唐的文化旗帜插在古老的城头上,迎着八面来风,使古今中外的人们领略到它的雄奇和凝重。从某种意义上说,三秦文化在中国传统文化的版图上,有似一般中国地图所示的那样,占有着"中国"之"中"(略偏西)的重要地位,可以说秦地确是中华文明的一个举足轻重的发祥地。① 这样说,应该不被视为夸饰。有学者指出:"三秦文化在中国文化发展史上有着极其重要的地位,渭河流域和黄土高原,是中华文明的重要发祥地之一;关中的千年古都长安,是周、秦、汉、隋、唐等11个封建王朝的都城,也是丝绸之路的起点;陕北,则作为民族融合的重要场所而令人瞩目。三秦文化在公元906年以前,曾集中反映了中华文明的成就,以汉唐长安为标志,如日中天地照耀着整个世界,显示着古代中国曾经具有的开放与创造风貌及值得炎黄子孙永远自豪的文化传统。宋元以降,三秦作为

---

① 这里说的"秦地",准确地说只是"陕秦",没有包括"陇秦",但从文化上看,发展而来的陕秦文化(即三秦文化)则在总体上远远超越了陇秦文化并广为人知。单纯从地理而言,陕西关中一带居于中国腹心,中华人民共和国大地原点即位于现在的陕西泾阳县境内。

西北的军事重镇,凭借其地理与文化优势,仍然在历史上有许多出色的表演,创造出既有西北风格,又保持中国文化基本精神的精彩内容。为此,在中国各区域文化中,三秦文化向来是引人注目的。"①著名历史学家张岂之先生在和同事共同完成《陕西思想文化史》一书之后又撰文指出:"从蓝田人和大荔人,陕西境内的仰韶文化、龙山文化、轩辕黄帝时代的文化、先周文化、秦文化,写到汉、唐文化,以迄宋代关学,直到陕西当代革命历史文化,我们的总看法是:陕西是中华民族文化的摇篮。从人文初祖轩辕开始,在这块丰厚的文化沃土上,耸立着周秦汉唐诸座文化丰碑。近代,这块古老的文化基地又孕育产生了光辉的延安精神。民族历史文化传统和延安革命精神,是陕西文化的两大

---

① 黄新亚:《三秦文化》,辽宁教育出版社1993年版,第2页。这里说有11个王朝在长安建都,还有异说。如将短期王朝和农民政权也计入,则更多。有诗云:"西安自古帝王都,14代王朝越千秋。周秦汉唐诸天子,在此拜相又封侯;筑城池,建宫殿,又择宝地把陵修;谋霸业,斗鸡狗,轶闻趣事如星斗。武后载上无字碑,始皇埋下秦俑头,贵妃风流情无限,诸葛智慧万古留……"(《西北民俗》1993年第1期)据西安学者王翰章、刘辉的研究,自西周以后,累计有20个政权在西安地区建都。但这20个在西安地区建都的政权是不是都能算作在长安建都的王朝呢?他们指出,因为没有统一的衡量标准,才出现了多种说法,所以要有一个大家认可的衡量标准才能形成共识。他们指出,衡量一个政权能否称之为王朝,必须符合有明确的国号、有完整的政权机构、有一定的国土、持续至少一年的时间、是独立自主的政权这5条标准。如果用上述5条标准衡量在西安建都的20个政权,结果只有14个完全符合王朝的标准,它们及建都时间分别是:西周(363年)、秦(统一后15年)、西汉(210年)、新(15年)、东汉(献帝6年)、西晋(愍帝4年)、前赵(11年)、前秦(33年)、后秦(34年)、西魏(22年)、北周(25年)、隋(38年)、唐(273年)、大周(15年)。至于绿林扶持的刘玄更始政权、赤眉护立的刘盆子政权、黄巢大齐政权、李自成大顺政权等6个政权,因不完全符合衡量是否王朝的5条标准,故不能认为它们是在长安建都的王朝。现在最流行的是"西安十三朝古都说",即将上述列在唐朝后的"大周"去掉。

特色。"①当然,在面对望不尽的八百里秦川、说不尽的秦皇汉武、听不尽的秦腔陕调、忆不够的往昔灿烂时,也要正视三秦文化中所存在的封闭、落后和荒谬的东西,这些东西在历史和现实中的存在导致了许多悲剧和闹剧的发生。因此,在我们称赏三秦文化的雄奇和凝重的时候,也应注意到:与雄奇的风采和韵致同在的,还有荒诞的骚动;与凝重的思绪和情调同在的,也有沉滞的压抑。历史悠久的三秦文化,就仿佛是关中平原上常见的巨型坟山,其中有诸多珍贵的文物遗产,同时也让人能够嗅到扑鼻的死亡气息。那是储满珍宝的"矿山",又是压在秦人身上的沉重负累。②在一本名叫《人文中国》的书里,在总题为"老成正统陕西人"的章节里,又称"保守、封闭,间以开放的陕西人","粗中有细的陕西人","老成温厚与圆通狡猾的陕西人","贪图安逸与吃苦耐劳的陕西人","贵族情结与自卑意识的陕西人","玩得'土',玩得雅的

---

① 张岂之:《三秦思想文化特色》,《文史知识》1992年第6期。从三秦历史和现实的文化构成来看,兼容外地乃至外国文化以充实自己,也构成了三秦文化的一个重要特色。这也促使三秦文化成为具有影响力的文化,在全国乃至世界,都产生了广泛的影响。那种认为"地域文化"只能是本土原始文化的观点无疑非常狭隘,面对地域文化中的外来影响,总是设法用"除法"或"减法"去掉,这样的思路和研究固然不能说毫无意义,但负面的作用更大。三秦文化特别是关中文化、长安文化具有开放性、兼容性和建构性,因此才呈现出博雅大气、丰富厚重的总体特征,在彰显其地域文化特征的同时,也便具有了世界性。这是历史上三秦文化特别是长安文化对近现代以来秦地作家最具影响力的一个方面。

② 综观20世纪秦地经济上的落后,其因有许多,除战乱和"左祸"之外,也与地理限制或地域文化的局限有关。"带河阻山,隔绝千里"的秦地人,有安土重迁、自给自足、重农轻商等小农思想,宋明理学中的"关学"在这方面起到了明显的推波助澜的作用。在一定意义上讲,文化优势有时也是存在局限性的,正是由于文化优势形成的心理依赖,造成了秦地人的思想较保守,文化心态较陈旧,这确是相当"沉重的负累。"

陕西人"等,就较为简明而又生动地揭示了三秦文化影响下的矛盾形态的陕西人的性格特征与文化特征。① 这种人(性格)和文(文化)的相关和映照,的确可以使人想到许多,并生出许多感慨。

第3节 略说秦地小说与"三秦文化"

这也自然会使人想到秦地小说,想到秦地小说与这种具有矛盾特征的人和文化的关系。

应该承认,从历史上看,"三秦文化"的文化遗产绝不是静止不变的一堆废物,其内潜的文化功能和影响力实际相当巨大。对秦地文学(尤其是小说)产生了极为深刻的影响。② 作为地域文化(Regional Culture)的三秦文化,就像空气和食物一样,通过作家生理和心理的作用,转化为艺术的生命。换言之,三秦文化在此充任了人和地域文学、一方水土和一方故事的联系中介,以其化育作家之"文心"的方式,将人和地、水土和故事所特具的秦风秦韵,收摄于小说的表现世界,并由此使秦地小说从总体上呈现出了相当鲜明的地域特征:土气、大气和刚气——土得掉渣、大得雄奇、刚得凝重,同时又美得撩人,"燎扎咧!""美的太!"笔者在秦

---

① 参见辛向阳等著:《人文中国》(下册),中国社会出版社1996年版,第984—1034页。

② 秦地著名评论家王愚曾指出:"由于大西北地区历史土层的深厚,历史重负的沉重,需要开放和开拓的迫切性造成了人们精神世界复杂而深刻的变化,给文学家们提供了可以纵横驰骋的天地,可以探寻的丰富内涵。"见《人·生活·文学》,陕西人民出版社1987年版,第180页。这话尤适宜于秦地。

地，时与文学圈中的人接触，便常听到这类对秦地好小说的赞美，那种身处"文学大省"的骄傲之情有时也溢于言表。在外地，自然也能经常听到对秦地文学的称赞之音，并且不限于文学圈内。有一次笔者出差进京，偶尔打的与司机攀谈，听说我来自西安，便热情打问贾平凹、陈忠实、路遥的消息，自陈颇爱看这些作家的小说，不仅买他们的书读，还一口一个"老贾""老陈""老路"地叫着，说侃起他们开车不觉得累。由此我感到了那种艺术美的神奇力量，的确可以借助文化传播媒介，走向异地他乡读者的心中①；由此我也想到鲁迅那句"愈是民族的，愈是世界的"名言，想到"愈是地域的，愈是全国的，超地域的"文学现象。茅盾也曾指出："关于'乡土文学'，我以为单有了特殊的风土人情的描写，只不过像一幅异域的图画，虽能引起我们的惊异，然而给我们的，只是好奇心的厌足。因此在特殊的风土人情而外，应当还有普遍性的与我们

---

① 近些年来，秦地作家触电也为他们的文学作品提供了重要的传播途径，路遥的《人生》、陈忠实的《白鹿原》、高建群的《最后一个匈奴》、孙浩辉的《大秦帝国》、吴克敬的《羞涩的火焰》等小说都被改编为影视，都程度不同地扩大了原作的影响。特别是贾平凹的小说，最受影视界关注，有多部小说被改编为《野山》、《五魁》、《乡民》、《高兴》等电影，不仅对中国西部电影作出了贡献，而且也扩大了贾平凹自身的甚至整个秦地文学的影响。参见李继凯、刘宁：《贾平凹小说与中国西部电影初探》，《新电影·新西部》，中国广播电视出版社 2010 年版，第 295—300 页。另据报道，在陈忠实《白鹿原》被改编成电影并备受关注之后，贾平凹的《秦腔》也有望被改编并搬上银幕。路遥逝世20 年追思会于 2012 年 12 月 1 日在京举行，中国作协副主席高洪波以小诗予以纪念："平凡人生事，鬓笔路遥之。字字追心血，节律筑史诗。"著名主持人倪萍主持追思会，还为路遥女儿路茗茗作画一幅，画的就是路遥和女儿，并在画上题字"爹你知道吗，女儿想你"，不仅如此，还说起了当年阅读《人生》时激动得难以入眠、为纪念路遥而痛哭撰文等细节。由此可以看出路遥的"影因"所具有的活力。

共同的对于运命的挣扎……"①那些上乘的秦地小说,就是既有特殊的风土人情,又有普遍的共同运命为基本内容的。走南闯北惯了的茅盾,特别是在上海滩领受海洋季风劲吹的他,这样来看待乡土文学丝毫也不奇怪。而以乡土文学的观点来看秦地小说,几乎可以说,秦地那些有较大影响的小说,都属乡土文学者流。即使晚近的贾平凹、莫伸、麦甲等人所写的都市小说(如《白夜》、《尘缘》、《黄色》),写的也是乡土性质的都市生活,其情形有如老舍先生笔下的旧北京。吴福辉曾说:"老舍在京地开创的市民文学,没有海派味,它是乡土性旧都会的一曲哀歌,与乡土文学有更多的精神联系。"又说,在乡土文学于北京失势之后,"'西部文学'遂有了领衔乡土文学之势,最近又来了个'陕军东征'。"②细味此言,深以为是。秦地小说确实主要以乡土文学的形质为人所关注。这种乡土文学也带有鲁迅先生所说的那种乡土文学的特征:侨寓异地而又心萦故乡,从而写出胸臆,隐现乡愁等。只不过,秦地作家侨寓的大城小城与自己的家乡并不遥远,并且可以经常而又方便地返回家园。因此,其作品的本土味更浓郁,当下的现实色彩也更其鲜明。与此相应,秦地小说与地域文化就更有了天然的深厚联系。在这个意义上称秦地小说为"三秦地域文化小说",大抵也是能够成立的。秦地小说属于地域文学,三秦文化属于地域文化。地域文学与地域文化的血肉关联本是毋庸置疑的事情。然

---

① 茅盾:《关于乡土文学》,《文学》第6卷第2期(1936年2月1日出版)。
② 吴福辉:《都市漩流中的海派小说》,湖南教育出版社1995年版,第14—15页。

而也许正是由于二者存在着过于密切的至亲关系,天生是一家子,人们反倒视之为常识,熟视无睹,向来少有系统而又深入的考究和思量。熟知却非真知、粗知而非细知的必然结果,多少忽视了秦地小说与三秦文化之间实存的复杂而又微妙的关系。一方面,秦地小说作为文化载体,其所承载的主体就是三秦文化(包括外来被同化的文化因素),①诸如秦地的风俗人情、地方风物、社会景观、生活状况等,都会被秦地小说所收摄、所反映,从而展示出在异地他乡难以领略到的风俗画、风景画、生活画。另一方面,秦地小说及围绕其存在所形成的文化圈、评论圈,客观上也对三秦文化产生了影响的作用,充实和重建着三秦文化,虽然不一定说秦地小说就是三秦文化的最佳代表,却可以说秦地小说是三秦文化的重要组成部分,并且是在主导方面能够为其增光添彩、扩其声誉的艺术文化。尽管有时也有秦地小说招来了一些是是非非。

如果从纵向视角来看三秦文化与秦地小说的历史变迁和历史关系,就会发现文化与小说所经历的曲折进程,恰似那九曲回肠的黄河,令人睹之亦会感慨不已。驻足在20世纪末的我们,透过烟云缭绕的历史,可以依稀看到三秦文化的几个大起大落的曲折踪迹,可以看到蓝田人、大荔人、半坡人、轩辕黄帝及秦地炎黄子孙留下的一串串闪光的历史脚印,神往于由西周青铜文化、始

---

① "三秦文化"是个具有动态特征的概念,其内涵不断地处于建构之中。不仅三秦本土的古典文化、民间文化属于三秦文化,那些外来的、能在秦地生根存活的文化也属于三秦文化。这种外来而又"陕化"的文化在秦地的古代和现代,都很可观。尤其是在汉唐、现代的秦地,这种外来文化甚多。

皇陵兵马俑、汉唐丝绸之路、骊山烽火台和贵妃池以及法门寺地宫珍宝等交织而成的文化奇观或文化网络。在秦地,几乎每一寸土地都有一段神奇的传说或故事,从小说史和文化史的角度看取秦地的神话传说和汉唐之神仙传与传奇小说,则可以发现深植于秦人生命追求中的创业意识、造反意识和享受(或逍遥浪漫或世俗享乐)意识都非常强烈,并凝聚成历史文化的情结对秦地小说产生了深微而又巨大的影响。这种影响在20世纪的秦地小说中,仍有着相当鲜明的体现,且被注入了新的时代内容,使秦风吹拂下的神话传奇得以在新的组合、重构或置换中新生。

展望秦地20世纪文学,有三大文学现象最为引人注目,一是"延安文学",二是"白杨树派",三是"陕军文学"。这三种文学现象在历史时空中都各自形成独立的一环,但又环环相扣,既显示了三环相接续的历史特征,又昭示了文学自身的发展变化。

延安文学之前的秦地新小说,尚可称道的也许首先应推郑伯奇的作品。但郑氏作为游子,其小说的"秦味"相对寡于"洋味",这似乎也影响到了他的艺术成就。直到延安文学崛起,秦地才拥有了出类拔萃、独领风骚的小说,这就是从根据地迅速成长起来的"根据地小说"。从一定意义上说,伴随着"革命"在黄土高坡上的迅猛成长,延安文学(包括根据地小说)也在逐渐"长大"。应该看到,根据地小说与上海或大后方的左翼小说虽有某种逻辑上的关系,但更有明显的不同之处。这种差异从丁玲到延安前后的创作中即可看出。表面上看延安文学多是由外地人创造的"移民文学",实质上却是本土文化与外来文化(如马克思主义)、新兴文化与地域文化(如延安农民文化)深度融合的结果。根据地小说,就正是植根于边区根据地厚积的民间文化土壤和骥集的革命文化热土之中而"长大"的文学果实。对作家(如丁玲、欧阳山、柳青等)而言,特定的人文环境和接受对象亦即地域文化氛围,不可能不对其创作心理产生深刻的影响。总之,当革命及其文学从黄土地上崛起或"长大"的时候,无论如何都不能忽视这片古老的黄土地,忽视这里潜蕴的革命和文学的种子以及来自地母(民众文化及生活)的能量。而从历史发展的眼光来看,延安文学则是从圣地延安生成并传播开去的一大文学流派。这是一个带有母本性质的流派,其对当时其他解放区文学和新中国成立后的中国文学所产生的重大影响,是有目共睹的。当然,所有大大小小的文学流派都有其局限性,影响也并不单纯,在这方面,延安文学也不例外。受孕于延安根据地土壤的根据地小说,则尤其具有代表性,其所建构的革命化和大众化有机融合的创作范式,对秦地小说家也尤其具有久远的影响。

这种影响的一个鲜明标志,即体现在秦地实际存在的小说流派的创作上。如众所知,中国20世纪小说史上有不少已被学界承认的小说流派,但遗憾的是却多少忽视了秦地小说世界中的流派现象。这种流派现象类似于"山药蛋派"和"荷花淀派",大抵都是作为文学(艺)流派的延安文学(艺)深刻影响下的子流派、次级流派。这里尝试将之命名为"白杨树派"。它孕育于延安文学(艺)运动,初成于20世纪中期,深植于坡沟山峁塬畔,它主要以柳青、杜鹏程、王汶石等为代表,晚近则有路遥、陈忠实、冯积岐、京夫、邹志安、李天芳、赵熙、高建群、贾平凹(前期)、蒋金彦、文兰等等在某种程度上的承继和发展,并构成了具有一定开放性的流派"方阵"。① 这个小说流派的命名,显然与茅盾著名散文《白杨礼赞》有关。简言之,所谓"白杨树派",是从秦地小说的创作实际出发,主要参照茅盾《白杨礼赞》及其他有关诗文所提示的精神特征和审美特征以及评论界已有的相关成果,而郑重命名的一个小说流派。这个小说流派基于三秦文化传统和革命文化的交融,形成了自己鲜明的流派特征,即像生长于大西北的白杨树那样,具有逼人的刚气、豪气和土气,既淳厚、质朴、正直、刚劲、端肃、雄健、峭拔、顽韧,又保守、忍苦、克己、无奈,孤寂且复苍凉,困窘且复麻木。"白杨树派"的老一辈作家多从肯定层面着眼,倾力揄扬"白杨"精神,而新一代作家(并非秦地所有作家)则注意全息把握,倾力状写"白杨"的复杂,且较多透入了否定层面,加强了反思色彩。但从整体性或主导方面来看,"白杨树"的那种攒劲向上、不畏风寒沙尘暴雨,竭力与恶劣的生态环境抗争,从而努力追求在黄土地上自由、幸福而又诗意地"生存"的精神,对秦地小说影响极其深巨,并对其美学风貌产生了决定性的制约作用,苍凉、悲怆总掩不住奋发和荣光,刚韧雄壮的力之美透观出独具风采的西北风情和拥抱崇高的审美基调,形成了"白杨树派"独特的平凡而又壮伟、普通而又奇崛的文学流派风格和相应的地域文化色彩。

历史上的"白杨树派"并非昙花一现,但确曾跌落深沟大壑,气息奄奄,直到新时期到来,才逐渐复苏和发展。这从新时期"陕军"的逐渐崛起及其创作中即可看出。然而"陕军"又有其庞杂的包容性,并非

---

① 这个"方阵"还有复杂的一面,即对"白杨树派"进行消解的一面。这里仅从相通的一面立论。详参本书第一章第4节。

仅承"白杨树派"之一脉。这从贾平凹的转换、杨争光的怪诞以及陕军都市小说和通俗小说的躁动中，便不难看出。从一定意义上说，"陕军"小说之于"白杨树派"，既是一种映现与拓展，又是一种遮蔽和消解，二者之间的确存在着相当密切而又复杂的关系。

如果我们从横向视角来看取三秦文化与秦地小说的内在联系，便会领略到秦地小说具有的秦风秦韵及相应的文化风貌。由历史沿革至今，所谓"三秦"是习惯上将秦地分为陕北高原、关中平原和陕南山地三个板块，地理风貌及人文历史的积淀使"三秦"的文化和文学均呈现出复杂的结构。陕北高原属草原文化过渡地带，人种与文化均呈现出多民族融合的特征，民勤稼穑，俗尚鬼神，民性粗豪，昂扬悠长的信天游、狂跳猛擂的腰鼓、娱神娱己的秧歌等，是这一地区民间艺术的代表，其内蕴的生命文化精神对陕北作家很有影响；关中平原属麦粟文化地带，是组成历史悠久、光辉灿烂的黄河中游文化的重要部分，其文化积淀的深厚，对关中作家的影响非常深刻；陕南山地属稻作文化过渡地带，具有较为鲜明的长江文化的特点，奇崖清流，山清水秀，颇具南国风味，连山歌也忽起忽落，悠扬委婉。早在1984年，贾平凹就从人文地理的角度来看取秦地作家，认定由此"势必产生了以路遥为代表的陕北作家特色，以陈忠实为代表的关中作家特色，以王蓬为代表的陕南作家特色。这三位作家之所以其特色显著于文坛。这种地理文赋需要深入研究"。① 诚然如此，从人文地理的差异看，

---

① 《平凹文论集》，青海人民出版社1985年版，第134页。其实，贾平凹更能代表陕南作家特色。

秦地的南北走向及文化(包括文学)构成,均呈现出三大板块组合的特点及相应的复调特征。然而三秦文化渗透影响下的秦地文学,在三分天下的同时也存在着共通之处。譬如在面对20世纪秦地文化所涵容的民间文化、古典文化和现代文化时,秦地作家的选择大抵也是趋于复合性的,特别是在那些文化意蕴丰厚的中长篇小说里,作家们的文化复合性选择,常常体现为对一些不同文化范畴的"敎容",① 同时又常常出现契合地域文化特征的程度不同的"侧重"。譬如,当秦地作家在面对农村文化和城市文化时,就出现了上述的"兼容"而又有所"侧重"的情形。就秦地作家的现实身份而言,大多数都来自黄土地,是地道的农家子,但又或长或短地经受了城市文化的熏陶,求学和工作的具体环境大都有一个由农村到城市的变更。秦地评论家李星据此将秦地作家称为"农裔城籍"的作家。② 这样的作家,情绪记忆中满贮着乡村生活的信息,所以其小说多为农村题材,本土农民文化在作品中占有突出地位,便是很自然的事。仅从秦地小说中厚积的民俗文化及内蕴的民间原型(人物的,风俗的,信仰的,文艺的,等等),便可领略到相当丰富的秦地农村文化及相应的地域色彩或乡土气息。读柳青的《种谷记》、《创业史》,读贾平凹的"商州"文学,③ 读路遥

---

① 黄新亚在《三秦文化》中指出三秦文化也具有宽容精神。得势时实际未绝对排除其他地域文化,失势时也未放弃自身特征。详参该书第2页。汉、唐时代的主动"拿来",更是传为佳话,玄奘的"西天取经"及名著《大唐西域记》,便是极为生动的一个例证。

② 参见李星《求索漫笔》、《书海漫笔》等书。自然,秦地作家并非都是"农裔城籍"的作家。

③ 指贾平凹以"商州"为题材而创作的小说和散文。长篇有《商州》、《商州三录》、《浮躁》等,中短篇很多,难以枚举。其地域文化气息之浓,简直可以说是"形象的地方志"。

的《人生》，读高建群的《最后一个匈奴》等，都会有这样的感受。但这些作家作品又都有贯通城市文化的一面，城市生活及由城市文化所显示的发展方向，都会影响到作家。即使是像柳青那样的由农村到城市，再由城市到农村的作家，其文化心理结构中的城市文化也在起着参照和推动情节发展的作用。如写城中干部的下乡，写改霞的入城等，就实际表明柳青不是个"城盲"，尽管他对现代城市文化缺乏更多更充分的认识。至于像路遥、贾平凹、京夫、文兰、杨争光这类后起作家，在城乡间穿梭往来，如鱼得水，生活空间更为扩大。尽管他们对农村文化和城市文化都有情感上排斥的地方，但他们在创作上却尽可能地促成二者的结合，从而使秦地小说的文化品格带上了城乡交叉的特点。即使是杨争光那些写不明年代的乡村生活的作品，背后也都有城市文化作为参照系。读杨争光的《赌徒》、《老旦是一棵树》、《黑风景》等小说，想到他是一个读过大学、活得"现代"的作家，就会觉得他就该这么痛苦和"冷酷"地观照中国农民。在某种意义上，其写法有点类似于鲁迅的"刨祖坟"式的笔法。就整体讲，秦地作家侧重于选择农村作为描写对象，但又努力把握城乡文化的碰撞、冲突及融汇的"交叉"性质，这也构成了秦地作家心意相通、表叙有异的一个重要方面。

总之，秦地小说在20世纪的时空中绝非一团过眼云烟，其与地域文化的关系也深微复杂。它是秦地这块文化厚土中生长出来的具有观赏和评析价值的精神花朵。本书拟从历史的纵向视角和横向视角，来开掘秦地小说多方面的文化内涵，探其文化轨迹，现其文化风貌，析其文化特征，并在社会的、审美的和文化的批评视野中,深入体认这种三秦文化影响下的小说世界,从中撷取一些于人生和艺术都有一定价值的东西。即使不尽全面不够深刻,但想必也有一定的启示意义。因为,说到底,秦地小说虽是地域文学,饱经西北风的吹拂,但毕竟还是冲出了潼关,成了许多地域读者的案头读物,其经验教训、成败优劣,也就自然超越了地域的限制。

最后,这里亦有必要说明,我们关注的焦点是20世纪秦地小说的地域文化背景,这只是审视秦地小说的一个视角,由此窥见的小说世界会呈现出特异的文化景观,但却并非就是小说世界的全部景象。假如希图由此了解20世纪秦地小说的一切方面,那定然会失望的。不过,鉴于20世纪的中国作家格外看重小说这种文体,而小说又是最易见出地域文化特点的文体,当我们选取秦地小说作为个案分析对象时,肯定不会劳而无功、一无所获的。

第一章 20世纪秦地小说的文化轨迹

纵向考察,20世纪秦地小说的发展也有其比较清晰的文化轨迹,就像那逶迤而来的巨川黄河的主要支流渭河,自古有其河道可寻。也许起始阶段并不怎样壮观,也许其间还有曲折情形及干枯之时,即使进入20世纪也是如此,但20世纪秦地作家用生命用心血浇注的文学大川、小说之河,却在成为"历史"之后,依然能够给后人留下令人追怀和叹赏的前行轨迹及时或呈现的怡人胜景。

第1节 并非漂亮的开端

北方的黄土高原上奔腾着一条与土地颜色一样的大河,它有着一个极为朴素和神圣的名字——黄河,在其流经的区域,滋养出一种与西方文明迥然不同的东方文明。于是有人将黄河流域称为中华民族的摇篮,称为中国文化的发祥地,讲述着这里流传的悠久的神话传说和那些显赫王朝的动听故事。诚然,仅就黄河支流渭河流域而言,就曾崛起过秦汉隋唐等重要的王朝,尽管秦隋皆为短命王朝,在历史文化创造方面却也非常重要。① 而在古长安一带,即有一打以上的王朝在此建都,其文化影响远及海外,以至形成了学界公认的环太平洋的汉唐文化圈。多少文人墨客,不远万里,跋山涉水,风尘仆仆,来到这里谋求出路,在此或长或短的居住期间,写下了难以胜数的各类作品。仅就《全唐诗》中的两千多位诗人而言,绝大多数都有在长安居住写诗的历史。② 想一想,这是何等的荣光!

述及往昔的荣光,自有历史学家在那里如数家珍。只要不陷入"先前阔过"的阿Q心态就好。③ 说来历史也很无情,从宋代开始,就硬是从大西北人的心中夺走了那份无上的荣光,留下的古都废置了,黄土地愈加荒凉了。经济和文化的重心,带着诱人的光环由西而东、由北而南地飘移。宋代大诗人陆游也曾到过秦地,但未能有大的作为,诗兴偶来,其音也多含悲凉无奈之意。如陆游曾写道:"三秦父老应惆怅,不见王师出散关。""有时登高望鄠杜(指户县、杜曲——引者),悲歌仰天泪如雨。"这种衰势既成,

---

① 秦隋二朝酷似,虽然命短,但在创造"第三种文化"上都有卓越的贡献。参见王大华《崛起于衰落》。如今在西安著名的"曲江国家文化产业示范区",有"秦二世博物馆",便着意彰显"亡朝文化",提醒世人进行相关的思考。当今有识之士特别是创作反腐文学的作家应该呼吁公务员多来参观。

② 参见赵文润:《创建周秦汉唐文化研究中心的重要意义》,《陕西师范大学学报》1995年第3期。

③ 在20世纪的秦地人(尤其是关中人)身上,有时确能领略到扑面而来的"阿Q气"或"阿Q味"。经常可以从秦地电视屏幕上看到"Q"(代表"秦")或"QQQ"(代表"三秦")符号,便会引起人们的一些联想和感叹。这,也许不算是个笑话(补注:近几年电视台台标换了,换成变形的"S"了,似乎仍可以进行多义联想,最好是往希冀陕西重振雄风的方向联想)。

似乎就一发不可收拾。直到20世纪,都未有根本的转变。这种情形自然会有敏感的作家痛切地感知,与大西北有着生命深缘的张承志,就曾在中篇小说《西省暗杀考》里写道:"以后的事,海边热闹多旱地消息少。……英雄志士轮到南方人里出,陕西迤西好像给人忘了,无声无息。""刚烈死了。情感死了。正义死了。时代已变,机缘已去。你这广阔无垠的西省大地,贵比千金的血性死了。"正是由于有这种痛切的失落感,作家才会有那种急切的寻求复兴的激情,才会写出激情洋溢的《北方的河》、《金牧场》(包括改写本《金草地》)等佳作。

从某种意义上讲,20世纪的大西北文学,也是寻求大西北复兴的文学。然而衰微既久,欲求复兴,谈何容易。其间必然要有一个艰难而持久的过程。即就文学本身而言,也是如此。在20世纪初叶,轰轰烈烈的五四新文化、新文学运动在北京和上海等地都卷起狂飙,成果也颇丰硕。然而就是如此巨大的文化潮头,也仅在大西北激起相当微弱的回声。深切感应着五四新文化运动风潮而又身在本土的秦地之子实际寥寥可数,而且更少文学上的"现代"意识。倘要想在长安(西安或西京)寻找像北京、上海那样的文学盛景,那肯定要大失所望的。① 早在1897年,西安就出现了第一家私营报纸,坚持到了1904年;1906年,关中出现了《三原白话报》;1908年,西安出现了公益书局;1909年,出现了学生创办的《陕西杂志》;1912年,西安出现了爱国的《秦风日报》;1918

---

① 甚至在较长时期里都有人称西安为"文艺的荒漠"。参见《郑伯奇文集》,陕西人民出版社1988年版,第358页。

年,出现了陕西靖国军总部机关报《启明日报》;1921年,出现了旨在宣扬民意的《新秦日报》;1924年,还出现了综合性期刊《西北晨钟》和文学刊物《青年文学》……应该说,在20世纪初期,新文化、新文学的风潮已经影响到了秦地,但从实际印行的报刊的情况来看,大多昙花一现、浅尝辄止,或者耽于时政新闻,很少顾及到文学的独立建设。① 即使名为《青年文学》(魏野畴组建的"青年文学社"主办,张秉仁主编),其实尚处于文学习作阶段,罕见有分量有特色有影响的文学作品,况且半年后就改了刊名,成了《青年生活》,组稿范围也明确从文学尝试、文化探讨转向了政治思潮方面的宣传,时政评论基本取代了文学上的尝试。因此,在"五四"前后乃至20世纪30年代上半叶之前,要在秦地找到比较成熟的新文学作家(尤其是小说家)是困难的。也许有人会提出比较有声名的郑伯奇、王独清、吴宓、冯润璋等作家来,固然,这些人都出生于陕西,都在秦地生活过较长的时间,但在他们真正搞上文学的时候,却都在外地或外国。② 其中,王独清主要是一位倾向于现代派的诗人,小说偶有为之,水平不高,而且少涉秦地;吴宓虽曾习写过小说,但鲜有发表,他主要是一位致力于比较文学的教师和

---

① 20世纪的上半个世纪,"西安文学"总的来说是相当不景气的。40年代略有改观,谢冰莹、郑伯奇等都曾在这里办过文学刊物,无名氏、叶鼎洛、黄震遐等在陕作家也有一些创作,但文学空气仍然比较沉闷。参见《一年来的西安文艺》,《黄河》2卷第19期(1942年)。

② 五四时期在北京有一批陕籍学生较为活跃。如李子洲、刘天章、杨钟健等人,联合创办了进步刊物《共进》。该刊创刊于1921年,发刊宗旨是"提倡桑梓文化,改造陕西社会"。该刊是一个政治性强的综合刊物,仅刊发少量作品(包括小说)。1926年该刊被军阀查封。

学者；冯润璋出道稍迟，是"左联"时期的一位普通作家（后面略有介绍）。如果要谈当时较有成就的小说家的话，那么也就是郑伯奇能够当得起这"小说家"的称号了。

郑伯奇是一位带着三秦文化传统的印痕进入新文学阵营的作家。他于1895年出生于陕西长安县，在1917年赴日留学前的20多年里，深受三秦文化（尤其是关中文化）氛围的熏陶和影响，塑造了他那老成正统而又勤谨谦和的性格特征及相应的审美情趣。《人文中国》中谈到陕中盆地（即关中）时说："看来，只有这一方水土可算作正宗地道的陕西，只有生活在这一方水土上的人的性格最能代表陕西人的性格。"[①]这话尽管说得偏激而又简单了些，但至少可以说，关中人的主导性格特征可以代表陕西人性格系统中的一个重要方面。贾平凹在《关中论》中引游客语，说关中人酷似"兵马俑"，那种端庄严正的姿态和神情，较之于其形貌更能给人留下深切的印象。[②] 历来京畿之地多被称为首善之区，自然格外注重教化。郑伯奇作为关中人，的确相当稳重实在，谦和儒雅，但这使他难以纵横捭阖、领袖群伦。由于机缘，郑伯奇成了创造社的一员。如众所知，创造社是高张浪漫主义大旗的，对此，郑伯奇在理智上也是深为了解的，但先期形成的文化性格却使他难以像郭沫若、郁达夫那样"浪漫"起来。[③] 试想，在那样一个狂飙突进的时代气氛和热情浪漫的同人社团中的郑伯奇，怎么就"放

---

① 辛向阳等著：《人文中国》，中国社会出版社1996年版，第993页。
② 参见《贾平凹散文精选》，陕西人民出版社1992年版，第197页。
③ 参见拙文《郑伯奇与创造社》，《三秦论坛》1995年第5期。

不开"呢？他写于1921年的小说处女作《最初一课》，以写实的手法，借鉴都德《最后一课》，真切地传达出了留学生的爱国之情，朴直简约的笔法更接近中国的传统小说。在他后来的《帝国的荣光》、《宽城子大将》等反帝小说中，在他较多描写现实人生的《忙人》、《打火机》等讽刺小说中，都相当清楚地表明，他是一位倾向于现实主义的作家。这在以浪漫主义名世的创造社群体中，是比较独特的。① 他没有像郭沫若那样"爆发"的激情，也没有像郁达夫那样"抑郁"的抒情，同时也和张资平愈来愈俗的"写实"划清了界线。尽管在性情上，郑伯奇实异于创造社同人，但他却又是易于相处的人，他敦厚诚笃，宽厚平和，在创造社陷入内外困境时，往往都是靠他去张罗、磨合。这些都证明郑伯奇在性情深处植有三秦文化的基因。然而这种文化基因对他也有明显消极的影响，就是无法充分向外烁型的浪漫人格转化，真正借助于创造社的群体力量"火起来"，同时也由于务实、谨慎，对当时的文学前景缺乏足够的信心，遂影响到他在感情上、精力上的投入。新中国成立前他曾两次从全国文化中心地带撤回故乡，最后定居西安，恋乡情结也多少影响到他在文学事业上的发展。

由于正统老成，由于谨慎而又务实，由于相对保守和恋乡回归，等等，使郑伯奇在创作上难有全身心的投入和相应的丰收，只能在"即兴"的感受和"即物"的写实中写出一些带有游历色彩的

---

① 参见傅正乾：《郑伯奇的小说创作》，《小说评论》1995年第5期。1936年良友公司出版的《打火机》是郑伯奇较著名的小说集，收有10篇小说；1988年陕西人民出版社出版的《郑伯奇文集》收有16篇小说。这些小说大多简约平实，体现了他一贯的文风。

小说作品。即使偶涉故土题材(如《圣处女的出路》写了天主教在西安的劣迹,《北庐弯》写了秦地风土人情),也缺乏鲁迅小说那样的深入开掘和反思的特征。这样,郑伯奇在小说及其他创作中没有深邃、厚重的丰碑之作,也便是可以理解的了。① 其中尤其值得强调的是,郑伯奇作为秦地远游之子,感应着异国他乡的"洋文化"气息,②身处于创造社这一明显带有"西化"浪漫主义色彩的社团之中,回国后较长时间又生活在上海滩的"海派文化"氛围中,这样浓重的现实性的文化光圈极为紧密地裹挟着他,遮蔽和掩抑着他对故土的记忆及对三秦文化的深思。至少在较大程度上可以说,那种关于本土文化的意识还没有在郑伯奇心中觉醒,更较少对本土文化进行反反复复的深思或参透。郑伯奇对留学生心态的把握,对大城市社会底层那些茶房、舞女、咖啡女的描写,虽然亦属亲历或亲见,有点类似"身边小说",但大抵有欠充分和深刻,艺术上难臻圆融浑厚的境界。这也是前面说郑伯奇"洋味"多于"土味"而影响其艺术成就的一个原因。

相比较,作为中国左翼作家联盟成员之一的冯润璋③,其"洋味"倒不怎样显著。他在20世纪20年代末、30年代初所写的短

---

① 这是仅就文学创作而言的。作为一个文化人,郑伯奇一生的经历也相当丰富,在文坛充任的角色也是多样的(写剧本、小说,搞编辑、电影,组社团,弄评论等)。诚可为之写一部生动的传记或评传。

② 陕籍在外地的作家中,王独清"洋化"得更厉害,他曾长期在国外流浪。这在其自传体长篇小说《我在欧洲的生活》中有较为详细的描述。作为一位现代象征派诗人,王独清很少眷顾故乡,有似无根的漂萍,未能进入文化融合的化境,终难有大的造就。

③ 冯润璋,1902年出生于陕西省泾阳县冯家沟村的一个贫苦农民家庭。

篇小说《逃兵》、《丰年》、《劈开来》等,多取材于他所熟悉的故乡生活,相当真切而又细致地描绘了军阀混战中青年农民的悲剧命运(如《逃兵》中的阿荣之被杀),苛捐杂税下劳苦民众的深重灾难(如《丰年》中王二一家"丰收成灾"的不幸遭遇),饥饿折磨中的贫困农民的痛苦挣扎(如《劈开来》中卖柴者的惨痛经历)。他的这些创作既显示了鲜明的左翼作家共同的特征,又显示了相当浓厚的陕西地方色彩,其创作略先于写有《丰收》的叶紫,理应给予一定的注意。①

在这里,我们还有必要提及另一位少为人知的秦地小说作者——李宝忠。他是陕西米脂人,字健侯。由于他对故乡的情缘和对同乡"伟人"李自成的赞赏,花了多年的心血,写成了一部章回体白话小说《永昌演义》,36万多字,共40回。该书从1926年动笔,数易其稿,1930年冬写成。其后辗转传抄,在一定范围内流传,但一直未能公开出版发行,直到1984年,才由新华出版社出版,既在20世纪20年代写出,又进入了传播渠道,也应为文学史所关注。尤其重要的是,该书虽不属新文学的主流,但却有较高的文学品位,有如张恨水的某些章回体小说,颇为严肃凝重。作者在《自序》中用文言写道:

> 李自成本一走卒耳,崛起草泽,战必胜,攻必克,十余年间复明社稷,南面而王天下。虽其运祚不长,兴亡转瞬,而其雄才

---

① 详参吕世民选编:《冯润璋文存》,陕西人民出版社1992年版。冯润璋在新中国成立前,曾由泰东书局出版了一本名为《欢呼》的小说集。

大略,殊足以远继汉、明,……况其人不贪财,不好色,光明磊落,有古豪杰风,若释丘从周戮张国绅等事,不贤而能之乎?虽《明史》固掩其长,而野乘多存其实,未可以成败而概论之也。

正是出于这样的体认,李健侯"窃叹吾乡有此不世出之伟人,而竟听其事迹湮没,莫得搜考而表彰之,时时引以为憾"。遂不辞艰辛,广搜素材,潜心经营,"凡四易寒暑而稿成"。该书写得相当真实动人,李自成的人格及奋斗事迹是描写的重点,收笔处写闯王遁入空门,族人星散,也笼罩着比较浓重的悲剧气氛。小说中其他人物如牛金星、李岩、李过等也写得较为成功,对复杂的历史变迁和矛盾纠葛也有宏观的把握,在人物感情描写上着墨不够充分,但也有一些察情入微的情节,如写李自成爱兵如子、李振声精诚死节、牛金星为私钻营等一系列情节描写,均见出较为深厚的艺术功力。该书既对陕北民间造反的历史传统给予了一次相当忠实的描写,景物和民俗等描写也使之带有较为明显的地域色彩。陕北名士张季鸾曾说:"这书写得像陕北的八碗,肉一块,菜一块。"①虽对小说的结构不满意(这只是他个人的感觉),但同时也表明小说能唤起他对陕北文化的潜在的感应。另一位陕北名人刘澜涛也说:"该书对米脂县城周围山川景物和李自成传奇故事的生动描述,读起来很亲切,很有收益。"②延安时

---

① 见《秦中旧事》,上海书店1992年版,第73页。"八碗",流行于陕北的一种婚丧宴席。

② 刘澜涛:《关于〈永昌演义〉的一封信》,见《永昌演义》代前言。

期,有人曾将这部小说送给毛泽东阅读,他读毕即给李鼎铭先生一信。信中说:

> 永昌演义前数年为多人所传阅;近日鄙人阅读一过,获益良多。并已抄存一部,以为将来之用。作者李健侯先生经营此书,费了大力,请先生代我向作者致深切之敬意。此书赞美李自成个人品德,但贬抑其整个运动。……这个运动起自陕北,实为陕人的光荣,尤为先生及作者健侯先生们的光荣。此书现在如按上述新历史观点加以改造,极有教育人民的作用,未知能获作者同意否?……①

这里表述的也是一种"读者反应",惜健侯先生当时病逝,未能领受这份"敬意",亦未能照改(倘健在也有可能不改),更兼后来还有人不断去写李自成,遂使这部现代最早写李自成的长篇小说在相当长的时期里被"遮蔽"了。

从上述情形看来,中国20世纪初期的小说世界是热闹的,但在秦地却相当冷寂,收获不多。在外地的陕籍作家,小说创作的成果也颇有限。可是,尽管20世纪秦地小说没有一个良好的或漂亮的开端,却并不意味着此后也"平铺直叙",写不出精彩的篇章。事实上,从20世纪30年代后半叶开始,到现今为止,除"文革"期间乏善可陈之外,秦地小说总是带着相当鲜明的地域文化

---

① 《毛泽东同志给李鼎铭先上的一封信》,《革命文物》1980年第4期。这里有省略。着重号为引者所加。

特色,较多地受到文坛的关注。其中最引人注目的文学现象,概而言之有三:延安文学现象、"白杨树派"文学现象和"陕军"文学现象。这三大文学现象有时序上的先后和内在的联通,像三个相扣合的链环,显示了秦地20世纪文学的历史骨架,同时又都有较强的辐射力,影响及于全国乃至世界。下面分而述之。

第2节 延安文化与根据地小说

提起延安文学,深以为这是个很好谈却又很难谈好的话题。说它很好谈,是因为相关的谈论已经很多很多,可资借鉴的东西自然很多;说它很难谈好,其原因则颇杂多,既有种种客观方面的原因,亦有主观方面的原因。这里也不可能就延安文学进行面面俱到的论说,仅拟就扣合题旨的有关方面谈点个人的想法。

● **对本土延安文化的重建** ●

炎黄子孙崇尚的中华文化有着漫长的融汇形成的过程。炎黄二帝及其子民们的迁徙觅生伴随着一系列文化创造和文化兼容活动。其间,植根于黄土地的黄土文化在传播和交流中逐渐形成了博大深厚的特征。有学者指出:"黄帝在姬水一带长大,炎帝在姜水一带长大。姜水是渭水的一条支流,在今天的陕西宝鸡境内,姬水离姜水不会很远。可见炎帝、黄帝是兴起于我国西部黄土高原地区的部落领袖。""值得重视的是,在姜水、姬水流域发展起来的炎黄部落各有一支逐渐向东迁徙,进入了中原地区……炎黄、九黎、东夷诸部落争斗的结果,促进了它们之间互相融合,形成了华夏民族的主体。"①文明和文化在流动和融合中重构和发展,这是中华文明、文化史早在起源阶段便昭示出来的一个基本的规律。三秦文化自然不会例外。而作为三秦文化中极具活力的延安文化,从遥远的古代到20世纪,尽管其间也有沉寂封闭的时期,但内潜的文化活力始终存在,一旦被激活、被焕发、被培植,往往会像高原般崛起,其影响的巨大,既令人惊奇也令人惊叹。远的无须多说,倒是20世纪三四十年代崛起的延安文化,激起了世界范围的关注和评说。人们往往对三秦文化史(在秦汉隋唐时期也足以代表中华文化史)上的开拓创业精神、改革开放精神等等给予由衷的礼赞,但却对固有的延安文化中的同类精神素质注意不够。无论是在你打开《延安府志》的时候,还是在你静聆毛泽东《在延安文艺座谈会上的讲话》的时候,抑或在你展读陕北作家柳青、②路遥、高建群等人作品的时候,都会使你从不同的侧面,体会到在陕北这块古老的土地上文化乃至人种的融合,以及开放求变、开拓进取作为一种地域文化精神的抽象。那种关于延安的贫穷和封闭的印象只表明了延安的一个方面。如果说三秦文化史上有值得称扬的"汉唐气魄"以及相应的"丝绸之路",那么也可以说延安文化史上也有值得称扬的"延安精神"以及相应的"延安之路"。

自然,这里所说的"延安精神"和"延安之路",并非古代性的,

---

① 张岂之主编:《中国传统文化》,高等教育出版社1994年版,第9—11页。
② 柳青为陕北吴堡人,写《种谷记》等小说时,尤其是典型的本土作家。直到晚年,给人的印象仍然是"一个十足的陕北老汉"。参见《大写的人》,中国青年出版社1982年版,第39页。

而是现代性的,是对古已有之的延安本土文化的改造、继承和重建。① 在延安这块古老的土地上,养育着一群勇敢坚强、行侠好义而又刁蛮粗莽的陕北汉子,为这里的民风注入了一股代代相传的雄强剽悍的力量。仅仅是闯王李自成、绿林张献忠就留下了多少惊心动魄的故事! 同时,在这块有延河和无定河流经的地方,还养育了一群喝小米粥,吃酸白菜,穿大襟袄、扎红腰带的女子和婆姨,为这里的民风注入了又一股代代相传的柔情万种的情味,仅仅是米脂的婆姨、《走西口》的信天游和那引英雄和奸雄竞折腰的貂蝉,就能够让人意迟迟,情绵绵,很难忘怀了。在山丹丹盛开的黄土高原上,在黄帝陵所在的珍藏着悠长之梦的桥山上。在西北风和信天游拂过的地方,绝不是一贫如洗的文化荒原。这里确有相当深厚的文化积淀。② 而这种文化积淀中,也就有对外部世界、理想世界的渴望与追求。

浮出渴望的水面

海的声音

---

① 比如仅就教育而言,延安原有的基础很薄弱,当时的延安县小学校仅有 7 所,学生共 70 余人。当延安成为"红都"后。仅抗日军政大学一个学校(包括分校),从 1936 年到 1945 年就培养了约 10 万名学员。详参王昺:《毛泽东与延安干部教育》,陕西人民教育出版社 1992 年版。

② 黄新亚指出,"陕北农民中所聚集的中华民族的优秀文化传统给了中国共产党人以深刻的启发",从而形成了"在中国革命史上具有重大意义的延安精神……三秦文化因此而得到了一次全面总结、改造、提高的机会"。参见《三秦文化》,第 246—247 页。与延安毗邻的榆林,民性也淳厚质朴,人尚气节,急公好义,多将才。见宋伯鲁等修,吴延锡等纂:《陕西省续通志稿》,1934 年影印版。

从遥远的地平线上流来

如血的黄昏

坠落在古长城的残垣上

坚守最初的承诺

幽静而纯洁的荞麦花

为一种风骨的诞生凋谢

黄帝陵五千年的梦

弹指间

将陕北高原点化成一株

忘忧萱①

在有的诗人眼里,黄土高原的莽莽苍苍、起伏连绵,也是一个黄色的海洋,这里也敞开怀抱,欢迎那些不畏艰险、贫寒的拓荒者,来此播下希望的种子。就这样,经过万水千山,一股红色的铁流流到了延安,使那富有生命力的政治文化②和军事力量,在此得以休养生息,滋育繁殖,成长壮大,奠基西北。黄土地给了它食

---

① 张晓宁《陕北高原》之一节。也有诗人对陕北的观感不佳,云:"巨人的皱纹/沟沟壑壑/又深又长/巨人的眼睛/山洞窑洞/昏昧无光/无精打采的巨人/像骷髅般衰老/像废墟般苍凉/啊,你这自古躺下的巨人/在你那颗古老的心灵里/是否还有对挺立的青春的畅想?"(佚名:《黄土高原即景之一》)杨争光面对地老天荒的层层叠叠的土山,也曾吟道:"……山不给人一点希望/他真想跳进去/让山淹死。"此皆为渴望至极、求变心切的愤语。

② 关于"政治文化"这一概念的界说及内涵(主要包括政治思想、政治制度和社会政治心理等),详参《论中国传统政治文化》一书,吉林大学出版社1987年出版。在中国20世纪,政治文化的重要性是不言而喻的,其对文艺的影响也是非常巨大的。

粮,延河水给了它甘泉。随着革命事业的发展,延安这座陕北古城,也就成了一种新的政治中心和文化中心。不过相对于当时执政党及其推行的文化而言,当时处于上升期的延安文化应是一种边缘文化或正在走向新的中心文化的文化。

这种被20世纪三四十年代的延安人(包括外来者)逐渐重建起来的延安文化,是以延安革命文化为主导的,同时也对延安民间文化(如秧歌、信天游和风俗等)、延安古代文化(如多民族融合的文化精神和李自成式的叛逆精神等)和外来文化(如国外的苏联文化和国内异地的城乡文化等)给予了程度不同的汲取再造。在战争的烽烟和创业的艰难中,延安文化经受了极其严峻的考验,并逐渐成熟起来,形成了一种合金般硬朗的"延安精神"。身处其中的柳青后来在《延安精神》一文中曾动情地写道:

> 30年代的中国青年知识分子,在1936年西安事变以后和1940年国民党严密封锁陕甘宁边区以前这个时期,到延安的人数到底有多少万,谁能说清楚呢?……他们在延安的土窑洞里学习、工作、整风,认识了自己的长处和弱点,明确了努力的方向,把延安当作自己在精神上长大的故乡。这样的人,谁也说不清楚有多少万。我是他们中间的一个。……十年一梦,现在是三川辉煌,四山灿烂,不是当年点煤油灯和麻油灯时的神气了。电,使得任何偏僻地区的城市现代化起来;延安这个精神上的国际大城市,现在在物质上逐渐地大起来了。……①

---

① 《柳青小说散文集》,中国青年出版社1979年版,第80页。

柳青对"延安精神"的认同是无疑的,对"延安感情"的体会是深刻的。在柳青的理解中,"延安精神"就是"对于奋斗目标不折不扣的信心——这是一种乐观主义的精神;对于面对的现实采取切切实实的态度——这是一种实事求是的精神;对于困难不屈不挠的顽强——这是一种英雄主义的精神。"① 正是出于这样深切的认识和感情,柳青自然进入了延安文化中心话语的特有语境,并参与了这种中心话语的制作和生发。这也体现在他的小说创作中,无论是当年延安时期的小说创作,还是新中国成立后的小说创作,可以说都流淌着"延安精神"的血液。从延安文化氛围中走来的另一位重要作家杜鹏程,也写过《保卫延安》、《延安人》等小说,无论长短,都见出特有的精心和痴情。② 如果说《保卫延安》主要写出了延安精神在为建立新中国而战中的重要作用,那么《延安人》则主要写出了延安精神在新中国成立后的建设事业中的重要作用。在血与火中拼杀的周大勇、王老虎、李振德,和在平凡的工作岗位上辛勤工作的黑成威夫妇、黑永良、吕有怀,都是经由延安精神洗礼的"延安人"。《保卫延安》在喷发的激情中呈现出一种磅

---

① 《柳青小说散文集》,中国青年出版社1979年版,第86—87页。有意味的是,贾平凹也从"延安精神"中汲取过力量。他以为延安精神提倡的不是"艰苦",而是"奋斗",是在"艰苦"中拼力奋斗,奋斗就是摆脱艰苦。详参《商州三录》,百花文艺出版社1986年版,第230页。与秦地艺术家张艺谋相知的莫言,也曾认真抄写过毛泽东《在延安文艺座谈会上的讲话》,尽管他并不完全认同《在延安文艺座谈会上的讲话》,但对其人民本位文学观、普及与提高的关系等论述还是深切认同的。即使在他获得诺贝尔文学奖之后也没有改变这种看法。

② 杜鹏程曾动情地说:"延安,我的第二个故乡,你哺育了我,哺育了一代又一代的人。我们这些老老少少的人,全是你的儿女,全是从你那里懂得了革命的信念和不息的追求。"见《延安大学学报》1984年校史特辑第166页。

礴和挺拔的气势;《延安人》则在平和的叙描中流露出更多的乡土气息。很显然,延安文化,特别是重建的以革命文化为主导的延安文化对秦地小说家,曾经留下了极为清晰的印记。不仅如此,重建的延安文化也同样对那些外来的作家们产生了深刻的影响,从而显示了一种融合再造的处于上升阶段的新型文化的征服力量。无视于此或随意贬损,都不是科学的历史态度。但这也并不意味着延安文化没有自身的弱点,更不意味着其文化要素中一些东西被推向极端后仍然会正确无误。当延安文化从初始的边缘文化走向后来的中心文化再被绝对化之后,其弊端怕就难免了。这表现在文艺方面就相当明显。对此讳莫如深,大概也不是明智的态度。比如《在延安文艺座谈会上的讲话》中对"政治"的强调,后来便被"文学方面的官僚们"夸张渲染,推向极端,酿成了文化领域的一次又一次的运动,危害之大也是有目共睹的。① 于是,对此的拨乱反正或历史反思,就成了另一新时期的重要标志。

● **延安文学现象的形成** ●

当"西北风"被人们赋予诗意的特性之后,人们也许更注意去追寻它的丰富的文化内涵。20世纪中前期的延安文坛,依赖着赤色政治文化的支撑,并有力地反作用于这种政治文化,于是二者相得益彰,共同促成了一股强劲的"西北风",吹向全国和世界。这股带有鲜明政治文化色彩的"西北风",将延安文艺(文学)运动的影响迅速扩大开来,首先在其他根据地引起连锁反应,继之在

---

① 参见费正清等编:《剑桥中华民国史》(下卷),中国社会科学出版社1993年版,第548页。

国统区和敌占区也产生了一定的影响。同时作为国际共运影响下的文艺以及有斯诺、史沫特莱等外国"老记"或作家的广为介绍,也在世界范围内引起了一定的注意。① 因此在引申或借用的意义上可以说,20世纪前半叶的延安文艺,无论从规模还是影响来看,都是狂抓式的"西北风",其重要性并不低于80年代的"西北风"。贾平凹在谈论20世纪80年代的"西北风"时,曾指出了"风源",他说:

> 大陆流行的西北风,有一个原因,就是西北、特别是陕西一带有浓郁的民俗、民情、民风,这一带是中国古代文化的发祥地,传统的东西在这里有很厚的积淀,中华民族从历史到哲学在这里扎着很深的根,从而在民族特色的形态上这里最纯粹,所以体现这些东西的作品很容易被接受,这种畅销反过来又刺激了其他艺术门类。②

贾平凹是到地域文化中去寻找"风源"的。这种"风源"在20世纪三四十年代无疑也存在。甚至彼时的西北民间风味更为本色,更为纯粹,其文艺"大众化"的选择也更自觉,更能为战争年代的接

---

① 详参《延安文艺精华鉴赏》(王志武主编,陕西人民教育出版社1992年版)的"影响编",其中收有《〈讲话〉在解放区的传播和影响》、《〈讲话〉在国统区的传播和影响》、《外国人笔下的延安文艺盛况》等。

② 见《废都废谁》,学苑出版社1993年版,第77页。自然,20世纪40年代的"西北风"与80年代的"西北风"是有差异的。比如40年代的"西北风"多含"政治"意味,80年代的"西北风"多含"生命"意味,就是明显的差异,但二者也有相通之处,即都与"黄土高坡"的地域文化有着密切的关系,都带有"朴野"的美学风貌。

受者(主要是工农兵群众)所欢迎。这正如有的学者所指出的那样,在根据地产生了一批以描写工农兵生活为主要内容的作品。"这些以工农兵群众喜闻乐见的艺术形式和语言创作的作品,受到了广大工农兵读者的欢迎,产生了较为广泛的影响。"相应的,"以延安地区为中心,以毛泽东《在延安文艺座谈会上的讲话》精神为指导,以服务于工农兵为宗旨,在数以千百计的作家和文学青年的推动下,工农兵文学思潮终于席卷整个抗日民主根据地,成为一股有声有色、汹涌澎湃的文学大潮。"① 尽管后人可以从超越政治功利的审美角度,对延安文学为代表的工农兵文学提出批评,也无法否认当年延安文学现象及文学思潮的历史必然性。对延安时期的思想运动、文学运动不无微词的李泽厚也客观地指出:"整个抗战文艺是发达的、特别是像《黄河大合唱》等昂扬的大众歌曲,黑白版画和立足于民间文艺基础的西北剪纸和《兄妹开荒》等秧歌剧等等。它们或以悲愤高亢传达出广大人民的抗战心声,或者以拙朴浑厚呈现着中国民族的雄强气派。"他还坦然地承认:"选择审美并不劣于或低于选择其他,'为艺术而艺术'不劣于或低于'为人生而艺术'。但是,反之亦然。世界、人生、文艺的取向本来就应该是多元的。""如果是我,大概会选择后者。"② 由此体现的宽容和坦诚,应该说不失一位学者的风度。事实上,在文艺和非文艺之间,也存在着一个宽阔的过渡带,在这里也同样是可以大有作为的,不一

---

① 刘增杰:《战火中的缪斯》,河南大学出版社1992年版,第33—34页。
② 李泽厚:《二十世纪中国文艺一瞥》,见《中国现代思想史论》,东方出版社1987年版,第209页。

定非要进行二元对立、必择其一的单项选择。因此,从多元的文学观来看待"战火中的缪斯",也自应看取其多元的价值。①

也正是从多元的文学观出发,才能在广阔而又多样的文学世界中,看到延安文学作为一种文学现象和文学流派而存在的真相。那种企图以延安文学精神去统摄所有文学现象、文学流派的追求,其实是断难成功的,假政治之铁腕强行为之,极易趋于极端,将文学世界的多声部大合唱简化为单独的清唱,其危害之大,有史可证。但与那种将延安文学举之于天相背反的全盘否定、大加挞伐的观点,也明显趋于贬之入地的另一种偏激,亦不可取。究其实,延安文学中的优秀之作也是具有艺术审美魅力的(即使以反共著称的小说史家夏志清,也不得不特别提到 1945—1949 年解放区小说家的高峰创作期)。杨义在《四十年代诗坛的"西北风"》短文中即对《王贵与李香香》作了艺术的分析,开篇便指出:

> 李季的叙事长诗《王贵与李香香》采用陕北民歌"信天游"的格式和手法写成。这种民歌体式两句一韵,多用于对唱和联唱,长于抒情。李季把几百节联缀成章,叙写一双农家儿女在压迫和反抗中历尽磨难的纯洁爱情,格调有若陕北高原一般清新、明朗和开阔,当可看作 40 年代诗坛上的一般高亢而悠扬的"西北风"。②

---

① 详参拙文:《多维的世界与审美的透视》,《延安大学学报》1989 年 1 期。
② 杨义主笔:《中国新文学图志》(下),人民文学出版社 1996 年版,第 644 页。关于信天游的审美特征,亦可参罗艺峰:《中国西部音乐论》,青海人民出版社 1991 年版,第 304—316 页。

诚然,这种清新、明朗、开阔和高亢悠扬的"西北风",也是一种美的体现。与多元的文学观相应,审美的多样性就是理应承认的命题。此前说这种入耳透心的"西北风"也是一种有力度和深度的"审美范型",道理即在于此。其情形亦如秦地广为流传的"吼起来"的秦腔,以其为美者如醉如痴,而在一些外地人听来,却心惊肉跳,难以领略其独有的韵味。在秦地有一种颇为显豁的文化现象,就是像李芳桂、马健翎、范紫东这样的秦腔剧作家和知名度高的秦腔演员,极受推崇。在诸多名人录及地方志中,从事秦腔的名人一排排、一串串。相形之下,在《三秦风采》、《陕西通志》、《陕西历史名人传》等书中,小说家、诗人等作家的大名则显得寥若晨星。① 这也说明,审美选择也会受地域文化传统的影响,形成一种带有地域特征的审美文化。

既然是一种文学流派,一种文学现象,延安文学也就不必搞文学上的"霸权主义",包打天下。但它在历史上又确实是一个影响力巨大的文学流派,不仅自身有相当系统的文学理论(以《在延安文艺座谈会上的讲话》为代表),有相当活跃的文学组织和刊物,有较多志趣趋同的作家作品,而且并不局限于延安一地或陕甘宁边区,在晋冀鲁豫及东北苏北等根据地都有重要的影响,形

---

① 秦腔对陕西作家、诗人有重要的影响。秦腔是中国戏曲中产生较早,也是目前全国群众基础很深的剧种之一。作为梆子戏的代表,它浑厚深沉,慷慨激越,血泪交流,感天动地。这种秦地雅俗共赏的戏曲文化艺术,体现了秦人"土辣爽直"的秉性,也彰显着周秦汉唐的沉郁悲凉的历史氛围和八百里秦川浑厚莽阔的地理人文,以及由此而来的粗犷浩大、慷慨激越的审美风格。这对柳青、路遥、陈忠实、贾平凹、高建群等作家都产生了明显的影响。

成了以延安根据地为中心的辐射状的文艺网络,其中有些地区的作家还在遵循延安文学基本精神(亦可称为强调文艺革命化和大众化有机结合的创作范式)的实践中,发挥其所在地域的文化和作家个性的作用,形成了对延安文学现象有所扩展和增益的态势。比如晋地赵树理和冀地孙犁,就在这方面作出了突出贡献,甚至在无意之间创构了带有各自地域文化特点的小说流派的雏形,后来有所发展,便被文学界称之为"山药蛋派"和"白洋淀派"(或"荷花淀派")。鉴于这种小流流派和延安文学现象之间的密切关系,由此反观延安文学,更易发现它是一个在延安生成并传播开去的文学流派,一个带有母本性质的文学流派。这一文学流派在秦地的具体影响,则主要体现在"白杨树派"的生成和延续上(详论见后)。当然,延安文学的实际影响并不局限于根据地,甚至也不局限于国内。国外汉学家、文学家对延安文学的评价差别较大,但客观上也证明了延安文学现象的独特性和重要性。在世界文学视野中,文学流派纷呈,名目繁多,无论寿命久暂、影响大小,但总要有自己的独特之处。尽管这种"独特"在反对派看来仅仅是一种"局限"。对延安文学,自然也可作如是观,既承认其独特处,又承认其局限性,同时也承认其影响的复杂性。

简言之,"延安文学流派说"认定:延安文学现象或延安文学流派是秦地文学史上的第一个高潮。它以《在延安文艺座谈会上的讲话》为基本理论纲领,以延安文艺运动和延安文化为背景,以延安根据地作家为骨干,以其他根据地作家为辅翼,以这些作家的创作为支柱,以丁玲、赵树理、欧阳山、柳青、贺敬之、李季、马健翎、孙犁、田间等一大批作家为代表,在中国文学史上形成了一场有声有色、其势雄壮的文学运动,①并由此形成了深有影响的一大流派,其特色独具、局限难免,皆为题中应有之义。由此,我们可以明确界定:延安文艺是中国近现代中国文艺史上一个成就巨大、影响深远的文艺流派,仅仅从文学角度看,也可以说存在一个"延安文学流派"。将这一流派视为绝对"正确"或唯一"正宗"的想法和做法,以及全盘否定延安文艺的思潮,都不免失之偏颇。②

那么,这样一个文学现象、一大文学流派的形成,其原因有哪些呢?

丁玲到延安不久,便在深切体验、理性导引的基础上写了一篇《文艺在苏区》的文章,③其中写道:

> 看来似乎是荒芜的冷淡的陕北的山川,然四野却也杂乱的怒放了许多奇葩。

这种诗意的描述中有感慨,感慨中有发现,发现中有认同。依丁玲的个性,这绝非粉饰的话语。由此可以看出,丁玲已经注意到

---

① 叶澜《文艺活动在延安》一文说:"许多全国知名的作家到延安来了,他们的名字,使延安文艺界和广大的读者群感到兴奋,使延安的文艺活动更加激荡的活跃起来。"(《新华日报》1941年9月12日)在《在延安文艺座谈会上的讲话》之后,"人民"化、"大众"化的文艺运动更加如火如荼地开展了起来。

② 补注:获得诺贝尔文学奖的莫言曾手抄毛泽东《在延安文艺座谈会上的讲话》,其实从根本上表明他是认同"人民本位文学观"的,在创作中也能身体力行,努力书写民间疾苦、农民命运,故被称为"人民作家"。有人却对之诟病不已,就显示出了一种偏颇。当然,《在延安文艺座谈会上的讲话》也有其时代局限,这是可以理解的。

③ 《解放》(周刊,1937)第1卷第3期。

了延安(陕北)本土文化对苏区文化的影响作用。又二年,艾思奇在《两年来延安的文艺运动》一文①中,便鲜明地指出了延安文艺力量的三个来源:

(一)边区老百姓自己的文艺;

(二)八路军过去的文艺工作传统;

(三)全国各地来的新旧各派文艺人。

这显然是趋于全面的一个小结。对延安文艺力量来源的基本分析,客观上也是对延安文艺运动形成原因的一种解说。值得注意的是,艾思奇在这里将边区本土的老百姓自己的文艺置于第一位,这实际也在表明他那也许带有点民粹主义倾向②的文化态度。当时,很多文化人实际都对"人民"发生了一种难以抑制的崇拜,而这也会促使他们对民众本土文化越来越给予重视。作家周而复所写的《人民文化的时代》一文,③就在热情呼唤礼赞"人民文化的时代"的同时,也对延安本土文化表现出了高度的重视。这种重视本土文化的态度,使我想起了当年的艾青、何其芳、贺敬之、李季等涌入延安的诗人。他们不仅进入了延安,而且在很大程度上也融入了延安,都体认到了延安文化(尤其是重建的延安革命文化)的存在。艾青在1938年2月4日旅经潼关时写的《北

---

① 《群众》1939年第3卷第8、9期。

② 毛泽东曾指出:"民粹主义在中国与我们党内的影响是很大的","这种思想,在农民出身占多数的党内是会长期存在的"、"所谓民粹主义,就是要直接由封建经济发展到社会主义经济……"毛泽东的思想观念和革命实践无论在历史上还是现实中,都能引起人们的认真思考。参见《民粹主义在中国》,《东方》1996年第6期。

③ 见《群众》第10卷第3、4期,1945年3月。

方》,便写出了他踏入秦地的真切感受,"它的广大而瘦瘠的土地/带给我们以淳朴的言语/与宽阔的姿态/我相信这言语与姿态/坚强地生活在大地上/永远不会灭亡"。到了延安,诗人艾青则更强烈地感到了这种"北方"的力量,并且更敏锐地感到了这种力量的来源就是以"大地"象征的人民,即使在歌颂领袖毛泽东时,也看重的是他与人民血肉难分的关系。他在《毛泽东》一诗中写道:

"人民的领袖"不是一句空虚的颂词,
他以对人民的爱博得人民的信仰;

他生根于古老而庞大的中国,
把历史的重载驮在自己的身上……①

何其芳进入延安后的变化是众所周知的,其中也包含着他对陕北民间文化的重视。他收集编辑陕北民间歌谣的佳话早已广为流传,他还曾专门写诗,咏本土的郿鄠戏,从这种地方戏曲中感受到了本土文化的丰富内容,"从你我听出了陕北过去的人民的生活/我听出了古代的秦国的贫苦/我听出了唐朝的边塞的战争/我听出了干旱/我听出了没有树林的山/我听出了破烂的窑洞和难吃的小米饭/我听出了女孩子卖钱,男孩子没有裤子穿……"。

---

① 田间在《拟一个诗人的志愿书》中鲜明地道出了延安诗人的诗学主张:"永远为人民而歌。""人民——诗的泉源之一"。见《抗战诗抄》,新华书店1950年版。

从本土文化中,诗人们既会感到郁积的力量,也会感到沉重的悲哀,同时他们更能由此得到走向革命的激励。贺敬之和李季等热衷于民歌体新诗的诗人也是如此。贺敬之不仅以诗笔写出了著名歌剧《白毛女》(合著),而且还在久久地孕育着他那动人的心中的歌——《回延安》。李季也同样从民间文化中汲取精华,写出了他的名诗《王贵与李香香》。这也使我想起近年来秦地一位本土诗人的咏唱:

> 置身在这方热土
> 如匍匐于母亲胸脯农家土炕
> 暖透的心血流成沸泉
> 夜梦也总是一片温馨辉煌
> 生命的红高粱烧化霜寒
> 感觉的水银柱直线上涨
> 积雪春水般泛着光辉
> 土粒是炒熟的黄豆晶亮生香
> 四面八方辐射的道路
> 是西部汉子的热心肠①

应该说,上述的丁玲、艾思奇对延安文艺运动成因的最初感悟,非常耐人寻味。但后来,有人简单地将延安文艺运动归之于政治的导引,或者归之于战争的逼促,固然也各有一定的道理,却总是不

---

① 秦中吟《因为这片土地渗透阳光》之一节。

够全面,并且有意无意地忽视了本土文化及其重构功能的作用。笔者以为,延安文学现象和流派的形成,恰是本土文化与外来文化(原苏区文化、五四新文化、苏联革命文化等)相互作用、相互融合的结果,没有外来的,现象无以发生;没有本土的,流派无以形成;没有外来的与本土的有机融合,文学现象和流派也无以形成特色,在文学史上也难有立足之地。在对延安文艺现象的发生原因进行深入、系统的研究中,贺志强、杨立民主编的《延安文艺概论》①取得了较好的成果,既注意到了延安文艺与政治战争、新文学传统等方面的关系,也注意到了延安文艺与地域文化的密切关系,并对此给予了相当具体的论述。其中明确指出:

……质而言之,陕甘宁边区的地域文化,构成了延安文艺发生的一个重要因素。从地域文化因素考察延安文艺的发生,有助于从文化蕴涵方面明确延安文艺的独特品貌。首先,它可以揭示陕甘宁边区的地域文化作为延安文艺创作对象的有机部分,是投身于延安文艺创作中的作家们观照生活时的一种特定的对象物;其次,陕甘宁边区地域文化又无时无刻不反过来制约和影响着生存于其中的创作主体,熏陶、冶炼和造就着作家们的心理素质、创作心态和感受生活、表现生活的方式;再次,陕甘宁地域文化滋养了世世代代繁衍、生息于这片神奇土地上的劳动群众的审美情趣、审美理想,培育了他们"集体无意识"中的审美"因子",这就从一个很重

---

① 贺志强等主编:《延安文艺概论》,陕西人民出版社1992年版。

要的方面决定了他们对延安文艺的接受和积极"反馈";最后,正是由于陕甘宁地域文化对延安文艺的创作客体,创作主体和接受主体的积极关系,决定了延安文艺的作品的审美范型:即外在的美学风貌——苍劲、悲凉、雄浑、质朴,与内在的精神风貌——传统的黄河文化精神与新的时代精神——延安精神的结合……以上因素形成了一个完整的文学活动,使延安文艺呈现出浓厚、鲜明的带有时代特色的陕甘宁地域文化的某些特征。我们不妨称之为黄河文化精神的一次现代张扬![1]

在进行的具体论述中,论说亦较坚实和充分。于此毋庸赘述。如果说还有所补充的话,则不妨补充一点,就是作为现代文明产物的报刊、电台等传播媒介,在营造延安文化、文艺氛围,促进文化、文艺发展方面,起到了极为重要的作用。如延安的《新中华报》、《解放日报》、《中国青年》、《中国文化》、《文艺战线》、解放社(出版社)、新华书店、延安新华广播电台等,在十分艰苦的条件下进行了卓有成效的工作。这些都给延安文化和文艺的"生产"带来了极为直接的促进作用,为其"产品"提供了出路,也沟通了作品和接受者、延安和外界的联系,没有这种输出和沟通,延安文学现象和流派是不可能形成并发展起来的。同时,在外地的文化、文艺刊物,也为延安文化界提供了一些帮助。比如抗战期间的《抗战文艺》、《文艺阵地》和《新华日报》等,都刊发了较多的来自延安的

---

[1] 贺志强等主编:《延安文艺概论》,陕西人民出版社1992年版,第29—30页。

稿件或作品，也为延安文化（文学）的外向辐射提供了必要的条件。

● 根据地小说 ●

在延安文艺运动中，根据地小说也和其他文艺样式一样，在延安文化的摇篮中诞生并迅速成长了起来。

倘从地域文化角度来看当年延安根据地小说，就不会简单地将其视为外来的"移民文学"。诚然，表面上，延安文学多由外地人①执笔写成，但其实质却是上述重建的延安文化孕育的结果。如果没有延安本土文化与外来文化（如马克思主义）与地域文化（如延安农民文化）的融合，很难想象会有延安文学（包括根据地小说）。从一定意义上说，伴随着中国"革命"在黄土地上的"长大"和延安文化的重建，根据地的"小说"也在逐渐"长大"。这根据地小说的"根"自然是扎在黄土地的文化层中的。柯仲平曾有诗句云："踏过万水千山，革命落脚延安。"②政治的种子和文化的种子在什么地方落地生根，其中必然大有讲究。种种神秘的传说固不足信，但说这里有"基础"，肯定不是妄说。外来的革命力量之所以能在这里生息发展，是因为这里有适宜的环境和革命的同道；外来的革命文化之所以能在这里发展壮大，是因为这里有源

---

① 如来自湖南的丁玲、周立波、康濯、柯蓝，来自东北的舒群、白朗、罗烽、萧军，来自四川的沙汀、何其芳、邵子南，来自浙江的陈企霞、陈学昭，来自湖北的陈荒煤，来自广东的草明，来自江苏的孔厥，来自山东的杨朔等。陕西本地的只有柳青、马健翎、杜鹏程等，而且当时有的还处在习作阶段。

② 《陕西新诗选》，陕西人民出版社1979年版，第3页。毛泽东曾说，陕北根据地是革命的落脚点，又是革命的出发点，还是许多工作的实验场。

远流长的黄土文化①作为底蕴。革命的力量要强大,文化的果实要丰盈,离开一定的人文地理条件,不啻纸上谈兵。既已投身延安根据地,人与环境的相互作用就会发生,外来的作家不可避免地会受到延安文化环境的影响。无论是正面影响,还是负面影响,总会发生并且总要在创作中体现出来。(在学术界有的看取正面影响的多些,有的看取负面影响的多些,在一定的语境中实属正常现象。)倘从正面影响来看,就会看到如一位学者所见的情形:"贫瘠的陕北黄土高原,在那腥风血雨的年代,你像无数中华母亲一样,用自己仅有的乳汁,养育着奔向自己怀抱而来的革命儿女。这里虽然艰苦备尝,但它是中国的旗帜,民族的希望,人民的理想之所在啊!"②当年的丁玲、欧阳山、何其芳、艾青、康濯、孙犁、田间、柯蓝等外省作家,本省的马健翎、柳青、苏一平、杜鹏程和外国的斯诺、史沫特莱等,都显然受到了延安文化新气象的感染,并且或迟或速、或大或小地调整了自己的文化心理结构。这大抵也带有适者生存的意味,其"应变"的必然性足以证明这种变化本身并不都是悲剧。比如丁玲从"昨天文小姐",发展到"今日武将军",③在"保安人物一时新"之后,更有"延安人物长时新",变

---

① 详参王克文《黄土文化概说》。该文认为"黄土文化"由"黄土地"这个习惯性称谓而得名,文化范型主要体现在"陕北一带"。黄土文化是一种兼综农耕文化和牧猎文化的综合型文化,具有多元性、古朴性和对立性等特点。在这一文化形态中,保守与开拓、怯懦与勇敢、开放与守旧、畏缩与进取、柔韧与侥幸、勤劳与懒惰、消极与积极等等交织在一起,构成了对立统一的黄土文化模式。见《陕西民间文艺论集》,陕西旅游出版社1994年版,第24页。
② 刘建勋:《延安文艺史论稿》,陕西人民出版社1992年版,第262页。
③ 毛泽东:《临江仙》中句,《新观察》1980年第7期。

化不可谓不大。其间固然有得有失,但总的说来,对丁玲的人生拓展和艺术追求,都毕竟是一种新的充实和丰富。① 经由延安文化的洗礼,丁玲写出了《我在霞村的时候》、《在医院中》、《夜》以及《太阳照在桑干河上》等一系列小说,从咀嚼"莎菲"的痛苦,到融入洪流的振奋,情绪转换中或许也包含着一种解脱的快慰。如果她没有迥异于在北京、上海、南京诸地的生活体验和观念变化,仅从文艺创新角度而言,要在总体上超越她本人初期的"莎菲"模式和"左联"时期的单调模式(如革命加恋爱模式和群众反抗模式等),那恐怕也是很困难的。延安时期的丁玲所带着的新文学传统和创作个性,在延安文化氛围中被重新建构或整合,使她逐渐进入了一个新的境界。难怪她曾动情地说:"陕北在我的一生中占有很大的意义!"②"陕北的风光是无尽的,而且是无限好的。"③ 根据地的一切以其独特的文化形态和美的方式,开始进入丁玲小说及其文体之中,给渐渐"武化"的丁玲告别昔日的"莎菲",开始新的人生和艺术之旅,留下了鲜明的印记,也为其作品涂上了陕北的地域色彩。对丁玲的这种变化,如果从女权主义文学观念来看,也许是一种倒退,从纯艺术或唯美主义角度看,也许会产生非议,但只要顾及当时的时代、民族和人民的需要,就会基本认同或

---

① 周艳芳在《丁玲与延安》一文中指出:"延安时期在她身上留下的烙印是不可磨灭的,不妨说,丁玲永驻身心的艺术生命就是在延安获得的。"(见《延安文艺研究》1989年第1期)此语或有所夸张,但说丁玲及创作在较大程度上"延安"化了,则属实。
② 《丁玲文集》(6),湖南人民出版社1984年版,第608页。
③ 丁玲:《〈陕北风光〉校后感》,《陕北风光》,上海文艺出版社1985年版,第30页。

理解丁玲当年的倾注真诚的文化选择。即使在告别过去的过程中付出了昂贵的审美代价。对于当年那些奔赴延安、融入延安文化氛围的作家们来说,固守本我既不容易,在当时当地也无多大必要。既来之,则安之,认同和顺应已成为大势所趋。工农兵对文学的"期待视野"和接受能力也客观上构成了一种难以违拗的牵引力量。作家们既将写作当事业来搞,又要见效,大抵都要像丁玲那样,或迟或速地走上与工农兵相结合的文化道路。这种结合,或似果木嫁接,植物杂交,人们期待的是良种和硕果。不过这总需反复尝试,总需一个艰辛而不寻常的过程。也许当年的延安人迫于战争环境,过于慌促、急躁,追求立竿见影,所以收效不能尽如人意。

延安根据地小说,旨在写劳苦大众翻身解放的居绝大多数。这种现象应该说并非仅仅出于政治上的需要,生活实况和生活体验都促使作家关注"解放",无论外来作家,还是秦地土著作家,都被延安文化中的解放母题及相应的主旋律激动得心颤。①"解放区的天,是明朗的天,解放区的人民好喜欢。"这种乐观主义的情调在延安根据地小说中成为一种基调。但这种基调在不同的作家笔下乃至同一作家的不同作品中都会有不同的变奏。丁玲在小说《新的信念》中,写一个普通村妇(陈大娘)在民族灾难、个人蒙难的痛苦中萌发的复仇情绪。这种"复仇"情绪固然有本能自

---

① 柳青早期的习作,便多写"解放"的故事。如《在故乡》、《喜事》、《土地的儿子》等,既写解放的喜悦,也写解放的艰难。像柳青这样的陕北作家,对解放事业,尤为关注和动情。

发反抗的印记,但与解放区的抗日要求和女性解放的追求已有了深切的呼应。丁玲的《我在霞村的时候》和《太阳照在桑干河上》,骨子里也是对解放母题的一种诠释,只是在那种乐观基调中渗入了较多的艰难苦涩的意味。农民文化中历来都有求平等求公道和复仇反抗的传统,但也有愚昧麻木、保守落后的传统,二者对立却又死死扭结,致使"翻身"、"翻心"大为不易。丁玲对此可谓有相当深切的参透,故而能够写出霞村的贞贞在求取解放途程中的精神磨难,能够写出桑干河的人们在土改运动中的种种纷乱。受到延安文化熏陶的另一位女作家草明,在深入生活、体验生活的基础上,写出了解放区民众的新的精神面貌,更注意在发现美好事物方面对解放母题给予诗意的诠释。如她在小说《延安人》中,就注意从延安人日常生活的风俗画中,展示了带有喜剧情调的场景,她写道:"运输的牲口群,那清脆脆的铃声缠绕着山道,混合着那急流的延河水响声,成了一种悦耳的合奏。这种合奏,增加了陕北人民对生活的爱恋,吆喝牲口的脚夫,都是生活里天才的诗人,他们把自己的见识、欲望和感情编进再也唱不完的、多样的'顺天游'调子里。那些调子很高亢,忽然又很低沉……"作为一个从国统区进入解放区的年轻作家,草明比较单纯地看取延安人,不似丁玲那样深沉,是完全可以理解的。她不仅诗意地赞美着延安人的劳动、歌吟(顺天游即信天游)和陕北特有的风情,而且还通过吴老太太的眼睛,折映出在延安人心目中的毛泽东形象,并从延安人对毛泽东的带有某种神化色彩的想象中,表现出民众对领袖的带有传统文化心理特点的崇敬,表现出民众对翻身生活的一种朴素理解;解放来自领袖的"公道的心"。后来,草明带着延安文艺传统进入工业题材领域,写出了成名作《原动力》,则对解放母题作了进一步的诠释,对工人阶级创造新生活的伟力给予了由衷的礼赞。

进入延安的男性作家似乎更能融入那种火热的生活并有力地表现它。对解放母题相关的新生活更是不遗余力地追踪描写,甚至不惜笔墨地将人物理想化、英雄化。李季的《王贵与李香香》等诗歌,贺敬之等人的《白毛女》歌剧在这方面也许并不突出,但在欧阳山的《高干大》、柳青的《种谷记》、周立波的《暴风骤雨》、马烽等的《吕梁英雄传》等一系列长篇小说中,都一往情深地将塑造正面人物或高大英雄当作了主要追求的目标。因为这些人物既是解放的对象又是参与解放事业的骨干力量,在这样的人物身上涵容着在当时看来最丰富的"解放"意蕴。《高干大》的主人公高生亮,是一位热衷创业的实干家,也是一位敢于斗争的战士。他带领着任家沟群众走合作化的道路,将合作社当作幸福的摇篮去编织和守护,以期巩固解放事业,扩大解放成果。为此,他不辞劳苦,勇于开拓,同时和阻碍合作化的势力进行着坚决的斗争。有论者指出:"作者对高生亮与传统文化观念决裂中表现出的求实创新精神,给予了满腔热情的礼赞,反映了作者对一种崭新文化精神的富有历史感的深刻准确的把握。高生亮代表的这种现代延安精神,在历史实践中越来越显示出它的生命力。这个人物的艺术价值也正是从这里获得了深刻显示。像《种谷记》中的主人公农会主任王加扶也具有类似的意义。"①这里的阐释也许稍嫌夸

---

① 贺志强等主编:《延安文艺概论》,陕西人民出版社1992年版,第311页。

大或当代化了,但无论如何,像高生亮、王加扶这样的从"解放"中尝到甜头从而焕发了精神的农民,总是为那个大变动的时代,提供了具有英雄主义色彩和乐观主义情调的生动见证。这种色彩和情调在《暴风骤雨》和《吕梁英雄传》中的系列英雄人物身上,自然体现得更加充分。应该说,追求"解放",尤其是"解放"千百万劳苦大众,这是追求人的解放的人类事业中的重要组成部分,其间总含有难以置疑的正义性。这也是中国现代文化史上的延安文化精神中最值得珍视的一点。延安根据地小说对此给予集团式的高密度描写,①其中也包括对黑暗势力(如独裁政权、地主剥削者、外来侵略者等)的描写,都有历史的必然性和合理性。至于根据地小说在艺术技巧上的种种不尽如人意之处,虽则令后世读者每每不能满足,倒也并不能构成对延安根据地小说的历史意义的消解。胡风曾说:解放区文艺时期,"这是文艺事业的青春期。我相信,那一种青春气质和初生的力量,那一种生命力,对于我们今天的文艺的发展是能够发生非常有益的促进作用的"②。尽管这种"贺语"未能尽意,但一向敏锐、耿直的胡风不会在劫后归来时言不由衷。这里说出的话包含着一种相当深切的感悟:一种新的文学形态或流派,都有其青春时节,内含着富有生命或再生的

---

① 据《延安文艺精华鉴赏》(王志武主编,陕西人民教育出版社1992年版)的"资料编"统计,广义的"延安文艺"中的小说是其一个重要的方面,小说篇(部)数在《"延安文艺"作品要目》中收有近300篇(部)。其中的一些代表作如《一个女人翻身的故事》(孔厥)、《一个农民的真实故事》(严文井)、《小二黑结婚》(赵树理)、《工作着是美丽的》(陈学昭)、《丈夫》(孙犁)、《政治委员》(刘白羽)、《地雷阵》(邵子南)等,皆契合于"解放母题"。

② 胡风:《对〈延安文艺研究〉的祝贺》,《延安文艺研究》创刊号(1984)。

力量,幼稚或挫折在所难免,但那健康和青春的美质应该得到继承和发扬。倘从文学史的角度来看,也应该历史而又公允地认定:"在解放区文艺创作中,艺术成就最高的是小说。……特别是在农村题材方面,在小说的民族化、群众化方面,解放区的小说对于五四以来现代小说的发展作出了具有突破性的贡献,并且对于当代文学的创作有着重大的影响。"①也许还应补充一点,就是解放区文艺(包括根据地小说)在文学(小说)的地域化方面,也有突破性的贡献,在很大程度上诱发了作家对地域文化的关注和发掘。而根据地小说在整个小说史上的独具特色,以及向纵横伸延的影响——如"荷花淀派"、"山药蛋派"和"白杨树派"(详见后)的形成,显然都与作家的地域文化意识的觉醒密切相关。李欧梵曾指出:"紧接《讲话》之后,延安文学实践最明显的特点是当地民间形式和习语的实验。"②尽管"实验"在不同的作家那里成效是有异的,但由此导向对本土文化的发掘和利用,却毕竟不失为一种艺术探索或"实验"。

第3节 秦地小说中的"白杨树派"

前面关于延安文学是一带有母本性质的文学流派的看法,在此还有必要再强调一下。因为从系统论观点来看,系统有大小,

---

① 钱理群等编:《中国现代文学三十年》,上海文艺出版社1987年版,第612页。
② 见费正清等编:《剑桥中华民国史》(下卷),中译本,中国社会科学出版社1993年版,第550页。着重号为引者所加。

有关联,有母系统,有子系统,甚至还有孙系统,衍生维系,共损共荣。延安文学作为一个流派,随着时间的推移和人们视野的开阔,人们就愈可以看出它的流派特征。如前所说,在历史文化的视境中,延安文学正是从延安生成并传播开去的一大文学流派。它有极为鲜明(未必十分完善)的文学主张,庞大的创作群体(未必都是秦地人)和相当持久而又广泛的影响(未必皆为正面影响)。如果是从文学流派的角度而非单纯的政治角度来看待延安文学,窃以为可以较好地避免盲目地捧它(如过去许多教科书或研究论著所做的那样)或贬它(如夏志清等一些国外汉学家所持的观点①),就会比较冷静地看待它的存在、它的贡献和局限。在中外文学史上,无论是影响多么大的文学流派,其实都不可能众美集于一体,都要受到特定历史及文化的局限。延安文学诞生于激烈的阶级对抗和民族对抗的特殊时代氛围中,其有局限,自然可以想见。当阶级斗争意识和民族主义观念强烈地影响着延安文学的时候,即使其为工农兵服务、为抗战服务、为解放事业服务的文学旗帜极其鲜亮醒目提神,也同时使人感到这面旗帜掩映下的实用理性和急功近利的偏狭。而最使人困惑和忧虑的还不是延安文学当值其时、应运而生所固有的不足之处,而是有人执意利用非文学的手段将延安文学推向类似传统儒学那样的独尊地位,竭力将延安文学(文艺)视为神圣不可疵议的正统文学,导致

---

① 详参费正清等编《剑桥中华民国史》(下),中译本,第九章"文学趋势:通向革命之路",中国社会科学出版社1993年版;夏志清《中国现代小说史》,香港友联出版社有限公司1979年版。

极"左"的文霸之风横扫文坛。窃以为只有很好地清除这种文坛上的教条主义或霸权主义,还延安文学以富于活力的文学流派的本来面目,才能更清晰地看到延安文学所形成的文学传统及其在某种范围、某些层面上的切实影响。也正是在这种"流派"观所展现的文学视野中,才有可能更深入地认识延安文学在中国20世纪文学史上的重要地位,其中包括在小说史方面的实际影响。从延安文学作为母本流派的实际影响中,可以归纳出一些子流派,有的是与文体明确的社团同在的,如戏剧方面就有较有成就的"民众剧团",①诗歌方面有新诗歌社;有的则是综合性的文艺团体乃至学校,如文艺月会和"鲁艺";②有的则是当时尚未成为流派但后来发展成流派的,如小说方面就有"山药蛋派"、"荷花淀派"。这两个小说流派已基本为学术界所承认,并进行了比较深入系统的研究,对其地域文化色彩也给予了相当充分的关注。而这两个小说流派与延安文艺运动的密切关系也得到了相当扎实的阐释。可是,延安文学(文艺)在秦地小说中的影响究竟怎样呢?是否也有受孕于延安文学(文艺)而后发展成型的小说流派呢?

笔者认为,延安文学(文艺)对秦地小说也产生了重要的影响,并在这种影响下形成了较有分量或实力的"白杨树派"。俗话说,近水楼台先得月,近朱者赤,近墨者黑。秦地作家得地利、天时、人和之便,总易于受到延安文学(文艺)的影响。何况,当这种

---

① 全称为陕甘宁边区民众剧团,1938年7月成立于延安。
② 文艺月会于1940年10月成立于延安;"鲁艺"于1938年4月成立于延安,全称为鲁迅艺术学院,后改称鲁迅艺术文学院,堪称是秦地近现代以来最为辉煌的文学艺术教育院校。

影响推向全国时,秦地作家也许会有一种莫名的优越感促使自己去更主动地接受这种影响。同时,地域文化中的人情物理、风俗习惯等也会不由自主地影响作家,从而使其创作呈现出大体趋同的地域文化特征。同处一域而又风格相近的作家,是易于形成创作流派的。

这种情形在秦地作家,尤其是在20世纪五六十年代的秦地作家身上,毕竟出现了。当新政权将大批文化人士吸引到了留有许多清廷建筑的北京之后,当许多作家先后离开延安、离开陕西之后,秦地作家(包括部分留陕作家)并没有感到寂寞,他们开始了新的追求。甚至像柳青这样的已经到京而且有所作为的作家,仍然眷恋着秦地,重返陕西,谋求为这片土地写出史诗一样厚重的东西。正是由于20世纪五六十年代秦地作家的共同努力,遂树起了"文学大省"的形象。

● 礼赞白杨 ●

有中学知识的人几乎都知道,到过大西北及延安的茅盾有一篇著名的散文《白杨礼赞》,其中以浓烈的激情,赞美着大西北黄土高原上的白杨树,说它是"西北极普通的一种树,然而实在不是平凡的一种树","那是力争上游的一种树,笔直的干,笔直的枝。……这是虽在北方的风雪的压迫下却保持着倔强挺立的一种树!""它没有婆娑的姿态……算不得树中的好女子;但是它却是伟岸,正直,朴质,严肃,也不缺乏温和。更不用提它的坚强不屈与挺拔,它是树中的伟丈夫!"从这些情烈意挚的文字里,读者自然可以领略到作家对"白杨树"的独特审美态度。对其中的政治隐喻也许会有人轻易忽视,但如果引申为对黄土高原上挺立的民族脊梁骨的象喻,大约会为更多的人所接受。从这种意义上来观照黄土地上习见的白杨树,它无疑便成了崇高美的化身。如今言及"崇高",似乎总有点底气不足的样子。面对消解崇高、削平崇高或反崇高的思潮,重睹无言的白杨树,会令人生出万千感慨!可是白杨树到底还是白杨树,它的神采仍可以激发人们崇高圣洁的感情。在20世纪80年代后期,秦地的那位执意要寻觅民族强悍精神的高建群,也写了一篇《白杨礼赞》,热烈地寄托着同样带有崇高意味的情思。其中写道:

> 白杨,大自然神奇的造化,林木中的伟丈夫,此刻,我以万般的柔情和温情,以及敬意注视着你。你绝直地生长着,一直向上。你告诉我这为案牍所累的自然之子以大自然的最新消息,你告诉我一个高贵的心灵将包容一切,然后从这一切中脱颖而出,你告诉我一切都将腐朽,唯有新的、蓬勃向上的生命将永驻人间。①

从文题到文句,都不难看出茅盾的影响。然而高建群所要表达的,却是20世纪80年代的一种崇高:"我表现自己了,我也就满足了,正如这正在表现自我的白杨。"这大概算是"白杨精神"的递嬗变化了,也表明了不同时代的作家都会感应自己所属时代的风气。即使同为"崇高",茅盾的,基本属于强调政治时代的"政治的崇高";高建群的,也包括他同时代的乡党作家,却基本属于强调

---

① 高建群:《东方金蔷薇》,陕西人民教育出版社1991年版,第23—24页。

个性时代的"自由的崇高",更多地渗透了本土的"信天游"精神。而介乎这二者之间,在秦地文学中还有一种"崇高",这就是柳青、杜鹏程、王汶石、李若冰等人代表的那种基本是强调建设时代的"务实的崇高"。

从笔者个人感觉来说,这种"务实的崇高"尽管有时也会露出某种政治的过剩,但更多的还是像白杨树那样的扎实,实实在在,没有矫饰浮华,那一代作家中的优秀人物,最关注的小说题材是经济建设,是创业的艰难,付出心力最多的,是艺术上的讲究,力求拿出实实在在的大作品。对于这种"务实的崇高",的确有些让人怀念,因为它更贴近"白杨"的本色。

这种对20世纪五六十年代秦地文学的"白杨礼赞"式的话语,还是留待下面再接着分说。这里且让我们从秦地小说中领略一下"白杨"的风采。

柳青在早期小说中就对白杨给予了诗意的赞美。看上去仿佛是不起眼的写景文字,其实是在发抒着对美好事物的体认和情感。到了他的名作《创业史》,仍然如此。不仅对汤河两岸的护堤白杨给予了描写,而且将白杨精神和人物直接贯通起来,给予了情不自禁的赞美。如他写乡人民代表高增福的任劳任怨,既踏踏实实干好工作,又爱憎分明,深获村民的信任和爱戴,接着就用白杨来比拟他的精神境界:

他不管光景过得怎样凄惶,精神上总是像汤河岸上的白杨树一般正直,白净,高出所有其他的榆树、柳树和刺槐,树梢扫着蓝天上轻柔的白云片。……

其实,用"白杨"来象喻一种英雄主义的精神人格,在柳青的笔下和他自身都存在这种情形,抑或可以引发读者这方面的想象。他逝世时,在他扎根14载的皇甫村就有人给他写了这样的挽幛:

> 扎根皇甫,千钧莫弯。
> 方寸未息,永在长安。

这大概可以视为是对柳青"白杨"式宁折不弯精神人格的画像。他在逝世前的最后一篇遗作《生活是创作的基础》里说:"要想写作,就先生活,要想塑造英雄人物,就先塑造自己。咋样塑造呢?在生活中间塑造自己,在实际斗争中间塑造自己。"①从这里,也可以看到他那像白杨一般的坚定意志。感受到这种意志支配下的近乎悲壮的文学选择,似乎比理解其文学观念本身还有意味得多。

秦地多白杨,秦人多爱之。② 作家笔下常常写到它。来自山西的王汶石,从延安时期就成了入乡随俗的"老陕"。新中国成立后留在陕西,并长期到渭南乡村深入生活,写下了一系列相当精致的短篇小说,产生了较大的影响,其中也时常写到可爱的白杨树,如:

> ……是深秋了。田野忽然显得辽阔、开朗。槐、柳、梧

---

① 转引自阎纲:《小说论集》,湖南人民出版社1982年,第126页。
② 贾平凹曾为秦地一位作者叫"竹子"的小说集写序云:"人叫他老竹,其实本名魏杨青。关中平原多杨树,他以此炫耀,能背诵茅盾的《白杨礼赞》。"见《贾平凹散文精选》,陕西人民出版社1992年版,第386页。

桐,闪耀着金色的光彩;……成排的钻天杨,正在脱着叶子,褐色的杨叶,微微卷曲着,燕子似的,成群的飘飘飘飘,旋转,滑翔;……①

一条宽宽的机耕路,从渭河滩里爬上来,经过大陈村与小陈村之间,在两行密密排列的白杨树甬道里,照直向南,伸向远远的地方。②

……那被关在门外的春天,只能徘徊墙外,或悄然爬上白杨,向院内窥望。③

映入作家眼帘的白杨,总是那么美好,带着隐约可以嗅到的乡土气息,让人心旷神怡。④ 星星点点的白杨出现在作家笔底,实际成了作家饱含情意的审美对象,构成了一种秦地习见的人化的自然景观。这样的"白杨意象"在后起的秦地作家笔下也有生动的体现。比如陈忠实短篇小说《到老白杨树背后去》,就将少年时节最朦胧美好的感情寄托在"老白杨树"后去了。所以在作家记忆中的白杨沟,简直像仙境般温馨美妙:

---

① 王汶石:《大木匠》,《延河》1958 年第 2 期。
② 王汶石:《沙滩上》,《人民日报》1961 年 4 月 16—17 日连载。
③ 王汶石:《春节前后》,《延河》1957 年第 1 期。
④ 王汶石在《夏夜》(见《人民文学》1960 年第 1 期)里还将白杨与爱情写在一起:"……她一边胡思乱想,一边听他的谈话,不知不觉走进了白杨树林。淡淡的月光,从河湾处升起,照着高高的白杨,墨墨的杨叶映着明亮的月光,好像在流着清水一般……"

我们躲在沟道里,沟道里有三五十株白杨树。这沟道就叫白杨沟。白杨树抖抖擞擞地冒出黄土坡沟的夹缝儿,把枝枝梢梢伸向蓝色的天空,地上就落下一大片荫凉。春天时沟里流一股水,旱季里就断流了,只有湿漉漉的沙土,津津地渗出水珠儿来。白杨独占这一方风水地,得天独厚,枝叶茂密,树干光滑滋润。沟里有小潭,水不外溢,也不见少……

于是,这样美好的地方寄存了与童真童趣同在的"过门"(过家家)游戏,"到老白杨树背后去",成了"入洞房"的美妙象征。与这样的描写相仿佛,尚英的《干杯,为那挺拔的小白杨》,也寄托了作家魂牵梦萦、激动不已的美好感情。还有路遥那部《人生》,也写刘巧珍"那白杨树一般苗条的身体和暗影中显得更加美丽的脸深深地打动了他(高加林)的心。"[①]

哦,白杨,白杨,无论是老白杨,还是小白杨,无论是人如白杨,还是白杨如人,在秦地作家笔下经常凝聚成一种美好的意象,或表现一种意志,或体现一种精神,或传达一种温馨。这也使我想起了林染笔下的白杨:"水洼边一片秀挺的白杨美丽得让人心荡神怡。已近十月,枯黄的树叶在蔚蓝的天空浸洗。我的意识在明媚林梢发散着,这是少有的心灵极为自由、极为快乐的时光。……我

---

① 路遥爱唱早期西部影片《冰山上的来客》中的插曲,唱到"白杨树下,住着我心爱的姑娘",还会发议论道:"你看,姑娘住在白杨树下……"他突然还会激动起来,"其他地方住不成心爱的站娘……",感叹中还夹杂着粗口,其粗野中有一种男性的无意识,更有一种亲切和真诚。参见王观胜忆路遥文,《延河》1993年第3期。

喜爱呆在林子里看红柳花的空地,更喜爱在林中空地久久地看一片静谧的白杨。我也不说话,我用心思同她们交谈。我对一切纯净事物有一种出色领悟的能力。……"①

是的,面对白杨,神思飞扬的人很多,秦地作家尤其如此。白杨,散发着一种属于秦地、属于大西北的魅力。

● **白杨树派** ●

秦地文学中的"白杨树派",受孕于20世纪三四十年代的延安文学(文艺)运动,②成型于五六十年代,并对秦地小说产生了持久的影响(在"文革"中也有断裂)。"白杨树派"深植于秦地的坡沟山峁塬畔,从三秦大地的深处汲取文学素材和文化营养,推出了有全国影响的作家作品,引起了文坛广泛的关注。柳青、杜鹏程、王汶石、李若冰、戈壁舟、魏钢焰等一批作家,以坚实的创作和活跃的姿态,使秦地文学显示了文学重镇的风采。王愚就此作了这样一个概括:

> 仅就陕西而言,久远的文化渊源早已彪炳史册,就是在建国以后,尤其是五六十年代,聚集在原西北文联和以后的中国作家协会西安分会周围的一批作家,以他们的艺术创造,特别是他们对新时代、新生活的敏锐捕捉,写出了一批在当时中国文坛被看作是佳作的作品,甚至在国际上产生了一

---

① 林染:《西北三题》,《人民文学》1995年第4期。
② 李泽厚曾说:"1949年,翻开了中国现代史新的一页,但并没翻开文艺史的新篇页。"(《中国现代思想史论》第247页)这话说得有点绝对,但毕竟看到了1949年前后文艺的联系之密切,即延安文学与新中国成立后文学在长时期里保持了连续性。

定的影响,被看作是新中国文艺的代表作,……使人仍从中可以看到陕西文学的文化品格,使我们能从中理解到当时陕西被看成是文学重镇的原因。①

这的确是对历史的比较忠实的一种陈述。对文学历史的虚饰或虚构只能造就一时的空洞喜悦,唯其有坚实的创作实绩作为凭依的史家陈述,才会有起码的说服力。"白杨树派"是一个有创作实绩的流派,仅就小说方面而言,就有一批相当出色的作家和作品。柳青作为延安文学阵伍中的青年作家,早期的短篇小说《在故乡》、《喜事》、《地雷》等写得相当扎实,其初露的才情引起了同行的美誉,称他为"陕北的契诃夫"。② 此后他将主要精力转向长篇小说写作,1947年推出了《种谷记》,1951年推出了《铜墙铁壁》,1959年发表了《创业史》(第一部),其间还穿插写出了《狠透铁》(中篇小说)和《皇甫三年》(散文特写集)等作品,此后还勉力写出了《创业史》(第二部)。柳青诚为献身于文学事业的一位有分量的作家。他的作品既紧密贴近现实,又闪现出激越的理想色彩,为此他赢得了历史性的成功,也留下了历史性的遗憾。但无论是成功还是遗憾,都客观上构成了一种历史文化现象,引起了人们的长久关注。所有重大的历史选择,无论政治的、经济的还是文化(文艺)的,其实都带有探索、尝试的性质,有的成功,有的失败,有的兼而有之。柳青倾注全身心所关注的历史选择和文学事业,

---

① 王愚:《文学重镇的风采》,《小说评论》1994年第5期。
② 参见阎纲:《小说论集》,湖南人民出版社1982年版,第103页。

恐怕应属后者。① 特别是像《创业史》，成功的方面更是主要的方面，其所以被译为英、日、德、法、俄等多种文字在更大的范围内流传，大概也可以证明这一点。杜鹏程是秦地文学中又一位具有大家气象的作家。他投身延安、投身革命的时间也很早，虽然在新中国成立前多写的是新闻报告方面的东西，但却磨炼了文笔，积累了丰富的材料。这使他在新中国成立前后进入了《保卫延安》的创作，并在九易其稿的基础上，于1954年成功地推出了这部被誉为"战争史诗"的巨著。此后在文学创作上一发而不可收，写出了《在和平的日子里》(1957)，《夜走灵官峡》(1958)、《延安人》(1958)、《严峻而光辉的里程》(1959)等一系列较有影响的作品。无论是对宏大的战争场面的把握，还是对火热的建设生活的描写，都显示了不同凡响的创作实力。他的创作，尤其是《保卫延安》，在当代中国文学史上确已写下了坚实的一页。而他因创作所遭际的人生巨大变化，也折射出坚强意志与人间恶魔相抗衡的戏剧性场景，使人想到他与"乡党"司马迁在命运坎坷、精神追求上的某种相通。他的作品，也多被译成英、俄、法等国文字，在国

---

① 比如柳青对合作化的肯定性描写，对现实主义方法的积极运用，作为探索性的艺术实践，就有得有失。合作化运动本身，作为先驱性的社会选择、社会实验，在中国也是有得有失。而那种期待集体化道路的探索必须一次性成功的心态，其实是不正常的。《剑桥中华人民共和国史》(1949—1965)的"序言"指出：建国后"几十年的历史是有史以来在社会工程方面的最大规模的实验"。既是"实验"，成败得失的评析也才有实际的意义。尽管笔者并不全部赞同该书对这"实验"的分析，但却很赞成"实验"这个概括本身。这种"最大规模的实验"的说法，可谓是对共和国道路较好的一种概括。众所周知，理工科特别是工科非常注重实验，且允许实验失败，并从中汲取教训，由此趋向成功。社会实验特别是"大规模的实验"一旦失败，人们往往很难宽容，这本身就很值得反思和研究。

内外，拥有着较多的读者。王汶石，同样身临延安而饱受熏陶，①并在延安时期写过一些短小的作品。从此似乎就喜欢上了"小"而"精"的作品，终生不骛长篇巨制，潜心营构那种短小精悍、思致邃密的短篇小说。在20世纪五六十年代的文坛上，遂以短篇能手的形象脱颖而出，颇为引人注目。他的作品，如《风雪之夜》、《黑凤》、《战友》、《卖菜者》、《新结识的伙伴》、《大木匠》、《春节前后》等，在对特定时代农村生活的跟踪观察方面，不可谓不敏锐及时。而他在短篇营构上表现出来的艺术功力，将短篇写成名副其实的精致之作的苦苦追求，及其对乡村乡土气息的审美表达等等，不仅受到当时人们的称道，而且对后来的作家（尤其是秦地新时期的年轻作家）都产生了较为明显的影响。此外，在20世纪五六十年代，还有擅长写小说的王宗元（代表作有《惠嫂》等）、李小巴（代表作有《戈壁红柳》等）、权宽浮（代表作有《牧场雪莲花》等）、贺抒玉（代表作有《女友集》等）等一批作家。他们的创作也都有较高的艺术水准，有的作品在当时还引起了较大的轰动效应。尽管其中时或难免蹈入理念化的泥窝，弄上无法拂净的灰尘，但那字里行间烙下的火热时代的印记，那喷发的纯洁向上的激情，至今读来犹有动人之处。

当然，五六十年代的秦地作家在小说之外的其他文体方面，也都有足堪回首、引为自豪的作家作品，并在创作的基调、方法及

---

① 王汶石的生平与秦地关系至密。他曾说："……黄河两岸的晋南、关中和陕北乡村就是我成长和从事各种活动的地方，这里的乡土人情，风云变幻，滋养着我的精神，也滋润着我的笔毫。"见《王汶石研究专集·我从事小说创作之前》，金汉编：《王汶石研究专集》，陕西人民出版社1984年版，第66页。

风格上,与小说也有密切的谐合与呼应。有些作家本来就是兼擅诸体的。从这种角度讲,不妨将五六十年代的秦地文学基本都视为"白杨树派"的创作实践。如果单纯从小说史的角度以及秦地五六十年代小说实际影响的情形来看,亦可将"白杨树派"视为一个小说流派。对此可以视具体语境而定。譬如中国现代文学史上的"文研会"、"创造社"、"新月派"、"七月派"以及"延安文学"等文学流派,其文体皆非单一,但大抵都有其突出的文体。循历史上的流派之例,鉴于"白杨树派"作家在小说方面确实取得了更大的成就,这里就将它主要视为像"山药蛋派"、"荷花淀派"等一样的小说流派。

这个小说流派的命名,虽然与茅盾著名散文《白杨礼赞》有关,但更根本的依据还是如前所述的那种关于秦地文学(主要是小说)的深切印象。简言之,所谓"白杨树派",是从秦地文学(小说)的创作实际出发,参照茅盾诗文(如《白杨礼赞》、《风景谈》、《题〈白杨图〉》等)所提示的精神特征和审美特征,以及评论界已有的相关成果,从而郑重命名的一个具有地域性的小说流派。

鉴于茅盾与秦地文学的密切关系,①尤其是他与"白杨树派"的内在关联,这里且就茅盾与"白杨树派"的历史性联系再作一些介绍。

茅盾对大西北的"白杨树"印象极为深切,这不仅集中体现在

---

① 详参本书附录《大师茅公与秦地文学》,《陕西师范大学学报》1996年第3期。茅盾是"社会分析派,小说流派的开创者,对中国现当代小说(包括秦地小说)产生了较大影响,茅盾创作方面的成就,在世界范围内已经得到了较多的承认"。详参李岫编《茅盾研究在国外》,湖南人民出版社1984年版。

他的名文《白杨礼赞》中,而且也体现在他的其他一些诗文或言行中。比如他在《题〈白杨图〉》一诗中便写道:

> 北方有佳树,挺立如长矛。
> 叶叶皆团结,枝枝争上游。
> 羞于楠枋伍,甘居榆枣俦。
> 丹青标风骨,愿与子同仇。

茅盾于此再次表达了他对白杨树风骨或精神的认同与赞美,他还编有以《白杨礼赞》为总题的散文集,以志"五年漫游中所得最深刻之印象"。① 当茅盾在大西北游历多年之后,他对这里的"树之美"与"人之美"有了一种诗意的联想和升华,集中体现为对"白杨树"意象的深切感悟和成功把握。应该说,茅盾由树及人,想象丰富而又宏阔,体现出了一个文学家精神世界所具有的魅力。

然而,是否可以由树及文,以作家为中介,将树的风格与文的风格联系在一起呢?有的学者确曾作过这方面的尝试,将白杨树与大西北作家的作品风格联系了起来。比如宋遂良在比较周立波和柳青的艺术风格时,其论文的题目就是《秀丽的楠竹和挺拔的白杨》,②文中这样写道:

> ……我们读柳青的作品时,就仿佛骑着一匹骏马,前进

---

① 茅盾:《〈白杨礼赞〉自序》。
② 《文艺报》1979年第2期。

在那苍茫辽阔的关中平原,滚滚呜咽的渭河两岸,白雪皑皑的终南山下,我们看见那些插入蓝天的白杨,肥壮大方的蒲公英,野滩苇林中飞起的天雁,应和着回声的桦树山林……和柳青的艺术风格又显得多么融洽自然,浑然一体。

立波的文风秀朴、精致、明丽、含蓄;

柳青的笔触开阔、高昂、爽朗、豪迈。

这种将"树风"和"文风"联通的思路的确具有一定的启示性。路遥在《病危中的柳青》一文中开篇就说:"为了塑造起挺拔的形象来,这个人的身体现在完全佝偻了。"①柳青,的确就像挺立在黄土高原上的一株白杨,其作品也充溢着白杨树的那种昂扬向上、正直庄严的精神。那么,是否秦地作家中只有柳青一人如此呢?诚然不是,而是有一群作家矢志于此。这些作家的文学成就虽有大小,从事创作也有先后,但在努力体现白杨树"精神"及相应的地域文化风情方面,却有共同之处。其中有不少作家心仪柳青,也从茅盾的文学思想和创作实践中深获教益,有的更是直接得到过茅盾的奖掖和帮助而成长起来的。就是柳青这位实际未能充分展示其文学才华的杰出作家,也得到过茅盾的鼓励和关照,并对其创作活动产生了不可忽视的影响。当柳青的长篇小说《铜墙铁壁》于新中国成立后出版不久,茅盾在其重要的文章《新的现实和新的任务》中就予以充分的肯定。这篇文章是 1953 年 9 月 25 日于中国文学工作者第二次代表大会上的报告,当评介具体作品

---

① 《路遥中短篇小说随笔卷》,陕西人民出版社 1994 年版,第 431 页。

时,首先提到的就是《铜墙铁壁》,将其视为近年来"成功的和比较优秀的作品"中的代表作,①其推重之意溢于言表。柳青的杰作《创业史》问世,茅盾和其他文艺界领导人都非常重视,在全国第三次文代大会上格外表彰了这部作品的突出成就,促使《创业史》赢得了更多的读者,也引起了评论界的普遍重视,②同时对柳青本人也产生了积极的影响,使他更坚定了扎根农村的决心,像挺拔的白杨树那样,"扎根皇甫,千钧莫弯;方寸未死,永在长安",从而成为真正的人民作家。当然,如果追溯茅盾对柳青的影响,完全可以上溯到柳青的青少年时代。比如,柳青少年时节就爱读茅盾等进步作家的作品,受到了多方面的启发;青年时节尝试写的小说《牺牲者》和《地雷》等,便发表在茅盾主编的《文艺阵地》上,这对一个文学青年的激励作用,显然是不言而喻的。

除了柳青之外,秦地作家中明显受益于茅盾的作家还有许多。其中著名或较为重要的作家,新中国成立前后成名的如杜鹏程、王汶石、柯仲平等;新时期以来成名的如路遥、陈忠实、李天芳等。这里且说20世纪五六十年代成名的杜鹏程、王汶石两位。他们既是"白杨树派"的主要作家,又是秦地作家中受茅盾评介最多的两位作家。打开《茅盾文艺评论集》,就会很容易发现杜、王两位作家经常出现在茅盾的笔下,有时称赞备至,但有时也批评得不留情面。无论是肯定还是否定,都令杜、王两位心悦诚服,深获教益。杜鹏程曾回忆说:"30年来,茅盾大师对许多作品作了独

---

① 《茅盾文艺评论集》(上),文化艺术出版社1981年版,第84页。
② 参见阎纲:《四访柳青》,《当代》1979年第2期。

到精辟的艺术分析,并给我们留下了不朽的巨著。不说别的,他老人家的《茅盾评论集》上下两卷,就摆在我的案头。"①"就像我这样普通的作家,也从他那些具有深厚知识和卓越见解的评论文章中,获得了巨大的勇气和力量。……茅公就多次指出过我的作品的不足和失败之处,从而使我得到终生难忘的教益。"②王汶石也回忆道:"远在小学、中学时代,我就开始接受茅盾导师的影响了。""建国以后,我以自己的不像样的小说,进入新中国的社会主义文苑,这就有了机会得到茅盾导师的直接指教。……他曾在几次综合评述中评论到我的几篇短篇小说,分析其艺术上的成就或不足,每一次都使我非常激动,我总是反复学习,以便尽可能深入地领会他对我的教导。他在全国第三次文代大会上的发言中,用'峭拔'表述我的创作风格,对我的启示尤深……他的这两个字的评述打中了我的心,一位我所十分尊敬的老一代艺术大师如此了解我,也使我更了解自己,坚定了我的信念,进而影响着我的追求,我的艺术。"③

茅盾称誉杜鹏程的代表作《保卫延安》"笔力颇为挺拔",又认定王汶石的小说艺术风格是"峭拔",这种强审美感受和精到概括都很容易使人想起"白杨树"的精神风貌。是的,当茅盾读着秦地作家的那些优秀作品时,体味到其中昂扬向上、不屈不挠的艺术

---

① 杜鹏程:《我与文学》,陕西人民出版社1981年版,第186页。
② 杜鹏程:《悼念茅盾大师》,见《纪念茅盾》,陕西人民出版社1981年版,第79页。
③ 王汶石:《哀悼茅盾导师》,见《纪念茅盾》,陕西人民出版社1981年版,第84页。

意蕴,肯定或显或隐地想到了他当年在秦地看到的"白杨树"。他对"白杨"的礼赞和倾心,大概也构成了他深切的审美经验,促使他对秦地文学中的"白杨树派"有一种近乎本能的敏感,并油然而生一种喜爱之情。尽管他并未直接为这个地域文学流派命名,但他的审美体验和相应的文字表达,却已经提供了判断的方向和许多有益的启发。

秦地的"白杨树派"肇始于延安文学,是延安文艺精神在秦地传播的结果,它持久地发展于秦地,其相对成熟的时期是五六十年代,并在新时期的秦地文学中仍有明显的延宕(抑或也有所深化)。"白杨树派"具有独特的秦风秦韵,有鲜明的地域色彩,在这方面与那些同样具有地域文化色彩的流派并无多少区别。众所周知,在中国 20 世纪文学史上的"海派"、"京派"、"山药蛋派"和"荷花淀派"等地域性的流派,都已得到学术界较为普遍的承认。而我们这里提出或概括出的"白杨树派",还尚是一种学术探索性的尝试。是否确切,还有待进一步研究。不过,基于以上的有关论述,笔者个人以为这种命名是比较妥当、贴切的,颇能传达出秦地小说的神韵,既有诗意,又有弹性,不仅生动形象易于记忆传播,而且还能够有效地显示出它的地域特征。亦即由此认定:这个以柳青、杜鹏程、王汶石等作家为代表的小说流派,基于延安革命文化传统和三秦历史文化传统的融合,形成了自己鲜明的创作特色和总体风格,就如生长于大西北黄土高原上的白杨树那样,具有逼人的刚气、豪气和土气,淳朴正直、刚劲、端肃、雄健、峭拔、顽韧等,是其动人的禀性。从主要方面来看,"白杨树"的那种坚韧挺拔、攒劲向上、不畏风寒沙暴骤雨,竭力与恶劣的东西抗争,同时又摇曳多姿、酷爱春阳的精神,那种深深扎根于黄土地同时又努力追求在黄土地上自由、幸福而又诗意地"生存"的精神,那种热诚拥抱革命和建设的务实、单纯和崇高的精神,对秦地小说的影响极其深巨,并对其美学风貌也产生了决定性的化育作用,刚韧雄强、热烈昂扬而又粗犷朴实向往崇高的审美基调透现出独特的西北风情,并由此形成了"白杨树派"的质直、峭拔、崇高的流派风格和相应的地域文化色彩。然则,"白杨多悲风,萧萧愁杀人"(张戒《诗话》)的一面却被遮蔽了,作为潜在的美学风格,则有赖后来者的深入开掘。

● 承先启后 ●

文学的历史总的说来是不断进化、不断发展的,20世纪的秦地文学(小说)也是如此。其间有承递,也有转折,按时空上的自然区分,前面的作家作品在正反两方面,总会给后来者以启发。有学者指出:"文学既有进化,便有变革,但变革中仍有相因相承的方面。如果'因'的一面占主导地位,'革'在'因'的基础上展开,就叫作承递;反之,'革'占主导地位,'因'从属于'革',便构成转折。承递和转折是文学变革的两种方式,它标志着前后文学间的不同关系。"①在秦地文学的三大现象(即延安文学、"白杨树派"文学、"陕军"文学)中,大抵看来,"白杨树派"作为居中的文学现象,起到了十分明显的承先启后的作用。就它和延安文学的关系而言,"承递"无疑是主要的方面。它是作为母本流派延安文学的一支流而存在和发展的。与此不同,它和新时期以来的"陕军"文

---

① 陈伯海:《中国文学史之宏观》,中国社会科学出版社1995年版,第245页。

学的关系,略显复杂,有启后的作用,但不宜过分强调。从更主要的方面说,"陕军"文学对"白杨树派"的变革和超越,构成了20世纪秦地文学的一次较大幅度的转折,不过其间有一个渐变的过程。大抵说来,1985年前还是以师承"白杨树派"、回归十七年文学优良传统(如现实主义)为主,①此后至今,被贾平凹称之为"变法"的文学追求,在"陕军"阵营中便普遍发生了。贾平凹在1985年为《陕西中青年作家小说选集》作序时说:"发觉随着在时代呼吁成熟的文学的声浪中,他们(指陕西中青年作家群——引者)纷纷从原来一致的或大致相近的流源或体系中发生了变化,其风格渐渐拉开距离。这是繁荣的现象,这是走向成熟的体现。""这个'群'的作家既正在变法,各人有各人的想法,各人重新在寻找真正的自己,出现从未有过的可喜局面……"②

但"陕军"的"变法"也毕竟是在继承的前提下进行的。在新时期以来的"陕军"阵营中,大多新进作家都接受过柳青、杜鹏程、王汶石、李若冰等老一代作家的影响。路遥对柳青非常敬重,一遍又一遍地研读《创业史》,读得比读《红楼梦》的次数多,从中体会到的东西也比较多。③ 在自己的《人生》和《平凡的世界》中,很容易看出他向柳青学习的痕迹。陈忠实对前辈作家也持虚心学

---

① 渭南县人刘波泳经多年努力,写出了百万言的长篇小说《秦川儿女》(人民文学出版社1979年版,三卷本),就明显是如此。小说着重写大革命失败前后秦川儿女(主要是秦柏生一家)的命运变迁,揭示了广大民众翻身解放的必由之路。作品故事性强,倾向鲜明,语言生动,乡土气息较浓,与"三红一创"的十七年文学传统相当一致。秦地读者读来,颇感亲切。
② 贾平凹:《平凹文论集》,青海人民出版社1985年版,第19页。
③ 参见路遥:《柳青的遗产》,《路遥文集2》,陕西人民出版社1993年版。

习的态度,并经常性地和师长们交流。① 比如他的中篇小说《初夏》发表后,他便向王汶石求教,两人都在信中恳切地谈了自己的体会和看法。王汶石信中说:"首先使我感到亲切和喜悦的,是你的作品保持着陕西作家在描写农村生活、处理农村生活题材时的那种传统的现实主义风格,那种洋溢着渭河平原农村浓郁的生活气息的风格。"陈忠实信中说:"我一直生活在美丽富饶的渭河平原的边沿地带。我十分喜欢这块土地。能用笔描绘这块土地上的人民的生活与愿望,革命精神和淳厚的美德,不倦的进取和悠久的传统,我感到幸福。"②善写渭河平原构成了王陈二人相知的基础。王汶石看重的是作家与那片热土之间的亲密无间的情调和气氛。而这也恰恰是陈忠实认同的东西。可是,如众所知,陈忠实在《白鹿原》中开始与描写对象拉大了距离,给予冷静的凝视和反思,这就导致了艺术上的"变法"。然而这种创新求变的追求中,也有前辈作家的创作经验的启示和反复鼓励以及强调创新的叮咛。于是,路遥放开胆子说,"每一代作家的使命就是战胜前人",同时也努力"战胜自己"。③ 贾平凹更是热衷于"变法",在人生和艺术领域里都"折腾"得不亦乐乎、不亦苦乎,但他其实很有个性,爱"变法"的个性,很有主见,并非那种"蝌蚪跟着鱼儿浪,浪得一条尾巴没有了"的作家。④ 可以说,"陕军"文学无论是轰动,

---

① 参见陈忠实:《柳青的警示》,《西部文学报》1996年7月25日。
② 见《小说评论》1995年第1期。
③ 路遥:《太阳从中午升起》,见畅广元主编:《神秘黑箱的窥视》,陕西人民教育出版社1993年版。
④ 参见畅广元:《给历史一个深厚的交待》,《小说评论》1994年第5期。

还是沉静,追求"变法"和执着个性的创作趋向,都使其呈现出开放的发展态势。因此,如果将延安文学、白杨树派和"陕军"文学视为三环相连且有交叉的环形链,那么"陕军"文学尚是未封闭的半圆。如以图形示之,便是:

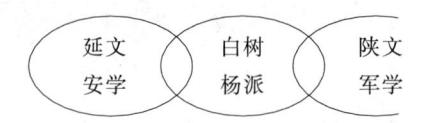

```
  ┌─────┐ ┌─────┐ ┌─────┐
  │延文 │ │白树 │ │陕文 │
  │安学 │ │杨派 │ │军学 │
  └─────┘ └─────┘ └─────┘
```

应该说,"陕军"文学之所以特别重视"变法",既与国内外文学大趋势(如从一元走向多元,从一统走向区域,从区域走向世界等)的影响有关,也与"白杨树派"的正反面启示有关。正面的启示是他们严肃的文学态度和走向成功的经验,反面的启示是"白杨树派"曾经受到极"左"政治的牵引和迫害。前车可鉴,"陕军"便自然踏上了新的征途。

第4节 丰富而又复杂的"陕军"小说

从地域文学史的角度来看秦地文学,其于20世纪的"世纪之旅",大抵说来有三高三低。"三高",指有三个创作的高潮期,这就是延安文学时期、"白杨树派"时期和新时期"陕军"崛起时期;"三低",指有三个创作的低落期,这就是五四时期秦地文学的低起点,"文革"时期的沉沦和近期出现的某种程度的滑坡或沉潜。秦地小说的世纪历程及轨迹与此基本一致。

● "陕军"的崛起 ●

如前所述,"白杨树派"与"陕军"文学有着相当密切的关系。

"白杨树派"作为秦地文学发展到"陕军"文学的重要一环,确曾起到了承先启后的作用。① 但在历史的实际演进中,也发生过极为痛苦的断裂。依循文学积累、文学进化的规律,应该说"白杨树派"会有更大的收获。但却来了"文革",这就使"白杨树派"跌落深沟大壑,气息几绝,唯赖"地下"或民间的有限孔道,才使文学的种子没有灭绝,并在思想解放、心灵自由日益为人们所重视的新时期里复萌、分蘖和发展。"新时期"的确是一个重要的历史转折、转型时期,一个令人振奋和活跃的时代、骛新求变成了最时髦的现代意识。从主流看,这的确给文学艺术提供了非常难得的机遇和条件,刘建军在回顾陕西文学时说:"中国新时期是个重要的历史大转折,思想观念、价值标准、道德尺度、习俗风尚、审美趣味在多方面都发生了戏剧性的巨变,甚至昨是今非。路遥、陈忠实不能不感到一种突然降临的解脱,一种信马由缰的自由与广阔,他们二人的创作有了更多的新的尝试的可能。假若说,柳青必须踏着单一的旋律起舞,路遥、陈忠实却可以在自由起舞中体现无约束的旋律。时代就这样地恩惠于人。"②感应着时代的新潮,三秦文化又一次出现了敞开胸怀、容纳万汇的开放局面,三秦文化历史中的活性因素也激励着秦地作家去积极探索,去大气磅礴地参与竞争和创造,遂使秦地文学(小说)以较快的速度在文坛上崛起,并在80年代中期,就使"陕军"的名号显得比较响亮,时常出

---

① 从精神特征上看,延安文学洋溢着政治—大众文化精神,"白杨树派"洋溢着政治—审美文化精神,而"陕军"文学则洋溢着由政治—审美文化过渡而来的"新信天游文化"精神,多元文化、生命文化的精神得到了较大程度的张扬。

② 刘建军:《走向丰富》,《小说评论》1994年第5期。

现在报刊上。初时是秦地短篇小说在全国崭露头角,继之是中篇,接下来是长篇,获奖率、转载率的猛增以及被评论界讨论来讨论去的红火,如路遥曾感受到的那样,不知不觉过上了"红地毯式的生活"。这种一浪超过一浪的发展态势直到1993年"陕军东征"前后,形成了一个相当大的高潮。

在此不妨以纪事体,列述一些基本的史料:

1978年1月,莫伸的短篇小说《窗口》发表,后获中国作协1978年全国优秀短篇小说奖。同年3月,贾平凹的短篇小说《满月儿》发表,也获得了全国优秀短篇小说奖。这对陕西作家带来了较大的激励作用,沉寂的气氛已被打破。

1979年春,以新面目出现的《延河》开展一系列活动,对现实主义的研讨和对当时文学形势的分析,给作家带来了有益的启示。6月,陈忠实的短篇小说《信任》发表,并获得了本年度全国优秀短篇小说奖。

1980年1月,京夫的短篇小说《手杖》发表,并获本年度全国优秀短篇小说奖;6月,路遥的中篇小说《惊心动魄的一幕》发表,后获中国作协1979—1980年全国优秀中篇小说奖;本月张映文的短篇小说《扶我上战马的人》发表,后获全国首届儿童文学奖。本年度《延河》多次组织召开文学会议,作协成立"笔耕"文学研究组,旨在更有力地促进秦地文学的繁荣。

1981年,《延河》推出"陕西青年作家小说专号"、"陕西中年作家小说专辑"等,并与有关单位联合召开"《创业史》及农村题材创作学术讨论会"。年底,《延河》还组织了评奖,获小说奖的有王晓新、莫伸、路遥、邹志安、陈忠实、王蓬、贺抒玉、余君亮等人。

1982年,"笔耕组"、《延河》、陕西省作协召开会议,开展活动,对贾平凹、京夫的创作分别给予专题研讨;对青年作者想方设法给予帮助和鼓励。是年8月,李凤杰中篇小说《针眼里逃出的生命》在全国获奖。

1982年,春,路遥《人生》引发评论界和全国性的热烈关注,并获全国优秀中篇小说奖;秋,王戈的短篇小说《树上的鸟儿》发表,并获年度全国优秀短篇小说奖。是年,陕西省作协及"笔耕组"开展一系列活动,或讨论,或纪念,或健全协会,或编《陕西文学界》,等等,使省文学界日趋活跃。

1984年,召开全国性、地方性的文学会议多次,并派10余名代表参加了具有历史意义的中国作家协会第四次会员代表大会。省文联颁布"陕西文艺创作开拓奖",贾平凹、尚英、路遥、王戈、陈忠实、李小巴、王观胜等14人获奖,"笔耕组"和《延河》获知音奖。邹志安短篇小说《哦,小公马》发表,并获本年度全国优秀短篇小说奖。

1985年,全国唯一的小说研究方面的刊物《小说评论》在陕西创刊,还成立了省作协理论批评委员会,这两个大的动作均有力地推动着秦地文学的发展。在陕西省作协本年度诸多的活动中,在陕北召开的长篇小说创作促进座谈会尤其显得重要。参加会议的作家并不多,仅30余人,但对增强陕西作家的"长篇意识",使陕军在长篇创作方面取得突破性的进展,的确起到了很明显的促进作用。作家路遥、贾平凹、陈忠实、京夫等,都由此深受激励,自觉投入长篇写作。磨刀不误砍柴工。此后便迎来了"陕军"长篇小说的丰收。同时在中短篇小说创作上也仍然保持良好的势头。①

要缕述1986年起始的陕军小说的收获,需要更多的篇幅。这里且以陈忠实的概括性介绍,来说明"陕军"以长篇为"龙头"或"拳头产品",而在中国文坛上的崛起——

……路遥出版了《平凡的世界》,贾平凹出版了《浮躁》。前者后来获得了第三届茅盾文学奖、后者荣获美孚石油公司所设的"飞马奖",陕西作家群终于有了新时期以来的第一批长篇小说,而且一开始就达到一个比较高的艺术品位。随后就有了任士增的《不平静的河流》、王晓新的《地火》、李天芳、晓雷的《月亮的环形山》、莫伸的《山路弯弯》、赵熙的《女儿河》、京夫的《文化层》、王宝成的《饥荒与爱情》、王蓬的《水葬》、李康美的《情恨》、沙石的《倾斜的黄土地》、李春光的《黑森林,红森林》、李凤杰的《水祥和他的三只耳朵》、临青的《解放济南》等等,开始呈现出长篇小说创作的第一个潮头。……之后的长篇小说创作更趋活跃,每年都有较大数量的作品出版,直到1993年,陕西先后有京夫高建群鄢人贾平凹程海五位作家的5部长篇小说在北京五家出版社出版(即《八里情仇》、《最后一个匈奴》、《白鹿原》、《废都》、《热爱命运》,其实还有老村的《骚土》亦在北京出版——引者),形成了这个群体创作大释放状态。这种大释放状态表现在1993和1994一直到今年(指1995年——引者)每年实际都

---

① 参见《陕西省作家协会1954—1993年纪事》,《陕西文学界》1994年第2期。

有十部以上的长篇小说(指较有水准的长篇,不包括通俗或低水准作品——引者)出版……可以毫不夸张地说,陕西作家群的大释放状态将持续发展,长篇小说创作真正开始了一个百花齐放群星璀璨的喜人局面。①

这样,20世纪80年代后半叶和90年代上半叶,"陕军"在长篇创作上两度掀起高潮,两次在文坛刮起"陕军"旋风,引起了社会上广泛的关注和争论,在国外、港台亦有不同寻常的影响。无论怎样评说纷纭,"陕军"毕竟没有覆没;也无论喜欢与否,"陕军"毕竟已经崛起。套句时髦话,也算"自我实现"了。秦地诗人田奇在一首诗中,曾对"陕军"的崛起给予了诗化的写照,其中写道:"伟人与春天同在/这是伟人/抚育的子民/正策马扬鞭/白头发的市长/把《八里情仇》/推向千里之外/看惯临潼石榴花的战士/熟悉五月春浓/熟悉《最后一个匈奴》/看陕北沧桑/贾平凹的秀笔/引发了大地的争议/有潜流或正旋转/昭示着东征的艰辛/白鹿两族的秘史/中国巴尔扎克式的揭秘/路遥戏称/自己是蒙古族后裔/一个胜利的倒下/卧看彩云东移"。②尽管诗中的意象零散,诗味欠浓,但那种因由"陕军"的崛起带来的兴奋,却已溢于言表。

● 从"一极"趋向"多极" ●

今日回首再看"白杨树派",人们由于观念的趋于丰富,自然会看出它的"单调"来。从创作实践上看,大概是从1985年开始,

---

① 陈忠实:《关于陕西长篇小说创作的回顾与展望》,《小说评论》1995年第4期。
② 田奇:《伟人与延安的春天》,《延河》1993年第3期。

秦地小说创作就越来越大地拉开了与这种"单调"的距离。前引刘建军所说"柳青必须踏着单一的旋律起舞,路遥、陈忠实却可以在自由起舞中体现无约束的旋律",也可以视为是对这种告别单调、趋向丰富的一种概括。在柳青所处的时代,其创作大抵都是中心话语或主旋律化的创作,就其内在的文化意蕴来说,包含着对延安革命文化和古代优良文化的积极继承。这恰如四句诗所形容的:

柳青文风出延安,
党性清纯照碧天。①

杜甫诗怀黎元难,
柳青史铸创业艰。②

应该肯定地说,柳青所代表的那一代作家在那种相对的"单调"中,写出了神圣的人生,体现了文学的神圣。

然而并非诞生于炮火纷飞或政治运动年代的"陕军",③在新时期日趋开放、搞活的氛围中,开始出现了从"单调"中游离的现

---

① 方杰:《柳青逝世五周年访皇甫村》中句,见《柳青纪念文集》,《人文杂志》丛刊第1辑,第6页。
② 贺敬之:《史铸创业艰》中句,见《柳青纪念文集》,《人文杂志》丛刊第1辑,第4页。
③ "陕军"是一种比喻性的称谓,在80年代已较为流行,其所指为新时期以来的"陕西作家群"。

象。日益丰富和复杂的现实生活以及文坛风气,必然地使"陕军"自身也趋向丰富和复杂。贾平凹在1985年即注意到陕西中青年作家群趋于"变法"的情形,并说:"我近来被这种变化感动和惊羡,也受到了启发,也深感到内恐。……"①其实,在"陕军"中,最热衷于从那"单调"的一极趋赴"复调"的多极的作家,大概就可以推贾氏为首席代表。依他自己所说,初期创作跟着人家跑,东学西习,成了创作上的"流寇"。后来醒悟了,以商州为描写对象或生活基地,建立起了自己创作上的"根据地",并由此获得了丰硕的果实。② 可是,他热爱"变法"的禀性使他永难满足,此后如大家知道的,写《废都》,写《白夜》,写《土门》,新的题材,新的写法,很容易使人想到,他又成了创作上的"流寇",不过成了"流寇主义"。较之于初期的"流寇"是一种螺旋上升,抑或是一种升华或飞跃吗? 也许。对贾平凹素有研究的孙见喜,近期著文指出,贾氏在20多年来的小说创作中,"大体以每三年为一个单元往前突进或演进,到如今,大约经过了七个阶段。若以每个阶段的代表性作品及其思想或表现手法为题,这就是:1.《满月儿》:明丽的眸子与纯真理想;2.《晚唱》:戳破的浓疮及慢半拍的伤痕;3.《鸡窝洼的人家》:生活的新秩序与现实主义的老把戏;4.《古堡》:艺术的惶惑与文化寻根;5.《浮躁》:从内部破坏现实主义的艺术秩序;6.《美穴地》:商州,最后的窖藏;7.《废都》:从憎恨到畸恋,

---

① 贾平凹:《预言留在以后》,《平凹文论集》,青海人民出版社1985年版,第17页。

② 参见贾平凹:《变革声浪中的思索》,《平凹文论集》,青海人民出版社1985年版,第21页。

'控制参量'接近临界点",据这种带有规律性的发现和对贾氏的深知,孙见喜相当自信地说:"就作为小说家的贾平凹而言,他尚在途中。他潜水而行,将狂澜深藏,目下尚无法判定他从哪儿浮出水面。但经验使我们相信:出水后的贾平凹将给朋友们带来新的惊喜。"①不出意外,孙氏的观察和预言应是精当的,有根据的,其大致描述的贾平凹小说创作历程,确已大致显示了某种规律:从"一极"到"多极",亦即从单调、单纯趋向丰富、复杂、深刻的生动轨迹。

就"陕军"整体而言,虽然大多作家并非像"独行大侠"贾平凹那样孙行者式地善变,但求新求变、各自为战、寻求自我的艺术追求,无疑成了相当自觉的普遍选择。其中较多承继"白杨树派"的一路作家(如路遥),以自己的创作,折光一般地辉映着"白杨树派";较多受到西方文化和本土民间文化影响的一路作家(如杨争光),既潇洒而又艰辛地探觅着前路;较多地受到秦地儒家正统文化的影响的一路作家(如陈忠实),抱持着极为神圣的文学观念,守护着一方家园;较多地受到带有原始色彩的黄土文化影响的一路作家(如高建群),在野地里勘探着民族之谜和生命之谜……;其中自然也有甘愿从俗、媚俗的有辱"作家"之名的一路(为数不多也不少),已将文学消解在物欲横流的金波银浪中去了。由此可见,新时期以来的"陕军"确有其庞杂的包容性,某种程度的兼

---

① 孙见喜:《猜想:一个苍老的顽童》,《小说评论》1996年第3期。孙先生的预言迄今已被不断验证了,近些年来,贾平凹的长篇小说仍然一部又一部地接踵而至,他的《高兴》《秦腔》《古炉》和《带灯》等,确实精彩纷呈,获奖甚多,不断"给朋友们带来新的惊喜",令人惊叹其旺盛的艺术创造力!

收并蓄成了大势所趋。仅从描写对象看,已从"工农兵"转向"三教九流",描写领域扩大了。像"白杨树派"的流脉虽然仍然存在,并时或闪射出文学神圣的光彩,但已不能满足日益丰富的审美需要,于是有了多向度的审美选择和艺术探索,而这种选择和探索的结果,便势必导向前所未有的丰富和复杂,也许据此可以说"陕军"小说之于"白杨树派",既是一种映现与拓展,又是一种遮蔽和消解,二者之间的关系恰好表明了秦地小说家从"一极"走向"多极"的生动过程。

● **文化意识的变化** ●

伴随着秦地小说从"一极"到"多极"的趋向和过程,其文化意识也有相应的变化,或者说,来自秦地作家及所处社会的文化意识的演变与衍化,也作用着秦地小说的文化格局。

应该承认,在延安时期兴起的"新民主主义文化"是一个非常政治化的表述。这种文化与政治合一(或曰政文合一)的文化选择,以政治意识注入文化意识,并以此为轴心,致力于构建适应时代需要的中心话语,抑或努力使处于边缘地位的这种新兴文化向中心位移,应该说当时的这种新兴文化具有较大的兼容性。如何其芳回忆录中的通俗说法"屁股坐在现代,一手伸向古代,一手伸向国外"那样,力图站在革命和人民的立场上,建构起内容丰富的文化大厦。但限于当时可以想见的各种条件,取得的文化成果并不怎样理想。然而当时的文化建设者们亦很明智,于是在因地制宜、就地取材来构建新民主主义文化方面,进行了许多努力。其中依赖源远流长的传统文化(在当地或可称为黄河文化、黄土文化)的潜势,发掘触手可及的民间文化的积淀,成了引人注目的文化现象。到了新中国成立后,原来的带有边缘性的文化话语完成了向中心的转移,但那种政文合一的基本文化结构并未发生大的变化。虽然在以"社会主义文化"来置换"新民主主义文化"名号时,应有文化内涵更加广泛的拓展,应有前所未有的吸纳人类所有先进文化成果的气度和能力,但实际做的都相当有限。时好时歹,情形捉摸不定,加之冷战封锁和兄弟阋墙等"艰难时世"的困扰,文化建设的步履迈得相当缓慢和艰难。海外有人对新中国成立以来的历任文化部长曾予评估,视茅盾为最佳文化部长,彼时他也是作协主席,在推进文化文艺事业方面,的确做了大量工作,于是促成了"十七年文学"。但从这位从五四走过来的新文化老人的身上,也能够看到他在文化兼容性方面,不是愈到后来愈扩大,相反却出现了比较明显的逆反现象。自己的创作日见萎缩还可理解,而文学观念归趋于单一,①则不能不影响到文化事业本身。因之,"十七年文学"既显示了某种丰收的景象,但却难称丰富。这在秦地小说中也有明显的体现。尽管出现了像《创业史》、《保卫延安》等厚重之作,仍然给人以单调之感。这也成了"白杨树派"的一个特征。值得说明的是,"单调"并非只能在贬义上使用。小号独奏,唢呐独鸣,常常也能惊心动魄。"白杨树派"的单调虽显示了其不够丰富多彩的局限,但那种单调中含有单纯、清纯和热烈,也有其审美价值。不过,一旦以中心话语排斥边缘话语,其文化倾向就会在单调中日益走向极端。特别是当文化中心

---

① 参见茅盾《夜读偶记》,百花文艺出版社1958年版。其中仅对现实主义给予阐扬,排斥其他类别的文学艺术。

话语趋于系统化、绝对化的时候,异于这种话语体系的文化语符也难以有自由生长的空间。这不仅会导致对敌对文化形态给予坚决的排斥,而且对本来可以兼容的文化形态也会失去兴趣。那些鲜活的民间文化和深厚的地域文化所遭受的命运也大抵如此。因此,在20世纪五六十年代的相对单调的文学世界中,那种鲜活的民间文化和深厚的地域文化并没有得到充分的关注。即使那些很优秀的作家(如柳青、杜鹏程等)在专注地以中心话语体系支配自己创作的时候,也会忽视更丰富的文化存在和相应的人情人性层面,赵园在指出中国乡村小说模式化的历程后说:"这模式已精致、完整到这种程度,即使没有文化革命,也很难想象会再有超越《创业史》的乡村文学巨作出世。这里是'终极'。文学已将一种社会认识具象化到尽善尽美的极致。"她紧接着又说:

> 倘若进一步推究上述模式的文学史意义,还应当说,演绎"理想形态"的作者,使自己失去了向无穷丰富的经验世界寻求滋养的机会。社会学达到有关乡村社会的理论认识,赖有搜寻和整理"标准形态",这里有社会学的方法论。文学的兴趣却应在普遍概念、标准形态之外,在个别性,在无穷变幻的感性面貌。①

要改变像《创业史》所标志的小说模式,进入更加自由的创作空间,必须有文化意识的更新和拓展。历史进入新时期,秦地作

---

① 赵园:《地之子》,北京十月文艺出版社1993年版,第132页。

家有了这种机遇。很明显,伴随着新时期对多元多维文化视界的期待和追求,秦地作家的文化意识有了普遍的觉醒和深化,不仅关注着外国文化和国内文化,而且对自己出生地的地域文化更给予了全身心的拥抱。一个明显的事实是,没有开放搞活而使中外文化得以碰撞和融汇,秦地作家也不可能有那种发现地域文化"个性"或独特价值的眼光,从而使自己的作品中增加了丰富而又复杂的文化意味。正是在增强拓宽文化意识、调整改造重构文化心理的情况下,①秦地作家从欧美作家、拉美作家、俄苏作家以及日本作家身上,获得了许多有益的启示,贾平凹走向了商州,陈忠实上了白鹿塬,高建群凝眸于陕北窑洞中的芸芸众生,路遥观照着黄土地上的城乡和矿山……大地域文化和小地域文化在空前的遭遇中契合,在三秦文化史上开始谱写着崭新的篇章。正是在这样的文化意识变化的进程中,秦地作家才有了群体共趋的"深挖"本土文化的创作选择!(正是由于秦地文学历史中的"陕军"更具文化意识、其作品更富文化意识,笔者观察和分析也会自然在这方面有所侧重。)而这种"深挖"的结果,并不意味着都是对本土文化的弘扬。作家们发现了远非自己既有理性能够完全把握的复杂的文化现象。

如果说新时期以前的秦地小说,大都在执着地主动地追寻时代的"主流"和演绎时代的中心话语,对政治,那种被张扬到极化境界的政治总持有按捺不住的热衷和嗜好的话(不仅"白杨树派"

---

① 参见半知:《增强拓宽意识,推进长篇创作——陕西长篇小说创作促进座谈会纪要》,《小说评论》1985年第6期。

大抵如此,而且像路遥、陈忠实等在"文革"中更是如此),在新时期秦地小说中,却呈现出一种逐渐疏离中心话语、淡化政治文化的态势。① 多向度的文化选择出现了,作家们文化视野中也出现了纷纭杂陈的文化现象,其丰富而又复杂的状况也再难以理性所能知解和梳理了。与其强调思想家的理性,毋宁强调文艺家的感性,秦地作家由此获得了较大程度的文学自觉。一方面这种自觉必然建立在对既往古代传统文化和现代革命文化的双重反思的基础上,另一方面这种自觉又迫使作家在"人"与"文"的关系中进行极其艰苦的求索和创新。在三秦文化传统中最具特色也最为人称道的古典文化和革命文化,都曾给秦人带来极大的荣耀和福音,都曾以强势文化的威力占有了秦人全部心灵。但如众所知,古老的三秦文化也曾产生巨大的负面作用,其中的封建硬核常常在社会各层引发癌细胞的扩散,制造出形形色色的人生悲剧。而从延安崛起的革命文化,在赢得了巨大的辉煌后,也被蒙上了不少灰尘,当"继续革命"的声浪在"文革"中直冲霄汉的时候,使人几乎看到了末世的衰败结局,荒诞的阴谋文艺为无耻的罪恶抹红贴金。面对秦地和整个民族的历史,秦地作家愈是醒觉,愈是感到庄严和沉重,愈是感到诱惑和困惑,因之相应的小说创作也总有并不轻松的反思和悲愤交加的情感。读贾平凹的《浮躁》、路遥的《平凡的世界》、高建群的《最后一个匈奴》、赵熙的《女儿河》、蒋金彦的《最后那个父亲》以及秦地新时期初始不久的《心祭》(问

---

① 人们尽可意会的某种主调从原来一极化的高亢音域开始低落,低落。这既可忧虑,又可欣喜,让人难于简单判定。那感受也许就像打翻的五味瓶。

彬)、《惊心动魄的一幕》(路遥)、《晚唱》(贾平凹)等长短不等的小说,都能够体察到作家的双重反思和复杂心情。尤其是在陈忠实的《蓝袍先生》和《白鹿原》中,对古代文化和革命文化在秦人命运及历史变迁中显示出的复杂的文化功能,作了非常深刻的描写,其间纠结着作家的深沉和无奈。我读时曾被感动得泪眼模糊,又忧愤得叹息不止,由此深深感到了秦地作家的"复杂"。这种复杂的感受是读"白杨树派"作品所很少有的。那种单纯的透明感固然也是审美感受的一种形态,但在"陕军"的日趋复杂、多所探索的作品里,这种形态被淡忘乃至消解了。① 倘用色觉来表述对20世纪秦地小说的三大文学现象的印象,那大约就是从火红浅蓝到大红大绿再到赤橙黄绿青蓝紫诸色杂糅。之所以秦地小说自新时期以来会出现这种杂色的或多样化的状貌,自然与当年兴起的一发而不可收的"思想解放"运动密切相关。这样说不一定在表达"饮水不忘掘井人",而是说这种思想解放和心灵自由的发展既带来许多有益的变化,但也带来了难以避免的迷乱甚至是精神的空虚。就在"陕军"崛起,光辉灿烂、踌躇满志的时候,同时出现了创作上的某种危机和较大幅度的滑坡现象(有的作家当是有意识的沉潜)。在横向比较中,"陕军"的媚俗与粗鄙并非是最严重的,其文学水准虽未持续上升,但也还未跌落到不可收拾的地步。可是,"陕军"在创作思想上的迷乱、艺术技巧上的粗放以及某些人明显媚俗的作态,②毕竟应该引起"陕军"的重视。固然文学发展

---

① 参见肖云儒:《史诗的追求与史诗的消解》,《小说评论》1994年第5期。
② 参见孙豹隐:《繁荣陕西长篇小说创作访谈》,《小说评论》1995年第6期。

的历史曲线总是有高有低,但这次在巅峰上忽有摇摇欲坠之感并陡然开始滑跌的态势,却让人有些于心不忍不甘。盲目乐观的调子还是少唱,丰富多彩的感受固然美好,但复杂万端的感受却往往会破坏这种美好。我们担忧的不是某种外部力量会颠覆"陕军",而是"陕军"自己以极端的复杂或放任,消解了自己赖以维系文学生命的文化之根和人文精神,从而也消解了自己原本深厚的有再生力的地域特色。

第二章　20世纪秦地小说的文化格局

文学地理学作为新兴的交叉学科,给人们带来了许多有益的启示,将自然存在的"外宇宙"和人类存在的"内宇宙"于精神生态衍化、维系的层面贯通了起来,必然会拓展出广阔的思考空间。有学者借此着重从地域、地理和人文环境对中国小说的文化空间、文化格局的影响进行了专题研究,不仅揭示了中国小说与地理志书写系统的关联,还揭示了中国小说在东西、南北方位上存在的文化格局及异同。并以寻根小说为例,说明其对地域特点的情有独钟:"文化寻根小说则发掘国内异乡僻壤之地的奇异风俗,如李杭育的葛川江风光、贾平凹的秦地风俗、张承志的草原风景等。"[①]其实,细究秦地小说,由于地理人文的板块差异,也存在着小说与地理的某种契合,从而呈现出了有异的文化格局。

第1节　三个板块

在1994年,陕西编出本省名家作品精选若干卷。陈忠实在

---

① 刘登阁:《中国小说的文化空间和文化格局》,《人文杂志》2003年第3期。

《序》中动情地回顾和前瞻,其中有这样两句话:

> 无论老一代作家和这一茬中青年作家,他们的全部创造性劳动成果,都是中国当代文学的一个组成部分;陕西作家的作品带有普遍的地域特色,艺术上也有着迥然不同的个性,成为当代文学百花园里的西部之花。①

与其说这是一种客观评估,不如说是一种主观欣赏。从这种欣赏里,可以透露出秦地作家对"地域特色"的看重。对"西部之花"的自得。然而这种看重和自得有相应的文学参照系,这就是中国当代文学。说来也有点奇怪,当人类从不同地域向往着人类大同、世界主义的时候,反而愈来愈关心起本地域来了,表现在文学方面,就是走向世界文学与走向民族文学,地域文学的双向互动。这里肯定有些道理可以追寻,并且极易使人想起丹纳注重地理、人种、时代等客观因素的艺术观点。② 不过笔者在这里并不想就此作些思辨,而只是想指出,秦地小说的文化风貌或文化蕴涵,都与这块"三秦大地"(陕西人总爱这么说)有关,而这块大地又借自然造化之功,一分为三,成了秦地的三个板块。陈忠实说的"西部之花",就是长在这样三个板块上的。同时也正因此,花色各有差

---

① 见《陕西名家中篇小说精选》,陕西旅游出版社1995年版。
② 社会学学者对此也有许多相关的论述:"社会学家们现在大体已形成了一个共识,人类大小社会的存在和发展,都少不了三大要素:一、地理环境,这是社会生存的客观基础;二、人类自身,这是社会的能动主体;三、人类创造的文化(包括物质文化和精神文化)。"参见张琢:《九死一生·序》,中国社会科学出版社1992年版。

异。贾平凹较早注意到了这种现象。他说：

> 陕西为三块地形组成，北是陕北黄土高原，中是关中八百里秦川，南是陕南群山众岭。大凡文学艺术的产生和形成，虽是时代、社会的产物，其风格、源流又必受地理环境所影响。陕北，山原为黄土堆积，大块结构，起伏连绵，给人以粗犷、古拙之感觉。这一点，单从山川河流所致而产生的风土人情，又以此折射反映出的山曲民歌来看，陕北民歌的旋律起伏不大而舒缓悠远。相反，陕南山岭拔地而起，湾湾有奇崖，崖崖有清流，春夏秋冬之分明，朝夕阴晴之变化，使其山歌便忽起忽落，委婉幻变。而关中呢，一马平川，褐黄凝重，地间划一渭河，亘于天边的地平线，其产生的秦腔必是慷慨激昂之律了。于是，势必产生了以路遥为代表的陕北作家特色，以陈忠实为代表的关中作家特色，以王蓬为代表的陕南作家特色。……①

贾氏此论是1984年春气刚动之时写下的，那时他已从陕南商地获得许多灵泉写出不少商地文学了。鉴于他的地域意识之强和创作实践之多，自然也应视他为陕南的代表作家之一。诚如他所说，秦地按地貌划分，南北狭长地带上排列着陕北黄土高原、关中平原和陕南秦巴山地。自然地理的不同直接影响到居民的生产和生活方式，形成了三地有异的民俗民情，使地域文化也相

---

① 贾平凹：《平凹文论集》，青海人民出版社1985年版，第133—134页。

应呈现为三个板块,成为各地作家生息的土壤和精神的故乡。现代人文地理学与文化人类学都非常重视地理自然条件对人的影响,甚至视为人之生命和文化的来源。只要不是唯此为大的独断,这种观点便是可取的。世界上的民族、人种、文化以及具体的语音、肤色、习俗、文学等常常存在许多差异,大多都可以从地域条件及其演化中找到一定的解释。① 这在大的地域来说是如此,对小的地域来说也是如此。秦地纵横南北"三个板块"的不同条件,对各自地域的文化和作家的"培育"就使其出现了不同的文化风貌。

● 陕北高原 ●

陕北黄土高原(主要是延安和榆林地区),海拔 900 米至 1500 米,约占全省土地面积的 45％,与晋西北、内蒙古、宁夏、甘肃四省区接壤,属草原与高原文化过渡地带。最触目的是数不清的巨型馒头似的土山,连缀成一片金黄的世界,像巨大的黄色海洋,激荡起似乎恒定的波涛。这里非常缺水,但有那条时枯时滥的黄河流过。陕北作家李小巴在中篇小说《啊,故土》里写道:

他们走上山峁。山峁光秃秃的,没有一棵树。
"看,黄河。"父亲面朝东,说。

---

① 参见冯天瑜等著:《中华文化史》(上),上海人民出版社 1990 年版,第 31 页。又可参艾岩《文学与地学,其乐也融融》一文。该文指出:"文学提供的是人类生存的形象画面。地学也离不开对人类赖以生存的大地的图解,尽管形象与图像是不同的两回事,但正是在生存这一根本命题与图像这一共同要求上统一起来。"见《中国青年报》1996 年 4 月 17 日。而今,"文学地理学"越来越受到人们的关注了。

> 这儿真的可以眺见黄河。女儿小云只望见遥远的地方，在千万重黄色的丘陵沟壑的尽头，有一道暗褐色的深谷，那深谷被浓重的雾气填得满满的。父亲说，那就是黄河，中国古老的黄河。……①

就是这块古老贫瘠的高原，原来却多有森林和牧场，同时也是众多民族驰骋的疆场，人种与文化均呈现出多民族融合的特征。民勤稼穑，俗尚鬼神，游牧与穴居的生活历史积淀下深厚的生命意识（性爱、生殖与护生等）和文化传统，赖此与酷烈的自然环境相抗衡，养成了粗豪、劲爽和倔强的民性。就民间艺术而言，与这块黄土高原极相和谐的不是南国的丝弦俚曲，而是昂扬悠长的信天游、狂跳猛搖的腰鼓、娱神娱己的秧歌等，这些民间艺术成为此间最具代表性的文化现象，也养育着此间生长起来的作家。延安时期那么多外来的作家都或多或少地受到了这种陕北地域文化的影响，像丁玲、李季、贺敬之等，还带着那种深深的烙印去度过自己的一生。新时期的路遥，就在陕北的沟沟坡坡里滚爬着长大，这里的土地和亲人、民俗和风情都对其文化性格的形成、情绪记忆的储备提供了莫大的助益。他那种沉稳坚毅、凝重固执的文化性格，定然与黄土高原的自然与人文生态环境的潜移默化有关。陕北另一位作家高建群的情形大抵也是如此，不过对信天游的狂放更多一

---

① 张承志在《北方的河》中有对陕北黄河和高原的鸟瞰，其中有一段写道："陕北高原被截断了，整个高原正把自己勇敢地投入前方雄伟的巨谷。他眼睁睁地看着高原边缘上的一道道沟壑都伸直了，笔直地跃向那迷濛的巨大峡谷，千千万万黄土的山峁还从背后像浪头般滚滚而来。"

些心领神会,对民间久蕴的野性或野味更多一些关注表现。①

● **关中平原** ●

关中平原(主要是宝鸡、咸阳、西安、铜川、渭南地区,也称为渭河平原或关中盆地),海拔320米至800米左右,约占全省土地面积的19%。它西起宝鸡,东迄黄河,南依秦岭,北临陕北高原。因东有函谷关(东汉后为潼关所取代),西有大散关,南有武关,北有萧关,居四关之内,故称"关中"。这里属麦粟文化地带,自然条件相当优越,使它很早便成为华夏民族雄居世界之林的文化发祥地。传统的农业文明在这里相当充分地显示了它那灿烂辉煌的历史。春秋时为秦国属地,故又称"秦川"或"八百里秦川"。古都长安(西安)有10多个王朝在此建都,累计达千百余年,所以又有"秦中自古帝王州"(杜甫《秋兴》)之说。昔时"八水绕长安"②的优越地理环境,使这里的物产十分丰富,文化的积淀也特别丰厚,古中国强盛的周秦汉唐文化的遗产也通过"遗传"或传播渗透的方式,对这里的人们产生了久远而深刻的影响。这里有光彩夺目的名胜古迹,奇异动人的历史故事,恢宏深厚的人文精神,质朴古雅

---

① 在高建群看来,陕北黄土高原深藏着民族之谜、文化之谜,并认为陕北闹革命,即与民间深蓄的野性力量有关。他甚至认为,毛泽东的伟大就在于他天生的叛逆性格点燃了陕北这块化外地域孕育了几千年的野性之火,开发了这里的民间富矿,把封建正统的儒家文化及权力机制烧得一塌糊涂。参见《最后一个匈奴》。不过,这里并非只有野性,还有"黄帝陵","人文初祖"就在黄土高原上安寝。此外,有人说,毛泽东在湖南,志存高远;在江西,崛起如山;在陕北,辉煌灿烂;在北京,不意渐变。由此也可以看出陕北延安之于毛泽东一生的重要性。

② 即泾、渭、浐、灞、沣、滈、潏、涝八条河流,今多经常枯竭。但近期有"八水润西安"的宏伟计划出台,可望有所改观。

的民情风俗。远在汉唐时代,就有那些朝圣般的从许多地域来到这里的作家,将足迹踏遍了八百里秦川的几乎每一寸土地,留下了大量的诗文,也留下了流光溢彩的灵性和故事。秦地诗人李晓白曾在《诗秦川,歌秦川》中写道:

> 能不过秦川人的口,
> 巧不过秦川人的手。
> 推一圈水车歌一曲,
> 撒一把种子诗百首。
>
> 家家户户有活鲁班,
> 村村巷巷有王老九。
> 百花争艳八百里,
> 诗歌快板满墙头。①

这首带有"红色歌谣"味道的诗自然有夸饰之嫌,但其中也确含"浪漫"的灵性,逗人遥想关中盛时的诗府与天府同在的美妙情景。也许当你看到秦川上几乎像秦川牛头一样多的皇家陵墓,你会觉得这里活该是"帝王文化"的故乡。由此一种成熟形态的统治意识和体制走向了历史和现实的纵深之处,并在秦地的地上地下留下了神圣、神奇和神秘的丰富史迹或"帝王文化景观"。说来颇可玩味:进入"关中"思稳定,进入"陕北"想革命。这种历史文

---

① 《陕西新诗选》,陕西人民出版社1979年版,第68页。

化现象早已将"西安"与"延安"的不同昭示给了世人。陕北窑洞中的血泪最易培植造反的火种,关中房舍中的心田则最易植下儒学的根苗。那种入世济世的人文精神,那种"究天人之际,通古今之变"的良史笔墨,那种忧患意识制约的作家情怀,都很容易从关中作家的作品中找到。与司马迁同乡的杜鹏程,亦用良史的笔墨来书写战争风云,那种以笔为武器、发愤著书的劲头也有直追故乡先贤的味道。读他的《保卫延安》这部具有较高成就的战争史诗,读他的《在和平的日子里》这部颂扬创业、守业的奋斗精神的作品,都很容易使人想起儒家文化的优良传统以及这种传统在革命名义下的继承与转换。还有那位住在灞水附近的陈忠实,通过关中文化对他的先期占有和他后来对关中文化(其中有相当著名的俗学流派——关学)的追寻,使他成了一位典型的带有儒生风范的当代作家。他那忧患不已的作家情怀表现在他对中国革命历史和传统文化的深刻反思。换言之,陈忠实早在童少年时代就领受着白鹿塬[①]及其周边的关中文化的滋养,长大后,尤其是在准备创作《白鹿原》的时候,他以极大的热情去发掘着关中文化。他查阅了许多地方志书,在民间进行了广泛的采风,结合自己的观察和体验,记下了大量的材料,从而获得了远较一般历史教科书丰富而又真实的东西,找到了回归历史真实、超越观念教条的途径。[②] 至

[①] 塬,据《辞海》解释,是我国西北地区的一种地貌,四周为流水切割,顶面广阔,地表平缓,表面有片流侵蚀,但仍保持原始堆积平坦面的形态,是良好的耕作区。故"塬"异于"原"。作为地名,应为"白鹿塬",只因"塬"字冷僻,少为人知,才变通为"白鹿原"。

[②] 详参陈忠实《沉重之尘》、《贞节带与斗兽场》、《我说关中人》、《关于〈白鹿原〉与李星的对话》等文,均见《陈忠实文集》第5卷,太白文艺出版社1996年版。

于柳青,也与关中结下了深缘。除了早年曾在西安求学之外,后来又"深入生活,到长安皇甫村,住了14个年头,彻头彻尾地将自己置入关中农民的生活中去,从而对关中农村生活与民情风俗等非常熟悉。尽管他出生地是陕北,早年活动也主要在陕北,但在《创业史》中证明,他经过努力已经相当"关中化"了。如果说《创业史》在理念层面上有某种局限(尤其是后来的修改本)的话,那么在对农村生活的感性描写中,却闪射着难以掩抑的艺术光彩。

● 陕南山地 ●

陕南秦巴山区(主要是汉中、安康、商洛地区),海拔1500米至3000米,约占全省土地面积的36%。与四川、湖北、安徽等省接壤,属稻作文化过渡地带,具有较为鲜明的长江文化与秦地文化混合的特点。纵贯陕西境内有一巨大的山脉——秦岭。以它为界,把河流分为黄河和长江两大水系。黄河流域的面积约占64.5%;长江流域的面积约占35.5%。由于两大水系及秦岭的影响,使陕南与陕北的气候相差较大。陕南为亚热带气候,陕北为温带气候,关中为暖温带气候。有这样的自然地理条件,便孕育了有所差异的地域文化。陕南主要属长江流域、多山多水,湿润温暖,在丘陵起伏中还有一块较大的汉中盆地,有一汉江通联长江,作物多为水稻、油菜和小麦,经济上相对富庶,素有陕西"小江南"之称。但陕南的山地居多,大都"土壤单薄,怪石嶙峋",贫困落后也长期困扰着这里的生民。然而这里却有自己的美丽和灵气,有秦文化与楚文化的融合,有秦文化和巴蜀文化的互渗。贾平凹眼里的故乡,就是美丽的地方,并不如何富饶。①这里也有相当深厚的古文化的积淀,民间丰富的民俗文化和民间文艺,更是像空气一样清纯和充盈,呵护着作家的灵泉慧根。贾平凹便深得故乡商州山地的滋养,得以脱颖而出。他对故乡可谓情深意重,用全副身心柔柔地抚摸着故乡的山山水水。他在《商州山地》一文中写道:

> 商州,实在是一个神奇的土地呢。它偏远,却不荒凉;它瘠贫,但异常美丽。陕西的领土,绝大部分属于黄河流域,但它偏为长江流域。它是八百里秦川向汉中盆地的过渡。其山川河谷、风土人情,兼北部之野旷,融南部之灵秀;五谷杂粮茂生,春夏秋冬分明,人民聪慧而不狡黠,风情纯朴绝无泥沌……想起往日城中的烦闷、无聊、空虚和无病的呻吟,我就曾躺在丹江河的净沙无尘的滩上大喊:"这是多好的土地啊,光这空气,就可以向全世界去出售!"②

贾氏对故乡的钟爱可谓无以复加,而故乡对他的施恩也可谓像母亲一般毫无保留。这使贾氏因商州的滋育而收获了高产量和高质量的作品。华夏出版社曾出了他四卷本的《商州:说不尽的故事》,也只不过是其中的一部分而已。陕南还有一位相貌更像南

---

① 见贾平凹中篇小说《天狗》。他在《我的小传》中也说:"原籍陕西丹凤,实为深谷野洼;五谷都长而不丰,山高水长却清秀。"可为参证。而其《商州初录》、《商州再录》、《商州又录》,更充分地展示了商州的地理与人文的面貌。

② 贾平凹:《平凹文论集》,青海人民出版社1985年版,第34页。

国秀才的作家,这就是京夫。他在秦地前辈作家、评论家的启发下,也像贾平凹那样放弃了早时的游击战,"把瞄准点从时髦题材转到我家所在的山区"。他接下来又说:

> 一到家乡,那里的男男女女,老老少少,全在眼前活了,连儿时的生活,也在眼前映民,这些生活是那样强烈和鲜明地让我感受到了。……幼时寂寞的山乡,如今使我一往情深。我以童年家乡生活为题材的《娘》写出来了,以这儿为背景的《追求》、《路》、《女大当嫁》写出来了。它们的出现,让我的创作出现了一个新的起点,让我尝到了写自己熟悉的生活的甜头,也印证了老作家们的经验之谈,为我的创作开拓了道路。①

后来,他深入发掘陕南山地的生活题材,写出了一系列作品,对陕南地域文化也有了更为深刻的描写和表现。其中长篇小说《文化层》和《八里情仇》,均取得了较高的艺术成就。

● **异中有同** ●

秦地依人文地理学的观点视之,恰是"三分天下","三足鼎立",作家系乎乡土,也大致布成了这种阵势或格局。然而这种地域的差异或区分,是相对于大地域而言的一种小地域视角的观察所得。如再深入下去,还可考察村落社区乃至家庭家族文化氛围

---

① 《飞天》编辑部编:《我是怎样走上文学道路的》,中国文艺联合出版公司1984年版,第158页。

对作家的个别影响,那样将对作家创作个性的形成给予更为具体的说明,差异总是存在的,俗语云世上没有两片完全相同的叶子。然而就秦地文化和作家面貌的整体而言,也存在相通相近或趋于统一的一面。换言之,在相对狭隘的小地域文化的视野里,固然可以看到秦地"三个板块"对作家的不同影响,但却并不意味着秦地作家各个殊异,没有共处于秦地所形成的相通相似的地方。从区域文化的视角来看文学,其实先就有个区域大小的问题。大小不同的地域及相应的文化层次,都会对作家产生影响,只是影响的程度有异、地域色彩的配比不同而已。这就仿佛体认"乡党"(或"老乡"、"同乡")的情形,同一区县而多认同村同镇为乡党,到了省城或外县则多认同县为乡党,到了外省或外国,同省同国的也认作了乡党。地域愈扩大,体认地域文化的共性方面也在扩大。因此,当我们将秦地作家及其小说视为一个整体时,更注意在异中求同,发现其较为统一的文化风貌和创作特征。

比如,宏观地看,秦地的三个板块及相应的地域文化诚有差异,但又有紧密组合融通的一面。① 就仿佛是"牛郎"挑着担子,北头挑着以黄河文化为主导特征的陕北文化,南头挑着以长江文化(或秦楚文化)为主导特征的陕南文化,而"牛郎"脚下踩的、头上顶的、肚里藏的却是以"帝王文化"为主导特征的关中文化——从求"王"天下的创业追寻,到成"王"于世的傲视天下,再到废"王"已久的颓唐落后,等等,于是,"牛郎"挑着的三秦文化就成就了一

---

① 在路遥视野里,陕西仿佛是一棵大白菜:"中间一点,白菜心,周围全是'菜帮子'……"见《平凡的世界》第3卷第1章。

种相当复杂的地域文化,几乎可以视为中华传统文化的一个再巧不过的缩影。这样也就使秦地作家大都融合了多种文化,并以这种融合为习惯,甚至成了一种自然而然的无意识的文化行为。当贾平凹推王蓬为陕南作家代表人物的时候,也显然注意到王蓬从西安到汉中的生活经历使他将关中文化和陕南文化进行了融合:"他因此具备了关中黄土的淳厚、朴拙和陕南山水的清奇、钟秀。……"①与王蓬的从西安到汉中不同,平凹是由陕南到西安,但这种流动也给他带来了多样文化融合的机遇和无声的启示。愈到晚近,体弱有恙的平凹似乎愈是不安于一室、一地、一省了,他那意思似乎真要去当文坛上的"大侠"了。但至少到眼下为止,他还是个很典型的秦地作家,他那些叫得响或惹起风波争议的小说,也大都是秦地的人事和文化投射的产物。许多人看他的作品觉得怪异得很,其实他未改"农家子"的禀性,只是变着法儿努力说实话、说真话罢了。还有那从陕北来的路遥,在"进军"西安的征途中如饥似渴地汲取着各种文化营养,到了关中地面上,他仍旧那样土和实,但粗犷中增加了严谨,豪迈中充实了博大,于是乃有《人生》和《平凡的世界》的诞生。尽管未必已臻艺术的理想境界,但这种沉甸甸的作品足可以证明路遥的文化视野在不断扩大。在对文化的追求上,高加林和孙少平都有他本人的投影。在秦地,无论是延安时期的作家(乃至更早的五四时期的作家),还是十七年时期的作家和新时期作家,都有程度不同的地域间的流动,而在这流动中作家的文化心理结构都得到了增益和调整。仅仅从这种地域

---

① 贾平凹:《平凹文论集》,青海人民出版社 1985 年版,第 135 页。

性文化的融合对秦地作家的影响来看,秦地作家也确实共同存在着趋向开放的一面。

秦地作家比较趋同的方面还有许多。已有不少学者都涉论过这方面的内容。对秦地作家有个"群"的印象,这无论对于赞赏者来说,还是对怀疑者或厌弃者来说,都成了难以抹杀的事实。近期有学者从区域自然地理环境对文学的影响的角度来观照陕西作家群,就发现陕西这块地方的自然环境对当地作家很有影响,由此使陕西作家群表现出了鲜明的群体特色:首先,他们对文学事业执着如一,具有一种为文学献身的悲壮精神;其次,他们具有深沉的历史感,他们的创作追求雄浑的史诗效果,是大气磅礴的现实主义;再次,他们十分关注农民的命运。① 这种概括都很合乎实情,不仅合乎新时期以来的陕西作家群的实情,而且大抵也符合延安时期的一些主要小说家和新中国成立后"白杨树派"的实情。投身在秦地来干事业,没有吃大苦耐大劳拼性命的悲壮精神是很难做成什么的。② 这里的条件在20世纪来说总是相当艰苦的,延安时期艰苦,新中国成立后也仍然靠的是艰苦奋斗,有时甚至还要忍受折磨(除了疾病等生理上的折磨,"文革"时期及理想失落时期还要承受精神上的折磨)。至于历史感和现实主义,这是马克思主义文论最强调的基本观点,从延安文学到"陕军"文学所凝聚成的黄土地上的文学精魂,都既注意历史,又注重现实,

---

① 详参田中阳:《黄土地上的文学精魂》,《湖南师范大学学报》1996年第1期。
② 秦地作家的吃大苦耐大劳受大罪出大活在文学界算是出了名的。柳青、杜鹏程、路遥、陈忠实、邹志安等都是如此,有的作家如路遥、邹志安等甚至在壮年时节就活活累得病故了。

特别讲求真实地把握历史和现实,并在审美观中也注入了很强的功利色彩。还有对农民的关注,这本是中国20世纪新文学的一大特征。写农民和怎样写农民一直是现当代作家十分关注和探索的重要命题。延安时期将有关的讨论和实践都推到了一个高潮阶段,其后也一直影响着作家的文学选择和创作心态,利弊得失也常能折射出民族的命运和知识分子的命运。说到这里,马上会使人想到古代三秦文化(包括文学)和20世纪三秦文化的局限性。对文化极敏感的贾平凹对此也有思考,他曾说:"……山川河流结聚精光灵气,以此产生过辉煌的汉唐文化。但过则不及,盛唐之后,一种保守的、妄自尊大的惰性滋生繁衍,以此侵蚀于民风世俗,故唐后各朝政治、经济、军事皆趋于萎靡,自然文化艺术也不可幸免(从这个角度来讲,汉代文化的力度和气度比雍容华贵的盛唐文化更令人推崇和向往)。都城东迁和北移之后,这里渐渐归于偏僻……性格由开放型变为封闭型,自然是赶不到时代潮流的前头。"[①]事实确乎如此。仅就文学而言,唐诗过后,秦地就少放过大的光彩。直至20世纪方有转机。不过细想一下,也会觉得秦地作家侧重于对本土古今文化和现实生活的发掘,较少"西化"色彩,在艺术实验中很少充任先锋。所以在新时期以来的诸多"先锋派"里,很难发现有秦地作家的身影。即使偶或选入,也总有些勉强,抑或所命名的"流派"难以成立。

但是,优势和局限、长处和短处、先进和落后、开放和封闭、激进和保守等等,莫不相对而存在,且又矛盾运动,在一定的历史条

---

① 贾平凹:《平凹文论集》,青海人民出版社1985年版,第131—132页。

件下又不断发生转化。秦地作家身上的那些优劣、长短就经常发生着种种变化,造成了非常复杂的文化现象,甚至使人很难再用简洁明了的话语去判断其优劣、长短,无法进行明确无误的文化价值的评估。在这种情况下,建立在感受基础上的尽可能客观的描述,也就显得必要了。

第2节 文化范畴

大讲文化的时代,肯定是人们格外意识到了文化的复杂性和重要性的时代,也正是文化的复杂性和重要性激发了无数探求者的巨大热情。其实,探究文化的奥秘,也就是在探究人之谜。从文化人类学角度来看,人不仅是文化的创造者,而且是文化的占有者和被占有者。难怪文化人类学称"人是文化的动物"。想想觉得确有道理。鸟也有语,花也有香,狗通人意,猴学穿衣,大猩猩也能学人游戏,万物似有灵,动植物也许有它们的文化。但一旦与人类的文化相比,这些"文化"大抵皆可通约为零。可是随着人类创造的文化不断增生和繁殖,精芜杂陈,优劣难辨,坐在不断升高的文化山上的文人们反而愈益感到了"文化"的复杂微妙,七嘴八舌说文化的结果,是使"文化"有了难以数清和明晓的定义,文化的范畴也有了形形色色的划分。有的简约,如物质文化和精神文化,包罗万象;有的机智,在物质文化和精神文化之间加上了制度文化;还有的细密,在文化中列述许多具体的范畴,如历史、舆地、文献、哲学、法制、教育、科技、医学、宗教、军事、天文、文学、语言、民俗、体育、经济、政治等;有的按时间划分,如史前文化、古代文化、近代文化和当代文化;有的按空间划分,如人类(世界)文化、民族(国家)文化、社区(地域)文化等。既然文化的天地如此寥廓和自由,要考察秦地小说的文化范畴及相应的内涵,反而感到有点老虎吃天无处下口的尴尬。所好也不必面面俱到,姑且就如下范畴加以梳理,这就是:乡村文化与城市文化(简称"乡与城"),本土文化与外来文化(简称"土与洋"),古代文化与现代文化(简称"古与今")和男性文化与女性文化(简称"男与女")。前二者主要就空间着眼,后二者主要就时间着眼。就这些范畴讨论秦地小说,虽不能"总括万殊,包吞千有",[1]却也算是比较全面了。同时作为地域文化范畴而言,在秦地小说中"乡"、"土"、"古"、"男"等是更主要的方面。下面便就此分而述之。

● 乡与城 ●

通观 20 世纪的秦地小说,绝大多数写的是本土的乡村生活,大抵属于新文学史早经界定的"乡土小说",与此相应,农村文化或农民文化在作品中便占有了突出的位置。但城市文化仍是重要的文化参照系,尤其是作为创作主体的一种重要文化素质,在作品中也有相当的渗透。并且随着作家"农裔城籍"化的变化,城市题材及相应的市民文化,也得到了愈来愈多的关注。就 20 世纪秦地小说的整体格局来看,大约这种"乡"重"城"轻或"乡"主"城"次的状况已成定局。在陕西作协为纪念作协成立 40 周年而

---

[1] 刘知幾:《史通·自叙》,见乔象钟选编:《中国古典传记》,上海文艺出版社 1982 年版,第 393 页。

编的《陕西名家中篇小说精选》(上下册)和《陕西名家短篇小说精选》(上下册)中,前者共收入 19 篇中篇小说,农村题材的作品就有 14 篇(包括写牧场和赶车方面的生活)之多,其余 5 篇写城市题材(包括城乡交叉的生活);后者共收入 55 篇短篇小说,①写农村题材的小说约 35 篇,其余则为城市题材(包括知识分子的生活)。这套《精选》没有搞长篇,如果也来一次"精选",农村题材(或以此为主)的作品所占比重也许还要大。如果将"农民文化"在兵士和工人身上的体现作为识别的一个尺度,那么秦地的战争题材和建设题材小说,也大抵可以视为写"农"的一种移位。上面的那个简单的统计尽管不够充分,只是个案分析,但却可以肯定,"精选"者并非有意排斥其他题材而独崇农村题材小说,它的确大致上反映了秦地小说题材内容上的整体面貌。②

　　侧重描写乡村生活、显映乡村文化,这对秦地小说家来说是非常自然的事情——作家大都来自乡村,他们对乡土村民最熟悉。乡间的人和事,环境与风俗,都作为文化容体或文化的体现者,需要与乡土有血肉关联的作家去理解、把握和描绘。久已有人称中国为"乡土中国",这与一个实际是农业大国而且较易倾心于乡土温馨的国度颇为相称。但这称谓在 20 世纪的历史空间里也时或低回徘徊,透露出丝丝的悲凉和无奈。在秦地,无论是作

---

① 该书目录未列全,冯积岐、黄建国其实都为两篇,而非一篇,因此该书实收 57 篇小说。

② 如"中篇卷"选了柳青的《狠透铁》、陈忠实的《蓝袍先生》、贾平凹的《天狗》、路遥的《在困难的日子里》、李小巴的《啊,故土》、王观胜的《放马天山》、高建群的《雕像》、杨争光的《赌徒》、杜光辉的《车帮》、邹志安的《睡着的南鱼儿》等,基本都是农村题材小说。

家还是他们笔下的人物、对城市文明的向往应该说是一种"大趋势"。作家们在乡村文化的大海里努力上浮扬首,眺望城中楼头灿亮的灯火。这种"大趋势"对当年那些踏上"农村包围城市"道路的人们(也包括追随其踪迹前行的作家)来说,也不例外。尤其在新时期以来,现代性的都市文明似乎才在秦地兴起,散发着更大的诱惑力,使不少秦地作家像"高加林"那样,努力挣脱黄土地的束缚而向大城小城"进军",并且取得了"农村包围城市"的胜利。与此相应,从乡间到城市的强劲追求也逐渐增强了秦地作家的城市意识,不少人也由于文墨生涯而改变了户籍。他们曾经欣悦,但也有新的苦恼。随着对城市生活观察、体验的加深,这些来自乡间的作家开始染指城市题材。尽管涉入的程度不同,但多少总想涉入城市文化深层的企图愈益明显。曾多次称自己为"山里人"的贾平凹,从商山的深处走向西京的深处,步履艰难而又执拗。他曾深情地说:"山养活了我,我也懂得了山。""后来,我进了城。在山里爱山,离开山,更想山了。"①但后来,他却宿命一般地走进了《废都》——《白夜》——《土门》。乡村文化与城市文化的复杂万状对于感觉发达的作家来说,既意味着美丽的诱惑,又意味着丑恶的折磨。个中滋味,贾氏都有了相当充分的品尝。不少读者甚至想拖住贾平凹永驻商州,希望他将"商州系列"的艺术长廊再续展下去,建立坚不可摧的创作"根据地"。可是贾平凹如今业已深陷城中,正在苦苦琢磨一方新的艺术天地。相比较,路遥在乡与城二者之间,没有像贾平凹那样两极振荡,而是在乡城之

---

① 贾平凹:《山地向导——〈山地笔记〉序》,青海人民出版社 1985 年版。

间寻找着"交叉地带"。贾平凹从"商州系列"的山地上崛起,[①]又在"西京系列"的泥淖中挣扎,构成了大幅度的题材转换乃至情趣的对立。然而人们仍不难发现,贾氏在对城市文明的铺陈当中,却有一双来自山地和溪流的眼睛,从而发现了城中文化名人生存中的荒诞(《废都》),发现了城中市民在人鬼之间的游移(《白夜》),发现了城市中的"村落氏族文化"在城市文明进逼过程中的耗散(《土门》)。贾平凹笔下的"商州"和"西京"毕竟是有内在联系的。但其间缭绕的某种消沉情绪或颓唐气息在秦地作家中过于特殊。而较多的作家却是出诸对城市文化与农村文化相融合的热烈期待(从"工农结合"到"城乡交叉"),来正面展开城乡文化的碰撞、融汇的交叉现象,给时代的主旋律以积极、响亮的应和或形象的表达。在这方面,路遥则是最具代表性的一位秦地作家。他力求自己要像父亲那样"辛勤劳动",以劳动者的姿态面对文学,激励着他不断进取,企望"给历史一个深厚的交待"。[②]

这里就以路遥为例多说几句。

在地域文化的影响方面,路遥主要接受的是农民文化的影响。作为农民之子、黄土地之子的他,其文化之根不会扎在海水里或公园的花圃里。由此他不能不受深固的饱含亲情的乡村文化的牵引和影响。这样的承袭与接受在相当长的时期里是无条

[①] 地域文化意识的觉醒,也使秦地作家争相去写地域性系列作品,除贾平凹外,又如赵熙的"漆河—狼坝系列",邹志安的"关中爱情系列",陈长吟的"汉水风情系列",峭石的"北莽小说系列",王观胜的"北方系列"等。近些年来,冯积岐的"松陵村系列"越来越引人关注。参见本书附录,笔者与冯积岐的对话。

[②] 畅广元主编:《神秘黑箱的窥视》,陕西人民教育出版社1993年版,第88页。

件的、非自觉的,化作了血肉与骨髓的。因而深受农村文化恩惠的作家,最乐于也最善于写农村题材,写本土或来自乡间的人们的心灵与遭遇,其间饱含着感同身受的理解和同情。农民文化的一些最基本的人生原则如实用、诚朴、忍苦、善良和注重伦理亲情等,以及相应的生存方式、风土人情、言语习惯等,便都会非常自然地化入来自农村的作家的创作之中,因为"农民社会和农民文化是紧密地一体化了的系统"。① 这个文化系统的价值观念在中国这个以农立国、以民为本②的民族中始终处于重要的地位。即使历史发展到了中国的近现代,"农村包围城市"的文化格局也还是存在着的。故而路遥写农民而很容易循着农民的足迹过渡到写城市。在路遥的笔下,人们可以发现《平凡的世界》中的孙少平从农村进入城市后,并非是个孤独者。他的同学、同乡和熟人多与农村有着非常密切的关系,他们大都来自乡间,每有"乡党"之情,这对省委书记、地区专员也不例外。因此,路遥将笔触过渡到城市以及二者的交叉地带,从文化轨迹上看,是由乡而城,而不是由城而乡。③ 就是相对落后的城市文明对来自土窑洞的路遥也是极有吸引力的。故而在他大多数以农民为主要描写对象的作品中,总要或多或少地投映着城市文明的光影。有时是通过农民之子进城求学、做工的途径(《在困难的日子里》、《人生》、《平凡的世

---

① 阿图罗·沃曼:《农村农民研究》,《国外社科杂志》中文版第7卷第1期。
② "以农立国"是实情,"以民为本"则往往停留在观念层。中国古代如此,20世纪大抵也如此,虽有所变化,某些时期、某些地域还比较"理想",但总体看尚未有根本性的改变。
③ 现代社会中,文化的由城而乡的运动或传播则是正常的,反之经由突发事件或特殊政治(如"抗战"和"上山下乡")来推动,则是不正常的。

界》等)来体现;有时通过知识青年的上山下乡来体现(《青松与小红花》、《夏》、《黄叶在秋风中飘落》等);有时则直接写已成为城市人的人们热心与农民交往(如润叶之于少安,田晓霞之于孙少平等)。这样的描写在一定程度上跳出了乡村文化的内视角。之所以说"一定程度",原因正如上面指出的,路遥是由乡而城的"进化",即使写的是"城",也多少带有"乡城"或"边城"的意味。路遥笔下的"城乡交叉"过渡自然,甚至"一体化",这就如他喜爱的信天游一样,既在沟峁拐岔、黄土高坡上流行,也在秦地的大街小巷、"黄原城"中流行。这表明,路遥贴近现实的文化心理,其实属于黄土高原,属于高原上的乡与城。这里有来自农村的各层领导,有进城揽工、开车闯天下的农村青年,更有双水村、高家村以及大小不等的乡镇和城市;有马延雄为之献身的广大农民,有田五、王明清这些民间歌手的咏唱,秧歌和信天游吼得嘹亮而迷人,自然这里也有穷困中的呻吟与死亡,正直与邪恶、温善与狂暴、文明与愚昧的种种矛盾与冲突。正是这一切,使路遥的情绪记忆鲜明活跃,润化出一片"信天游"般的"平凡的世界"。一位学者曾对有赖"故乡的记忆"的作家们说过这样的话:"他们需要这块土地,只有在这块土地上,那种故乡的记忆才能转化成一种艺术的形态。这种诚挚同样表现在他们对艺术的态度上,不知怎么,我总感到他们对艺术过于沉谨刻意求工,而少那种随意洒脱的气质和轻松自如的表现。"① 路遥的创作大抵也如此。秦地那些擅长于描写农村的作家,如柳青、王汶石、陈忠实、邹志安、京夫、赵熙等,基

---

① 蔡翔:《骚动与喧哗》,上海文艺出版社,1989年版,第50—51页。

本也是如此。同时，非常重要的一点是，真正能够展示现代城市文明风采的优秀小说，在秦地还相当缺乏。那些撷拾城市生活的只鳞片爪的短篇小说，抑或骨子里总在暗讽城市人生的中长篇小说，虽自有妙道，却不能让人感到满足。在秦地小说世界中，农村题材的史诗型或准史诗型作品已经出现，并较早就为本民族文学作出了突出的贡献。而城市题材的真正沉实厚重的史诗型的成熟作品，可以说还没有出现，更不用说布成阵列了。是城市文明本身的限制，还是作家创作心理的障碍？抑或二者兼有？文明进步和文化提升的结果，也给好的小说提供了温床。我们期待着秦地作家在城市题材创作上有新的突破，并给我们带来崭新的城市文化的广阔视野。

● 土与洋 ●

人们对秦地小说的土味远浓于洋味的感觉，往往是异常强烈的，好像他们存心要展览黄土地上那土得掉渣的一切，博取洋大人的称赏似的。即如不少人攻击"西部电影"那样，其实生活于大西北的人或对大西北有深切了解的人，就会觉得文学艺术家们对大西北本土的那股"土味"的强烈关注，不过是"写实"，而且力图从"土味"中品出丰富的意味。

能不能品出"土味"中的丰富意味，那也要看品味者有怎样的味觉。仅就秦地本土文化而言，其中确实有相当丰富的东西，也并非走马观花者能够领略到的。"一日看尽长安花"，那只能是浮光掠影，只能留下单一的印象。那些真正用心灵和整个生命体察过秦地本土文化及相应人生样态的作家，哪怕只是来陕时间并不很久的知青作家，都往往会深切感受到那种丰富——既有有价值的"丰富",①也有无价值的"丰富"。在陕北插队的知青史铁生和在关中陕甘交界处鳞游插队的知青朱晓平,就都通过知青生涯体味到了秦地乡村人生的那种"丰富",尽管一个主要体味出了美善,一个主要体味出了愚陋。史铁生在《我的遥远的清平湾》中,那极为质朴的写实笔墨充盈着浓情厚意,那种对昔日知青生活中留下的美好记忆,似乎成了一种挡不住的诱惑。令人难以忘怀的白(破)老汉、留小儿,还有那群陕北牛便像浮雕一般凸现了出来,让人深深地感动于那艰难时世中犹然存在的美善的人性和驯化的牛性。这种深植于黄土地的美善人性和驯化的牛性,大约可以视为秦地本土文化的"硬核"部分。"秦人"和"秦牛"于本土文化话语中本是可以互为表征的。② 正因此,史铁生在小说结束时还由衷发出了这样的感叹:"哦,我的白老汉,我的牛群,我的遥远的清平湾……"。由此,人、牛、地在"人化"的意义上浑融成了一种感人的文化氛围,令人深味其中的复杂情感和文化事象。这里有古老文化的遗存和淳朴风俗,有诚实善良的美德和悠扬动听的民歌,在不经意的描写中,也涉及了某种狭隘、愚昧乃至残忍(如杀老黑牛)的一面。但主要的情感意向却是"对于那片赤贫之地的

---

① "陕北的土地虽然贫瘠,这块土地上的人民的心灵却非常丰赡……中国西北地区这块贫瘠的土地,为什么能在长时间内哺育着中国革命、并做了它的灯塔和摇篮?除了其它历史条件之外,我想最根本的,就是由于这些心灵的支持。……"见郭志刚:《中国现代小说论稿》,山西教育出版社 1991 年版,第 463 页。在秦地插队的知青作家,如史铁生、朱晓平、陶正、梅绍静、高红十、白描等,都有较高的知名度。而在其他领域特别是政治领域,陕西知青特别是陕北知青则涌现出一批堪称政治家的人物。

② 有一获奖电视连续剧,名为《秦川牛》,即将"秦人"和"秦牛"的这种文化关联进行了生动的展现。

一往情深。正是由于这种情绪,小说才可能在朴实无华中透出一股信天游般的韵味。"①史铁生的《插队的故事》,被赵园视为可以"称奇"的"力作",但她对作家的怀念心态及相关的辩护所包含的那份"沉重",则有独到的理解。② 在偏僻小山村插队的朱晓平,虽然也写农民的淳朴,但更注意揭示愚昧落后。他的《桑树坪纪事》、《桑塬》、《福林和他的婆姨》等作品,显示着相当的冷峻,那真实存在的农村的破落贫困和农民的愚昧落后,使一切耽于粉饰的东西相形失色。那些曾被宣布一去不复返的人间悲剧又屡屡在人们的眼皮底下搬演,不仅触目惊心,激人反思,而且也能促人于忧愤中求索改造国民性、改变农村面貌的途径。也许相对于史铁生忆念式的心理真实,朱晓平更多一些观照式的客观真实,但他们的生命和文学都已经与秦地结下了难解之缘。

外来的知青作家对秦地乡土文化的不同观照,似乎已可说明其"土"颇有意味,那么在秦地本土作家那里就显得"土味"更加浓郁了。其情形正如秦地评论家王愚指出的那样:"陈忠实、贾平凹、路遥等我省一批知名的小说家,他们其实也一直在借鉴外来的东西,而他们的作品更具有本土的、本身的丰富性。立足于乡土,在这块土地上不断深入思考,对于这块土地的历史变迁、现实变化不断加以把握,恐怕任何时候都是一个作家终生的追求。"③对秦地人及作家的印象以"土"为显,以"洋"为隐,这大约也成了

---

① 南帆:《论小说的心理—情绪模式》,《文学评论》1987年第4期。
② 参见赵园:《地之子》,北京十月文艺出版社1993年版,第272—273页,第265—266页。
③ 《陕西文学现状八问》,《三秦都市报》1995年11月20日。

某些人的思维"定式"。提起陕西人,就以为是头戴白羊肚,扭起秧歌舞、憨憨实实、木木讷讷的样子;提起秦地小说,就以为是黄土高坡几眼窑洞中男男女女的悲欢离合的故事,现实主义的,手法也陈旧。其实情形远比这种印象复杂。何况即使就"土"气或"农民化"而言,问题也绝非简单。① 在秦地,成名作家既多来自乡间,那么要求他们撤离他们最熟悉的生活基地、创作基地显然是不现实的。问题的关键在于怎样开掘他们脚下的黄土地。鲁迅在故乡土地上发现了整个民族的文化真相。福克纳在故土"邮票大的一块地方",展示了民族的历史风云。在这种意义上看秦地小说家,如郑伯奇、柳青和陈忠实等,也许就会发现郑有点似"漂萍",柳则似"白杨树",陈则如枝繁叶茂的"灞柳"。郑是在漂泊中观照人生的,未曾着意打一口深井,这的确令人感到遗憾;柳早期也带有漂泊意味,虽然试图扎根写出力作,但限于种种条件未能如愿,直到他扎根长安皇甫,才写出挺立如白杨大树一样的作品《创业史》;陈虽有"文革"中陷入创作误区的经历,但他一旦醒悟、就感到了脚下土地的重要,特别在他营构《白鹿原》这部巨著时,他一方面努力充实自己,同时另一方面更是不要命地勘察自己以为已经熟悉的这方水土,结果这方水土培植起了一棵绿意葱茏的"灞柳"。据他本人的介绍,他关于民族命运的思考已经在《蓝袍先生》中得以体现。但他仍嫌意犹未尽,深深追寻的结果便鼓舞

---

① 从很早就有"返朴归真"的冲动和学说。贴近大地和自然的"农民"生活方式,在历史的否定之否定之后,也许会螺旋上升达至一个崭新的境界。学界已有基于生态保护观念、天人和谐理念而竭力呼唤新农业、新农村的声浪,对此似乎不能一笑置之。

起自己去进行大的创造。① 综观秦地成名的小说家,都有比较稳固的"创作家园"或"创作根据地",并以之为自己安身立命的所在,从中充分地汲取本土文化的滋养。如前曾说,就是那位善变如孙行者的平凹,也实有自己比较稳固的根据地。他在1993年的一次谈话中还这样说:

> 从事文学创作后,商州一直是我的根据地,或许我已经神化了它,但它是我想象和创作之本。②

这种身虽离开桑梓地、心仍紫系"根据地"的作家心理现象,在秦地小说家中确很普遍。有着如此强烈的"根据地意识"的作家们,如何才会不"土"呢?但他们"土"得自在,"土"得掉渣,却由此"土"出了味儿和光彩。

其实"土"并非孤立地存在,它总是与"洋"相对而言并同在的。何况"土"也因人而异。在《人生》高家庄人的眼里,巧珍刷牙也足以成为让人惊奇万分的"西洋景":

> "哈呀,你们没见,一早上圪蹴在磣畔上,满嘴血糊子直淌! 看这洋不洋?"

---

① 参见陈忠实:《关于〈白鹿原〉的答问》,《小说评论》,1993年第3期。陈氏在写毕《白鹿原》之后的一首词里写道:"依旧谢浮华,还过愚人节,花无言,魂系沃土、香益烈。"他的自勉也使人对他产生了新的企盼。

② 贾平凹、穆涛:《平凹之路》,青海人民出版社1994年版,第22页。

秦地作家中确有比较封闭、狭隘的,如此必难以有大的造就。而那些有成就的,无论在延安时期、十七年还是新时期以来,都不是只知"土"只认"土"的作家。何况,就在三秦本土文化传统之中,也有倾向开放和实行拿来主义的一脉。鲁迅盛赞的"汉唐气魄",[1]就体现为基于开放和兼容而重建文化的雍容大度、从容不迫。这种吸纳外来文化并加以融合运用的三秦文化传统,对秦地作家无疑是一份宝贵的文化遗产。实在地说,如果没有开放的文化视野,有或多或少的"洋"玩意儿作参照,秦地作家晓得什么为"土"?也更难了解到"土"的独特价值。即使在延安时期那种特别困难的时候,"洋"物很少,但像柳青,也对外来的苏俄文学多有接触,对其他国家的进步文学以及少量的西方名著和五四文学,也有所涉猎。柳青的外文功底颇好,早期也读过原版的外国作品。这均可视为他与外来文化有缘的根据。杜鹏程在《难忘的书籍》[2]中也谈到了他对外国文学的接受情形,那种对苏俄文学作品如痴如醉的阅读,对他的创作显然产生了很大的影响。[3] 他为了写好《保卫延安》,还曾集中阅读了一批外国长篇小说。这种情形在陈忠实写《白鹿原》时也出现了,眼中盯的大都是外国名作家的代表作。路遥的一个书单则可以表明他对外来文化的特别关注,

---

[1] 秦国在崛起时期,也很注意吸收外来文化,故有学者指出:"秦国这一文化史上的特点,使它对于任何外来文化都比较容易接受。"见刘修明:《秦王朝统治思想的结构和衍变》,《学术月刊》1988年第1期。

[2] 杜鹏程:《我与文学》,陕西人民出版社1994年版,第17页。

[3] 这种影响自然并非都是积极的。苏俄文学对中国文学的影响效果很复杂,不宜轻易地全盘肯定或否定这种影响。看待其他"外国文学"对中国文学的影响,也是如此。

他介绍自己读书的情况时说:

> 著作:范围广,文学以外,各种书都读一些。喜读:《红楼梦》,鲁迅的全部作品,柳青的《创业史》,列夫·托尔斯泰、巴尔扎克、肖洛霍夫、司汤达、莎士比亚、恰科夫斯基和艾特马托夫的全部作品,泰戈尔的《戈拉》,夏绿蒂的《简·爱》,马尔克斯的《百年孤独》等。①

类似这样的表述,秦地那些较有成就的作家在不同情形下也有过。他们要想当一个优秀的作家,没有大量的阅读和对外来文化的广泛吸收,简直不可思议。但深厚的三秦文化传统使他们有较稳固的根基来进行选择,在这点上秦地作家与海派作家颇不相同。海派作家很难在本土找到根基(尤其是 30 年代的海派作家),如果说有传统,那么一个劲地效法外来文化就是它的传统。单纯守着传统或单纯学着"老外",都不可能造就 20 世纪中国文学的大作家,这应该是一种有益的历史启示。

可是,在改革开放、破旧立新的时代,人们大都以"土"为耻,浮躁地效仿着外来的东西,这似乎也成了一种"文化偏至"。究其实,无论"土"、"洋"都须辩证分析,既须辨其各自的优劣,又须寻求二者的结合,在总体上获得一种"超越"的精神。对此,丁玲的这段话是富有启示性的:

---

① 路遥:《答〈延河〉编辑部问》,《延河》1995 年第 3 期。其中所说外国作家的"全部作品"当指彼时译为中文的作品。

> 有的人怕"土"求"新",实际也成了一条枷锁。我希望作家能够解放自己,创作时不去计较是"土"是"洋",是"新"是"旧",只写自己所要写的。我以为没有固定的"土",也没有固定的"新"。好的、美的、有时代感的、能引人向上的就是新;无聊的、虚幻的、生编硬造的,不管是从哪一个外国学来的都是陈旧的,都是"土"的。①

尽管这里的表述不够严密,而且最后还是将"土"的作了笼统的否定,但那总体期望超越"土"和"洋"的二元对立从而使作家解放自己、投入创造的观点,确有深刻之处。此外,"土"与"洋"并非是绝对对立的范畴,二者在审美情境中甚至是可以相通的。比如秦地小说家贾平凹、杨争光、王观胜、冯积岐等,对秦地或大西北"土"得近乎原始的民情风俗都有细致入微的刻画,他们竭力追求原色原味,不假雕饰,反而奇巧生焉,新颖别致,还仿佛与西方流行的原始主义或非理性文艺思潮相当吻合,"洋"得很时髦,②他们也许确实受到过国外这种文艺思潮的影响,但起决定作用的,则是他们从幼年就开始积累起来的生活经验和感情倾向。倘若他们不能在本土文化中找到相应的生活原型,要想凭空杜撰出那么多朴野动人的乡土故事,显然是不可能的。记得沈从文的学生、老作家汪曾祺说过,有的东西看上去,中国人以为很旧,而洋人却以为

---

① 丁玲:《延安文艺丛书(文艺理论卷)总序》,湖南人民出版社1984年版。
② 参见方克强:《文学人类学批评》,上海社会科学院出版社1992年版,第19—26页。

很新。毛泽东也说过,我们视外国的为"洋",同样,外国人也视我们的为"洋",只要我们的东西有特色,她们也会有兴趣效法学习。① 尤其是在"西方中心"的文化意识或殖民文化意识消除以后,在平等的文化交流中,更易于摒弃"土"和"洋"对立的崇洋媚外的观念。近据报载,延安时期创作的名歌《南泥湾》,深为美国著名的"四兄弟"演唱组所喜爱,并成为他们在世界各地演唱时的保留节目。《南泥湾》带有鲜明秦地民歌风味的优美旋律,对洋人"四兄弟"产生了很强的感染力。② 中国古代的东西,西方到20世纪后半叶才有较多的人发现其独特的魅力,《南泥湾》也在半个多世纪后才有洋人激赏,所以要外国人多了解中国20世纪文学(包括秦地小说),恐怕也要相当长的时期。尽管仅就秦地小说来看,已有不少小说有了多种外文版本,但其真正的世界性影响并不显著。即使如此,崇洋媚外或崇土媚外的创作选择均不可取。③ 关键在于要确立自我创作主体的地位,在广泛借鉴融汇中,走出一条属于自己、属于本土也属于世界的文学道路。

● 古与今 ●

20世纪的秦地文化风貌非常复杂。最古老的与最现代的,最

---

① 汪曾祺语,见《我怎样走向文学道路》第225页;毛泽东语,参见拙文《毛泽东与外国文学》(《陕西师大学报》1992年第4期)。由于二人身份不同,类似的话也有不同之处。汪侧重于艺术手法的民族特色,毛则是讲"政治文化"的另一个说法。

② 参见潘式如:《"四兄弟"入乡随俗,温情更浓》,《北京青年报》1964年5月31日。

③ "崇洋媚外"必会导致失去自我。"崇土媚外"亦然,有人谓之为"殖民文化"的产物,实有道理。历史的经验一再证明,封闭的本土文化必赖外来文化的冲击,才会在文化磨合与融合中新生,而外来文化也必须经过"本土化"的过程,才能生根开花,结出甜美的果实。

光明的与最黑暗的,最花哨的与最单调的,最正统的与最荒唐的种种文化现象,交织而成难以名状的文化景观。从某种意义上说,秦地的这种文化景观也是中国20世纪文化景观的一个缩影,同时也生动地体现在秦地小说的表现世界之中。

面对秦地这种古今交错、复杂万端的文化景观,听取著名学者丹尼尔·贝尔关于前工业社会、工业社会和后工业社会的"三段"论,是有助于我们来理解问题的。他认为:前工业社会主要是对付自然,观念受制于自然力量;工业社会主要是对付人工世界,观念受制于机器和理性;后工业社会主要是对付人际关系,人与自然已经愈离愈远,异化愈趋严重。因此,后工业社会应当适当地重返传统文化,重新对人性具有冷峻的认识,对不可知的力量持畏惧之心,对人类可能遇到的巨大灾难有所预感,对现代人无限地扩张和实现自我持怀疑、克制态度。① 贝尔的话仍在提醒人类不要"冒进",在文化追求上注意防止过犹不及,其中提出适当重返传统文化的观点,似乎尤其容易唤起秦地作家的共鸣。原因自然很明显,秦地是传统文化积淀极为深厚的地方。虽然20世纪的三秦文化有很明显的包容性和复杂性,但那浓得化不开的古色古香和怀古情怀,总不时会飘逸而出。三秦大地的古老和传统文化的丰厚,此前已有一些介绍。在这里仍不妨将《中国地域文化丛书》中的《三秦文化》②的目录抄在下面,尚可诱使我们对历史悠久的三秦文化再发生一种幽深的遥想——

---

① 参见丹尼尔·贝尔:《资本主义文化矛盾》,中译本,三联书店1989年版,第198—200页。

② 黄新亚:《三秦文化》,辽宁教育出版社1995年版。

一、黄帝之谜/二、从追孝到周礼/三、秦中自古帝王都/四、统一的梦想/五、以农为本/六、合璧之路/七、扑朔迷离的胡风/八、力量与气势的交响/九、佛教中国化的步伐/十、大唐的乐章/十一、上下求索的结晶/十二、修己济世与道法自然/十三、穆斯林的足迹/十四、传统总要显示力量

从这目录中我们便不难想见三秦文化的丰富内容,它涉及为人所知的中国传统文化的许多重要方面,而这些作为"力量"支撑着秦地一方蓝天的文化结晶,也显然延宕到了20世纪,并对秦地作家产生了深刻的影响。但《三秦文化》所缕述的,尚限于秦地的历史文化,基本内容皆为古代的三秦文化。① 其实,在近现代,于中外文化大碰撞、大融汇之中,秦人也创造出了足以彪炳史册的文化,如以革命为主旋律的政治文化和以建设为主旋律的物质文化。这些三秦文化在现实层面,更对秦地作家产生了直接的影响。也许,这种现实性强的三秦文化具有更大的吸附力量,使秦地小说家很少去写古代历史题材的小说。迄今为止,也只有李宝昌(健侯)《永昌演义》、叶广芩的《乾清门内》、赵冰昆的《慈禧西逃》等不多的几部长篇和少量的中短篇。② 相反,倒是在港台和外省的不

---

① 这也就是所谓"旧文化",然而这"旧"却涵容着历史性的地域特色。王独清曾在《长安》诗中吟道"不过你,哦,长安,你却有你底特色,为别个没有/你底特色,就恰在那动人的陈旧,灰旧……"。

② 秦地小说中也有写年代不明而让人感到很古老的作品(如杨争光的一些小说),仿佛缺乏"现代感"。其实最古老的往往蕴含着最现代的因素。写古说古,在"人学"文学观的意义上说,也就是写人性之史,写基于人之历史的未来预言。如探寻"人性之谜",表达"终极关怀"等。

少作家那里,将秦地古代历史上的许多人和事,演义来演义去,光是唐代的题材就被炒得不亦乐乎。由此表现出来的轻浮乃至逃避现实的创作倾向,以及难逃"商业化"讥评的文学作品和影视作品,恰恰与三秦历史文化总体表现出的严肃、庄重而又正统的文化方向背道而驰。由此也可以说,正是秦地源远流长的严肃文化培养了秦地20世纪的严肃文学,并给严肃文学(或纯正意义上的正统文学)提供了驰骋的疆场和崇高的地位。陈忠实在近年来总爱讲的那句"文学依然神圣",饱含着三秦文化优良传统的精髓,生动地体现着秦地作家"守身如玉"的人文精神和文学观念。

秦地作家在小说中对沉溺于古代的行为的间离或疏远,并不意味着他们对三秦历史文化的轻视或拒绝。情形恰恰相反,当秦地作家热烈地拥抱现实生活(包括20世纪的各个历史阶段)的时候,大多都有相当深沉的历史意识,敏感地揭示出古老的文化传统在现实中的各种作用,并在创作方法、思维方式和审美情趣等许多方面,汲取着本土古代文化的营养,其中也包括传统的民间文化的营养(这点后面将进行较为详细的论述)。在秦地小说家的笔下,现实生活虽为描写重心,但这现实生活也是过去生活的继续,古和今的相通总会得到或显或隐、或多或少的揭示。从秦地古老的人文景观(各种古迹名胜等),到积久成习的生活方式(如秦地人生活习俗中的"十大怪"),以及那朴实无华、古道热肠和愚鲁爽直的民情民性等,都成了秦地小说家热衷描写的对象。有人称秦地是一座天然庞大的历史博物馆,那么,秦地小说便经常充当了这座历史悠久的博物馆的解说员。如文兰在《丝

路摇滚》①开篇不久就写道:

> 黄土高原的深川大沟本来就给人一种深沉、荒漠、古远的感觉,此刻无边的昏暗仿佛更把它推回几千年前的一片浑沌。……在一口气接连说完一百个爷爷的爷爷的那时候,脚下这条被称为"古丝绸之路"的路是从古长安通往波斯国去的,是一条中国最早对世界开放的商路。那时候我们的老先人尻子朝东脸朝西地经过这儿,把一匹匹明光耀眼光滑如水的绸缎送到西边很远很远的、连孙悟空拐个弯儿向南也没有向西而去的波斯国;而那里的红鼻子绿眼睛大胡子、被求佛的唐僧视为妖怪的洋人却尻子朝西脸朝东,带着叫我们老先人眼花缭乱的金银珠宝也经过我们这儿,到华夏皇上爷住的古长安去。……

随着书中这位叫狼娃的主人公的足迹和思路、几乎将关中著名古迹都参观了一遍,并不时可以听到他那有点任性恣意而又颇有地域文化特色的"解说"。像这种在小说中穿插对老古董的描写,新时期以前的秦地小说家写得较少,到了80年代就明显增多起来。到了90年代,在有的作家笔下,就有点"泛滥"的味道了。再看陕北作家高建群在长篇《六六镇》②第一章开篇的描述:

> 陕北地面,无定河以远,群山环拱中,有个小镇,叫六六

---

① 文兰:《丝路摇滚》,作家出版社1994年版。
② 高建群:《六六镇》,陕西人民出版社1994年版。

镇。啥叫"六六",这名字生得有些古怪。有好事的人,一番考证,从而知道了,这一处地面,正是当年陕北乡党李自成揭竿惹事的地方。

李自成把自己的年号叫"大顺"。"六六大顺",却是当地老百姓的一个口头禅。……李自成当年给自己的王朝命名,正是出于这样一种心理。

考证认为,大顺王朝既殁,陕北乡党,捶胸顿足之余,将这个原来叫太平镇的地方,易名"六六镇",算是对乡党的一点纪念。

在古迹侧畔和说古成风的文化氛围中,秦地小说家不仅成了上乘的解说员,而且成了对古文化的演绎能手。陕南作家王蓬在长篇小说《水葬》①的"题序"中也有这种演绎的笔墨:

这条古栈道沿线还有些名气显赫的驿镇。进谷口十里便是"一笑千金"的美女褒姒故里;再行半日路程,又是萧何月下追上韩信的马道驿。朝朝代代,也不知被史书戏曲演编过多少!

这两处显赫地方之间,有个小镇叫将军驿。是否出过将军?没人考证得出。据说只是因镇后山崖颇似立马横刀大将军而得名。……

当然,如果仅仅将涉古笔墨用来作为一种添加古色古香的装

---

① 王蓬:《水葬》,中国文联出版公司1991年版。

潢,那就没多少意思了。如果陷于夸饰或炫耀,就反而会败坏读者的胃口。秦地作家更加重视的,不是以"古"为佐料,而是汲"古"精华以为"魂魄"。比如"自古秦中帝王都",其志大气粗、堂皇豪壮的帝王文化及其制约下或相关联的经典文化、贵族文化、文人文化,以及文化流派意义上的法家文化、儒家文化、道家文化、释家文化等,都程度不同或各有侧重地对秦地作家产生了影响。应当说,秦地小说的理性特色、史诗意识、雄奇风格、神秘色彩等,都与上述传统文化的深微影响有关。由于篇幅限制,仅以关中作家与太史公司马迁的某种精神联系为例,来说明秦地20世纪小说家与秦地古代文化的密切关系以及沟通古今的史诗特色。

作品承受本土古老文化的影响,并非要靠作家的声明来证实才能认定的。杜鹏程写《保卫延安》,总强调的是革命文化和苏俄文学对他的影响,即使提到古典作品,也未点明他受过同乡司马迁《史记》的影响。但还是有人敏感到这一影响的存在:"想是汉之太史公韩城司马迁受宫刑忍辱著《史记》,今之文坛巨匠韩城杜鹏程九易其稿写《保卫延安》,并因之受尽屈辱责难,难道只能是偶然的巧合吗?""也许是,也许不是。谈不上是乡情乡风乡间古人文风作风的遗传,最起码可以说,杜老并非没有受到太史公的影响。哦,龙门之地,也真是人杰地灵呢!"[1]杜鹏程谈过童少年时节曾屡次到司马迁庙去磕头、折柏树枝以祈护佑的事,[2]这给他留

---

[1] 袁银波:《巨笔·雄才·伟人》,《艺术界》1992年第3期。
[2] 参见福建师范大学中文系编:《中国当代文学研究资料·杜鹏程专集》,福建人民出版社1979年版。

下了难忘的印象。后来,关于太史公的故事以及太史公的书也成了他的精神食粮,这种潜微的影响往往如盐入水,对塑造他的历史观产生了不可忽视的作用。那种为史作证、追攀大家的气魄除了来自雄壮的战争的感染,也来自太史公的文化品格的启迪。最先发现《保卫延安》具有史诗品格的是冯雪峰。他在审稿及支持出版的过程中,敏锐地感受到了这种品格,并很快写出了两万多字的长文给予热情的推荐。这位一向严谨的评论家这次显然有点激动。他指出:

> 这部作品,大家将都会承认,是够得上称为它所描写的这一次具有伟大历史意义为有名的英雄战争的一部史诗的,即使从更高的要求或从这部作品还可以加工的意义上说,也总是这样的英雄史诗的一部初稿。它的英雄史诗的基础是已经确定了的。我们读者的亲切的感受,也就是可靠的证明:在它强烈而统一的气氛里,在它对于战争的全面而有中心的描写里,这么集中地、鲜明地、生动有力地激励着我们为是这样的革命战争的面貌,气氛,尤其是它的伟大的精神。①

《保卫延安》的英雄主义格调和雄奇壮观的气象,的确使人很容易想到人类早已有之的那种"用英雄格或相当于英雄格的韵律写就"的古典史诗或文人仿制的"史诗",这种史诗具有"声势浩大和

---

① 冯雪峰:《论〈保卫延安〉的成就及其重要性》,《文艺报》1954年第14、15期。

包罗万象这两个方面的意义。"①而这种"史诗"品格也在伟大的《史记》中鲜明地体现了出来。鲁迅称它为"史家之绝唱,无韵之离骚",视之为史传文学的不朽典范。②在《史记》中,对英雄的塑造已达到很高水平,并对后世一直产生深远的影响。从幼年就那么崇拜太史公马迁(当时尚带有迷信色彩)的杜鹏程在文化显意识或潜意识中受其一定的影响,自然是毫不奇怪的。

至于从陕北来到关中多年的柳青,在用《创业史》奠定了他在文学史上比较重要的地位时,也向世人显示了《创业史》的史诗品格,尽管有些残缺之处,但这种"史诗的基础",与《保卫延安》一样,也是"已经确定了的"。《史诗》的作者保罗·麦钱特还指出:"史诗一方面与历史有关,一方面与日常现实相连,这种双重关系明确地强调了史诗所具有的两种最为重要的原始功能。首先,史诗是一部编年史,一本《部落书》,习俗和传统的生动记录。同时,它也是一部供一般娱乐的故事书。"③在艺术上,典型的史诗还具有一种必不可少的崇高美的特征,同时又真实自然、引人入胜。依照这些来看《创业史》,应该承认它确实带有史诗特色。据有关学者分析,这种特色的形成也与柳青深受司马迁的影响有关。直到他病重的晚年,他还总爱看司马迁的《史记》,移地治病,也带上

---

① 〔美〕保罗·麦钱特著,金惠敏等译:《史诗》,北岳文艺出版社1989年版,第1、111页。

② 千古文人谈小说,多宗《史记》。"《水浒》胜似《史记》"(金圣叹《读第五才子书法》);"《三国》叙事之佳,直与《史记》仿佛"(毛宗岗《读三国志法》)等等,不一而足。在古代,能够以"史"标称小说或以"史"入小说,都被视为对小说的一种提升,这也是一种文化传统心理,在秦地作家身上,有较为普遍的体现。

③ 〔美〕保罗·麦钱特著,金惠敏等译:《史诗》,北岳文艺出版社1989年版,第2页。

《史记》,并和朋友谈论《史记》,大发感慨,影射酷烈政治对作家的迫害。① 时至80年代,关中平原上又冒出一位具有良史之才的作家陈忠实,他对民族命运及民族秘史的巨大关注,使他成就了一部也具有史诗品格的《白鹿原》。这部作品酝酿于80年代后期,写成于90年代前期,经过了数年辛勤的努力。作者显然是要探寻历史的奥秘,真正"忠实"地把握住历史本身的丰富和复杂,同时注入反思历史的鲜明的时代精神。这也需要相当的魄力和勇气。他曾想用《古原》这个名字来命名这部作品。② 他的冷峻目光已表明他不是要创作一部传统意义上的规范的史诗,而是营构一部带有强烈文化色彩和批判意味的史诗的变体。有论者鲜明指出:"《白鹿原》是一部富有新意的史诗。"其"新意"表现在:第一,作者视点高远,以通古今之变的"诗人之眼",审视从清末到20世纪中叶这段复杂的历史。努力在更真实的层面上,展现历史生活的本来面貌,叙述人物的悲欢离合生死沉浮,揭示出中国历史的具有恒久性的本质,成就了一部我们民族的"秘史";第二,《白鹿原》不像以往的史诗性作品较为单一地叙描人的理性行为,它深深透入了人的非理性世界及其对历史和人生的巨大影响之中,显示了人性与历史的复杂性;第三,作家以敦厚之心谛视民族苦难,以反思的精神正视悲剧性的民族历史,在悲悯与反思中将传统情感与现代情感结合起来,借以彰示中国历史的本质,寻求民族救赎的途径。③

---

① 参见《大写的人》,中国青年出版社1982年版,第39页。
② 参见《关于〈白鹿原〉的答问》,《小说评论》1993年第3期。
③ 参见李建军:《一部令人震撼的民族秘史》,《小说评论》1993年第4期。

这里对《白鹿原》带有新变意味的史诗性的体认,确实可以说明史诗作品并非只有一种模式。在保罗·麦钱特的《史诗》中也列出了那些带有新变意味的史诗性小说,如《堂·吉诃德》、《汤姆·琼斯》、《白鲸》、《尤利西斯》、《战争与和平》和《罪与罚》等。① 陈忠实尽管力求重新建构"史诗",包括在小说结构、心理描写、细节刻画和语言运用上的艺术创新,但他确确实实在秉承太史公马迁的"信史"精神。他在历史、文化、人生面前都坚定地守住了他自己的名字——忠实! 这是与太史公马迁在心魂上的相通。宋人黄震评司马迁的"信史"精神时说:"今迁之所取,皆吾夫子之所弃,而迁之文足以诏世,遂使里巷不经之说,间亦得为万世不刊之信史。"② 老实说,只要有了这种"信史"精神和对艺术的忠诚,那么历史和艺术也就会厚待作家。至于作品是否在国内国外获什么大奖,倒是非常次要的事了。应当说,秦地有志在"究天人之际,通古今之变,成一家之言"的太史公马迁及其优秀的史传文学传统,该是一件值得自豪的事情。前人谓"千古小说祖庭,应归司马(迁)",③是就小说形态趋于相对完整的意义上说的;又有当代学者对《史记》代表的史传文学传统于小说叙事模式的重要影响,

---

① 参见〔美〕保罗·麦钱特著,金惠敏等译:《史诗》,北岳文艺出版社1989年版,第113—118页。

② 黄震:《黄氏日钞》卷四七《史感》。《史记》既为历史科学著作,又为史传文学名著,对后世文学影响很大。在小说方面,古代文言小说、通俗小说等都直接或间接地受到了《史记》的影响。参见《中国大百科全书·中国文学》,中国大百科全书出版社1986年版,第748页。

③ 丘炜菱:《客云庐小说话》。今人亦认为:"在文学创作方面如唐以后传奇文以至《聊斋志异》等小说都直接或间接受《史记》的影响。"见游国恩等《中国文学史》(一),人民文学出版社1963年版,第139页。

也给予了足够的重视:"'史传'传统诱使作家热衷以小人物写大时代,把历史画面的展现局限在作为贯串线索的小人物的视野之内,因而突破了传统的全知叙事。"①有着这样的"小说祖庭"和小说叙事传统的秦地作家,拥有很强的历史意识和史诗意识,应该说是十分自然的事情。他们那种渴望熔铸史诗的创作冲动,时或滋于言表。比如《最后一个匈奴》的作者高建群在"后记"中起首就说:"本书旨在描述中国一块特殊地域的世纪史。因为具有史诗性质,所以它力图尊重历史史实并使笔下脉络清晰……",这与书前扉页引贺拉斯语"我建造了一座纪念碑"遥相呼应,显示了作家对史诗型作品的梦寐以求。也许有人会以为这不免有些狂妄,但那确确实实是作家立意高标的一种对大作品的企盼,一种刻骨铭心的自我激励话语。

● **男与女** ●

观照秦地男与女投映于小说中的身影与心魂,人们不仅可以看到两大人物谱系——汉子系列和婆姨系列,而且可以领略到历史悠久的飞扬跋扈的男性文化和委屈忍从的女性文化以及审美意义上的阳刚之气和阴柔之气;不仅可以体察到秦地男女性际关系的风情万种、浪漫热烈,而且可以体味到秦地汉子与婆姨(女子)性际关系中异乎寻常的沉重和苦涩,从而触及到秦地性别文化的历史和现实的丰富内涵。

就秦地小说对男女性恋和爱情的描写而言,二者既有区别又

---

① 陈平原:《"史传"、"诗骚"传统与小说叙事模式的转变》,《文学评论》1988年第1期。

经常纠结在一起。性恋是系乎本能(如色欲、生殖等)而缺乏精神升华的男女关系,与自然自发的动物行为相当接近,同时那种为物欲、功利所蔽(如金钱、权势和宗法等的压迫)的男女关系,也归于此;爱情则与此不同,俗说"灵肉一致"便是它的完形,而柏拉图式的精神之恋(单相思或双相思都属此)也实际是广泛存在的现象。理智上对性恋与爱情的这种区分,相对于纷纭复杂的现实生活和文学世界,并无多大意义。人们追求爱情的美好,但却经常不期而然地落入性恋的泥淖,于是就有许许多多悲欢离合、五花八门的故事。这样的故事每时每刻都在秦地的角角落落里发生着,同时也在秦地作家自己的生活中发生着,并在秦地的历史人生和风俗习惯中生动地演化为一种文化氛围,对秦地小说产生着巨大的影响。当然这种影响在不同时期、不同作家那里,会有不同的体现。但综观 20 世纪秦地小说对男女性际关系的描写,除了"文革"期间无两性爱恋的文学之外,大致可以看出有这样几种主要的呈现方式或表现形态:

(1)纯正的革命式,主要以柳青为代表;

(2)过渡的正统式,主要以路遥为代表;

(3)复合的文化式,主要以贾平凹为代表;

(4)偏执的本体式,主要以老村为代表。

柳青是从延安时期的革命文化氛围中成长起来的作家,政治意识很强。如众所知,在延安文学中虽然歌颂男女平等、自由恋爱和妇女解放等等,但同时对所谓小资产阶级情调(其实多属人之常情)进行排斥。在那种特殊的战争年代,有些情况出现(比如禁欲主义、苦行僧式的艰苦求索的精神)是完全可以理解的。但如果后来一直从这种历史经验中提取思想原则,缺乏必要的调整和发展,则会给健康健全的文学事业带来损失。柳青早期小说在艺术上还比较幼稚,但观念上却有较多的五四文学的影响。在涉写性际关系时相当注意真实性,比如《被侮辱的女人》重点写出了赵竟嫂屡次被日本兵奸污后内心的矛盾和痛苦,将人物真实的心理情感过程作了较为细致的刻画。又如《喜事》,写农村出现的新鲜事:在新政权的支持下的离婚和再婚,其间仍存在种种纷乱和难以适应的方面,如招财儿再婚后仍旧夫妻打架,从而显示了移风易俗(婚俗)的不易。在这类描写中虽然都终必注入歌颂解放的意蕴,但大体都不脱离传统地域文化的特征,将受辱的农妇心态及传统婚俗置于了可信的文化背景上。可惜,这种优点后来并未得到充分的发扬,有时甚至还明显放弃了这种优点,掺入了更多的理念。从《种谷记》到《创业史》,在整体上柳青的艺术水平有提高,但在把握男女性际关系的复杂性方面,却很少有实质性的进展,甚至令人遗憾的是,对主要人物的爱情描写总被某种理念所主宰。这在《创业史》中就有相当典型的体现。尽管作家在写梁生宝与改霞(在第二部则与刘淑良)的爱情时,也有动人之处(尤其是在缺失爱情的时代里阅读),但总体来看,理念多于情真,有意拔高英雄人物而蹈入贬低爱情和男权中心的窠臼,造成了并非无关宏旨的缺陷。① 严家炎先生早在1963年就曾指出:

---

① 陈顺馨指出:柳青在《创业史》中将女性作为男性英雄的陪衬,并以"缺席的在场者"(即不现身的叙述者)的口吻发出"道德化"的评论,如对改霞、素芳的议论,对文本造成了一种"暴力"。参见陈顺馨:《中国当代文学的叙事与性别》,北京大学出版社1995年版,第53、81页。

"就以所写的生宝处理和改霞爱情关系中的一些理念活动来说，恐怕不仅不能有助于展示双方性格矛盾，实际上有损人物性格的统一。……尽管作家可以用梁生宝'忙得顾不上'去作他不谈恋爱的解释，但读者未尝不可以引县委杨书记对生宝打趣地说的话来回答：'把它当成副业嘛！不要专门谈恋爱嘛！哎哎，不要把事情看得那么刻板吧！我说可以公私兼顾……'"。①在《创业史》第二部里，生宝依然大公忘私，多亏竹园村的女青年团员刘淑良的大胆主动的追求，以及顽强不懈的努力，才在小说临近结束，借人物王亚梅之口对梁刘爱情的成熟作了介绍。在生活与文学中不能给爱情以应有的重要位置，这是一个老话题。在柳青及其同时代的秦地作家，如杜鹏程、王汶石等，都存在将爱情纯正化、理念化和次要化的倾向。在这种倾向中有最响亮的借口，就是将个人或家庭的感情服从于集体或革命的需要。比如杜鹏程的《延安人》和王汶石的《大木匠》就是如此。前者努力将家庭亲情融入对革命的献身精神之中，后者则是对爱情加劳模的比较曲折的诠释。②总之，在以柳青为代表的纯正的革命式的爱情描写中，革命事业是本体，是主导，爱情是点缀，是附属品，充其量也只是红花下的绿叶。

---

① 严家炎：《关于梁生宝形象》，《文学评论》1963年第3期。柳青后来对《创业史》爱情描写的反复修改，大多是为了更加"纯正"，对细腻复杂的情感更是采取了回避的态度。

② 王汶石的短篇小说《新结识的伙伴》和中篇小说《黑凤》都存在"雄化修辞"的叙述特征，但《黑凤》相对"缓和"。在"雄化修辞"中，女性"男性化"的言行被凸现出来。这也是一种"女性异化"。参见陈顺馨：《中国当代文学的叙事与性别》，北京大学出版社1995年版，第87页。

路遥在精神品格上对柳青有许多师承,但相对而言,柳青的那种强烈的革命意识和政治功利倾向到了路遥这里,便明显有所淡化,道德意味或"新儒学"的观念渗透,使他的爱情描写及对复杂形态的性际关系的把握,呈现为一种过渡性的比较正统的形态,同时也显现出较多的矛盾和痛苦,比如他笔下的众多女性形象,尤其具有道德主义的倾向,像被赋予现代女性色彩的田晓霞、吴月琴、吴亚玲等女学生、女知青,作家乐于写出她们心灵世界的美好,尤其强调她们能够"止乎礼义"的自我约束。由此表明作家在努力将传统观念和现代意识进行某种程度的结合,体现出了较为复杂的"交叉"型的文化心态。路遥虽然反感于儒教文化的"男女之大防"、"授受不亲"等许多清规戒律(这在秦地几千年的历史中也相当流行),但对广泛而复杂的性际关系还是慎重地加以区别对待。如《生活咏叹调》中,便将男女之间那种广义的"朋友"关系(尽管有时有辈分之差或有朦胧恋情)视为相当珍贵的性际关系,这里显示着作家的敏感及些微的"柏拉图"色彩。对卢若琴之于高广厚、吴亚玲之于马建强、少平之于惠英嫂的关系处理,也是这样。但对那些较多地游离了传统女性规范的人物,如黄亚萍(《人生》)、贺敏(《你怎么也想不到》)等"第三者",对其言行外貌等,多给予了否定性的描写,有时甚至是明显的讽刺和嘲笑。与此明显不同,对那些道德上完美的贤良女性,则给予了热烈的称扬和赞美,即使那些实际上遭到男性背弃的女性(如《人生》中的刘巧珍;《姐姐》中的小杏;《风雪腊梅》中的冯玉琴;《你怎么也想不到》中的郑小芳等),也都具有明媚动人的女性美,有一颗"金子般的心",可惜被现实中贪图物利、地位的男子损伤了。然而她们的温情和美德是不死的,有时仍是那些负心男子心底潜存的慰藉;她们付出的爱仍会复活在他们的心中,尤其是在他们落难、不幸的时候。像高加林,在落难中得恋巧珍,在再度落难时仍复想念巧珍。这一有意味的情感回流表征着:刘巧珍式的贤良女性,永远是落难男性最渴望获得的人生慰藉,而那些负心者,总会得到"德顺爷"的教化和审判。像"德顺爷"这样的道德化身,在秦地也不罕见,尤其是在传统儒家文化影响深广的关中地区。陈忠实《白鹿原》中的朱先生、冷先生和那位腰杆挺直的白嘉轩,大抵都是这样的道德化身。鹿三,这位忠诚的仆人,应该说以果敢地击杀淫乱的田小娥(他的儿媳)也进入了"德顺爷"系列。他们的精神境界无疑都有崇高的一面,使人领略着秦地古老文明中道德风范的奇异光彩,然而同时也让人深深感到这种建立在封建文化传统基础上的道德的沉重。这种沉重在《白鹿原》及其先导性的预制之作《蓝袍先生》等作品中,都是很值得关注的,使人想到要有社会和道德的变革才能符合人们的愿望。此外,读莫伸的《尘缘》、邹志安的《眼角眉梢都是恨》、京夫的《八里情仇》以及李天芳、晓雷的《月亮的环形山》等作品,也能获得类似的感受。在这类处于"过渡的正统式"语境中的作家笔下,道德描写往往成了一柄锋利的双刃剑,既呈现出变革意志的锐利,渴望着人性的完善和进步,又呈现出犹疑困惑的迟钝,希图仍旧插入习用的旧鞘。但无论有多么矛盾,在爱情描写或性际关系的把握中,都试图举起这把本身已趋向分裂的道德之剑。其效果自然不难想见。路遥在《人生》中写加林的"回归",《平凡的世界》中写少平的"回归";莫伸在《尘缘》中写婚外恋的终尝恶果以及陈忠实在《康家小院》中写玉贤婚外情断后的痛苦"返家"等,都还表明这些作家在男女道德观念上的比较正统和严肃。

有学者指出:"既然现实世界是由男人和女人共同组成的,在文学创作的想象世界里,就不能单是挤满了五大三粗的壮汉子。我们需要应和电闪雷鸣的胆魄,也需要领略微风轻拂的敏感;要激扬刚健的英气勃勃的生机,也要有一副能够在夕阳余晖中黯然神伤的柔肠。一个缺乏温情的民族往往会干出疯狂的蠢事,就是置身再严酷的时代,人类也不能缺少对那些微妙的人生诗意的体会。"①这话说得极是,文学不能一味关注男女世界中的英雄主义,也要有百结的柔肠、敏感的神经。在秦地,贾平凹堪称是这类包容性很大的代表作家之一。他也曾是很纯正的作家。早期的《满月儿》和《鸡窝洼的人家》等,将女性之美、男女之恋和事业(如改革)紧密地结合在一起用心用力地描写,唯恐哪一个音符与时代的主旋律有不和谐。后来越来越富于变化,从题材内容到表现手段都不断进行探索。到《浮躁》,既努力为此前的创作进行一次集成性的总结,又表现出了与既往的创作和自我进行诀别的意向。随着《废都》、《白夜》、《土门》等新长篇的问世,贾平凹的创作转向已很昭然。这些作品中已很难说有真正的爱情描写了,因为他将笔伸入了日见膨胀和嚣乱的城市,这里少有爱情成长的土壤。但却可以说充斥着形态各异的"性",在"性"的边缘有时也偶尔会出现"爱"的闪光,但常是如彗星一般一闪而过。贾平凹在观照活跃在城市中上层的文人(《废都》)、中下层的市民(《白夜》)和

---

① 王晓明:《潜流与漩涡》,中国社会科学出版社1991年版,第84页。

远郊的村民(《土门》)时,尽管是忧愤与油滑并在,大雅与大俗携手,却会使人从他笔下的男男女女身上看出愈来愈多的"城市综合征",这种带有批判或挑战姿态的创作倾向,使人到底记着他是心系山野的山之子、水之灵、乡之魂,同时也使人容易想起那位愈来愈让人笑不起来的"大战风车"的唐·吉诃德。贾平凹正是因为无法忘却过去、无法摆脱精神流浪和失去家园的痛苦,才会以如今的姿态面对着似乎愈来愈"废"的都市男女。男的在物欲梦中翻滚,女的在人欲梦中呻吟。贾平凹还不忍将昔时心中的女神写成彻头彻尾的女妖。但就是这样,已经有不少人在痛诋他为封建性的男权主义者、是玩弄女性的无耻文人了。其实,贾平凹的文化心理结构中除了秦地普存的男权意识(这大概也是世界现象)之外,在更深微的层面上还存在着不可忽视的文化恋母情结或女性崇拜情结——这在他最新以"土门"命名的长篇中已体现得相当明显:女性成为"叙事者",而女性之生命门户(以"土门"来象征)就是失去家园者最后的归宿。① 应该看到,在贾氏近年来的作品中也客观上呈现出了消解男权中心的意向。撕开城中男女的面纱,尤其是《废都》中"名人"的虚伪,实是对男权中心世界真相的一种自我暴露式的批判,抑或恰好与女权批评的"解构"构成了"里应外合"的关系。倘从男权捍卫者的角度看贾氏,大抵只能将他视为叛徒或泄密者流,至少也是动摇分子,不足以守护男权

---

① 贾平凹在《土门·后记》中说:"土与地是一个词,地与天做对应,天为阳为雄,地为阴为雌,……将土和门组合起来,我也明白了《道德经》为什么说'玄之又玄,众妙之门'的话。"小说最后写"我"(梅梅)在幻觉中重返母体,颇有象征寓意。

的"菲勒斯"城堡。① 提起男性中心或男权文化,这玩意在秦地的历史和现实中诚不缺乏。武则天那么厉害(实际为女性异化而来的严酷),谋得皇位也要离开秦地到洛阳逞威风,后来到底还是屈服于男权和皇权一统的文化,还政于唐,才得以礼葬皇陵而与夫皇为伴。20世纪的秦地文学,明显是阳盛阴衰,女作家很少,成名者罕见。而在那些成名的少量的女作家笔下,无意之间也将男权文化意识从生活引入作品,总有跟在男性作家身后亦步亦趋的味道。男性作家成了主宰,成了代表。比如前述的"白杨树派"作家的叙事风格的男性化和明显的男权倾向,就在柳青的《创业史》、杜鹏程的《保卫延安》、王汶石的《风雪之夜》等作品中突出地体现了出来。有学者已指出梁生宝是卡里斯玛典型,②女性只能环绕他而存在。③"白杨树,在茅盾那里原本就是"伟丈夫",是力之美的象征,它挺拔向上,崇高豪迈,冲天而起,无形中也成了秦地作家心目中的某种偶像。有此系乎历史和现实的感召,秦地小说作家大多不能脱开男权中心文化的影响,拥有着西北汉子男性化的叙述风格,如路遥、高建群、陈忠实、蒋金彦、文兰、程海、杨争光等,莫不如此。

---

① 贾平凹有一幅画,蜗牛从壳里探出身子来,她是个美女,带子束缚着她,那壳子上隐隐约约印着一副男人的脸。据画上题字,所谓"淫妇"就是这样逼出来的。这表明贾氏反对压抑女性的性爱追求。同时,这幅蜗牛图也表达了男女难解难分的复杂关系。
② 参见王一川:《中国现代卡里斯玛典型》,云南人民出版社1995年版,第11页。
③ 参见周天:《论〈创业史〉的艺术构思》,上海文艺出版社1985年版,第145—147页。

贾平凹代表的复合的文化式小说,多呈现为较为复杂的形态,侧重于对现实和历史以及人物进行综合的文化分析和独到的心理分析。无论是贾平凹的"商州系列"、"西京系列",还是高建群的"陕北小说"、杨争光的怪味小说和程海的诗化小说,等等,都对秦地男女世界映真显微,各有妙道。在此不遑细说。

　　依上面的划分,在描写男与女的秦地小说中还有一类使人不愿多说的"偏执的本体式",以老村为代表,而老村又以《骚土》而为人所知。《骚土》虽有严肃探询陕北生命奥秘、文化机运的成分,但其关注和重视的是"性本体",并直言不讳地打着"淫为首"的旗号,①在书的封皮上醒目地印着"承金瓶之莲露,演红楼之顽玉",扉页上写着作者的座右铭:"性,不仅是生命激情的根源,也是艺术激情的根源,最好的艺术无不是性的最艺术的表现。"这里流露的偏执是不待言说的。将丰富的男女性际关系抽空而只有"性",其作品内容也不会真正丰富起来。像《骚土》这样的带有明显偏执倾向的性文学,在秦地也并非绝无仅有,比如近期出版的《白眼》,也有这种偏执的倾向(当然仍须声明,《骚土》和《白眼》的内容也并非都是淫乱或性本体的描写②)。与那种"纯正的革命式

---

　　① 封建时代认定"万恶淫为首",老村对此嗤之以鼻,故意掩去"万恶"而突出"淫为首"在人生和艺术中的位置。
　　② 比如评论家白烨就认为《骚土》中有浓郁的乡土气息、浑厚的悲壮气氛和深沉的批判意味。(参见《老村之谜与〈骚土〉之谶》,《小说评论》1996年第2期)也许这样的评论本身有点偏爱或开脱之嫌,无论如何《骚土》的着意于性本体的描写和种种包装上的媚俗倾向还是比较明显的。

的描写基本上是相对立的,可谓性描写的"两极分化"。在此两极之间,则是前述的以路遥为代表的"过渡的正统式"和以贾平凹为代表的"复合的文化式"。相对而言,这二者虽与"两极"不同,但也时有交叉,是真正趋于丰富的文学,使人能够更多地领略到秦地的男女情味及性别文化。

第三章 20世纪秦地小说的文化主题

越过千万年历史的奇峰险谷,当大西北步履蹒跚地进入了20世纪的时候,仍旧将奇异的地域景观和人文景观呈现给在苦难中奋争或煎熬的人们。这里既有直插云霄的世界屋脊、一望无际的草原平原、绵延千里的沙漠戈壁,铺青叠翠的沃野绿洲、银装素裹的峰峦河川等,又有五六十万年前的旧石器时代蓝田猿人的遗址,6000多年前新石器时代留下的众多遗存,5000多年前炎、黄二帝留下的足迹和传说,以艺术宝库著称的敦煌、麦积山、西安碑林,著名的丝绸之路以及延安的宝塔等。至于那些各地不同的民俗风情更是蔚为大观,林林总总,难以尽说。大西北的地下也是丰富而又神秘的世界,尚未及向人们显示其深潜而巨大的魅力。由此也许可以说,大西北是中国自然造化的一块寡居虽久而风韵犹存的"半老徐娘"般的地域,是中国历史悠久的传统文化的一座重要的"博物馆",是中国多民族聚居而民俗风情多彩多姿的区域,同时也是一块有待积极探索和大力开发的极为广阔的地域。尽管在20世纪时空中的大西北是相对沉寂的地方,但既有的自然、社会、文化等一切客观存在的东西,都会对生活在这里的人(包括作家)产生深刻的影响。比如那些至今引来川流不息的游人的古迹胜地,就向人们打开了一本丰富生动的巨型教科书,尤其是对那些天性明慧的作家,由此可以得到许许多多的启示。我想,驻足于20世纪末的我们,透过历史的烟云,从蓝田人的采撷、半坡人的劳作,轩辕黄帝的伟绩、西周青铜文化、始皇陵兵马俑、汉唐丝绸之路、临潼贵妃池、马嵬贵妃墓、大雁塔、法门寺以及李自成的故地、延安的宝塔和窑洞等可以直观的或想象的视域里,能否感悟到历史文化厚重的主题呢?应该说,秦地的小说家从这些历史文化的遗迹及其代表的文化传统中是能够感悟到或观察到那些让他们难以平静的文化主题的,因为他们已经将它们表现在他们的作品里了。概而言之,有四个关联性的文化主题比较惹人注目:其一为"生存·创业"主题,其二为"造反·革命"主题,其三为"性恋·爱情"主题,其四为"解脱·信仰"主题。

历史文化进入现实,现实文化回应历史,作家的心灵将古往今来的时间隧道沟通,并从中获得丰富的滋养。[①] 文化主题的形成,只不过是其中的一个方面。

---

① 从古都西安走向世界影坛的张艺谋,也深受秦地人文环境的影响。有人指出:"艺谋确是爱睁着大眼睛想事儿的人。生活在西安这昔日11朝古都,新中国成立后的现代化都市里,人杰地灵,古老的文化艺术、现代的科学文明,一切的一切都在撩拨着他的心弦:谋谋他,登雁塔,观瞻状元提名;游碑林,饱吸翰墨奇香;美协屋外,隔窗瞧大师们挥毫泼墨;电影院内,捧心与主人公共甘同苦;捞鱼虫于护城河,魂魄同巍巍城影荡漾;看放鸽于玉祥门,目光共信鸽齐飞……"(许劲文:《艺谋谋艺》,见《凡人与伟人之间》,陕西人民教育出版社1993年版)像张艺谋这样出生于秦地并深受地域文化影响的朴实且又大胆的"谋艺"者,在秦地小说家中也非少见。秦地确是能出艺术大家的地方。

第1节　生存·创业主题

是生存还是毁灭？在秦地农人和作家这里也是个沉重的问题。这种沉重首先来自严酷的自然条件。柳青在《创业史》开篇的"题叙"里，花了不少笔墨来写秦地发生在 1929 年的那次可怕至极的干旱(《陕西省志》记载有 88 县大旱，受灾人口 650 万，死亡 250 多万)，写梁三怎样在逃难的人群里找到了快要饿死的一对母子，从而有了自己的婆姨和继子，并一起挣扎着生存了下来，开始了漫长的"创业"之路。这种回溯"旱灾"的笔墨，确如日本学者冈田英树所说，"已经为小说准备好了 1953 年春的背景。"① 陈忠实在《白鹿原》中也写了这次持续几年、死人达数百万的特大旱灾及朱先生的赈灾义举，还照引了斯诺于《西行漫记》中的记载："……陕西长期以来就以盛产鸦片闻名。几年前西北发生大饥荒，曾有三百万人丧命，美国红十字会调查人员，把造成那场惨剧的原因大部分归咎于鸦片的种植，当时贪婪的军阀强迫农民种植鸦片，最好的土地都种上了鸦片，一遇到干旱的年头，西北的主要粮食小米、麦子和玉米就会严重短缺。"② 对干旱这种严重威胁秦地人生存的灾害，秦地作家中更年轻的一代也给予了很大的关注——由自然的

---

　① 冈田英树：《长篇小说〈创业史〉——生动的农民群像》，《柳青纪念文集》(人文杂志丛刊)第 1 辑，第 223 页。
　② 见《白鹿原》第四章。在第十八章对旱灾有更细致的描写，又据《陕西省志·农牧志》记载，1906 年，陕西种鸦片 53.2 万亩，总产量 5 万担。秦地人与"烟土"结缘之害，于今尚未消除。

"干旱"引向精神生命的"干旱",呈现出秦地生民所遭遇的异乎寻常的"全方位"的旱象。如杨争光就屡屡写到秦地之干旱,在《黄尘》中便这样写道:

　　……他们都不抬头。他们捉(虱子)得很努力。"爷说,六十年一个轮回。民国十八年就这么旱。你看这天,时景到了,我说。"
　　其实他没看天,他窝着头。
　　"我只捉一个。"崽娃说。
　　"人没吃的,吃草吃树叶,吃光了。人隔肚皮能看见肠子,绿的。肚皮里没油水就薄了,像灯笼纸,就能看见肠子。天旱,不长庄稼,草一个劲长。日他的怪,爷不哄你。"他说。

高建群在中篇小说《雕像》里,也用史家一样的笔法写道:

　　民国十八年,陕北大旱。毒辣辣的日头炙烤着高原,村头路旁到处饿殍横陈。饿疯了的人们,吃光了大地上所有能吃的东西,后来"易子而食"。"人吃人,狗吃狗,舅舅锅里煮外甥,丈人锅里熬女婿。"这些歌谣,说的就是民国十八年的事情。
　　……"易子而食"这种事情,在望瑶堡地面,屡有发生,你查一查县志,一部县志,其实是一部饥饿史和暴动史而已。①

---

　　① 埃德加·斯诺在《西行漫记》中也记载:"西北大灾荒曾经持续约有三年,遍及四大省份。""我在绥远度过的那一段恶梦般的时间里,看到了成千上万的男女老幼在我眼前活活饿死……"斯诺先生对西北旱情有生动的记述和分析。详参《斯诺文集》,新华出版社1984年版,第193—198页。

干旱,不仅意味着"这是荒芜的土地抵制开垦耕作的一种最激烈的斗争",①而且意味着生命之泉的枯竭,人性得不到水的滋润,那种木讷与火爆也就可想而知。杨争光爱写旱中秦人的木讷,高建群则善写秦人的火爆。由此可以见出秦地旱灾及其他恶劣的自然生态对人之影响的深切。

陕西地分三大板块,总的来看,大都较为贫困落后。然而三地因受各种因素影响也有差异。有史以来,关中较好,胜过陕北、陕南。衣食住行诸方面,关中人较优越。在八百里秦川,收获较多粮棉的关中人,穿戴是冬棉夏单,以棉纺织品为主,吃的方面以细粮为主,住的多是房屋(历史上多是"半边盖"的房子),行动方便,交通较为发达,劳动强度也较轻;陕北呢,则无此等好处了,冬为御寒多裹皮毛,又因水少,很少更换洗涤,其状实可想见,以食杂粮为主,住窑洞,出行困难,劳动强度大,担挑背驮,四季苦辛;陕南较陕北略好,气候温润,有水便使物产易生,多食大米、小麦等细粮,多住房舍,汉中盆地的殷实甚至不输关中,但山大沟深处,劳动强度大,扁挑背荷,以副业生产为主,生活多较贫苦。尤其在新中国成立前,清代和民国时期,经常发生大饥荒。史载,陕南有穷苦"棚民""佣工","一遇旱涝之时,粮价昂贵,佣作无资,一、二奸民倡之,以吃大户为名,蚁附蜂起,无所畏忌。"(《清宣宗实录》卷十,第20页)陕南多灾荒,关中、陕北亦然。对比史书、方志多有记载,近、现代报刊亦多有披露,如光绪年间,就曾发生大灾荒,其情形极为悲惨。"秦中自去年(光绪二年)立夏节后,数月

---

① 〔美〕威拉·凯瑟著,杨怡译:《啊,拓荒者》,上海译文出版社1993年版,第33页。

不雨,秋苗颗粒无收,至今岁(光绪三年)五月,为收割夏粮之期,又仅十成之一。至六七月,又旱,赤野千里,几不知禾稼为何物矣。……民有菜色,俱不聊生。饥民相率抢粮,甚而至于拦路纠抢,私立大纛,上书'王法难犯,饥饿难当'八字。故行李尽有戒心,其粮价又陡昂至十倍以上。"(《申报》光绪三年八月二十七日)这种情形也很容易使人想到茅盾名作"农村三部曲"(《春蚕》、《秋收》、《残冬》)中描写的那种"抢大户"的情形,但那是"丰收成灾"后的效应,在秦地却少有此类现象。因为"丰收"本身就很少谈起;旱魔猖獗,十年有九。缺水,是秦地的生命绿色匮乏的一个重要原因。自然,关中在灾荒面前的承受能力相对大一些,在有些年头,还常有外地灾民涌入。① 前述柳青的《创业史》开篇便写梁三怎样在外地灾民中挑了位寡妇为妻,并由此有了一位后来大有出息的养子梁生宝。这种叙事饱含着古老的生存经验,这种生存经验也许很难说有怎样高明的智慧,但却并不匮乏人格的坚忍和对生命执着的精神。有学者在议论"北方文化"时说,苦难既能消磨生命热情,也能激励出英雄豪气,既能谱写出生存的种种悲剧哀曲,也能唱出豪迈激越的喜剧壮歌。有时坚忍会显示为一种刚强,有时坚忍升华为一种豁达,有时坚忍还养育了美。② 秦地作家

---

① 这里参照了《陕西省志·人口志》(高占泉编著,三秦出版社1986年版)第266—267页。

② 参见樊星:《北方文化的复兴》,《当代作家评论》1996年第2期。作为美学的重要范畴,审美与审丑都格外为论者所重视。对秦地作家而言,除了审美和审丑,他们似乎普遍善于"审苦",抑或这"审苦"成了他们审美和审丑活动中极为重要的组成部分。

对苦难人生的集中关注,使他们既不淡化对天灾人祸的冷峻审视,又不忽视对苦难降临时人的坚忍所凝聚的精神品格的热切称扬,路遥在《平凡的世界》中不仅写了陕北恶劣的自然环境使人们形成的生存方式和民情风俗,而且也写了陕北人从苦难中历练出来的高尚的精神品格。除此之外,他在《平凡的世界》中也写到了陕南的水灾,并写出晓霞在水灾中壮烈地牺牲。路遥在中篇小说《在困难的日子里》写出了三年自然灾害时的"困难"(他不说是"苦难")和"我"对"困难"的感受以及难中伸出援手的美好人情。由于对"自然灾害"体会得非常深切,路遥于《平凡的世界》中又以更为细致的笔墨写出了对灾害的痛苦记忆以及那种差可慰情的温馨记忆。路遥爱用陕北方言"烂包"(糟透了的意思)来形容贫困至极的家境,每每看到这两个字,都似乎可以引起一种痛彻"胃"腑的饥饿感。灾害和贫困,不仅在陕北肆虐着,而且在陕南也多存在。因为陕南山地也是土地贫瘠、山乡偏僻,灾害频仍。[①]贾平凹家乡丹凤县的县志上,也称伏旱、暴雨、冰雹为害最烈。从前有乡谣称这儿,"八个小伙子,七个讨过饭,光棍三对半,叫花子上了马莲台,也要说声'可怜'。"至今,丹凤县还是有名的重点贫困县,是国家和全省重点扶贫的对象之一。县志上对此也有分析,认定经济落后的原因,主观上是守成有余、开拓不足的自然经济观念的制约;客观上是低劣的自然条件和社会经济条件。[②] 对

---

① 秦巴山区是"八山一水一分田",灾害以旱、涝为主,约占78%。参见《陕西省志·农牧志》。
② 参见《丹凤县志》的"自然灾害志"和"扶贫志",陕西人民出版社1994年版。

于这种故乡的贫困及贫困的原因,贾平凹在他的那些涉写改革开放的现实题材小说中多有描写和揭示。他的《满月儿》、《鸡窝洼的人家》、《腊月·正月》、《小月前本》以及《浮躁》等短、中、长篇小说,都可以视为是志在改变穷困面貌的"创业记",其创作主旨无不应合着时代的主旋律,对贫困的复杂的原因(自然的与人为的,历史的与现实的,经济的与文化的,客观的与主观的)都有所探寻或剖析。因了这些带有浓郁的乡土气息的"创业记",贾平凹赢得了来自社会各方面(也包括影视界和故乡同胞)的喜爱。

当然,柳青是用毕生心血投注于"创业"主题文学表达的最有代表性的秦地作家。他的《创业史》第一、二部,从文化意蕴上看也许并不怎样丰富,但在集中揭示农民的生存经验和合作化道路的历史合理性方面,的确是不可多得的好作品。要想彻底摆脱贫困、仅靠数千年习惯的个体自然经济模式充其量只能缓解贫困,尤其在现实中也许只是权宜之计,而随着人们觉悟的真正提高、合作化道路潜在优势也许会超越尝试的层面和失败的教训,进入一个较高的层次。① 其间也许会有一个漫长的过程,在各种条件尚不具备的情况下操之过急则只会适得其反,欲速则不达。柳青后来对此也有所反思,实际放弃了写《创业史》后两卷的计划,但对已写出的部分,尤其是第一部,却很有自信"我相信我的作品是能站得住脚的",因为中国的合作化是吸取了苏联的经验、教训后

---

① 关于集体化道路的这种预言,亦属未来学意义上的话题。可以质疑,但不应取缔。

展开的,最初的做法是成功的。① 林默涵也指出:"《创业史》写的是西北终南山麓农村中的贫苦农民,从旧时代渴望创一份可怜家业的梦想的破灭,到迎来了共产党,在党的领导下组织起来走共同富裕的合作化道路的伟大事变。俗话说'创业难',在农业合作化这一伟大事业的进程中,处处使人感到它的艰巨性。……《创业史》并不是解释某种经济政策的教材,它写的是人,是人的生活、思想、感情和他们在一定历史环境中的活动和纠葛。那些认为《创业史》宣传了错误政策的人,正是把文学作品当作政策的图解,因而认为政策一有变化,作品也就没有意义了。抱着这样的态度去评论作品,就会把许多好作品都否定掉。"② 要创大业以摆脱贫困并走上共同富裕的道路,这不管命名如何,却总昭示着一种诱人的理想,提示着相应的探索与实践。失败是成功之母,立志走出贫困的秦地人不会停下脚步。文兰在《丝路摇滚》中即写了现实改革中以狼娃为代表的西北汉子的艰难而又勇猛的探索。"创业难"的旋律再次响起,同时"创业"的辉煌之光仍在前方向人

---

① 参见蒙万夫等《柳青传略》,陕西人民教育出版社1988年版,第103页。柳青有句话值得注意:"在某个时期看来是正确的,但在广阔历史背景上看就未必正确;相反的,在广阔历史背景上看来是正确的,但在某个时期可能被认为是错误的,这一点在文学活动中并不缺乏这种现象。"见孟广来、牛运清编:《柳青专集》,福建人民出版社1982年版,第485页。用这种观点来看社会制度和文学作品,所下的结论就会慎重,对《创业史》就应如此。

② 林默涵:《农村实行生产责任制后如何评价〈创业史〉》,见牛运清主编:《长篇小说研究专集》(中册),山东大学出版社1990年版,第513页。对"农业合作化",《剑桥中华人民共和国史》(1949—1956)也指出:"从许多意义上来说,1956年底农业合作化的胜利完成,是第一个五年计划期间最富有意义的进展之一……"对农业合作化给予历史性的肯定,比较理性。详参该书第117—128页。

们招手……

身在和平的岁月,心系建设的事业,那种唯有创业者才能体会到的神圣感情,今天仍能从杜鹏程的《在和平的日子里》《夜走灵官峡》,王汶石的《风雪之夜》《新结识的伙伴》,王绳武的《新房子的故事》,王宗元的《惠嫂》,李小巴的《戈壁红柳》等20世纪五六十年代的小说中领略到。为了生存,为了精神的充实,虽然应该拒绝假大空,但却没有理由拒绝那来自劳动的纯洁而高尚的感情,浊世滔滔,金浪翻滚,许多人在物质上也许不再贫困,但他们却可能重新面对了"生存"的艰难,即是"生命"意义的流失或空洞。是否有必要重建那种崇扬奉献的"创业"精神呢?贾平凹《白夜》中的夜郎们也许会以为这是个古怪的问题,邹云们大约根本就不懂得这个问题是什么意思。而莫伸的《蜀道吟》则展现了新一代建设者的风貌,歌颂了铁路职工献身的精神,并与杜鹏程当年创造的"建设者系列"小说连通了起来。当老迈的杜鹏程读了莫伸的这个中篇时,便情不自禁地激动了起来,很快给莫伸写了封长信,既给予肯定和称扬,还对作品进行了较为细致的分析。两代作家,薪火传递,庄严,正气,都表现出了对建设者精神崇高美的深切关注。[①] 不过,在从事建设和创业的艰难历程中,也常常出现种种波折甚至是悲剧,令人扼腕。杜鹏程当年就表示在和平年代的建设,并不亚于昔日战场上的拼杀。这在李春光的长篇小说《情使》以及莫伸最近的《大京九纪实》中就有生动的体现。峭石近期的长篇小说《丑镇》在描写改革开放中的关中农村时,就相

---

① 杜鹏程给莫伸的信,见《小说评论》1985年第4期。

当充分地描写了农民企业家普云生等的甘苦备尝的曲折历程,更细致地写出了被畸形政治异化了的鄂心仁的兴风作浪,这就在相当深切的层面上揭示了滞缓改革或扭曲改革的危险力量,着实耐人寻味。与峭石着意于剖露创业阻力来自"干部"不同,文兰在《丝路摇滚》中则侧重揭示"群众"的种种落后意识对改革及新生活的误解,封闭、落后的文化积淀以群集的方式,使那些本来看去很善良的人也会变得非常冷酷或愚蠢。由此,作家也将经济改革、思想解放、生活新变与深沉的文化反思和人性探奥密切地结合了起来,同时对秦地人的生存之苦和创业之难给予了有机的文学把握。

在秦地文化传统中,有伟大的"史记"传统,对历代文人都产生了极为深切的影响,由此也对秦地历史文学产生了导引作用。如果说《白鹿原》、《最后一个匈奴》等小说对中国近现代历史进行了艺术观照,那么,古代秦地的辉煌历史与秦人的开拓精神也很需要当代秦地作家精心的书写。显然,秦地的辉煌历史与秦人的开拓精神无疑是紧密相关的,由此形成了许多历史叙事甚至英雄传奇。备受关注且有较多争议的《大秦帝国》,就堪称是秦地历史小说中的佼佼者。因言说者颇多,不必赘述。这里且以描写汉代人物的长篇历史小说《丝路之父》[①]为例,略作一些分析。

在秦地,人们向来爱说"周秦汉唐"及"十三朝古都"之类的话语,其中较少被人诟病的汉唐更是深受作家和读者的喜爱。一个

---

① 权海帆、孟长勇:《丝路之父》,文化艺术出版社1998年6月出版。下文对该小说的分析文字系与潘磊合作。

极为重要的原因,就是这两个朝代从主导方面看给中国带来了繁盛和美誉,印证着中国人的伟大,足可以引以为骄傲。从《丝路之父》中,即可以看出作家在竭力寻找一种新的整合和超越,既有对汉代权利机制的审视,又有对汉代重大改革举措的浓墨重彩的描写,还有对大汉文化的深切缅怀与弘扬,从而为历史小说的创作注入了一股清新的空气,拓宽了创作视野,呈示了让人思之怦然心动的"汉家"气魄。《丝路之父》主要讲述了两千多年前汉使张骞出使西域,历经二十余载的艰难坎坷,终于开通了中国通往西亚直至欧洲的坦途——丝绸之路。张骞的事迹见于《史记·大宛列传》。斯太尔夫人曾说:"历史题材对于才智的锻炼与虚构的题材完全不同……(它)看上去碍手碍脚,但只要能掌握某些界限之内的一个基点,掌握一定的轨道与适度的激情,那么这些界限本身对才华是有利的。忠于史诗的诗才能烘托出历史真相,犹如阳光能将五颜六色照耀得更加光彩夺目;这诗才能赋予史实以岁月的阴影所夺去的年华。"《丝路之父》正是在立足于历史真实的基础上同时又加以虚构性的想象,成功塑造了张骞这一极具人格魅力的历史人物形象。

  历史小说的创作者应当并不满足于把可信性建立在历史权威上,而是致力于人的性格、情感的刻画和故事因果链的显示,真正使自己的创作步入质的规定性与美的普遍性和谐统一的理想佳境。在《丝路之父》一书中,张骞这一历史人物的形象塑造是在四个层次上完成的,全书的人物形象结成一个网络,张骞处于网络的中心,其他或虚构或真实的人物都从侧面烘托出了张骞的人格力量。第一层次是张骞与汉朝宫廷的关系,这是较疏远的一个层次。汉武帝和朝臣们的决策在宏观上决定着张骞的行为和命运。人是时代的人,每个个体都脱离不开限定着他的客观环境。汉朝朝廷上大臣们之间的争斗,守旧派田蚡与革新派武帝之间的冲突是把握着张骞命运的伏线。正是以武帝为首的革新派的成功才使得张骞能够出使西域。所以汉朝宫廷斗争虽然在书中着墨不多,但却是塑造张骞这一形象的前提,而张骞对汉朝的忠诚则是他历经磨难坎坷而终不退缩的一种执着信念和精神上的灯塔。正如张骞所言:"然匈奴不能受仁爱之化、沐礼义之泽,我大汉便国无宁日、民无宁日。张骞自幼熟读孔孟,怀四方之志;且受圣上恩遇,以区区山野村夫,得入闾阎而官,时时感铭在心,岂怜一己之微躯?"第二层次是张骞与诸多女性(包括匈奴女性)之间的关系,这是展现张骞人格魅力的一个较贴切的层次,她们是张骞最为亲近的人,由她们折射出的张骞的品质因此也最具有力度。在这个层次上体现出的是张骞身上的"仁义"文化感化匈奴的蛮性文化的过程。仔细分析这个层面上的女性,可以将之分为两类:一类是张骞的两个妻子:李月梅和匈奴姑娘乌丽娜;一类是对象征着"仁义"的汉文化的张骞的精神上的膜拜者:命运凄惨的匈奴婢女萨伊姆,美丽而哀婉的九阏氏。原配夫人李月梅,新婚不久,她便同意新郎张骞出使匈奴,两情相悦,十多年独守空房的刻苦相思,对丈夫萦损柔肠的牵挂,终于香消玉殒,她没有等到张骞回来,但她却用自己的生命确认了张骞的人格。这是作者虚构的一个人物,借着这一个虚构人物完成了对张骞优秀品质的塑造,在某种程度上"她"恰是张骞的化身——同是对自己信仰的不懈执着,也是作者深受关中儒家文化熏陶的结果。乌丽娜是否确有其人？《史记·大宛列传》中有这样的记载："……留骞十余岁，与妻，有子，然骞持汉节不失。"看来乌丽娜是有原型的，如此融史入诗，不仅使用了创造性想象，而且和再造性想象交替杂糅，艺术地把史实融为作品内容的有机要素。史实在经过主体能够对话的交感认同，被心理审美化处理后，已跻身于形象本体的行列。乌丽娜被作者创造性的想象为：她是作为匈奴人的耳目安置在张骞身边的，是右谷蠡王的养女，而右谷蠡王的王妃是汉人，受汉文化的熏陶，乌丽娜身上的蛮性文化逐渐被消融了，"汉化"的她显得格外心地善良；所以，她一开始便放弃掉自己的耳目身份，倒向张骞一边，是张骞所具的文化及人格使她产生了一种发诸心灵深处的皈依。她不畏艰险地帮助张骞对付右大将，精心策划张骞逃离匈奴，她自己则因此被单于流放。数年后张骞再度回到匈奴，她依旧在等待着他。她的执着以及李月梅的执着都主要是出于对张骞的文化品格的魅力，亦即对其文化品格的精神膜拜。婢女萨伊娜和九阕氏在匈奴野蛮暴虐的文化中深受屈辱，她们对仁善心怀崇敬。可以说，单于的夫人九阕氏是一个最具悲剧性的人物。右大将这个集蛮性文化的糟粕性于一身的人物对九阕氏的美貌垂涎已久，而单于为了笼络住势力渐渐膨胀的右大将而不得不忍受右大将对九阕氏的非礼。毫无人性的右大将又将九阕氏作为礼物送给昆莫父王，九阕氏对张骞心恋已久，为了救出张骞，她还答应了昆莫父王的儿子大禄对自己的肆意凌辱，同意嫁给大禄。作为女性曲折悲惨的一生，命运并没有压垮她坚强地活着的意志，支撑着她的顽强信念便是对张骞深挚的爱。当她听说单于烧了张骞的《出塞志》，她"迅疾上前，一把从火中拽出一简。看着残破的简牍,九阕氏思绪万千。捏着它盯视半晌,仿佛张骞那焦急惊骇的面容在自己眼前晃动。"在她心中,珍藏着对张骞的礼赞:"你是一匹骏马,你是一只雄鹰,你是一块压不碎的磐石,你是一团烧不熄的火焰。这火焰召唤着我,吸引着我,我愿意为你这样的英雄活着。"九阕氏源自爱心而舍生忘死的一切行为,张骞却一无所知,正是这样的情感错位才越发显示出九阕氏命运的悲剧性。第三层次上是张骞与同行者之间的关系:同行者中良莠不齐,有饶顺顺、刘苟义、王信等忠诚善良的朋友,他们为了张骞而赴汤蹈火。作为善的对立面的恶的代表——吴河,因其人格卑劣,苟且偷生,最后出卖了张骞,自己也死于匈奴人手中。第四层次上是张骞与匈奴的关系。他收留了在逃的匈奴人甘父,甘父自此对张骞忠心耿耿,最后张骞又主持甘父与家中的丫鬟翠花成亲;面对罪大恶极的右大将,张骞丝毫不畏惧,与之坚韧地斗争;右大将的副将忽尔干本是作为恶的势力出现的,可因张骞求情才使老相国放过了忽尔干,忽尔干感动之至,帮助张骞抚养其女。张骞的人格力量感化了匈奴中的蛮性文化,使邪恶者逐渐走上善的路途。

正是以这四个层次上,张骞的形象才丰满起来,有虚有实,虚实相间,张骞的人格呼之欲出。正如清代学者金丰所言:"实则虚之,虚者实之,娓娓有令人忘倦矣。"黑格尔曾说:"历史文学作品之所以创作出来,不是为着一些渊博的学者,而是为一般听众,它们不需走寻求广博知识的弯路,就可以直接了解它,欣赏它。"《丝路之父》一书语言流畅通俗,可读性极强。从《后记》上看,该书的出版也是历经颇多坎坷,辗转流离,两位著者的数年心血尽凝纸中,无论如何,执着信念不灭,就是张骞常吟的屈原那句诗——虽九死其犹未悔!

从历史及历史人物那里努力寻找历史文化的积极要素和历史人物的生命能量,成为秦地小说家们共同的取向。除了前述的例证,张伟关于秦地的"关中系列小说"(《五福》、《晚春》等)以及许葆云的"王阳明长篇小说三部曲"(已出版第一部《王阳明·龙场悟道》)等历史小说,都在回望历史烟云、描绘历史人物(或近或远)的时候,守护着深埋心底的"关学"精神及"史诗"意识。这些历史小说虽然都在进行"人化"而非"神化"的书写,但都没有走上"消解"或"解构主义"的道路,这种坚守也体现了文化价值的地域认同或地域文化的主要特色,也许由此少了一些灵动和变化,但却能呈现出不一般的厚重和大气。

第2节 造反·革命主题

在严酷的自然条件下挣扎生存的老百姓,一旦连最起码的生存也难以维持的时候,就不免要铤而走险,踏上造反的道路。在漫长的古老岁月中,这种民众的造反形式主要是起义(暴动)和为匪。到了20世纪,这种传统的造反形式也似乎有了现代转型,这就是革命。高建群在长篇《最后一个匈奴》中非常专注地发掘着陕北黄土高原上的野性之力和造反的传统,并将之与中国现代的革命联系了起来,认为野性的叛逆力量和革命的叛逆精神合流,便可燃起燎原烈火,将腐败的统治和老朽的文化烧得一塌糊涂(在某种习惯思维中,对民间的"造反"尚能一分为二地看待,但对待"革命"就往往只有一味地称扬)。高建群在遍查陕北县志之后,深为这个地区的灾荒和暴动的频繁所震惊。在实难承受的灾荒之上，再加之可以想见的长久的贫穷与剥削的折磨，濒于绝望的反抗便会汇成不顾一切的造反洪流。古时，早在公元前841年就曾爆发过"国人暴动"，怒逐暴虐的周厉王，此后还有那安塞的高迎祥、米脂的李自成、肤施（今延安）的张献忠、丹州的罗汝才……；现代则有刘志丹、谢子长等，他们都从黄土高原上卷起了狂飙，在造反的路途上走出了很远很远的路程。尽管各自的结局或有不同，但都以个人的整个生命投入中国历史悠久的民间造反传统，并延续着这种颠覆力相当巨大的民间造反传统。倘没有这个传统或者不与这个传统接通，中国共产党人就很难使中国革命获得必要的民众支持，从而从失败走向胜利。历史已经表明，陕北的民间造反情绪在中央红军尚未到达陕北之前，就已经得到了"革命化"的引导，并由此形成了相当强悍的战斗力量，开拓出了一片名副其实的根据地。正是这片根据地吸引了举措难定的长征队伍的注意。当后来的这块根据地终究成就了大事的时候，自然不应忘却初始开创者的功绩。小说家李建彤的长篇小说《刘志丹》便相当生动地再现了刘志丹走上造反之路、创建根据地的艰苦历程。小说除刘志丹一人用了真名之外，其他人物均凭概括想象写出。小说很重实，是彼时的纪实小说。但这部小说在1962年就因怀疑作者利用小说反党而被视为反党毒草，"文革"中更是大动干戈，前后牵连数万人，十多人被害致死。其罪名中有宣扬了"陕北救中央"之说，真正是欲盖弥彰，让人觉得"实为咄咄怪事"！①

---

① 参见朱寨主编：《中国当代文学思潮史》，人民文学出版社1987年版，第458—459页。李建彤是位在延安成长起来的女作家，在延安待了10多年，积累了许多生活素材。她写了《刘志丹在桥山》、《刘志丹》（三卷本）等著作。又可参张炯：《在巨人的光环下》，中国社会科学出版社1994年版，第126—127页。

在秦地涉写革命的小说,数量自然很可观,仅延安时期就有很多。这类小说的革命主旨大体从三个方面各有侧重地体现出来。一是针对旧世界即革命对象的揭露和批判性描写;二是显示革命武装力量的战争场面的真实描写;三是对劳动人民及事业的歌颂性描写。由此体现的三种意向,在柳青的小说世界中便都得到了相当充分的表现。柳青早期的《牺牲者》、《地雷》、《一天的伙伴》、《被侮辱的女人》、《在故乡》、《王老婆山上的英雄》、《喜事》、《土地的儿子》等小说,就具有浓郁的革命气息,并且触及到了革命意蕴的许多方面。他后来的《种谷记》、《铜墙铁壁》和《创业史》,也可以视为他在突出革命主题方面的新的努力,新的深化。如果说到战争描写,这可说是柳青的弱项。在这方面自应推杜鹏程为代表。在秦地,历史上最不缺乏的大概就是战争了。仅关中,就是古代极著名的古战场。韩养民在《关中古战场演义》①的"跋语"中说:"关中,始称天府之国;长安,素为'帝王之乡'。横披六合,屡成帝畿,周秦以虎视,汉唐以龙兴,历史千载,举世瞩目。……这里披山带河,四塞为固。……猝然有变,进可以攻,退可以守,故为古代兵家必争之地,群雄角逐之所。"正是由于战乱频仍,曾经繁华昌盛之地也会化为一片废墟。古来的"长安"之地"不安",秦汉文化的衰败,就与"董卓之乱"引起的战乱大有关系。有学者认为,战乱是关中崛起的秦汉文化、隋唐文化趋于衰败的重要原因。每因战乱的浩劫,关中便人迹几绝,辽阔的黄河流域变成"千里无人烟"、"白骨蔽平原"的一片荆棘丛生的荒原。曾经趋于鼎盛的

---

① 韩养民:《关中古战场演义》,陕西人民出版社1986年版。

文化也会迅速衰败下去。① 其实,遭逢战争的祸害,并不限于关中。陕北陕南也屡有发生。当然,依通行的战争观,正义的战争是以建设为终极目的的,用战争来争取解放,争取革命的胜利,这有无数的血的教训证明是必要的。仅就20世纪而言,辛亥革命在陕西的胜利,即有赖武装起义,并于1911年在西安成立了陕西军政府。后来,又有对抗军阀祸陕的大小战争不断发生。而共产党人领导下的清涧起义(1927—1928年)、渭华起义(1928年)、直罗镇战役(1935年)、保卫延安战役(1947—1948年)等,就为根据地的创建、扩大或恢复,发挥了革命战争的威力。作为党的文艺战士,杜鹏程显然要从一定的角度和艺术的高度去把握那次著名的延安保卫战,从而超越像《渭华暴动》那样的纪实性小说。他情不自禁地要用赞美诗一样的笔调来写参战的我方将士。其中最著名也引起最大麻烦的是歌颂了彭德怀将军,②同时也塑造了一批有血有肉的英雄人物,于是使这部长篇小说成为一部描写我国人民解放战争的代表性作品,其字里行间充溢着一股战斗的豪情和颂扬的意味。如小说最后仍用激越而又含蓄的笔墨写道:

周大勇、王成德、卫刚,像无敌的旗帜一样,率领着战士们,从沟里的梢林中钻过去,向延安的大门——高耸在天空

---

① 参见王大华:《崛起与衰落》,陕西人民出版社1987年版。
② 参见《保卫延安·重印后记》。杜鹏程为了写《保卫延安》曾付出了惊人的努力(用过的稿纸都可以拉一马车),在取得相当大的轰动效应之后,又遭逢了几乎灭顶的灾难。他说他因这本书而造成的"株连之广,为害之烈,比起封建社会的残酷的'文字狱'来,毫不逊色"。

的劳山进攻了。

旅长陈允兴、旅政治委员杨克文、团长赵劲和团政治委员李诚,带着参谋人员上了一个高山头。他们用望远镜望了望营长周大勇率领战士们进攻的枪炮声炽烈的山头,又望北方。

北方,万里长城的上空,突然冲起了强大的风暴,掣起闪电,发出轰响,风暴夹着雷霆,以猛不可挡的气势,卷过森林,卷过延安周围的山岗,卷过中华民族几千年来征战过的黄河流域,向远方奔腾而去。

有学者指出,《保卫延安》的革命性主题极其鲜明,其风格是粗犷、豪迈、奔放,结构上宏伟、壮美和质朴,场面描写具有北国沙场金戈铁马的风貌。① 这种在神髓上属于英雄史诗的写法,也势必连带而及涉写的自然风物(如天空、山岗、黄河等),使之也成了被礼赞的对象。这种情形在延安文学中也是普遍存在的现象。有一位外国学者指出:"由延安文学起始的文学则注重对农村的社会变革及自然风光的描绘。自然是经过'加工'的自然,不再是'自然'的自然,在歌颂光明的作品中,自然是一种解放了的现实性的明显标志,在形式上它能使人想到汉赋和唐代的古文运动。"② 这种出诸革命激情又以歌颂革命为旨归的颂体作品,在秦地文学中

---

① 参见赵俊贤:《论〈保卫延安〉的结构艺术》,《西北大学学报》1981 年第 4 期。
② 〔德〕W. 顾彬著,马树德译:《中国文人的自然观》,上海人民出版社 1990 年版,第 235 页。

曾长期占据主导地位。如有诗歌颂延安云:"不是雷鸣,不是电闪/却震撼了20世纪的空间/不是军号,不是战鼓/却唤醒了中国沉睡的河山/不是铁锤/不是巨斧/却能砸碎精神奴役的锁链/不是犁头,不是铁锨/却垦开了人们荒芜的心田。"①读秦地像《保卫延安》之类的小说,获得的感受与读这类颂诗的感受颇多相似之处。这种回荡着颂扬旋律的长篇小说在新时期以来的秦地小说中也还是多样化中的一类,如任士增的《不平静的河流》、杨岩的《西府游击队》等,或歌颂党员干部和人民群众,或赞美英雄不屈不挠的战斗精神,内容虽然不再怎样单纯,人情人性的展示也有增益,但仍属典型的革命文学。无论如何,20世纪的中国,"革命"曾长期是最激动人心的字眼。"革命者,天演之公例也;革命者,世界之公理也。"②这种世纪初的"革命"强音,到了世纪末便式微了,甚至还出现了"告别革命"的说法。其实抽象地谈论革命本无多少意义,关键要看"革命"的具体内容和对"革命"的具体理解。站在世纪之交的文化立场上,已经实际告别了那种暴力革命和那种狂颠的文化革命。抗战时有《论持久战》等宏文指导,结果终于赢得了胜利;新中国成立后崇尚跃进,没有新的《论持久战》,结果是社会主义革命的道路曲折而又艰难;新时期,持久战的观念再次得到确立,经济改革和文化更新,被视为一场一阶段接一阶段的旷日持久的革命。倘是这样的旨在发展经济、提高文明的革

---

① 文大家:《延安抒情》,《陕西新诗选》,陕西人民出版社1979年版,第133页。
② 邹容:《邹容文集》,重庆出版社1983年版,第41页。从孙中山时代到毛泽东时代,都是极其注重革命的时代,并且重心在于政治和军事。

命,显然是不必告别也告别不了的。

不知有多少年月,秦地也饱经匪患的困扰。然而关于什么是"匪",也确实有些难以捉摸。常见人间有大叫大嚷的互相指称是"匪"的言论,又有所谓"成者为王,败者寇"的流行说法。英国学者贝思飞曾致力于研究民国时期的土匪,就有这样的论断:

> 在那些曾经找到地方权贵结盟以确保生存的地方,现在他们可以在全国范围做同样的事情,与军阀和其他政治人物建立联系,最后同共产党人和日本人挂上钩。这种发展确实可以说,中国终于成了一个"土匪的世界"。这是1911年以后颇为流行的一句绝望的老话。①

由此可见"匪"的普遍性及活动的能量之大。在习惯性的成者/败者,官/匪等二元对立的视境中,"匪"无疑具有复杂性,并由此形成了让人难以回避的草莽文化。这种文化疏离家族意识或宗法观念,离经叛道,与民间源远流长的造反精神相通,表现上既有凶残、贪婪、暴躁、昏乱的破坏性一面,又时有打家劫舍而扶弱济贫以及讲义气、重承诺的一面。在令人恐惧和厌恶匪患的同时,又让人想起世道不公官僚腐败压迫沉重的岁月里的为匪者(多是被迫的,逼上梁山的),尚有某些人性某些正义性。秦地小说家显然也相当充分地意识到了"匪"的这种复杂性。高建群的《最后一个

---

① 〔英〕贝思飞著,徐有成等译:《民国时期的土匪》,上海人民出版社1992年版,第8页。

匈奴》、陈忠实的《白鹿原》以及贾平凹的"逛山"系列小说等,都写出了这种复杂的匪和匪的复杂。《最后一个匈奴》写了陕北匪,[①]名闻遐迩的土匪黑大头成了作品中的颇为重要的人物,表现出了复杂的匪性;还有那"后九天"一带的土匪,为思已久,后来却改编成了红军;在刘志丹等人领导的较为正规的部队中,也时有匪气溢出等。这些描写并非要给谁抹黑而是为了求取历史的和艺术的真实,对来自民间的造反精神以及可为革命利用的社会基础等都有较为大胆而又深切的揭示。这样的笔法在陈忠实的《白鹿原》中也存在。特别是对黑娃的匪徒(匪首)生涯,有着相当完整和细致的叙写,将他出入于革命阵营和土匪老巢的复杂经历写得淋漓尽致、引人入胜。较之于高建群笔下的陕北的那位黑大头土匪,陈忠实笔下的这位关中土匪黑娃有着更富传奇性的经历和更丰富的情感世界。而他的造反和革命的经历以及最后的被白孝文县长下令枪毙,都显得非同寻常,民族的秘史由此也得到了部分的喻示。贾平凹一度对陕南的"逛山"(即土匪)颇感兴趣,写了系列小说。后来编选了一本《逛山》集子,[②]收了《美穴地》、《白朗》、《五魁》、《晚雨》四个中篇,在该书《小引》中,有这么一段话:

……而为匪就不易了,未为时便知是邪,死后必然还要

[①] 高建群在中篇小说《大顺店》里也写了一伙土匪,颇有匪味和人味,可读性很强。

[②] 贾平凹:《逛山》,浙江文艺出版社1993年版。

遗臭,为什么偏有这么多的匪盗呢?看了志书听了传说,略知有的是心性疯狂,一心要潇洒自在,有的是生活所逼,有的其实是为了正经干一件惊天动地的事,正干不成而反干。他们其中有许多可恨可笑可爱处,有许多真实的荒诞的暴戾的艳丽的事,令我对历史有诸多回味,添诸多生存意味。

贾平凹以匪盗为题材所表现出来的生活景观,绝不限于匪盗本身,他更多地顾及由匪盗为网结点联系着的地域民情民性和文化风貌。传说秦地人素来就不安分,头生反骨,这在《逛山》中似乎也得到了印证。不过贾平凹对"匪性"的刚勇狠辣凶残狡诈豪爽等并不着意去写(也许是由自我个性限制很难写出这些),而特别着意写为匪者的情感世界,亦即在性际关系中的生命体验和生存样态,这是贾平凹最擅长描写的对象(《五魁》就是一个杰出的代表),从中感受到的生存意味也极丰富。他曾在《关于〈冰炭〉》短文中说"逛山"肚子有本书,"那书打开,商州社会无所不有,无有不奇"。由此,自然也就显映出了浓郁的地域文化色彩。

第3节　性恋·爱情主题

临近世纪末的秦地文学似乎给广大读者留下了这样的印象:那伙老陕老土,特别爱写男男女女的事,写得有滋有味,写得惊世骇俗,写得不伦不类,写得别有用心,写得让人感动又让人反感,

写得令人厌恶又忍不住想看……①

秦地的作家怎么了？继"陕军东征"的热闹之后，又有所谓"后陕军东征"，以一部又一部长篇小说向世界显露秦地历史和现实中的纷纭人生，尤其是形形色色的性恋与爱情的真相和真味。尽管这确与国内外的大小"气候"（既有政治经济方面的"气候"，也有文化文学方面的"气候"）有关，但更与作家的生命体验、生活积累和观念意识有关。对于秦地那些严肃的作家来说，他们对待男女性际关系也很严肃，比如邹志安在多卷长篇小说《爱情心理探索》的"题记"中就指出：

> 社会对于爱情心理常常采取鄙弃的、压抑的、遮遮掩掩的、轻视放任的或庸俗不堪的态度。但爱情心理作为人类心理的最重要部分，总在悄悄地、严肃地影响着社会文化的、道德的甚或政治经济的结构形态。社会已经惊讶地发现：由于它的错误态度，反而让"唯性论"乘虚而入，解放人性的同时却使人性由文明向原始倒退。社会已经摇头慨叹。

正是出于这样的"爱情观"及相应的生活体验，邹志安开始集中对社会各阶层的爱情心理进行了深入的探索。他那篇相当动人的《睡着的南鱼儿》，就将人物复杂的性爱心理以及自私之爱（尽管非常真诚）所酿成的苦果等，给予了富有深度的剖露。同时就社

---

① 《薛思庵〈野录〉》："读《秦风》喜得无淫奔之诗，见得秦俗好。"这种印象在不少人那里也许要被"陕军"文学给破坏了。可是，也许破坏了并不一定都是坏事情。

会对"性"和爱情的错误态度的"吃人"性质也给予了让人惊悸的揭示。这位曾经发誓要"以写家乡为终生事业"①的关中作家,显然在写南鱼儿之死时,投注了无比真挚的痛彻肺腑的感情。因为这是一位有个性、有灵性的爱神惨遭世俗击杀的死亡。由此,邹志安也初步窥见了关中儿女的性恋爱情世界,矢志探索的结果,便推出了他的"爱情心理探索"系列(包括《眼角眉梢都是恨》、《迷人的少妇》、《多情最数男人》、《女性的骚动》、《独身女人》等六部长篇)。在这种探索中,"作者将自己的聚光灯由一丛丛燃烧的爱情野火投向了广漠幽暗的文化荒原,在宏观上构成了一个具有悲剧特征的整体意象,发人深省,令人震撼。"②邹志安是在20世纪80年代后期开始专注于爱情心理探索的,其中自然也不回避对性心理的直接描绘。不过他和秦地作家普遍依循的写作原则是基本一致的,就是力求真实地写出爱情的复杂以及性心理的真实活动,但不刻意去写"无意义的刺激",尤其是力避性行为本身的细致描绘。应该承认,20世纪80年代及其以前的秦地作家,都是很谨慎地写性写爱的。五四时期的郑伯奇没有像创造社的伙伴郁达夫、郭沫若、张资平那样勇敢地揭开性爱的面纱;"延安"时期的丁玲、欧阳山等作家,甚至还抛开了自己原来长于描写性心理的笔墨,着力在涉性描写中赋予更多的社会、政治方面的内容;到了柳青、王汶石等五六十年代的作家笔下,基本沿袭着"延安"时期

---

① 邹志安:《乡情·后记》,陕西人民出版社1980年版,第221页。
② 陈瑞琳:《野火·荒原》,见《神秘黑箱的窥视》,陕西人民教育出版社1993年版,第359—360页。

对待性恋爱情描写的一般方式,即写性行为往往带有暴露坏人的政治用意,写爱情往往是为了衬托出英雄人物的大公无私的精神境界。这在《创业史》(一、二部)中就有极为典型的表现。涉性最多的笔墨是写富农姚士杰怎样奸诈地占有了素芳,写爱最多的笔墨是梁生宝与改霞、淑良的先后恋爱,前者是暴露是丑化是对阶级敌人的"兽化"描写,后者是称扬是衬托是对英雄人物的趋于"神化"的描写。但到了新时期,开放搞活也使性恋爱情在人生场上翻出无数花样。邹志安们不仅从西方也从本土民间获得了放胆描写性恋爱情的勇气,到了"陕军东征"也就蔚为大观了。诚然在 20 世纪的秦地依然能够看到那种性压抑与性放纵两极对应的奇观。愈是压抑扭曲,愈是易于放纵淫乱。反过来也能成立,愈是放纵淫乱,愈易于感到压抑扭曲。这似乎正是中西性文化现象的一种不同,即中国大抵属于前者(可略为"压抑型"),西方大抵属于后者(可略为"放纵型")。简而言之,西方人在性关系上的自由解放思想不可谓不盛,性科学著作上统计的各种性关系的花样繁多乃至交媾次数的频繁,都会令中国人叹为观止。然而淡如水的性关系同时也稀释了爱情,那种美好崇高纯洁深沉隽永热烈温柔的爱情愈益成了稀世的珍奇,难得一遇了,于是渴望灵肉高度统一的爱情关系的意愿反被普遍压抑了起来。一部《廊桥遗梦》在西方会那样畅销,就是因为它写了那种短暂热烈的爱情及其美丽动人的余韵。在金钱世界里不被铜臭气污染的爱情几稀,在世俗社会里不被功利权势等玷污的爱情几稀,物以稀为贵,无论中西皆然,近些年来,秦地作家愈来愈放胆地涉入性恋世界,涉入愈深,则愈发现性的肆虐、性的呻吟和性的混乱,而爱情世界几乎也成了一个"空洞"的符号。记得20世纪80年代前期,人们还在为爱情的复归激动不已。路遥的《人生》、贾平凹的《鸡窝洼的人家》以及女作家李天芳的《爱的未知数》,王艾的《回归》等,都在变奏着爱情的旋律。彼时,爱情无限美好的诱人诗意缭绕于秦地作家的字里行间,对摧残爱情的种种丑恶给予了同仇敌忾的攻击,对爱情本身的曲折、痛苦与甘美则表现出了一往情深的痴迷。可是并不很久,秦地作家仿佛一觉醒来,发觉爱情的玫瑰色已在逝去,从古老的高原、平原和山地上越来越裸露出"性"的真相。作家们发现了历史中的性,文化中的性,现实中的性,男人的性,女人的性,以及被注入各种世俗和精神内涵的性。在人性、兽性、魔性、神性等不同层面上,"性场"置换了"情场",或者以庞杂为其表征的复合性的"性爱"世界取代了从前比较单一单纯的"爱情"描写。应该承认,这种从秦地小说家笔下呈现出来的"性场"或复合性的"性爱"世界更多地显映出了秦地人生的真相,更多地带上了地域文化的色彩。比如"陕军东征"及其前后的一大批作品:《白鹿原》、《最后一个匈奴》、《热爱命运》、《废都》、《骚土》、《丝路摇滚》、《情恨》、《黄色》、《倾斜的黄土地》、《放马天山》、《尘缘》、《裂缘》、《饥荒与爱情》、《狼坝》等,都程度不同地通视人间复杂的性爱世界,窥探之,描绘之,或直或曲,多寡不拘,都写出了痛快直接或幽微巧妙的性爱情节、性感体味抑或性爱象征。这些描写汇成了一股似难扼制的书写潮流,令人们惊悚或陶醉、愤怒或喜爱,抑或激起乱麻一样的情绪。由此也激发了对秦地这块古老土地上的性文化进行叩询的兴趣。

简略地分析秦地性文化,大致可以看到这样三个层面。一是原始本能层面。秦地小说突破了种种人为禁锢,尤其是在压抑人们甚久的律条崩解之后,秦地作家更真切地看到了生命的本相:贫瘠的土地上强化着更为旺盛的生殖文化——生命基因复制成了一种集体无意识的顽强冲动。《白鹿原》开篇便切入这一性文化的层面,写白嘉轩为了生殖目的而顽强地、豪壮地连娶了七个老婆,终于达到了生殖的目的。这种描写极富文化人类学的意味:它很古老,也很时髦。《最后一个匈奴》中明确指出:"在这荒凉的难以生存的地方,对生命的崇拜高于一切,人种灭绝,香火不续被看做是大逆不道的东西……",并一再说明陕北的汉子和婆姨有着发达的生殖器官和极强的生殖能力。生殖崇拜对于人类有大意义,透过生殖文化确实可以触及民族的生存之谜,也可对禁欲主义或宗教信条提出最根本的质疑。① 二是性的审美化层面。在20世纪的秦地,文化娱乐的条件仍普遍匮乏,尤其像陕北的穷乡僻壤,"在没有电灯,没有电视,没有收音机的夜晚,在这闭塞的一村一户被远远隔开的荒山野坳上,夫妻间的温柔,成了他们夜晚主要的文化活动。"(《最后一个匈奴》)在这种情形下,性爱活动涉入精神需求领域,既是一种"体育"活动,又是一种"美育"活动,下里巴人用他们的想象和体验谱写了一曲又一曲信天游。在追寻生命自由的朴素的渴望里,秦地人将快乐的性体验、性想象充分地美化、诗化,又以此来迷惑自我、充实自我。这也构成了

---

① 但生殖文化也有愚昧的一面,尤其是被男性中心强奸了的生殖文化,将女性仅仅视其为工具,表现为农民的"现实主义"和"实用理性"。参见赵园:《地之子》,北京十月文艺出版社1993年版,第109页。

一种秦地南北共通的民性。贾平凹笔下的丰盛硕美的"远山野情"和那迷人的山歌一样,是对民间性爱的审美化的重构,即使在《废都》等旨在反省的小说中,也有对"性的审美化"的意趣透入。文兰的《丝路摇滚》还将北方汉子的性能力给予了诗意的提升,北方汉子的性爱成为导引南国女性进入快慰身心之佳境的杠杆,进而也成了南北结合、古今结合、生命与事业结合的富于浪漫情调的象征。其实,性对人类来说具有极丰富的文化功能,生殖层面的性尽管意义重大,但毕竟是工具性的。而宗法婚姻、政治婚姻以及志同道合的婚恋等,也都有将"性"工具化的倾向,唯有超脱这些工具化的牵掣,性的审美化才有可能充分实现——这在现实中是很少有的,但在文艺想象世界或弗洛伊德所说的"白日梦"里似乎就成了司空见惯的事情。这或许也是《红楼梦》中曾给予肯定的宝玉式的"意淫"。而在这个意义上,人类的生殖器官的原始功能便被升华为审美功能,在体验中"生殖器"则变易为"娱生器",娱情悦性满足精神和生理的需求成了畅美不可言传的情事。近些年的秦地小说家显然对"性的审美化"(这与古代文学和民间文学中对性爱的诗化传统有相通之处)描写相当关注。《丝路摇滚》中写狼娃和海风的性爱大有回归自然的意趣。野合的民间古风居然被引入有为的一对现代男女之间。这按传统功利的或封建的观点视之,必视其为禽兽所为。《热爱命运》(程海)、《尘缘》(莫伸)和《裂缘》(李康美)也都有较为细致的性的审美化描写,虽然数量较劳伦斯的众多有关描写要少得多,但也许恰好作为一面镜子,照出了秦人生活中"性的审美化"尚还相当匮乏。三是性的社会化层面。在人们熟知的描写性爱的文学教训中,总强调不能为写性爱而写性爱,要在性爱描写中去观照社会人生。① 这是将性爱置入社会人生的大系统中去考察势必会引出的结论。的确,性、性爱及性描写,与社会人生莫不有着十分密切的关系。既可以有《创业史》中借写坏人的通奸行为来攻伐那种原属农村社会上流的人物(如姚士杰),有路遥的《平凡的世界》中对偷情者道德沦丧的讽喻,又可以有《废都》那样的恣意写性却又寄意遥深的寓言化的文本,在极写性的魅力的同时,也极写性的腐蚀力,而这都与社会人生的沉重息息相关。王蓬的《水葬》在封面上印着"爱情,蛮山荒野中一只滴血的鹰"。这也是性在社会化层面经常要承受的悲剧命运。性爱总是要随着恶势力而造孽,或随着美善的弱者而屡屡受伤。《水葬》中的翠翠所承受的种种不幸,已将红颜薄命的女性命运进行了新的阐释——这完全是属于20世纪中国的阐释。与翠翠很相似,《八里情仇》(京夫)中的荷花也命运多蹇,性爱的权利被剥夺、被扭曲,承受了数十年的痛苦磨难。李康美的《情恨》中的春娅作为山野中的一个姑娘,也在来自身心内外的各种驱力和压力下,陷入性爱倒错的泥淖中苦苦挣扎。尤其是山乡中积淀的封建文化意识,构成了一种悲剧的根源。在李康美的笔下,山野中既可以催生出爱情的花朵,又能将这花朵揉碎成泥。就是那部老村的《骚土》,也在"骚土"中开掘出性畸变的社会原因,②

---

① 参见白海珍、汪帆:《文化精神与小说观念》,河北人民出版社1989年版,第54页。
② 赵园在《乡之子》一书中提到贾平凹的《天狗》、史铁生的《我的遥远的清平湾》,都写到"非常态"的婚恋,但"决不使人感到是'畸恋'。那里呈现的,倒是非人状态中最人性的情景,是黄土中、石缝间挣出来的点点绿色。"见该书第107页。自然,贾、史的这两篇纯净得多。

其中流露的某种批判意味也未可忽视。当然,站在现代性爱的文化立场上,也可以发现古老的土地上性爱的原始真相:动物性,简单粗鄙无聊荒诞蒙昧。美的光环和诗意的赞美有时也许只是有心人的赐予。杨争光的小说《赌徒》、《干沟》等以及冯积岐的小说,就常用极本色的语言逼近秦人非理性的性爱世界,那里的诗意被消解了,裸露出了荒诞和蒙昧。如杨争光小说《干旱的日子》中的光棍汉所感觉的那样:"球,好的不是手,是身子,歌都是他娘胡编的,哄人哩。还有电影,那些个人,球,不抵我和来米一半好。男人和女人在一块,不是那个样子,还抱哩,抱个球,一看见就想解裤带,还能顾上文气,文得像个先生!"孙隆基先生也许太"文",他认定中国文化的深层结构中缺乏具有成熟个性的现代性爱。①弄得一般老百姓不知所云,至少是杨争光笔下的乡野男女不会理睬孙先生的"文气"。然而这就易于与动物行为混同,显示出"人"的内涵已趋于空洞。秦地作家写出秦地男女性爱方面的蒙昧,当然不能被视为变着法儿在贩运"性"。

第 4 节 解脱·信仰主题

苦难的境遇对秦地人来说,显然有些过于沉重、压抑,于是他们不得不想方设法寻求解脱或超越的途径。但这种寻求本身也

---

① 孙隆基在其名著《中国文化的"深层结构"》中指出:"在中国人之间,基本上并没有个体化的 SEXUALITY 的观念,亦即是没有一个成长了的人对自身生命力内容应有的憬悟。对中国人来说,性总是被等于'繁殖'。"转引自《新思维辑刊》1989 年第 1 期。

并不轻松:他们在现实的困扰中左冲右突,很难奏效,或效果甚微,便依托精神上的信仰,于是有了神话,有了神话的不断改造或置换;有了宗教,有了迹近宗教的种种迷信或信仰。① 从发生学的意义上说,只要世间还有苦难还有困境还有绝望中的企想,就很难消除宗教迷信之类的文化现象,与此相关,也很难抛弃文学艺术构拟的亦真亦幻的符号世界。文化人类学亦指出:"艺术的历史和人种史与宗教的历史不可分离。作为对超自然力的信仰和崇拜的一个方面的艺术至少可追溯到四万年前。……""显然,艺术、宗教和巫术都满足了人们相同的心理需要。它们是表达普通生活中不易表达出的情感的媒介。它们将控制的意义给予不可预见的事件和神秘不可见的力量,或与之共享。它们将人的意义和价值放到一个公平的世界——一个无人能理解它的意义和价值的世界。它们力图拨开事物的表象探入到事物真正的宇宙意义中。它们运用幻觉,表演手法,使人们信仰它们。"② 为了生存,为了摆脱苦难,尤其是为了摆脱或减轻精神的苦痛,人类对宗教迷信和文学艺术都寄托了太多的希望,而这希望本身几乎也可视为一种信仰一种宗教了。对文学艺术的神圣性的信仰至今也可以说还是秦地作家心底的一个永恒之梦。秦地在过去久远的历史中丛集的宗教文化,从民间到宫廷,从道教到佛教,从典籍到习俗,都有十分丰富的遗存。仅从现存于秦地的道观寺庙碑碣塑像

---

① 连秦始皇那样崇拜强力的不可一世的人,也满脑子神仙思想。生前竭力追求成仙和不死之药,死后亦求灵魂不灭。其陪葬的兵马俑也反映了羌人灵魂不灭的文化观念。

② 〔美〕马维·哈里斯著,许苏明编译:《人·文化·生境》,山西人民出版社1989年版,第272—273页。

等宗教实物来看,就多到难以数清的地步了。20世纪的三秦大地并非始终阳光灿烂,阴晦的日子经常使人心寒。但经历苦难,也会成为一种特殊的精神财富。可以说秦地作家就多是从体验苦难中获取创作源泉的。忆当年,曾有许多人从全国各地朝圣一般地奔赴圣地延安,①在那里学习、操练、唱歌、生产,受着一种伟大的济世渡人的学说或思想的洗礼,神圣而自豪的激情在壮男壮女的心中沸腾着。据有关文献和《最后一个匈奴》的介绍,延安有个更为古老的名字——肤施。这个名字源于一个佛教故事。据说释迦牟尼有一日到了一条河的旁边,正待过河,忽见天空一鹰追捕一鸽,鸽已受伤,佛祖救鸽于袖中,而老鹰伤悲,称自己快要饿死了。佛祖好生为难,只好用刀子在胳膊上割了一块肉来喂了老鹰。就这样,佛祖救了两个生灵,留下了"割肤施鹰"的佳话。后人遂在清凉山上造了大佛和上万尊小佛,成就了一座万佛洞,洞中写有"金刚胜境,苍生一望"八个大字。由这个"肤施"的故事,便有了"肤施"这个地名,同时也显示这个地域的一种精神,亦即奉献牺牲的精神。当这种精神悄然汇入延安文化精神河床之中的时候,革命的队伍受到这一方水土和一方民众的"肤施"而不断壮大,同时又将"解放"的圣歌唱彻了云霄,再后来还有了对大救星真诚礼赞的歌曲唱遍了神州大地,这就是从陕北农民口中最初唱出的《东方红》。由此表明了一种既古老而又崭新的信仰已在民众的心中确立。也正是出于这种信仰的缘故,陕北流传着许多

---

① 仅1938年5月至8月,经西安办事处介绍到延安学习的知识青年就有2288人。见王晁:《毛泽东与延安干部教育》,陕西人民教育出版社1992年版,第15页。

关于毛泽东的故事。其中有一个也被采入了《最后一个匈奴》。故事说,1947年蒋胡匪帮进剿陕北,毛泽东曾于白云山被围,坦然向山上道士求签一支,为上上签,反而怒掷于地:"既困于此,何来大吉大利?"刹时天昏地暗,老天下起了蝎雨,咬退了蒋匪军,毛泽东遂安然走脱。① 小说的作者注明此系传说,不足为信。但其间表明的民众信仰却早为历史证实。从这样的笔墨中已可见出作家对民间文化的关注。在秦地的另一端陕南,民间的信仰中也有许多神秘的东西。贾平凹说:"我从小生活在山区,山区一般装神弄鬼一类事情多。不可知的东西多。这对我从小时起,印象特别多,特别深。"② 于是,他的笔下便时常出现一些有关民间信仰的描写。其中有关天地风水、易经八卦、相面算命、奇异物事等的描写,常被笼罩在一片神秘之中。比如他写土匪头子苟百都刚刚杀了人而哈哈大笑,但猛然间就有雷声电光袭来,苟百都便消失了,很快又从空中掉下个黑炭来,这便是他的尸身。当地山民称这为"龙抓人"。又比如从河南进入陕南的巨匪白朗,刚正骁勇,不近女色,后来却兵败而听信一女子劝说,遁入了空门。这和李宝忠的《永昌演义》写李自成的结局十分相似,也表明了一种"民意"。当贾氏进入古都多年之后,居然也看出了其中的神秘。他现已问世的古都三部曲《废都》、《白夜》和《土门》,部部涉写神秘事象,作家将"老牛"请进了"废都",将"民俗馆"搬进了"白夜",将"生命之

---

① 详见高建群:《最后一个匈奴》,北京十月文艺出版社1993年版,第297—299页。

② 贾平凹、韩鲁华:《关于小说创作的答问》,《当代作家评论》1993年第1期。

根"栽进了"土门",仿佛作家形成了一种牢不可破的有点走火入魔的嗜好。也许,他不这么写便难尽意象朦胧的情致,难表郁结腑脏的块垒。比如《废都》开篇写西京出的异事——从杨玉环坟上抓回的土放入了花盆,花开四枝,奇丽无比,但正如智祥大师所言,"其景不久,必为尔所残也"。这四朵奇花以及接下来的四个太阳,皆来得出奇,去得怪异,正和书中四大名人的命运相仿佛,表达了一种忧生伤世的绵长意绪。这大约也是"安妥灵魂"的一种排遣。在文化传统范畴里来评说贾平凹,应该承认他那顺灵魂中更多一些中国本土的道教——道家文化的因素。近年来的赵熙也似乎有些出世情怀了,对道家文化渐由民间文化的体认之途而感悟加深,写作的"重点在于揭示人间自然的神秘和相融,使人性得以拓展和丰富,取得了近似'返朴归真'的质朴和内涵的多义和朦胧,比较切合生活的实际。"①在秦地陕南有东汉末年创立的五斗米道、信奉老子《道德经》;关中有赫赫有名的楼观台,那里有老子写经讲经的传说;关中还有个王重阳,是全真道创立者,其著名弟子"北七真"(马钰、刘处玄、丘处机、孙不二等)都曾在秦地传教度人,昌全真大教,继承师业。关中及陕南长期都受到道家和道教文化的影响。鲁迅曾感言:中国的根柢全在道教。② 征之以民众的生存方式和信仰追求,可谓一言中的。作为草芥之民的生存经验天然地倾向于道家——道教的学说或信仰。由此弱者

---

① 赵熙:《自然美的探索》,《飞天》1995年第1期。
② 鲁迅1918年8月20日《致许寿裳》。又称中国人憎其他教徒却不憎道士,懂得此理者懂得中国大半。见《鲁迅全集》第3卷,人民文学出版社1981年版,第523页。

可以得到某种精神慰藉,从苦难中或可感到有所解脱,在赵熙的长篇小说《狼坝》中,就相当明确地写了道家——道教文化对狼坝山民和官仔的深刻影响。作品中的苏静远从仕途退出,奉行老子的"清静无为"、"道法自然";曾与他明争暗斗的周五爷也在困境中被苏静远收至南山寺修道;金田在争斗场上经历了劫难,厌恶了人的甚于兽类的残酷纷争,重新当起了割漆人……道家,道教文化是本土性很强的文化,易于在民间落脚生根。仅就道教道士的宗教形成而言,就可以看出道教不仅与道家老子的学说密切相关,而且与巫觋、方士、阴阳家、墨家的影响有关,是从生存体验的基本立场上培植起来的宗教信仰,既认定道法自然,又追求"活神仙"一般的生存境界。中国道教兴于汉,盛于唐,广渗于民间,这本身就是非常耐人寻味的文化现象。对秦地作家来说,也许更能从中体味出一些解脱苦难、寻觅家园的重要意蕴。贾平凹和赵熙的有关作品也许还只是初步的收获。不仅他们今后会更多地从道家——道教文化中获得有益的启示,秦地作家中也将有更多的作家会从批判思维的角度接近道家——道教的文化思想。特别是在他们意识到了人类更趋严重的生态危机、劳动异化以及权钱崇拜等问题时,道家(或与新儒家相对而称的新道家)和道教文化所涵容的天道观念、贵生养生的思想以及审美型的生命哲学与文化观念等,便具有了更加重要的借鉴的价值和意义。

在沉重的生活苦难中坚韧地执着于生命,混混沌沌而又豪迈苍凉,其间总让人感到有一种类似宗教精神的民间信仰,支撑着那周而复始的过于沉重和黯淡的岁月。史铁生在《插队的故事》里写出了对陕北民歌的深切感受:"不过像全力挣扎中的呼喊,不过像疲劳寂寞时的长叹。……歌声在天地间飘荡,沉重得像要把人间捧入天堂。其中有顽强也有祈望,顽强唱给自己,祈望是对着苍天。"从某种意义上说,陕北民歌的吼唱就是当地人代代相传的圣歌的吼唱,那里有最普遍意义上的呵护生命、普度众生的救赎意味,冷静的科学家或富足的贵族们也许会讥其虚妄和愚昧,但那嘲讽的笑对乡民们来说,究竟还没有一曲信天游更有价值,更有意义。在民间宗教场所定期举行的或随时随地都可能进行的宗教或准型宗教的文化活动①中,民众寄托着的种种希望在现实中自然很难兑现,但在进行那些带有宗教色彩的活动过程中,却可以获得一些精神上的解脱和慰藉。蒋金彦在他那部厚重之作《最后那个父亲》中,就对民间的信仰民俗(如跳端公、魁星送灯等)有相当细致的描写。有学者明确指出:"作家蒋金彦所探究和超越的是平民百姓如何得渡苦海,走向现代的心灵史。正是基于《最后那个父亲》对民族文化传统人生死病老问题的平民性透视与关怀,因其大量的心意信仰民俗的描绘,及其所展示的传统文化中释家思想的精华,我才认为《最后那个父亲》是一种具有宗教意味和情怀的作品。"②对生命的关怀与执着,其本身也就是一种信仰,这种信仰甚至也可以及于所有存在物。这就是 R. 马雷特所说的"泛生信仰"。③ 为了守护经常陷入危机中的生命和家园,

---

① 陈忠实中篇小说《蓝袍先生》所写的在祖宗神牌前起誓和在文庙中奠祭等活动,便属于这种准型宗教活动。

② 赵德利:《命运悲剧的探寻与超越》,《小说评论》1996 年第 2 期。

③ 〔美〕马维·哈里斯著,许苏明编译:《人·文化·生境》,山西人民出版社 1989 年版,第 244 页。

秦地乡民也代代传承下来一些信仰习俗和相应的祈祷仪式。《白鹿原》第十八章以浓墨重彩写白嘉轩率村民在关帝庙（俗称老爷庙）祈雨。那场特大旱灾在秦地催发了大规模的祈雨活动。小说有一节写白嘉轩成为祈雨主角的虔诚和牺牲精神，传达出了极为紧张、神秘而又悲壮的气氛：

> ……人们看见，佝偻着腰的族长从正殿大门奔跃出来时，像一只追袭兔子的狗；他奔到槐树下，双手往桌面上一按就跳上了方桌，大吼一声："吾乃西海黑乌梢！"他拈起一张黄表纸，一把抓住递上来的刚出炉的淡红透亮的铁铧，紧紧攥在掌心，在头顶从左向右舞摆三匝，又从右到左舞摆三匝，掷下地去，那黄表纸呼拉一下烧成粉灰。他用左手再接住一根红亮的钢纤儿，"啊"地大吼一声，扑哧一响，从左腮穿到右腮，冒起一股皮肉焦灼的黑烟，狗似的佝偻着的腰杆端戳戳直立起来。槐树下的扁场上，锣鼓家伙敲得震天价响，九杆火药铳子（九月）连连爆炸，跪伏在庙场上地上的男人们一齐舞扭起来、癫疯般反复吼诵着："关老爷菩萨心，黑乌梢，现真身，清风细雨救黎民……"，侍候守护马角的人，连忙取出备用的一根两头系着小环的皮带……火铳先导，锣鼓垫后，浩浩荡荡朝西南部的山岭奔去。所过村庄，鸣炮接应，敲锣打鼓以壮声威，腾起威虎悲壮的气势。①

---

① 此种祈雨仪式带有巫术或萨满崇拜色彩。参见马维·哈里斯著，许苏明编译：《人·文化·生境》，山西人民出版社1989年版，第252—253页。

这种祈雨的客观效果并不如愿,作家写此显然不是意在张扬迷信,而是要从中看出一种不屈不挠的挣扎和感天地泣鬼神的民性。自然其中也隐含了作家的悲悯和批判之意,可是与柳青那一代作家相比,这种悲悯和批判的政治意味便显得稀薄和平淡了。如柳青在《创业史》第二部写梁大在下堡村大庙里的祈祷:

"玉皇大帝,十分万灵神位!凡人姓梁,弟兄三个。老二少亡了。凡人和老三跟着俺爹,从西梁村逃荒,落脚到这下堡村蛤蟆滩为民。老人去世以后,弟兄分居。三兄弟跑山割柴,凡人做豆腐卖哩。光景都过得十分苦清。而今下堡村杨大财东叫凡人去汉中府给他拉马。皆因路紧,有劫路的土匪,凡人担不起凶险,玉皇大帝神灵,给凡人做主!"

梁大祈祷毕了,又算一卦,见是"上上大吉",遂上路去了。"拉马"变成了"背土"(带烟土),发了黑心财,便成了富户。① 他的祈祷似乎生效了。柳青这样忠实于现实主义的描写,其暴露批判的政治意味显然相当浓厚,至今读来也会令人深有感触,对暴发户们的神秘发家史也会有某种规律上的认识。有人曾言,少女会为其失去的爱情而歌唱,守财奴却不会为失去的钱财而歌唱。其实情形远为复杂。落难的善良百姓会祈祷,奸佞的贪官污吏或奸商巨贾

---

① 秦地人在20世纪似与"烟土"有难解的"缘分",当年在军阀逼迫下大量种植,而今却有不少人热衷于贩运。此种"缘分"对秦地民性亦有恶劣影响。这从《西安大追捕》等影视片即可看出。

也会祈祷,后者甚至常常"奏效",并在行善恩施方面更有知名度。在京夫的《八里情仇》中,美善而柔弱的荷花与恶毒奸坏的左青农都虔诚地向"文革"高擎的偶像叩首,那结果仍旧大相径庭。倒是小说写尽苦难而让荷花走进教堂时,我们不幸的荷花方始感到精神上有所解脱,并对人生真谛也似有所悟,作家毕竟心善,就在悲剧已成定局时又峰回路转,让荷花见上了原以为已经死去了的情人林生。那是喜是悲,又有待在新的人生历程中去验证了。在苦难难以从现实中摆脱的时代,信仰宗教或滋生宗教情怀,只带有现实权宜之计的无奈意味或暂时精神麻醉的性质。如果指望皈依宗教来解决世间一切人生难题,那从长远的观点来看,毕竟是消极的,有损人类自身尊严以及文学艺术的。① 对此,20世纪的秦地作家毕竟经由科学的洗礼而保持了相当冷静的认识,所以要在秦地作家中找寻那种带有宗教狂热的作家是很难的。相反,对宗教迷信在历史进程中的负面作用倒是时有揭露的。比如郑伯奇的《忙人》写桃花坞这个村庄曾长期崇拜村庙中的偶像,又一时受到某种鼓动而破坏了这些偶像。但随之而来的,却是村人因失去偶像陷入了失去"中心"的寂寞苦闷之中。无奈,村中头面人物之一的何先生从西边的梅村迎来了"活观音";村中另一头面人物任夫子则从银兰庄迎来了"活金刚"。此后,桃花坞便成了"活观音"和"活金刚"斗法的场所,村中的何先生和任夫子也便成了"忙

---

① 参见汤龙发:《审美人类学》,广西师范大学出版社1996年版。第十章"审美建造中的逆反条件——宗教";乌格里诺维奇:《艺术与宗教》中译本,三联书店1987年版,第三章"艺术与无神论"。

人"。这篇小说对宗教迷信的发生以及盲目崇拜的社会心理都有讽喻,并对半封建半殖民地的旧中国的荒唐现状也给予了机智的批判。受五四科学主义和马克思主义影响的作家是对宗教迷信持鲜明的怀疑、批判态度的。秦地后来的柳青、杜鹏程和王汶石等莫不如此。但如前所说宗教文化确实很复杂,反宗教者有时也会陷入迷信的泥淖之中而难以自拔;追求陶情冶性的唯艺术至上的艺术家,也很可能不期而然地蹈入宗教文化的窠臼。本想进此门却入彼门的事,毕竟是会经常发生的。

谈论秦地小说的文化主题,这里还要强调这样几点。其一是上述的文化主题的生成与展开莫不有着地域文化的深刻影响,而这种地域文化也处于不断建构之中;其二是上述诸文化主题在作家笔下并非是被孤立地表达的,秦地那些优秀小说,都有相当丰富的主题意蕴;其三是秦地小说的文化主题也在传播过程中,复合、转化为地域文化的精神,对后继创作产生持久的影响;其四是秦地小说的文化主题既可以引人逼近历史与现实,又可以引人亲近未来和理想,尽管秦地小说在表达其文化主题时并不尽是完美无缺的,但无疑在总体上可以给人们带来不少关于文学创作和文化建设的有益的启示。

第四章　20世纪秦地小说的文化心态

从许许多多外国游客反馈的信息中,我们可以了解到这样的看法:"不到西安,不算到了中国!"其间似乎有一种赞美之意。但是这种赞美恐怕大多只能属于古老的西安以及由它所代表的古代的中国。如果将这种赞美夸大到不加限制的程度,反易造成对早已凋敝、落后的这块古老土地的模糊认识。历史沧桑,变化不居,古代的西安不能代表20世纪的西安,古代的秦地不能代表20世纪的秦地,其间虽有联系,也不能仅仅从典籍文献中去寻觅。记得鲁迅先生曾为其日本朋友内山完造的《活中国的姿态》一书写序,称赞内山先生对现实中"活中国姿态"的集中关注,①内山先生根据自己长期在中国生活并到处游历的体验,以纪实和评论结合的笔法来写出"活的中国",这和那些日本的支那研究专家仅仅关注支那文献、大掉书袋的文风很不相同(当然这也是一种研究方式)。文献中的中国往往并不完全符合现实中的中国。鲁迅曾从文献及有关传说中获得了对唐代的西安以及杨贵妃的某种印象,并酝酿着写一部长篇小说。可是当他亲至西安并实地看到诸

---

① 详见〔日〕内山完造著,尤炳圻译:《活中国的姿态》,敦煌文艺出版社1995年版。

多衰败事象的时候,现实的印象便冲淡了他原来主要从文献中获得的印象,反而唤不起原想写作长篇的热情了,[①]生活在20世纪秦地的作家,最为关注的显然不是古代的秦地曾经如何繁荣昌盛、如何展示大帝国东征西伐、文化远播的风采,而是时下秦地的生活现状、民众命运和文化趋势,以及立足现实的多向度的探索和思考。在这个意义上来看20世纪秦地作家,其文化心态确有求实求变的积极进取的一面。并且这种求实求变的心态还是20世纪秦地作家跟进时代步伐显示出的主导性的文化心态。尽管这种跟进乃至过于老实过于热烈地贴近时代也会导致创作上的一些失误,但由此取得的文学成就毕竟是更主要的方面。当然,作为地域作家群体的文化心态是非常复杂的,要想无一遗漏地笼统概括是极为困难的。这里也只能抓住秦地作家文化心态的几个主要方面给予简略的分析。除求实求变的文化心态之外,还有恋乡怀旧心态、废土废都心态等,也值得我们给予应有的注意。

作家文化心态的呈现,主要并非是创作主体的直接言说,而是从其作品的倾向、情节、人物以及创作方法、技巧的实践中自然地流露出来的。因此,在关照作家文化心态时便离不开对作品的分析,而这种分析也只具有相对的意义,并不意味某位作家及其作品只具有某种文化心态。但凡较有成就的或趋于成熟的作家,其文化心态及作品意绪都相当丰富和复杂,有时还充满了变化,

---

① 详参许寿裳:《亡友鲁迅印象记》,人民文学出版社1953年版,第53页;单演义:《鲁迅在西安》第四章、第十章,陕西人民出版社1981年版;鲁迅研究室编:《鲁迅致山本初枝》,《鲁迅致山本初枝书简译注》,北京文物出版社1977年版等。

带上了神秘色彩。故而以下的归纳和分析都仅仅是一种初步的尝试。

第1节 求实求变心态

在漫长的历史长河里升沉起伏的三秦,曾经有着非常骄人的辉煌履历。尤其是关中及古都西安(长安),在历史上曾有三次大的崛起,这就是周族的崛起与西周文化的显赫,秦人的崛起与秦汉文化的显赫,拓跋鲜卑的崛起与隋唐文化的显赫。[①] 伴随着这些朝代的崛起和文化的显赫,曾经有过多少脚踏实地的艰苦卓绝的奋斗,曾经有过怎样的雄大非凡的抱负,史家早有结结实实的记述。历史的经验告诉我们,要使某个民族、地域真正崛起,在文化上走上先进之路,必然要求该民族、地域的人转换封闭落后的文化心态,竭力更新自我,寻求发展的机遇,既需强烈的求变求兴的激情,更需务实勤谨的精神。比如原本弱小闭塞的秦国,在生存的压力和求变求兴的意愿促使下,非常注意治国的实际效应,功利意识之强,也突破了主客的界限——那些来自异国异地的"客卿",只要有才华有实干能力,就可以成为国家的重臣,一时想过的"逐客"也很快改变为"请客"了。自秦穆公到秦嬴政,他国人到秦国任要职者就约有六十多人。譬如商鞅来自卫国,张仪本为东周的游说之士,楚人李斯、甘茂来自下蔡,范雎、蔡泽、吕不韦等均为外来名士。权臣养士,国家用人,一时人才济济,落后面貌由

---

① 详参王大华:《崛起与衰落》,陕西人民出版社1987年版。

此才得以改变。① 秦国在注重变法改革、讲求实利、富国强兵、文武结合等方面,在历史上的确提供了不少可贵的经验,作为一种文化传统也时或为后人重新发现并从中获得有益的启示。当后人反复强调经世致用、实事求是的时候,显然也是对中国古代文化传统的一种积极的继承;当中国在20世纪初昌兴的实学思潮和世纪末昌兴的改革开放遥遥呼应的时候,也显然昭示了一种求兴求变的世纪精神。这种世纪精神是对传统的一次现代转化,其间经历了一个痛苦蜕变、曲折前进的过程。这种大的时代趋势也显然左右着秦地人,使他们渴望通过革命(辛亥革命、延安式革命等)兴秦,通过创业(土改运动、集体生产等)兴秦,通过改革(经济改革、体制改革等)兴秦。20世纪的秦地人义无反顾、信心百倍而又甘苦备尝地走上了振兴三秦的世纪之路。应该说,秦地人已经取得了较大的成就。② 处于这种大的时代背景和相应的地域文化氛围中的秦地作家,必然会深受影响,较之于一般民众,其求实求变的文化心理更其明显突出,并在作品中留下了相应的精神轨迹。郑伯奇写于"五四"时期的以《最初之课》为代表的作品,透露出了痛切的爱国心声,表达了对民族命运衰微的焦虑和改变屈辱

---

① 参见杨东晨、杨建国:《秦人秘史》,陕西人民教育出版社1991年版;又可参司马迁《史记》、翦伯赞《秦汉史》等。此种突破国别用人的高纪录,在当今之世也极少见。从地缘地域的角度来看,当年延安的崛起,也有赖外来人的巨大贡献。在这一点,抑或接通了当年秦国的文化传统。

② 由于道路的曲折,秦地人于20世纪所取得的成就还难称辉煌。横比依然相对落后,纵比则有较大进步,比如1949年以后的半个世纪,经济建设、文化建设以及交通、卫生等,都有较大的变化。详参《陕西县情》第4—8页的各项统计数字,陕西人民出版社1986年版。

现状的意愿;在他30年代所写的"街头人生"的小说中,依然表现出他对现实民族命运的深切关注,阶级意识也明显渗入于小说之中。他的写实手法较为明显,较少浪漫色彩,与创造社中的同人如郭沫若、郁达夫判断有别。如前指出过的那样,与他青少年时代在秦地形成的笃实的性格毕竟有内在的关联,在延安文学时期,整个"延安"都成了"革命"的象征,功利观念的强化已经无以复加,使命意识成了每一位文艺战士的职责观念中的要义。当时作为领袖和"首席"思想家的毛泽东颇能深入群众,在《改造我们的学习》等一系列文章中都讲实事求是,文风也质朴求实,不事浮华。即使是延安群众的批评意见(有时甚至是骂语,如在征粮重的时候毛泽东便听到过这种逆耳的民声)他也注意听取。显然,延安的生存环境、文化环境也在影响着毛泽东的思维。当时的延安作家在思想作风上趋向务实,将个人的情感意绪淡化,自觉担负起救国救民闹革命的时代重任,那股劲头也真有超越古圣先贤的味道。秦地延安不仅有黄帝陵,而且有数不清的窑洞,都在不言中使作家感悟到一种神圣的责任。借用秦地"关学"①创始人张载的话,这种责任就是"为天地立心,为生民立命,为往圣继绝学,为天下开太平"。② 姑且不论延安文学的纯粹程度如何,它所担承

---

① "关学"为北宋哲学家张载所创。张载生于长安,长期居陕西眉县横渠镇,亦在此镇讲学,人称"横渠先生"。因其弟子多为关中人,后人便称他创的学派为"关学"。其哲学思想、教育思想在中国文化史上都占有相当重要的地位。"关学"是儒学的一个分支流派,具有唯物主义倾向。张载主要著作有《正蒙》、《横渠易说》等。张载的人世精神很强,但他不赞成王安石激进的变法,即"顿革",而主张"渐革"。这种思想对白鹿原上的"朱先生"们很有影响,对陈忠实们也产生了深切的影响。

② 参见《正蒙·近思录二》,《张载集》,中华书局1978年出版。

的那种历史使命的完成已经可以在文化史上给它定位。它也许不是纯粹的文学,但却是文化的成果。进一步看,只要不从唯艺术论出发,也就会认定作为文化成果的历史价值不见得会比作为纯文学的价值低微。对秦地作家来说,尽管每一时代的使命意识的内涵有所不同,但他们都自觉或不自觉地将一种使命意识注入心中。五六十年代的"白杨树派"紧贴现实,写出了一系列有分量有影响的作品,那种对历史使命的自觉担承也相当突出。比如柳青的《创业史》就主动贴近"政治",同时又持比较谨慎的态度。他曾说:

> 由于写作上的需要,我对党的方针、政策总是努力体会的。有些是我很容易理解的,我就很愉快地把它体现在我的工作中。有些是我很难理解的,我不轻易写文章、发表意见或随便谈论。到了后来,实践表明有不符合客观实际的,党就改变了这些方针、政策;实践表明是自己水平低,长期住在一个地方,观察问题有局限性,我就受到了教育,提高了认识水平。我考虑到:不采取这种态度,我要完成《创业史》的全部工作,并使作品经得起历史的检验是不可能的。①

柳青首先是一位重生活、重实践的作家,但又是一位充满激情、渴求新变的作家。他的《创业史》相当真实地将中国农民(又岂止农民)渴望创业的愿望表达了出来。其间虽然着重弘扬的是创集体

---

① 转引自蒙万夫等著:《柳青传略》,陕西人民教育出版社1988年版,第131页。

之业，但客观上也对那些渴望创私有之业的人进行了真实的描绘。这诚可以作为一种真实的历史文本来看。历史也许会证明：创集体之业因其基础薄弱、条件甚差（物质与精神都未能跟上），尤其是因为左倾冒进、急于求成而违反了客观规律，有些悲壮地显示了它的严重挫折，但是，既然是"创"，就带有尝试的意味，探索的挫折并不一定会彻底否定探索的命题本身。这在自然科学实践中屡见不鲜，为何在社会科学实践中就这样易于动摇，从一个极端滑向另一个极端？老实讲，笔者对"普世"的私有化膨胀的恐惧或怀疑依然存在。人欲横流和金钱社会较之于《创业史》中展示的社会图景实际并不高尚到哪儿去。倘若将"人欲横流"等同于"人性解放"，那是秦地作家很难认同的。由此，我们也就更可以理解新时期以来陕西作家贴近生活的创作。他们既对改革开放、解放思想、发展经济的实效给予细致生动的形象显示，但同时也对种种恶劣的社会现象和日趋卑琐的心态给予了相当透彻的批判。对此在前面文化主题分析时已有涉论，这里不再赘述。不过可以略看作家的几段自述，以资参照。

路遥在介绍《平凡的世界》的材料准备和创作构思时说：

根据初步设计，这部书的内容将涉及1975年到1985年十年间中国城乡广泛的社会生活。

这十年是中国社会的大转型期，其间充满了密集的重大历史性事件；而这些事件又环环相扣，互为因果，这部企图用某种程度的编年史方式结构的作品不可能回避它们。当然，我不会用政治家的眼光审视这些历史事件。我的基本想法是,要用历史和艺术的眼光观察在这种社会大背景(或者说条件)下人们的生存与生活状态,作品中将要表露的对某些特定历史背景下政治性事件的态度,看似作者的态度,其实基本应该是那个历史条件下人物的态度;作者应该站在历史的高地上、真正体现巴尔扎克所说的"书记官"的职能。但是,作家对生活的态度绝对不可能"中立",他必须做出哲学判断(即使不准确)、并要充满激情地、真诚地向读者表明自己的人生观和个性。……①

陈忠实在《关于〈四妹子〉的附言》中说:

> 由于自然的和社会的、历史的和现实的,客观的和主观的诸多因素,造成了中国乡村发展的缓慢和农民的普遍贫穷。普遍的贫穷之中又相对地显示着黄土高原和渭河平原的巨大差别,这多半是由于自然环境造成的。白面馍馍与糠面饼子在滋味上的差异,对四妹子来说无异于天上人间。
>
> ……
>
> 四妹子到关中如愿以偿嫁了人也吃上了白面馍馍,然而她在那块具有辉煌历史的皇天厚土的地方生活得并不自在。《四妹子》就是写她的人生的不自在的。
>
> 人的解放,不完全是经济上的解放。折腾了30多年,现

---

① 路遥:《早晨从中午开始》,见畅广元主编:《神秘黑箱的窥视》,陕西人民教育出版社1993年版,第85页。

在已经意识到了。这场开放改革,它在中国社会上引起的震动,或者说冲击波,在各个领域,恐怕远比经济上的变革,要广阔得多,深刻得多。①

贾平凹在他写过不少改革题材的作品之后,却有了新的感悟,在《四十岁说》一文中说:

> 在美国的张爱玲说过一句漂亮的话:人生是件华美的睡袍,里边长满了虱子,人常常是尴尬的生存。我越来越在作品里使人物处于绝境,不免他们有些变态了,我认作不是一种灰色与消极,是对生存尴尬的反动、突破和超脱。走出激愤,多给沉闷的人生透一口气来,幽默由此而生。爱情的故事里,写男人的自卑,对女人的神敬,乃至感应世界的繁杂的意象,这合于我的心境。……我是一个山地人,在中国有的荒凉而瘠贫的西北部一隅,虽然做够了白日梦,那一种时时露出的村相,逼我无限悲凉,我可能不是一个政治性强烈的作家,或者说是不善于表现政治性强的作家,我只有在作品中放诞一切,自在而为。艺术的感受是一种生活的趣味,也是人生态度,情操所致,我必须老老实实生活,不是存心去生活中获取素材……②

---

① 陈忠实:《关于〈四妹子〉的附言》,见畅广元主编:《神秘黑箱的窥视》,陕西人民教育出版社1993年版,第325页。
② 贾平凹:《四十岁说》,见畅广元主编:《神秘黑箱的窥视》,陕西人民教育出版社1993年版,第255页。

新时期以来的秦地作家关于文学及自我的言说有很多很多,只要稍加集中便可以看出他们尽管个性不同,但又都具有求实求变的精神指向。他们敏感地贴近生活的真相、心灵的真相,在创作态度上也都严肃认真,不尚苟且,绝少"痞气"的袭扰。这由诚笃务实的秦地民性使然(这在后面再谈)。如秦地小说家王晓新在给陈忠实的一封信中所说:"当陕西中青年作家群的一群穷娃神圣亢奋地擎着殉道者的头颅,从陕北高原商州山地渭北平川西岐咸阳左道还有秦巴深处,血气方刚地走出来的时候,脚下踩的是这方厚土,肩膝上扛的也是这方厚土,而今已经有好几位为此流尽了最后一滴血!在昂奋呼啸'下海'的呐喊声中,纯文学的经营者只能喊一声我们是在下油锅。"①

诚然如此,秦地作家吃得下苦,下得油锅,以极为诚实的劳动态度来对待创作,不尚花哨浮华的东西,不随波逐流,在创作方法上主要认同严肃的现实主义。正因如此,也才铸造出了让人难以小觑、难以忽视的"黄土地上的文学精魂",这正如田中阳所指出的那样:"在全国文坛震荡、人心浮躁之时,许多区域性小说群体在钱和权面前分化了,瓦解了,而陕西作家群依然执着地厮守着自己的土地,继续专注地掘着文学的深井,他们是一群文学的真正殉道者、殉情者。……"②正是出于这种将文学神圣化的殉道精

---

① 王晓新:《关于〈白鹿原〉致陈忠实》,《陕西日报》1991年3月18日,又有学者指出:"陕军作家的这种历史责任感和使命感的确得益于三秦大地深厚的文化传统及其动人心魄的感召力……"详见武宝瑞:《无奈的流浪、痛苦的回归——从"陕军"近作看当代作家的自主意识》,《中国人民大学学报》1995年第5期。
② 田中阳:《黄土地上的文学精魂》,《湖南师范大学学报》1996年第1期。

神,秦地作家不可能将文学视为儿戏。用高建群的一句"狂"话来说就是"我不可能浅薄"。同时,也正是出于这种严谨的创作态度和他们所依托的文化背景,他们自然而然地亲近了现实主义。关于秦地作家的现实主义创作方法及艺术风格,谈论者已经很多,这里似乎无须饶舌,但有一点仍须强调,秦地作家奉行的现实主义并不那么"纯粹",也存在着兼容其他创作方法的成分,亦即秦地小说家的现实主义是开放性的现实主义。这也恰与他们的求实求变的文化心态密切相关。① 求实的文化禀性促使他们钟情于现实主义的方法和形式,而求变的文化要求又促使他们悉心关注其他创作方法和艺术形式,从而汲取有益的东西。路遥曾说:"实际上,我并不排斥现代派作品。我十分留心阅读和思考现实主义以外的各种流派。其间许多大师的作品我十分崇敬。我的精神常如火如荼地沉湎于从陀斯妥耶夫斯基和卡夫卡开始直至欧美及伟大的拉丁美洲当代文学之中,他们都极其深刻地影响了我。当然,我承认,眼下,也许列夫·托尔斯泰、巴尔扎克、斯汤达、曹雪芹等现实主义大师对我的影响要更深一些。"② 路遥在实际创作中主要遵循的创作方法是现实主义而不是非现实主义,但在较次要的层面上又学习了一些非传统现实主义的方法。他曾在《平凡的世界》中,在议论孙少平这一主要人物时也投射了自我的省思:

---

① 何西来指出,新时期初始,开始为现实主义"招魂"。使其恢复和发展,这"是在一个求实精神逐渐昂扬的时代实现的"。参见《新时期文学思潮论》,江苏文艺出版社1985年版,第46页。

② 路遥:《早晨从中午开始》,见畅广元主编:《神秘黑箱的窥视》,陕西人民教育出版社1993年版,第94页。

他永远是这样一种人:既不懈地追求生活,又不敢奢望生活过多的酬报和宠爱,理智而又清醒地面对现实,这也许是所有从农村走出来的知识阶层所共有的一种心态。①

很显然,这种背后有"土地"背景的知识阶层的心态,正是滋生现实主义的非常适宜的"土壤"。路遥在创作中非常注重"真诚——真实"的美学法则,强调亲身经历和体验的重要性,②从而使自己的作品(如《在困难的日子里》、《人生》、《平凡的世界》等)获得了相当坚实的现实主义品格。但路遥也对心理分析或意识流以及浪漫主义等有所吸收,比如他对高加林提篮卖馍时的心理痛苦和面临爱情难题时的矛盾心态,便给予了透彻和精彩的刻画;对若干美好女性总将一腔爱心倾注给男主人公(如孙少平)的明显带有浪漫主义倾向的描写,也构成了作品的有机组成部分。提起浪漫主义,应该说这是秦地作家也从内心中比较靠近的创作方法。郑伯奇固然更贴近现实主义,但他也受创造社同人的浪漫主义的影响,对浪漫主义一向关注,其小说也带上了些许的"身边小说"的况味,有一定的主观抒情性,而像《忙人》等小说甚至还有象征主义的痕迹。至于柳青,其创作中透入的相当强烈的主观因素,既表现在浓厚的理想主义色彩(比如对梁生宝英雄性格的集中塑造),也表现在作品中经常出现的带有抒情色彩的议论(这在《创业史》、《狠透铁》等作品中均存在,此种文风对路遥、高建群、程海

---

① 路遥:《平凡的世界》第三部第十七章,陕西人民出版社1993年版。
② 参见《路遥谈创作》,《文学评论家》1985年第2期。

和文兰等秦地后起小说家均有影响)。据美国学者浦安迪的研究,中国历代长期形成的对史的"近乎宗教的狂热崇拜",导致了叙事者似乎总是有一副"全知全能者"的姿态,从而形成了中国历史文本中的"叙中夹评"的传统,这种实际带有叙述者个人主观情志的表述模式,尤以《史记》为代表。① 而由此也显示了其作为"无韵之离骚"的某种浪漫特征。以此推想,秦地作家与本土先贤太史公的精神关联,除了前述的史诗意识,恐怕还要加上这种带有某种浪漫色彩的叙述语态(如高建群就很典型)。因此,不少评论家都已经注意到了柳青、杜鹏程等作家创作中存在的浪漫主义,尽管多寡不拘,程度不同,但大抵都有浪漫主义的因素。② 有的秦地作家甚至基本倾向于浪漫主义(如程海,有其《热爱命运》、《苦难祈祷》、《我的夏娃》等作品为证),有的吸取了西方现代主义的多种手法,如意识流、魔幻现实主义、象征主义、黑色幽默和新历史主义等,这在陈忠实的《白鹿原》、贾平凹的《白夜》、杨争光的《黑风景》(小说集)、冯积岐的《烟》和《地下水》(短篇)等作品中便各有所体现。仅凭笔者个人的印象而言,如果秦地20世纪小说可以从方法上大致区分开来的话,那么,现实主义的因素大约可占六,浪漫主义占二,其他诸多方法的因素合占二,这就是"六、二、二开"。或者将现实主义的因素再估量多些,但也不过七分,

---

① 参见浦安迪:《中国叙述学》,北京大学出版社1996年版,第15—16页。"太史公曰"是这种表述方式的最明显的体现。

② 详参刘建军《走向丰富》(《小说评论》1994年第5期)、胡采《〈保卫延安〉的艺术特色》(《延河》1979年第1期)、周天《论〈创业史〉的艺术构思》(《上海文艺出版社1985年版》)等。

其他占三分,即合为"七、三开"。那种将秦地小说笼统说成是现实主义的小说,甚至仅仅以传统的现实主义来概括秦地小说,都是不够准确的。尤其是近10年来,秦地小说家求变的心态显露较多(特别是年轻的秦地作家),不能以静止的目光来看变化和创新中的秦地小说。

第2节 恋乡怀旧心态

秦地作家大多从形貌到内心及作品,都不免易于给人留下"土"的印象。如果是用西洋人的眼光来看,也许很快会与对"秦俑"的印象重合起来:不仅"土"得结实,而且"土"得威势,极易唤起某种历史的兴趣或记忆。不过一旦抛开"历史文物"的价值,西洋人也许对"秦俑"及相类似的人便会失去足够的雅兴。"三秦大地"毕竟不是他们的家园,而是秦地人(包括作家)的家园,尤其是其依恋难舍的精神家园。

的确,历史上的黄土地就像巨大无比的摇篮,培育着这里的"人文"之子,使其难以忘怀那经由遗传再造而永难逝去的故事——土地和摇篮的故事。微贱而善良的父母,苦寒而施恩的黄土地,故乡的一草一木、故乡人的一笑一哭,往往都能给秦地儿女留下极为深切的记忆。即使这记忆中渗入了难以承受的痛苦,也仍然无法割舍、无法忘却。这情形就仿佛渭南籍作家刘波泳在长篇小说《秦川儿女》一开头引用的民歌所说的那样:

天南海北哟走了个遍,

>不胜咱的福寿塬。
>一寸寸土地哟一碗碗面,
>穷苦人的光景哟赛黄连。
>……

即使吃过黄连苦也还是不忘故乡情的近乎非理性的情感,滋养或凝成了令人难以说尽的恋土情结或怀乡情绪,并奠下了怀旧忆旧的心态。

关于土地,秦地作家可谓心萦神系、难以舍弃,①并情不自禁地要围绕"土地"进行再体验和再思考,其间时或带有申辩、抗辩的味道。如路遥曾反复强调:"任何一个出身于土地的人,都不可能和土地断然决裂。我想,高加林就是真的去了联合国,在精神上也不会和高家村一刀两断。""人类常常是一边恋栈着过去,一边坚定地走向未来,永远处在过去与未来交叉的界线上。失落和欢欣共存。尤其是人类和土地的关系,如同儿女和父母的关系。儿女终有一天可能要离开父母自己要去做父母,但相互间在感情联系上却永远不可能完全割舍。由此而论,就别想用简单的理论和观念来武断地判定这种感情是'进步'的还是'落后'的。""作为血统的农民的儿子,正是基于以上的原因,我对中国农民的命运充满了焦灼的关切之情。我更多地关注他们在走向新生活过程

---

① 这种亲恋土地的感情对秦地作家来说带有终生不泯的意义。路遥曾想,自己死了,也要死在黄土地里。在秦地,"春到夏,秋到冬,或许有过五彩斑斓,但黄却在这里统一,人愈走完他的一生,愈归复于黄土的颜色。"(贾平凹:《黄土高原》,《贾平凹散文精选》,陕西人民出版社1992年版,第272页)。

中的艰辛与痛苦,而不仅仅是到达彼岸后的大欢乐。"①对土地和农民的焦灼关注以及衷心回护,对于地之子、农之裔的秦地作家来说,不仅显得很自信,而且显得很理智。又如陈忠实也说:

> 农民在当代中国依然构成一个庞大的世界。
>
> 我是从这个世界里滚过来的。我出生于一个世代农耕的农民家庭。进入社会后,我一直在农村做工作。教书时,我当的是农村学校的民办教师,学生几乎是清一色的农民子弟。做干部时,我又一直在区和乡政府工作,工作对象自然还是农民,除了农民就是和我一样做农村工作的干部。这样的生活阅历铸就了我的创作必然归属于农村题材。我自觉至今仍然从属于这个世界。我能把自己在这个世界里的生活感受诉诸文字,再回传给这个世界,自以为是十分荣幸的事。
>
> 农民世界是一个伟大的世界。尽管人们以现代眼光看取这个世界时,发觉它存在着落后、愚昧、闭塞、保守、封建、迷信以及不讲卫生等等弊端,然而它依然不失其伟大。在几千年来的缓慢演进和痛苦折腾中而能保持独立的民族个性,仅此一点,就够伟大的了。②

---

① 所引的几段话皆出自路遥:《早晨从中午开始》,畅广元主编:《神秘黑箱的窥视》,陕西人民教育出版社1993年版。

② 陈忠实:《四妹子·后记》,畅广元主编:《神秘黑箱的窥视》,陕西人民教育出版社1993年版,第323页。邹志安也说:"家乡给了我一切……也许,我不是一个能完全按照党所要求的去做的好党员,但我确信我是家乡人民的亲儿子。"(见邹志安:《生活笔记》,《文艺报》1981年第16期)邹志安的体悟亦颇有深意。

与土地和农民的血浓于水的亲缘关系,使秦地作家的恋土情结极为顽韧、怀旧情绪极为强烈,这势必导向赞肯性的文学描写。但他们也并非没有"现代眼光"(尽管可能不是很现代的),也能看到土地的贫瘠、荒古、苍凉和农民的落后、愚昧和保守等。赵园曾指出:"'乡土'不但宜于细碎的日常经验,也宜于豪迈的诗情。艺术家的精神还乡,当着呈现于艺术作品之中时,有可能是壮丽辉煌的。"她下面又说:"这乡情因而更是一种历史感情。历史热情有时的确是扩大了的乡情。张承志写大西北,写出了凭吊古战场似的气氛。这'历史'又似不着形迹,只作为叙述中的情绪力量,增益其气魄、其境界的深邃阔大。大西北因历史的沉埋,那一片土地本身已历史化了。作品则在历史的苍莽感中,令人感到寻根者的浓重乡思。……"[①]对大西北情有独钟的张承志在显示其"豪迈的诗情"时,既曾获热烈的称赏,也有人讥其主观执迷,尤其是近些年,他的乡思乡情和历史情怀更向宗教的神圣之境挺进。他的作品的有价值和无价值大抵都要系乎于此。也许,对秦地作家的恋乡怀旧心态制约下的作品,也应作如是观。

贾平凹是一位曾名重一时的"寻根"作家。在 20 世纪 80 年代的寻根文学浪潮中,贾平凹成了一个真正的弄潮儿。有一些评论家给当时正领着风骚的作家,纷纷封为"某某文化"的代表。

[①] 赵园:《地之子》,北京十月文艺出版社 1993 年版,第 20 页。秦地年轻诗人远村《民歌部落》(《延河》1993 年第 8 期)写"爷"云:"爷在陕北是一棵树/或者别的神秘植物/爷能在九岁那年让歌声鼓动队伍/将饥饿从额头拿走……";写"妹"云:"妹是天底下多情的女子/月上柳梢头/妹梦见一个叫轩辕的酋长……"。远村还有《陕北最后的净土》等诗,都表达了秦地作家共有的浓重乡思。

如韩少功代表着楚骚文化,李杭育代表着吴越文化,乌热尔图代表着狩猎文化,阿城代表着道家文化等,贾平凹呢,则代表着"秦汉文化",其实,更准确地说,贾平凹代表着的是"秦楚文化",亦即三秦文化与楚骚文化结合部的边缘交叉性的文化。贾平凹在为家乡《丹凤县志》写的"序",开首就从地域角度谈了家乡的地理人文特点,接下就谈他对故乡的感情和认识,以及他的心愿等,由于此文颇能见出贾氏恋乡情结,便将这篇写于1993年冬的短文①移录在下面:

> 丹凤在陕西的东南角,属秦之头,楚之尾,山高清明,水流秀长,是一块极其美丽的地方。一座秦岭,分开了南北水域,丹凤归南,气候、物产、语言、习俗却又与关中有类似之处。独特的一方水土孕育了其独特的文化,有秦之雄,雄而有韵,有楚之秀,秀而有骨。地方是这样的异别,文化是这样的独立,所以丹凤古时多出隐士和好汉。以至今日,常会在深山僻野的小村庄里,见到柴门框上的对联,内容雅致,书体老到,也常会在山寨小镇的酒馆里碰着一些身怀绝技的医生、堪舆家和拳师。
>
> 我有幸生于此,我为故乡的风水而得意,我为有这样的故乡而充满自豪。

---

① 在90年代初的几年里,贾平凹个人命运变得愈加"沉重",1993年更是一个迭遭苦难的年头(详见《废都·后记》),苦不堪言的心境中居然仍能写出赞美家乡的文章,可见家乡在他心目中的位置和作用。

这片并不富裕的,但非常神异的山水,过去多少英雄好汉和文人骚客,演动了一幕一幕人间的传奇。而近百年来,外边的世界却对它知之不多。这里原本离西安并不遥远,五个小时的汽车即可到达,但长期以来外人感觉上总十分偏僻,之所以这样,是它的神秘感在人们心目中引起的错位。近多年里,丹凤越来越被更多的人认识(这在较大程度上也得益于贾氏商州文学对该地域文化的张扬——引者),他们去考察,去旅游,对这里的山,这里的水,风土人情,民间传说,小吃小曲,历史遗迹,没有不惊叹长啸、流连忘返的。他们有人返回后见到我,说不尽的丹凤的话题,唯一抱怨的是他们没有更充裕的时间走遍所有村寨,而极希望从县志上了解古往今来……有了这部内容翔实,文笔优美,颇堪一读的志书,生于长于丹凤的人,将会更多地了解故乡,热爱故乡,建设故乡;对于外边世界的人们,又会更全面地认识丹凤,想往丹凤,贡献丹凤的。

丹凤将鸣于九天。①

贾平凹受恩于故乡、报恩于故乡的心态是"昭然若揭"的。他与故乡商州一起走向了全国,走向了世界。对此国内外的不少论者都曾频繁地讨论过,这里不想重复,而只想介绍一下故乡人心目中的贾平凹——从这里也可以间接地看出他何以会那么怀乡恋旧。作为有四千多年历史的丹凤,到了 20 世纪末才有了一本印制精良内容丰实的县志。在这部县志里,贾平凹被置于了非常突出的

---

① 见《丹凤县志》,陕西人民出版社 1994 年版,引文略有删削。

地位,除题字、作序之外,还屡屡给予介绍和带有亲情意味的评说。如丹凤县县长闵智民在县志"序"之一中说,丹凤为"'敷教名区','四皓'隐地,历来人文蔚起。在现存文献中,最早使用'勾股定理'的商高即封商山。李白、白居易、元稹、王禹偁等写于本境的数百篇诗文,滋润了商山文学沃土,而使棣花贾平凹得以脱颖而出。"("棣花贾平凹"这是多么富于诗意和传统乡土文化色彩的称呼啊! 贾平凹的家在棣花乡丹凤县商州地区陕西省和中国——这种文化上带有泥土气息的"作家定位"不是也挺洋气的么? 由此我们也可以称"吴堡柳青"或"皇甫柳青",称"渭南王汶石",称"韩城杜鹏程",称"灞桥陈忠实"或"白鹿原陈忠实",称"狼坝赵熙"或"漆河赵熙",称"丝路文兰",称"清涧路遥",称"黄土高坡高建群",称"渭水之滨李康美",称"古栈道王蓬",称"乾县杨争光"或"鬼地杨争光"……这种将作家故乡或第二故乡的地域与作家联系在一起的称谓,在中国文化史上本是司空见惯的事情。)县志中虽循"人物生不立传"的编例未给贾平凹立传,但却在"大事记"、"文化志"、"人物志"、"艺文志"等部分,屡屡给予较为详细的介绍,其字里行间确有引以为自豪的味道:"桑梓父老以'芝兰玉树,美平凹,视其为乡里之光。"①最近,故乡人还积极筹办了一次全国性的贾平凹作品研讨会,全国有百余位研究者和作家到会,对贾平凹作品尤其是商州题材作品给予了深入的探讨。② 像贾平

---

① 《丹凤县志》第728页。

② 见《陕西日报》1996年10月7日的有关报道,称贾平凹商州系列长卷,以其独特的题材,多彩的地域文化和隽永的风格,展现出高品位的艺术世界。

凹这样的受益于故乡文化的滋育,又增益了故乡文化的内涵的作家,在秦地并非属于个别现象。这种有来有回的文化传播、再生的过程,也显现了作家深心中的一种期待或理想,除了积极的文化建设的意义之外,大约也隐含着衣锦还乡(或叫成名还乡)荣宗耀祖的传统意味,甚至还隐含着依恋的幼稚和束缚的无奈。但这也如赵园所说:"'怀乡'作为最重要的文学母题之一,联系于人类生存的最悠长的历史和最重复不已的经验。自人类有乡土意识,有对一个地域、一种人生环境的认同感之后,即开始了这种宿命的悲哀。然而它对于人的意义又绝不只是负面的。这正是那种折磨着因而也丰富着人的生存的诸种'甜蜜的痛楚'之一。这种痛楚是人属于生活、属于世界的一份证明。"[1]秦地作家的这种恋乡恋土的心态在作品中的流露几乎是无处不在的,哪怕是在进行最冷峻的批判性描写,也从另一个方面强烈地表现着他们对故乡、家园或农村、农民的关切。其情形有似鲁迅式的哀其不幸、怒其不争,冷峻中实有最热烈的感情。

诚然,恋乡怀旧的心态并非仅仅属于秦地20世纪的作家,它也许是古今中外作家最易感染的一种"通病"。有学者说:"思乡,是中国古代文人情感生活的重要组成部分,也是其诸般悲思愁绪抒发时一种时常应用的表现手法。征戍徭役、求仕求学、战乱饥荒、迁徙移民、经商远行以及坎坷遭逢后的失意无着等,都可以作为现实中思乡情怀的直接诱因。但文学中乡情的流露除了共时性的社会原因外,还历时性地受文化传统、民俗心理与审美表现

---

[1] 赵园:《地之子》,北京十月文艺出版社1993年版,第16页。

上种种要素的引发与制约。"①引发怀乡心绪的原因既多,怀乡的文学内涵也便丰富复杂。在美国,也有人曾对"陕军"文学给予关注,并从《白鹿原》《废都》等作品中看出秦地作家对传统文化的怀旧倾向,无论是对20世纪大动荡的反思还是对现实中都市的质疑,都表明传统的精神价值不可低估(倒是那些西方化的所谓现代道德观价值观似有近视及势利眼的流弊)。这种观点中诚然有对文化激进主义的质疑,但如果又落入了文化保守主义的窠臼也会造成一种尴尬。这种情形在秦地作家近些年的创作中并不少见。写出种种人生困惑,尤其是新旧文化冲突造成的困惑,几乎成了一种"时髦"。于是精神失去了家园而流浪着,漂泊着。在这种意义上,故乡或家园等概念也便成了心灵归宿的象征,成了一个宜于人性的文化空间的代码。②生活在嚣乱纷扰的时代什么意外都可能发生,人们似乎非常需要安抚和慰藉。于是情不自禁地怀想往昔,追念亲情,回望真诚,遥思故地风土人情。比如京夫的《娘》,深情地抒写母爱的伟大与美好,将一个古老的文学母题写得催人泪下,童真时代的美妙中不仅注满了母爱,而且注满了对这母爱的自然而又深切的依恋。为何深深依恋而如今依然难以忘怀,那是因为生活本身的沉重甚至是冷酷反衬出母爱就像阳光空气一样,让人难以离开——哪怕只是心中的怀想。陈忠实的《到白杨树背后去》巧妙地写出了童少年时节纯真的爱恋以及这

---

① 王立:《中国古代思乡文学侧议》,《文学评论》1988年第6期。
② 在"流浪"中追寻着"归宿",也包含寻找"自我"的意味,其过程必是痛苦的、曲折的,其滋味必是苦涩的、酸辛的,但这就是生活,陈晨所唱《流浪歌》,就道出了其中的滋味。

种爱恋在世俗侵袭下的痛苦的失落,小说中的薇薇让"我"那么心驰神往总想和她到老白杨树背后去(做入洞房的儿时游戏),而今却满口工资多少住房怎样总是精于算计……贾平凹的《满月儿》和《商州初录》①、韩起的《青青的竹》、王观胜的《放马天山》、李小巴的《啊,故土》、高建群的《雕像》等许多秦地小说,都在故乡或精神故乡的层面上展呈着人生的美好,与此相关,还有那自然的美好,风俗的淳朴,以至家乡的一粒微尘、一次游戏、一位伙伴、一个传奇、一座雕像等,都可以传达出一缕缕绵长的诗情画意,让人感受到恋乡怀旧的心态居然也能深藏着那么多似乎不合时宜的美好!这种关于美好的记忆和抒写自然多是身居大城小城的秦地作家的动情之作和真诚的证明,不能视为是站着说话不腰疼的矫情或虚伪,客观上也对各种"异化"顽症有疗救或补救的作用。南帆曾说:"乡村的纯洁与可亲仅仅存在于城市人的怀乡梦,这种怀乡梦实际是城市文化的一个附件,城市文化将未曾解决的难题推卸到乡村,从而求得了一个诗意的答复。……由于城市怀乡梦的存在,由于一批作家对于这种怀乡梦的记录、加工,城市文化多少抑制了固有的堕落倾向,抑制了城市综合症的恶化,从而使城市更为合理,更为尊重人情与人的天性。"②应该说这里的分析颇有道理,但说"乡村的纯洁与可亲仅仅存在于城市人的怀乡梦",则未必准确。"乡村的纯洁与可亲"其实也是一种客观存在,农村人

---

① 贾平凹"商州三录"是散文化的小说为主导文体的作品,有古代笔记小说的鲜明印记。

② 南帆:《冲突的文学》,上海社会科学院出版社1992年版,第44—45页。

自身也有感受这种纯洁与可亲的审美能力,并在民间文艺中也有相当充分的体现。如果"乡村的纯洁与可亲"纯系子虚乌有,城市人(包括作家中的绝大部分人)也不会凭空生成出"怀乡梦"来。何况,对城市文明的过分执着乃至崇拜也许仍会进入新的误区。

第3节 废土废都心态

据历史地理学家考证,黄土高原在历史上曾有广袤的原始森林,植被相当理想,山清水秀并非神话,然而在漫长的历史发展过程中,由于天灾人祸,尤其是人为开垦砍伐的不当,这些植被没有得到应有的保护,再生的机遇不断失去,生态环境逐渐受到破坏,遂造成了大西北最多见的荒山秃岭、沟壑纵横和沙漠旱土。缺水少雨,生态必劣,而一旦①雨水降临,又顿时泥沙俱下,水土俱失,沿黄河滔滔东去。② 于是,一代代黄土地的子民不可避免地承受着贫瘠与干旱等灾难的折磨。面对着经常寸草不生的苦焦无水的黄土地,那种靠天吃饭、忍苦无奈的精神麻木,亦显出人之生命

---

① 史念海先生在《论历史时期黄土高原生态平衡的失调及其影响》一文中指出:"在历史时期的早期,这里应该是一片绿色,黄色的土壤并不是那么显著的。当时原始森林遍布于山密丘阜和低地平川,其间还夹杂着若干草原……""这样山青水秀的黄土高原,青山终于全成了秃山,绿水也变成了浊水和黄水,这是生态平衡失调的必然结果。而生态平衡的失调,则是由于草原和森林的过分破坏,再加以相沿已久的农耕制度和耕作技术,情形就更为严重。"见《河山集》(三),人民出版社1988年版,第144—147页。亦可参《西北绿洲大面积急剧萎缩》一文,见《西安日报》1996年1月21日。

② 黄土高原(陕西部分)是世界上水土流失最严重的地区。黄河中游138个水土流失县中占48个,占三门峡以上黄河总输沙量的一半。参见《陕西之最》,陕西科学技术出版社1986年版,第48页。

绿色的匮乏。至少,这种荒芜的黄土地"视象"不是完全欺蒙人的感觉,那里在生态层面和心态层面都存在着再明显不过的"废土"现象。面对废土,喟叹常常冲撞得人心窝窝疼痛难忍,作为黄土地的作家,必不可免在这种焦虑忧思中生成出趋向反思忧患的心态。这种心态也同样易于被"废都"现象所诱发。① 伴随着人类对大自然的不断攻伐与掠夺,到 20 世纪末遍及全球的生态危机(据联合国发表的报告,全球都市化严重加剧了生态危机,人类必须寻找新的发展途径),已经再难让人视而不见、充耳不闻了。这种破坏生态的惩罚在大西北已经得到了验证(如大面积森林植被的失去),在秦地也得到了有力的验证:不仅在陕北黄土高原,而且在关中、陕南也不同程度地验证着生态恶化②的可悲后果——当年繁华的大唐首都哪里去了?连绵不断地响起驼铃声的丝路哪里去了?八水绕长安的绿波轻浪哪里去了?司马迁曾说的"天府上国"的秦川大地也陷入经常性的相对贫困之中。如此说来,生态环境的恶化必是中国政治经济文化中心向其他地域转移的非常重要的原因之一,于是,当年历史上赫赫有名的古都西安,自唐

---

① 贾平凹对"废都"的反思忧患,也与他前期的创作有一定联系,如赵园所说:"……日见强烈的农民的政治义愤,也会使贾平凹难以顾到情致。对乡村基层政权的腐败,乡民承受的政治压抑的描绘,到《浮躁》更大幅度地拓展,那条州河岂止'浮躁',而且'凶险'。"(《地之子》第 172 页)总的看,秦地作家大多善写悲剧,此皆与作家对废土废都的深切体验有关。

② 秦地"三个板块"都存在"土壤侵蚀"现象,包括水蚀、风蚀、重力侵蚀等。就其严重程度而言,陕北为最(还有沙化问题),关中次之,陕南较轻。全省水土流失面积 13.7 万平方公里,约占全省总面积的 67%,见《陕情要览》,陕西人民出版社 1986 年版,第 138 页。

以后便由繁盛的皇都地位跌入了实际已趋荒废荒凉的"废都"之境。这是一种相当尴尬的处境。就像富家大户转成穷家小院,那滋味极为难受(较那种穷苦人转成阔佬的滋味尤有悬殊),巨大的失落必然造成迹近"阿Q式"的自大自卑相交织的复杂心态。以至于"长期以来,伟大的'长安'竟成了'保守'的代名词"。①"关中辉煌的历史,使这块土地得以炫耀,关中先祖的勤劳、勇敢、威武、争胜,使这块土地富饶丰盛,富饶丰盛的土地却使它的子孙们滋长了一种惰性,惰性的滋长反过来又冲击着古老的习俗。"②这是贾平凹 1983 年对关中的看法,这种敏锐中也透露了他的忧思。他在 1983 年还说:"我太爱这个世界了,太爱这个民族了;因为爱得太深,我神经质似的敏感,容不得眼里有一粒沙子,见不得生活里有一点污秽,而变态成炽热的冷静,惊喜的慌恐,迫切的嫉恨,眼睛里充满了泪水和忧郁。"③也正是这种敏感而忧郁的气质的进一步发展使贾平凹敏锐地揭示出秦地的"废都"现象。

显豁的废土废都现象,是三秦历史文化景观中极为引人注目的文化现象,由此滋生的废土废都心态,在作家,其实质是反思忧患心态,即使带上了某种颓废的情绪,那也迹近 20 世纪初期的鲁迅的"颓唐"、"彷徨"和郁达夫的"沉沦"、"消极",其内潜的探索精

---

① 见《贾平凹散文精选》,陕西人民出版社 1992 年版,第 201—202 页。
② 同上。
③ 见《平凹文论集》,青海人民出版社 1985 年版,第 73 页,贾氏后来仍说:"在中国历史转型时期,我们越是了解世界,我们越是容易产生一种浮躁,越是浸淫于传统文化,越是感到一种苦闷,艾青的'为什么我的眼里充满泪水,因为我对这块土地爱得深沉'诗句,我特别欣赏……"(见《答陈泽顺先生问》,《小说评论》1996 年第 1 期)

神、省思力度当是更值得注意的方面。由此常可引出真正的清醒，达到深刻的境界。在侧重写"废土"现象及心态方面，当推年轻作家杨争光为代表；在侧重写"废都"现象及心态方面，当推中年作家贾平凹为代表。除他们之外，在某种程度上涉入相应的描写领域的秦地作家还有一些，如冯积岐、黄建国、麦甲、峭石、沙石、韩起、李康美等。倘更宽泛一些来看，在作品中或多或少地注意到"废土废都"现象及心态而表现出相应的反思忧患心态的作家，在秦地近些年来的作家中，则是相当普遍的。如果在整个20世纪秦地文学的范畴中来考察，当年那些对旧世界旧中国旧生活旧势力持有怀疑、批判、否定、暴露态度的作家，大抵也应视为拥有彼时时代特征的反思精神和忧患意识。比如在抗战期间，中国在对外方面有日寇入侵，国内有新军阀掠夺和各类吸血虫的榨取，广大民众陷入到绝非夸张的"水深火热"的情境之中，民族的危机也到了生死存亡的关键时刻。处于这样的赤地千里、赤县危机的时代氛围中的大小知识分子以及民间的李自成式人物，便不可能无动于衷。延安作为当时最重要的抗日根据地，危机忧患意识与反思批判精神也实际成了延安作家们文化心态中重要的组成部分。其间无疑渗入了中国传统文化的忧患精神，亦即那种"先天下之忧而忧"的忧世精神；也无疑拥有了来自民间、来自黄土地深处的反叛精神，从而对敌寇和统治者给予了最激烈的批判和攻击。自然，在战争中建构的人格很难以"健全"名之，文学也很难得到全面的发展。但忧患意识和抗争精神却毕竟是宝贵的文化遗产。在新时期，这种文化遗产又得到了积极的继承。从伤痕文学、反思文学、改革文学到国民灵魂重建文学，显映出作家们负重前行的姿态。可是,也有一些作家受世俗诱惑和不良思潮影响,逃向商海、逃向"游戏厅"(广义的游乐场)。但秦地那些严肃的作家并不如此,他们宁愿负重前行,甚至带着一种反抗绝望的执拗与悲壮的心境艰难地匍匐而进。即使是那位较多"现代"或"后现代"意味的比较潇洒比较贪玩的杨争光,也有着对"小说家"角色的深切认识,他说:

> 如果一个人指着一堵水泥墙说:我要把它碰倒,你可能不以为然;如果他说:我要用头碰倒它,你可能会怀疑他什么地方出了毛病;如果他真的去碰几下,你会以为他是个疯子,你会发笑;可是,如果他一下一下地去碰,无休止地碰,碰得认真而顽强,碰得头破血流,直到碰死在墙根底下,你可能就笑不出来了。也许你会认为,尽管他做的是一件不可能的事情,但并不一定可笑。
>
> 真诚的小说家大概就属于这一类人。他进行的是一场无休止的、绝望的战斗。他知道是不可能的,但是,他还要做。
>
> 列夫·托尔斯泰临死还在怀疑他能不能写好小说。
>
> 也许,能不能写好小说并不是最重要的;也许,重要的就在于那么一股认真的、冥顽不化的精神。也许,对一个真正的小说家来说,这种精神是首先的,也是最终的。其间,既有他的愚蠢,也有他的尊严。
>
> ……
>
> 对物质和享乐的追逐使人们显得热闹而匆忙,但人并没

有幸福起来。看来,幸福和享乐并不是一回事情。所以,小说家大可不必羡慕百万富翁。各人有各人的活法,谁能说得清,那位真诚的用头碰墙的人在碰墙的时候,心中没有一种巨大的幸福感?①

就是这么个其实内心很执拗很沉重又很"幸福"的西北汉子杨争光,总爱写一些"废土"地上的干巴巴却又意深深的故事。他给一位女士留下了这样一种"劳作者"的印象:"黄土沟洼,毒日头火着,年轻的后生一夯一夯地砸着土坯,醉心在这块毒日头下,醉心在弥漫着干热的尘土味中,没有咏叹,没有人烟,只有燥热的荒芜,和汗水化成的咸涩咀嚼。于是无诗无歌的风景漫过后生的眼帘,漫出一个久远的村社群落,漫在欲生欲死的生存困惑和挣扎之中。"②就是这样一位"年轻的后生",瞳孔里失去了具体的历史年代的印记,只放大了黄土地上生命的挣扎、生命的平庸、生命的萎弱的灰色视象。除了对原始意味颇浓的"原生态"给予精练的刻画之外,偶或也会写到带有英雄气的传奇。如他的《流放》,便将回民起义的雄壮与失败的悲壮写了出来,但经过流放的岁月,英雄气渐被磨蚀,英雄后人变得极为庸俗平凡,于是关于英雄的神话和传奇本身也变得黯淡无光,历史上的崇高被消解了,从而走出了出于某种政治观念而精心建构的历史神话(《最后一个匈

---

① 杨争光:《小说家及其它》,《美文》1996年第9期。陈忠实也说:"文学是个魔鬼。然而能使人历经九死不悔不改初衷而痴情矢志终生,她确实又是一个美丽而又神圣的魔鬼。"见陈忠实:《兴趣与体验》,《小说评论》1995年第3期。
② 毛毛:《女人的梦》,西北大学出版社1993年版,第190—191页。

奴》和《白鹿原》的结尾部分也都有这种意向的流露）。既然对英雄传奇之类的东西失去兴趣，似乎应该转向优美的人情风俗了吧？没有。杨争光对"废土"的记忆太深切、太固执了。这里随手举两个例子《从沙坪镇到顶天峁》中写的"景"：

> 看不见人影，看不见树形，也没有庄稼，满眼都是山梁、山坡。坡上有一些梯田，秋收后留下的玉米根直乎乎对着天空。山顶上是种小麦的土地，光秃秃的，像一顶顶贫瘠帽子。太阳还有一阵才能跌进不知哪一架山梁的背后。在太阳光的照射下，那些帽子金灿灿的，赤裸裸地袒露着，让人寒心。背阴处长着些草一样的东西，已经干枯了，像一片又一片垢甲。

《黄尘》中写的"人"和"地"：

> 他先脚踏在犁沟里。地有些热，好长时间不下雨了，地里就有些热。富士一直等雨，可等不来。富士挽着裤腿，他的脚底下也冒烟尘。地太干了，富士知道，富士不往下看，他抬着头，他额颅上有几道纹理，让土填满了。尘土在空气里飞来飞去，看不见，可它飞来飞去，填在那些纹理里边，汗水水一浸，就那么粘在富士的额颅里。

在这样的"废土"上活人自然活得艰难沉重干枯乏味，连最易滋生激情柔情的两性之爱也变得格外简单枯燥无滋无味，只有那些粗野的骂语和摸么弄么的动作能给人留下些迹近动物的印象。诗意的玫瑰从爱情的原野上消失了,连在崖畔悄悄开放的山丹丹也难见到一朵,于是杨争光便瞪着贼亮的眼睛,瞅着生命的绿色在怎样消失,瞅着黄土地上各种形态的死亡景观,他似乎很爱写"死"。比如《鬼地上的月光》写窦瓜在鬼地用石头敲死了她的丈夫莽莽,原因很简单:她16岁时有一次上茅房,被莽莽偷看见了身子,她父亲便将她嫁给了莽莽,"白生生的卷心菜,莽莽一晚上拱三次。"毫无爱恋的性虐待使读过书的窦瓜无法忍受,意欲摆脱,却又被父亲窦宝的羊鞭抽回,她绝望中走向鬼地,当莽莽来找她时,她想:"莽莽,是你把我糟蹋了。"于是就抓起手边的石头敲向了莽莽的脑门。莽莽便死了。"窦瓜就干了这个。"一个农村少女成了杀人者。可是她为何会走向鬼地、为何会拿起石头呢?作品已经有了喻示。又比如《高坎的儿子》写棒棒因父亲当众骂了他便上吊而死;《盖佬》写盖佬(戴绿帽的人)把嫖客(揽工汉,偷情者)打死了;《干沟》写在一个炕上滚大的哥因嫉妒和性欲的折磨杀死了妹妹拉能,他自己也躲进干沟"干"死了;《死刑犯》写"他"一时冲动一时气愤便用砖头拍死了一个人而成了死刑犯;《棺材铺》写劫匪杨明远策划并导演了一场血流成河的大屠杀;《赌徒》写骆驼为成全甘草和赌徒八墩毅然代替甘草死去了,但他的死并没起到预期的作用,甘草还是失去了自己的"想头"(八墩)而拼命戳死了那匹原属于八墩的马,她疯了⋯⋯记得圣人曾言:"未知生焉知死?"到了杨争光笔下似乎便变成了"未知死焉知生"。从枯焦的土地上那些"死"得远非"重于泰山"的庸凡的死灰色的死荒唐的死,便可看出"生"得多么贫乏多么窝憋多么无味。然而就杨争光笔下的那些走向死亡、走向生命枯萎的人物来说,却无法"知死"——无论如何苦思冥想到底也他妈的想不明白为什么会死,为什么要死,为什么被杀或杀人。于是这也必然由"未知死"而"未知生",生存也只是愚昧、盲目的生存,生存的精神支柱常常就是一种约定俗成的信念、习俗或本能。生存者受此支配而浑然不觉直至最后"在一棵树上吊死"。《老旦是一棵树》就写老旦在莫名其妙的胡思乱想中要把本村人贩子赵镇当作仇人,于是便集中精力千方百计地要整倒赵镇,甚至将好不容易给儿子娶的媳妇也借给赵镇,想用"女人计"(谈不上"美人计")来整倒自己心目中的仇人。但浊世滔滔,老旦终于没有整倒赵镇,连谋杀也难成功,无可奈何中的老旦便站在赵镇家的粪堆上企望自己变成一棵树。这种奇怪乃至荒诞的意念和行为,如果让精神病医生来诊断,大抵都属"偏执狂"之流。当然,杨争光的这些与乡土有关但却并非一般意义上的乡土小说,其荒诞意味与象征意味一样浓厚,使人往往能够感到他那反思忧患的心态更充满了一种异样的沉重和紧张——不仅涵容着他对乡土乡亲生存样态(尤其是精神上的丑陋与贫乏)的独特观照,而且涵容着他对畸形政治、畸形人生、畸形传统、畸形风俗等近乎绝望和无奈的思考。

在秦地年轻作家中,侧重于描写废土景观的较有成就的作家还有冯积岐、黄建国等人。比如冯积岐的《日子》、《丈夫》、《断指》、《断章》等小说,①皆着意写秦地人生活中那种荒唐、可耻而难

---

① 冯积岐是秦地最擅长创作短篇小说的作家,在持续描写"废土"景观方面收获颇多,在悲剧描写手法方面进行了更多的尝试。参见《冯积岐短篇小说自选集》,陕西人民出版社2013年版。

自知的人生,或为了现实的物质利益而失掉起码的"人"的尊严(如《日子》中的屠夫和他的女人、《丈夫》中的丈夫等),或显示非常岁月里政治的荒诞荒谬,人为地制造仇恨制造迫害而陷入难以止息的混乱和压抑之中(如《断指》对残酷的阶级斗争的极端化给予了反思,《断章》也形象地展示了那种畸形政治给人留下的心灵创伤)。黄建国也着意在反思中触摸那些卑微而麻木的灵魂,对那种低级原始层面的粗陋人生,那种麻木蒙昧的生命样态给予了相当充分的描写。如他的《蔫头耷脑的太阳》、《梆子他妈和梆子婆娘》、《乡村故事》、《一个没出太阳的晌午》等,都将冷峻的笔锋切入昏昧的乡村厚土,将那种蚁虫般卑琐的生不如死的生存真相剖示了出来,"乡村苟且的生命外现,亟切地传达出作者对这个民族生存危机的焦虑思考,这其中也包含了作家与心中那份美好的乡土传统情感的残忍撕碎。它的深度,更在于以近似荒唐的形式揭示出普通乡土人物生命过程的乏味、受动、无聊和麻木不觉,从而对传统文化的堕性力量进行了深刻的历史文化反思。"① 从秦地年轻一代作家的乡土或农村题材小说中,似乎可以看出他们对黄土地上废弛的人生景象最为敏感最为焦虑最为悲愤也最为冷峻,② 由此呈示的反思忧患的心态,也更明彻地显露出一种近于反狱的绝叫和不惮于"激进"的批判。拯救失去绿色的土地,拯救生命枯萎的花朵,让废弛太久的土地焕发出葱茏而又美丽的青春光

---

① 赵学勇、汪跃华:《守望乡土:经验与悲愤》,《小说评论》1996年第3期。
② 如从社会学角度来分析陕西农村人口,也可以得出"人口素质相对低下"的断语,仅痴呆、盲目、聋哑等"五种残人"即约占农业人口的2.53%。参见曹占泉:《陕西省志・人口志》,三秦出版社1986年版。

彩。这是新时期以来秦地作家的不愿口中说明而愿藏诸小说背后的梦想。尤其是作为跨世纪的一代作家,秦地这些年轻而不乏锐气的作家似乎也契合着世纪之交普遍的社会心理状态。笔者曾在《走向批判和民间的文学》①中说:"当20世纪夜幕上的群星渐隐渐稀、新世纪的太阳还未升起的时候,那种期待中的美丽景观和激动心情却已经厮缠在人们的心头。然而环视现实中种种黑暗与荒唐的实存,人们的心头又被笼罩了难以摆脱的阴影,不免觉得有些惶然茫然。这种'期待'却难'坚信'的前路未卜的心态,对于进入这样似乎有点神秘的世纪之交的人们来说,确实相当普遍。也许正是为了验证和摆脱这种困惑和犹疑的心态,人们不约而同地进入了这样的'新状态',亦即情不自禁地回顾和前瞻,殚精竭虑地反思和重建。""尽管在这样的大势中,作家群体亦会随时运升沉起伏、聚合分化,但总有不少作家秉承着传统人文精神的精华,吸纳着现代人文学说的营养,以顽韧的意志和深沉的理性,在旷野中呐喊,在彷徨中探求,在忧患中拯救,绝不愿放逐自己的良心和抛弃自己的责任。……能够创造出这样一些优秀的'批判文学'的作家,显而易见,都是一些特具人文精神、忧患意识而不失其真善美的理想和强烈的社会责任心的作家。正是由于有这样的创作主体的存在和闪光,也才在很大程度上卫护了作家的尊严、文学的尊严,以及人道而非兽道、物道的尊严。"从秦地20世纪文学来看,其总的走向与整个中国20世纪文学的走向是相当一致的,作家的文化心态也有相通的地方。延安文学时期

---

① 《小说评论》1995年第5期。

爆发出来的那种批判旧世界、建设新世界的巨大激情,在"白杨树派"文学时期仍然保持其强劲的喷发力量,使作品不是描写暴风骤雨,就是描写阳光高照,必要的冷峻深沉的反思批判、忧患警示型的文学失去了存身之地。这就缺乏精神上的参照系,失去精神生态的多样化和平衡态,片面强调和倾斜发展的结果,就是陈忠实所说的:"最暗淡的日子当属'文革',从那些享有世界声誉的作家到编辑和工作人员,全给一锨铲起抛到炼狱中去了。当然,这不单是陕西省作协的个别性灾难,所谓'倾巢之下岂有完卵'。"① 历史地看,"文革"之前的秦地文学"巢"虽未倾,但也有"斜"的迹象,亦可谓"斜巢之下岂有全卵",于是当年的作品明明显显地存在着历史的局限性。或许也可以这样提问:上述的新时期后期的"废土文学"是否也存在着历史的局限性?从宏阔的文学视野来看,似乎也应该承认这一点。但在整体上,秦地文学的多样化倾向可以造成生动的互补,无论今后社会和文学怎样发展,都易于从这多样化的世界中得到有益的启示或有选择的继承。而那些以个人体验为支点、以秦地客观存在的生活及文化为依据的秦地小说,无论乍看上去怎样灰色、怎样颓废,只要出之于反思忧患的文化心态,也都会以其"片面的深刻"的新锐特征而获得相当长久的艺术生命。

当贾平凹投入以西京为描写对象的文学创造时,他已从习惯性地讲求全面、典型、本质和细节真实等现实主义文学原则的笼罩下基本脱出,由此更形成了自己的个人体验和对西京历史文化

---

① 陈忠实:《陕西名家作品精选·序》,陕西旅游出版社1995年版。

传统及现状的观察和想象。其创作心态在反思忧患的意向牵引下,开始以相当奇异的方式触摸这一太古老太复杂的古都文化和变形的现代形态。他似乎不再顾虑是否正确,是否典型,是否全面,他要表达的就是自己真切的体验和观察,他宁可游离某种中心话语也不愿隐匿自己痛苦的真切体验,他也许只能是"片面的深刻",无法顾及齐全,但他是诚实的,他的忧思焦虑呻吟以及神秘的梦呓,都从他的"西京三部曲"或"古都三部曲"(《废都》、《白夜》、《土门》)①中流露了出来。

古老的西京以它独有的文化魔手,搬出老底,采来百草,掺和着黄土,给我们塑造出了一个新的贾平凹。

这个贾平凹最近说:"有人说上帝用两手统治世界,一是耶稣,一是魔鬼,而扮演耶稣的人很多,如道德家,科学家,宗教家,那么扮演魔鬼的角色呢?恐怕只有文学艺术吧。文学艺术可以来扮演耶稣,但满街是圣人的时候,能扮演魔鬼的却只有文学艺术。"②由这里透露的信息表明这个贾平凹确实有点钟情于"魔鬼"了,或者说有点偏爱"魔鬼"式的文学了。这也容易使人想到20世纪鲁迅先生在《摩罗诗力说》中张扬的那种"摩罗"文学,那种充满激情的浪漫文学亦是战斗的文学,对世间假恶丑进行殊死抗争的文学,从本质上讲则是站在人道主义和个性主义立场上的"狂人"式的文学。在某种表现形态上看,贾平凹的"魔鬼"式文学与鲁迅的"狂人"式文学是有点相似之处的,比如鲜明的反思批判的

---

① 这是笔者根据贾氏的三部作品的内在联系给予的称谓。
② 贾平凹:《〈美文〉四年编辑部午餐桌上的谈话》,《美文》1996年第9期。

特征和焦虑痛苦的心态等。但区别也很明显,鲁迅是积极入世的敢于直面惨淡人生的立志要肩起黑暗闸门的启蒙者,持匕首握投枪的出入战阵的斗士,贾平凹则仍深受秦地(尤其是陕南秦头楚尾的商州)的民间文化和古都传统文化(如重伦理和人文等)的影响,对道、佛文化濡染颇深,睁着有点迷离的眼睛,怀疑而忧虑地打量着当今有点怪胎之嫌的西京,其反思批判的深度大抵还仅限于"质疑"而非"战斗"的层面。他最近在《土门·后记》中解题"土门",便归之于老子《道德经》的"玄之又玄,众妙之门"。并坦然介绍说:"知道我德性的人说我是:在生活里胆怯,卑微,伏低伏小,在作品里却放肆,自在,爬高涉险,是个矛盾人。……既然是文人,写文章的规律是要张扬升腾,当然是老虎在山上就发凶发威,而不写文章了,人就是凤凰落架,必定不如鸡的。路遥在世的时候,批点过我的名字,说平字形如阳具,凹字形如阴器,是阴阳交合体。他是爱戏谑我的一位朋友,可名字里边有阴阳该能相济,为何常年忙着生病,是国内著名的病人?……"①贾氏的这段自述将一个"矛盾人"或"阴阳交合体"或"病人"的真实情况透露给读者,表明他没有鲁迅那种峻急坚强的斗士精神,但他看世事看人生却有了自己的独特视角,并在一定程度或范围内,也能"放肆,自在,爬高涉险",也正是由于这种"德性",他有了自己的"魔鬼"式文学,如从描写对象来看,亦可名之为"废都文学"。

废都,狭义上讲,即为历史上曾为首都而后废弃了的古都。这样的古都在秦地较多,有一些在地面上早已湮灭,唯地下尚有

---

① 见贾平凹:《土门》,春风文艺出版社1996年版,第335—336页。

文物可资考证。仅关中地区，就有多处（除西安现址之外），如周时的周原"京"城、镇京，秦时的雍城、栎阳等。如果更宽泛些讲，就全国而言，作为古都而现今仍为首都的只有北京，其他或久或暂为首都的，皆成了"废都"；而古时曾兴盛的都市后世却衰败下去的广义上的"废都"，则更多。于是就有了废都文化现象及相应的研究。全国性和地方性的古都学会也就是研究这种文化现象的学术团体。但从文学角度，透入古都文化心理的深层，在古今中外文化汇通的大背景上来写活古都人生的成功作品，在中国历史上并不多见。那种写古都的大抵属于歌颂昔时首都（或陪都）如何繁华的作品，倒有一些，如班固的《西都赋》，司马相如的《上林赋》等便是。至于叙事文学中有较大规模、艺术上较为成功的废都文学却向来少见。古典小说名著《三国》、《水浒》、《西游》、《金瓶梅》和《红楼梦》等都不是废都文学。《红楼梦》敏感地透露出清朝衰败的信息，但那"都"毕竟还没"废"。直到20世纪民国成立，首都设在南京，北京作为清廷的都城才被"废"掉，然而仍在较长时间里是北洋军阀政府盘踞的城市，混乱中，似乎总处于半废半立的状态。当其时，老舍写了一些有代表性的京味小说，也许可以看作当时带有较多废都文学气息的小说，那批判的锋芒和京城文化的开掘都独步一时。但当时西京（西安）却并无与之相仿相当的小说。当年，虽有如今之贾平凹的乡党周述均（陕西丹凤人）写过长篇小说《小雯的哀怨》[①]等，却并未在文坛上产生多大影响，至今早已鲜为人知。其他在西京露脸的小说，比如40年代

[①] 周述均：《小雯的哀怨》，连载于1948年至1949年的《西京日报》。

谢冰莹主编的文艺刊物《黄河》上发表的一些小说,情形大抵也是如此。西安作为赫赫有名的古都和废都,在整个20世纪少有写它而又与它相称的"大作"出来,这应该被视为是一件很遗憾的事情。① 直到贾平凹的"西京三部曲"问世,这种状况才被改变。仅从这一点看,也不能忽视贾平凹的贡献,尤其是对秦地文学的贡献。

长篇小说《废都》是1993年由北京出版社出版的。在此之前两年,贾平凹写过一部同名的中篇小说《废都》,同年(1991)还获得了《人民文学》优秀作品奖。但这部中篇却并不为一般读者所知,写的也不是西京,而是"黄河岸边的土城"。这个"土城"是何朝代的古都,作者并未点明,只说它现在是个县改市,秦地一个不大的小城。但它确曾是个古都。小说中写道:

> ……雄心勃勃的市长一来到土城,就立志要做出一番政绩出来,提出了前人从未提出的口号:振兴古都。一个几乎成了遗弃的废都,多少年里人们只叹着它的败落和破旧,现在,当市长令文化馆的干部在街上树立了"为古都的振兴你贡献什么?"的巨型标语牌,人们似乎一下子才发现这个破烂的土城原来曾是一个辉煌的皇都所在!有的人自大起来了,脑子里已想象出不久的将来壮丽景象,有的人却又自卑起

---

① 30年代后期,斯诺及夫人爱伦·斯诺在西安、延安等地采访,对西安的印象均感到很凄凉。这和鲁迅1924年到西安时的感受一样,爱伦·斯诺数十年之后追忆时,仍将这种印象写出:"西安异常凄凉,你根本无法辨认出这就是西安。"《七十年代西行漫记》,陕西人民出版社1981年版。

来,以古都的现在比古都的往昔,比别的并不是古都的新兴城市,觉得皮影毕竟比不得电影,老鼠的尾巴既然生成,还能生出多大的疥子出多少的脓呢?市长仍然是激情满怀,他不断地在广播上、集会上,以手势配合着语言,大讲一个现代化都市的美丽的前景。……①

在这里作家已开始自觉地触摸"废都"心态了。除了比较笼统的描述,作品主要写了土城里送水的老汉邱老康和他的孙女匡子,写出了邱老康的纯朴勤谨慈祥而又守旧的文化心态,在历史变革、土城改建的过程中扮演了一个唐·吉诃德式的人物,让人感到可悲,也感到可笑;匡子则纯真、热情而又孝顺,深受爷爷的疼爱和影响,但她的"贞操"却被代表新兴城市消费文化的玩狗家"小狗王"九强夺去,而她的"爱情"却属于那位迷恋人头古化石的程顺,这使她依违两难,陷入困境,怀了九强的孩子的匡子终不知何去何从,并疑虑孩子即使生下来,"也一定是个很丑很恶的怪胎了吧"。显然,当时的作者已经进入了自觉反思废都文化的历史和现状的文学领域,但其困惑质疑的声音还较微弱,以致未能引起人们怎样的注意。但到了长篇小说《废都》于两年后推出,便将这种声音放大了许多,甚至有点声嘶力竭,绝叫一般,歇斯底里一般。于是就有些惊世骇俗,纷纷扬扬的议论、讨论已经很多很多。但人们大多忽略了作为"先声"而存在的中篇《废都》。而这中篇《废都》不只是长篇《废都》的"先声",也是整个"西京三部曲"的

---

① 见贾平凹:中篇《废都》,《人民文学》1991年第10期。

"先声"。在这一系列城市(独特的废都化城市)题材作品中,作家最关心的是"人",是人的命运、人的感觉和人的差异等,但这"人"是文化的活体的复杂的人,是历史与现实、个体和社会、男性与女性等诸多相对相关因素矛盾冲突而又融合统一的"人"。这样的"人"在实际生活中总承担着人生残缺的沉重,尤其处在"废都"这种本不健全的文化氛围和社会环境中的人。中篇《废都》写天空出了"四个太阳"的异象,长篇《废都》也写了这种异象,那对作品的主人公来说都并非是吉祥的征兆;中篇《废都》写社会转型期像邱老康、匡子这样纯良之人的精神苦痛,长篇《白夜》所着意写的也是主要人物(夜郎、虞白)在人生途中寻寻觅觅却终难有安栖之处的精神苦痛;中篇《废都》的主干情节是土城的改建而要拆修一条街,这引起了邱老康的不满而竭力予以阻止却终未成功,长篇《土门》的主干情节是西京郊区一个叫仁厚村的村子,为守住村子不被拆迁而进行的一系列挣扎,主要人物成义(村长)和梅梅等进行的艰苦努力也终未成功。总之,在我看来,中篇《废都》是"西京三部曲"的"先声"和"前导","西京三部曲"是对中篇《废都》的深化与展开。作为一个奇突怪异而又平常直白的概念,"废都"有着多层多面的含义。远逝的古都令人怀想,近逼的废都令人惶然,变化的废都令人感叹……日本学者藤冈谦二郎曾在《人文地理学》中指出:"以太平洋战争为契机,许多国家发生了变化。"并感叹道:"国家和领土就是这样容易变化的东西。"①对国家来说是如

---

① 〔日〕藤冈谦二郎著,王凌云等译:《人文地理学》,南开大学出版社1989年版,第185页。

此,如文明古国古希腊、古罗马的消失;对地区来说也是如此,许多曾经富庶发达的地方甚至成了沙漠。曾经繁荣的地区并不意味它总能保持自身的优势。尤其是在"战争"这一人类怪兽的袭击下,愈是繁华似锦的地区,就愈像块肥肉那样易于遭到无情的吞噬。自古以来,秦地就多兵荒马乱,战争毁灭了最豪华的宫殿,也经常将民众推到死亡线上,[1]使那些侥幸活着的人为了艰难地生存而向每一片绿叶伸出枯瘦颤抖的双手。久而久之,绿色从三秦大地上消减了,古都的繁华也在战火中饱受摧残。面对劫难频仍的土地和都市,秦地小说家似乎最易感到那种历史与现实交叠的沉重。加之20世纪两次世界大战导致的世界性的某种幻灭情绪的影响,秦地作家心头滋生那种复杂的"废"的意绪,应该说是很自然的事情。贾平凹,只不过是较典型地表达出了这种"废"的意绪罢了。

关于长篇《废都》,议论纷纭丛集,已有被说滥了的感觉。但党圣元近期著文又说之,题目即为《说不尽的〈废都〉》,[2]其中确有新颖独到的见解,令人首肯。比如说"《废都》中的作家主体却应该是刘嫂牵到西京城里来的那头奶牛。""一部《废都》所要表现的正是这个'城市魔魂',并借以抒泄作者自己在这一'魔魂'纠缠下的孤独、寂寞和无名的浮躁。""《废都》之'愤',体现了作者对现代城市文化的抵抗心态,而且作为一种文化心态,其具有时代的典

---

[1] 元代骆天骧《类编长安志》(中华书局1990年版)自序云:长安地区久经"兵火相焚荡,宫阙古迹,十亡其九,备有存者,荒台废苑,坏址颓垣,禾黍离离,难以诘问……"。
[2] 《小说评论》1996年第1期。

型性。……从美学的角度来看,《废都》更具有小说的魅力。""从《废都》到《白夜》,贾平凹采用的完全是本土化的写作策略,这两部小说体现出了与传统小说的接轨,可视为是小说艺术的一种回归。""艺术趣味亦反映出一个作家的文化心态,而《废都》、《白夜》所体现出的小说艺术本土回归,正反映了贾平凹一种文化价值选择。""……事实上,《废都》、《白夜》,才真正具有'寻根'的意味,而且是为西京城里的文化寻根。"读之颇能受益。笔者深为赞同,兼之已有的评《废都》的、炒《废都》的文字甚多,这里也就不想再说什么。而《土门》,笔者以为是对《废都》(中篇)的改写与扩写,在文化价值观念上更接近了新道家(与新儒家相对而称)的文化观念。故而有人称"他是蛰居西京貌似憨厚假装糊涂的秋江蓑笠翁",他"带着巨大的同情与怜悯叹息,目送着旧式文化和生活的耗散远去,也止不住对城市化过程中的种种负面现象提出了疑问。"[①]显然,从"土门"这一"玄之又玄,众妙之门"中透露的文化信息,仍是在文化反思批判基础上的带有悲凉意味的文化回归。小说结尾部分写道:

> 一时间,我又灵魂出窍了,我相信云林爷,云林爷的话永远是正确的,他说从哪儿来就往哪儿去,我是从哪儿来的呢?从仁厚村。不是,仁厚村再也没有了。我是从母亲的身体里来的,是的,是从母亲的子宫里来的。于是,我见到了母亲,母亲丰乳肥臀的,我开始走入一条隧道,隧道黑暗,又湿滑柔

---

① 安子:《走进〈土门〉》,《文汇报》1996年11月2日。

软,融融地有一种舒服感,我望见了母亲的子宫,我在喃喃地说:"这就是家园!"

这是依据小说主要人物梅梅的"文化恋母情结"①来试图"发出一千种声音"的描写。② 这样的结尾在一般读者大约还难以理解,其寓言性毕竟比较隐晦。相比较,笔者在"西京三部曲"中还是认为《白夜》更易于为人理解和接受,地域文化的色彩也更其浓厚。故而在这里就《白夜》多谈一些。

在接触《废都》的时候曾听到有人讲"假烟假酒贾平凹,废人废都废作家",意思是讲贾平凹堕落了。但如果将这两句话的前二者(即假烟假酒与废人废都)作为第三者(贾平凹与废作家)产生的前提条件,不是恰好可以悟到为什么会有贾平凹的反思批判或剖析暴露(包括了他自己)么?贾氏实际是痛感种种异化现象才如此下笔的。故当时笔者读《废都》后曾写了这样几句:"香风习习满人间,废都里面无耕田。赵公元帅成大神,'二虎'已难守长安。"③后来读《白夜》,则想起了古人刘溥的《题"钟馗杀鬼图"》一诗:"如今城市鬼出游,青天白日声啾啾。安得此公起复作,杀鬼千万吾亦乐!"由此似乎便可获得进入"白夜"的钥匙。该书开

---

① 文化恋母情结也是一种原始意象,源自初民的母性崇拜。详参叶舒宪、李继凯的《太阳女神的沉浮》第一章,陕西人民教育出版社1992年版。
② 贾平凹曾引用荣格的话"谁说出了原始意象,谁就发出一千种声音"来表达自己艺术上的一种追求。见《答陈泽顺先生问》,《小说评论》1996年第1期。
③ "二虎"指李虎臣、杨虎城。此处借用了"二虎"于1926年合力抗击军阀刘镇华围攻长安的故事。贾氏的"西京三部曲",可以说是他"大隐隐于市"的反思、冷思的结果。

篇便写"再生人"这个有情有义之"鬼"的死亡,"死过了的人又再一回自尽死了"。躯体之死是一种死,精神之死是一种死。这后一种死是人的二度死灭,是更可怕的死,其死因就在于再生人的那把钥匙再也打不开爱情之门幸福之门——永远失去了家园,失去了归宿。正是这样一把再生人留下来的钥匙,仿佛附上了鬼魂,跟定了小说中的男女主人公夜郎和虞白,使他们情不自禁地落入人不人、鬼不鬼的边缘境地,难以把握自我的命运。其飘忽迷离、魂无所寄的生存样态,透现出了一种刻骨铭心而又万般无奈的悲凉意绪。这尤其鲜明地体现在夜郎的生命历程中。随着故事情节的展开,夜郎亦人亦鬼的形象愈益清晰。他疾恶如仇,但有时也捣鬼有术,如他与贪官宫长兴的斗法就是如此;他放诞追求,却又近乎漫无目的,如他由农村闯入城市后的种种盲流式的冲动或冒险就是如此;他本能地渴望得到爱情,却又终不知爱情为何物,如他在假面美人颜铭和灵异才女虞白之间的徘徊失措就是如此;他既洞察社会的暗昧,却又耽于在阴阳交界处的暗昧中逍遥,如他混迹于鬼戏班,在艺术和骗术之间流连忘返就是如此。《白夜》不惜以浓墨重彩去状写"鬼戏"及其相关的"人事",尤其是状写夜郎与鬼戏的契合关系,其间确有许多东西值得回味。夜郎不仅在白夜里扮演着鬼戏里的角色,与鬼官鬼卒们同台亮相,同时也在实际生活中扮演着"活鬼"、"人鬼"的角色,其人鬼的特征如此鲜明,着实堪称是一个成功的艺术典型。那位与夜郎相当投契的鬼戏班主南山丁,就曾不止一次地说夜郎是鬼变的,是"人鬼"。连夜郎自己对自我的"马面"相貌和鬼气外滋的心灵也不无自知之明。即使在他面对女性时,他的那颗不无真诚之意的心灵也注入了痞气,似乎对世俗中流行的"男孩不坏,女孩不爱"的诱惑术心领神会。小说最后写夜郎在鬼戏中扮鸟鬼(精卫),成了剧中目连所说的非鸟非人的"奇怪的异种",其借古琴以表悲愤无奈之情的怪异形象,俨然是"再生人"的重现。而夜郎周围的那些"人",也大抵沦入了亦人亦鬼、身心异变的情境之中,尽管有的"人气"重于"鬼气",有的"鬼气"重于"人气",但总的来说,却是"鬼气"升扬正成汹涌弥漫之势,鬼影幢幢,阴气森森,鬼城鬼都中展示的正是人的受难、人的挣扎、人的无奈以及人的鬼化之类的景观。那位让人感动也让人叹息的宽哥,"好人一生不安",仿佛是"警察"中的异类,在各种力量的挤兑下走上了"变形"之路,"牛皮癣"的病魔化使他愈益"甲虫"化,活生生将他从"人"的行列中挤出,最后只落得一个不屈而又无奈的精灵在荒野中游走;作为知识分子的精英而出场的祝一鹤和吴清朴,无论是踏入仕途还是跳入商海,也都无法摆脱被异化、被愚弄的悲剧命运,祝氏从政治险恶的阴窟中爬出,却已"蚕"化为一个植物人,吴氏对爱情对事业的追求及其彻底的幻灭,则很容易使人想起叶圣陶笔下的倪焕之,所有的奋斗和挣扎仿佛都只是为了尽快地迎接死亡的到来;即使在现实的浊流中悠哉游哉、颇为得意的宫长兴、宁洪祥和邹云们,也在如登天堂的幻觉中或迟或速地走向了末路,宫氏贪婪奸诈的鬼官面目业已暴露,宁氏在张狂中犯下罪恶而不得好死,邹氏迷于金钱而"姘"给当代"黄世仁"的结局也只能是跳入火坑、落入地狱。

读《白夜》,既能导泄人们对生存状况的某种积郁,但同时也能感受到一种无计驱除的压抑。因为从小说中分明可以看到现实社会弥漫的阴风黑云对人在不同向度上的异化作用,分明可以体察到那种黑白难分、人鬼莫辨的生存困境对人的围剿侵害。我想,只有不怕鬼的人才敢于直面百鬼狰狞的世相吧,而且对"鬼"的这种逼视以及复杂的感受,也肯定不限于贾平凹一人。于是我便稍稍留心近年来的文坛,果然看到不少作家在向魔鬼宣战的或壮健或瘦弱的身姿。他们时刻提醒自己和世人"睁开眼睛看社会",其间也常常将剖刀指对了自己,让读者不仅看到社会,而且也看到了自己身上的鬼气和毒气。一时间,直接或间接言鬼的作品在不知不觉间便形成了一种无法回避的"文学现象"。不少作家还径直以"鬼"来命名其大作,如孙健忠的《狸鬼》、李栋的《魔鬼世界》、阿真的《鬼屋》、雪米莉的《女靓鬼》、赵继仁的《人鬼间》、陈青云的《鬼脸劫》等,举不胜举。如果将与"鬼"相近的"魔"、"魂"之类的字眼和通俗作品也检视一番,那就会更多。为什么会出现这种言鬼成风的文学现象呢?那便捷的回答,一是客观存在的真实反映,一是主观心态的真实投射。即如《白夜》,就既是"如今城市鬼出游,青天白日声啾啾"的现实反映,又是作家"境由心造"的敏感和想象的主观体验的结果。这种主客观双方的相互作用和磨合,最终孕育出了《白夜》这部中国式的带有魔幻现实主义色彩的长篇小说。除了现实存在和主观感受之外,我们还应从文学自身的历史传统中,看到当今言鬼文学的传承性。

上溯中国文学的历史,可知中国向来言鬼文学相当发达。在先秦的神话传说和散文作品中,便有不少关于鬼的描写或本事,及至魏晋,鬼道愈炽,说鬼愈多,形成了中国言鬼文学的第一个高潮,《列异传》、《搜神记》、《灵鬼志》、《幽明录》等,涉写了许多鬼怪,铸就了许多相应的文学基型,对后来的言鬼文学产生了极其深远的影响。在唐代传奇、宋元话本、明清小说以及古代戏曲、诗文中,均可以看到各种鬼的形象。但大致说来,文学中的鬼也和人一样被古典道德律令判为明确的善类或恶类,相应的同情、颂赞或厌恶、诅咒的倾向也非常分明。特别是那些脍炙人口的名篇中的鬼,多为善鬼、美鬼或冤鬼、鬼雄,如屈原《九歌》中的《国殇》,热情颂赞"魂魄毅兮为鬼雄"的不朽将士;蒋防的《霍小玉传》,写了因情而死的霍小玉成了"厉鬼",但其复仇符合古典道德原则,具有正义性,大抵和窦娥一路,属于"冤鬼"的反抗;蒲松龄的《聊斋志异》,创造了一个色彩缤纷的人鬼狐妖的艺术世界,其中善鬼、美鬼占有相当重要而又动人的地位,往往美丽可人的情味赛过鬼戏《牡丹亭》中的杜丽娘。然而,这种较多地倾向于肯定美善之鬼而演绎道德话语的文学创作倾向,在进入20世纪之后,逐渐进行了一些置换改造,尤其是到了世纪末,更有了较大的变化。

我们知道,现代的"人的文学"自五四以降,始终在艰难地成长着,但在"人的文学"于20世纪的时空隧道艰难前行的路途中,却始终有"鬼"如影随形地相伴而行,人"潇洒",鬼也"潇洒",人"放歌",鬼也"放歌",人和鬼厮缠在一起,盘绕在人们的生命之脉和生活之根上,并经由作家创作之镜的映照与折射,明暗不同地显影于文学世界,大致说来,其显影的方式主要有以下三种:

第一种是显影于斗鬼除鬼的文学之中,"鬼"被视为"人"的对立面而遭到剥露、曝光和批判。这类言鬼文学实质上是旗帜鲜明的"人的文学",趋光的文学,但倘若弄得不好,如大讲古今"打鬼的故事"而使之沦为政治斗争的工具,就非常容易从"人的文学"

变为"鬼的文学"。

第二种是显影于鬼魅横行、鬼气弥漫的文学之中,这类文学实质上是鬼的文学,黑暗的文学,非人的文学。那些守旧僵化的陈腐文学、与黑暗强权共生的御用文学、出卖国魂民心的汉奸文学、左得出奇的阴谋文学以及浑身铜臭的商鬼文学等,皆属于此类鬼魅缠人、代鬼立言的文学。

第三种则是显影于人鬼复合、鬼人难分的文学之中。这类亦人亦鬼、亦鬼亦人的复合文学(如鲁迅的《女吊》)呈现着非常驳杂的面貌。在这类文学中,人与鬼难分难解地纠缠在一起,光明与黑暗、进步与落后、积极与消极、启蒙与愚昧、温暖与冷酷、正直与狡诈、美善与丑恶等混合而成乱麻一样的世事人生和相应的文学现象,将人性的多样性和鬼性的多样性屏杂互渗,从而构成了人鬼之间关系的复杂万状,透露出了让人困惑难解的神秘和朦胧,使那种意欲运用或惯于采取非此即彼的二元对立的尺度(如好人与坏人、善鬼与恶鬼等)来衡量文学的批评,常常陷于极为尴尬的境地,有时恰好为魔鬼的入侵洞开了方便之门,文化保守主义和文化激进主义支配下的文学批评,就常常蹈入此境,给后人留下了非常庄严、沉重却又荒唐、滑稽的话题。

上述的文学世界中鬼之显影的三种主要方式,在 20 世纪文学史上都有相当充分的体现。尤其是那种借助西方人文学说的"他山之石"来打鬼除鬼的文学,从世纪之初就上升为文学的主流,并在积极继承传统文学中打鬼除鬼的民间故事原型的同时,表现领域和表现手段也都有了新的拓展。比如鲁迅,便从创作中充分显示了他对人间地狱的深刻感受和言鬼画鬼的高超艺术。

在他的生命体验和艺术表达中,他的这段话显然具有普遍的象喻意义:

> 华夏大概并非地狱,然而"境由心造",我眼前总充塞着重迭的黑云。其中有故鬼,新鬼,游魂,牛首阿旁,畜生,化生,大叫唤,无叫唤,使我不堪闻见。①

这种强烈的如临地狱的感受,与马克思对封建社会的非人性质亦即"精神的动物世界"的披露,实有内在的相似相通之处。由此鲁迅无情地揭示出了中国封建社会及其传统文化的"吃人"本质,并且通过对各类吃人者、被吃者的形象刻画,拨开重重叠叠的黑云,将各种鬼影披露在世人渐次睁开的眼前。鲁迅的小说、诗文,尤其是杂文,从主导方面看,显然是20世纪初叶崛起于文坛的斗鬼除鬼文学的艺术丰碑,并相应地形成了鲁迅式的尖锐冷峻的批判文学,从《狂人日记》到他逝世前不久写的《死》,都充分显示着他对鬼域般现实真相的深刻揭露和憎恶,其间也包括对自己灵魂中"鬼气"的憎恶。鲁迅的批判文学作为具有世纪意义的文学创作的重要范式,对20世纪中国文学产生的影响是极为深远的。20年代的呐喊文学、启蒙文学,30年代的左翼文学、战斗文学,40年代的战争文学、解放文学,五六十年代颇为珍稀的暴露问题、弘扬人道的文学,以及70年代末以来的异彩纷呈的新时期文

---

① 鲁迅:《"碰壁"之后》,原载于《语丝》周刊第二十九期(1925年6月1日),后收入《鲁迅全集》第3卷,人民文学出版社1981年版,第68页。

学，其间总有不少作家自觉不自觉和或多或少地继承了鲁迅式批判文学的精神，与各种故鬼、新鬼、洋鬼、游魂、妖魔，进行了艰难而持久的搏斗。此可谓"与鬼斗其苦无穷，其乐亦无穷也"。纵观20世纪中国文学的这种人与鬼的对立冲突的持久战，格外鲜明地将"立意在打鬼，指归在立人"的世纪性文学主题凸显了出来，从而与古代出于文人或教徒之手的"张皇鬼神、称道灵异"的鬼神志怪之书，抑或偏于颂鬼敬鬼畏鬼的文学倾向，明显有了很大的不同。

但是，"鬼域"作为"人世"的折射，情形确乎十分复杂。在人间地狱中顽强地举起匕首和投枪的"精神界之战士"，又经常会发现自己陷入了人鬼难分的困难境地。特别是当他发现某些鬼类身上也带有人味和自身也附上了鬼魂的时候，就会深切地感到一种难以摆脱的困窘和矛盾。也许这种对人鬼难分的人亦鬼、鬼亦人的痛苦体验，更接近生活本身的真实？鲁迅面对愚昧的民众和自己灵魂中的鬼气时的痛苦，与巴金面对畸形政治导致人的迷失以及自我性格扭曲时的痛苦，以及与贾平凹无法逃避的世纪末嚣乱浮躁引发的痛苦和迷茫，在精神实质上都确有相通之处。在20世纪的中国舞台上，"人道"的成长艰难曲折，"鬼道"的延伸却几乎是无孔不入。我们曾经多么欣幸自己生在新中国，长在红旗下，坚信着"旧社会使人变成鬼，新社会使鬼变成人"的乐观主义，热烈地投入了揪斗"牛鬼蛇神"的"文化大革命"……谁曾想到，新的迷信却将故鬼招回，又将新鬼引入我们的灵魂世界。尤其是到了世纪末期，人文景观的主要特征便径直体现为"彷徨"和"迷离"。一时间人鬼更加混淆莫辨，也令作家更加感到无所依归，似乎只能如实而又平静地收摄映入眼帘的存在景观,其瞳仁中映现的是花花世界,也是苍凉荒原;是人世繁华,也是鬼域暗昧;是大道横陈,也是歧途交错;是真理之光,也是谎言之饰;是文明昌兴,也是大伪流行。

就是这么个"真实",这样的"景观",促成了贾平凹的转变,也促成了《白夜》的诞生。何况还有鲁迅式言鬼文学的传统,不可能不对贾平凹产生影响。不过比较而言,鲁迅言鬼,大抵依循的是讽喻艺术的路径,既深刻状写现实黑暗中"人的鬼化"亦即人向地狱堕落的情景(如在散文诗《失掉的好地狱》中,写"人"取代了"鬼"而统治地狱,遂使地狱更整饬更严酷更可怖),又注意刻画鬼影幢幢中"鬼的人化"亦即从鬼身上透现出人性的微光,从而复合出人鬼同在的现实景观(如鲁迅小说中那些吃人者和被吃者,并非都是厉鬼和冤鬼模样,也都多少具有人的常态,至于散文中的活无常和女吊等鬼物,也显示着鬼而人、理而情、可怖又可爱的特征)。然而从主导方面看,鲁迅笔下的人和鬼的界限比较分明,逼视中的剖露相当果断,对"人的鬼性"析之深,批之猛,对"鬼的人性"爱之切,护之殷。贾平凹笔下人与鬼的界限则模糊混沌,写的既是平平常常的人事或日子,但同时让人疑窦频生:这就是"人"做的事?"人"过的日子?《白夜》中写南山丁在演鬼戏以驱平仄堡的邪气之后,有这么一段心理活动:

> 秦腔里有演《目连救母》戏文的传统,那是集阴间和阳间、现实和历史、演员和观众、台上和台下混合一体的演出,已经几十年不演了。如今不该说的都敢说了,不该穿的都敢

穿了，不该干的都敢干了，且人一发财，是不怕狼不怕虎的，人却只怕了人。人怕人，人也怕鬼，若演起目连戏系列必是有市场的。……

于是，南山丁拉起了鬼戏班，夜郎有了用武之地。鬼物们也更是堂而皇之地出现于生活和舞台上了，直至小说的结束。《白夜》中少有鲁迅那样峻切的憎恶和深厚的关爱，更多的流露出来的却是世纪末的悲凉之意和无奈情绪，携裹着一股来自当今尘俗社会的阴冷之气，《白夜》如幽灵一般扑向了市场。然而它与当代著名鬼戏《李慧娘》的命意相去太远，《李慧娘》的作者孟超说："画鬼云何，而使此渺渺茫茫者形于笔下，登诸舞台，也不过借此姿质美丽之幽魂，以励生人而已。"这样的激励机制在《白夜》的多维多层世界中都很难找到，相反，《白夜》也许恰是对如此激励机制的消解。小说最后借鸟鬼精卫填海不得的本事，喻示亦人亦鬼的"异种"之于怪胎型生存环境的矛盾关系，即一方面意欲抗争，另一方面又必须妥协。如此困境真是令人无可奈何：鸟鬼无从逃逸，似乎只好效法再生人，选择二度死亡；而夜郎于夜幕中的行将被捕被囚，大抵也可以视为一种含蓄的寓言，由此完成了对整部鬼喻体小说的建构，将创作主体的反思忧患心态也作了相当充分的表露。

在涉写古都西安的作品中，麦甲的长篇小说《黄色》也是值得注意的作品。这部小说通过主人公于庆甫的悲剧人生，对古都文化环境给予了相当细腻的展示，其间也带上了一定的反思忧患的色彩。作品中的知识分子于庆甫背负着沉重的文化传统苦苦挣扎，在意欲摆脱旧我的束缚而迎纳现代文明的洗礼的过程中，却不期而然地堕入了深重的罪感（如乱伦）的苦境，亦即人际关系尤其是性际关系趋于混乱和凶险而导致的困境。这正如阎建滨指出的那样："作者正是通过于庆甫这个形象对现代社会发出了嘲讽、对传统人格进行了批判。乱伦已成为作家对现代文明社会的一种影射、一种轮回。"①《黄色》对古都文化的深厚积淀表现出较为复杂的态度，既在精神文化层面有所反思和批判，又对古都的平民文化以及"东方罗马"的名胜古迹等给予欣赏和称扬。如果将秦地作家的反思忧患的心态从古都扩及一般城市题材的作品，那么还可以举出一些较好的作品来，比如沙石的长篇小说《倾斜的黄土地》，写的是关中高阳县城中的故事，对官本位的弊害给予了较有力度的省察和批判；李天芳、晓雷的《月亮的环形山》，是一部具有较强的批判意识和悲剧意识的长篇小说，以大学毕业生黎月和梁相谦的人生遭际而显映出一系列流行的社会病；其他又如韩起的《冻日》、安黎的《痉挛》、京夫的《五点钟》、晓雷的《困窘的小号》、王润华的《白天鹅》、文兰的《幸存者》等，或长或短，或深或浅，或多或少，都显示出了作家对大小城市中的生活、对人生中的苦难的沉重的思考，种种丑恶与庸俗总是袭向人们，常常使他们自身也变色变味。困窘中挣扎的人已伤痕累累，不期而至的悲剧却屡屡发生。在秦地小说中本来城市小说为数就不多，加之又笼罩着如此厚重的冰霜雪雾，也就难免让有些人嫌而贬之，或让人看不出有多少丰富和特别精彩的地方来。相对而言，这也许是秦地作家的一个"弱项"，倘是，自然需要加倍的努力和探索。

---

① 阎建滨：《在探索中拓展自己的领地》，《小说评论》1994年第2期。

第五章　20世纪秦地小说与民间文化

民间有如大地,小说有如花朵。大地与花朵的这种关系可以说是命定的。民间文化的瑰丽可以给小说带来瑰丽,但要在"文化"层面得以彰显,则需要妙手的采撷和编织,才会形成精致的花篮,造就经典的小说。秦地文化中的民间文化,包括民俗文化、神秘文化、民间文学、方言文化等,对20世纪秦地作家的小说创作,产生了极为显著的影响。这种影响当不亚于鲁迅之于绍兴民间文化、沈从文之于湘西民间文化、莫言之于高密民间文化的内在关联。

第1节　民俗民风的呈现

秦地小说呈现于世人面前的地域色彩、乡土气息,其主要的一个来源便是悠久深厚的秦地民间文化。经由作家的创造而复活、重构了的秦地民间文化,也能够给人带来美感享受。秦地小说基本上是描写本土生活的小说,其中描写最多的又是本土民间的生活。自然,这"民间"主要是指广大的乡间人生,但又不限于此。已有学者着意扩大"民间"的内涵,将与主流中心话语不同的文化空间都名之为"民间"。这种"新民间"的理解也可以得到民俗学意义上的支撑。因为民俗文化其实并不仅仅属于乡间,城市人亦经常为民俗文化所影响所支配。秦地20世纪小说的文化品格中相当突出的一点就是具有鲜明的民间性,用真实而非虚饰的话语来说,也可以名之为"人民性"。尽管秦地小说内涵及美学风味并不仅仅来自民间或人民,但在它接受的文化影响的"多元"之中,来自本土民间文化的影响应是最值得关注的,其小说创作的优劣长短往往都与此息息相关。

地域地缘的空间区分,使自古而来的乡村民俗风情呈现出明显的地域色彩。秦地民俗风情在小说世界中的呈现,伴随着秦地小说自身的发展和普遍的影响,也自然而然地进入了广大读者的"接受视野"。如果说作为三秦文化中一个重要方面的民间文化(包括民间文艺)是秦地的"土产",甚至本身也是民俗文化的体现的话,那么秦地作家的创作产品(如小说),在较大意义上也可以视之为秦地的"土产"。这种"土产"必然与秦地民间民俗文化的土壤有着非常密切的关系,其中也包括与秦地那些富有生命活力的民间文艺的密切关系。

民俗或风俗,是由民间创造又在民间流行的具有世代相习的传承性文化现象(但也因时代而有所变化)。[1] 有学者指出:"从生活的角度来看民俗之'民',任何群体的人都是'民',因为他们都有自己的生活世界。从这一角度来看民俗之'俗',生活世界的普遍模式都表现为'俗':传统民俗形式可以体现'俗',新的形式也可以体现'俗'。"[2]因此,民俗所涉范围极广。但民俗学通常采取

---

[1] 段宝林在《小说与民俗》一文中指出:"民俗是人民生活方式的总称。……小说作为一种重要的文学体裁,由于叙述描写的自由度和容量甚大,对民俗的描写当可更加细致、全面而深入。"见《西北民俗》1993年第2期。

[2] 高丙中:《民俗文化与民俗生活》,中国社会科学出版社1994年版,第13页。

分类法进行了大致的区分：它既包括民间口头文化传统（如神话传说、民间故事、民间歌谣、民间音乐、习语谚语等），习惯行为上的文化传统（如信仰、仪式、喜丧、节庆、民舞、戏剧、游戏等），也包括民间物质化的文化传统（如民间工艺、民用工具、民居民食、民间服饰等）。这些民间文化事象无疑会为那些注重民间生活的作家所关注，在他们的创作（尤其是小说）中给予生动的反映或表现——不写这些具有光色的民间东西又怎么能够出特色、出味道来呢？文艺民俗学指出：民间源远流长、连绵不绝的民俗所展示的"生活相"，作为人类社会的一种独特的生活形态，也是文艺创作的一种源泉。所谓"民俗生活相"，即是民俗在一定现实环境中所表现出来的生活状貌。它常常以风俗习性文化意识为内核，程式化"生活相"为外表，呈现为一种不成文的生活规矩，习惯性的生活方式，传统型的生活思考，构成了波及面深广的生活形态。① 而上述的民间风俗所包括的口头文化传统、习惯行为传统和物质文化传统，大抵也相当于无形心意民俗生活相（内在的心灵层面的民俗习惯）、社会行为民俗生活相（外显的行为层面的民俗规范）和有形物质民俗生活相（凝化的物质形态的居俗存在）。② 这些民俗生活相在古今中外的文学作品中都有程度不同的映现。愈是那些著名的作家作品，对民俗生活相往往愈是特别关注，并有极为细致而成功的描写。秦地20世纪小说在显映民俗生活相时，成败得失不尽一律，因作家而异，罗列了很多民俗的作品不见得成功，少量涉写或不显山不露水地描写民俗的作品，却往往可

---

① 参见陈勤建：《文艺民俗学导论》，上海文艺出版社1991年版，第220—221页。

② 参见陈勤建：《文艺民俗学导论》第六章，上海文艺出版社1991年版。

以使民俗描写成为作品中极富魅力的成分。总的来看,秦地小说中对本土民俗文化的描写是很多的。可以说举不胜举、俯拾皆是。① 如果采用地方志与小说作品相互参证的办法细细梳理,那真是车载斗量,无法尽述的。尽情罗列的结果,也许还会败坏读者的胃口。只要读者拿起秦地作家的小说,其间的带有浓厚的地域色彩的民俗文化景观就会呈现在眼前,并且从中也能见出相应的民风民情。通常所说的"秦风秦韵"也便不约而至,能够让人领略到秦地的小说及人及事及物的所谓"风采"的。记得1996年的全国春节联欢晚会由北京、上海、西安三地联播。彼时陕西着意要搞出地方特色,便将"秦风秦韵"喊得很响。② 秦地小说大抵也

---

① 这尤其以贾平凹这样的秦地作家为代表,他特别擅长于从秦地的民风民俗中映现民情民性。在某种意义上可以说,他的那些杰出的文字与民俗化合而成的"商州"小说和散文,具有着恒久的审美价值。

② 除了在全国性的中央电视台露脸的节目之外,省电视台也推出了"秦风秦韵陕西人"春节晚会,市台推出了"情溢长安"春节晚会,省有线台推出了"春满三秦"春节晚会,均注意加大地方民俗、民风的分量,以显示地域文化的深厚积淀,如省台就有《秦风八怪》、《长安自古帝王都》、《延安你好》等节目。见《西安日报》1996年1月21日有关报道。近些年来,这种意在彰显地域文化特色的各类文艺节目和书籍更有增多的趋势,甚至与繁荣文化产业的各类计划进行了密切的结合。近年来在弘扬秦地盛世文化、传统文化方面,秦地文化工作者做了很多工作,比如秦地推出的《仿唐乐舞》、《音画三秦》、《大唐赋》及陕西省艺术节等就是突出的代表。著名乐舞文学家黎琦在《大唐赋·前言》中写道:"在中华民族灿烂的历史长河中,公元618年—907年的唐代曾是繁荣、开放的盛世王朝。""代表陕西省参加第四届全国少数民族文艺汇演的乐舞诗《大唐赋》,以唐朝历史上各民族友好交往、和睦共荣为主线,多角度演绎各民族间政治、经济、文化的广泛交流和多元一体、开明开放的盛唐景象;以独到的文化视觉,融诗、乐、歌、舞、戏等艺术形式于一炉,宏大的艺术形式,灵动的文化符号,曼妙的乐舞丰姿,展开一幅全景式'盛唐气象'的斑斓画卷。""昨天,落英缤纷的历史风雨里,中华各民族儿女共同缔造过一个光耀世界东方的盛世大唐;今朝,姹紫嫣红的世纪春天里,中华各民族儿女正在托起一个昂首世界先进民族之林的盛世中华。"话语不多,却集中体现了秦地人的文化自信和期待。

有这种搞出地方特色以期唤起普遍注意的理路,效果大致也还不错。从20世纪文学史来看,在延安文学时期就将民俗文化(包括民间文艺)弄得知名度挺高了,①头戴白羊肚、爱扭秧歌、喜唱信天游的"老陕"形象便打入了人们的心脑之中,令人难以忘记了。与民众生活贴近的带有传统说书风格和民间故事原型的小说艺术成了"正宗"。那时特别重视民间文化的原因很多,其中除了以《在延安文艺座谈会上的讲话》为代表的文艺大众化的理论导向之外,恐怕与环境相对封闭,文化资源只好更多地就地取材有关。民间戏曲舞蹈(如秧歌)、民间歌谣故事等成了难得的"宝贝"。可是到了80年代以后,秦地作家仍保持对民间文化的浓厚兴趣,并且好像愈开放、读的洋书(大抵都是译本)愈多,反而更关注民间最底层的东西了,个中原因同样很多,但总体讲都与秦地作家于80年代中期的"文化意识"的普遍觉醒有关。由于秦地小说与民俗文化关系极为密切,有关描写极多,下面仅从若干方面切入,采撷一些例子在这里,以求取管中窥豹之效罢了。

● 民间口头文化习俗 ●

作为民间文化最具代表性的一个组成部分,民间口头文学(文艺)承载着的民间信息极为集中。因此要了解秦地小说与民间文化的关系,就不能忽视秦地小说与秦地民间文艺之间的密切关系。早已有许多人就五四先驱者与民间文学的关系进行了专

---

① 是延安文艺运动将民间文化的地位大大提升了,并与主流文化趋于结合。这种合流曾持续很长时间,后来又出现分流现象。详参陈思和《民间的浮沉》(《上海文学》1994年第1期)等文。

门的研究,也有人就新文化策源地的北大与歌谣运动进行过系统的考察,对整个新文学史与民间文学的关系也比较重视,但在探讨地域文学与各地民间文艺关系方面,却注意不够。事实上,那些以浓郁的地方色彩耀人眼目的作家作品,都与其相关的地域文化(尤其是当地民俗文化中的民间文艺)有着深切的联系。[①] 作为中国20世纪新文学运动的先驱之一,胡适先生曾十分重视"民间"的作用。他指出过,一切新文学的来源都在民间,民间的小儿女,村夫农妇,痴男怨女,歌童舞女,弹唱的,说书的,都是文学上的新形式与新风格的创造者。他的这种极力推崇"白话文学"的主张广为人知,话是说得有些绝对和偏激,但其中确也有合理之处。尤其是出于"颠覆"传统士大夫文学史观的目的,这样强调"民间"而非"庙堂"的作用,诚有"文学革命"的意义。对此,鲁迅先生也有过类似的论述。那位当年和鲁迅打过笔仗的顾颉刚,[②]在讨论古史时所提出的辨伪四点意见,其中有"打破地域统一的观念"一说,并在民间文艺研究中体现了出来。对此,钟敬文先生有深切的认同,在纪念顾先生一百周年诞辰的会上,他深有感触地说,越是接触更多的民俗事象(包括民间口头文艺),越是感到

[①] 郑伯奇曾指出:"假使……民俗学者能够适应文艺作家的需要,文艺作家能够利用民俗研究的成果,那么双方都能交受其益,民俗学者因此可以得到更辉煌的成就,文艺作家也可以产生更优秀的作品。"见《郑伯奇文集》,人民文学出版社1988年版,第365页。

[②] 还有一位与鲁迅打过笔仗的高长虹也说过:"古代有很多的美的传说创造自民间而且流传在民间的。到秦始皇焚书而后,这些传说独特地保存着,因为他没有焚到人的嘴上。"见倪墨炎:《现代文坛随录》,上海人民出版社1989年版,第35页。

"地域性"的存在和重要。① 秦地作家大多来自社会底层,对地域性的民间文艺从小就有较多的接触,可以说深受其影响。这种影响自摇篮中始,自创作中显,自生命灭止。也就是说这种影响对秦地那些视文学为生命的作家来说是带有终生意味的。赵熙关于民间文学的一些体认具有一定的代表性,他说:"我以为,它(指民间文学——引者)是一切文学艺术之母,民族文化之魂。当我偶然读了《华县民间故事集成》(像这类地域民间文学集成,秦地颇多,以下简称《集成》——引者)这本约计30万言的作品之后,更增强了这种印象。其《集成》规模之宏大,内容之丰实,涉猎之广博以及它固有的口头文学之质朴和民间化特点,都给我以极大的教益和美的享受。""面对这本朴素无华的《集成》,我只觉得自己的无能和贫瘠。只有在民间文学的母体中吮吸,把自己的脚跟扎在人民生活和民族文化的沃土中,才能根深叶茂——这便是我粗读《华县民间故事集成》和其他几部地域性民间文学作品之后所受到的启示。"②秦地作家吮吸了民间文学的营养,在乡土情感、思维特征及表现手法和情节构成等许多方面都或显或隐地受其影响。秦地民间文学的样式有许多,作家自然在化用之时也有自己的选择。这里仅拟就几种主要的民间文学样式,如神话传说、

---

① 参见钟敬文:《纪念两位文化名人》,《中国文化研究》1994年春之卷。又可参姜彬:《区域文化与民间文艺学》,《民间文学论坛》1989年第3期。该文提倡对民间文艺从区域文化的角度进行深入研究。

② 赵熙:《一方水土一方人》,《西北民俗》1990年第3期。秦地新时期诗人雷抒雁也曾说"山歌和戏曲是我最早的文学'保姆'","夏夜的打麦场,常常是最好的文学课堂"。见《我是怎样走上文学道路的》,中国文联出版公司1984年版,第14页。

民歌民谣等,结合秦地小说略作介绍。

神话传说向来与小说艺术有着非常密切的关系。"神话是小说之源;神话精神贯穿了小说数百年甚至上千年的发展历程,神话所蕴含的民族文化精神规定和改变着小说观念的嬗递。"①据神话原型批评的观念,人类20世纪更是神话复兴的世纪,"甚至认为小说就是现代神话,神话正在回到世界文学中来。他们重新肯定和张扬主观幻想的、超现实的艺术思维方式,强调原始人类业已发展起来的直觉、想象力、潜意识等心理功能在现代艺术创造中的重要地位。"②在这样宽泛的着眼于神话思维特征的视野里,自然会发现小说世界普遍存在的神话原型或神话色彩。也许从"张扬主观幻想的、超现实的艺术思维方式",人们可以想到秦地的延安文学和"白杨树派"也与神话思维有关。那时的英雄主义、理想主义常常促使作家游离现实,环境的理想化、人物的理想化也屡见不鲜。后来有人对这样的创作以"现代神话"目之,也许正有"直觉"把握的准确性。但是,无论是柳青的《种谷记》《铜墙铁壁》《创业史》,还是杜鹏程的《保卫延安》《在和平的日子里》,抑或是王汶石的《风雪之夜》,在展开其想象、理想化地塑造其人物时,总是与现实中的政治理性(已被神圣化的理性)相关联的,因而没有进入人与自然、人与生命的直觉沟通的苍茫悠远之境。但历史将无法否认,他们也曾倾尽心力去创造过属于他们那个时代

---

① 白海珍、汪帆:《文化精神与小说观念》,河北人民出版社1989年版,第12页。
② 方克强:《文学人类学批评》,上海社会科学院出版社1992年版,第123页。

的"神话"。① 并且作为秦地文学的"遗产",也对秦地新时期的作家产生较大的影响。这一批从"文革"噩梦中醒过来的秦地作家,是将"现实"看得很重的作家,他们仍看重亲历的体验,大多情况下仍然依循传统的现实主义的思维通道去捕捉生活信息,只在局部的叙事中间穿插一些他们从民间文学中采撷来的神话传说,以增加艺术想象的弹性。直到最近几年,秦地作家才较多地关注潜意识,任情恣性,放胆涉写滑入脑际的种种奇诡荒诞的意象,相应的,"神话"色彩也便增多起来。比如《白鹿原》,有人径以"神话"目之,撰文加以剖析。文题即为《神话的诞生与死亡——〈白鹿原〉神话解读》。② 但此文所说的"神话"完全是在贬义或批判意义上使用的:"陈忠实的尴尬,是神话死去后的尴尬。神话,它意味一种绝对统治的存在,认为一切事物都不过是它的演示。在作品中,儒家文化具有神话的作用和意义,可是它最后却面临分裂的厄运。陈忠实所持的文化视角,也因其不能真实地道出个人命运的真相,进而达不到对民族命运的真实把握而失去了对史诗效果的追求,从而宣告了这种神话化了的视角的破产。"③ 与这种看法相反,也有论者很看重《白鹿原》的文化意蕴和神话传说的渗透而

---

① 比如杜鹏程在《保卫延安》中对彭德怀、周大勇等人物的理想化的"叙事",就隐含有英雄传说的民间原型,有时还直接采撷民歌民谣,来颂扬革命领袖。如"正月里来是新年/陕北出了个刘志丹……二月里来刮春风/江西上来毛泽东……"等,皆带"神话"色彩。

② 见陈传才、周忠厚主编:《文坛西北风过耳》,中国人民大学出版社1993年版,第195页。

③ 见陈传才、周忠厚主编:《文坛西北风过耳》,中国人民大学出版社1993年版,第209页。

来的象征意义:"陈忠实这部辉煌的杰作中有关白鹿的传说和描写,其实反映的正是一代又一代白鹿原人对没有饥饿没有痛苦没有敌视没有争斗的理想生活的憧憬和梦想,这里包蕴着他们面对苦难的无奈和无可告语的悲哀,从中也可见作者陈忠实对我们民族命运的深切关怀、对民族苦难的体察、对民族拯救的焦虑",这位论者还指出白鹿在不同的白鹿原人心目中的不同意义,以及白狼、天狗这些与白鹿同样具有神话色彩的动物所具有的象征意义。① 一部作品出来能引起普遍关注和认真的争议,应是好事,尤其是对带上"神话"色彩的作品产生不同的看法是很自然的。直至目前人类对"神话"本身还异说纷纭。而在笔者,却看重作者对来自民间的白鹿等神话传说的再造。白鹿原的"白鹿"传说,与上古神话或图腾传说有密切关系,其间经过多少代像白灵奶奶那样的人口口相传,而成为乡民们心中的信仰或理想的吉祥象征。② 这只神奇的"白鹿",会令人遥想那只在炎黄二帝时代就出现的神鹿。传说炎帝幼时,名叫榆罔(一说是为八代炎帝),随生母安登迁至姜水,为了给病弱的母亲补身子,榆罔曾身披鹿皮扮成小鹿,奶得白鹿之乳,吐入葫芦里,带回让母亲饮食,遂使母亲得以康复。在这里,神鹿赐奶救命与赞美亲情将神道和人道统一了起来

---

① 李建军:《一部令人震撼的民族秘史》,《小说评论》1993年第4期。南帆说:"象征已经逐渐引起小说艺术的莫大兴趣。"(见《小说艺术模式的革命》,三联书店上海分店1987年版,第93页)验之以秦地近些年的小说创作,大抵也可得到证明,在贾平凹、冯积岐的作品中尤其如此。

② "白鹿"之"白",亦契合远古的民俗意向。"白色"是作为纯洁、吉祥的原型而得到崇拜的,有罕见的白色禽兽降临,常被认为祥瑞。见陈勤建:《文艺民俗学导论》,上海文艺出版社1991年版,第283页。

(这甚至会使人想起贾平凹长篇《废都》中的那头神奇的奶牛),显示出创构神话传说者自身的生存理想。像这类关于炎黄二帝的神话传说在秦地流传很广,在典籍中也有记载。① 据有人论证,秦地最早活动的炎黄部族基本可以并入周人的体系,而周人的取代者秦人也发迹于陕甘一带,并使秦中(关中)成为帝王州和文化重镇。② 也许正是由于有这样的历史渊源,在秦地盛传着关于炎黄二帝的神话传说(还大修黄帝陵和宝鸡炎帝庙)。于是炎黄神话传说中的语义愈益彰显:救命救世创业守业而已。但是这又多么美丽,多么诱人! 秦地神话传说的丰厚(各类神话传说故事已被编为巨型总集)及遗传,似乎也如"白鹿"一般使秦地小说得到了较早的滋养。汉之神仙传,唐之传奇小说,都是小说史上趋向"成熟"(成型)的重要阶段。鲁迅先生曾说:"……及到唐时,则为有意识的作小说,这在小说史上可算是一大进步。"③而唐传奇仍与神话有密切的关系。④ 秦地神话传说及其影响下的传奇、故事,从民间到文人,旧有加新编(如王宝成的中篇《黑龙沟的传说》、王观胜的中篇《猎户星座》等),繁衍增生,形成传统,其神话原型或"民间原型"⑤的形式与意蕴,都会对后世作家(不限于秦地)产

---

① 参见《国语·晋语》、《史记·五帝本纪》、《淮南子》等。
② 参见黄新亚:《三秦文化》,辽宁教育出版社 1993 年版,第 45—47 页。
③ 鲁迅:《中国小说史略》附录《中国小说历史的变迁·唐之传奇文》,见《鲁迅全集》第 9 卷,人民文学出版社 1981 年版,第 1 页。
④ 参见程蔷:《唐人传奇与神话原型》,《民间文学论坛》1989 年第 4 期。
⑤ "原型"概念的中译有"原始模型"、"民话雏型","原始类型"等。笔者以为作为意译的"民话雏型"比较准确,但既准确而又有张力的概念则是"民间原型"。可参拙文《民间原型的再造》,《中国现代文学研究丛刊》1995 年第 4 期。

生久远的影响。如果你读《最后一个匈奴》,你就会读出氏族发生传说的味道来;如果你读《水葬》(王蓬),你也会读出类似洪水神话重构的印象;如果你读《白夜》,你可能读出神鬼人交感的神秘味;①如果你读《骚土》,你甚至也可以读出黄龙山洞中的仙道原型来……不过,我有点疑心老村在黄龙山洞的壁上自画了"彭祖长寿图"和"黄帝御女谱",然后再以售其意。倘如此,倒可名之为"伪神话"。

说起民歌民谣对秦地小说的影响,那几乎可以说是秃子头上的虱子——明摆着的事情。不过民歌民谣在小说中的化用、引用,来不得随意轻率。不是装点不是卖弄不是用民间的歌谣版本去赚稿费,而是为了传情达意、营造氛围、增益人物和显映地方色彩。比如,那些"写大西北的作者(以及写晋地太行山区的郑义),无不陶醉于那点缀了荒凉人生的歌,且都由那歌深味了人生的悲凉。如上所说,这歌是匮乏的补偿,其酿成在黄土地上,亦如黄土地上的痴情女子,因了'匮乏'才更柔美多情的。""这些歌的动人处不只在其表情的坦荡细腻,也在其响起在如此贫瘠的黄土高天之间,令知识者想到了人之初,想到初民艺术,想到自开天辟地以来人类的生存挣扎,他们世代相继的以艺术对抗死亡的悲壮奋斗。这些歌中的意味,在与知识者的上述感怀相遇时,才如许悠长,令人感动不已。"②又比如信天游,"总体上看,其体现出的苍

---

① 在《废都》中也多有神异的描写,开篇写贵妃墓的土有神异功能,即为秦地民间传说。《丝路摇滚》中还写该土有增白美容之效,亦属传说。《西安府志》有记载。
② 赵园:《地之子》,北京十月文艺出版社1993年版,第220—221页。

凉、酸楚、无奈、愤懑之类情感更多,更普遍"。① 在秦地小说中出现较多的歌也许就是知名度很高的"信天游"了。早在延安时期,"鲁艺"师生深入民间,收集了大量的民间文艺材料,编了不少选集专集,其中何其芳、张松如所编的《陕北民歌选》一书,就收有专辑的信天游(其他人还编有信天游专集,李季个人就曾收集了近3000首信天游)。这些信天游是民众情感的倾吐,虽也有粗俗酸黄之曲,但主导方面却凝聚着生命抗争的精神,格调健康清新,音律高亢多变,悠扬豪放,善用比兴,很有感人的力量。在根据地文学(尤其是诗歌及小说)中产生了较大的影响。对"信天游"的魅力,人们多有论述,②而秦地诗人和小说家晓雷,还曾用信天游的形式来赞美他所喜爱的信天游:

> 杯子里的清茶盅子里的酒,
> 美不过心中的信天游。
>
> 心中的爱呵胸中的恋,
> 信天游就是马茄子一串串。

---

① 见罗艺峰:《中国西部音乐论》,青海人民出版社1991年版,第313页。
② 比如罗艺峰的《中国西部音乐论》中就有"黄土悠韵——'信天游'"专节,见该书第304页,青海人民出版社1991年版;又如徐良《论"信天游"的美学精神》,《西北民俗》1991年1、2期合刊。陕北籍作家延泽民也曾说:"在陕北,不论表现喜、怒、哀、乐哪一种情感,都是有歌有曲的。……民歌,在这地瘠民贫、交通不便的偏僻的山沟沟里,在几千年的历史长河中,是劳动人民抒发感情的最好手段……可谓人民生活的第二种语言了。"见《陕西民间文艺十年》,中国民间文艺家协会陕西分会编辑出版,第11页。

> 日里的思呵夜里的梦,
> 信天游就是金金灿灿满天星。
>
> 东方的彩虹西天的霞,
> 一曲信天游一幅画。
>
> 水里的游鱼云里的鹰,
> 一曲信天游一缕情。
>
> 一声声低来一声声高,
> 越过了层层山头飘云霄。①

"信天游"的化用和引用是秦地小说家的拿手好戏。就仿佛牧羊人一样,"鞭赶羊群顺坡坡走,心窝里飞出信天游"。路遥的《人生》《平凡的世界》都写信天游。巧珍曾专意在加林洗澡的河塘附近唱"上河里(哪个)鸭子下河里鹅,一对对(哪个)毛眼眼望哥哥……",细想,这抒情的定向投射该是多么大胆而又微妙、热烈而又幽默啊!小说还写德顺老汉唱信天游,在往城拉粪的路上,老汉尽情地唱,巧珍也唱,可是加林没唱。加林虽没唱,但他的情绪却深受感染,似乎更深切一些地领略了"信天游"的那种精神畅游的意蕴。作家们在这点上有点像高加林,深得信天游的美学精神(心游万仞、心比天高、风情万转、想象丰富等)却表面上不露形

---

① 晓雷:《脚夫的爱情》(长诗)之一节,见《延河》1993年第7期。

迹。陈忠实只是偶尔在写陕北来到关中的"四妹子"那样的女子时,才让她唱些信天游,可是,当作为作家的他越来越懂得"游"的重要的时候,撒欢的艺术想象力就会将他引向《白鹿原》的阔大时空和人性隐秘的世界。从《蓝袍先生》到《白鹿原》也许正如"信天游,不断头"的艺术思维那样,既已抽出丝来,就要织成一匹锦缎。连那外来插队的知青作家也能心领神会民间歌谣的好处,发乎情而合人性,自然浑朴,消愁解忧,让人由衷地感到一种民风的真淳和情韵的美妙。插队于延安的史铁生也从民歌中体会到了这种精神自由张扬(神游)的美:

> 小时候就知道陕北民歌。到清平海不久,干活歇下的时候我们就请老乡唱,大伙都说破老汉爱唱,也唱得好,"老汉的日子熬煎咧,人愁了才唱得好山歌。"确实,陕北的民歌多半都有一种忧伤的调子。但是,一唱起来,人就快活了。有时候赶着牛出村,破老汉憋细了嗓子唱《走西口》:"哥哥你走西口,小妹妹也难留,手拉着哥哥的手,送哥到大门口,走路你走大路,再不要走小路,大路上人马多,来回解忧愁……"场院上的婆姨,女子们嘻嘻哈哈地冲我嚷:"让老汉儿唱个《光棍哭妻》嘛,老汉儿唱得可美!"破老汉只做没听见,调子一转,唱起了《女儿嫁》:"一更是叮当响,小哥哥进了我的绣房,娘问女孩儿什么响,西北风刮得门栓响嘛哎哟……"往下的歌词就不宜言传了。我和老汉赶着牛走出很远了,还听见婆姨、女子们在场院上骂。老汉冲我眨眨眼,撅一根柳条,赶

着牛,唱一路。①

与史铁生一样喜欢民歌的插队于麟游的朱晓平,也在作品中屡屡录用或化用民歌,"以壮声色",并对"苦中作乐"的乡民生态给予了真实的描写。爱写陕北的高建群对陕北民歌曾说过这样一段话,也能见出他的体味颇为细腻、到位:"饥者歌其食,劳者歌其事,自然是民歌的基本特征。然而陕北民歌,上述两点之外,又以情歌数量之巨,艺术造诣之高,令人叹为观止。寂寞困苦的黄土地上,蒙受着物质贫困和精神贫困双重折磨的这人类一群,苦中作乐,辞以自慰,女人成了男人的永久的话题,男人成了女人的永久的话题。……于是便有一个个的情歌或者酸曲,创造并传唱开来。'隔窗子听见脚步响,一舌头舔破两层窗'、'荞麦饸饹羊腥汤,死死活活相跟上'之类,多么真诚而痴情呀!陕北民歌历经时间的筛选与改造,于是流传至今,形成数千首美不胜收的艺术精品。并且在民主革命时期,为革命文化人所稍加改造,便服务于革命宣传了。……"②正由于这种理解和重视,高建群在创作中经常引用或化用陕北民歌。比如《最后一个匈奴》第二章就有大段叙说民歌与人的笔墨,以为陕北民歌中颇多礼赞黄土地上女儿家的曲词,而男人女人爱唱酸曲(如"白格生生的大腿……"以及《公公烧熄妇》之类,也实有其生理心理的根据。除了陕北民歌

---

① 史铁生:《我的遥远的清平湾》,北京十月文艺出版社1985年版,第126页。
② 高建群:《东方金蔷薇》,陕西人民教育出版社1991年版,第150—151页。如著名的歌曲《东方红》,就是从民歌《谁也不能卖良心》、《骑白马》、《移民歌》等逐渐改变而来,从情歌演变为颂歌,最终由文化人"完善"定型。

(也包括秧歌、道情等),关中人爱唱的秦腔戏文,几乎也成了他们日常挂在嘴边的民歌,①其神韵也在小说中时有表现;陕南人爱唱山歌,那流风余韵也给像《天狗》(贾平凹)、《水葬》(王蓬)、《远山几道弯》(莫伸)之类的山地小说增色不少。倘要细加列举,就会没完没了。

在这里还是再谈一下秦地的民谣。民谣是民间的口传诗歌,有时也能唱出,但如今一般只是口诵。"毫无疑问,传统民谣将继续保持对文学的必不可少的影响(a seminal influence);还不见哪位著名作家未曾接近民谣。……如果有相当大比例的人又愿意倾听诗歌,我猜想他们希望听关于什么的诗,听形式上和主题上都对他们有益的诗。在这种情况下我们说,民谣会再成为它自己——不是作为过去的声音,而是作为可以永远更新的一种传统或作为传统的一种不断更新。"②秦地的民谣早在《诗经·秦风》③和汉乐府诗流行的时代就已在民间普遍产生和流传,自古以来就有从民谣观民风世道的文化传统。延安文学时期就多有作家采集民谣,并与民众一起创造带有旧瓶装新酒味道的新民谣(常名之为"革命歌谣")。这些"更新"的民谣也常常能够显映出民心的

---

① 贾平凹曾说"八百里秦川尘土飞扬,三千万人民乱吼秦腔,……"可见秦腔在秦地的普及性。当然这话有所夸张。秦地作家多能唱家乡民歌,贾平凹亦是。参见任为民:《亦歌亦笑贾平凹》,《陕西日报》1996 年 11 月 1 日。

② 阿兰·鲍尔德,高丙中译:《民谣》,昆仑出版社 1993 年版,第 140—141 页。

③ 《诗经·秦风》共 10 篇。《薛思庵〈野录〉》中说:"读《秦风》喜得无淫奔之诗,见得秦俗好。"《秦风》诗言战者多,言情者少。阳刚之气盛,而阴柔之气弱,可是要柔,就柔得格外美好,如《秦风·蒹葭》云:"所谓伊人,在水一方。溯洄从之,道阻且长;溯游从之,宛在水中央。"

向背、时代的风貌,至今仍为秦地作家所重视。在他们的记录本及作品中,常常出现对民谣的忠实记录。比如文兰在《丝路摇滚》中,就录有赵三弦的成套"顺口溜"①,峭石在《烈女翠翠》里也写了村童的"说口口",贾平凹在《故里》中引录了连当地小孩都会说的"顺口溜",这类民谣的引入都构成了小说情节的一部分,对推进情节的发展起到较为重要的作用,显现民情民风和表达抒情意味则是次要的,相比较,倒是贾平凹在作品中涉写民谣,常常别有用意,或敞亮,或隐晦,或照引,或改造,不拘一格。如果说《废都》中拾破烂老头口诵的来路不明、流行却广的民谣有点过于刺激,《白夜》中剪纸家库老太太口诵的民谣则隐晦闪烁,甚至有些莫名其妙。这位来自乡间的库老太太即兴便可说出一串顺口溜来,常是一边剪纸一边念叨,活像个民间传说中的剪花娘子。这个人物实有原型,就是陕北黄土高原南部的沟壑源梁区的农村老太婆库淑兰。②《白夜》写库老太太念叨"撇个火,点个灯,婆婆给你说古经。……",也写虞白操古琴弹古曲:"疏疏雪片,散入滨南苑……",实实营造出了雅俗相谐的文化氛围,给作品平添了味道。

● **日常民俗生活的描写** ●

有学者指出:民俗是生活文化的基本构成,民俗生活是生活文化的基本表现,包括人生的基本内容。③ 于是从生产到消费、从

---

① 赵三弦说的谣儿有的是从前传下来的,也有的与时事有关。"文革"有谣儿,"改革"也有谣儿,"反腐"也有谣儿,几乎穷尽世象,颇堪玩味。

② 参见赵宇共:《嘲弄与充氧》,《艺术界》1992年第3期。

③ 参见高丙中:《民俗文化与民俗生活》,中国社会科学出版社1994年版,第144—145页。

诞生到婚丧、从吃穿到住行,都进入了民俗事象或民俗生活的范畴,而这又都与地域文化有着密切关系。

在黄土地上生成的"黄土文化"是一种区别于农耕文化和牧、猎文化的综合型文化(到了20世纪则又较多地"综合"了工商文化)。《史记·货殖列传》载,陕西黄土地"西有羌中之利,北有戎翟之畜,畜牧为天下饶";①其本土则"沃野千里,谷稼即殷","水产丰美,土宜产物;牛马衔尾,群羊塞道"(《复议三郡疏》)。这是相对发达时的情形。从黄帝时代到大唐时代,大抵说秦地是殷实富饶的,风俗民情也基本符合圣人的理想。尚农耕,有先王遗风;尚气力,有射猎之勇;尚纯朴,有忠厚之德。连那位宋代大儒朱熹老夫子也颇满意地说:

> 秦之俗,大抵尚气概、先勇力,忘生轻死。然本其初而论之,岐丰之地,文王用之以兴,"二南"之化,如彼其忠且厚也。秦人用之,未几而一变其俗,则悍然有招八州而朝同列之气矣。何哉?雍州土厚水深,其民厚重质直,无郑卫骄情、浮靡之习,以善导之,则易于兴起,而笃于仁义;以勇驭之,则其强毅果敢之资,亦足以强兵力农而成富强之业,非山东诸国所及也。②

---

① 司马迁的《史记·货殖列传》,也被人视为一篇"文化地理学概论",表达了司马迁的地域文化观。详见陶礼天《北"风"与南"骚"》(华文出版社1997年版)第六部分。

② 《朱子诗传》。《类编长安志·风俗》认为关中民风淳厚,有"先王之遗风"。从礼仪道德的角度看,西周是奠定中国礼乐文化的最关键的一个朝代,即使是"西行不到秦"的孔子也总是说"吾从周",并在梦中见到周公。在关中地区养育而成的"周礼"是中华礼乐文化的文化基型。参见《陕西古代史》(石兴邦《序一》),陕西人民教育出版社1994年版。

随着时代的变换,民情风俗也在变化。不过朱老夫子所说的"厚重质直"、"强毅果敢"等依然为秦地后人所继承。到20世纪虽大讲移风易俗,像此等良好民性民风却在发扬光大。这在延安文学及"白杨树派"的小说中便多有体现。柳青的《种谷记》和《铜墙铁壁》便恰好写出了秦地民众的"厚重质直"和"强毅果敢",各有侧重,而又较为成功地显示了秦地民众的行为规范和性格特征;到了十七年,柳青的《创业史》和杜鹏程的《保卫延安》又似乎恰好写出了秦地民众的"厚重质直"和"强毅果敢",那些为革命而在秦地奋斗、征战、流血的人,显然也深深得益于这样的地域民性的支撑。由这样的民性及相应的民间文化精神,可以造成人间质朴的美,刚健的美,豪迈的美,①从而显示出黄土文化的几个主要特征:其一,土气逼人,质朴得有如黄土地,不假任何虚饰;其二,刚气提神,强毅果敢的性情塑就了"硬骨头"和民族魂,宁折不弯,犟牛筋;其三,大气慑魂,粗犷豪迈,感染了大西北自然景观的伟美与苍凉,不整事罢了,要整事便想整得大气,惊天动地。这种黄土文化的特征是一方人与地的统一融合的结果,在该地域文艺中也会有生动的体现。有学者这样来论述延安文艺:

> 延安文艺的朴实美,一方面直接联系着整个民族文化心理意识,而作为地域文艺,又以其刚健粗犷的美构成了它朴

---

① 有人概括"安塞腰鼓"的风格是欢、洒、狂、猛、刚,即为秦地民间审美精神的一种具有代表性的体现。参见《秦中旧事》,张培礼等主编:《秦中旧事》,上海书店出版社1992年版,第131页。

实美的独特风貌。延安文化与一般其他内地文化比较,更多地接受了西部游牧民族文化的影响,又独具黄土高原的风骨和品格,地方的粗犷、古朴、浑厚、稚拙的民间艺术,又是延安文艺粗犷美、朴实美的肥沃土壤。像韵味纯厚的陕北民歌;大方洒脱的陕北秧歌舞;激昂、粗犷、悲壮的地方剧秦腔;说唱结合、通俗晓畅的陕北说书和陕西道情等等民间艺术,皆以其浑厚纯朴的地方文化气息直接成为现代延安文艺朴实美的特有文化传统。①

尽管延安文艺的土气逼人、刚气提神、大气慑魂的审美特征并非在所有作品中都有充分的体现,但总体上的确具有这种黄土文化注入的审美素质。这情形就仿佛安塞腰鼓的猛擂狂跳、黄河船夫曲的激越悠扬,不见得多么细致圆满,但实有动人的力量。这种动人的力量也许还来自一种"野性",从这一视角看黄土文化,就会发现这种"文化"并非完全是朱熹老夫子眼里的样子。高建群在《最后一个匈奴》中曾援引清朝翰林院大学士王培的采风录《七笔勾》,在揭示黄土地的特征及文化、民情方面,庶几更近真实,且录如下:

> 万里遨游,百日山河无尽头,山秃穷而陡,水恶虎狼吼,四月柳絮稠,山花无锦绣,狂风阵起,哪辨昏与昼,因此上,把万紫千红一笔勾。

---

① 贺志强、杨立民主编:《延安文艺概论》,陕西人民出版社1992年版,第305页。

窑洞茅屋,省上砖木措上土,夏日晒雄透,阴雨更无露,土块砌墙头,灯油壁上流,掩藏臭气马粪与牛溲,因此上把雕梁画栋一笔勾。

没面皮裘,四季常穿不肯丢,纠葛不需求,褐衫耐久留,裤腿宽而厚,破烂亦将就,毡片遮体被褥全没有,因此上把绫罗绸缎一笔勾。

客到久留,奶子熬茶敬一瓯。面饼葱汤醋,锅盔蒜盐韭,牛蹄与羊首,连毛吞入口,风卷残云吃罢方撒手,因此上把山珍海味一笔勾。

堪叹儒流,一领蓝衫便罢休,才入了衙门,文章便丢手,匾额挂门楼,不向长安走。飘风浪荡荣华坐享够,因此上把金榜题名一笔勾。

可笑女流,鬓发蓬松灰满头,腥臊乎乎口,面皮晒铁锈,黑漆钢叉手,驴蹄宽而厚,云雨秋山哪辨秋波流,因此上把粉黛佳人一笔勾。

塞外荒丘,土鞑回番族类稠,形容如猪狗,性心似马牛,嘻嘻推个球,哈哈拍个手,圣人传过此处偏遗漏,因此上把礼义廉耻一笔勾。

这《七笔勾》虽有士大夫的贵族气和故作轻松的调侃笔调,但确实呈现了陕北民俗生活的某些真实的情形。① 这也是善于挑剔和表

---

① 陕北清涧一带的风俗,有一首《吟风土诗》记之甚详:"……穴居风自古,瘠地户多贫,世业耕兼牧,方言晋杂秦。豪家唯积谷,丁税不征银,腊尽争迎妇,年终讼聚民,猪羊渡河贩,……官吏衣冠朴,春秋报赛频。輶轩采谣俗,诚以此诗陈。"见张俊谊:《榆林风情录》,陕西人民教育出版社1993年版,第244页。

达的大学士的手笔,他不轻言什么愚昧落后、冥顽不化,却将地域的野性味道放在另一个文化参照系(礼义廉耻、粉黛佳人、金榜题名等等)进行了比较,从而能够给人留下深刻的印象。高建群对这《七笔句》感兴趣,就是从中看到了历史上即为"化外之地"的民俗事象和野性特征。他的《最后一个匈奴》即对此大加发挥,写得相当充分,还经常径自跳入书中议论风生,颇为看重"野性"在革命时代或民族萎弱之际的独特作用:"……这个'圣人布道此处偏遗漏'的地方,便仿佛横空出世,以强悍的姿态,向世界宣告,在这里,还有炎黄子孙奇异的一支,这些天生的叛逆者,这些未经礼教教化的人们,这桀骜不驯的一群,他们给奄奄一息的民族精神,注入一支强心剂。"从一定意义上说,像《最后一个匈奴》和路遥的《平凡的世界》,都主要写了陕北黄土高原,既求史诗品格,又求风俗画味道,其小说意识颇有正宗秦菜的包容特征。① 相比较,陕南山地走出的贾平凹,其史诗意识不强,但风俗意识却极为突出。柏杨主编的《中国大陆作家文学大系》中收贾平凹卷《天狗》(包括《黑氏》、《天狗》、《故里》、《商州初录》),看中的便主要是贾氏笔下的民俗文化以及相关的民性民情的描写。陈信元在该书序中指出:贾平凹的小说"着重强调文学的地域特色,渲染陕南山乡水城的风俗民情"。"贾平凹在《商州》系列作品中,致力于探索陕南山

---

① 参见辛向阳等著,《人文中国》,中国社会出版社 1996 年版,第 1011 页:"各地的名菜名吃相互交融,就形成了博采众家之长的秦菜和秦吃……。"其实更有影响的说法是"陕西八大怪",即"面条像裤带,锅盔像锅盖,油泼辣子算道菜,房子一面盖,板凳不坐蹲起来,手帕不用头上戴,唱戏打架分不开,大姑娘不对外"。秦地著名音乐文学家王黎琦先生曾对此进行过梳理和积极推介。

乡的世道民情。他以客观的角度审视中国文化心理,遇有优良的传统或美德,也不吝给予肯定的评价……"①平凹善写民俗民情,堪称国之"圣手"。早在"文化寻根"热兴起时就很引人注目,此后他仍向深处探觅,且由山地移诸古都,收获颇丰。对此论家已多,如欲周全考察或评介,可为专著。② 这里且主要就其他秦地小说家对秦地食文化风俗与性文化风俗的描写作一些评介。从时下看,即使是秦地那些一般作家也颇重视在民俗文化层面进行开掘了,确实颇有风行之势。

俗说陕西有"十大怪",其中有二分之一或近二分之一与"吃"有关。《丝路摇滚》第十五章写狼娃和南国来的女工程师海风一起去小吃部吃饭,便介绍了"十大怪":一怪面条像腰带,二怪锅盔像锅盖,三怪辣子是道菜,四怪泡馍大碗卖,五怪碗盆难分开,六怪帕帕头上戴,七怪房子半边盖,八怪姑娘不对外,九怪不坐蹲起来,十怪唱戏吼起来。③(前五怪与吃有关,第五怪是强调秦地人吃饭用的碗大,饭菜常搅在一块。)听了狼娃的介绍,海风笑得肚子疼,说那吃"第一怪"吧。于是她就吃了"第一怪"。此后还领受了其他几"怪"的吃法,对秦地小吃也产生了兴趣。但她在比较南

---

① 柏杨主编:《贾平凹卷·天狗》陆信元序,台湾林白出版社1988年版。
② 贾平凹为了加浓作品中的"民俗"味,便常常自己拟想或创造出一些民俗事象。这种民俗描写的"主观性"值得注意。参见贾平凹、韩鲁华:《关于小说创作的问答》,《当代作家评论》1993年第1期。
③ "陕西十怪"还有另外的说法,如《秦中旧事》介绍的是:房子半边盖,窗纸糊在外,面条像腰带,饼子像锅盖,凳子不坐蹲起来,棉袄翻着穿、被子翻着盖,唱戏吵架分不开,户户浆水菜,帕子头上戴。(张培礼等编:《秦中旧事》,上海书店出版社1992年版,第143页)

北方的饭食之后,却得出了这样的结论:"北方饮食有北方饮食的长处,南方饮食有南方饮食的长处。例如北方人善食面食和牛羊肉,就不仅体格高大健壮,性格粗犷豪放,为人憨厚鲁莽,热情直率,重义气,充满阳刚之气,保持了种族活力,可称为是大自然之子;而南方人善食鱼米海味,虽然他们个头矮小,好像体格退化,但他们头脑发达,精明机智,善于思考。所以在中国古代,北方多出帝王将相,南方多出才子佳人……"(第二十三章)应该说从饮食上也能见出地域文化的特点和人的特点。对此,海风讲的自然也是作者的见解。秦地饮食文化的确相当发达,如《人文中国》所说:陕西人的吃,吃中有景、吃中有情、吃中有历史、吃中讨吉利等。① 但这种讲究,大抵属于宫廷(而今是宾馆为主)或喜丧大宴的饮食文化,在广大的民众日常饮食中却没这些讲究。但家乡饭无论在外人看来多么粗劣,但爱吃那一口的愿望总和乡情连在一起。王宗元的短篇小说《惠嫂》通过惠嫂的介绍,读者便可见出她那老头子的"没出息":

> 尽想着陕北的土窑洞、酸白菜、绿豆米汤、钱钱饭。他是个领导啊,怎么跟人说?想的心烦了,就自己到山坡上转,转着转着,看见了这棵草。

由这种"吃"与乡情的牵连,地域文化内潜的生命力亦可由此略见

---

① 详参辛向阳等著:《人文中国》,中国社会科学出版社 1996 年版,第 1011—1017 页。

一斑。从吃什么和怎样吃,往往便可窥知其文化的根系扎在何方土地。而作家善写何方的饮食文化,那也至少可以表明他对该地域的生活相当熟悉。比如文兰善写关中小吃和家常饭,就像个徽记一样,表明他对关中这一地域的生活与文化最熟稔。他在《丝路摇滚》第十三章写狼娃教悔风吃"搅团",写得颇有情致,也颇为细致,即可印证此点。前述《丝路摇滚》有"导游"的意味,一部长篇,尽情尽意地展览着关中的古老文化及民俗文化,其中也包括饮食文化。关中的风味小吃颇有盛名,且有许多相关的动人传说,比如《赵匡胤与羊肉泡馍》、《孙思邈与葫芦头》、《早麻糊馍与司马迁》等,都带有浓厚的地域情味。①

秦地小说涉写秦地饮食文化,颇为周详而又生动。如王汶石在小说《井下》中,开篇便着力写关中乡间吃夜饭的情形:

> 关中乡村,把吃夜饭叫做喝汤。第六临时生产组组长李亚来,蹲在厨房喝汤时,冰冷的月光已落在厨房的门槛上。……饭菜摆在案板与风箱之间的空地上。亚来熬过多年长工,蹲着吃惯了,坐上高桌低凳还嫌吃不饱;二则,他家寒,还没置买下那些文明家私,不蹲在脚地也不行。要在平素,连摆也不摆,掂上个蒸馍,边走边吃,临了喝口滚水,一顿夜饭就算交待过去了。今天不同,这顿饭,在亚来看来,很是奢华了,一年半载,也难遇得几回。一碟醋泡辣椒片,红艳艳的撩拨

---

① 参见强万康:《试谈关中风味小吃及其传说》,《陕西民间文艺论集》,陕西旅游出版社1994年版,第168页。

人的胃口；三个烤玉米馍，黄紫蜡蜡的逼得人嘴馋；半盆红萝卜缨缨麦饭，绿峥峥的叫人越发觉得肚饿；一壶红茶，滚烫烫的令人浑身筋骨觉得舒坦。这是元娃妈不惜破费特意预备的。她的元娃爸，一家人的指靠，肩头挑着七张要吃饭的口，跌倒爬起日夜苦熬的唯一劳动者，今天，没回来吃晌午饭哪！

这里确实将"吃"写出了滋味，乡俗家常饭菜颇能见出浓浓的亲情味来。当然，吃不同的饭或在不同场合里吃，那文化味也就有了不同。陈忠实在中篇小说《梆子老太》里写到了葬礼上的"倒头饭"，便描写得颇细，那饭食是带有神秘味的仪式；史铁生在《我的遥远的清平湾》里写了乡间吃"子推馍"的习俗，吃这种被染成红红绿绿的馍，是为了纪念春秋时的名士介子推的，有点类似于楚地食粽子以纪念屈原。然而，在秦地小说中也颇多吃的艰窘、吃的困难、吃的痛苦的描写。这类"吃"，大多吃出了人生的苦味。陕北三边地区有所谓"四宝"：苦菜、登粟、窨水、干牛粪。① 三边人在艰难岁月经常吃的就是苦菜和登粟，喝的是窨藏的雨水，烧的是干牛粪。那种艰苦不言而喻。陕北榆林清涧的路遥在作品中常常倾尽心力大写饥饿和那因吃饭问题引起的种种痛苦感受。比如在中篇《在困难的日子里》和长篇《平凡的世界》中，都将当代中国历史上"那个有名的困难时期"（路遥不称什么"三年自然灾害"似乎也有他的意思）留下的饥饿记忆，写得深切而又痛切，读后便令人难以忘记。有一次开会之后吃酒席，笔者与路遥紧挨着

---

① 张培礼等主编：《秦中旧事》，上海书店1992年版，第121页。

坐吃,但见他吃得缓慢吃得单调吃得奇少,我便问他:你在小说里写饥饿感写得那么强烈,怎么眼下满桌好吃的却没了食欲?他告诉我:他不爱吃酒席,想吃家乡饭,可是曾经饿得很惨,于是在饮食上习惯吃简单一些。我说:唔,难怪你会将饥饿写得那么揪心。① 在中国这个素来好讲"民以食为天"的国度里,像秦地作家这么关注"吃"的似乎也并不多见。

与身家性命攸关的地域文化中,性文化也是一个非常重要的方面。而在性文化的风俗中,尤数婚俗最为引人注目了。对婚俗的描写,秦地小说家几乎每个人都在此一试身手了,其例甚多,举不胜举。这里采撷几例,聊以补阙。

王汶石在《大木匠》中写道:"按照时下不成文的规矩,这一天,男方亲自带着订婚的礼物,到女家来拜访,女方少不得要有一番招待;最简单的,不设筵席,也得留介绍人和未来的女婿,吃一顿油饼。丈人丈母,给女婿的见面礼,也是少不了的。"②这是作家在"跃进"岁月里对婚俗变迁而留下的简化形式的叙写,虽属平实朴素的笔墨,在那个时代,也是难能可贵的了。柳青在早期小说《喜事》等小说中便有对旧式婚俗的描写,到了《创业史》,仍予注意,如写梁三娶寡妇时到河滩上去举行订立文约的仪式,那场景的描写相当感人;在写生宝妹秀兰婚恋时,作家则注入了"易俗"的成分,秀兰与未婚夫关系的确定,仍带有家长包办的特征,但因

---

① 路遥对吃穿都不讲究,吃饭尤其不注意规律、热冷、多少,这对他的健康很不利。参见邢小利:《路遥最后的岁月》,《文学世界》1993年第1期。
② 王汶石在《夏夜》中写芸芸的爱情心理也颇细腻,亦属成功的描写。

其未婚夫是战斗英雄,虽伤面颊而英雄身份却在,于是,秀兰出于自愿,未婚而到英雄家中,去侍候婆婆去了。这样写自然也真实地留下了那个时代的印迹。路遥在小说《人生》中浓墨重彩写刘巧珍失去高加林后的痛苦出嫁。心中深有所爱而又不得不嫁给一个自己不爱的人,那份痛苦那份伤情即使在没文化的巧珍心中,也是柔肠寸断,难以承受的。而婚礼上锣鼓震天、唢呐嘹亮、鞭炮脆响,喜庆气氛被渲染到了极致,反愈衬出巧珍之悲,读之目之让人心酸眼热。陈忠实在中篇小说《康家小院》中也写婚俗,在婚礼上,新娘玉贤被闹婚者折腾得够呛,喜则喜矣,却显出了几分猥亵或过分。如吃宴时要让新娘新郎不住地灌酒点烟,还要让新郎当众"糊顶棚"(即用舌尖贴纸于新娘口腔上腭)、"掏雀儿"(即用手伸入袖里去摸新娘之乳)。陈忠实在中篇《四妹子》里对"文革"前的婚俗介绍颇详。其中通过四妹子二姑的话,将关中一怪即"大姑娘嫁人不对外"也作了介绍:"二姑告诉四妹子,关中这地方跟陕北山区的风俗习惯不一样,人都不愿意娶个操外乡口音的儿媳妇,也不愿意把女子嫁给一个外乡外省人,人说的关中十大怪里有一怪就是:大姑娘嫁人不对外。……"至于《白鹿原》第一章写"白嘉轩后来引以为豪壮的是一生里娶过七房女人。"那真是奇异的乡村性文化景观:男人留"后"的欲望居然那样强烈那样顽韧又那样愚昧,女人却那样微贱,那样薄命,又那样狭隘。娶的人用钱用物,娶来送去(埋葬),娶来送去,居然那般轻易!虽然我们不愿看到这种所谓"豪壮"之举,但我们想想乡村历史乃至宫廷历史,又觉得作家如此写倒很真实,几乎可以看作是由性文化为载体的一种寓言。

秦地民间性文化之丰富复杂及其容涵的情味非上述所能道尽。除了以婚俗婚礼为标志的婚姻型性际关系的大量描写,秦地小说中还写了非婚姻型的性际关系。在陕北那圣人布道偏遗漏的"礼义廉耻一笔勾"的地方,自然挡不住男女自然原始风情抑或畸形性关系的发生,也难怪有那么多秦地小说写出那么多这方面的"生活",即如高建群的长篇《六六镇》,简直就是一部"花案"汇集,他的中篇《大顺店》,又简直是一个"母系社会"的缩微胶卷。其间固然有小说家的集中以及发挥,但又确有历史的民间性文化的依据。关中地区是圣人及圣人继承者布道相当充分的地域,但这里也仍有民间措置性际关系的变通方式,偷情、野合、浪漫、沉沦不一而足。《创业史》中素芳的失身,其复杂的心态描写相当出色;《白鹿原》中对田小娥与黑娃的偷情及苦恋的描写,引发出多少悲欢离合的悲情故事(这也会使人想到黑娃不该在碗底下碰到了小娥的手,就仿佛阿Q之手拧到了小尼姑的脸颊,从此命运便像脱缰的野马,生生死死难由己了!);《丝路摇滚》中写狼娃与海风的相恋,仿佛又在另一个时空重复着关中愣生与外路女人欢合的故事。小说里写海风给母亲讲述她对大西北及狼娃的印象:"我像少儿讲故事似的向母亲讲述了大西北古朴淳厚的民风民俗,讲述了古老神秘而雄沉博大的历史文化,还像讲美国西部电影里的男牛仔那样讲了狼娃。那些引人入胜的民间传闻,民间风情,特别是那个大西北的汉子狼娃的故事,让母亲听神话似的感兴趣。"小说在第二十章还淋漓尽致地写了民间"香头会"(庙会之一种,无子女人在当晚天黑可以到山上"借种"),及海风与狼娃的

"野合"。这种描写并非纯系虚构,民俗文化中早有记录。[①] 鲁迅曾说:"小家女也逛庙会,看祭赛,谁能说'有伤风化'情事,比高门大族为多呢?"[②] 对关中民间性文化的展示,邹志安的"爱情"小说系列在这方面也进行过较多的努力。在陕南,山歌情歌随风流传,亦得楚地浪漫风情。贾平凹、王蓬、京夫等作家多有精彩的描写。连那位汉江边走来的陈长吟,也在他的"汉水风情系列"里写出了汉江儿女的绮丽而又凄婉的婚恋故事。他的《风流半边街》(中篇小说,并有同名中短篇小说集)所写汉江儿女们的婚恋,便颇有地域性文化的特点。其中写半边街这地方延续后代的种种风俗中,也有"借种"方式,并演为动人恋情故事的重要情节,显现了构思的精巧。

　　通过秦地小说(尤其是80年代以来的小说),可以综览秦地历史及现实中的种种民俗民风,了解这块土地上纯朴而又不无神秘的民性民情。上述的有关民间食与性的习俗描写,不过是诸多民俗中的两类,就仿佛是民俗文化海洋中的两座岛屿,难以显映大海的全貌。秦地小说中对生产习俗、信仰习俗、节庆习俗、娱乐习俗以及关涉衣食住行、生老病死的种种习俗,都有相当充分的描写,其闻亦多有值得寻味的文化意味。这里仅以葬俗为例,略作说明。比如《最后一个匈奴》在第一章便写匈奴进入秦地的生活传说,当那留在秦地的最后一个匈奴,与吴儿堡的小女子相恋的时候,受到了惩罚,但他们厮守终生,历经灾难,却繁衍出了自

---

　　① 见《陕西文史》1996年第3期提供的有关"祈子会"的资料。
　　② 鲁迅:《坟·坚壁清野主义》,《鲁迅全集》第1卷,人民文学出版社1981年版,第256页。

己的后代。重返吴儿堡,"两位老人不久就过世了。顺应他们的愿望,他们的尸体被抬上山,埋在当年牛踩场的地方,所以,后世之后,代代的陕北人将死亡叫作'上山'"。陕北是多民族文化(包括人种融合的地区),对此高建群深信不疑,并收集了许多材料,进行过专门探讨,写下了《陕北论》、《陕北艺术散论》等文章。① 其实不独陕北,关中也有类似现象,有学者指出:"关中地区是中国文化的发源地之一,很早以来就是以汉族为主聚居的地区。可是,自汉魏以来,已有大批的氐、羌和匈奴族人居该地。"② 由此民性民情也有了多民族融合的特点:秦地人"既有东夷族的粗犷、豁达,戎、狄族的彪悍、英勇,又具有华夏族的勤劳、顽强品质。"③ 这样的民性特点在杨争光的小说《赌徒》中也有所表现,"赌"实际是人生存在的一个普遍方式,需要痴迷、执着,需要勇敢、豁达,甚至也需要忍耐与糊涂等。小说写骆驼为心爱的女人甘草去赴死,"义无反顾"。④ 死后,"甘草和八墩拢了一堆硬柴,把骆驼的尸体抬上去。他们把他烧了。甘草和琐阳戴着孝,跪在火堆跟前,看

---

① 见高建群:《东方金蔷薇》,陕西人民教育出版社1991年版,第1、144页。
② 周伟洲:《东北亚研究——西北民族史研究》,中州古籍出版社1994年版,第81页。
③ 杨东晨、杨建国:《秦人秘史》,陕西人民出版社1991年版,第224页。不过如今看秦地人,实有不少弱点,比如秦人有疏懒的毛病,半个世纪前,茅盾就曾谈到西北人懒的问题,一经与南方人比,便很明显。参见《茅盾全集》第22卷,人民文学出版社1993年版,第174页。
④ 骆驼赴死,既为了爱,也显示了义。《清·延安府志》称陕北人之民风有四美。即"一,结婚不论财,耻攀势利,罔争聘胡礼;一,文友多重义,武人行阵不避生死,文士隔境联社,后先相接;一,思先时尽哀;一,好善勤施舍。"陕北俗话亦说,"义是一口气",义气而死,会受到当地人普遍的敬重。骆驼以死而成人之美,应作如是观。

着那堆火越烧越旺。"这火葬的风俗便带有戎狄文化的痕迹,秦地人有此遗俗(并不很普遍)正表明了多民族融合的历史并非出于虚构。而且火葬形式原系一种迷信,以为人火化后灵魂方可升入天界。如今虽不那么迷信,却将火葬奉为普遍的送葬模式了。其实,文化的"奇迹"也常常就是这样发生的,其情形就仿佛从窑洞能够走到宫殿里一样。

第2节 方言文化的吸纳

中国地域广阔,各省区方言俱有自己的特点,乡音不改在生活中至今仍是相当普遍的文化现象。但并非各地域的方言土话都一样"著名",尤其是在文艺领域,有的地域方言乡音很有特色,很受关注。比如东北话、山东话、广东话、四川话和陕西话等,就常能在文艺创作中恣意使用(当然也会有限制),而又饶有情趣。就秦地小说家而言,拥有本土这份方言文化遗产,可以说也算一种幸运。有效地利用这份文化遗产,吸纳一些方言土话从事写作,对增加作品的地域色彩、显示其创造的独特性都有一定助益。其情形也许如贾平凹在中篇小说《废都》里写的那样:

> ……这一日助教与父亲在井台坐了说话,做父亲的觉得面前的儿子是大知识分子,买包香烟自己抽一支也给了儿子一支,然后尽力寻些很文明很高雅的话句对话,但说惯了的当地土话,时不时就漏出来。恰这时孙女在炕上啼哭不已,就喊道:"孩子她娘!你没见我们在谈工作吗,孩子哭得好波

烦哟,今日街口刘家过事,你拿了礼,携娃吃宴席去吧!"

……父亲就为自己的土人土性不好意思了,笑了一下说:"你甭言传!"

儿子则兴奋起来,一边擦着眼镜片子,一边说:"爹,你说得好哩,这土语其实不土,'携'是古汉语中的辞,'宴席'也是,'泼烦''言传'都是哩!"

父亲说:"什么好哩,端出来好逊眼的。"

儿子说:"'逊眼'也是好雅的古辞!"

儿子和父亲差不多都吃惊了,父亲疑惑土话也是能上了书的?儿子奇怪的是家乡的土话怎么尽是古语,就涌动一种欲望,调查了解地方语,研究出为什么有这样的现象,便要求父亲每日为他提供些土语。至后的日子里,父亲就不停地说,每说一个,就要问:"这是吗?"儿子竟记下了厚厚的一个笔记本。于是父亲就在外边到处扬派,说古都实在是古都,这里的文化十分丰厚,历史十分悠久,上古的语言就全散落在民间而保留下来了,遂举出许多例子,什么"口寡"的"寡",骂人滚远不说滚而说"避",询问做什么事情不说"啥"而是"甚",喋饭的"喋",碎仔的"碎","行"程,"骚"情,等等等等。以致人们一见了他,就要指着一只苍蝇说:"老爹,瞧,这苍蝇怕是唐代的吧!"

但是,儿子真的就写成了一本《从××古都的方言土语看古汉语在民间的保存》,此书一经出版,立即轰动学术界。①

---

① 见贾平凹著,玄子编:《贾平凹获奖中篇小说集》,西北大学出版社1992年版,第608—609页。

贾平凹这里的描写虽带有点幽默和夸张,但大体却属实情。① 秦地"发迹"既早且久,"语言"也曾长期居于"正统"地位,但衰落之甚也令人鼻酸。语言的命运似乎比许多古迹要好,能够"散落在民间而保留下来"。如此说来,秦地"人民"的嘴巴真有点"伟大"的味道了。但这并不是说只要写出秦地方言土语就能写出好的小说。田长山在谈到关中方言土语进入小说的问题时说:"原生态的方言土语不能直接照搬为书面的文学语言是一个常识问题。方言土语的选择、改造、提升,方言本字的选择,都紧密地联系于作家对本土方言的积累、体验与语言的再造的修养。范紫东先生著有《关西方言钩沉》,对关中方言土语的本字的考证与汇编,具有科学的依据,本无须去冒猜或者生造,关中方言土语之中对古汉语词汇的保留,也同样保留了凝练、传神、富有张力等当代官话所无法比拟的特色与韵味,要害是多少需要一点学者化的功夫,来创造美学意义上的运用方言土语的意境和语境。② 大体说来,秦地那些较有成就的作家(尤其是近10多年来)都或多或少地在考究和化用方言土语方面下过"学者化的功夫"。比如贾平凹就是如此,既对古典文化的"书本"猛啃,又对古代文化(包括民间的)的"话本"深究,这使他的小说语言既有"古"味,又有内潜的

---

① 参见郭芹纳:《关中方言词语考释》(《陕西师大学报》1988年第1期,其中指出:"关中方言词语中,至今仍保留着许多古代汉语词语,对此尚未有人予以重视……"
② 田长山:《当代精神和文化追求》,《小说评论》1995年第3期,值得注意的是,由于唐以前秦地的崛起,尤其是唐代长安成为东西南北汉字文化中心,形成了影响广远达于东南亚的长安文化圈,那时的唐标准语就是官话——普通话。因此,如今的北方话多得益于唐时长安话的沾溉。这也是秦地作家易于把握如今雅正的白话的一个原因。

"土中见雅"的意趣;既显得相当质朴简约,又表现出较强的艺术张力和抒情色彩。贾平凹在语言上确实具有自己的艺术风格,在小说语言的熔铸中注意到古雅与质朴、简约与浓郁的完美结合,为现代乡土小说的语言创造作出了贡献,也提供了有益的启示。也许有人接触贾平凹小说的语言,会觉得他仅仅注重于学习古典作品,其实,他也非常注意从民间学习语言。只不过这种秦地民间语言有好多本身就很古很雅,反而在作品中不露痕迹,不为读者(尤其是对秦地方言缺乏了解的读者)所注意罢了。上述中篇小说《废都》中的那些土语,倘不经特别点出,也许便不会引起注意。但那些深知秦地方言的读者(尤其是批评家)就会注意,并会感到某种意趣。比如那个"避"字,是带有斥责意味的古代简约的动词,单独使用或加辅助之音 si,都是口吻严厉地命令避开、滚开的意思。秦裔京籍的批评家阎纲先生曾说:"……读贾平凹《美穴地》,突然发现说'避!'我不禁乐起来。这个字平时听来粗野,其实是'躲避'、'回避'之'避',但口语中严厉的'避 si'的'si'音何字,就不得而知了。"[①]在贾平凹长篇小说《废都》中写警察驱赶坐在警亭台阶上的拾破烂老头"避!"就又用了这个土字:"……姓苏的警察就一边跑一边戴头上的硬壳帽子,骂着老叫花子:'pi!''pi'是西京城里骂'滚'的最粗俗的土话。老头听了,拿手指在安全岛上写,写出来却是一个极文雅的上古词:避。就慢慢笑了。"贾平凹的那些写商州的小说,也较多地运用了方言土语,取得了好的效果。如《商州三录》中《一对情人》里有这两句调情的对话:

[①] 阎纲:《神·鬼·人》,陕西人民教育出版社 1992 年版,第 750 页。

"馒不吃在笼里放着,你慌着那个?""勾子嘴儿没正经,别让人家听见了!"这种方言对话已泄露了两人之间的那种亲密关系。《商州三录》还把"昨夜"说成"夜儿里","秋季"说成"秋里",又采撷民间炼语:雨天无事,农民"窜门儿编那'四句溜',如四软:棉花包,猪尿泡,火罐柿子,女娃子腰"。又有"洋芋糊汤疙瘩火,除了神仙就是我",等等,这些方言土语的采用,"不仅仅是对故乡农民的尊重,而且用家乡的语言,能最真切地表现他所热爱的故乡和故乡的人,表达他心中浓厚的乡土感情。"①方言土语其实也有相应的思想和情感,所以运用方言土语也是一种思想、情感的选择,是一种对地域文化的选择。赵园在谈到老舍与北京方言的关系时即指出:方言文化有助于他将思维透入北京文化的里层,"以至像老舍,一旦放弃这种语言形式,几乎等于放弃了老舍式的主题。在这里语言正是一种文化系统,包含着价值态度、审美意识等。它决不仅仅是工具:中性的,冷漠的,对其负载物漠不关心的,无机的。"②

文学既是语言的艺术,那么语言本身的林林总总及其变化也必然对文学产生影响。方言是语言文化中很重要的一种现象,即使将来有那么一天"世界语"统一了人类,那地方语音恐怕也难以消除。在中国20世纪文学世界中,很容易看到方言活跃的史迹。阿英《晚清小说史》在谈到李伯元《海天鸿雪记》等吴语小说时便

---

① 参见陕西民间文艺家协会编:《陕西民间文艺论集》,陕西旅游出版社1994年版,第122—123页。

② 赵园:《北京:城与人》,上海人民出版社1991年版,第155页。

指出:"方言的应用,更足以增加人物的生动性,而性格,由于语言的关系,也更突出。"①时至新文学,注意采撷活人口头的"白话",继又在"大众化"、"工农兵化"等文学导向中有所伸延,但同时也伴随着以政治话语取代、支配乃至消除方言文化的现象。唯其如此,方言在文学中的实践同样显得艰难曲折,只在少量优秀作家(如赵树理、老舍、沙汀、李季等)那里取得了较大的成功。这种成功在十七年文学中有所保持,但在"文革"中即土崩瓦解,连"文革"地下文学也少有用方言来润滑文学个性的。直至新时期文学进入80年代中期,伴随着文化意识(包括地域文化观念等)的觉醒和丰富,方言土语的某种魅力才重被发现、重被展示。那些被称为"陕军"的作家,有许多满口操的就是家乡话。即使他们会说普通话,并受到学校正规教育和职业(如记者、编辑、教师等)规范制约而掩抑了方言表达能力,在近些年来的文学"文化化"和"民间化"的思潮影响下,潜抑的方言乡音的记忆也被激活了。加之他们伸长耳朵去捕捉(仅仅城市的方言氛围是不够的,要走向乡间,去采撷,去感受)的主观努力,遂使近些年来小说中的方言土语的成分明显加重了,运用上也更加趋于娴熟贴切,于是一阵阵浓重的发自小说的秦声秦腔秦音秦调,便持续地轰响在读者的心头。

在秦地20世纪小说史上,前述的延安根据地小说、"白杨树派"小说和"陕军"小说是三个比较重要的阶段。相比较,前二者

---

① 阿英:《晚清小说史》,东方出版社1996年版,第200页。正是鉴于语言与文化的密切关系,写乡土文学才难以离开乡土语言,叙描语言和人物语言都是如此。

的关系更为密切,后二者的关系是有继承也有疏离(从发展的眼光看,疏离方面应值得注意)。这在如何使用方言上也表现了出来。根据地小说和"白杨树派"小说大抵只在人物对话中采用一些方言,并适当采用民歌民谣、谚语俗话等,叙描语言则求规范、雅驯,与文坛通用的现代汉语靠拢。比如柳青早期短篇小说《土地的儿子》就是如此。小说写秧歌队根据本乡李老三的真实故事编成了一个秧歌剧,名字就叫"李老三翻身"。小说的叙描质朴,语言较少方言痕迹,但如果李老三开口,那就不是文人腔或学生腔了,而是道地的陕北腔,带有"陕北翻身道情"的味道。如李老三说:"十几岁上娘老子撩下,谁再像这几年公家和众人这么照应咱来?不是农会的话,这个圪崂还是我的?不是政府,啊呀!我今儿长上一身嘴也说不过去哟!"熟悉陕北方言的人如用当地土音来读这段话会感到写的是"正宗"的方言;不熟悉的,则只能看出几个字词是方言,如"撩下",如"圪崂"等。人物语言的乡土化、个性化是根据地小说比较普遍追求的东西。柳青是如此,外地赴陕的根据地小说作者大多也如此,尤其是在《在延安文艺座谈会上的讲话》批评了五四文学的欧化倾向和人物语言相貌及情感不和谐之后,作家们便特别注意使语言贴近"工农兵"本身(可惜有不少只是形式上的贴近或仅仅贴近了理想的方面)。在柳青的长篇创作中,也基本依循的是叙描多用规范的白话、人物对话及有关心理自白(又限于当地农民或农民出身的干部)及引录民间口头语言则多用方言的写作模式。如《创业史》的"题叙"中写道:

"咱娃!"梁三斩钉截铁地大声改正,"往后再甭'你娃'

'我娃'的了!他要叫我爹,不能叫我叔!就是这话……"①

秦地小说中多称孩子为"娃",男娃,女娃,碎娃,娃家,我娃,你娃,娃娃,瓜娃子,娃的啥,等等,喊个不停,无论娃多大,长辈都以娃目之,以娃呼之,这很能见出农民文化的特点,伦理秩序与伦理亲情同时强烈地渗合在一起。《创业史》第一部最后写梁三老汉对已经长大并当了"社主任"的梁生宝说了一番话,仍以"娃"称呼,那声腔口吻仍是个忠厚的关中老农:"宝娃子!有心人!好样的!你娃有这话,爹穿不穿一样!你好好平世事去!你爷说:世事拿铁铲子也铲不平。我信你爹的话,听命运一辈子。我把这话传给你,你不信我的话,你干吧!爹给你看家、扫院、喂猪。再说,你那对象还是要紧哩。你拖到三十以后,时兴人就不爱你哩!寻个寡妇,心难一!"当然对"娃"也还有变通的称呼,投注的感情也不一定就是爱惜。史铁生的《我的遥远的清平湾》写道:以临走时,他吹吹烟锅儿,说:'唉!心儿家不容易,离家远。''心儿'就是孩子的意思。""儿"便是对"娃"的变通称呼(史铁生写陕北方言常于文中或页下加注)。《创业史》写姚士杰挑拨白占魁去拉拢梁生宝互助组中的郭锁,意在拆散互助组,姚心里想:"要是白占魁和郭锁接谈上,看梁生宝娃家的热闹吧!"这里的"娃家"就因特定的语境而具有了轻蔑、嫉恨的意味。除了"娃"在秦地叫得极为普遍,还

---

① 秦地民间好用"娃"称呼孩子,听起来好像是名字的一部分。如陈忠实《初夏》中写"马驹心里暗暗叫苦;糟了,牛娃损人的话,让来娃听到了。"又如贾平凹年少时在乡间,即被家人呼为"平娃",后改为"平凹",凹在秦地读"娃"音。近年来这两个名字居然被人抢注为商标了,乃一趣闻也。

有许多方言土语用得极多。如"麻搭"(或"麻达"、"麻缠",意近于"麻烦")、"烂包"(意为"糟了"、"坏了");"嫽"(或"嫽扎咧":"嫽得很",意为"好极了"、"好得很")、"骚情"(或"胡骚情",意为"献媚"或"调情",也有"自作多情"、"作风不好"的意思)、"谝"(音 piǎn,也写成"吶",意为"闲聊",或说成"谝闲传")以及"圪崂"、"圪蹴""咄呐"、"尻子"、"咥"(音 dié,意为"吃"、"干"、"弄"等,有点秦地万能动词的味道)等,由于在作品中出现的频率较高(尤其是近年的一些秦地小说),这里仅略举些例子以窥一斑:

麻搭(达)。如柳青在中篇小说《狠透铁》中写道:

看水的人有麻搭,为啥哩?上河里水越小,看水的人越要细心、谨慎……

又如文兰在《丝路摇滚》中写马乡长向猴爸表示可以为"我"做担保:

……马乡长听了就说绵绵的未婚关系他可以担保。如果我心大眼高往后不和绵绵结婚,就让猴爸来找他的麻搭。猴爸说,马乡长说话算数?马乡长说,若不算数,折了他乡长这纱帽翅儿。……

再如陈忠实在中篇小说《四妹子》中写二姑对急于在关中找婆家的四妹子说:

甭急！忙和尚赶不下好道场。这事就由你二姑给你办，没麻达！……

烂包。柳青在《创业史》中写郭振山听说梁生宝互助组要散伙了，心中暗自有些高兴：

于是，郭振山跳到渠里去，一屁股坐在渠岸的青草上，洗腿去了。他一边洗腿，一边扭头笑问："生宝，你寻我做啥？是不是互助组烂包了？"生宝庆幸地说："烂包了，可又收拾起来了。"

路遥在中篇小说《在困难的日子里》写马建强贫困的家境：

……看看吧！眼下我们的光景都快烂包了。粮食已经少得再不能少了。每顿饭只能在野菜汤里像调料一样撒上一点。地里既然长不起来庄稼，也就不会有多少野菜的……

哐。比如《白鹿原》写大姐儿被饿死了，其弟来奔丧：

……那个被饿得东摇西晃的弟弟干嚎过几声之后，就抓起大碗到锅里捞面浇臊子蹲在台阶上大哐起来。……

"给我帮个忙。"鹿子霖邀请来了鹿姓本门十多个年轻后生，向他们吩咐了到白家去拆房的事，用软绵的馍馍和煮成糊涂的面条招待他们饱哐一顿，……

文兰在《丝路摇滚》中写梁市长和狼娃一起返回枣树沟,此时狼娃已经成为省劳模,水泥厂产品也在全国获了奖,高兴中,要搞庆祝活动,梁市长说:

> 咥去!就当是烘摊子呢?好好热闹热闹,消消枣树沟上千年来的暮气、沉气……

上述三例,前两个"咥"为吃,后一个"咥"为搞。

骚情。如柳青在《创业史》中写姚士杰盛气凌人地恨怨高增福,说道:

> 高二!你给共产党骚情顶了啥?到这阵你还那么积极,想叫共产党给你分配个婆娘吗?

刘波泳在《秦川儿女》中引了一段民歌,形容一个不正经的女人说:

> 缨缨鞋,敞裤腿,市布衫子骚情鬼。……

又如路遥《人生》中写巧珍父亲刘立本对加林父亲刘玉德老汉嚷道:

> 我现在就叫你知道哩!你要是不管教,叫我碰见他胡骚情,非把他小子的腿打断不可!

再如杨争光《扭——快乐家园第二》中写婆子妈讨厌儿媳徐培兰的怪异心态:

"骚情。"她说。她一个人在前房里说。
"她勾引他。"她说。
"她勾引我娃。"

尻子或精尻子。如王汶石在短篇小说《春节前后》中写二婶责备大姐娃道:

"哎哟哟,我的小阿家呀,你不臊?这时候了,炕不叠,地不扫,娃娃精尻子满炕爬,这是人住的地方?这是草鸡窝!你把个好好的家,弄得来天昏地暗……"

又如杨争光在短篇小说《南鸟》中写呆呆哭着说:

"她拧我,她拧我尻子。"呆呆说。

"尻子或精尻子",意为屁股。

嬷。如王汶石在短篇小说《沙滩上》中写道:

……他像老秀才吟诗似的,摇头晃脑,悠哉游哉地反复念道:"这不成啊,好老弟,你想得太美气了,太如意了,嗯,想得太嫽啦,嫽过头了,你呀,老弟——"

诮。如陈忠实在中篇小说《蓝袍先生》中写道:

对于异性的严格禁忌,从我穿上浑裆裤时就开始了。岂止是"男女授受不亲",父亲压根儿不许我和村中任何女孩子在一块玩耍,不许我听那些大人们在一起闲诮时说的男女间的酸故事。

秦地方言中的叠音词饶有意趣,颇为引人注意。陕北信天游、秧歌中尤其常用叠字叠音。如:"白脸脸坐在高粱地,毛眼眼看看人有主意。""红格丹丹的日头照山畔,艰难不过庄稼汉;庄稼汉吃饭靠血汗,又有苦来又有甜;白日里山上淌大汗,到夜晚抱上婆姨当神仙。"据《太平寰宇记》载:"俗谓丹州(即现在宜川县)白室胡头汉舌。白室即白狄语为后也,近代谓之三部落稽胡,自言白狄后也。"由于民族融合,也造成了胡汉语言的融汇,使这里的方言具有"胡"风,鼻音重而节奏慢,发音较直较硬,并间有"格"音或叠音叠字出现,上述之外,又有"白格生生"、"巧格灵灵"、"兰格英英"等。这种方言特点在日常口语中也时或出现,并为作家所采用。如刘波泳在长篇小说《秦川儿女》中便多用这种方言,"晚夕跟他妈蜷曲在烂庙庙里……"即为一例,又如王汶石在《大木匠》中写桃花妈讥讽丈夫大木匠道:"啊呀!好我那神神哩!看模样,你快要蜕化升天了!"这里用"神神"代称自己的丈夫,讥讽他光迷着搞自己的木器试验。王汶石还在《蛮蛮》中叙描小蛮蛮道:"蛮蛮是属小龙的,今年满5岁。他整天很忙,不住地瞪着乌黑的大眼,瞧这瞧那,不歇一时时。"这里的"时时"指一会儿,用这叠音词能传达某种稚拙的童趣。王汶石算是他所处的那个时代的一个很会写短篇小说的作家,写得比较细腻,较有生活情趣,这与他较好地提炼方言亦有关系。胡采曾指出:"汶石作品中描写的农村生活和农村景色,渗透着关中平原农村生活的情趣。他的具有地方特色而又经过锤炼和加工的文学语言,在这方面起到了很大的作用。"①

方言文化中有一些歇后语、谚语亦颇能见出民间的智慧与情趣。鲁迅先生曾说:"方言土语里,很有些意味深长的话,我们那里叫'炼话',用起来是很有意思的,恰如文言的用古典,听者也觉得趣味津津。"②《创业史》在扉页上醒目地引着民间的谚语和格言:"创业难……"和"家业使弟兄们分裂,劳动把一村人团结起来。"文兰《丝路摇滚》写狼娃要与林香娥商量事情,便说:"老嫂子你甭怕,我叫狼娃……咱干脆锤子打磨扇——石打石说,我还有事跟你商量。""石打石"即谓"实打实",实实在在。李康美《裂缘》中写申广汉与某管理员的对话,其中便用了民间相当生动的歇后语——

"尹副县长在哪儿办公?"他问管理员。

---

① 胡采:《从生活到艺术》,陕西人民出版社1979年版,第180页。
② 鲁迅:《且介亭杂文·门外文谈[九]》,《鲁迅全集》第6卷,人民文学出版社1981年版,第84页。

"哟,红萝卜调辣子——吃出看不出。"管理员惊叫了一声,问他,"你和他啥关系?"

"一面之交。"

"切,我还以为你唱戏先化妆——有后台呢。"

管理员指着后边的那一座小楼,告诉他不提前预约是进不去的。

再比如高建群《最后一个匈奴》中写道:"陕北的火炕,通常给锅台跟炕连接的地方,筑道短墙。这短墙叫背墙,歇后语'纸糊的背墙——靠不住',里面所说的背墙,即是指此。"接下来还写道:"乡亲们见了,觉得自己热屁股遇上了个冷板凳,都有些尴尬。……"诸如此类的民间流传或广或窄(仅限某地)的炼话,颇受小说家的青睐。

近些年来,注意对作为地域文化的秦地方言给予积极的创造性使用,这一点几乎成为秦地近年比较活跃的小说家的一种共识。他们要发掘地域文化,要传达出鲜活的民间气息,要将大西北的土味和大气用语言符号准确地表达出来,至少在时下是无法回避方言文化的。方言文化不单涉及个别字词的地方性问题,其中还有相应的语音、语感、语法、语速等。在作家创作时,把握好这些方言文化的因素,易于找到良好的语言感觉,人物的声腔口吻便会宛然在耳,相应的神态也会宛然在目。比较本色地使用秦地方言而且量多质实的小说家,文兰算是比较突出的一个。在较大程度上可以说,他是凭借方言来展开艺术思维的。尤其是《丝路摇滚》的上部,其"叙事者"是狼娃(本名狼跃进)。这位大西北的莽汉抖擞精神,要在黄土地上干些事情。他敢想(思想是由方言土音在心中流动的)、敢说(自然满口操的是西北话,尽管那大部分词语是普通话里有的,但语音、语速、语法等则基本是秦地的)、敢干(对所干的事的叙述在"卷一"中也是以狼娃口吻叙述的,故而也带有鲜明的方言文化特点)。这也就是说,像《丝路摇滚》这样的作品,已经把丝路上的民间方言文化摇出来了,摇出了相当明晰的地方性的声色与意味。有人指出:"《丝路摇滚》对于关中土地上方言的运用,是一个贡献,许多年之后,古方言消失的时候,可以从作品中打捞出许多宝贵的文化财富,至于语言改造问题,那是语言学家的任务,而文学家看重的是语言的表现力。"①但《丝路摇滚》也有其难以弥补的遗憾,就是整体文学水平尚未达到精品杰作的境界,在运用语言讲求气势讲求感觉讲求顺畅的时候,似乎作家也有点任性(在方言使用上也如此),从而留下了一些粗糙的痕迹。相比较,《白鹿原》在语言的创造方面情况好些。有不少批评家都谈到了《白鹿原》的语言成就,并且多与其成功地化用方言联系了起来。如屠岸说:"语言显然经过了认真地选择,凝练简洁而有关中地方特色。方言多,但没有令人看不懂的炫耀、猎奇,而看得懂,有意味。"何西来说:"《白鹿原》的语言是所看到最好的语言,陈忠实可谓是深谙关中方言之神髓者,方言字词的选择是无可替代的,准确而富有诗意。柳青对方言的运用也未及此。这原因在于柳青是陕北人用关中方言,而陈忠实是从儿时母语中提炼出来的,凝重、浑厚、幽默、活灵活现。《白鹿原》光语言就有许多文章可做。"周明说:"就拿语言来说,将关中地方语言

---

① 见临春:《长篇创作的新收获》,《小说评论》1995年第2期。

提到一个新高度。另外小说也好读,写得自如从容,读者读着也舒服,是享受。"①对《白鹿原》中方言的化用,我们也许不必像这里的一些评说定位那么高,但说陈忠实在这方面已经取得了值得重视的较大的成就却是可以的。他的妙处在于能够将关中方言融汇于作品的整个叙事话语系统之中,不像一些作家那样将方言浮在显眼的地方,加之如前所说的关中方言本来就是中国历史上的"正统"话语(唐以前的首善之区流行的话语),所以即使是那些今天看来明显是方言土语的,一旦融入整个叙述话语系统,也仍然显得畅顺而又雅正。这也就是说,由于秦地方言文化与华夏文化历史上存在的密切关系,秦地方言与中国通用语有许多原本契合相通之处,所以直到今天用秦地方言(尤其是关中方言)写小说,常使读者不以其为方言,只有那些有一定研究和细心的人,才能发现秦地方言与通用语的一些细微差别,这在一些句子的语法结构上也能体现出来。

当然,秦地小说家并非视小说为方言文学,他们只是程度不同地化用方言土语,借历史厚积的方言文化来充实自身和作品罢了。倘以为他们仅以方言为语言材料,仅以秦声秦腔秦音秦调为语言美的典范,则不合实情。因为秦地那些有成就的小说家,语言趣味实有多方面的追求,以丰富的现代汉语的规范语言作为小说语言的主体部分,毕竟是他们共同的选择。吸纳方言文化仅是一种化用,一种补充,一种增益。所以赵园说:"由柳青、王汶石到路遥等写陕西乡村的作者,笔调毋宁说是相当'文'的,文字极雅

---

① 见周明:《一部可以称为史诗的大作品》,《小说评论》1993年第2期。

驯,写人物话语使用方言尚且节制,叙描用的更是所谓'知识分子调子'。"①由此也可以引出怎样恰当化用或吸纳秦地方言土语的问题。阎纲曾以为:任何一个地区方言土语都有局限性。陕西关中的土语方言就有不小的局限性。如把头叫"sa"、把哭叫"fǔ"②等,言者磋磋,声情并茂,而听者渺渺,瞠目结舌,像是猜谜,也无法写出,适应范围小,过于生僻,最好不用,但有好些非常美的、内涵丰富的方言土语,则可用,尤其贵在妙用,如:"这闻起来很爨(cuàn,意为香)","这女子猴得很!""你骚情啥呢?"说起来带劲,听得懂,写出来文诌诌,表现力强,多用无碍。总之,方言土语不是不能用,而是要慎用,有选择地使用,取其精华,去其生僻。纯洁祖国的语言,使其更具文字的表现力。③ 阎先生这种结合秦地方言土语谈出的观点,与秦地小说创作实践颇为贴合,也相当中肯。秦地小说家大多也是如此去吸纳方言土语的。但是,也有一些秦地作家没有处理好方言土语的使用问题,被方言土语牵了牛鼻子,甚至陷入了误区。王仲生便衷心地告诫秦地作家:土的语言并不能代表地域语言,地域语言不一定都是土的。地方色彩和民族风格也并不是由于土才形成的。因此,作家不能以土自豪。陕西作家的语言的土气和粗糙以及缺乏现代意识是不容忽视的

---

① 赵园:《地之子》,北京十月文艺出版社1993年版,第192页。
② 《说文解字》中有"頮,额也。"頮读sa,关中土音中声母k、f不分,故将"哭"念"fǔ"。
③ 详见阎纲:《关于土语方言的答问》,《神·鬼·人》,陕西人民教育出版社1992年版,第687页。这里对该文内容作了归纳介绍。

弱点。① 白烨在评论老村《骚土》时也指出:这部小说有一些方言的运用是生动而适当的,另一些方言的运用则是生涩而失当的,后者如"驽"(站着)、"避尸"(躲开)、"球浓水"(没能耐)等,只有道地的陕西渭北人才能明晓其义。如此使用生僻方言,与其说是给作品增色,不如说是给作品添障。② 以笔者的感觉而言,秦地小说家对方言土语的吸纳在有的作品中(如《骚土》、《黄尘》、《丝路摇滚》等)多少已有点过度之嫌,尤其是那些地方粗话脏话骂语使用过多,遂使"野味"有些恶化为"粗鄙",此应予以注意。

第3节 民间原型的重构

上述的民间风俗、民间方言在秦地小说中的映现,自然要经过作家主体的加工改造,这也就是作家对民间文化原型的重构。那种纯粹将民间文化的"原生态"直接移入作品的做法,在秦地小说中很少见到。因为倘如此,"作品"也就难称为作品了。这里所说的"重构"便是强调作家的主体作用,有选择,有融汇,有改造,有审美情趣的渗透;所说的"民间原型",则是"民间文化原型"的略语。这是从流行很广的神话原型批评理论体系中推衍和生发出来的一个概念。③ 我以为,"民间原型"这个概念与"神话原型"有相通之处,又有不同之处。相比较,民间原型这个概念更具宽

---

① 见《陕西小说语言有误区》,《三秦都市报》1995年9月11日。
② 见白烨:《老村之谜与〈骚土〉之蹮》,《小说评论》1996年第2期。
③ 参见拙文:《民间原型的再造》,《中国现代文学研究丛刊》1995年第4期。

泛性、灵活性、历史性，甚至也更具民族特色，可以唤起人们更多的想象，捕捉到更多的民间文化信息，相应所运用的批评方法多是展开与分析。神话原型强调原型的"最初"特征以及原始意象（原型）的世界性、人类性，相应所运用的批评方法多是上溯与过滤。其实民间原型既可以包容神话原型，又注意到了原始意象及艺术意象发生及存在的历史性和地域性。民间原型的内涵由此更趋丰富，对立统一的规律也由此体现了出来。神话原型批评则缺乏这种特点，显现出了一定的局限。这正如有的学者指出的那样："……在批评实践中由于将原型仅仅（或偏重）与神话相联系，把艺术看作神话的移位，因此也极大地局限了原型批评所具有的意义。"[①]原型意象及思想在现代人头脑中的强化，体现着一种认祖归宗式的文化心理和思维倾向（原型在生活和艺术中往往就是万变难离之"宗"，但原型有各种变体，亦如"宗"有各种子孙），与世界性的文化寻根思潮有密切的关系。从这种意义上来看民间原型，也能够体察到民间话语空间（语境）在20世纪的敞开（在中国近年来的文学中尤其是这样）。这的确显示了时代和文学的发展变化，20世纪的中心或主流话语与民间话语的合流与分流，"交替出现在现代文化史的河道里，使曾经长期湮没无闻或并非真正彰显的民间文化，显示出了斑斓而奇异的光彩。这种情形在秦地文学中有相当突出的体现。在秦地流传流行的那些本土和外来

---

① 程金城：《试论中国文学原型系统》，《文学评论》1996年第3期。事实上，近些年来已有不少学者有所改造地运用了原型批评，拙文《心理批评的范式运用及评估》（《文艺研究》1995年第4期）已略有介绍。

的神话原型以及民间在历史长河中生成的其他文艺原型,如仙话原型、传说原型、故事原型、谣谚原型、戏曲原型等,都对秦地作家的创作产生了不可忽视的影响。甚至是那些来自民间的生活原型、民俗原型(或称民俗意象原型)、人物原型、信仰原型及环境(生态)原型等,也对秦地小说产生了深刻的影响。这种迹近新历史主义的文化诗学理解,自然能够在一定程度上避免过分强调"神话"而导致的"泛神话主义"及文学批评上的"考古癖",如从这样比较宽泛的民间原型的批评视阈来看秦地长篇小说,对认识和理解秦地长篇小说,应该说是有所助益的。这里仅结合近年来少量有代表性的秦地长篇,从几个方面略予陈说。

其一,民间的憧憬。民间原型与人类最本能的生命体验及基于此生成的人生理想是相通的。透过秦地神话传说、故事民谣等延宕至今的民间"话本"①或作家笔下再造的"文本",我们不难体察到民间憧憬和崇拜的最初始也最根本的东西不是别的,而是生命,是对生命的无限热爱和追求。尽管在生命崇拜及追求的过程中,会伴随着种种艰难甚至迷误,②但却终难掩没生命崇拜所拥有的那份神圣神奇和令人怦然心动的感召力。《白鹿原》对白鹿传说的再造,就成功地将生命崇拜(包括生殖崇拜)这一最具普遍意

---

① 这里所说的"话本"是指民众口口相传的文学,与通常所谓"话本小说"有别,与下文的"文本"相对而言。

② 与生命崇拜紧密相关的生殖崇拜,就存在着种种迷误。蒙昧时期的生殖器崇拜曾导致许多迷信,而所谓文明时期的重男轻女、宗法血亲观念等制造的人间悲剧,也是史不绝书。详参赵国华《生殖崇拜文化论》,中国社会科学出版社1990年版,第八章。

义的民间原型，从白鹿原的厚土或窑洞中披露了出来，并由此导引人们去观赏植根于白鹿原大地的充满悲欢离合的生命景观。《平凡的世界》对生命崇拜的原型重构衍化为英雄崇拜和道德崇拜，具体表现为主要人物赖此心理情结或生命支柱征服了苦难和死亡，从而获取了生命的永恒价值：当孙少平这位平民化英雄终于战胜死亡重返矿山的时候，他作为他师傅（救人牺牲者）不死的精神化身，实际正是对民间传说故事中的英雄原型（人物）的置换再造。其间透过其英雄行为呈露出来的，则是道德的完善。与道德教条化、轻浮化的虚伪迥然不同，在民间总是珍藏着朴素、真诚、善良的道德基因，时刻准备着为道德沦丧的异化人生输送再造人生价值的精神营养。陕西作家对此有相当深刻的体认，他们宁可执着于"礼失而求诸野"的文化选择，也不会将道德笼统地否弃掉。

其二，民间的情爱。"陕军东征"引起的争论及其他效应，现在似乎还不是下结论的时候。其中争议较大的一点是陕军对性爱表现了似乎过于强烈的兴趣。究竟如何看待这一问题，确实值得深入讨论。在我看来，陕军的确是在承受了许多心理上的矛盾，鼓了好大的劲儿，才猛烈地撕开民间实存的情爱世界或性际关系之网，于万千风情中尤其突出了令人颇不习惯的粗野情态，由此在更为真实的层面上展呈了人之生命样态的丰富性和复杂性，并有助于对社会人生和民族秘史的深层把握。《白鹿原》在这方面即进行了成功的艺术探索。在把"性"撕开来写的同时，又不失分寸，注入丰富的人文意蕴。这大抵可以视作秦地长篇小说所共同遵循的文艺性学①原则。由此展开的性描写也就具有了丰富的意味。即如《白鹿原》中对田小娥的偷情和淫乱的描写,就非常深切地揭示了民间弱女子未能跻身贞节牌坊的那一类所扮演的悲剧角色,揭示了男权中心文化假礼教之名"吃人"的真实情景。揭示了小娥型女性与相关男性的性际关系对历史人生的隐秘而又深刻的影响。这种情形在《八里情仇》、《水葬》等长篇小说中也存在,从而充分揭示出畸态性际关系与畸态社会历史的相关性,同时也透露出了苦涩人生的那份生命之重。促使秦地作家"撕开来写"民间的情爱世界并且不回避其间实有的粗野下流,这不仅与外来思潮和文学影响有关,也与本土的民间生活及文化艺术的深刻而又直接的启示有关。

其三,民间的批判。民间生成的批判意向,体现着民众的爱憎、民意的向背。这势必对那些贴近民间的作家产生很大的影响。特别是对来自民间或"边缘化"了的文人作家来说,更是如此。近年来的秦地长篇小说,大多都具有比较尖锐的批判品格。《白鹿原》、《最后一个匈奴》、《女儿河》、《倾斜的黄土地》、《八里情仇》、《天荒》、《水葬》、《废都》等,都拥有着较大的批判力度和深度。比如《最后一个匈奴》既写出了陕北野地生命的强力和粗豪,也写出了穷困中的愚顽和荒诞;既写出了陕北大闹革命的神圣和辉煌,也写出了其间隐存的土匪传统和弊害。又比如《倾斜的黄土地》真实地表达了民间对社会丑恶尤其是官僚腐败的不满和愤

---

① 关于"文艺性学",可参见拙文《文艺性学初论》,《社会科学战线》1994年第2期。

恨的情绪;《废都》也在某种荒诞中深蕴着来自民间大地大山的抗拒异化人生的批判力量,那尖刻的批判眼光,与"山地人"抗拒异化的生命体验有着相当深切的联系。秦地长篇小说的这种批判品性,在"益民助世"的创作取向上,势必会得到进一步的深入和强化。

其四,民间的形式。说民间形式是文学创作的"中心源泉"固然有些夸大,但这并不能构成轻视民间形式的理由。原型批评对神话因素及形式的深刻揭示,已经说明了初民构建的原始文学形态的再生再现能力的强大。对神话之外的复杂多样的民间原型来说,也是如此。从语言层面上看秦地长篇小说,其对民间语言的吸取再造,是其比较突出的一个特色。这包括对朴素而又浑厚的方言土语的加工再造,包括对民歌民谣、信天游、秦腔戏文等民间语言艺术的改造利用,等等,有效地增强了文学的地域色彩。从人物形象塑造上看秦地长篇,除了民间生活原型的生动启示之外,还有民间文艺中人物形象的深潜影响。《白鹿原》中的白嘉轩形象的塑造,即得益于民间有关族长形象的"民话雏型"[①],从而使形象获得了精髓和气性。从叙事方式上看秦地长篇,也很容易看出民间故事原型的强有力的渗透。比如民间故事中普遍存在的难婚原型及相应的情恋三角模式,在京夫的《八里情仇》中就得到了比较成功的艺术再造。在荷花、华生和左青农等人物之间,明显融入了民间难婚故事原型,作家也由此进入了情恋三角模式及

---

① 参见管东贵、芮逸夫:《民话雏型》(《云五社会科学大辞典》第10卷《人类学》,台湾商务印书馆1971年版,第98页);卫姆赛特等著:《西洋文学批评史》(颜元叔译,中国人民大学出版社1987年版,第653页)。"民话雏型"是对"原型"的一种意译,比较准确,也比较中国化。

其变体的生动叙述，使作品具有了切入潜意识深层而来的艺术魅力。莫伸的《尘缘》也在故事深层结构中置入了难婚原型。婚媾对象本应指向有情人的，但《尘缘》中既成的婚姻已少有情爱可言。而成为"第三者"的有情人却难以进入婚姻，正所谓有情人难成眷属，眷属已非有情人。最后酿成大的悲剧（眷属与有情人皆遭难），这就是《尘缘》中白晓栋与妻子赵芝雅、情人钱温馨的故事。这种类似的基本故事原型在文兰的《丝路摇滚》、李康美的《裂缘》、贾平凹的《商州》和《白夜》、程海的《热爱命运》等小说中都存在，不仅起到了结构故事的作用，而且以其原型力量直逼人的心灵，让人牵肠挂肚，触动感情最绵软最复杂的隐微处。当然随着艺术的不断发展，必须强调对原型重构的手段要更加高明，使其更加丰富圆满，否则仅仅有简略的原型骨架，也难以产生动人的力量。①

提起中国传统文化，许多人习惯上总常在经典文化层面上加以谈论，从书本到书本，几乎弄成了循环论证、老生常谈。比如"儒道互补说"或"儒道释三足鼎立说"，谈任何地域的文学都几乎可以与之联系起来。这确实是带有很大普遍性的文化现象。但是，当我们注意儒道等传统文化对秦地小说影响的时候，则不必一味去寻究作家从书本（那些儒道经典）上习得了什么，而应主要考察作家对融入民间的儒家文化和道家文化有哪些成功的艺术把握，从这里才能见出地域文化的特色。比如《白鹿原》便很透彻地进入了民间化的儒家文化的"文本"之中，读解出了关中这块儒

---

① 这里列述的四个方面在附录《新时期秦地小说的民间原型》一文中有较详细的展开，可参看。

家文化积淀极厚的地域的文化"密码"。这里的"仁义白鹿村"以家族宗法以及民间化的乡规乡约族规族法家规家法等文化现象,复合成了儒家文化制约下的民间世界。在这里以农为本,重农抑商,崇道德理性,讲内圣外王,重礼教仁义,惩非礼兽行,等等,由此,白嘉轩几乎成了一个"完人"(在潜在的文化追求的层面上,《创业史》中的梁生宝与白嘉轩实有一些相似之处)。儒家礼教讲求的仁义礼智信等都在他那挺直的腰杆和一系列行为中体现了出来。还有那位圣人一般的朱先生,几乎举手投足、一言一行都堪为中国传统人文理性(以儒为代表)的楷模或化身。他与他的"白鹿书院"都成了民间化的儒家文化的象征,成了影响世道人心的一种文化之源。即使是他的死,也带有浓厚的殉道意味。在《白鹿原》中,对儒家文化的反省也许本为作家的意旨之一,但到头来却深深领教了儒家文化在民间的巨大存在及其强韧的力量,反逗引出了留恋之意和向往之情。路遥对儒家文化传统也有深切的承袭,而且主要是通过民间"德顺爷"之类的人物为媒介,从幼年起便潜移默化地受其影响。笔者对此曾有论述,指出:"在对中国传统文化的接受过程中,路遥心仪并努力汲取的是儒家文化,而非道、佛文化。他将传统的儒家文化与中国的现代文化进行了新的整合或互补。因而学术界常常提及的'新儒家'当恰好与路遥的文化心理结构相契合、相仿佛。"[1]道家(或"新道家")文化对秦地小说家的影响也有明显的体现。如贾平凹,作为极复杂

---

[1] 详参拙文《沉入"平凡的世界"》,《神秘黑箱的窥视》,陕西人民教育出版社1993年版,第58页。

的一个作家,承受传统文化影响也是多方面的。但其中道、佛文化尤其明显。学术界对此颇多论述,亦不必烦言。倒是原本印象上与民间道家文化及道教文化较少瓜葛的赵熙,愈来愈明显地表明他对道家及道教文化的兴趣。这在他的长篇小说《狼坝》中就有鲜明的体现。他在《关于〈狼坝〉》中说,这一长篇的写成是他长期深入太白山区体验生活的结果,而"太白山地是以道教文化为主体的圣地。道教文化其实在太白山地已经演绎为中国老百姓普通生活的哲学,构成了当地独特的地域文化、民俗文化及其特定年代的民间文化心理。《狼坝》中苏静远同周兴魁两大家族的兴衰,其实也是两种文化的交汇和延伸,漆客金田为代表的文化心理以及九疤女人的回归自然,同样也是一种对于历史和当代生活的哲思。自然,它不是唯一的、完美的,可以说是一种地域文化的个人体悟。"①在中国文化史上,道家的智慧影响很为深广,对儒家也深有影响,同时对道教文化的形成及其民间化,可以说产生了决定性的影响作用。对于道家文化、道教文化的批判已经很多,但对其价值尚认识不够,其有无或有多大价值,自然还有待历史的检验。值得注意的是,为什么道家、道教的东西实际在民间总是生生不息,并且连西方大哲学家海德格尔那样的人也要弃旧图新,对道家学说"活学活用"呢?② 当有些人意识到历史和现实中的科技理

---

① 赵熙:《关于〈狼坝〉》,《陕西文学界》1995 年第 2 期,他在本文中还称《狼坝》是"一部民间历史演义小说"。关于道教道家文化的研究成果越来越多,鲁迅的那句"中国根柢全在道教"的叹语,迄今似乎得到了越来越多的证明。

② 参见宋祖良:《拯救地球和人类的未来——海德格尔的后期思想》,中国社会科学出版社 1993 年版,第 271 页;鲁枢元:《生态时代与乌托邦》,《文学世界》1996 年第 2 期。

性到底难以拯救人类反而正在加速度地将人类推向危险之境时，便多少有些后悔忘却或轻视了中国老子（李聃）的学说。①

当然，小说，尤其是那些成功的或较成功的长篇小说，其文化内蕴常常是丰富的，对传统文化、民间文化的继承也呈现为复合的或兼容的形态。尤其是顾及作品人物和细节的时候，就容易看出，民间文化本来就很难单纯归入儒、道、释中的任何一家，尤其是一些生活习俗，很难由这些经典文化的名目来命名。但在复合地把握民间文化的时候，可以有所侧重地突出描写某种文化景观。上述的《狼坝》所描写的太白山区，就是"儒、道、释三种文化交汇之地"，但作家却"对道家予以特别关注"。②蒋金彦的长篇小说《最后那个父亲》也写儒、道、释三种文化的交汇之地（陕南秦巴山区），但由于着力写民间的政治经济文化史，并由于着眼点在"父亲"的塑造，遂偏重于对民间儒家文化的艺术把握，将作为传统农民"父亲"的立家、治家、护家的"家长"形象，给予了具有儒家文化色彩的生动阐释，其中包括带有男权意味的描写，也能带上庄重的情调。因为父亲这一角色，意味着责任和压力，甚至是整个生命的牺牲。蒋金彦对"父亲"的深切体味使他对民俗生活也给予了较多的关注，于是使整个作品增加了秦地的地域文化色彩。比如对跳端公、魁星送灯、唱桃木歌、唱十月怀胎歌等民俗事

---

① 秦地历史上最具影响的作家、史学家司马迁就受到"新道家"的影响。参见熊铁基：《秦汉新道家略论稿》，上海人民出版社1984年版；西方著名的思想家荣格一生也受到了道家思想和道教文化的深刻影响。详参〔美〕托马斯·科施著，朱冶华译：《荣格与道教》，《中国文化研究》1996年秋之卷。

② 详参于冬：《长篇创作的重要收获》，《小说评论》1996年第2期。

象的描写,都很有地方风味。又如贾平凹,他是秦地小说家中文化意识极为充盈的一位。在小说中是如此,在散文中也是如此,在亦小说亦散文的作品(如《商州三录》)中更是如此。他的作品总透出浓郁的地域文化意味,将最古老典雅的,最村俗习见的,最玄微神秘的一切,自如地遣诸笔端,有滋有味地铺陈着秦地的各种文化形态。雷达为他编文集,编了厚厚的文集,各有其名,大抵便可视为秦地文化的若干种形态。① 其中最令人向往或称羡的,是他对故乡商州的描写,那种文化眼光也许胜过教授级的文化学家;最易引人关注和争议的,是他对"废都"中文化现状和生活现状的描写,其批判性的文化眼光颇令人疑心他是一位睿智的化身为"牛"的"老农"。

在对故乡商州的描写中,贾平凹在相当长的时间里,投注了主要的心力。他曾为了要写商州,搜集有关资料,构思殚精竭虑,实地访谈考察。他说,他在写《商州初录》时就曾查过商州十八本地方志。② 从他的录而又录以及虚构想象而成的"商州"境象和故事中,读者不难看出他对故乡风物人情的熟悉和赤子般的热爱。他不止一次地赞美古老的商州:这地方多么好啊!他郑重地申明:"商州这块地方,大有意思,出山出水出人出物,亦出文章。面对这块地方,细细作一个考察,看中国山地的人情风俗,世时变

---

① 即"浮世"、"世说"、"寻根"、"侠盗"、"野情"、"灵怪"、"闲澹"、"求缺"。见雷达:《为文学而活的作家》,《小说评论》1995 年第 4 期。
② 《商州三录》,百花文艺出版社 1986 年版,第 4 页。他的写成于 1984 年的长篇小说《商州》,甚至被称为"形象的地方志"(李贵仁《〈商州〉得失谈》)。更准确的说法应是,贾氏关于商州的一系列作品,都可以视为"艺术化的商州志"。

化,考察者没有不长了许多知识,清醒了许多疑难……"①从乡间能发现美的原型,也能发现丑的原型,如峭石在长篇小说《丑镇》中着力塑造的不是改革家,而是一个丑角,一个善变善钻营的人物——鄂心仁("恶心人"的谐音)。此人出身于乡村无赖,或者说流氓无产者。他虽曾穷苦,但心术不正,后钻入党内,热衷于极"左"的运动,嗜好整人治人,在村中家中施行一言堂的专制。到了改革开放的时代,他仍力图倒转时代潮流以保持自己昔日的尊荣,却终于徒然挣扎,成了被历史弃之如敝屣如垃圾一样的人物。在家庭中,也由专制魔王的横加干涉家人意愿(尤其是婚恋选择)而落得个众叛亲离的结局。《丑镇》是一部带有悲喜剧结合特征的作品,既有反思批判色彩,又有文化分析意味。这部小说对唐宋传奇话本的古代小说传统有积极的继承,叙述语言更带有关中本土的淳淳的黄土味,同时也能活用民众口头语言和民间文学,使作家显示了自己独特的创作个性。有论者称峭石为"生活于90年代的关中'赵树理',一位谙熟关中农民语言、并能十分得心应手地把关中农民语言中的精彩部分融化为文学语言的乡土作家"。②峭石在他的中篇小说《烈女翠翠》及短篇小说系列"北莽小说"中,也都能积极地对民间文化予以吸纳、融合与再造。《烈女翠翠》中的烈女是"烈"在捍卫自己爱情的权利上。当她与虎娃的爱情受到种种世俗的打击后,便自吊于烈女坟场。

---

① 贾平凹:《商州三录》,百花文艺出版社1986年版,第189—190页。
② 权海帆:《〈丑镇〉印象》,《小说评论》1996年第4期。峭石曾说:"一切文学艺术的根,甚至包括文化的'根',都在民间文艺里,在民族的一切活动之中。"见《陕西民间文艺十年》(1980—1990),中国民间文艺家协会陕西分会编辑出版,第123页。

故事带有传奇色彩,语言土得掉渣,却丰腴幽默,雅俗共赏,可读性很强。

总之,作家在小说中无论是个别地还是复合地把握民间文化原型,都应充分发挥作家的创造主体性,有选择、有甄别,有浓挚的感情投入,有悉心的体味渗透。民间文化也许是个黑漆漆的深潭,把握不好,不仅难以重构出有魅力有意味的民间原型,而且可能被其眩晕跌入其潭底的泥淖之中。盲目地认同民间文化,应被视为现代作家的一忌。秦地作家对此较为清醒。如陈忠实为家乡民间文学《灞桥区民间文学集成》写序时即指出:"这块土地既接受文明也容纳污浊。在缓慢的历史演进中,封建思想封建文明封建道德衍化成乡约族规家法民俗,渗透到每一个社区每一个村庄每一个家族,渗透进一代又一代平民的血液,形成这一方地域上的人特有的文化心理结构。"[①]这种清醒的认识显然也有助于他深化和丰富《白鹿原》(其时正在创作中)的主题意蕴。

[①] 陈忠实:《灞桥区民间文学集成·序》,见《陈忠实文集》第5卷,太白文艺出版社1996年版,第392页。

第六章 20世纪中国文学格局中的秦地小说

如前所说,秦地确是文化与小说的厚土,产生于此的20世纪秦地小说在总体上呈现出了繁盛与厚重的面貌,而这种基本判断当来自在全国文学范围内的一种比较和权衡。倘若习用"陕军"概念或从地方"文阵"的角度来观照,则可以看到,在全国文坛特别是小说领域业已呈现出群雄并起、诸"军"圈地甚至"军阀混战"的势态。尽管"陕军"有其鲜明特色,确实属于一方重镇,却无疑不能包打天下,且仍有其不足之处,有待新老作家持续努力,再创新的辉煌。进而言之,我们要确认陕西是文学大省,"陕军"是当代文学史上,尤其是新时期以来为数不多的主要致力于小说创作并产生了重大影响的地域性文学群体,在国内外受到广泛关注。秦地小说恰是陕西的骄傲,值得为其树碑立传,但同时要注意客观求实,恰到好处,也正因为如此,才需要有分量的持续的深入研究。

第1节 大西北文学的一支主力军

从地域文化的角度看秦地小说,它与历史及现实存在的三秦文化的关系非常密切,这在此前的评述中已有所探析。但无论是秦地,还是在这块土地上生成的文化果实(如小说),皆非孤立的存在。如果将秦地小说仅仅置于历史上的本土文化网络中加以观照,那显然是不够的。20世纪的秦地小说,理应是20世纪中国文学中的一个组成部分。就地域分布而言,秦地是大西北东部的业已"内地"化的地区,①较之新疆、宁夏、青海等已算是"口内"(西北人视新疆等地为"口外",秦地人"走西口",即向西出走谋生)。秦地在大西北确属历史文化积淀最为深厚的一个地区,即使在唐朝以后,这里仍是大西北的一个文化重镇。难怪在这里能够养成一片葱绿的"小说林",难怪在这里能够长出如挺拔白杨一样的秀挺雄奇的优秀小说家,并成为大西北文学中的一支重要的主力军。人们提及西北文学乃至整个西部文学,都往往会很自然地想到秦地小说,想到在延安涌起的文艺浪潮(那些立足于穷苦人翻身求幸福的文学自有其合理合情、合善合美的内核),想到柳青、杜鹏程、王汶石、李若冰等在精神振奋、群情激昂的岁月里成名的作家,进而也会想到在新时期里成长起来的那些身手不凡的一群作家:路遥、陈忠实、贾平凹、邹志安、冯积岐、红柯、叶广芩、京夫、赵熙、王蓬、高建群、文兰、杨争光、蒋金彦、莫伸等。当人们的视线被大西北文学所吸引的时候,便往往会情不自禁地关注于陕西文坛,尤其是关注于它的小说。从一定意义上讲,秦地小说成了大西北文学的一个比较出色的代表,也成了文坛"西北风"的一个

---

① 陕西地处我国西北内地,故有人用"内西北"之名来特称陕西。大西北,北依阿尔泰山,南傍"世界屋脊",东有奔腾的黄河,西有冰封的帕米尔高原,面积占全国的三分之一,许多地域尚是干燥的处女地。

恰如其分的体现者。

唯其是大西北文学的一个代表和体现者,秦地小说也自然能够体现出大西北文学的一般特征。周政保1985年初在所写的《醒悟了的大西北文学》一文①中指出:"大西北文学从来没有像今天这样,如此严肃、如此热忱、如此充满信心地探求真正属于自己的道路";"'大西北文学'的提法,要比'西部文学'的提法显得更准确、更贴切、更统一……";"大西北的文学开始醒悟了——它开始意识到了自己的雄心与抱负……意识到了自己在整个中国文学格局中的价值与地位";"大西北的文学,应该是力的文学——像这块土地上的人生与历史,粗犷而深沉,苍凉而奔放,浑厚而辽阔,剽悍而不失理性的思索气息。"关于大西北文学或西部文学,人们已经讨论了许多话题。既将之视为起自80年代中期的一股来势迅猛的文学狂飙,或曰文学潮流,又将之视为一个客观存在并持续发展的文学现象,或曰文学流派,还有人将之视为一方以西部生活为土壤的百花坛,体现为群落性的文艺生态。② 实际上,在人们讨论西部文学的时候,主要关注的是西北作家,而在谈论西北作家的时候,主要关注的又多是陕西作家,尤其是在谈论小说的时候。上述的周政保的文章就提出了西北文学最突出的文学现象是陕西的小说和新疆的诗歌。他说:"从陕西的小说到新疆的诗歌,基本上保持了一种相似的文化传统及外在生活风貌的

---

① 《当代文艺思潮》1985年第3期。
② 参见史适:《西部文学的存在理由与发展前景》,《宁夏社会科学》1986年第2期;刘思谦:《读"西部小说"两题》,《小说评论》1985年第4期;肖云儒:《中国西部文学论》,青海人民出版社1989年版;余斌:《论中国西部文学》,《当代文艺思潮》1986年第5期。

独特性,但其间又与整个时代的变迁及精神时尚的更新维系着一种相当密切的沟通性——文学与生活的同步,主要是通过富有地域色彩的观念变化而实现的。"就近些年来的发展情况看,作为大西北两个重要文学现象的"陕西的小说"与"新疆的诗歌"出现了一个仍保持较好的发展势头,另一个则相对疲软的现象。这是西北文学在整个中国文学格局中出现的新变化。随着文学的整体滑坡,80年代末精神振荡后的负效应的延宕,诗神之手便软了下来,而小说之手却开始有些放肆地抚摸民间,探入历史的隧道,叩询生命的门户,遂使小说之手保持了一定的强硬度和灵活度。在这样的文学趋势中,陕西的小说也算是得了天时、地利、人和,从而出现了创作的高潮,呈现为一种如陈忠实所说的"大释放"状态。[①] 因此,就在整个"西部文学"已经不那么火爆不那么引人注目的时候,"陕西的小说"却作为大西北文学或西部文学的重要代表,唤起读者和文坛的持续的注意。在80年代中期即被列入西部代表性作家阵伍之中的秦地作家贾平凹、路遥、陈忠实、邹志安、京夫、赵熙、王戈、梅绍静等,[②]后来都有更厚重、更出色的作品问世(路遥、邹志安在去世前都写出了可以当"枕头"的安魂之作)。同时,又有相当一批作家成熟起来或脱颖而出,如高建群、叶广芩、冯积岐、程海、莫伸、杨争光、蒋金彦、王蓬、吴思敬、王宝

[①] 见陈忠实:《陕西名家作品精选·序》。他说:"尤其令人鼓舞的是,这一代陕西作家在近几年间进入一种艺术创造的大释放状态,把他们的生命体验和艺术体验展示出来,造成了一个省的文学创作的鼎盛期,这种群体创作的大释放状态肯定还会持续下去,可以期待有大作品问世。"

[②] 见肖云儒:《中国西部文学论》,青海人民出版社1989年版,第3页。

成、王晓新、峭石、李天芳、李小巴、李康美、韩起、文兰、王观胜等。这些秦地作家与其他西北省区的作家如张贤亮、邵振国、昌耀、杨牧、王家达、唐栋、周涛、景风、张驰、祖尔东·沙比尔以及"下放"(或知青)作家王蒙、张承志、朱晓平、史铁生等,将大西北的文学天空装点得群星灿烂,使这块荒凉贫瘠然而却有着西北风骨、黄土气韵的广大区域出现了文学丰收的景观。这些有着不同创作个性及其追求的作家,显然因受大西北人文地理及历史文化的熏陶,不约而同地在作品中去捕捉这块土地与人的存在样态,并从情感与认知层面竭力把握其特有的地域文化风貌和审美风格,在80年代中期便形成了崛起的态势和"大西北文学"的基本特征。张贤亮曾于1985年初说:"现在,西北地区又崛起了一种特殊风格的小说和诗歌。这些小说和诗歌都以粗犷、雄健、恢宏的笔调和结构来描写人与严酷的命运和严峻的大自然的斗争;故事多半带有传奇色彩,然而这种传奇却是真实的,在曲折艰难的生活中表现了人类积极的本质。"①张贤亮在当时体味到并在作品中竭力要表现的,当然还并非是"大西北风情"的全部,他着力强调的粗犷、雄健、恢宏以及"传奇"和"积极"等,似乎还多少与此前唱惯了昂扬曲调的文学思维有点藕断丝连的关系。但他体味到的大西北雄伟壮美的豪迈情调,毕竟并非是子虚乌有,②那确是"大西北

---

① 张贤亮:《〈灵与肉〉秦文本序》,1985年5月。
② 在大西北能够坚强地生存着,这本身就需要超拔的意志;在极为严酷的条件下,让生命开出花来,其本身就带有悲壮的意味。而对那些志在"开拓大西北"的人来说,其悲壮的意味当更加浓烈,伟美也由此而生。五六十年代大西北的小说及诗歌在这方面已取得了较大的成就。

风情"中的一个重要方面。但除此之外,还有动人心魄的悲凉和忧郁的情调,唯其是大西北的悲凉和忧郁,也才似乎与这里的地和人特别吻合。赵园曾说:"这大西北的忧郁,其深沉的感人力量,为其他北地文学罕有,那更是大西北黄土地特有的色调,生成于那一片黄土地与作者之间。"①对大西北文学特有艺术风格的追寻,在新时期是从电影理论家钟惦棐于80年代初期提倡中国西部片的时候开始的,真正致力于西北或西部文学创作实践的,则是本土作家和那些与西北或西部深有联系的外地作家,但以本土作家为主体。他们的创作在总体上体现出了雄奇壮美、沉宏博大、凝重旷远而又悲凉忧郁的文学风格特色。这尤其鲜明地体现在大西北的乡土文学的创作中。有学者指出:"中国西部幅员辽阔,且是多民族聚居,它的大部分地区还有待于开发。自古以来,这里烽烟连绵,征战频繁,民族斗争激烈,加之恶劣的自然条件,艰辛的拓荒生涯,构成了种种不同于东南沿海地带的生活方式、社会环境和价值坐标,构成了特有的西部历史、民俗、伦理、道德、宗教、习惯、信仰等文化景观,并且结晶为这里的人民群众剽悍、勇敢、顽强、韧性、豪放、侠义的性格特征。这一切,都成为'西部文学'的生活矿藏。更何况西部文学艺术历史悠久,为世人周知……"②正是赖有这样的生活矿藏和地域文学的深厚传统,怀有对这片土地

---

① 赵园:《地之子》,北京十月文艺出版社1993年版,第215页。对"大西北的忧郁",她有很深切的感悟。详参该书第215—221页。
② 赵学勇等著:《新文学与乡土中国》,兰州大学出版社1993年版,第36页。就西部文学在现代的发生而言,"它的源头正在四十年代陕甘宁边区的文学"。参见黄修己:《四十年代文艺研究散论》,《中国现代文学研究丛刊》1987年第4期。

深切的爱恋和理解的作家，才能写出传"西部"之神的动人心魂的小说，既凝眸谛视深邃的历史，又正视现实人生的困苦与搏斗，还神往于瑰奇富丽的未来，冷峻的历史反思、痛切的现实观照和不灭的理想憧憬，使西部（尤其是大西北）小说展现出别一乡土世界。除了前面对秦地小说家乡土小说的介绍之外，西部（西北）其他地域小说家的作品，如张贤亮的《河的子孙》《绿化树》，王家达的《清凌凌的黄河水》《西凉曲》，邵振国的《麦客》《祁连人》，张驰的《甲光》《汉长城》，景风的《冰大坂那边》，阎强国的《流光》以及为"第二故乡"而倾心的作家王蒙的《在伊犁》，张承志的《黑骏马》等，都对西部（西北）的乡土世界进行了出色的描写，寄寓了浓挚的感情。上述作品的内在风神得自大西北的人文地理与作家主体的深刻交融。这或许恰如西部诗人章德益在诗作《我的大漠的形象》中所表达的那样：

> 大漠有了几分像我，
> 我也有几分与大漠相像。
> 我像大漠的：雄浑、开阔、旷达；
> 大漠像我的：俊逸、热烈、浪漫。
>
> 大漠与我，
> 在各自设计中，
> 塑造着对方的形象。
> 生活说：我以我的艰辛设计着你的形象；

我说：我以我的全部憧憬设计着世界的形象。

可以说，西部（西北）文学正是自然的人化与人化的自然在特定地域中融汇生成的独具风神的文学。这"风神"使得雄风壮美成为西部文学主要的美学特征——旷达、恢宏、雄奇、古朴，自然也有机巧灵秀，却绝不是小家碧玉。读这一类作品，我们常常在现实感的深处，感到一种沉雄的历史感和崇高的审美感。① 试想，"沉雄"和"崇高"的审美感受居然能够从荒凉大地上获得，这对那些陶醉于纸醉金迷、柔歌曼舞中的人来说，确实是匪夷所思、不可思议的。我想，听一下路遥的自白也许会有一定的启示：

我对沙漠——确切地说，对故乡毛乌素那里的大沙漠有一种特殊感情或者说特殊的缘份。那是一块进行人生禅悟的净土；每当面临命运的重大抉择，尤其是面临生活和精神的严重危机时，我都会不由自主地走向毛乌素大沙漠。

无边的苍茫，无边的寂寥，如同踏上另外一个星球。嘈杂和纷乱的世俗生活消失了，冥冥之中，似闻天籁之声。此间，你会真正用大宇宙的角度来观照生命，观照人类的历史和现实。……在这单纯的天地间，思维常像洪水一样泛滥。而最终又可走在这泛滥的思潮中流变出某种生活或事业的蓝图，甚至能明了这些蓝图实施中的难点易点以及它们的总

---

① 参见昌耀等著：《就西部文学诸问题答〈当代文艺思潮〉编辑部问》，《当代文艺思潮》1985年第3期。

体进程。这时候,你该自动走出沙漠的圣殿而回到纷扰的人间。你将会变成另外一个人,无所顾忌地去开拓生活的新疆界。①

正是沙漠之行使路遥坚定了创作《平凡的世界》的决心,并在心灵与大自然的对话中获得了某种神圣感、崇高感,使他甘愿去为文学的创作而牺牲"自己的青春抑或生命"(写成《平凡的世界》后不久,他便病逝了)。路遥的《平凡的世界》是放大的《人生》,其所追求的那种"平凡而神奇、素朴而典雅、绵密而沉雄,悲凉而热烈的审美风范",②也以生命的代价而得以基本确立,由此也表明他确实是大西北小说家中的一位具有代表性的作家。

然而,秦地小说家又并非仅仅属于大西北文学,他们并未因消融于大西北文学的一般特征而失掉了自身的创作个性和地域特征。这也就是说,秦地小说与西北其他省区的文学相比又是有所区别的,而这种区别也得之于地域文化的差异。从地域上讲,秦地固然具有大西北的一般属性,但也有较为明显的"中原"特征,在文化上也被视为"中原文化轴"的重要地域之一。有学者指出:"夏、商、周、秦、汉、唐等朝代皆起于黄河流域,而且又都屡次迁都,都城所在地的文化远较他处为发达。当时政治和文化活动,以黄河及其最大流域渭河为轴线,呈东西走向。中国的几个

---

① 路遥:《早晨从中午开始》第5节,西北大学出版社1992年版。本节全部是写这次沙漠"誓师"的,这里只节录了一小部分。
② 详参拙文:《沉入"平凡的世界"》,《神秘黑箱的窥视》,陕西人民教育出版社1993年版,第27页。

著名古都——长安、洛阳和开封等,皆分布在此轴线上。这一古文化轴,是中原文化的核心地带。"①正是由于秦地与中原的这种密切关系,甚至有人提出不能将陕西划入西部的观点,除上述的那个"古文化轴"是主要理由外,还有一些具体的理由:"我国第一部诗歌总集《诗经》所代表的地域虽不能完全确定,但据专家研究,占《诗经》篇目总数百分之四十的《周颂》、《秦风》、《大雅》、《小雅》、《豳风》所指地域,基本上都在关中平原及其周边。由于复杂的历史原因,中国的文化中心逐渐由西向东,由北向南移动。陕西及甘肃汉东地区也就被默默地划入了西北的地图。但这一地区毕竟与真正的'大西北'有所不同,故解放前又有'内西北'之名特称之。如果再考虑到汉文化特有的戏曲的地理分布,注意到秦腔不但是最古老的戏曲剧种之一,而且在作为秦腔摇篮的'内西北'以西再未出现过别的戏曲剧种这一事实,那么……陕西就不宜划入西部了。陕西作家很多,'东部意识'又强,不特虎视(潼)关东,直欲问鼎京沪。"②当然,从地域划分的相对性、动态性(历史性)以及文化的联系性等方面看,陕西划入西部(或基本划入大西北)已成为一种共识(至少在20世纪及未来的一个较长的时期里是如此)。③但上述引文中所揭示的陕西与"大西北"的不同处又是有一定道理的。从军事上看,历史上也常将秦地视为属于内地边缘的抵抗外夷侵扰的前线,如清初记述西北舆地的《秦边纪

---

① 金其铭等编著:《中国人文地理概论》,陕西人民教育出版社1990年版,第407—408页。
② 余斌:《论中国西部文学》,《当代文艺思潮》1986年第5期。
③ 详参肖云儒:《中国西部文学论》,青海人民出版社1989年版,第21—26页。

略》即着意于考察"全秦边卫",云:"今天下可患者,独西夷也。西夷之患,必始西垂。……秦之塞亦狭小矣。"①遂提出要加强秦塞,以防护内地,这也就表明秦地与内地血肉相连的密切关系。此外,还可以从作家的写作环境及影响来看,西部偏僻省区的作家的写作环境非常艰苦,即使写出很有水平的作品,也常常受到那个实际被内地人或"文化中心"控制的文坛的有意无意的忽视:"和与他们有同样水准的'内地人士'相比,他们的'活动半径'仍然很小,很少有大报记者光顾,很少参加全国性的活动,很少能有非常主动的出书机会,在各类评奖、出国和荣誉性的场面之中,他们基本处于不利的位置。……"②这种身处偏僻省区的写作命运有时是很严酷的,秦地作家也未能摆脱这种不利的命运(如邹志安),但又较西部其他省区明显好一些(这在下面会谈到)。由于有惊人的苦干精神、殉道精神,也加之与"文坛"的较为贴近,其创作风貌更多地受到"文坛"季风的影响,而其创作成果也更多地受到"文坛"批评界的关注。在这方面,秦地作家也的确拥有着较大西北其他省区明显的优势。这大约也是秦地作家"东部意识"强的一个重要原因。

夸张点说,正是由于秦地作家及文学的这种既"属于"大西北(或西部)而又有些"不属于"大西北(或西部)的地域文化特征,使其处在中国东西部文化和南北部文化的"夹击"或"融汇"的特殊地带,领受四方文化的风采神韵,虽有被"包围"的尴尬,但更有

---

① (清)梁份:《秦边纪略》,青海人民出版社1987年版,第21页。
② 韩子勇:《偏僻省份的文学写作》,《西部文学报》1997年7月15日。

"兼容再造"的机遇,相对来说,由此也易于形成自己的既卓越独特而又会被普遍接受的地域文学特色。同时,在文学批评界和读者那里,也会得到较大的共鸣并将它与大西北文学(西部文学)及其他地域文学(如京派文学、海派文学、齐鲁文学、楚地文学、东北文学等)区分开来。比如,由于秦地曾是帝王文化、中原文化和楚文化大行其道的地区,使儒、道、释、法、墨诸家学说在此都有较为深刻的影响(也有时间差或程度上的差异),遂使秦地的人及文学在整体上,都不似大西北其他省区的那样雄浑、粗野和神秘、浪漫。柳青、杜鹏程、陈忠实、路遥等秦地作家的文学,在三秦文化的滋养下更多地获得了沉实敦厚、严谨雅正的文化品格,如果考虑到陕南作为秦地"小江南"而多沐楚风的情况,便会看到在贾平凹、京夫、王蓬、方英文、陈长吟等作家作品中的阴柔之美,这些都很容易地将他们与大西北其他省区的作家作品区别开来。但当秦地作家作品与其他地域,尤其是南方文学、东部文学相比时,它的兼容型的文化品格和其中的"大西北"特征,便会在具体的比较中显现出来。倘从地缘文化的细微处着眼,便会看到,在千变万化的地域民性的"异质多元"的事实面前,中国人(及其文学)"不仅具有普遍性,而且具有精细性。在一个大的地域之下,又有小的地域之分"。[①] 既可以大致像《人文中国》所做的那样,将各省区的人及其文化进行"性格化"的描述,又可以再细分微观下去,将同一省区的人及其文化(如陕西的"三个板块"之分)进行区分。在这样的或粗或细的文化视线或者广狭不同的文化视域中,20世

[①] 辛向阳等主编:《人文中国》,中国社会出版社1996年版,第22页。

纪秦地小说在中国文学格局中,便易于显现它的比较鲜明的个性和比较重要的地位。固然秦地小说与山西小说、河南小说、四川小说和湖北小说等周边省份的小说有较多的相似之处,文化的亲缘(如秦晋之好)和作家的交往(如秦豫之密)都比较突出,但如果细加分析比较仍会看到彼此之间存在的差异。比如山西有赵树理代表的"山药蛋派",在唯实求实、讲土爱土方面,可谓很充分地体现了"山药蛋"风格;而秦地小说却从柳青到陈忠实、路遥等,都更倾心于凝重而又雄浑的史诗风度,并有较为明显的主观色彩。又如湖北的作家有"九头鸟"式的精明,在感应时代风气、追逐先锋潮流方面往往捷足先登,尤其是近些年来在文坛的"先锋派"作家中常有湖北作家的身影,在城市文学、女性文学及通俗文学等方面,湖北作家都有不俗的建树;但秦地小说的那股浓郁的乡土味、粗犷的表达式和摇曳的神秘色彩,又是湖北小说很少有的。这种"近邻"既有区别,那么"远亲"如京派、海派(无论新旧与广狭)等与秦地小说的区别就更其明显了。对此,已有论者作过较为详细的论述,认为陕西的作家不同于京派、海派,其优势在于以本土生活的体验和感受来写普通民众(主要是农民)的生活,成功地写出了他们在历史和现实中的种种遭际。从而体现出了鲜明的地域特色。[①] 20世纪的北京文学是很显赫的,五四时期的新文学在这里崛起,三四十年代的京派小说(广义的)被老舍、沈从文托举到小说史的显著位置,[②]直至新

---

① 参见王崇寿:《黄土地上的辛勤耕耘者》,《小说评论》1994年第4期。
② 对此已有不少学者进行了充分的论述,如严家炎的《中国现代小说流派史》(人民文学出版社1989年版),杨义的《中国现代小说史》(人民文学出版社1988年版)等均对五四小说、京派小说进行了深入的论述。

时期的新京派小说①的引人注目,加之其他各种文学也往往托庇于京华文化的优势地位,直把北京搞成了20世纪中国文学最"繁华"的闹市之一。然而在对"乡土中国"的深切而又凝重的艺术把握方面,却很少能够贡献出具有史诗品格的作品,而这则有赖那些将根扎在厚土中的地方作家了。秦地小说家即在这方面取得了相当突出的成就,并且仍将继续有所奉献。海派(这里指广义的上海文学)也有其独特的文化优势和值得夸说的文化市场,花花世界投映在小说镜像中的五彩画面,也可使读者眼花缭乱,城市小说或市民小说,严肃小说或"鸳鸯蝴蝶派"小说,新感觉派小说与左翼小说等,也都表明大上海与北京一样是20世纪中国文学的一个"繁华"的闹市。②然而这里几乎到处是"水门汀"和"洋泾派",游荡着被人称之为"殖民文化"或"现代文化"的精魂。这里没有黄土情韵和西部风光,甚至也少有那种大悲大喜的灵魂震撼。而这些在秦地小说里却可以轻易地领略到。当然,较之于京派、海派以及其他地域文学,秦地小说也有其自身的缺陷——其他地域文学的所长,常常就是秦地文学(小说)的所短。可是,如果一味模仿他者的所长,企图以此弥补自己的所短,那结果有可能是邯郸学步,在改变了自己的时候也失去了自己的所长。秦地小说家似乎只能以自己脚下的地域文化为依托,适度地兼容并

---

① 新京派小说较为庞杂,因为成员和"京味"在当今也更复杂了,邓友梅、陈建功、刘心武、王朔等人即为代表,大而杂成了新京派的一个特点。

② 陈思和曾以为上海缺乏稳定的地域风格和人文历史,在当代文学创作上难以比过那些拥有地域性审美风格的地区,如京派、晋派、湘派、陕派等,见张新颖《栖居与游牧之地》(学林出版社1994年版)一书的"序"。

蓄,去创造属于自己的文学世界。当然,这并不意味着要封闭自己,[1]这是不言而喻的。

第2节 秦地小说的三次"东征"

20世纪的秦地小说并非像某些地方小戏俚曲那样,局限于相对狭小的社区里自产自销自娱。从总体上看,秦地小说以其相当坚实的文学成就和贴合时代的精神特征,尤其是它那在地域文化基础上创构出来的小说世界,在20世纪的文化传播相对快捷的条件下,走出了秦地,走向了全国,甚至走向了世界。除了那少量的秦籍外游的作家创作的小说之外,更多的是那些守在本土的作家和那些外来的作家,在秦地辛勤耕耘,创作了一批又一批具有较高艺术品位的小说,从而引起了全国评论界的注意,受到了广大读者的欢迎。秦地那些被冠之以"著名"的小说家,大抵都是在全国文坛"打响"或引起较多关注或评论的作家,其代表作多能达到当时的全国水平。倘从文学现象着眼,20世纪秦地文学中的"延安文学"、"白杨树派"和"陕军文学",均可以说具有全国性,其中那些顶尖的代表作家作品还具有一定的世界性。由此,秦地小说作为三秦文化的生动载体,也便扩大了三秦文化及自身的外向影响。当然,秦地小说之所以能够走出秦地,"东征"告捷,是与外

---

[1] 王愚在十多年前就曾指出:"西北地区的作家有其优长之处,但由于西北地区的闭塞状态渊源较长,苦学力行之士不少,颖悟开放之才受限,在思维能力和知识结构上,确有进一步开拓的必要。"见《人·生活·文学》,陕西人民出版社1987年版,第233页。这种忠告,自然也适于秦地作家,在今天也依然有其现实意义。

地评论家和广大读者的关注和喜爱分不开的,但也时刻与秦地现实中当下的文化圈的影响、烘托、推助密不可分。这种当下的文化圈(也与传统文化相关),包括秦地的文学评论、新闻出版、报刊杂志和有关的管理部门等。这些现实中存在于秦地的最靠近作家的文化条件、文化环境,构成了带有传统的地方特色的活生生的文化生态氛围,环绕于作家的周围,对其文学道路、创作心境等产生着不可忽视的影响。因此,秦地小说能够走出秦地,就与这些秦地本土的文化生态息息相关,故而也应给予适当的注意。

● **走出秦地的东征** ●

在 1935 年秋,红军经过二万五千里的长征进入陕北,整休不久,即以陕北根据地为依托,跨越黄河,实施"东征"。据阎愈新先生在《新文学史料》1996 年第 3 期著文考证,鲁迅和茅盾还一起写信对这次"东征"表示祝愿和祝贺。由此可知,出诸军事术语的"东征"本是指由西而东的进军,在历史上是有特指的。我想,当 1992 年至 1993 年"陕军文学"以"集团军"的姿态(并非有意识的策划)出现在北京的时候,①也许恰好唤起了新闻出版界人士的某种历史感,想到用"陕军东征"这一比喻性的说法,来描述这次"陕军文学"在首都打响并很快在全国引起很大反响的文学现象。于是就有了文坛上一时广为流传的所谓"陕军东征"。其实,中国西

---

① 作为"陕军东征"的长篇小说,高建群《最后一个匈奴》出版于 1992 年 9 月,程海《热爱命运》出版于 1993 年 8 月,其他几部出版于这两部之间。高建群在《匈奴和匈奴以外·后记》中介绍:"1993 年 5 月 30 日,《最后一个匈奴》座谈会在京召开。……名记者韩小惠小姐,以《陕军东征》为题报道了这次会议,并透露了稍后出版的陕西另外作品的信息。"后来,高、韩之间还曾为"陕军东征"的发明权产生了纠纷。

部文学总是要"东征"的,这是文学传播规律所决定的。来自西部的文学不东征,就不可能在全国产生影响,由此可以说秦地小说的"东征"也是屡屡发生的。但形成相当规模并产生普遍影响(包括一定的国际影响)的,便是与前述秦地20世纪"三大文学现象"相关的三次"东征"。这就是延安时期的根据地小说的东征,五六十年代的"白杨树派"小说的东征,八九十年代的陕军小说的东征。

延安时期的陕甘宁根据地是抗日战争、解放战争中最主要的根据地,在这里形成的文艺运动和创作成果的外向影响区域,主要是东部的其他根据地,进而扩及国统区、沦陷区以及国际共运的一些区域。当时的延安根据地汇集了许多来自全国各地的文艺工作者,其中有五四时期走上文坛的作家,有"左联"时期走上文坛的作家,也有到延安后较快成长起来的作家。[1] 他们或长或短地在延安根据地待过,主要接受的是思想观念上的影响,创作上(尤其是小说创作)虽然也很活跃,但难以摆脱彼时战争环境的制约,多是短平快的小型制作。[2] 短篇小说的收获应该说是相当可观的,新老作家都常以短篇小说的形式及时地反映现实生活。丁玲的《我在霞村的时候》、《在医院中》、《夜》、《入伍》、《东村事

---

[1] 详参贺志强等主编:《延安文艺概论》,陕西人民出版社1992年版,第99—100页。

[2] 战时讲求文艺的宣传效果,追求普及胜过追求提高。据陆定一说,《在延安文艺座谈会上的讲话》推动了下列新型文艺的出现,按照普及程度排列:(1)民间舞蹈和民间戏曲;(2)"民族"风格的木刻;(3)传统说书风格的小说和故事;(4)模仿民间歌谣节奏和习语的诗歌。于是,"走向民间"成了追求普及的有效手段,并促使延安文学走向外地。见《剑桥中华民国史》(下卷),中国社会科学出版社1993年版,第550页。

件》、《一颗未出膛的枪弹》,柳青的《牺牲者》、《废物》、《地雷》、《被污辱了的女人》、《土地的儿子》、《喜事》、《在故乡》,以及陈学昭、欧阳山、草明、舒群、邵子南、刘白羽、周而复、荒煤、秦兆阳、杨朔、柯蓝、袁静、葛陵、朱寨、王汶石、孔厥、康濯等众多作家的短篇小说,使延安根据地小说足以形成一股"小说潮",再加上少量的中长篇小说,如柯蓝的《洋铁桶的故事》、欧阳山的《高干大》、柳青的《种谷记》等,在一定程度上加强了延安根据地小说的实力,使其"东征"产生了较大的影响,既"输出"来自延安的文学观念和小说创作取向,又在小说形式的探索方面,为全国各根据地小说创作,提供了有益的启示。值得注意的是,延安根据地的小说家是有进有出,那些从延安奔赴其他各地(主要是往东部根据地)的小说家,带着已经透入骨髓的延安精神及相应的文学观念,投入新的创作中去,从而体现出了一种"东征"的形态,既生动地体现了他们对延安文艺精神的承袭,又生动地体现了他们对延安文艺精神的弘扬,并在新的地域中产生了较为明显的影响。如丁玲从延安走出后,深入生活写出了《太阳照在桑干河上》;周立波从延安走出后,也写出了他的代表作之一的《暴风骤雨》;草明从延安走出后,写出了别具一格的《原动力》,等等。这些从延安走出来的作家,既带着经由延安文化环境塑造出来的文学精神,也带着那种经受艰苦的炼狱般考验而确立起来的意志和力量。丁玲曾在重返秦地时说,第二故乡延安给予了她丰富的精神营养,使她能够经受住各种严酷的生活考验。[①] 1969年到延安插队的史铁生,也

[①] 参见静波:《丁玲印象记》,《梦楼小品》,陕西人民教育出版社1993年版,第57页。

在经受痛苦的生活磨炼中,强固了自己的生活意志。在他致残之后,"乡亲们就是从那些平凡的语言、劳动、身世教会了我如何跟命运抗争",他说,这使他学会"用背运来锻炼自己的信心"。① 史铁生的这种得之于延安人的向命运抗争的精神,与丁玲从第二故乡延安获得的生命体验显然有相通之处,而这种体验及其内蕴的民间文化精神对其创作道路也必然会产生深刻的影响。也正是由于延安文艺精神的东渐,在晋察冀根据地、山东根据地、苏北根据地以及其他解放区,才会涌现出那样一批带有延安精神烙印的作家作品。除了赵树理的《小二黑结婚》、《李有才板话》、《李家庄的变迁》等优秀作品之外,还有马烽、西戎合著的《吕梁英雄传》,袁静、孔厥的《新儿女英雄传》,孙犁的《荷花淀》,马加的《滹沱河流域》,周而复的《丰收的季节》,梁彦的《磨麦女》,狄耕的《腊月二十一》等众多的具有时代意义和较高艺术水平的小说作品。前述可以将延安文学视为一个带有母本性质的文学流派。这一流派在小说创作方面便取得了较大的艺术成就,并对后来的文学创作继续产生不可忽视的影响。尽管作为一种文艺思潮影响下的文学流派不可能面面俱到,集众美于一身,但以人民为本位,以同情

---

① 史铁生:《几回回梦里回延安》,《小说选刊》1983年第7期。知青生活体验对知青作家来说,总算一笔可观的精神财富。同时,知青们的下乡,对乡间那些向往知识和外部世界的本地青年来说,也会产生影响。高建群曾说:"在延安插队的北京知青,后来有些人成为新时期以来的活跃的作家,例如史铁生、陶正、梅绍静、高红十等。叶延滨位列他们之中。陕北作家中,例如路遥,例如我,例如后来稍微年轻些的一代,都直接地或间接地受过他们的影响,从而做起了文学梦……"见《六六镇》,陕西人民出版社1994年版,第430页。这种双向影响,很值得深入研究,甚至需要超越文艺的更为宽阔的学术视野来观照"知青上山下乡运动"。

或认同劳苦大众为善美原则的作品,总有它不可消泯的艺术魅力(但那些阴谋文艺自然不在此列)。从这种角度来看待延安文学及其影响下的那些作品,就能够接受和理解它们。比如80年代以长篇小说《悬崖百合》而为世所知的作家沈大力,出生于延安窑洞,深受延安革命文化的熏陶,有着充实的感情积累,写出了当年延安保育小学艰苦跋涉的动人故事,并在国内外产生了较大的反响。作品既受影视界的青睐,还被译成外文广为传播。作家也被邀出国参加国际作家会议并在多个城市作了报告,获得了广泛的好评。恰如有的学者指出的那样,这部"小说中表现的'延安精神'在世界上产生的这种震撼人心的力量,其中所蕴藏的人类文化价值意义是值得我们深入追寻的"。① 延安文艺在历史上和现实中,都仍具有较大的影响,对此视而不见不是实事求是的态度。延安文学中也有不少作品(包括部分小说)实际产生了一定的国际影响。

十七年时期的秦地小说,如前指出的那样,形成了带有鲜明地域文化特色的"白杨树派"。作为一个文学流派,有一批小说家、诗人和散文家为之作出了贡献。其中小说家则是最有代表性的作家,如柳青、杜鹏程、王汶石等。而他们的那些最具代表性的作品几乎都是在北京出版或发表的。比如柳青的《创业史》一、二部都在与他关系至密的中国青年出版社出版;杜鹏程的《保卫延

---

① 贺志强等主编:《延安文艺概论》,陕西人民出版社1992年版,第308页。《悬崖百合》由陕西电视台拍成同名电视连续剧,也获得了广泛的好评,陈孝英认为,这个电视剧不仅充分表现出了延安精神的精魂,而且具有比较高的文化品位和美学格调。见陈孝英《美丑悲喜之间》,陕西人民教育出版社1991年版,第471页。

安》和王汶石的《风雪之夜》(小说集)都是在人民文学出版社出版的。这几位小说家都由于这种作品"进京"的"东征",成为文坛风云人物,引起相当广泛的关注,在国内外都产生了较大的影响。这在前述"白杨树派"时已有一些介绍,这里主要就柳青的外向影响的实际情况再略予补充。

柳青在1951年推出的《铜墙铁壁》这部长篇小说,[1]得之于他历尽辛劳从东北返回陕北后的采访。当时他曾对刘白羽讲了他重返陕北的理由:"我一定要参加战争,可是东北生活不熟悉,写不出,我想立刻回陕北……"[2]《铜墙铁壁》作为他这次重返陕北的重要收获,在刚出版不久便得到文学界的重视。当然,这部小说也存在着一定的概念化的毛病,激情和理念的东西未能很充分地融入形象的描绘和心灵的透视之中。这与他毕竟未能亲历陕北战争故而生活积累尚有缺陷有关。但《铜墙铁壁》和他此前的另一部长篇《种谷记》都为他后来的史诗性作品《创业史》提供了经验和教训。从创作取向、题材性质以及具体写法上看,《种谷记》与《创业史》关系更为密切一些。在文学史家的眼里,柳青写于1947年的《种谷记》,也有它的价值和贡献。作家对农民的愿望和农村的实际都深有了解,同时也对政治策略心领神会,故而能够及时地发现并把握住农民由个体劳动走上集体劳动的历史性的初步转变。萌芽的东西寄托着一种深刻动人的希望,它也许还很脆弱,在新旧冲突异常剧烈的20世纪还很难成长为挺拔屹

---

[1] 柳青:《铜墙铁壁》:人民文学出版社1951年9月出版,1958年再版。
[2] 见蒙万夫等编著:《柳青传略》,陕西人民教育出版社1988年版,第41页。

立的大树，但文学的触觉敏捷地抓住这一萌芽，客观上便构成了中国现代文学史上的一个并非可以轻易解决的全新的课题。同时，柳青相当成功地写出一系列人物形象，并将具有"新人"特征的人物置于了文学结构中的核心位置。"这显示了柳青创作的一个鲜明特色：他特别善于发现刚刚冒出生活地平线的东西，善于抓住那些暂时还不是大量存在，却有着深厚生活基础和广阔前途的萌芽状态的新生事物，而在自己的创作中着力予以描写与歌颂。这种创作特色对于五四以来革命现实主义创作方法显然是一个新发展。"即使出现了一定程度的概念化问题，"也是反映了过渡时期作品的历史特色的"。① 从一定意义上讲，这段评语也适用于《创业史》。《创业史》通过艰辛的努力将《种谷记》描绘的"萌芽的东西"进行更充分、更有力度的重构，使之更富有现实生活气息，也更富有理想主义色彩。现实生活气息来自柳青深深扎根于长安皇甫的生活体验，来自他对秦地地域文化的了如指掌；理想主义色彩则来自50年代那因胜利而萌发出的更大的憧憬，来自更为迫切的功利化的企想。而在50年代那种极其特殊的时代氛围中，人们很容易将这企想也当成真实。从真实层面上看，确如阎纲指出的那样："没有几年皇甫村的生活实践，就没有《创业史》。任何乡土作家都要在自己的作品里留下生活基地的泥土气息，这是现实主义不可或缺的。《创业史》里人物活动的细节和场面，充满着当地特有的泥土气息和生活色彩。请看一看书中关于民国十八年大饥荒的描写，架梁请客的描写，上山割竹的描写，粮

---

① 钱理群等编：《中国现代文学三十年》，上海文艺出版社1987年版，第630页。

食集市的描写,'闲话站'的描写,王二丧礼的描写,杨副书记进草棚院的描写,合作社成立大会的描写等,那简直就是一幅幅使人叹为观止的民俗画、风俗画。它是那样的富有诗情画意,那样的活画出当地农民浓厚的地方心理和地方习俗!"① 阎纲是一位来自秦地的评论家。在对《创业史》的评论中既注入了乡情,又具有评论家应有的批评眼光。比如他对《创业史》在细节描写上的真实性是相当推崇的。就此他曾谈过他这样的阅读感受:

> 我是陕西人,家在渭北关中地区,虽然离柳青所在的皇甫村相隔百多十里,但那里的生活习俗、风土人情、说话谈吐对我是毫不生疏的,连那里的方言我也懂得,读时常常忍俊不禁,这恐怕是外地读者所难以享受到的一种乐趣吧!但是,我即使怎样用心地、故意地寻找书里对陕西人说来可能失真的生活细节,这种细节也没有被寻找出来,这当然使我颇感惊奇和钦佩了。阅读《创业史》,你可以看见这里的一草一木,都长在陕西渭水的沿岸。这里的瓦房院、草棚院、柿树院,都留有当地主人个性化的标志。这里的人物,各自说着自己的话,这些话是"这个"人说的,同时又说着本地话和50年代初期的话。这里的人平时穿什么,上山穿什么,赶集穿什么,完全合乎当地的习俗,像出于本能一样的自然。掮扫帚,脚钱多少,一把扫帚值多钱,以至于花儿多么红,豹子怎么叫,鸟儿如何飞,终南山多美又多险,都翔实如见,精确不

---

① 阎纲:《〈创业史〉与小说艺术》,上海文艺出版社1981年版,第48页。

误。……①

《创业史》的细节描写的确是非常出色的(当然也有个别细节因受概念化影响而未必真切),这在"重写文学史"的讨论中也得到了指认。②《创业史》受到非议最多的是其功利观和梁生宝形象。诚然,功利观念、使命意识都体现着人的价值观,柳青作为文学家,是将文学当事业来干的人。这事业并非是纯粹的"艺术",而是为了满足人民的实际需求——物质和精神的需求的一种工作。也正因如此,他有时可以径直抛开文学形式,用实用文体来表达自己的想法。比如他所写的《建议改变陕北的土地经营方针》一文,就是最好的一个例证。早在1955年他就提出过这个建议,未果。1972年在艰难的环境里又重新写了这个建议。像个对国内外经济生产尤其是农业生产情况非常熟悉的专家,所提建议颇有价值,具体理由也相当充分。他的建议是认为陕北地区不宜于着重发展农业生产,而宜于栽植苹果,以及植桑养蚕等。他的这种因地制宜地发展陕北经济的思想,与著名农业专家金善宝先生和著名历史地理学家史念海先生的某些观点颇为一致。从柳青的这种非文学的行为中,人们同样能够看出他那颗饱含献身精神的赤子之心,同样能够领略到他那种不忍目睹家园荒芜、故土赤贫的揪心疼痛。然而历史与人生的复杂就在于,有良好的愿望和献身的精神却未必都能获得成功。向来,历史的巨大变迁和社会的重

---

① 阎纲:《〈创业史〉与小说艺术》,上海文艺出版社1981年版,第174页。
② 参见宋炳辉:《"柳青现象"的启示》,《上海文论》1988年第4期。

大转型就都是经过很长时间的阵痛才逐渐实现的。对于社会主义的选择大抵也会如此。最早投入讴歌的文学家们大概都会体验到那种来自阵痛的悲剧感。他们希望逃避这种悲剧感,更将歌喉放大,就仿佛是夜行人凭借不住的歌唱来为自己壮胆一样。

在以《创业史》为代表的"白杨树派"小说的东征过程中,引起持久争议的是关于英雄人物和中间人物的讨论。在《创业史》中则具体表现在对梁三老汉和梁生宝这两个人物的不同看法上。① 柳青写人物,颇能注意揭示人物精神世界的复杂性。在《创业史》中的梁三老汉身上,尤其能够看出这一点来。从具体的描写中可以看出,本色的传统农民在地域文化的影响下便有了其本色的精神特征。梁三老汉就有以下的性格特点:老实、善良、勤劳、耿直、倔犟、固执、忠厚、天真、贤明、识大体、心软、保守、自卑、小气、自私、多疑、无能、忌妒、呐呐、幽默、逆来顺受等,复杂中透出人物精神世界的丰富性。有人激赏梁三老汉这一形象在艺术塑造上的成功,显然是有根据的。邵荃麟先生就认为梁三老汉是个"很高的典型人物"。② 严家炎先生在自己的论文中更是对梁三老汉形象进行了深入细致的分析,具有很强的说服力。③ 即使仅就梁三老汉这一形象所达到的艺术高度来看《创业史》,也很难低估其成

---

① 关于《创业史》的争论第一次是在20世纪60年代初,讨论相当热烈,严家炎先生便发表过数篇文章;第二次争论发生在80年代。详参《中国当代文学研究概论》,南京大学出版社1995年版,第262—265页。
② 见邵荃麟:《关于"写中间人物"的材料》,《文艺报》1964年第8—9期。
③ 参见严家炎《〈创业史〉第一部的突出成就》(《北京大学学报》1961年第3期);《谈〈创业史〉中梁三老汉的形象》(《文学评论》1961年第6期)等。

就了。关于《创业史》,至今看法上仍多有分歧。有的人意欲全盘否定,有的人仅在有限的程度上给予部分肯定,有的人仍将之视为史诗型的巨制,还有的人基本肯定其在文学史上的重要地位,仅对梁生宝的形象塑造提出"瑕不掩瑜"之类的批评。从文学史角度来看,能在文学史上引起持久争论的作品,肯定不是很简单的作品。站在当今时代比较流行的观点来看,自然应该指出《创业史》存在过分贴近现实政治、主要人物有神化倾向、议论时有不够精当等不足之处。如据材料,梁生宝的人物原型主要是那位还健在的王家斌。柳青对他实在是很熟悉的,在纪实散文中就曾不止一次地详细地写过他。这里仅录《灯塔,照耀着我们吧!》中的一段话,读者便可知《创业史》中的梁生宝多么逼近生活中的王家斌:

> 据我知道,王家斌并不会说很多的道理;他的头脑并不如高梦生灵动,嘴也是相当笨的。但是村里人只要看见他,就可以想起很多的事情——他跟母亲讨饭讨到皇甫村落的脚;他从会割牛草起就给人家熬活;解放前有一个丰收年,他和他继父租种了地主二十三亩稻地,到冬天只落得一垛稻草,自己跑终南山糊嘴。解放后分得了地,领导互助组丰产了;多少人卖地给他他不买,一心要奔社会主义去。——他走进四村,任何一个茅棚,叫声大爷、叔叔或者老哥,劝说把余粮卖给国家,谁能不动心呢?①

---

① 《柳青小说散文集》,中国青年出版社 1979 年版,第 19 页。

这种"纪实性"的笔墨在《第一个秋天》、《王家斌》等文中更有新的发挥,使人情不自禁地想到作家对这一人物的喜爱,已经达到了非同寻常的程度。由此趋向"理想化"的再造,也成了势所必至的选择。后来的《创业史》在塑造梁生宝时,实已注入了一种浪漫。这种浪漫原本不觉,还以为是现实。

近半个世纪过去,蓦然回首,才发觉昔日整个进入了"现实"的大梦之中,于是柳青再难写出灿烂的续篇。关于梁生宝这一形象,近年又有人进行了这样的概括分析:"梁生宝这位卡里斯马典型及其相应的叙事方式的确立,是20世纪中国小说的卡里斯马追寻历程上的一件意义重大的事件。它表明,自20世纪初以来经过漫长转型期的现代卡里斯马典型,在此找到其成熟的定型形态。这同时也表明,不断演化的'新文化工程'本身终于寻得其赖以中心化和总体化的卡里斯马规范体系。这种规范体系借助梁生宝这个魅力四溢的卡里斯马人物而组织起本时代人们的幻想或欲望:在梁生宝的顺利成长与成功的完美画面中,支离破碎的中国文化又重新聚集起复活的能量,显示出总体风貌。"①诚然,梁生宝这个形象是有缺陷的,过分的理想化使其虚幻起来。但他无疑仍然是书中的一个引人注目的形象,人们也可以通过他来较多地体认那个亢奋的时代。当年曾特别"挑剔"梁生宝这个形象的严家炎也认为这个形象"有成功的一面"。②严先生后来还说过:

---

① 王一川:《中国现代卡里斯马典型》,云南人民出版社1995年版,第177—178页。
② 详参严家炎:《关于梁生宝形象》,《文学评论》1963年第3期。

"陕西人杰地灵,十七年间出了柳青和他的《创业史》,尽管我当时挑剔、批评,但我知道《创业史》是不怕批评的,很钦佩柳青。"①无论如何看待《创业史》,人们都常常感到它是很难被绕开的。无论是谈秦地文学、西北文学、黄河流域文学,②还是谈中国当代文学乃至国际共运文学,确难回避对《创业史》的深入考察。对于柳青的研究和评论已经很多,其"东征"的效应已足以显示了一个作家沉甸甸的分量。董大中先生曾说根据地是长文学的地方。③ 或者也可以说:秦地也是长文学的地方,尤其是长小说的地方。《创业史》的东征就可以向世人宣告这一点。国际上也已有了《创业史》的多种译本,并出现了一些有关的研究,对《创业史》给予了突出的关注。比如日本学者冈田英树曾在《长篇小说〈创业史〉——生动的农民群像》一文中指出:"正是这一部作品,使我真切地受到感动,让我自认为能够保持与中国读者相通的兴奋之情。我想可以这样说:这部《创业史》确实把中国长篇小说的已有水平引向了一个更高的阶段。为其直视现实的敏锐目光而惊讶,为其生动的人物形象而兴奋,被作者对于未来充满坚定信念的描写而征服的,恐怕不只是我自己。"④《创业史》是有较大的艺术征服力量的,同时也对人们通过它来认识中国社会、了解中国文化提供有

---

① 见严家炎:《一部可以称为史诗的大作品》,《小说评论》1993年第4期。
② 参见蒋心焕:《现代"黄河文学"论》,《中国现代小说的历史沉思》,南海出版公司1993年版,第61页。
③ 参见董大中:《赵树理评传》,百花文艺出版社1986年版,第156—157页。
④ 人文杂志编辑部、陕西省社科院文学研究所合编:《柳青纪念文集》,人文杂志丛刊第1辑,第223—224页。

益的帮助。对外国人来说,更是这样。据尹慧珉介绍,柳青《创业史》在国外确曾产生积极的影响。美国学者黄胄(Joa C. Huang)在读《创业史》时,深有感触,并由此引出一个研究课题,写成了一部研究中国当代长篇小说的学术专著——《共产党中国小说中的正反面人物》(Heroes and Vilains in Communist China: The Contemporary Chinese Novel as a Refection of Life)。尹先生的介绍中有这样一段文字:

> 1967年夏天,他(黄胄)在哈佛——燕京图书馆研究中国问题。《创业史》引起了他的兴趣。他觉得和报刊上那些"充满政治术语"的其他文件相比,这部小说"把中国农村的生活,中国农民行为的变化,党的政策,都说得更清楚。"他决定继续把小说阅读下去,"通过小说家的眼睛回过来认识这个社会",他在研究中,除阅读长篇小说外,还阅读了和这些小说有关的背景材料和评论文章。研究的重点是每本书中的四种人物:英雄、干部、中间人物和反面人物,再扩大到社会制度和党在各方面的活动和效果。《正反面人物》就是这一研究的结果。[①]

在秦地的白杨树派"东征"的阵伍中,杜鹏程可谓是另一位"将星"。他的军事题材创作和工业题材创作,都在全国产生了较

---

① 牛运清主编:《长篇小说研究专集》(上册),山东大学出版社1990年版,第198页。

大的影响,尤其是他的代表作《保卫延安》,尽管还有粗糙的一面,但长期以来,都被公正的批评家视为中国 20 世纪文学中的一部描写战争的具有里程碑意义的作品,它在国内外都产生了重要的影响。在这里不遑细述,仅举一例为证。海外林曼叔等人著的《中国当代文学史稿》中,曾较为全面地介绍和评析了杜鹏程的《保卫延安》,尽管有所批评,但还是指出:"从那对于巨大浩繁的战争场面描写的概括能力,那算得上是生动而又精炼的文学语言,那对于人物和景物的描写所焕发出来的浓厚的抒情气氛,对于他的创作才能还是应当具有相当信心的。"①除了柳、杜之外,"白杨树派"中的小说家王汶石、王宗元、李小巴、权宽浮、贺抒玉等也都是有实力走出秦地,引起文坛关注的作家。他们都是"东征"的突击手,取得了较大的战绩。限于篇幅,这里就不一一缕述了。

所谓"陕军"的称谓在 20 世纪 80 年代的初期即在文坛流行,而称"陕军东征"却在 90 年代前期,准确地讲是在 1993 年才有了这种说法,并有其特定的含义,即是指陕西几位作家从 1992 年下半年到 1993 年在北京比较集中地推出了他们的力作,引起了社会相当广泛的关注。具体说就是陈忠实的《白鹿原》、贾平凹的《废都》、高建群的《最后一个匈奴》、京夫的《八里情仇》、程海的《热爱命运》、老村的《骚土》②等,好像是不约而同地在首都集体亮

---

① 该书由巴黎第七大学东亚出版中心出版。引文转引自牛运清主编:《长篇小说研究专集》(上册),山东大学出版社 1990 年版,第 396 页。

② 老村是否属于"陕军"有不同看法。他是在外地当兵期间自学写作,接着便自费进京谋求发展的。他未在秦地文学界的圈子里待过。他虽是陕北人,但对秦地来说,又是流浪在外的作家。

相，遂被传媒作为热点给予评介，冠之以"陕军东征"的称谓。这一称谓在批评界引起了注意和沿用，但也引起了较大的争议。尤其是在怎样看待这些作品方面，颇有分歧。其情形也许像有的学者指出的那样："……以陈忠实的《白鹿原》和贾平凹的《废都》为代表的'陕军东征'，在文坛和社会各界引起'爆炸性'反响后，严肃文学也似乎从沉寂中活跃起来了。尽管人们对于'陕军东征'文学现象褒贬不一，看法殊异，但作为一种重大的、有影响的文学现象，其审美价值追求和艺术特征是值得认真探究和评析的。"① 事实上，"陕军东征"作为一种文学现象确已深深地给文学史留下了一个难以磨灭的印记，由此也唤起了人们对产生这种文学现象的地域文化的关注。也许，这与新闻界的"炒"有关系，但"炒"的结果呢？的确开拓了严肃文学的市场，唤起了人们心底潜在的精神需求。陕西的几部长篇，尽管风格、质量不一，但都是地道地坚挺着纯正的文学品格（这里没有包括《骚土》——引注），新闻界的炒，无疑是对泛文学现象的反驳，顺便，也相对地带来了作家物质生活的改善。"……'陕军东征'的几部作品以集团性的面貌跃然于日渐萧索的文坛，令人振奋。而且它们也都是作家自身创作的一个阶梯或高峰，有个别作品，放在新时期乃至整个当代中国小说行列里也堪称优秀。"②这次"陕军东征"借助于"炒"和自身的实力，拥有了较为广大的市场，对文坛及社会各种层次的读者都曾

---

① 陈传才、周忠厚主编：《文坛西北风过耳——"陕军东征"文学现象透视与解读》，中国人民大学出版社1993年版，第1页。

② 五湖：《也炒"陕军东征"》，《小说评论》1994年第1期。

产生较大的吸引力。阅读后的评价很多也很复杂,其间差异之大,也几乎成为一种文化奇观,让人感到这是一个难有"共识"的时代,评论这次"陕军东征"及其作品的文章难以尽数,专门性的书刊成册出版的也比较多,仅仅围绕《废都》,就有21部之多。①尽管这里确实带有现时市场色彩的"妙"的成分,然而这种"东征"效应却毕竟内涵着一种由征服与抵抗相撞击而合成的文化冲突的魅力,毕竟能够促使人们更多也更真切地去观照和省察乡土中国及现实人生。如前曾经指出的那样,这次"陕军东征"的作品都有相当强烈的本土文化意识,三秦文化的历史积淀和当今纷乱的文化景观都可以在这些作品中领略到。其中最让人易于兴奋也易于嘲弄、最让人陶醉也易于厌恶、最让人易于感觉丰富也易于感到乏味的是这次"陕军东征"作品中的性描写。这些性描写是有地域文化的依据和现实人生的真实"源泉"的。但对中国人来说,几千年了,说起"性"来太沉重。因而较多地涉写"性"是有违中国人的只做不说(或说之甚少)的性文化传统的。已有人严厉指责"陕军"兜售的是一些发泄性欲的文字自慰,并说这是由于地方水土的原因,黄土高坡的作家易于表现出性亢奋、性变态和性暴露。甚至还说,"陕军东征"是当代长篇小说的一个不祥之兆。这支来自黄土高坡的"黄色纵队"很快在全国引发了一场像壮阳药一样泛滥成灾的黄色瘟疫。像这样的指责明显带有情绪化的偏激,火药味也很浓。但它真实地传达了黄色人种的中国人到底还是害怕"黄色"东西的那种性文化心理。当然,"陕军东征"到底

---

① 贾平凹:《小说日文版序》,《坐佛》,太白文艺出版社1994年版,第271页。

是不是一个"不祥之兆",还要让历史来进行检验,最好还是不要过早地下结论。但有两点似应指出:其一,上述的指责并非政治批判而是文化批判,其中也确实能够引发出有益的思考,即"陕军"是否确实存在性描写的失当之处呢?如何写性才更合乎审美规律呢?严厉的批评有时比一味说好还有价值。① 尽管秦地小说家们对性描写总是说当写则写,不当写则止。但实际操作中则往往会身不由己。潜意识和非理性的东西对创作活动毕竟会产生影响的。如高建群分析陕北汉子婆姨的心态那样:"守身如玉,不敢越雷池半步者居多。那些做了的缄口不说,那些不做的却常常嘴上过瘾……"②这种情形在秦地作家身上也存在着。③ 秦地人所承受的性压抑的文化压力恐怕并不比东南区域或京沪地区轻些。而性压抑的驱力又是很容易导向无意识的"意淫"的。秦地作家在不知不觉中受此"意淫"心理的驱使,在作品中有时便不免任情恣性,缺乏恰到好处的节制,只觉畅美,而不觉危害。这种情形在一定程度上肯定是存在的。对此宜加以反思和改进。其二,这次"陕军东征"的作品确实已经产生了相当广泛和持久的影响,有的作品在国际上也引起了较大的反响(而这也许恰是其承受某些攻击的一个原因)。尽管其存在着一些缺陷与不足,但

---

① 参见赵遐秋:《评"陕军"笔底性狂潮》,《中国人民大学学报》1995年第5期。该文持论比较稳妥,但也有所评过苛之处。

② 高建群:《东方金蔷薇》,陕西人民教育出版社1991年版,第150页。

③ 比如贾平凹访美后给朋友方英文写有一信,末句云:"您知道妓女吗?您不知道。"方英文对此话的理解却是:"好像他这个胆小鬼真的开了洋荤似的。其实是吹大话,给嘴过生日。"见《多色贾平凹》,陕西人民出版社1993年版,第17—18页。

像《白鹿原》、《废都》、《最后一个匈奴》这样的作品，恐怕都是要传世的，并继续承受着观点不同的评论——这本是复杂形态的作品都要承受的命运。

当然，自新时期以来，"陕军文学"总在不断地进行着"东征"。这和前述的"延安文学"和"白杨树派"的东征一样，都是一种大规模的"东征"。作为一个过程，其间有低潮，也有高潮。新时期伊始，伤痕文学、反思文学、改革文学等，新潮迭起，而秦地作家却经常"慢了半拍"地跟进着。在80年代上半叶大抵都仍与"白杨树派"的创作路子保持着非常密切的关系，这种关系基本可以看作是对"白杨树派"的继承和发展。比如《窗口》(莫伸，1978)、《满月儿》(贾平凹，1978)、《信任》(陈忠实，1979)、《手杖》(京夫，1980)、《惊心动魄的一幕》(路遥，1980)、《人生》(路遥，1982)、《树上的鸟儿》(王戈，1983)、《哦，小公马》(邹志安，1984)等在全国获奖的中短篇小说，从根本上来说，都是对钟情于好人好事和现实主义的"白杨树派"的积极继承和发展。尽管其中出现了反思和改革的时代新内容，但和"白杨树派"向来注意的贴近时代、贴近本土生活的文学选择基本是一致的。相对而言，在这期间秦地小说"东征"的力度是不够的。自1985年起，"东征"的力度逐渐加大，尤其在创作长篇小说方面，有长足的进展。路遥的《平凡的世界》、贾平凹的《浮躁》等一批长篇相继问世，有的在国内获奖，有的在国外获奖，在评论界也颇受青睐，得到了很多鼓励和鞭策。于是，终于有了上述的那次集中"大释放"和"陕军东征"，为新时期以来的陕军文学的"东征"添上了既辉煌而又斑驳的光影。其后的一两年里，陕军在长篇小说创作方面仍然保持比较强劲的势头，但毕竟"东征"的再次辉煌未能如愿地实现。本来,20世纪对人类来说就是一个伟大而又沉重的世纪,在剩下的一点光阴里也不会变得怎样轻松起来。秦地作家大都是吃得下大苦、耐得起大劳的作家,相信他们能够坚持"文学神圣"的信念,经受住各种考验,更充分地开掘和利用自己脚下的三秦文化资源,在广阔的文化视野中铸造自己的文学个性,达到新的艺术高度。秦地作家中有的作家,如贾平凹、陈忠实等,都达到了相当高的艺术水平,①要超越自我已经很难,但并非没有可能。就我个人的感觉而言,贾氏有点写得太快太多,浮游之笔时常将自己带入过多的变幻之中,为文的谨重自然就不能顾得那么周全,而这对他这位实际早已走出秦地的民族性和世界性越来越强的作家来说,毕竟是有损害的;陈氏则有点写得太少,或者说能够被认为体现了他现有水平的作品太少,他说不追求著作等身,而只追求创造,这自然很好,是否能够再写出超越《白鹿原》的更为理想的佳作来呢?倘若写不出,也许还不如用些心力将《白鹿原》好好地修改修改,使其臻于更加完美的境界,达到第一流的世界名著的水平——这并非完全是不可能的事情。曹雪芹不就是只有大半部《红楼梦》,便撑起他不朽的

---

① 总体看,国内外文学界对贾平凹的评论更多些,评价往往也更高些,比如席扬指出"不管如何,贾平凹的确构造了一个远比他人丰富、厚实的'文化'审美世界。……贾平凹成了文坛'霸主'。"(《选择与重构》,时代文艺出版社1989年版,第678页)雷达指出,在八九十年代的中国文坛,贾平凹"毫无疑问是这个时段最令人惊叹的现象之一",创作已逾千万言,作品被译成英、法、日、德、朝鲜文版和港台版的,共有60多种。"他一人而兼数美,实为创作界之奇才"(《为文学而活的作家》,《小说评论》1995年第4期)已有人将他目为中国20世纪文学中的小说大师和散文大师。在海外,甚至有了较多的贾氏可能获得诺贝尔文学奖的传言。

雕像了么？对一部作品反复精雕细刻，也许与浮躁的时代不太合拍，但却有可能真正成为传世的精品。秦地小说家王宝成在《也谈精品意识》一文①中说得好："我们今天的作品，有几部能经受得起这样苛刻的旁批、眉批和总评？又有几部能让读者真正为之倾倒？在这方面，我们也要好好向古人学习学习。"秦地作家只要真正沉下心去搞精品，就会有更大的收获，这是无疑的。

● **秦地小说与评论及其他** ●

诚如有的学者所指出的那样："具有生香真色的文学语言，具有鲜明个性的文学作家，都与地域有一根永远剪不断的脐带。一个作家可以陷入物质的贫困，但如果精神上也无地自容，或上无片瓦下无立锥之地，迷失了本来面目，没有了本地风光，那么就变成了沿街托钵的乞儿。守护文学的地域城堡，实际上就是在防止文学的水土流失，防止文学的荒漠化。"②作家创作地域文学，评论家必然会关注和研究地域文学。事实上，20世纪的秦地小说产于秦地，土生土长，但在走出秦地的"东征"过程中就在很大程度上得益于本地和外地批评家（包括秦地人在外地工作的批评家）的理解与批评，也得益于本地和外地（尤其是首都）文化界诸如出版社、杂志社、报社以及影视界的理解和支持。这在前面已有简单介绍。这里主要谈一下秦地小说与本土文学评论等地域"活文化"的关系以及这种"活文化"对作家的现实影响。如果说秦地小

---

① 见《西部文学报》1996年9月15日。
② 李浩：《地域空间与文学的古今演变》，见薛天伟等主编：《中国文学与地域风情》，学苑出版社2005年版，第1页。

说家是处在秦地现实的"文化圈"之中的话,那么,对其创作活动产生明显影响的便是这一文化圈中的三个子圈或分圈,即评论圈(由评论家及其展开的一系列评论活动所构成)、编辑圈(由编辑家及与之相关的出版、报刊等系统所构成)和组织圈(由文学艺术界的各种群众组织及党政有关部门所组成)。

秦地文学的评论圈对作家创作曾产生了不可忽视的影响。延安时期的文学批评是围绕着《在延安文艺座谈会上的讲话》精神展开的,其批评导向带有鲜明的政治性,政治标准确乎处在第一的位置,在艺术标准方面,主要是强调与政治标准相统一的文学"大众化"。这"大众化"的历史性要求是千方百计要促成作家在思想感情上贴近大众,有了这种立场上的根本转换,才能在艺术形式上主动地利用、改造民间文艺形式。以"大众化"的标尺衡文论艺,在文艺史上确实带有革命的意味,有其一定的历史进步意义。延安文学(包括小说)的创作实践也验证了这一点。然而在深刻触动作家灵魂的同时,也留下了隐形的创伤。彼时对丁玲、王实味等人的可谓是相当痛切的批评,就为后来趋于极"左"的文艺批评埋下了伏笔。像王实味在后来不久还为此付出了生命的代价。关于延安时期的文学批评的经验与教训,论者众多,于此不再赘述。

在十七年的秦地批评活动中,郑伯奇作为五四时期的老作家,和许多老作家一样,中止了创作而较多地从事文学批评和组织工作。他在本土常是以"陕西新文艺的先驱"这一形象出现的,享有较高的声望。他对青年作家很关心,报告、谈话中自然不免时常谆谆教导,但评论却写得不多。一旦有评论文章发表,首先便会引起秦地作家尤其是青年作家的注意,从中汲取有益的营养。与郑伯奇的来自国统区不同,活跃于十七年秦地批评领域的另一位评论家胡采则来自解放区。他在延安时期就着意于加强自己的理论批评的素养,还参加了延安文艺座谈会。彼时还是个文学青年,但已经是秦地本土的少量的优秀文学青年中的比较突出的一位了。在新中国成立后十七年的文学批评活动中,他算得上是秦地批评界的"权威"。胡采的文学批评也经常"东征",但主要影响却是在秦地。他从40年代到90年代,积极从事文学批评活动,出版了近十本文艺评论集。其中《从生活到艺术》、《胡采文学评论选》、《新时期文艺论集》等,都对作家(尤其是秦地青年作家)产生过较大的影响。他特别看重生活真实在创作中的作用,在评论作品时,总要首先审视这一点。他对革命现实主义的理论倡导和批评实践作过不懈的努力,对秦地作家柳青、杜鹏程、王汶石、柯仲平、魏钢焰、王老九、李若冰、王宗元等人的作品,都曾给予热情的评论,对这些作家的创作都产生过一定的影响作用。他是一个信念相当坚定的批评家。到新时期时,年事虽高,仍非常振奋地投入文学活动中去,从评论和实际操作上,努力为杜鹏程及其《保卫延安》等作家作品翻案,也对新涌现出来的作家如陈忠实、路遥、贾平凹等给予热情的鼓励。在他的评论中,常常能够看到他对"地方色彩"的关注,这对秦地作家来说也有启发的作用。在十七年的秦地文学评论中,王愚已经显示了较为坚实的批评功力,发表了引人注目的有棱角的文章,但因此却成了"右派",中断了批评生涯。直到新时期开始,他才重新操笔,写下了一系列在全国有一定影响的评论文章,如《努力表现处于时代运动中的人物》，①《长篇小说中的现实主义》②等，加之他对秦地作家的深切关注和坦率批评，对秦地作家常有较大的影响作用。③

要谈新时期以来的秦地文学批评，首先便要注意那个成立于1980年的"笔耕组"。胡采是顾问，也是主要策划者与组织者，王愚、肖云儒、蒙万夫是组长，成员主要有11人，如畅广元、刘建军、刘建勋、李健民等。其中有热情奔放、头脑机敏的人，有侃侃而谈、语惊四座的人，有稳重平和、见解深刻的人，尽管个人性情和观念不尽相同，但他们都对文学满怀着热情和忠诚，都对秦地文学，尤其是小说有特别的情感，也格外的熟悉；他们还有一个共同点就是相当勤奋，写下了大量的评论文章，其中主要的评论对象便是秦地小说，这对秦地小说创作的促进作用是不能低估的。阎纲曾说："陕西地面，人杰地灵，既有作家群，又有评论家群。少长咸集，群贤毕至，像'笔耕'小组这样一支评论劲旅，全国能数出几个！虽为地方选手，却打出了国家队的水平……我读过他们写的好文章，他们代表陕西小说评论的希望。"④

其次，值得格外注意的是全国第一家也是唯一一家的《小说评论》。这是一份艰苦创办、为全国小说评论提供主要阵地的很

---

① 《人民日报》1982年12月16日。

② 《当代文艺思潮》1983年第2期。王愚有评论集《王愚文学评论选》、《人·生活·文学》等。

③ 贾平凹曾述王愚："晚年主编一家理论刊物，著书数册，文学青年簇集门下，每有书稿，多愿求他作序或批评，王愚一概接纳，彻夜阅读……"见贾平凹：《说话》，陕西人民出版社1995年版，第36页。

④ 阎纲：《无题的祝贺》，《小说评论》1985年第1期。近年来，陕西省作协评论家协会曾主办会议，专门纪念笔耕组的业绩，其主要成员和受其影响的一代评论家参与了会议。

有影响的刊物。其中影响最为显著的地域，自然就是秦地，受惠最多的，也自然是秦地小说家。该刊于1985年初创刊，中国小说学会和陕西作协是主办单位，主编为胡采，副主编为王愚、李星，笔耕组的主要成员担任编委，对陕西小说创作和大西北小说一直给予比较突出的"关照"。经常设有专栏文章对本土小说或西北小说给予评论。创刊号上便有5篇文章论述了秦地小说（即蒙万夫的《田野上庄重而深沉的希望之歌》，王汶石、陈忠实的《关于中篇小说〈初夏〉的通信》，肖云儒的《第二次征服》，水天戈的《人的价值的新观念》，雪笛的《〈沉浮〉评介》等）。其中虽然短文居多，但已可见出对秦地小说格外关注和竭力扶助的动向。这种特殊的"照顾"亦可视为正常的地域文化观念的体现。而《小说评论》对小说理论、小说创作、小说艺术的探讨和分析，作为以《小说评论》为中心的"小说文化"氛围，对秦地小说家同样也会产生潜移默化的影响。对秦地小说的特殊关照，使秦地小说一旦有较为重要的收获，便都可以得到及时的评论，这对小说家来说，无疑会起到鼓励和鞭策的作用；对办刊目标"研讨小说形势、传递创作信息、内容丰富多彩、文风活泼犀利"的贯彻，也势必会扩大秦地作家的视野，对其创作产生启迪的作用。经过10多年的实践证明，《小说评论》的确是小说家（尤其是秦地小说家）的益友和诤友，她为秦地小说家提供了一面镜子，同时，在一定意义上说，她也成了秦地小说家与评论家亲密合作的一种象征。那些秦地出生而在外地工作的评论家（如阎纲、白烨、何西来、周明、党圣元等）也常常受到她的吸引或牵引，为她去心甘情愿地爬格子，为她和秦地小说的声誉与前途，殚精竭虑。而那些只因小说的缘分与她建立联系的外地作家和评论家,也为经营这块小说评论的芳草地出力流汗。这一切,都会为以《小说评论》为核心的"评论圈"注入活力和魅力,并以此为媒介,对秦地小说作家努力攀登小说艺术高峰产生微妙而又深刻的影响。

再次,是文学(小说)讨论会的重要作用。在秦地,"延安文艺座谈会"也许是最著名的一次文学讨论会了,其影响之大是广为人知的。在此之后,似乎便形成了一个传统。文学界的会很多,大到全国性的几千人的大会,小到几个人的座谈会,形形色色,但就作用而言,自然有大有小,甚至也有不少只有负作用的会。这种情形在秦地文学界也存在。十七年和"文革"期间的文学方面的会议且不说了,这里仅就新时期以来的秦地文学讨论会对秦地小说的影响作用略作考察。如果说"会议"也是一种文化现象,那么这里就来看看秦地的"会议文化"对秦地小说创作有何作用。1978年12月25日,①作协、《延河》编辑部举行座谈会,为杜鹏程及其长篇小说《保卫延安》平反;1979年5月24日,《延河》编辑部召开文学座谈会,秦地小说作者的发言充溢着激情;1980年7月10日,《延河》编辑部召开农村题材短篇小说创作座谈会,提高了小说作者对农村现实的认识,并就创作的现状给予了实事求是的分析;1981年11月12日,陕西省作协、西北大学、陕西师大、省现代文学学会、《延河》编辑部联合召开"《创业史》及农村题材创作学术讨论会",就柳青的生活,创作道路和《创业史》的再评价进行了深入广泛的讨论,并联系了当时农村题材创作的实际,深化了

---

① 这里仅写出召开会议的日期,会期长短不一,且略。每年的会自然也不限于一次。

与会小说作家对"老师"柳青的认识;1982年2月10日,"笔耕组"召开了贾平凹创作讨论会,对贾氏促进较大,①像这样的给青年作家召开专门讨论会的情况也有点破例的味道,对其他青年作家也有鞭策的作用;1983年12月27日,"笔耕组"召开座谈会,讨论近年来的有影响的30余部中篇小说,如路遥的《惊心动魄的一幕》《人生》《在困难的日子里》,贾平凹的《二月杏》《小月前本》,赵熙的《春》《南来的雁》以及王宝成、峭石、陈忠实、莫伸、京夫、邹志安、王晓新、李小巴等人的中篇佳作,对推动秦地中篇小说创作的健康发展起到了积极的作用;1984年3月22日,陕西省作协召开农村题材小说创作座谈会,除了学习有关文件之外,比较充分地交流了创作的情况和经验;1985年8月20日,省作协召开长篇小说创作促进座谈会,会议讨论了国内长篇小说的发展概况,深入分析了陕西长篇小说创作落后的原因,制订创作规划,与会者携起手来,开始了向长篇小说"高地"的集团冲锋,其促进作用之大,是有口皆碑的;②……

---

① 参见费秉勋:《贾平凹三部中篇新作的现实主义精神》,《小说评论》1985年第2期。

② 在1995年5月下旬召开的"陕西长篇小说座谈会"上,陈忠实做了《关于陕西长篇小说创作的回顾与展望》的讲话,指出:1985年召开的"陕西长篇小说创作促进会"对陕西长篇小说创作起到了切实促进的作用,会后两年,即涌现出了一批比较优秀的长篇小说,形成了陕西长篇小说创作的"第一个潮头"。尽管这并不能完全归于一次"促进会"的功能,"但有一点是可以肯定的,即当时作家协会负责人对陕西文学创作态势的把握和对这一茬中青年作家创造能力的判断是准确的,'促进会'恰当其时起到了促进的作用,促进了对陕西长篇小说创作局面的打开……"。见《小说评论》1995年第4期。笔者参加了1995年的这次座谈会,看到大家对陈忠实的这种说法是首肯的。跨世纪的陕西文学界,仍以长篇小说为主要产品,在全国仍然是小说创作的重镇。一批50后崛起,一批60后赶超,一批70后显示实力,一批80后也已脱颖而出,并借助于新媒体而受到比较广泛的关注。

自1986年之后,秦地文学界各类文学会议更有增加,仅长篇小说讨论会几乎每年都要召开一次或多次了。每次会议日期或长或短,话题或广或狭,但大抵都能收到一些积极的促进创作和批评进一步发展的效果。即使像贾平凹这样的喜静谧而烦热闹的"独行侠",对有关于他自己的创作讨论会也还是心生感激,并感到对自己的创作是有一定促进作用的。比如他在一次西安市作协召开的贾平凹作品讨论会上便说道:"……如何脚踏实地一步一步走前去,如何沉静下来花大力气完成一两部有分量的作品,确实希望有人鼓劲,有人指拨,所以依我的心性并不想热闹,而文联、作协筹划召开这个会时我也好生地珍贵。""在会议结束之时,我除了感激之外,下来就是要面对着创作了,但愿我不会辜负大家,数年后我们能再见。"①在秦地,文学讨论会大多是严肃的,发言者多能坦诚直言,好处说好,坏处说坏,而且不冷场,不敷衍,能够收到一定的成效。这也就是说,总的看,秦地文学的"会议文化"质量是比较高的。但是,近些年来,也的确出现了花钱买好话的现象。一些根本不上档次的作者,弄出一两本小册子,就通过关系拉赞助,或者干脆自己掏腰包,开个会,广告一下,吹拍一回,发言者吃了、拿了,也就完了。像这种现象的出现,主要是受外界不良风气的影响,自然应予注意和纠正的。可慰藉的是,80年代的"笔耕组"成员大都深受传统的三秦文化的影响,仍能保持相当严肃谨慎的批评风格,近些年来也产生了一些年轻的较有胆识的批

---

① 贾平凹:《在一次研讨会上的发言》,《文艺争鸣》1991年第6期。

评家,他们的批评也开始显示出一定的分量,①但似乎还仍需要艰苦的磨炼。

此外,秦地现实文化中的"编辑圈",对秦地作家(小说家)的成长也产生了重要的作用。有人曾认真探讨近现代以来的期刊文化对文学的影响作用。这在秦地,也有生动的体现。20世纪秦地的期刊文化或书刊文化,尽管没有上海、北京那样发达,但也一直赓续不断并时有较大的发展。据《三秦历史文化辞典》"新闻出版"部分所载,20世纪先后出现的比较重要的期刊、报纸、出版社和其他新闻机构,就有近400家。五四前后、延安时期、新中国成立初期和改革开放以来,秦地都有作为"现代"产物而存在的报刊行之于世。这就不会使那些有生活、有才情的作家陷入"吟罢低眉无写处"的境地。虽然有特殊的政治文化上的种种限制,但以"编辑"为核心的报刊、出版等文化部门,毕竟可以为热爱文学的人提供走向文坛的机遇。而有识有胆的编辑也总以能够编发有分量、有新意的作品和发现新人为光荣之事。秦地小说家无不得益于编辑们的提携帮助,并且他们也大多有或长或短的编辑经历。因此他们深知编辑也感谢编辑、尊敬编辑。② 秦地小说家多从穷困的乡间挣扎出来,往往对最初印成铅字的东西记忆至深,哪怕是刊登在小地方的小报刊上,他们也会感到兴奋,受到激励。可以说,报刊,尤其是秦地的大小报刊,成了秦地作家(小说家)曾

---

① 参见欧阳飘雪:《青年评论家视野中的陕西文学》,《小说评论》1996年第1期。
② 比如高建群曾写道:"是的,走到人生半途的我,回忆往事,最值得令我感激的人,当属这些我的尊敬的编辑们。"见《六六镇》附录《我的责任编辑们》一文。

深深依恋、依赖的"摇篮"。而报刊的内容及编辑导向对作家也会产生影响,出版社的出版计划也会对作家产生较大的吸引力。比如陕西人民出版社早在80年代初就编《秦岭文学丛书》,秦地中青年作家深以能够跻身其中为幸运之事;流淌于秦地的40多年的《延河》,也滋养了许多有为的秦地小说家。①

秦地文化圈中的尚古氛围向来较为浓厚,就仿佛是那世界上保留最完整的古城墙留给人的深切印象,让人无法摆脱。身在"城"中(文化圈)的秦地作家对此似乎早已习焉不察,富于古色古香的地域文化特色总在散发着巨大的魅力。即使在新时期以来最讲开放的年月,秦地文化圈的尚古之风也未见得怎样减弱,古文化节一届届地搞,古迹旧址不间断地修,地方出版社及地方大学出版社多在搞出地方特色的观念支配下,对本土历史文化及相关的古代文化书籍总是抱有很大的出书热情,在秦地确实营造了一种相当浓厚的尚古的文化风气,浸淫着作家的心魂,对其小说创作产生了微妙的影响。比如陕西人民出版社出版的《当代史学丛书》中有一本《崛起与衰落》,只不过是讨论关中历史的一个小册子,但对陈忠实构思《白鹿原》的影响已由作家的自述得到了印证。他说:"我想重新了解一下我所选定的这个历史背景的总体趋向和总体脉络,当然我更关注关中这块土地的兴衰史,记得正

---

① 秦地的文学期刊,除《延河》之外,新时期以来尚有《长安》(后改为《美文》)、《百花》、《文学家》、《绿原》、《新大陆》、《延安文学》、《文友》、《秦都》、《衮雪》、《塞上柳》、《陕西文学界》、《秦岭》等,尽管内外有别或级别不同,寿有长短,但都对秦地文学产生了程度不同的促进作用。而高校密集的西安校园文学期刊报纸,也对秦地文学产生了潜在的积极影响,但如今人们显然已经不像五四时期那样重视校园文学了。

当此时,国平给我说他有一本研究关中的名叫《兴起与衰落》的新书,他知道我是关中人也素以关中生活为写作题材。我读了这本书确实觉得新鲜觉得有理论深度,对我当时正在激烈思考着的关于关中这块土地的认识起到了一种启示和验证的良好作用。"[1]对秦地历史与现实的了解,除了作家自身的生活体验,另一个主要途径就是读书。秦地文化"编辑圈"提供的精神食粮是带有地域文化特色的,这也自然会影响到作家。厚重的历史感,湛深的尚古情结、强烈的忧患意识和昂扬的使命感等,便从《崛起与衰落》之类的书中走入了作家的心底,而这种文化传播的中介,便是编辑。应该承认,编辑在一方地域文化气氛的营造中,确实起着非常重要的作用。在一个区域里倘有一批高水平的编辑并能充分发挥作用,那么这一区域的文化就易于活跃和发展起来。倘若一个地方真的成了"文化沙漠",那就很难存在葱茏的"文学绿洲";倘若一个省区的文化圈死气沉沉,风不调,雨不顺,那也就很难指望文学创作上的丰收——即使古代文化再雄厚,恐怕也无济于事。

由此,我们似乎也应注意到,一个地域的文化氛围或文化状况如何,确与文化部门所形成的"组织圈"的管理效应存在着相当密切的关系。[2]谈论地域文化,回避地方文化部门的组织作用,无

---

[1] 陈忠实:《关于〈白鹿原〉的答问》,《小说评论》1993年第3期。引文中的"国平"指李国平,现为《小说评论》主编;"《兴起与衰落》"应为"《崛起与衰落》",该书作者为王大华,当时为陕西师大历史系青年教师。

[2] 在历史上,国家机构中也曾设置乐府,组织"采风",以观民风民情民心民俗,收效不能说低微。当然,"组织"不当,来自权力的"控制"的负作用就会产生。

视地方文学组织(在从前是社团流派居多,在时下是作家协会等)的实践功能,总不能算是周全、妥帖的做法。

如果从地域文化中的文化"组织圈"这一角度,来看待秦地现实中的诸多文化部门的作用,那么也应承认,秦地的文联、作协以及影视广播部门等,都对该地域文化氛围的营造,起着重要的作用,社科院、地方高校以及文艺研究团体等,其在文化工作方面的贡献也很重要。秦地不愧为历史文化积淀深厚的地方,倘若文化的空气稀薄,这儿的人就会感到活得无滋无味。尤其是文化部门或文艺圈中的人,离开这儿到南方发达或准发达地区去淘金,常常是转了一圈又回来,好像鱼儿难以离开水一样恋着这块古老的秦地。田中阳在《黄土地上的文学精魂》一文中所说的"许多区域性小说群体在钱和权面前分化了,瓦解了,而陕西作家群依然执着地厮守着自己的土地……"[①]这种现象,就与秦地历史和现实中形成的那种浓郁、古朴、亲切的文化风味有着深切的联系。尤其是在现实的文学圈中,由于文艺管理部门既比较开明而又能够搞活的富有成效的工作,使新时期以来的秦地小说家能够获得比较良好的发展环境。这里的物质条件也许是不理想的,但文人之间的理解和互助以及较为活跃的文学活动,让人感到这里确是干文学事业的较为理想的所在。近些年来,由于有关部门的协作,也拉企业家赞助文学事业,但一般都搞得比较严肃。比如"双五"文学奖、"易发杯"文学奖、"宏翔文学杯"奖等,奖励层次有异,一般奖金很少,抑或有杯无金,但受奖者却能够受到鼓舞。在秦地文

---

① 见《湖南师范大学学报》1996年第1期。

化圈中,拜金主义似乎总在受着很顽强的抵抗。在秦地的文化"组织圈"中,与秦地小说界关系最为密切的当是省作协,《延河》和《小说评论》都由省作协主办,其成效的显著已如上述。省作协成立40多年来,为作家为文学做了大量的工作。[①] 陕西省作协是名副其实的"作家之家",无论对驻会作家还是对非驻会作家,抑或对外来访问的作家,这里都会给他带来"家"的感觉;这里虽然还是个"穷家",但却可以给他带来安慰、鼓励和力所能及的帮助。居于中国西部的这个"穷家",自然总难摆脱艰难困苦的纠缠,但它在营造有助于秦地文学(尤其是小说)发展的文化氛围方面,犹如坚忍耐劳的秦川牛,总在默默地耕耘着、奉献着……

对秦地小说家来说,能有这样一个"家",毕竟还是比较幸运的。在这个"家"的安慰、鼓励和帮助下,小说家们多少会快一些成长起来并走出秦地,走向更广阔的世界。

第3节 文学与地域文化的关联及启示

在注重实践性的高等教育中特别重视"案例教学",在注重文学实践的艺术创造和学术研究中也当注重"案例分析"。而地域文化对文学的影响研究中,秦地小说与三秦文化关联性研究就是一个极好的案例。通过这一案例分析,我们可以获得有益的启示。

我们知道,歌德与马克思、恩格斯在19世纪上半叶提出的

[①] 详参《陕西省作家协会1954—1993年纪事》,《陕西文学界》1994年第2期。

"世界文学",经过近200年的运作和传播,不仅已广为人知,而且伴随着比较文学的跨民族、跨国界、跨语言、跨文化、跨学科的不断发展,似乎更趋"完形"、更增"强势"。然而,愈是如此,强调民族个性、文化个性、作家个性(或曰特色)的声音也更加洪亮,在放眼"世界"的同时,也更密切地关注着"地域"的特色。20世纪以来的中国就正是如此,既不断地努力挪步走向世界,又时或蓦然回首,倾力发掘本土文化和重铸民族精神。

这种文化现象的显现,果真印证了鲁迅先生那句"愈是民族的,愈是世界的"哲语,也果真验证了事物确难摆脱对立统一规律的根本制约。

文学具有民族性,这已是历史的客观事实。但这民族性不是虚悬的、空泛的,它要从文学的丰富复杂的内涵和语符中透现出来,如此也才能反过来确证民族性的存在:民族的生活、民族的习俗、民族的语言、民族的思维和民族的审美等,都会像血液一样流淌在文学的河床之中。然而民族性的形成和延展都与一个至关重要的因素相联系,这就是具有立体感的"地域"。"地域"是民族赖以存在的基地。如果说人类依赖地球,民族则依托于地域,而民族的文学艺术也离不开地域文化的滋育。人类的生存时空所显示的自然环境以及长期建构而来的人文环境,对民族性的养成和延伸提供了最基本的条件。而这一切,对在民族的土壤中生长起来的文艺之花也必然会产生重要的影响作用。这也就是说,地域文化作为与民族性浑融一体的传统成分,具有持久的生命力和存在价值,相对于某些特定时代的政治文化,地域文化依然有其自身的优势,似乎也更受艺术女神的青睐,在叙述性文学的表现世界中,尤其如此。

　　文学与地域的关系好像花朵和土地。地域与人的融合所造就的地域文化,就像地之母温润的子宫,能够繁衍养育带有地域特征的精神之子和艺术之花。作为文学,其所收摄的生活信息,总是与特定的时空中的具体人事相关联的,而这种具体而实在的生活往往是在特定地域中演绎的。生活是文学创作的源泉,落到实处便往往要向"地域"的生活索求素材、提炼题材,并生成相应的地域审美观——具体映现的审美意识。就20世纪中国文学而言,"南方"文学的温润、绚烂、浪漫、飘逸,和"北方"文学的粗犷、质朴、凝重、崇高,仍像人们常常谈起的"南人"与"北人"那样清晰可辨;"东方"近海的开放世界及其影响下的开放文学,新潮迭起,洋味甚浓,外来影响相当显著;"西方"的高原、山地、沙漠、雪域和草原,则相对封闭而又雄伟辽远,其所产生的西部文学既带有某种原始的粗犷和豪放,也带有半醒状态的失落和迷离。在20世纪"现代化"的艰难进程之中,摩登的都市和传统的乡村出现在文学中时,显示了极其明显的人为的地域差别,亦即"城乡差别"。所谓"都市文学"与"乡土文学"便是判然有别的两个文学世界。再进一步考察,还可以看到山地文学与水乡文学的区别,高原文学和平原文学的差异等,即或同为一个省区,往往也存在着小地域之间的文化(文学)差异。从一定意义上讲,恰恰是地域之间的地理心理、民魂人情、语言文化等差异,才助成了文学世界的丰富多彩。这种情形也与常说的"五十六个民族五十六朵花"相仿佛,民族之异、地域之别和艺术的斑斓是有相似相通之处的。

　　作为创作主体而存在的作家,也多受地域文化的熏陶。故乡

（包括第二故乡）的意义由此便可能上升为作家的精神家园，成为其人文素质的基因来源。地域文化的影响在作家的成长史中，是如影随形的老师，会通过各种方式，影响到作家的性格气质、审美爱好、思维方式、文体风格乃至写作习惯。擅长于呈现地域文化景观的作家，大抵都具有浓挚的故乡情结，对自己长期赖以生存的自然环境和人文环境，留下了极为深切的情绪记忆，其中既会有美好的记忆，也会有痛苦的记忆，加之长久的记忆"反刍"或"反思"，便会在创作冲动的情况下，使记忆中的故乡生活奔泄于腕底，并充分显示出故乡所具有的地域文化特征及其普遍的文化象征意义。在此，作为创作主体的作家的地域文化心理，便充任了人和地域文学、一方水土和一方故事的联系中介，成为一种特具张力的"文心"，借助回忆和想象而把人和地、水土和故事整合为生气灌注的文学文本。20世纪中国文学中，乡土文学似乎独占鳌头，涌现出了一大批优秀作家，如鲁迅、沈从文、老舍、沙汀、萧红、赵树理、孙犁、周立波、柳青、李劼人、刘绍棠、周克芹、汪曾祺、莫言、李佩甫、张炜、张承志、扎西达娃、古华、陈忠实、贾平凹、周大新、刘玉棠、冯积岐、东西等；也涌现出了一些出色的创作群体，新时期以来就有新京派、新海派、陕军、晋军、湘军、豫军、川军、山东作家群、东北作家群、江浙作家群、河北作家群、湖北作家群等，由这些作家或创作群体推出的旨在彰显地域文化及其思考的作品，多能活现出故乡的风土人情、民俗习惯、文化神髓乃至特定地域的秘史秘情，以其强烈的地域文化特色显现出特有的艺术魅力。

作家喜爱涉写地域色彩浓郁的物事人情，除了生活的牵引、心灵的驱动之外，还有读者的期待和鉴赏，亦即社会审美需求方面的原因。从文化与人的关联中,可以看出作家与读者的同一性。

读者所承受的地域文化的影响和乡土情结的缠绕,可以说并不见轻于作家,故而能够在阅读和鉴赏过程中,与作家产生共鸣,进行精神上的对话:既可以对作家对象化于作品中的地域文化信息进行接受和评价,在文化建构的层面上增益自身的文化修养,品鉴地域文化景观特具的韵味和美感,又可以将接受和评价所形成的信息反馈于作家,从而超越消极的被动接受而影响到作家的继续创作,构成良性的循环系统。这种不断地作用于作家的创作活动和读者的鉴赏活动的结果,自然会促使地域文化绵延不尽地显现于文学世界,并由此保持人们对地域文化的个性或特色的浓厚兴趣。就读者阅读作品时兴趣的引发而言,"君从故乡来"的同乡之情,会促使读者对那些描写故乡生活的优秀作品,产生阅读的兴趣,即使是作品中的方言土语、一山一水也往往会唤起异样的亲切和激动,期待视野会产生很大程度的密合,又可使读者导泄深潜的乡思乡恋之情,得到心灵的慰藉和美感的享受。当然,读者面对的富有地域文化特色的作品,写的未必都是自己熟悉的故乡情事,他们经常面对的倒是陌生的"他者"。在这种情形下,作品所呈示的则是新鲜的"异域"风情,其所满足的是读者的猎奇心理和求异兴趣,并且能够重构其地域文化观念,充实其相关的知识结构与审美意识。

在地域文化的影响下,在审美层面的文学创作可以绽放特异的花朵,可以孕育伟大的文学,并借此走向世界。就像当年秦始皇走向"秦皇岛","CHINA"(秦)走向世界一样。而在地域文化外拓和发展过程中,将伴随着永远的文化创造。

附　录

附录1　中国西部文学研究三十年

开放已卅年,西部文学兴。人道是"三十而立",中国西部文学研究也伴随社会转型、文学新变而呈现出了竭力振作、旨在重建的发展面貌。也许今日的回顾并不是某种"怀旧"或仅仅为了纪念,也许在比较的意义上会有学者认为它尚未"而立",但其勃发的青春气息已经扑面而来,西部在复苏,老树绽新花,旷远辽阔的苍茫大地也发出了"谁主沉浮"的叩询,本应作为中国文学及其研究"半壁江山"的西部文学世界包括文学研究也在积极重建之中。受题旨所限,本文并非是对西部文学研究(包括西部古代文学、外国文学研究、中国现代文学等)的整体观照,而是仅限于就新时期以来"西部文学研究"这一话题或"作为一种文学思潮"的西部文学的若干主要方面,进行简略回顾并谈一些个人的相关思考。

一

作为中国新时期文学批评话语的"西部文学"是一个相当新颖的学术话语,也可以说是在经济社会改革与文化发展的矛盾冲突中孕育诞生的一个文学批评、文学范畴的"新概念"。作为"新概念"自然会有较多的争议,但其话语魅力也已得到了初步的彰显,并实际成为新时期以来中国文学批评和研究中使用频率较高的一个"关键词"。

笔者通过CNKI(中国知网)的"中国期刊全文数据库"查询,2008年4月12日输入关键词"西部文学",得到740条相关信息,其中相关论文有500篇左右(但也有重要遗漏,如20世纪80年代甘肃《当代文艺思潮》在传播和研究西部文学思潮方面发表了不少文章,在这里却没有一篇收录);输入"西部文学研究",得到70条相关信息(实际真正属于"西部文学研究"之研究的论文仅10篇左右,且多是简略的书评)。在报纸和各家网站上的相关信息则成千上万。数据表明,作为"新概念"的使用业已较为广泛,但就"西部文学研究"之研究而言,这种学术史意义上的探索却可以说还刚刚起步。

虽然对西部作家和文学现象的评论是与新时期文学同步的,但批评界对"西部文学"的关注和倡导则发生在1985年前后。作为公共话语的"中国西部文学",其诞生和发展始终伴随着国家发展"战略"或地缘政治特别是文化战略方面的思考。从发生学意义上讲,"西部文学"概念有一个孕育和明晰化的过程,并逐渐成为理论批评界的重要话题之一。初起于西北,响应于西南,认同于全国。西北《阳关》杂志于1982年提出创建"敦煌文艺流派"的主张和次年在西北乃至全国进行的"新边塞诗"讨论,都从地域文学角度展开了相关思考。1984年,围绕"西部电影"展开的思考引发了关于"西部文艺"创作道路的热烈讨论,也对催生"西部文学"

这一话语产生了积极作用。1985年,主要是西北地区的一些学者开始群体发声,借助于报刊和其他媒体开始积极倡导和讨论"西部文学"。《人文杂志》开设了"西部文学探讨"栏目,发表了《呼唤"西部文学"》(1985.2)、《关于当代"西部文学"的断想》(1985.3)等文,简要阐述了正式提出"西部文学"作为"创作口号"的必要性和重要价值意义;《当代文艺思潮》在1985年也开辟"西部文学探讨"一栏,并于1985年第3期集中发表了多篇文章展开专题讨论,将"西部文学"话题引向深入,并开始在批评界产生重要影响。此后潮音迭起,"西部文学"命题及其讨论开始见诸国内主要文艺报刊,系列论文和专著乃至丛书、史著络绎不绝,迄今业已成果累累,蔚为大观。西部较多的学术期刊、文学杂志、报刊、影视和网络等先后都开始关注西部文学,或开辟专栏评论,或直接将刊物更名为有"西部"字样的杂志,或经常报道西部文学的动态及研究成果,或提倡改编西部文学佳作为影视及其他艺术样式,或设置有关西部文学及研究的机构,或召开有关西部文艺(文学)的学术会议并在高校中开设有关选修课程,等等,而全国性的一些文学名刊在推出"西部文学专号"之类栏目的同时,也有一些重要的学术期刊及媒体积极涉足"西部文学"的话语讨论,发表不少有分量的相关文章,包括西部众多作家作品的具体研究,也颇受青睐和关注。西部作家作品在全国性文学评奖中也屡有斩获,伴随地域文学研究思潮而出现的诸多丛书中也有西部文学研究专著,西部文学研究课题也受到尊重而给予"国家级"立项和资助……

早在1937年第6期《世界知识》上发表的渺加《美国文学的

新动向》,就涉及美国的西部作家和文学。其中着意强调:直至19世纪20年代美国文学才脱去了"英国文学的殖民地性质"而主张创造自己的独立性。事实上,中国西部文学直到20世纪80年代也才有了某种较为清晰的"西部文学意识"。也就是说,中国西部文学的兴起和研究与"开放效应"和西方文化文论思潮的涌入关系密切:从20世纪的欧风美雨到如今的美雨西风仍在吹拂着中国西部广邈的大地(与美国文学及其研究的关联似乎更为密切)。但我们当关注自身发展的"内因"。从历史角度看,中国西部文学自然是自古有之的,相应的评论或评点也很有影响。比如很多诗人都曾在古长安生活与创作,写下了"唐诗"中众多辉煌的篇章;有些诗人还西出阳关,写下了特色鲜明的边塞诗歌;源远流长的"西域文学"包括民间文学、民族文学,也多姿多彩,引人入胜。在现代文学三十年间也出现了"新文学的思想和艺术控制中心就在西部"的重要现象。"随着延安的崛起和抗战时期中国政治—文化中心向西南的迁移,新文学的控制中心基本上全部集中在了西部地区,出现了以延安为中心的解放区文学中心、以重庆为中心的国统区文学中心、以西南联大为中心的知识分子文学中心。"[①]但具有现代性和自觉性的"西部文学"则出现于改革开放的新时期。当人们赋予西部文学以更多的人性情意和文化意蕴时,似乎又重新回到了初期提出"西部文学"概念的模糊,却已经趋于"多元复合"状态,地域的地理范畴(大西北、大西南)和文化范畴(文化西部或西部人文)被同时纳入西部文学及其批评视野之中,动

[①] 李震:《新文学地理中的西部高地》,《陕西师范大学学报》2004年第6期。

态发展、借鉴创新或"文化习语"的理念①也被引入中国西部文学的研究活动中。那种仅仅从游牧文化或西北文学等范畴来界定西部文学的学术观念,逐步为开放整合、动态发展的多元和谐的西部文学观所置换。由此也才为西部文学研究提供了更加广阔的研究空间。"西部文学"这一话语"新概念"诞生的因缘,以及它从生活到文学、从作品到批评、从作协到学院、从实践到理论的发展和衍化,都值得深入探讨。而我们在关注其诞生因缘时,自然会强调改革开放、文艺变迁、西部精神以及东部乃至全国、世界文学思潮的影响,对此已有不少学者论及,②在此不再赘述。

经过话语的孕育、诞生和发展衍化,"中国西部文学"这个概念在中国语境中可以简化为"西部文学",其意涵的指涉也从模糊趋于明晰,并从单一的美学风格追求进至"大西部"的文化创造追求,体现了时代性和包容性,并在当代文学思潮的诸多分支中,发出了自己较为强劲的声音。这也就是说,在改革开放以来的 30 年中,"西部文学思潮"已经形成,尽管有起伏变化,但曾经"发生"并必将继续存在和发展下去,为推动西部文学及研究事业的发展,为中国"西部大开发"在经济、社会、文化、教育乃至政治等领域的深化改革,发挥其激发、引导及独特的影响世道人心的重要作用。而本文强调所谓"重建",不仅有重现历史情境和回归西部文化本位之意,亦有重构西部文学传统、建构西部文学世界之意,

---

① 参见李继凯:《文化习语与西部文学》,《新华文摘》2003 年第 5 期。
② 参见李星:《西部精神与西部文学》,《唐都学刊》2004 年第 6 期;肖云儒:《对视文化西部》,陕西人民出版社 2000 年版;白浩:《西部文学想象中的理论后殖民与主体重铸》,《长江学术》2007 年第 3 期等。

更有努力开阔视野、开拓进取、开新创建之意,使西部文学及其研究通过必要的"文化习语"进入"文化创语"的境界,为中华民族的伟大复兴和文化创新作出重大贡献,也为"新国学"的建构奉献资源与心智。如果从经济层面看西部还只能现实地选择"追赶现代化道路",但在精神文化创造方面,却可以坚定地走向世界,走向"综合现代化道路"。①

二

西部文学研究涉及方面还是很广泛的,除了西部文学宏观思考和话语讨论之外,作家作品的美学风貌、西部特色、文化影响等也是研究重点。在"西部文学"概念尚未明确之前,伴随改革开放而诞生的西部作家作品,也有许多批评和研究,比如围绕路遥《人生》和"边塞诗歌"进行的广泛讨论,就相当热烈、细致且影响深远。当西部文学衍化为自觉的文学思潮之后,创作和批评也都逐渐进入了规模化发展阶段。很多西部新老作家和陕军、川军、陇军、桂军、滇军等作家群的文学创作和批评,依照"可持续发展"的规律,前仆后继地奋斗不息。仅就30年来西部文学研究的成就而言,由于有西部学者的艰苦努力和东部同人的慷慨相助或积极参与,也取得了一系列可观的成就。虽然从大历史观看因其尚处于西部文学研究的"初级阶段"而难称辉煌,但也确属重要而不可小觑。大致说来,其初步取得的成就主要体现在以下几个方面。

其一,宏观与微观研究相结合。在西部文学研究中,较多论

---

① 何传启:《东方复兴:现代化的三条道路》,商务印书馆2003年版,第371页。

者都能摆脱旧有的思想方法和思维习惯，即使在论述具体作家作品时，也能自觉地将宏观把握和微观分析紧密结合起来，并且与时代发展、人文变迁、地理环境乃至宗教文化和全球化、现代性等宏大话语连通，既具有较为深厚的历史意识，也具有强烈的现实意识，同时还有一些研究成果体现了弘通的比较意识。这生动地体现着思想解放给西部文学研究者带来的新视野、新方法所具有的学术威力。比如从著作系列看，萧云儒的《中国西部文学论》、余斌的《中国西部文学纵论》、管卫中的《西部的象征》、雷茂奎的《西部文学散论》、周政保的《高地上的寓言》、余斌的《中国西部文学纵观》、燎原的《西部大荒中的盛典》、李震的《中国当代西部诗潮论》、李建平等的《文学桂军论》、畅广元主编的《神秘黑箱的窥视》、丁帆主编的《中国西部现代文学史》以及马为华的博士学位论文《中国西部文学论》等，都具有与时俱进的学术眼光，吸纳和运用了多种思想方法，自觉地将宏观与微观研究相结合，在西部文学研究的"初期阶段"，都作出了开拓性的贡献。有些学者还自觉进入"西部文学"审视和反思层面，体现了较为强烈的忧患意识，如韩子勇的《西部：偏远省份的文学写作》、杨光祖的《西部文学论稿》等。西部各省区还相继出版了多种地方文学史，也多具有宏观的学术视野和具体文本分析相结合的特点。在某些研究中亦能注意传统的渊源及生发作用，包括注意到现代新文化新文学传统，以及游牧文化、宗教文化等对西部文化、文学的多方面的影响。同时也注意加以适度把握，尽量避免情绪化或走向极端。毕竟进入现代西部时空，也要"与时俱进"，强调文化磨合、整合及现代性建构的学术理念。

其二,西部与东部论者齐努力。有人认为谈西部文学是西部人的自恋式呓语,其实关切西部文学命运的东部学者也不乏其人。从北京到海南岛,从东北到东南沿海,都有学者将目光投向西部文学,并给予了相关的探索。因此,西部文学研究取得的丰硕成果实际是西部与东部论者齐努力的结果。比如在颇有影响的严家炎主编的"20世纪中国文学与区域文化丛书"中,除了东部多部区域文学研究著作之外,还收入了李怡《现代四川文学的巴蜀文化阐释》、李继凯《秦地小说与"三秦文化"》和马丽华《雪域文化与西藏文学》等3部研究专著,在一个较高的学术平台上展示了西部文学及其研究的价值,也有力说明了"地域对文学的影响是一种综合性的影响,决不仅止于地形、气候等自然条件,更包括历史形成的人文环境的种种因素,例如该地区特定的历史沿革、民族关系、人口迁徙、教育状况、风俗民情、语言乡音等;而越到后来,人文因素所起的作用也越大。确切点说,地域对文学的影响,实际上通过区域文化这个中间环节而起作用。"[①]再如北京也有不少关切西部文学并诉诸笔墨的学者,特别是在中国社会科学院文学研究所和少数民族文学研究所,热情的关切和研究的深切是很值得注意的。在文学研究所,还在人员、人缘及成果方面与西部存在着相当密切的关系。先后有多位所长和研究员来自西部,有10多位研究人员撰写了关于西部文学的论文。鉴于该所的地位和影响,这些人力资源配置和成果产出也就超出了一般唱和的意

[①] 严家炎主编的《二十世纪中国文学与区域文化丛书》,1995年开始由湖南教育出版社陆续出版。

义。对西部本土作家或"移民"作家如路遥、陈忠实、张贤亮、张承志、贾平凹、陆天明、张驰、肖亦农、杨志军等人的小说,北京和东部各省市的一些评论家们也都给予了关注和"提携",除了推荐评论,还通过评奖和编辑论文专辑等加以鼓励。不少很有分量的研究成果的作者,往往不是西部学者,这说明东部学者在弘扬西部文学方面,也确实做出了可贵的努力。

其三,多种文本和见解相映衬。面对西部文学世界,学者需要学理思考的冷静,但也需要关切的激情。在众多研究成果文本中,不难发现存在着异样丰富的文本。近似思想随笔的短论在初期较多,如肖云儒《美哉,西部》,杨森翔的《呼唤西部文学》等;晚近的多见于网络 BBS 上的言说或博客中的感言、短论等;比较严整的学术论文多见于各家学报、评论杂志和社科院院刊,如《论西部作家的文学精神》(赵学勇等)、《现代西部文学的美学价值》(丁帆等)、《现代西部文学的发展与意识形态的关系》(贺昌盛)等;有长篇大论,如前述的一些研究专著,特别是近年来开始陆续出现西部现代文学史方面的著作,标志着西部文学研究发展到了一个新的阶段。但更值得关注的是,也存在着丰富的个性化的理解。如有人视新的西部诗歌是一种"新型的地域性文学"的代表;有人则择其特色鲜明者命名为"新边塞诗";有人将西部文学仅仅理解为大西北文学或游牧文学,有些人还各自提出了"4 加 1"说,"5 加 1 说"等,仅仅是何为西部,何为西部文学,迄今仍是众说纷纭。即使是某些西部文艺研究带有"权威性"的观点,如肖云儒提出了一系列关于西部文学的见解:关于中国西部 5 圈 4 线的多维文化结构和多维包容心态,关于中国西部和世界人文地理总体构成的关系，中国西部和美、澳、非西部现象的比较分析，中国西部动态生存和内地静态生存的比较，以及西部精神游牧现象的出现；关于中国西部具有潜现代性的孤独感和悲剧感、中国西部民族杂居所形成的杂化心态；中国西部文艺的现代浪漫主义气质和理想主义追求、中国西部的阳刚审美和硬汉子精神，等等，至今还只是一家之言，且有学者提出了不少不同的观点。此外，在我国大量的当代少数民族文学研究中，实际上也多涉及西部少数民族文学研究，诸如王保林等《中国少数民族现代文学史》、特·赛音巴雅尔主编《中国少数民族当代文学史》、杨亮才《中国少数民族文学》、马学良等《中国少数民族文学史》、耿金声《西北民族文学简史》、邓敏文《中国多民族文学论》，等等，也客观上为西部文学研究作出了一定的贡献，提出了不少具有少数民族特色的可供参考的学术观点。

三

西部文学研究尽管取得了可观的成就，但其发展现状却也存在一些值得注意的问题，为了进一步推进西部文学及其研究的健康发展，在此很有必要提出若干主要问题加以讨论。

（一）西部文学研究的话语建构问题。在西部文学研究中，应避免将核心话语狭隘化和泛化，也应避免将"西部文学研究"的学术或理论定位模糊化。西部，首先是个地理概念，人们对此的界定无疑是相对的，这只能从国家地理角度来界定。在"西部大开发"的宏大时代话语中，"西部"概念其实是很明确的。作为地域文学现象而引人注目的西部文学，自然就是发生在"西部"的文学。如果仅仅从"西部文化"纯粹特色角度去把握西部文学,试图将"西部精神"、"西部文化因素"作为西部文学的认定依据,尽管可以明确西部文学某些作家作品的"身份",但却硬性切割了大量发生在西部的文学。其实,"西部文学"作为整体性概念和文学现象,它是生成的、动态的、建构的,呈现为凸圆形状态。既有突出的且在不断建构中的"西部特色",也有不断丰富甚至和东部文学、世界文学交叉的部分。文学就是文学,大量的文学因素无疑是相通的、共有的。机械切割或剖析所谓西部文学基因的做法虽然也是"科学"的,但却是静态的、单纯的。笔者在《秦地小说与"三秦文化"》中认为"地域文化"本身也是建构的,发展的,需要综合创新的,赖此才能更好地理解地域文学,也才能与改革开放的社会发展和人类文化的交融创生相适应。我们在"西部文学"话语理解中一定要注意把握东西部文化及文学的关系。从比较文化研究视野中,也可以引发对"东部与西部"文学研究观念的相关思考。比如,经济、社会等"发达"地域与"不发达"、"欠发达"地域(可以是洲或洲的部分区域、国与国、省市之间等各种层次的地理区域)都很容易进入这样的"论域":与东、西方存在关系"恰似"、逻辑同构或粘连或衍生的相关思考中,"东西部"的二元对立关系的确立也在某些人的观念中得以形成,似乎也存在类似于"东方学"的"西部学",竭力彰显西部文化的伟大绝妙、源远流长等,言必称"西部",就颇有点类似于"东方主义"的"西部主义"之风(傲称"陕军"、"川军"、"桂军"等也似有"文学军阀"割据及封闭自守之嫌)。但同时,也更有企望超越的学术追求,试图有更多的沟通交流,注意更好更多的"文化磨合"而非"文化碰撞",却又要避免滑入以东代西,泯灭西部文化特色的思维陷阱之中。这后者,似更应该成为学术努力的一个重要方向。

(二)西部文学研究的文化资源问题。事实上,我们不能仅仅依靠发掘西部固有的文化资源来阐释西部文学。在那些拥有标志性成果的西部文学研究者(包括东部学者和外国学者)的学术实践中,我们很容易发现他们的知识谱系的超越性特征,既关注本土传统文化,也关注民族整体文化,似乎还更加关注世界文化。在这种既有西部情结,更有世界胸怀且能贯通古今的作家、批评家心中,才能孕育真正意义的"大作"。那些带着本土经验而又实际超出了地域局限的西部文学代表作家、诗人,如陈忠实、路遥、贾平凹、阿来、昌耀、林白、红柯、东西、鬼子、李冯、石舒清、刘亮程等,就很难说他们仅仅是西部作家,在西部文化语境中可以解读他们,但也可以在改革开放的中国语境或想象中来解读他们。仅仅钟情乃至迷恋于"西部"的作家,往往会走上"成也西部、败也西部"的不归路,也往往会成为文坛流星。从学理层面讲,文学有东部西部之分是相对的,文学没有东部西部之分则是绝对的。从事文学及其研究的人似乎对"人"的一切都非常关切,对难有边界的"人学"格外认同。人文关怀的大视野大胸襟是西部文学走出西部、超越时空的关键。中国古人云"西出阳关无故人",其实,"西出阳关皆同人"。唯其如此,才能够避免将文学包括西部文学及其研究窄化、矮化。但同时我们也要避免将西部文学及研究边缘化。如果说萨义德的"东方学"揭示了"西方学"对"东方"的窄化矮化乃至丑化,在中国东部和西部之间存在的情形似乎恰好相反。并非"殖民文化"而是"移民文化"的文化迁徙及影响,作为文化事象的东部对西部构成的"遮蔽"现象等也确实值得我们认真加以探讨和反思。固然我们要乐观,要看到西部和全国一样发生的变化,经济与社会在发展中呈现出多元多层、复合复杂的情状,但主导倾向上确实是积极的,显示着"伟大复兴"的迹象。在思维层面上也改变了"阶级斗争"的思维定式而进向"阶层和谐"的共赢追求。但从新文化地理学的视野来看,与东西部差距依然很大、经济社会发展变化不尽理想的现状相适应,东西部文化和文学的现状也有许多值得反思的地方。从文学地位或享有的文学现实资源来看,西部文学和研究也很难短期求得与东部的"平衡"。特别是西部文学研究中的"学院派"基本上还是处于学术界的"边缘"。同时,我们也要注意一种倾向,即出于各种实际顾虑而不能涉及西部文化的问题层面,其具体分析常常陷入一味赞肯或诗化的赞美、赞叹之中,特别是触及敏感的民族文化问题,往往连正面引导性的书写和研究也相当匮乏,使稍具常识的人都会感到此类书写和评论的片面和单调。这种现象中确实存在着比较严重的问题,甚至可能导致西部文学和研究陷入新的封闭或困境,而难以进一步推进西部文学创作和研究的发展。这也就是说,对西部文化中的负面遗产也需要保持某种必要的警惕。正像诺贝尔奖得主大江健三郎在《走向"新人"》演讲中指出的那样:"为了对抗负面遗产的复活,守护住哪怕仅有的一点点正面遗产,就只有对新一代寄予期待。这种想法是发自心底的,它不单单是出于我自己的情感,也来自于更普遍的危机意识。"[1]对那些崇尚

---

[1] 《大江健三郎自选随笔集》,光明日报出版社2000年版,第50页。

西部"负面遗产"或兜售假恶丑及野蛮凶残愚昧落后的书写和评论,学术界理应保持清醒的头脑,既可以看到某些书写和评论肯定"绝域产生大美"的可取之处,也要注意某些书写和评论对"绝域产生大恶"的可能给予了有意无意的回避。应该说在这里存在着学术思维、文化语境上的严重问题。因此,要优化整体书写和学术环境,学术自由和民主等,在西部也许还显得更加迫切和重要。还比如,对西部文学中"走西口"题材作品的关注是必要的,但忽视了"入口内"的逆向心理事实和生活场景,特别是忽视了西部"移民文学"中特别复杂的因素,纠结着因"流寓"而来的很多让人焦虑的东西。在中国现当代文学史上,理应产生一些伟大的"移民"文学,也需要伟大的艺术观照和学术研究。对很多综合化、复杂化或者结合形态的东西加以忽视,对中间性或"间性"化主体存在的忽视,也在无意识中忽视的像陕西、四川等省区作为西部文学版图中的"西部文学身份"和综合创新的文学方向。在大开发语境中日益显现的"大西部"文化和文学,也需要走向东部,走向世界(是"走向"而不是东征或远征),这也需要"走向"艺术文化的"新的综合"。

(三)西部文学学科建设及教育问题。近些年来在高校中开始形成一种办学理念:学科建设是"龙头工程"。在教学、科研、社会服务和文化创造等方面都具有带动和支撑作用。事实上,如果一所高校的文学学科强,就会在上述诸方面做出骄人的成绩。目前的情形正是,文学研究的绝大部分人力主要集中在高校,对西部文学进行研究的力量也在向高校转移。高校在相关研究成果产出和学术交流会议主办等方面,开始起到越来越大的作用。但一个明显不如人意的现状是,西部的文学学科建设整体还明显落后于东部地区,西部现当代文学学科建设状况即可视为一个缩影。从人才培养与学科发展的角度来看,研究生教育与学术发展、学科建设的命运确是息息相关的,彼此之间可以互动互为、互利互惠,因此二者必然也是相得益彰、同在共进的,现当代文学研究生教育业已成为现当代文学(包括西部文学)研究的一个动力源,人才库和保障部,作为一个学科、专业的繁荣及其可持续发展亦有赖于此。但同时我们也要看到,西部现当代文学学科队伍应该说还是比较弱的一支队伍,特别是来自西部的"西部文学研究"队伍建设还有待加强。较长时期以来,西部高校自身培养能力不强,文学研究生教育层面的授权点少(如迄今为止也只有三个现当代文学博士学位授权点),导师力量也较弱,培养出的少量优秀研究生往往还通过考博、进博士后流动站甚至是直接走人等方式,进入东部高校。西部师资原本不足,再加上流失严重,所以要搞好学科建设与研究生教育,难度极大。此外,不少西部学者常常满足于"跟班"式研究或比较空洞的宏观研究,尤其容易满足于注目东部人制造的"热点"和"亮点",关注所谓"文化中心"的风云变幻,对历史上的"文化边缘"或"弱势文化"则多有忽视。比如通用文学史教材中很少涉及西部文学,更难有专章专节的介绍,即使涉及也往往只是片言只语。西部一些影响实际很大的作家作品和众多相关研究以及实际业已形成的"西部文学思潮",都难以进入某些掌握"话语权"的文学史和批评史书写者的视野。这从一个侧面说明基于文学地理平衡需要而重构中国文学版图的使命仍旧艰巨。而在具体科研教学中对西部文学的关注度也明显不够,学位论文中关于西部文学的选题不多,教学中也偶或设置一点选修课,这些"知识传授和创新"上存在的不足,也应该加以弥补。

(四)西部文学及其研究的发展问题。首先,谈一下学术生态问题在中国西部文学研究中的体现。西部是国家努力"大开发"的地区,原来的生态问题非但没有得到解决,而且有更趋严重的态势。这在西部文学研究方面也有体现。学术自由度仿佛加大了,但科技理性导致的量化管理等"物化思维",却导致了文化(文学)"泡沫"化,学术文化平庸化、功利化。如果说"管理出效益"的现代理念也适用于文化建设并对文艺发展有益的话,那么国家和西部的政府部门及其影响下的文艺组织,也理应采取各种有力措施,努力繁荣西部文艺。东、西部作家相互尊重和竞争,相互推动和补台,将有可能共创现代中国充满创新元气的文学生态系统。这种生态系统,将提供丰富的可能性,从各个侧面释放出文化本土智慧和世界智慧的潜能,包容千姿百态的艺术个性创造,使现代中国的文学呈现出东方神韵、大国气象和世界胸襟。其次,谈一下西部文学及研究摆脱边缘状态问题。就"中国现当代文学"或"大现代文学"而言,从全国理论批评视野和格局中看西部文学研究,虽也时有开拓者和领先者,但总体看,还是跟进或配合的情况居多。西部作为经济与社会相对欠发达地区,在很多方面都仍处在以"文化习语"为主的发展阶段,向国内外先进文化学习确实仍是西部人的当务之急。因此为了更加深入地研究西部文学,理应顾及更多方面,既需要从地域文化(包括地域传统文化、现代文化以及民俗文化等)角度进行研究,也需要从中华文化整体视野来观照,同时还应与时俱进,从全球化层面进行跨文化考察。既要重视西部文学的浪漫主义特征以及诗性现实主义品质,也要重视西部文学的理性主义和非理性主义(包括神秘主义)并行及错综的丰富乃至复杂的状况,从而给予恰如其分的分析和评价,由此也才可能实现"外省学术文化"的真正崛起。再次,谈一下学术理念更新问题。学术理念可以涉及许多方面,有些颇适用于西部文学研究。如启蒙理念下的西部文学研究,继承了"五四"以降特别是新时期以来的启蒙传统,意在发掘和增强西部文学的启蒙意识。这种学术理念影响下的西部文学研究或评论及批评也存在着利弊得失,不能笼统加以肯定或否定;生态理念下的西部文学研究,受到生态主义思潮的冲击和洗礼,特别关注经济"后发"区域的"后方优势"和生态问题,对天人关系、生命意识、自然规律等有回归元典文化精神的理解和表达,甚至以彰显"反现代性"及本土文化、多民族文化精神为旨归,对此同样不能全然肯定或否定;民族理念下的西部文学研究,整体文学观与民族或地方文学观是对立的统一,应该注意到少数民族的文化传统和文学魅力,应该努力重构中华文学版图,在理论思维上应"以立体、多维的辩证分析超越'二元对立'的思维模式"[①];和谐理念下的西部文学研究,则势必强调和谐共生、东西互动、互补交融等。

而在目前看来,也确有必要将西部文学置于全球化背景中来进行观照和阐释,由此也较容易发现西部文学研究中存在的诸多问题或薄弱环节,如在西部文学理论批评与实践的宏观研究、国外汉学关于中国西部文学的研究、西部作家创作心理及文化心态

[①] 陈传才主编:《文艺学百年》,北京出版社1999年版,第272页。

研究、生态文艺学视阈中的西部文学、"爱欲与文明"论域中的西部文学、西部方言与文学创作等众多方面都研究得不够充分,有的方面甚至基本还是空白。显然,西部文学研究整体还相当薄弱,某些初步形成的论点论据都还显得很脆弱。由此也可以说,西部文学研究的空间还很大,很多命题也没有细化和深入,因此西部文学研究也就拥有着"可持续发展"的未来。这就需要批评主体性、学术创新意识等的进一步加强,学者要深入生活和作品文本进行真正的体验和"钻研",从而避免学术浮躁。此外,从发展的眼光看,西部文学包括具体作家作品研究,都可以尝试运用各种文学理论方法来进行"实验性解读",观念方法的更新或重组,也往往可以带来源源不断的学术灵感和课题。如果说"历史化与地方化"可以体现出"文艺学知识的重建思路",可以建构"自由、多元、民主的文艺学",[①]那么"西部文学"及其研究对文艺学探讨和现代学术史也不无积极的意义。

(原载《文学评论》2008年第4期)

附录2 文化习语与西部文学

在全球化语境中来言说中国西部文学,是时代提示的一个难以回避的重要话题,这个话题也带有文化母题的性质,可以分蘖出许多有意义的子命题。而从文化习语的角度来考察西部文学,

---

[①] 陶东风等著:《当代中国的文化批评》,北京大学出版社2006年版,第19—20页。

就是其中一个具有特殊意义的命题。应该说明的是,我这里所说的"文化习语"是与文化失语、文化得语、文化误读、文化碰撞与文化磨合等概念密切相关的一个概念,意在专指对外来文化话语的自觉学习和运用,而不是泛指一般意义上的文化习惯用语。比如"全球化"这一话语本身,就是这种文化习语的结果。而作为使用率仍在增高的一个语词,它已经成为当今时代的一个举足轻重的"关键词"。正是在辐射力非常强大的全球化语境中,作为中国文学乃至世界文学的一个有机组成部分,西部文学与地球村的命运也便更加息息相关。本文即拟就文化习语与西部文学的复杂关系,着重强调以下几个问题。

其一,全球化语境中的文化习语。处于全球化时代,即使我们有许多不情愿或不习惯,也还是要努力克服种种固有的偏激和狭隘,封闭和保守,学习世界先进文化,创造现代新型文化,与时俱进,在开放加解放的文化视域中,努力学会兼容与融通多元文化的"高科技"。因为对多元文化的理性把握,必须葆有现代兼容之精神,即对多种思想文化资源应兼而容之,同时又能融会贯通,别出机杼,赖此也才能从事真正的新的文化创造。我们的西部文学创作,不仅仅是要发现民间迹近原始的生命精神或原生态的文化流脉,而且也要追求建基于现代理性的文化创新,特别是超越地域文化局限的文化创造。如果没有这种文化更新和文化创造的冲动,西部的开发也就无从谈起,西部文学创作和评论也仍不免停留在自我相关、自恋自慰的本能"展览"阶段和被他人走马观花、消费消闲的"游览"阶段。而要从事具有超越意义的文学创作和文化创造,我认为,实行"拿来主义"的文化习语仍是一个不可或缺的前提性条件,其重要性也绝对不亚于对地域文化和民间精神的重视和发掘。那种站在民族主义甚至地方主义立场任意夸大文化失语事实、编织文化习语"罪状"的声浪,其保守性和消极性倒是显而易见、不证自明的。在全球化语境中可以说,清明的现代理性与浑茫的反现代的非理性相比,前者对中国西部文学的积极意义当明显大于后者。我们知道,从中国这块热土上开始的全球化进程虽然并非自今日始,但作为重要论题或热点话题的"全球化",只是在近些年来才格外受到国人的"青睐"。而只要略加回顾,我们就会看到,中国"走向世界"或与外来先进文化"兼容"的全球化之路确实漫长而又艰辛。其中,无论从往日的经验还是今天的实践来看,以开放和改革为背景、以学习和运用外来文化为特征的"文化习语",都始终是走向全球化的初阶。清末民初与五四时期的文学嬗变便透露了这方面的消息,新时期以来的文学发展和文化演进也给出了这方面的确证。事实上,在近现代以来的文化产品进口与出口的过程中,或与所谓文化失语相比,我们的文化习语则是更其突出的方面,而由文化习语引起的文化效应固然有时也会造成文化失语,但20世纪中国的文化(文学)实践已充分证明,从文化习语而来的文化得语和强国弘文的业绩,当更是值得我们注意和珍视的主导方面。固然在20世纪中国文学的文本里可以看到各种各样的文化因素,但其中通过文化习语所获得的外来文化因素则起到了相当关键甚至是领航的作用,文化习语与文化创造的互动也愈益成为突出的文化现象。西部文学和文化的发展自然也不例外,甚至对文化习语的需求更为重要和迫切。

其二，物质文化层面的文化习语。目前人们言说的全球化，其实主要还是经济层面的全球化，对经济基础的高度重视几乎成了全球性的共识。不过在这方面西方发达国家觉悟较早，中国只能算是后发国家或发展中国家。经过一个多世纪的努力，中国的"全球化"进程终于发展到了快速挺进的阶段，并以此为前提积极建构能够提升中国文化整体地位的现代民族文化。而要想如此，就不能仅仅发展局部地区文化，也必须全面发展各地区文化，当中国西部大开发的战略决策付诸实施的时候，这样的旨在整体发展和提升中国文明水平和文化品位的伟大变革就进一步展开了。然而，由于历史的复杂原因，中国西部的现实文化，特别是物质文化还处在明显的弱势地位，因此文化习语就成为西部开发，包括西部文学发展中必须进行的补课项目。虽然来自秦地的老诗人侯唯动在新中国成立初期曾满怀激情写下《西北高原黄土变成金的日子》等长篇叙事诗，强烈憧憬大西北的美好未来，预言大西北物产丰富，必将"发挥她的巨大力量"。他还曾梦想西北的秃山会变成树海，黄河根治以后的西北将像江南一样温暖……但至今的大西北和整个西部，经济基础仍远不如黄土高原那样深厚。由此在经济全球化的背景下，西部经济亟待大发展就成为必然的选择，我们必须在抗拒被物化、异化的同时努力发展西部经济，而经济基础的多方面作用，也必然会对文化艺术产生影响或促进作用。事实上，在注重物质文化的思维渗透下，务求实效的文学实用目的或务实派文艺观，对五四文学、左翼文学、抗战文学、解放文学、改革文学、建设文学等，包括西部文学，都产生了前所未有的重要影响。这在20世纪中国文学史上也由此形成了以"务实派"文学为主流文化代表的历史现象。以西部文学大省之一的陕西来看,重量级的作家作品,多都带有现实主义的文学品格。从柳青的《创业史》到路遥的《人生》和陈忠实的《白鹿原》等,可以看出陕西文学对现实主义的坚守和发展。同时,西部物质文化发展固然较东部缓慢,但纵向看却也有了较大发展,西部作家的衣食住行、书写工具及作品的印刷出版和发行等方面,确实也有了很明显的改观。学习西方先进出版文化,发展我国现代文化工业,构建现代传播媒体网络,实行版税与稿费制度,这对于相对"贫穷"的西部作家来说,意义也是不言而喻的。有些西部作家外流,与西部物质条件较差也有明显的关系。但文学发展的不平衡规律,在西部也生动地体现了出来。西部的经济在整体上处于落后地位,文化教育和文学创作也在整体上处在被动跟进的状态,然而在某些情况下或在某一时期里,西部文学却可以创造奇迹,在激烈的文学创作的竞争中脱颖而出,如新中国成立前重庆文坛、延安文艺的兴起,新时期以来陕军文学的崛起,边塞诗歌的雄起和雪域文学的奇幻等,都构成了引人瞩目的文坛胜景。如果以西部题材内容为标准来命名西部文学,那么许多文学大家也都有"西部文学"方面的作品,《中国西部作家精品文库》、《中国西部人文地图》(中国西部文学丛书之一)等就收入了这些文学大家的作品。西部文学、西部作家并不一定是封闭落后的,尽管西部经济和文化教育在整体上有其落后的方面,但同样也可以搞出自己的特色学科和强势学科,在苍凉中坚守,是西部人能够有所创造的基本条件,许多西部作家以生命的代价终于受到了艺术女神的青睐。也幸好艺术女神有她的优良品格,就是不那么嫌贫爱富,也不那么看重文凭地位,而看钟情于她的人是否足够虔诚和坚韧,是否有热爱自由热爱生命的意志和丰富多彩的艺术想象力。因此才有像陈忠实、路遥、阿来等优秀作家的诞生,才有《白鹿原》、《尘埃落定》、《人生》等优秀作品的诞生。

其三,制度文化层面的文化习语。国运兴衰与政治变化密切相关,文学命运也常维系于此,实在难以如人所愿进行纯粹的"独立发展"。特别是政治权力获得巨大扩张的20世纪,推行或拒绝全球化的政治巨星和威权政治吸引着也制约着各个民族或国家。在中国,来自西方的民主政治和马克思列宁主义的影响非常深远,而作为国家命运的特殊记录和民族心灵的审美观照,20世纪的中国文学包括西部文学的发展,也与百年间自己国家和民族的命运密切相连,政治文化的威力通过现代"民主与集中"意识的传播,已经影响到中国西部最边远的地区。在大历史和大文化的视野中,我们可以看到中国20世纪"新文化运动"的几轮接力赛:第一轮是近代人与五四人的接力,基本完成了从古代到现代的跨越,在制度文化变革方面虽然近代人的奔跑显得很吃力,但却是重要的过渡,而五四人的接力则很成功,冲刺也很有力,自然在培植民主文化方面所取得的成绩也最显著,但还基本局限于思想文化层面。第二轮是马克思主义指导下的中国共产党领导的新民主义文化和社会主义文化,这是一次带有悲壮色彩的文化长征,从井冈山到延安到新中国的成立;从左翼文学运动到"文化大革命",这其中有辉煌灿烂,有轰轰烈烈,但不幸的是也有极"左"带来的困境和误区,尤其是"文化大革命",使民族的文化遭到了极大的劫难。第三轮则是开拓历史新时期的政治领袖引导的新一轮接力赛,虽然不能说没有任何失误,但总的看比较明智:奉行的是独立自主与和平的、开放的外交策略和很实在的量力而行的竞争,追求的是全方位的"小康"与"和平",在民主进程加快的同时,适度的富足与和平成为时代主题,国力包括文化国力的持续增长已是不争的事实。在五四时代我们有鲁迅,有郭沫若;在毛泽东时代有延安文艺与"三红一创";在历史新时期以来则有改革文学、"朦胧诗派"、寻根文学、反思文学、反腐文学、新写实小说、主旋律文学及消闲文学等,尽管有许多遗憾,但我们还是愿意乐观地承认,中国文化与文学毕竟有了新的丰富和发展。西部文学与此也在同步发展,其发展的一个显而易见的标志,就是西部文学界也有比较可靠的组织机构(成为作家之家),并创办了《延河》、《中国西部文学》、《飞天》、《青海湖》、《小说评论》、《南方文坛》等文学类刊物,还成立了西部作家创作中心、西部文学研究中心等,设立有关文学及评论的奖项,努力营造奋发向上的文学氛围,于是政治管制业已基本转化为文学管理,成为现代管理(学)的分支,这对西部文学产生的推动作用,是不必全然否定或视而不见的。如陕西作家协会致力于"铸文学大省黄钟大吕,绘西部开发宏伟画卷",就对陕西那些实力派作家产生了明显的激励作用。

其四,精神文化层面的文化习语。总体而言,20世纪中国作家接受的现代教育,多与"新学"相关,而这新学与西学自然有着密切的关系,尤其是现代的中小学校和高等学校以及留学教育,对培养他们的现代意识产生了巨大作用,也使精神文化的增值成为20世纪中国文化的一种主要发展趋势,即使精神危机四伏的时期,现代教育影响下的文学也以其顽强的生命力维系着民族精神文化的血脉。西部作家也与东部作家一样,都在开放文化视界中心仪手追过一些外国作家,受到过明显的外来影响。比如从文学与语言文化的关系来看,也可以清晰地看出其明显的外来影响。汉语言文字的生命在20世纪中国受到了很大的冲击,但却在适度变革中又有了新的发展。这对作为语言艺术的新文学(包括世界华文文学)来说提供了必不可少的基础和载体。语言既具有物质性,更具有精神性。作为媒介的语言以可视性符号与可闻性声音显示其存在的物质文化特征,但其中蕴涵的民族文化信息或个体心态情绪则带有精神文化特征,从语言文化学角度看,语言的选择往往还带有伦理性,意味着要担负和履行相应的语言责任。在五四前后发生的汉语言文化的巨大变化,尤其是对众多外来语词的积极吸纳,对文学产生的影响是如此显著,没有人能够忽视它和贬低它,也就是这种文化习语或文学语言形态的整体转变,使文学从旧文学到新文学的整体转型加快了步伐。而以白话文学为主体的新文学,也在整体上体现出了新的文化价值。西部文学对新语词的关注,从整体上讲,也早已超过了对方言土语的兴趣。文化习语最明显的是对那些带有强烈时代气息和精神指向的新语词的学习和运用,对这些新语词的心领神会便可以更新观念,使精神生态出现新的面貌,这也是实现其文学创新、文化创造的重要途径之一。比如对西部自然生态和精神生态的双重关注,使贾平凹写出了一系列作品(如《怀念狼》、《白夜》、《猎人》等),就得益于他在文化习语基础上对中西文化的深入比较。自然,关于西部文学的界定有各种意见,狭义的西部文学是指作者生长在西部,创作在西部,专注写西部,是"纯西部文学";广义的西部文学则宽泛得多,即与西部有较为密切关系的文学作品(题材取材于西部但作家未必在西部,作家在西部但取材未必局限于西部,作家短期在西部取材亦为西部等),都可以视为西部文学。而无论是狭义的还是广义的西部文学,都要以世界范围内的先进文化为学习和再造的对象,不能满足于对地域文化的孤立观照和民间趣味的自我鉴赏。

其五,对文化创造的不懈追求。文化习语诚然十分必要,不通过这一初阶就无法迈向文化创造。文化习语严格说来仅仅是为了"文化接轨",但我们的根本目的却在于"文化创造"。如前所说,在文学本文中出现较多的外来话语甚至成为文学"关键词",就有助于中国文学的嬗变和创新,如20世纪上半个世纪和最后20年的文学史就是如此。当然,文化习语不能代替独立的文化创造,追求利在自我而又福荫全球的文化创造才是我们的真正目的。从追求文化创造的高度来看,或在结果而非过程的意义上讲,文化创造确实较文化习语更重要。诚所谓:"复古固为无用,欧化亦属徒劳。没有创新,终难继起,然而,创新之道,乃在复古欧化之外。"(吴芳吉)所以为了文化创造,就要从"欧风美雨作吟料",进到"更搜欧亚造新声",在全球化的过程中努力学习宽容、相容或兼容,养成善于理解和吸取的宽阔心胸,在兼容复古和欧化的同时尽力寻求创新超越之路,这就是正面意义上的全球化。但与全球化相反相成的本土化或民族个性化过程,也应引起我们的高度重视。因为每个民族、国家、区域或个人都珍惜自己的文化个性,才能有真正意义上的文化兼容和文化创造,并由此不断充实和丰富全球化的文化内涵。因此,文化全球化与文化本土化的"互动"与"双赢"才能体现人类社会的巨大创造,文化的多元统一的理想也才可能逐步实现。事实上,没有近代以来中国人对开放改革或全球化的选择,就没有中国在曲折中的发展尤其是近20多年的进步,这其中就有着众多方面的文化创造,包括我们经济上、文化上的许多重大进展和变化。仅就文学而言,我们的创造性成就也是有目共睹的,虽不可以妄自尊大,却也不可以妄自菲薄。至少是从"五四"文学开始,我们固有的文学便发生了很大的变化。而后来一些优秀作家(包括西部作家)的持续努力,将对文学创作的提升和文化创造的期待延至今日,这本身也形成了一个优秀的文化传统。无视和贬低这一传统的存在和作用都是可笑的,也是无济于事的。西部文学要努力走出模仿或消极写作的阴影,因为强调文化习语的重要性是为了更好地从事文学创作,而带有文化创造意义的文学创作总是"积极建构性的写作"。但在西部文学中,却有大量的作品是低层次模仿外国文学或准翻译文本的,甚至以其他地区的摹本为蓝本,还有的作品没有深刻思想意蕴和严肃艺术追求,总在展览丑恶、暴露病相、玩弄无聊、搜奇志怪、迎合市场等方面下工夫,给读者造成关于西部人形象与环境的整体恶劣印象。有的老作家也"随遇而安",与世俗有了更多的妥协,但像叶广芩、红柯等中青年作家却身在西部,志在全球,虚怀若谷,渴望创造!

(原刊于《唐都学刊》2003年第1期,《新华文摘》全文转载)

附录3 大师茅公与秦地文学

在20世纪中国文学史上,茅盾的巨大存在是任何人都无法否认的。这一巨大的存在直接体现为文学大师的崇高品位和立体形象,从创作、评论、翻译、编辑以及其他文学活动中鲜明地映现出来,同时也从活生生的文学影响或接受活动中表现出来。应当说,"文学大师"的名号不应是某些人即兴随意和别有用心的封赠,而应是其文学实绩和影响的真实写照,以及相应的文学接受和文学再生之历史的客观证明。

事实胜于雄辩。那种意欲否定茅公、贬损茅公的巧舌如簧,在事实面前却显露出无法遮蔽的荒唐和虚妄。只要能够深入细致地验证茅公的巨大影响,那种否认茅公大师地位的种种言行,也就会不攻自破。过去,我们也从国内外的广阔视野看取茅公的文学影响,但大多流于概观综述,细部深究和具体论证往往不够。本文拟就茅公与秦地①文学的关系,尤其是茅公对秦地文学在历史上的积极影响,进行一些细致的考察,从地域文学与文学大师的个案分析中,借一斑而窥全豹,不仅可以有助于认识作为文学大师的茅盾,而且对深入了解秦地文学的历史和现状也有较大的助益。

在20世纪秦地文学中,有三大文学现象最为引人注目,一是"延安文学",二是"白杨树派",三是"陕军文学"。然而同样引人注目的是,茅公与这三大文学现象都有着相当密切的关系。延安文学,可谓是秦地艺苑中最奇异的景观。如众所知,在特定的时

---

① 秦亡而有楚汉之争,项羽自设鸿门宴后封刘邦为汉王,管理汉中等地。为防刘邦东进,又将关中、陕北封给三位故秦降将,史称"三秦王"。今仍沿用"三秦"之称,代指陕南、关中、陕北三个区域,本文统称为"秦地"。

代条件下，延安成了抗战时期及解放战争时期中国革命的中心，同时也成了全国的文化中心之一。从全国移居于此的文化（包括文学）精英，在黄土高原上生根开花，将理想文化（如马克思主义）与地域文化（如延安本土文化）紧密结合，创造出令人耳目一新的延安文学，并在各根据地和大后方都产生了积极的影响。延安文学（艺）作为一种运动，确已成为一种历史。但作为一种文学追求，却始终都有一种内在而又强大的生命力。表面上看，延安文学多是由外地人创造的"移民文学"，实质上却是本土文化与外来文化深度融合的结果。当革命和文学从黄土高原上崛起或"长大"的时候，无论如何都不能忽视这片黄土高原，忽视这里潜蕴的革命和文学的种子以及来自地母（民众文化）的能量。正如有的学者指出的那样，延安文艺是中华民族黄河文化精神的一次现代张扬，延安及周边地域的文化对延安文艺的发生，产生了重要的影响作用。

茅公与延安及其文艺的精神结缘早于他到延安的1940年。当红军到达陕北时，他曾和鲁迅一起给予衷心的祝贺；在他写于抗战初期的《第一阶段的故事》中，便表达了对延安的向往之情；在他主编的《文艺阵地》上，想方设法及时报道来自延安文坛的消息；在他的心中也时常记挂着那些奔赴延安的亲朋好友。而在茅盾带着全家到了延安之后，也就有了长久安居于此、工作于此的打算。后来虽因党的工作需要和周恩来的安排而离开了延安，但在不足半年的延安之行里，已经与延安及其文艺建立了深切的情缘。无论是身在延安还是身在异地，这一深切的情缘都促使他为延安及其文艺做一些扎扎实实的工作。在延安期间，茅盾参加了各种集会、讲学和考察等社会活动或文化活动,其间尤为突出的,自然还是紧密联系文艺的实际需要而从事的写作活动。在延安所写的理论批评方面的文字,约有10余篇,内容主要围绕着延安文艺界当时关注的民族形式和纪念鲁迅等命题而展开。在离开延安之后,茅盾的身心仿佛与延安贴得更近,时常"引领向北国"(《感怀》),"侧身北望思悠悠"(《无题》),并写下了著名的散文《风景谈》、《白杨礼赞》以及一系列评介延安文艺的文章。如果从精神认同的深切意义上说,茅盾的延安之行使他成了一位"延安人",也使后人得以看到他另一个伟大的侧面:他不仅仅是延安文艺运动积极的观察者、建设者,其更重要的还是一位出色的宣传者和评论者! 这种历史赋予他的角色,直到他的晚年仍有生动的体现。在"四人帮"塌台之后,茅公在一首诗中兴奋地写道:"毛主席文艺路线育新苗,延安儿女不寻常。新人旧鬼白毛女,控诉汉奸土霸王。夫妻识字学习好,兄妹开荒生产忙。……大地回春,当年清韵又绕梁。"当中国在经过又一次黑暗和阵痛之后而进入新时期的时刻,茅公饱经沧桑的眼前却浮现出了当年延安文艺的盛景,耳边也响起了当年延安文艺的清韵,这不正说明茅公对延安文艺的深切认同吗? 清韵再绕梁,不也强烈地表达了茅公对新时期文艺的渴望吗?

茅公与延安的精神结缘和实际结合体现在许多方面,其中也包括他对延安人——尤其是那些"延安化"了的艺人亦即外地来的文艺工作者——精神状貌的深切体认。他在离开延安不久写下的《杂谈延安的戏剧》一文中动情地写道:"物质条件的缺乏,使得陕北的文化工作的艰苦,有非吾人所能想象;特别是戏剧工作,外边的惯于在都市里干这项工作的人们,骤然到那边一看,总会觉得无从措手。但如果你住下来,你看了几次他们的演出,那时你就会吃惊道:'沙漠上开放出美丽的花来了!这班人似乎是魔术家,真了不起,没有办法之中会生出办法来了!'"①延安文艺在极其艰苦的条件下绽开了灿烂的艺术花朵,有赖于延安文艺工作者虚心好学和百折不回韧干苦干的精神,有赖于培养与发皇此种精神的阳光和空气,亦即民主的环境以及对于文化工作的重视,更有赖于这些延安文艺工作者真正与劳动人民的结合,有赖于他们坚定的为人民服务的创作目的。由于有了亲身的体验和考察,有了此后的追踪关注和分析,特别是在毛泽东的《在延安文艺座谈会上的讲话》的启发下,茅盾后来对延安文艺昭示的文艺方向则有了更为清晰的认识。这种认识的呈示和深化,从他写于40年代中后期的《五十年代是"人民的世纪"》、《人民的文艺》、《关于〈吕梁英雄传〉》、《关于〈李有才板话〉》、《赞颂〈白毛女〉》等许多文章中都非常鲜明地体现出来,且表现得淋漓尽致,既彰明了茅公对延安文艺精神的深切认同,又彰明了他对延安文艺精神的揄扬有加。

值得注意的是,茅公对延安文艺的深切认同和大力张扬,客观上对当时的延安文艺走出地域限制而纳入全国乃至世界文艺的格局,起到了积极的影响作用。而这也启发我们,从文艺思潮

---

① 茅盾:《茅盾文艺杂论集》(下集),上海文艺出版社1981年版,第900页。见《人民戏剧》1977年第9期。详参拙文:《茅盾与延安文艺管窥》,《抗战文艺研究》1985年第4期。详参茅盾:《我走过的道路》(下),人民文学出版社1988年版,第190—228页。

和创作风貌的总体特征来看,延安文艺无疑是相当独特的,其趋于彻底的革命化和大众化的文艺追求,所显示的坦率的粗豪和逼人的真实的艺术风格,都在中国文艺史上写下了辉煌的篇章。然而,无论从当时的历史现状和迄今的发展状况来看,还是从中国文坛或世界文坛的宏大格局来看,延安文艺都并非是涵盖一切文艺特征的文艺,她只是艺苑中的一朵硕大的红花。用文论术语来表达,延安文艺(学)则是从圣地延安生成并传播开去的一大文艺(学)流派。这是一个带有母本性质的流派,其对中国文学的影响之大是有目共睹的。当然,所有的或大或小的流派都有其局限性,因而其影响也就并不单纯。延安文艺(学)自然也是如此。由于茅公对中国当时各大地域文学乃至世界文学发展状况的熟悉,他既认同和称扬延安文艺(学),肯定"在整个抗战时期解放区文艺运动的司令台还是在陕北(延安)",但同时也看到其他地域文学并承认其独特的价值。仅从茅公在抗战期间旅居多地及其文学活动的情况来看,他从来都是既顾及当地文学现状,又顾及全国文学动态的,世界文学的丰富知识也成了他考察和分析各种文学现象的参照或背景。也正因如此,茅公眼里映现的延安文艺,固然是充满希望的文艺,却也是有待发展的文艺,在当时即看到了一些不足之处,并给予了剀切的批评。难能可贵的也许正是茅公的理智和博识,他不仅真诚地认同和张扬延安文艺,而且通过切实的努力去促进和引导延安文艺的发展。

作为秦地文学中的突出现象,我们还注意到了"白杨树派"的存在。这主要是由柳青、杜鹏程、王汶石以及路遥、陈忠实等作家为代表的秦地小说流派。这个小说流派的命名,显然与茅公著名的散文《白杨礼赞》有关。简而言之,所谓"白杨树派",就是依据茅公《白杨礼赞》及其他有关的诗文所提示的精神特征和审美特征,从秦地小说的创作实际出发,同时也参照评论界已有的一些成果,来命名的一个不大不小的流派。

茅公眼中的白杨树,是"西北极普通的一种树,然而实在不是平凡的一种树","那是力争上游的一种树,笔直的干,笔直的枝。……这是虽在北方的风雪的压迫下却保持着倔强挺立的一种树!""它没有婆娑的姿态,没有屈曲盘旋的虬枝……白杨树算不得树中的好女子;但是它却是伟岸,正直,朴质,严肃,也不缺乏温和,更不用提它的坚强不屈与挺拔,它是树中的伟丈夫!"读着茅公的《白杨礼赞》,我们会领略到一种独特的美,而且循着茅公的思路,很快由树之美而发现人之美,北方的农民,家乡的哨兵,延安军民为代表的民族脊梁骨的精神,在茅公笔下都由"白杨树"作了极富诗意的象征,并给予了衷心的赞美。茅公还在一首题画诗中写道:"北方有佳树,挺立出长矛。叶叶皆团结,枝枝争上游。羞于楠枋伍,甘居榆枣俦,丹青标风骨,愿与子同仇。"再次表达了他对白杨树的风骨或精神的认同和赞美。并且编有以《白杨礼赞》为总题的散文集,以志"五年漫游中所得最深刻之印象"。茅公由树及人,想象丰富而又宏阔。然而是否可以由树及文,以作家为中介,将树的风格与文的风格联系在一起呢?有的学者确曾作过这方面的尝试。比如宋遂良先生在比较周立波和柳青的艺术风格时,其论文的题目就是《秀丽的楠竹和挺拔的白杨》。文中说:"我们读柳青的作品时,就仿佛骑着一匹骏马,前进在那苍茫辽阔的关中平原,滚滚呜咽的渭河两岸,白雪皑皑的终南山下,我们看见那些插入蓝天的白杨……和柳青的艺术风格又显得多么融洽自然,浑然一体"。"柳青的笔触开阔、高昂、爽朗、豪迈。"这种将"树风"和"文风"联通的思路的确具有启示性。路遥在《病危中的柳青》一文中开篇就说:"为了塑造起挺拔的形象来,这个人的身体现在完全佝偻了"。柳青,的确就像挺立在黄土高原上的一株白杨,其作品也充溢着白杨树的那种昂扬向上、正直庄严的精神。那么,是否秦地作家中只有柳青一人如此呢?显然不是,而是有一群作家矢志于此。这些作家的文学成就虽有大小,从事创作也有先后,但在努力体现白杨树"精神"及相应的地域文化风情方面,却有共通之处。其中有不少作家心仪柳青,也从茅公的文学思想和创作实践中深获教益,有的更是直接得到过茅公的奖掖和帮助而成长起来的。就是柳青这位未能充分展示其文学才华的杰出作家,也得到过茅公的鼓励和关照,并对其创作活动产生了不可忽视的影响。当柳青的长篇小说《铜墙铁壁》于新中国成立后出版不久,茅公在其重要的文章《新的现实和新的任务》中就予以充分的肯定。这篇文章是1953年9月25日于中国文学工作者第二次代表大会上的报告,当评介具体作品时,首先提到的就是《铜墙铁壁》,将其视为近年来"成功的和比较优秀的作品"中的代表作,其推重之意溢于言表。柳青的杰作《创业史》问世,茅公和其他文艺界领导人都非常重视,在全国第三次文代大会上格外表彰了这部作品的突出成就,促使《创业史》赢得了更多的读者,也引起了评论界的普遍重视。同时对柳青本人也产生了积极的影响,使他更坚定了扎根农村的决心,像挺拔的白杨树那样,"扎根皇甫,千钧莫弯;方寸未死,永在长安",从而成为真正的人民作家。当然,如果追溯茅公对柳青的影响,完全可以上溯到柳青的青少年时代。比如,柳青少年时节就爱读茅盾等进步作家的作品,受到了多方面的启发;青年时节尝试写的小说《牺牲者》和《地雷》等,便发表在茅公主编的《文艺阵地》上,这对一个文学青年的激励作用,显然是不言而喻的。

除了柳青之外,秦地作家中明显受益于茅公的作家还有许多。其中著名或较为重要的作家,新中国成立后成名的如杜鹏程、王汶石、柯仲平等;新时期以来成名的如路遥、陈忠实、李天芳等。这里且说五六十年代成名的杜鹏程、王汶石二位。他们既是"白杨树派"的主要作家,又是秦地作家中受茅公评介最多的两位作家。打开《茅盾文艺评论集》,就会很容易发现杜、王二位作家经常出现在茅公的笔下,有时称赞备至,但有时也批评得不留情面。无论是肯定还是否定,都令杜、王二位心悦诚服,深获教益。杜鹏程曾回忆说:"三十年来,茅盾大师对许多作品作了独到精辟的艺术分析,并给我们留下了不朽的巨著。不说别的,他老人家的《茅盾评论集》上下两卷,就摆在我的案头","就像我这样普通的作家,也从他那些具有深厚知识和卓越见解的评论文章中,获得了巨大的勇气和力量……茅公就多次指出过我的作品的不足和失败之处,从而使我得到终生难忘的教益。"① 王汶石也回忆道:"远在小学、中学时代,我就开始接受茅盾导师的影响了。""建国

---

① 杜鹏程:《悼念茅盾大师》,见《纪念茅盾》,陕西人民出版社1984年版,第79页。

以后,我以自己的不像样的小说,进入新中国的社会主义文苑,这就有了机会得到茅盾导师的直接指教。……他曾在几次综合评述中评论到我的几篇短篇小说,分析其艺术上的成就或不足,每一次都使我非常激动,我总是反复学习,以便尽可能深入地领会他对我的教导。他在全国第三次文代大会上的发言中,用'峭拔'二字表述我的创作风格,对我的启示尤深……他的这两个字的评述打中了我的心,一位我所十分尊敬的老一代艺术大师如此了解我,也使我更了解自己,坚定了我的信念,进而影响着我的追求,我的艺术。"①

茅公称誉杜鹏程的代表作《保卫延安》"笔力颇为挺拔",又认定王汶石的小说艺术风格是"峭拔",这种强烈的审美感受和精到概括都很容易使人想到"白杨树"的精神风貌。是的,当茅公读着秦地作家的那些优秀作品时,体味到其中昂扬向上、不屈不挠的艺术意蕴,肯定或显或隐地想到了他当年在秦地看到的印象殊深的"白杨树"。他对"白杨"的礼赞和倾心,大概也构成了他深切的审美经验,促使他对秦地文学中的"白杨树派"有一种近乎本能的敏感,并油然而生一种喜爱之情。尽管他并未直接为这个地域文学流派命名,但他的审美体验和相应的文字表达,却已经提供了判断的方向和许多有益的启发。

秦地的"白杨树派"肇始于延安文学,持久地发展于秦地,其相对成熟的时期是五六十年代,并在新时期的秦地文学中仍有明

---

① 王汶石:《哀悼茅盾导师》,见《纪念茅盾》,陕西人民出版社1981年版,第84页。

显的延宕乃至是深化。"白杨树派"具有独特的秦风秦韵,有鲜明的地域色彩,在这方面与"山药蛋派"和"荷花淀派"等同样肇始于延安文学的流派很相似。如前所说,从宏阔的视域来看延安文学,就会看到延安文学是一个带有母本性质的大的文学流派,而"白杨树派"或"山药蛋派"、"荷花淀派"等皆属于从延安文学中化育出来的子流派。这些流派中的代表作家,如柳青、赵树理和孙犁等,都受到过茅公的扶植,这是非同一般的支持,都给后人留下了十分深刻的印象。

秦地作家以"陕军"的称谓响于文坛,不是起自战争年代,而是起自新时期的改革年代。如前所说,受孕于延安文学而在五六十年代趋于成熟的"白杨树派",已经体现出了相当鲜明的地域色彩。这个流派在"文革"中跌落深沟,气息奄奄,直到新时期到来,才逐渐复苏。这复苏不仅由于柳青、杜鹏程、王汶石等作家在受创而染沉疴的遭遇之后重获创作的权利——尽管已到了强弩之末,而且由于秦地已产生了一批相当精锐的新进作家,如路遥、陈忠实、贾平凹、京夫、赵熙、李天芳、高建群、冯积岐、文兰、程海、蒋金彦、莫伸等。这些新进作家的崛起,以群体的形象为陕西文学界赢得了"陕军"的称号。

当陕军进驻文坛并引起关注的时候,茅公已不幸逝世。他再也不能像生前那样关注陕西作家和《延河》杂志了。然而茅公的文学风范犹存,对秦地这些新进作家仍然有着深切的影响。那种直接受其奖掖的机遇固然不存在了,但文学大师的影响向来主要凭靠的就是其文学遗产。茅公的文学思想和创作结晶依然以"黑白先生"(书)为中介,继续对秦地作家的创作实践产生或显或隐的影响作用;秦地前辈作家和秦地文学批评家有时也能起到类似的中介作用,他们从茅公那里获取的文学营养(思想的、方法的、技巧的以及文体的等),也会像血管中的血液那样,继续在秦地青年一代作家身上流通下去。譬如路遥,就可谓是这样一代作家中的一个代表。他在创作主张、审美倾向与构思特点等方面,深得"五四"以来"人生派"文学的真传,并自觉或不自觉地契合了茅盾为代表的社会剖析派(小说流派)。我们知道,茅公在小说创作中所呈示的理性力量,使他能够从历史和美学的高度,对社会生活进行"大陆式"或"史诗式"的反映,致力于构建气势宏阔的"城乡交响曲"。这种气度不凡的文学追求,在茅公的中、长篇小说或城、乡题材小说中有着充分的体现。而路遥从《当代纪事》(小说集)到《平凡的世界》,其创作路数与茅公殊为接近,与茅公所创设并确立的"社会萌生初变或巨变"的文学表达范式亦相当吻合。路遥在《面对着新的生活》、《路遥小说选·自序》和《早晨从中午开始》等创作中,都分明表现出了一个坚定捍卫现实主义创作道路而又不懈追求的作家形象。这一形象在中国文坛上拥有着属于自己的辉煌,并由此获得了"茅盾文学奖"。路遥在颁奖仪式上的致词中说:"以伟大先驱茅盾先生的名字命名的这个文学奖,它给作家带来的不仅是荣誉,更重要的是责任。我们的责任不是为自己或少数人写作,而是应该全心全意全力满足广大人民大众的精神需要……"[①]获奖

[①] 《路遥中短篇小说·随笔卷》,陕西人民出版社1993年版,第427页。并详参拙文:《沉入"平凡的世界"》,《神秘黑箱的窥视》,陕西人民教育出版社1993年版,第27页。

与否也许带有一定的偶然性，但茅公与路遥在心路和文路上的某些相通，却是明眼人一望可知的。这大概也是一种缘分。当然秦地作家中肯定仍有人矢志追求这种缘分。即使这种"获奖"的缘分可能与陕军一时有所疏离，也还是不能遏止他们对文学大境界的向往，也还是无法让他们妥协于非文学因素的干扰或被伪冒现实主义的浊流裹挟而去。在这里，笔者主要指的是像陈忠实、高建群、冯积岐、京夫、李天芳等具有相当实力的作家。他们取得的文学成就，必将越来越受到文坛的关注和广大读者的承认。尤其是陈忠实，其代表作《白鹿原》在追求"民族秘史"的建构中，与茅公的那种对中国革命历史的艺术观照殊多相似之处，不仅都有着强烈的史诗意识和把握宏深的艺术世界的气魄，而且均能于细微之处见精神，在人物心理情感乃至性爱本能的社会显现中，发现影响历史步履的复杂因素。换言之，从历史真实和生命体验的紧密结合中去为民族艰难历程留下相应的艺术纪录，这是茅公和陈忠实的共同追求。茅公的《子夜》主要从资产阶级命运中透入民族的秘史，《白鹿原》则主要从农民阶级（包括农村各阶层）的命运中透入民族的秘史。角度有异，而铸造史诗则一，从中也唤起了人们对"资本"和"民间"之于中国命运的隐在关系的高度重视。笔者个人以为，陈忠实以笔铸史的艺术理性或自觉，及其映真入微的现实主义方法，在多种影响中也吸取了茅公的影响，似乎从总体上也达到了茅盾文学奖的水平，其成就是无法抹杀的。

秦地作家从延安时代走到今天，代代传承着优良的文学传统，其中值得注意的一点便是注重人的理性，表现人的理性、情感和性灵的东西在与理性的矛盾和融通过程中，大抵只是起到了绿叶扶红花的作用。这在所谓"人文精神"危机的情形下，从今日"陕军"身上体现出的"人文理性"，也许正有其不可忽视的积极意义。"陕军"中一位女将名叫李天芳的一段说"理"的话，颇为耐人寻味。她针对有人指责其创作中的"理性"说："'理'的表现并非来自某某某的模式，它或许还是中国散文的优秀传统呢。不能因为文中涉写了理，表现了理，就一定不是抒写灵性。说不定这正是作者的感触、发现，甚或是他生命的一部分哩。我至今读《白杨礼赞》，还惊叹茅公这个小老头，何以有那样的胸襟，那样的奇想，那样的情操，并不因文章将耸立于北方大地的白杨比作伟岸的丈夫，和许多并不含蓄、相当直白的议论而贬低它，相反，我总是可以从中不断地获得精神的滋养和鼓励。人总是要有点精神的，人也总需要振奋精神。无论哪个时代，哪种社会，应当反对的，只是假的、空的、虚伪做作的议论和说教"。从这段话里，我们很容易看出李天芳深受茅公这个"小老头"张扬的"白杨"精神的启迪，其对"理性"的基本理解和把握，既与茅公相通，也表达了秦地作家的普遍崇尚理性的思想倾向。有人或以"封闭"、"保守"贬之、毁之，但陕军却自会以"白杨"的不屈不挠、正直向上的精神黾勉不止，从而在黄土高原的白杨树上抽发新芽，迎着春风，扬起文学世界中人文理性的旗帜，并向茅公遥寄来自白杨树的怀念！写到这里，我忽然想起了秦地诗人毛錡《悼念茅盾同志》中的诗句：

述古论今，每显那精深的学问和造诣，
长篇短章，难尽那浩瀚汪洋的才情；

可此刻,你竟别我们匆匆而走了,
脚步轻轻,在这春日静悄悄的黎明。
啊,我仿佛看见约甫拉开了天帷,
邀你和鲁迅、郭沫若相会于天庭;
但我又听见了你对文学事业的声声祝愿;
恍若你仍坐在竹椅上勉励着新人和后生。
……①

诚然如斯,茅公精神不泯,依然勉励着新人和后生,也包括秦地文学的后来人。此亦可谓"大师茅公逢新春,心育桃李满上林;挺拔白杨连天宇,泱泱秦地传佳音。"

大哉茅公,师泽永继。秦地文学,就是一面小小的折光镜子。

(原载《陕西师范大学学报》1996年第3期)

附录4 论20世纪末陕西作家群文化心态的嬗变

回望中国20世纪末的20年间,中国社会的经济文化发生了巨大的变革与发展,这种巨大的变化必然投影在社会生活的各个层面,而这一切非常自然地折射到以反映社会生活为内容的文学天地中,也必然渗透到以文学为表现手段的作家的心灵世界中。而作家的心态又影响着文学作品的主题意蕴、表达方式以及审美风格。这样对于作家心态文化的研究就成了一个饶有趣味的话

---

① 陕西现代文学学会编:《纪念茅盾》,陕西人民出版社1981年版,第165页。

题,它不只使我们通过文学创作与作家心态的嬗变更好地理解把握时代风云的嬗变,而且使我们窥探到变革时代人们灵魂的真实搏动;同时,也有利于我们深层思考文学自身的发展,使当代文学及作家尽快找到精神病灶区,突破精神的危机。

陕西作家群创作队伍庞大,文化心态相当复杂,要想无一遗漏地概括是极为困难的。本文将论题的时间限定在20世纪70年代末以来至今,基本上围绕着复兴与颓废这一矛盾心理展开陕西作家文化心态的嬗变分析。时间上说大体分为两个时期,第一时期是70年代末到80年代末,随着政治向度上的拨乱反正,新时期文学的整体上呈现出复苏、繁荣的局面,作家文化心态主要呈现出务实求变的复兴青春心态;第二个时期是90年代至今,即90年代实施的市场经济改革,中国社会进入全新的发展变革时期,人们的思想经受了价值观念的错位与信仰虚位的煎熬,作家文化心态呈现出斑驳复杂的中年心态,有较多废土废都的颓废的一面,却也不乏摆脱落后、渴求进步、复苏进取的另一面。这两个时期有一定的内在延续性,但更有着巨大的异质文化的嬗变,在嬗变发展过程中,外在的社会政治因素具有极大的制约作用。

第一个时期总体上来讲作家文化心态是积极进取的复兴心态。70年代末到80年代末与十年"文革"相比,陕西文坛整体风貌呈现繁荣复苏的局面,作家队伍壮大、优秀作品脱颖而出。陕籍作家如30年代出生的峭石、蒋金彦,40年代出生的赵熙、李天民、陈忠实、京夫、文兰、邹志安、王蓬、路遥,稍晚出生于50年代的莫伸、贾平凹、李康美、高建群、杨争光等,其中1978年莫伸的短篇小说《窗口》、贾平凹的《满月儿》获得本年度全国优秀短篇小说奖;1979年陈忠实的短篇小说《信任》获得本年度全国优秀短篇小说奖;1980年京夫的短篇小说《手杖》获得本年度优秀短篇小说奖,路遥的中篇小说《惊心动魄的一幕》获得1979—1980年度全国优秀中篇小说奖;1983年路遥的《人生》获得全国优秀中篇小说奖;1984年邹志安的短篇小说《哦,小公马》获得全国优秀短篇小说奖;1985年贾平凹的《腊月·正月》获得第三届全国优秀中篇小说奖。1985年之后,路遥、贾平凹、陈忠实、京夫等作家投注大量心血致力于长篇小说的创作,"陕军"长篇小说取得突破性进展,迎来长篇小说丰收的季节。

陕西文坛繁荣局面的铸就与作家务实求变的文化心态密切相关,路遥在介绍《平凡的世界》的材料准备和创作构思时说:"要用历史和艺术的眼光观察在这种社会大背景(或者说条件)下人们的生存与生活状态,作品中将要表露的对某些特定历史背景下政治性事件的态度;作家应该站在历史的高地上,真正体现巴尔扎克所说的'书记官'的职能。但是,作家对生活的态度绝对不可能'中立',他必须作出哲学判断(即使不准确),并要充满激情地、真诚地向读者表明自己的人生观和个性。"[1]同样,贾平凹在借鉴大量西方文学作品时,也认为"文学应该为社会做记录"。[2] 陕西作家似乎与生俱来具备这种脚踏实地、务实苦干的精神,在长期艰苦创业的奋斗历程中,这种精神与崇高的使命感和岗位责任意

---

[1] 路遥:《早晨从中午开始》,见畅广元主编:《神秘黑箱的窥视》,陕西人民教育出版社1993年版,第85页。

[2] 孙见喜:《贾平凹前传》第三卷《神游人间》,花城出版社2001年版,第252页。

识融为一体,他们为了"脚下踩的这方厚土",甘愿"流尽最后一滴血",不惜"下油锅"。① 正是在这种殉道式使命感与务实苦干的精神驱使敏感的作家紧紧地贴近时代,心甘情愿地作时代忠实的"书记官"。这种精神不仅仅局限于以上提到的陕籍作家,活跃于50年代文坛老作家柳青身上早就具备,当代陕籍作家继往开来秉承了老一辈作家的优秀禀赋。在此需要说明的并不是说独独陕西作家具有强烈的使命感,只是强调陕籍作家这种意识特别强烈突出。

陕西作家群这种务实求变的心态与三秦大地独特的地理环境、深厚的历史文化积淀有着渊源的关系。据史念海考证,黄土高原在历史时期的早期是一片绿色,原始森林遍布山峦低川,还有大片的草原,由于天灾人祸,绿色植被遭到严重破坏,造成了大西北的荒山秃岭、沙化的土质以及干旱的气候。身处这种地理环境,陕西人养成了勤劳、质朴、吃苦、务实的个性。历史的三秦大地曾有过辉煌的篇章,尤其是关中及古都西安(长安),从西周到唐代演绎出13个朝代,建都时间总共1100多年。秦地曾有三次大的崛起,这就是周族的崛起于西周文化的显赫,秦人的崛起于秦汉文化的显赫,拓跋鲜卑的崛起于隋唐文化的显赫。② 伴随着这些朝代的崛起和文化的显赫,曾经发生数不胜数的动人故事,史学家对此作了翔实记载。秦国兴起于诸侯割据群雄蜂起的时代,秦人怀着强烈的求变求兴的愿望,注重治国的实际效应,功利

---

① 王晓新:《关于〈白鹿原〉致陈忠实》,《陕西日报》1993年3月18日。
② 详参王大华:《崛起与衰落》,陕西人民出版社1987年版。

意识很强,用人制度突破固有的地缘血缘模式,采取"客卿"制度,不拘一格选拔人才。从秦穆公到秦嬴政他国来秦国任要职者约六十多人,商鞅来自卫国,张仪本是东周的游说之士,秦国一时人才济济,国力蒸蒸日上。① 后人反复强调的经世致用、实事求是显然是对古老中国文化传统的积极继承,而20世纪末中国倡导的改革开放是对20世纪初倡导的实学思潮的遥遥呼应,务实求变是贯穿于20世纪始末的时代精神,这种世纪精神是对传统文化的一次现代转化,其间必然经受着痛苦曲折的蜕变过程。无疑这种时代精神显然影响着秦地人民以及深受地缘历史文化氛围浸染的秦地作家,并在其作品中留下相应的精神漫游轨迹。路遥在《平凡的世界》中议论孙少平这一人物就不由自主地把自我的精神投射到主人公身上:"他永远是这样一种人:即不懈地追求生活,又不敢奢望生活过多的报酬和宠爱,理智而又清醒地面对现实。这也许是所有农村走出来的知识阶层所共有的一种心态。"②

务实求变的心态除了与三秦大地独特的历史地缘文化因素有关外,社会政治权力话语的介入为务实求变心态的形成提供了契机。1976年粉碎"四人帮"以来,中共中央推出一系列意义重大影响深远的方针和决策。政治领域首先对林彪"四人帮"统治时期的"左"的错误思想进行了全面清算;1978年思想领域展开真理标准问题的广泛讨论,这为后来的思想解放运动以及经济改革局

---

① 参见杨东晨、杨建国:《秦人秘史》,陕西人民出版社1991年版;又见司马迁《史记》、翦伯赞《秦汉史》。此种古代突破国别用人的高记录在当今也极为少见。

② 路遥:《平凡的世界》第三部第十五章,中国文联出版公司,1986年版。

面的形成奠定了基础;1978年党的十一届三中全会作出战略决策把工作的重点放在社会主义现代化建设上来。文艺界1979年召开第四次文代会,许多1957年被错划为"右派"文艺工作者重返文坛,文艺界盛况空前。文学作为反映社会生活、社会心理和情绪的一条触感神经,在经受多年的压抑和束缚后,逐步恢复它敏感的功能,经过一段时期的调整和适应后,从昏睡中苏醒以其独特的敏锐,突破"文革"期间"假大空"模式,摈弃"高大全"完美形象,推出一大批写真实的现实主义优秀作品。

相继出现在文坛的伤痕文学、反思文学、改革文学、寻根文学思潮既是对时代浪潮的忠实呼应和反映,又是文学突破自身、寻求发展的必然结果。纵观20世纪,现实主义文艺思潮是主宰中国文艺的主潮。"文革"期间,在"三突出原则"的指导下文坛出现大量伪现实主义的文艺作品。粉碎"四人帮"特别是四次文代会后,文艺自身进行反思与调整,力求走出"从属论"、"工具论"历史语境,回归现实主义的传统,就人的主体性以及文艺的本体论展开深入的思考。70年代末莫伸的《窗口》通过售票员韩玉楠热心于背诵逐个车站站名、路程及票额的生活故事,热情讴歌普通劳动者为社会主义事业热心服务的美好心灵。80年代作家以激昂的心态记载着时代的变化,贾平凹的《满月儿》以传神笔法勾画出两个农村姑娘月儿和满儿的甜美动人的形象。这一段时期作家以单纯明亮的眼睛观察着时代的变迁,沿着柳青、赵树理开创的现实主义道路满腔热情地颂扬着新时代。路遥的《人生》将农村青年高加林置身于城乡交叉的汇合点上展开人物积极奋斗的悲剧命运史,高加林,一位有抱负、有追求的农村青年,他自尊、好强、有一定的才华,一心想出人头地,改变祖祖辈辈面朝黄土背朝天的穷困命运,这是变革时代社会上普遍存在的求新变异的文化心态在作品中的反映。路遥对高加林情感态度是复杂的,他理解欣赏主人公的奋斗性格和精神,批判谴责高加林背弃刘巧珍爱情的不义行为。路遥立足于传统乡村文化的伦理价值体系,批判谴责的态度中却又不无同情与悲悯的情感态度。随着变革的深层进行作家及人物的浮躁矛盾心绪也孕育而生,高加林性格中的困惑与浮躁也隐隐折射出作家思想深处的矛盾波动。

作家浮躁情绪的悄然滋生,表明70年代末到80年代务实求变的文化心态不再是那么单纯透亮了,文化心态从青春明亮的务实求变心态慢慢过渡到青春式的困惑矛盾期,这种浮躁的情绪1987年贾平凹《浮躁》从文化审视的层面给予细腻的剖析,金狗和雷大空是作家笔下时代浮躁情绪的载体。贾平凹一方面对于改革者金狗冲出州河激昂的奋进精神大加肯定,同时敏锐地揭示出金狗、雷大空精神世界中存在浅薄、狭隘、愚昧、刁钻等不良习性,并深刻挖掘出滞后、封闭的农耕文明是滋生不良陋习的土壤。新旧更替之际金狗身上这种躁动不安的情绪是作家文化心态的投影,作家沉思着、渴望着从浮躁中平静下来。写完《浮躁》后的贾平凹得肝病大病一场:"我希望世界在热闹,在浮躁,在急躁地变幻时髦,而我希望给我一间独自喘息的孤亭。"①

随着市场经济的全面推进,文学逐渐过渡进入第二个时期即90年代多元时期,作家文化心态呈现斑驳复杂的状态,既有废都

---

① 贾平凹:《封面人语》,《小说月刊》1998年第7期。

废土的文化心态又有崇拜英雄的文化心态,颓废与复兴矛盾地纠缠交织在一起。

90年代贾平凹的"古都三部曲"(《废都》、《白夜》、《土门》)是"废都文学"的代表之作。《废都》概括出弥漫于世纪末华丽而颓废的情绪,庄之蝶是西京城里著名作家,他"活得泼烦"①:作为"名人"自己的名字别人用得多;作为作家整日无事而忙,没有属于自己的时间;作为男人生理阳痿常不能满足妻子的需要而羞愧。这样面对飞速变化的社会庄之蝶无所适从,又不甘心被城市吞没,挣扎、游戏在事业、政治、商业、家庭等多座"废都"城池中。当多座"废都"沦陷后,性就成了他执着挣扎的最后一个领域,与唐婉儿的交往庄之蝶的性功能奇迹般地得到恢复,庄之蝶把这当作疗救自我精神世界的救命稻草。他在与诸多女性性的游戏中展开其生命启悟式的对话深思,保姆柳月的一番话语打破了庄之蝶拯救精神的美梦:"是你把我、把唐婉儿都创造成了新人,使我们产生了新生活的勇气和自信,但你最后却又把我们毁灭了!而你在毁灭我们的过程中,你也毁灭了你,毁灭了你的形象和声誉,毁灭了大姐和这个家!"②庄之蝶的精神世界再次堕落、沉沦了,他倒在废都车站。这些颓废的事、人与小说中颓败的城墙、失修的古庙、哀哀的埙音、捡破烂老头的歌谣组合在一起共同营造出具有极大象征意味的颓废意象。

颓废是作家有意识的美学追求。90年代商品浪潮席卷而来,

---

① 贾平凹:《废都》,北京出版社1993年6月版,第1页。
② 贾平凹:《废都》,北京出版社1993年6月版,第460页。

拜物的享乐主义、利己主义思想在社会上沉渣泛起、蔓延腐蚀着人心,传统中国人固有的道德观念价值、信仰遭到冲击挑战,这是伴随着现代化进程必然出现的文化现象。贾平凹站在时代的风口浪尖上感应时代的脉冲,沉潜在生活的深层思考着,在文学创作上提出更高的诉求,对自己固有的创作路子逐渐厌倦,与主流文化意识形态相疏离,开始90年代"独语"式的个性化写作。作家在超越自我的创作过程中,心灵深处经历了如同凤凰之更生熊熊烈火的焚烧与熬煎。王富仁对贾平凹的说法很是恰当,他认为贾平凹以自杀般的勇气毁掉自己书写着:"他抓破了自己,也抓破了废都的面皮。"①废都文化意象的蕴积正是得益于作家这种不惜"抓破""面皮"、"作践自我"真诚坦率的写作心态。

贾平凹执着于自我和人类精神世界的探索,《废都》是精神的颓废、沉沦,到《白夜》简直是荒芜、萧条了,进入《土门》是绝望的反抗与虚无的呐喊了。《白夜》中这样写道:"夜郎想到这里,一时万念复空,感觉到了头发、眉毛、胡须、身上的汗茸都变成了荒草,'叽叽'地拔着节往上长,而且那四肢也开始竹鞭一样伸延,一直到了尽梢就分开五个叉,犹如须根。荒芜了,一切都荒芜了。"②这种生命的孤独荒芜感是《白夜》的基本情绪,与《废都》颓废的文化心态如出一辙,现代文明或者城市文化带给人们的不仅仅是有关幸福廉价乐观的承诺,在文明背后掩藏的是茫茫的危机和深深的

---

① 王富仁:《王富仁自选集》见《〈废都〉漫议》,广西师范大学出版社1999年1月版,第272页。
② 贾平凹:《白夜》,华夏出版社1995年版,第19页。

陷阱。《土门》仁厚村村民展开保卫村庄的绝望战斗,率领全村战斗的村长成义因盗窃国家级文物秦俑头被公安机关正法,尸首肢解为七零八落的节节碎片。结尾时主人公梅梅只得梦想回归到母亲的子宫去寻求最后的安慰,严酷的现实使作家感到希望渺茫,而安置村民的"神禾村"也仅仅成为贾平凹幻想世界的乌托邦了。

关于"废都"文化景观描写的还有麦甲长篇小说《黄色》,陕西城市(或称镇)小说《倾斜的黄土地》,李天芳、晓雷《月亮的环形山》,韩起的《冻日》,安黎的《痉挛》,京夫的《五点钟》,晓雷的《困窘的小号》,王润华的《白天鹅》,文兰的《幸存者》《命运峡谷》,他们共同组成颓废文化景观。《黄色》从反思忧患的角度对古都知识分子的文化懦弱性格给予淋漓尽致的解剖,主人公于庆甫意欲摆脱浸染浓重的传统文化的旧我来迎接现代社会,但却堕入了乱伦的尴尬境遇中,近于精神分裂错乱乃至发疯无奈住入精神病院疗养避难。颓废文化景观除了"废都"文化还有"废土"文化,杨争光《黄尘》《老旦是一棵树》《鬼地上的阳光》以反思忧患的心态书写出乡村精神生活的丑陋与贫乏,表达出作家"对畸形政治,畸形人生、畸形传统、畸形风俗等近乎绝望和无奈的思考"。① 作家冯积岐的《日子》《断指》《断章》,黄建国《蔫头耷脑的太阳》《梆子他妈和梆子婆娘》为"废土"文学景观的形成作出了贡献。

颓废不单单是一种颓唐、没落、残废的情绪,作为一种文化景

---

① 李继凯:《秦地小说与三秦文化》,湖南教育出版社1997年12月第1版,第223页。

观、文学意象、文化选择、文化策略,具有耐人寻味的意味。美国学者马泰·卡林内斯库认为颓废总是与进步、新生联系在一起,是动态的哲学概念,颓废是"一种方向或趋势","进步即是颓废,颓废即进步。就其生物学含义而言,颓废的真正对立面也许是再生"。① 马泰·卡林内斯库对于颓废的理解有助于我们对于废都心态、废都文学、废都文化的把握。穿越颓废的这个链条,就会跨跳到进步这个链条,在颓废的谎言中掩藏孕育着进步。贾平凹废都意象的营造可以理解为一种写作的策略,不乏对颓废现象的厌倦、抵抗。"一个人可以是有病的或虚弱的却无需是一个颓废者:只有当一个人冀求虚弱时他才是颓废者"。② 庄之蝶游走于四个女性之间的行为动机是期盼通过人类原始的性活动行为拯救自己和别人,然而此路不通,结尾庄之蝶倒在废都车站,车站是人生驿站的象征,他可能会醒来进行新的人生征途。他实在不能算是个英雄,但这种不甘被城市吞没的挣扎劲头,显示出一种逆流而上的叛逆精神。《白夜》中再生人的自焚、留下的那把钥匙、夜郎的梦游无不寄托着作家对神秘生命存在的执着探寻。

事实上从《浮躁》开始,贾平凹渴望拥有"一间独自喘息的孤亭",渐渐与主流文化意识形态相疏离,放弃那种"社会化写作",走入发掘自我的个体书写,以一种智慧的、富有策略的写作方法表达着自我对人类终极意义的思考,孤独地进入形而上的哲理思

---

① 〔美〕马泰·卡林内斯库著,顾爱彬、李瑞华译:《现代性的五副面孔》,商务印书馆出版 2002 年 5 月第 1 版,第 167 页。
② 〔美〕马泰·卡林内斯库著,顾爱彬、李瑞华译:《现代性的五副面孔》,商务印书馆出版 2002 年 5 月第 1 版,第 197 页。

考。如果说,80年代的《浮躁》是作家对于70年代作品的否定和超越的话,那么90年代以来的作品是对80年代作品以及自我更为深切的超越。当然由于知识结构、个人才力以及时代的限制,《废都》并没有成为贾平凹"在生命的苦难中又惟一能安妥我破碎了的灵魂"①的一本书,贾平凹心灵深处依然流淌着那种我们困惑、迷茫、颓败、荒芜的不够自信、犹疑的情绪,作家一直在寻求着对于自我、对于世界的理性超越,《高老庄》、《怀念狼》、《病相报告》、《秦腔》都有流露。

激情四射的红柯从遥远的草原、从茫茫的戈壁滩、从太阳升起的地方、从雄鹰飞过的地方,骑着骏马奔驰而来,带着关于英雄的传说《西去的骑手》闯向陕西文坛。作品一扫文坛颓废之风,流露出强烈的英雄崇拜心态。红柯从新疆异域文化中汲取必要的营养元素,塑造出英雄马仲英,给虚脱疲软的现代生活注入血腥的力量之美。《西去的骑手》着意渲染英雄身上独特的剽悍、野性,并将这种彪悍、野性提炼升华为小说的一种文化精神,借助诗意化的渲染表明作家对衰弱文明否定的文化判断,寄托出对健全本真生命的追求,红柯眼中英雄马仲英生命中激荡的英雄气质是激活当下虚脱、疲软生活的回春之药。

英雄崇拜心态在《丝路摇滚》(文兰著,1994年作家出版社出版)、《丝绸之父》(权海帆、孟长勇合著,1998年文化艺术出版社出版)、《最后一个匈奴》等小说中均有流露。当颓废成为"一种方向或趋势"时,那么颓废就会演绎出更生和复兴,英雄崇拜的心态因

---

① 贾平凹:《〈废都〉后记》,见《废都》,北京出版社1993年6月版,第527页。

此孕育而生。英雄是人们歌咏永恒的主题,英雄形象的塑造基本具备以下几点:一是体力上异乎寻常的力量;二是意志坚定、百折不挠;三是敢于牺牲的奉献精神;四是英雄壮举将引导普通人精神世界得以升华。西北汉子狼娃(《丝路摇滚》)、张骞(《丝路之父》)或以强悍、蓬勃的生命活力,或以"虽九死而未悔"的人格力量完善各自英雄的篇章。

英雄崇拜心态是废都废土心态嬗变的必然结果,它与颓废文化心态共同构成90年代以来杂芜而复杂的文化心态。弥漫20世纪的世纪末情绪是陕西作家群形成颓废文化心态和英雄崇拜心态的基调,20世纪末全球弥漫着不安和恐惧,诸如地球要爆炸,地震、海啸、瘟疫、战争要降临毁灭人类的传言,电脑"千年虫"要作乱等。巨大的不安与恐惧攫取、吞噬着人类的心灵,人类经历着前所未有的危机,"一个真正的'世纪末'的危机。"[①]这种危机感影响着人类也深深刺激着作家,更何况西安昔日的辉煌与今日荒凉荒废的"废都"之境,这些情绪牢牢纠挠着陕西作家,这种危机感愈强,幻灭感愈深,幻灭感愈深,艺术创造力愈是华丽,这是奇特的吊诡。颓废心态与英雄崇拜心态是世纪末情绪的映照,颓废心态是世纪末情绪的具体化,英雄崇拜心态是颓废心态翻转后的别样形态,是颓废心态嬗变后必然的升华,两者相依相生互为补充。

20世纪末陕西作家群文化心态体现出这样的嬗变轨迹:70年代末到80年代初中期以青春的热情记载时代的变化;到了80年代末试图捕捉变革时期时代的特征,由于时代的复杂性以及思

[①] 李欧梵:《未完成的现代性》,北京大学出版社2005年6月第1版,第84页。

考方式的局限,文化心态滋生出困惑、迷乱、矛盾,然而务实奋进依然是主导心态;步入 90 年代商品经济的冲击、道德观念、人文精神滑坡,陕西作家群面对多样文化的对抗与交流,痛苦反思迎接新时代,文化心态颓废与复兴交织在一起。本文通过对陕西作家群文化心态的嬗变轨迹的梳理,意欲探索重建审美文化范型,找出陕西作家群精神的危机,从而为陕西文艺在新世纪的振兴尽绵薄之力。陕西作家群要冲出精神的危机必经的路径有二,一、继承并超越陕西审美文化的优良的传统,立足于陕西文化,以陕西文化中优秀文化因子为根本元素,以此增强陕西人的自信心;二、放眼世界,开新视野,突破保守、封闭观念,在与多元文化"对话"中汲取异质文化的有机营养,以现代的、开放的文化因素为重构的必要因素,借助异质文化的力量激活陕西文化。在陕西优秀的传统文化的基础上,融合、转化、包容进现代、开放的元素,建构全新的陕西文化。陕西文学正在发展中,任重而道远,我们相信经过一次次对自我的否定,陕西文学必然会走出迷茫区,如同华美之凤凰在熊熊大火中得以重生。

(与李春燕合作,原刊于《陕西师范大学学报》2008/03;《中国社会科学文摘》全文转载)

附录5 《高兴》与《阿Q正传》的比较分析

贾平凹对以鲁迅为代表的新文学传统也许并没有一种理性的自觉,也没有刻意要给予传承并发扬光大,或许还不及他对周作人、沈从文、张爱玲等现代作家的兴趣大。但从近些年来的创作看,可以说他对作为民族主体的农民的关注,在21世纪初叶仍旧构成了对20世纪初叶"农民"及"农民与城"等艺术意象的强烈回应。恰恰主要是在"平行比较"而非"影响比较"的"平台"上,我们看到《高兴》和《阿Q正传》分别对作品主人公刘高兴、阿Q的生平事迹给予了精彩的艺术呈现,且都是具有原创性的"正传"。虽写法不同,语境不同,详略不同,但对弱者精神世界的集中关注和深层透视,却是一脉相承或颇有相通之处的。

一、蒙昧与启蒙

一般说来,20世纪的中国经历了两次启蒙运动:"一是1915年以《新青年》杂志创刊为标志的五四启蒙运动,二是1976年'文革'结束后开始的新时期启蒙。"[①]中国作为一个农业大国,如果不把启蒙的思想植根于占绝对数量优势的农民中,谈什么都是徒劳的。他们依旧受到各种有形无形的压迫,生活困窘、愚昧麻木。正如鲁迅笔下的阿Q、祥林嫂、闰土、华老栓、爱姑以及当代文学中许三观、福贵、高兴等处在蒙昧状态的人物形象,都较多地表现出了这样的精神特征。

在启蒙文学中,作家主要关注的是民众的精神状态。五四启蒙时期,启蒙者希望民众能学习西方的民主与科学精神,依靠理性成为有判断力的人,从而使他们的灵魂觉醒。五四文学传递给读者的一种重要信息,就是造成民众物质贫困、国家衰亡的根本原因在于精神层面,亦即蒙昧民众的自困、自抑具有极大的消极

---

① 陈力君:《代言与立言:新时期文学启蒙话语的嬗变》,浙江大学出版社2007年版,第4页。

作用。如鲁迅《阿Q正传》中阿Q自认门第高、辈分大,自轻自贱而又自诩第一,麻木却也自负,善于用精神胜利法自欺自慰等。鲁迅正是由于看到了国人灵魂中的病痛之深,所以希望能够揭示出来,引起疗救的注意,以期通过现代性意义上的"立人"来实现"立国",达成民族的伟大复兴。

贾平凹作为当代著名作家,创作甚丰,涉写题材也较为广泛,但《高兴》却是他第一次以新时期入城"农民工"作为主人公进行的书写,再现了他们的生活和精神面貌。在建构和谐社会阶段,这是非常值得关注的。在后现代理论盛行的年代,重新回归意义和深度难能可贵。当今文学处在一个各种思潮并存的年代,尤其在引入西方后现代理论后,精神"深度"普遍缺失,艺术作品普遍放弃意义价值的探询。在90年代的文学写作中,"新写实"、"新市民"等这些文学潮流,普遍应和着后现代理论。而后现代理论对传统经典的启蒙理论已经产生了冲击。在这个特殊的年代里,还能有人深入体察底层民众的生活状态,特别是其精神状态,并思考现象背后的深层意义真的是难能可贵。[①] 贾平凹的新作《高兴》就是这种少数的能够揭示社会深层问题、探询现象深层次意义的佳作。刘高兴是一个在城市打工的农民,他向往城市生活,对现代物质生活的憧憬,让他甘于从底层拾破烂的活做起,忍耐着,挣扎着。究竟是什么让农民的物质欲望急速膨胀,精神缺失?又是什么让他们在城市里只能沦为最底层?这些都是小说带给

---

① 参见刘旭:《底层叙述:现代性话语的裂隙》,上海古籍出版社2006年版,第7—8页。

我们的深层问题。

试图对民众有所启蒙和引导,是许多作家创作动机中或明或暗的目的之一。优秀作家都要"有所为",鲁迅意在引起疗救的注意,贾平凹意在引起社会对农民工生存状态和矛盾困惑的关注,便体现了他们"为人生"的现实主义文学观。但他们创造的文本却又会呈现出种种差异,意蕴也会各自有所侧重。比较《高兴》和《阿Q正传》,主要存在着三点明显的不同:

1. 代言与立言的不同。"五四启蒙多少带有要实现某种社会价值的意思。"(代言就是立足于知识者社会价值的表现。)①鲁迅写《阿Q正传》,希望民众觉醒而后有所作为,所以这种启蒙是一种代言性质的。而贾平凹在《高兴》中试图立言,这"立言"也是知识者独特的感受和生命体验,表达着个体存在的价值意义。从某种程度上讲,贾平凹并没有告诉读者改变农民工命运的方法,但却实实在在地记录了他们生活的贫困处境和自身的蒙昧混沌。很显然作者也想通过苦难叙述来唤起民众的觉醒。希望他们看到物欲膨胀的可怕后果,当然也希望政府能对底层多一些关注。作者希望通过感性的文学形式启蒙底层民众。但是唤起民众的启蒙不能代替民众的自我启蒙,这条路必然任重而道远。

2. "启蒙"与"后启蒙"的不同。鲁迅是以启蒙者的姿态出现的。他希望通过对阿Q形象的塑造,使民众觉醒,成为反权威、反专制、有理性批判精神和主体意识的人。他对阿Q的怒或哀都是

---

① 陈力君:《代言与立言:新时期文学启蒙话语的嬗变》,浙江大学出版社2007年版,第8页。

向外的,是在启蒙他者而不是自我反省。而贾平凹则是以"后启蒙"姿态出现的:当五富最后客死异乡时,作者此时引领读者一起反省,到底农民为什么要进城?是谁让他们进城的?以及农民工现象背后隐藏着什么政治倾向?从这个意义上讲,作者的自我反省意识是很强的,思想是有洞穿力的,应该称作"后启蒙"。这"后启蒙"已经把对大众的启蒙姿态转变为对知识者自我的启蒙和反省。为什么这么说呢?在20世纪末,知识分子在市场经济的浪潮中被边缘化,要想继续保持文学纯正性,是需要文学工作者时刻保持清醒和理性的姿态的,不断进行自我的启蒙和反省在这个多元文化并存的当代,显得极为重要。特别重要的是,当鲁迅针对封建而启蒙成为现代话语经典之后,贾平凹却在针对"现代"而焦虑与怀疑,焦虑与怀疑中的忧患和无奈居然也可以化作日常生活叙述的语言"瀑布"。

3. 内忧外患下的物质贫困召唤启蒙精神与物欲膨胀对启蒙精神的冲击。从1840年鸦片战争开始,中国呈现出内忧外患的局面。中国在本国封建主义、买办官僚和国外帝国主义的多重压迫下,渐渐成为半殖民地半封建的国家。底层民众陷入物质贫困的汪洋中。于是新文化运动兴起,"五四"启蒙运动风起云涌,而启蒙的本意就是要反权威、反专制、重视人性的道德意义和认识世界的价值意义,其崇尚的是现代理性。在20世纪90年代政治意识形态对经济物质地位的迅速抬升,确实一度强烈冲击了启蒙思潮,迄今仍有愈演愈烈的态势。物欲膨胀强烈地冲击着启蒙精神,无论城乡,人都在被"物化"中,从而隐没了主体精神,导致精神缺失。但在贫富不断分化的过程中,物质贫困者却逐渐成为文学表达的形象核心。在《高兴》中则体现为城市农民工形象的成功塑造。原本在清风镇过着乡间普通生活的农民高兴和五富,在物质欲望支配下,希望能在城市里挖到第一桶金。他们希望通过自己的诚实劳动换来致富的美梦,但是在西安城现实生活条件的艰苦,社会地位的低下,让他们逐渐感受到在城市没有技术和资本是无法和其他人一样平等立足的。小说最后以五富的死亡,向众人揭示了农民工在城市打工路上的悲惨结局和悲剧命运。贾平凹希望通过作品的直接叙写揭示底层人民的生活艰辛,以及通过高兴的第一人称叙述视角向人们展示农民意识中的善与恶,以及他们的蒙昧,或在自我"物化"、"异化"后的精神缺失,构成了一种触目惊心的"新蒙昧"。

二、卑微与自慰

面对《高兴》,评论家可以坦然地将贾平凹视为"底层书写"的代表作家了。他对饱受生活苦难和折磨的卑微者刘高兴们,给予了相当精细的描写。而鲁迅对游走或流浪于城乡之间的阿Q的关注,从边缘化的极易被忽视的阿Q身上,却发现了国民性中极具普遍意义的"自慰机制",这就是"精神胜利法"。这是卑微者面对经常化的失败、挫折所祭起的法宝,既百试不爽,却又不断消磨意志。这样的灰色人生和精神特征在高兴进城后的拾荒生涯中,也有较为充分的体现。

文本中大量的细节可以证明卑微者的生活困苦:阿Q没有家,住在土谷祠里,没有固定的职业,给别人做短工。饿到要卖身上的衣服,到尼姑庵偷萝卜吃等。高兴五角钱买了三堆菜。没有案板,高兴在芦席上擀面条吃。五富吃有霉点的干馍。黄八拿了民工死后的衣服。脑出血死在医院的五富临死没穿内裤,死前才吃到剩下的鱼翅等。他们生活条件之差,说明了他们的卑微和底层身份。阿Q是清末的赤贫农民,他深受封建思想的毒害,在地位比自己高的赵太爷、地保等人面前连"不"都不敢说。在别人的欺侮下,他从"怒目而视"变作精神胜利,因为他没有反抗的能力,且总是失败,最后只好自我欺骗。高兴虽然不致被打骂,但是毕竟从事的是底层的劳动,所以也是被瞧不起的。在不同的年代,底层民众的生活条件和处境发生了一些变化,但是底层的社会地位并没有实质性的改变。

倘若细究,阿Q与高兴的卑微人生也因为时运等因素而具有了较为明显的差异:1.同为底层,但处境不同。因为身处底层,阿Q总是被欺压。他连姓赵的权利都被赵太爷剥夺了,说他不配姓赵。他总是被打骂,被假洋鬼子的哭丧棒打;但是高兴有权更改自己的名字,也不会被别人打骂。即便这样,他的自尊仍严重受挫:比如高兴因为穷娶不到媳妇。他在城里卖破烂被人瞧不起。在美女面前自卑。他很孤独,和树和架子车交流感情等。2.时代背景不同。阿Q处在社会变迁的年代,辛亥革命的到来并没有真正改变底层民众的生活状况。一个吃了上顿没下顿的打短工的雇农,在自身的生存危机都解决不了的情况下,他无法懂得革命的真谛。一方面说明他对时局不了解,一方面说明底层是很难被启蒙的,他不识字,更谈不到个体意识,还自觉维护封建统治。在当时底层是没有话语权的,也无人为他们真正代言,在封建等级制度下,底层就只能被践踏被侮辱。高兴处在新社会,中国在改革开放的30年间,社会生活发生了翻天覆地的变化。在中国日益全球化的同时,贫富分化也日渐严重,而且有被合法化的趋势。人们的价值观似乎相当统一：即人们都有一夜暴富的梦想,这很有点"美国梦"的意味。当然在物质欲望极度膨胀的时代,人们已经很少关注底层民众的生活了。在现代社会里,弱肉强食,自私本性的膨胀,无数底层民众被忽视,并慢慢淡出现代生活。但是只有关注底层,启蒙底层,我们才能揭穿"现代"所宣扬的"文明"背后的真相。3. 受精英意识影响的程度不同。想真正改变底层恶劣生存状态的作家则常常受到精英文化背景的制约。鲁迅在写阿Q时,也受到精英意识的影响。处在五四启蒙时期,他在塑造人物时加入了辛亥革命等事件,表达了对"救亡"的关切。贾平凹的进步之处就在于他能亲自深入底层生活,并避开政治话语,没有盲从精英意识中对底层贫困根源（个人努力不够）的结论,而是在展现底层生活时注重揭示社会问题。4. 婚恋观念的不同。阿Q向吴妈示爱,完全是尊崇封建思想和本能冲动。底层是只能勉强维持生存的阶层,他们的婚姻完全是人类要繁衍的本能冲动。爱情对于他们只是奢侈品。而新时期高兴对"妓女"黄纯却是真诚的爱恋,他向往真正的爱情,他总是想办法帮助黄纯,尊重她爱护她,并有灵与肉的交融。这种变化和时代的进步有关,毕竟在新社会,农民的情感表达健康了许多。但是由于他们都属于底层,所以追寻爱情的道路必然曲折,尤其是在市场经济高速发展的今天。

在此,我们不妨集中关注一下"精神胜利法"。鲁迅曾说过《阿Q正传》的主旨是写"我们国人的魂灵",感到"我们的传统思想"给国人所造成的"精神上的痛苦"。在《高兴》中似乎也在延宕着这种"精神上的痛苦",但人物谋取的却都是"自欺自慰"。大致看来,存在着这样的相似点:自负、夸大,常用精神胜利法自欺自慰。

陈夷夫在《谈阿Q型人物》中说阿Q是个"自命不凡的,贪小便宜,而好在人前夸嘴的人",每次吃了亏就用精神胜利法自慰。精神胜利法是"派生卑怯、夸大狂与自尊癖性等性格特征的精神机制"。① 由于他不能以实际的物质胜人,只能以空虚的精神安慰自己,鲁迅在这里为我们树了"一面无情的镜子",它照出了底层在物质贫乏时畸形的精神。精神胜利法是在封建主义的压迫下被扭曲了的表现。究其根源是为了维护自尊:吕俊华对精神胜利法进行了探索,"指出阿Q对不同的人,态度是不同的,他对当权派和实力派是用精神胜利法的;对同等地位的人用'实力政策';对弱者用'霸权主义'来伤害别人的自尊满足自己的自尊。"他用"自愚"的方式来化解被侮辱、被损害的愤懑不平之情。这是一种变态的反抗。阿Q用精神胜利法可以解决精神领域的自尊心问题,但在物质领域精神胜利法就不起作用了。他改变不了物质的贫困,改变不了他底层的地位。鲁迅写阿Q是为了揭示国民的劣根性,以求改良,从而觉醒,最后达到救亡的目的。

刘高兴认为自己的一只肾卖给了西安,那他当然要算是西安人了。"我不是刘哈哇,我也不是商州炒面客,我是西安的刘高兴。"当他终于坐上了出租车,却觉得是在"检阅千军万马",竟然

---

① 张梦阳:《阿Q新论——阿Q与世界文学中的精神典型问题》,陕西人民教育出版社1996年版,第30页。

说了"同志们好——！首长好——！"之类可笑自大的话。此外，还有诸多表现。如自我欺骗，精神胜利：卖肾的钱本是要盖房娶妻的，但是"那女的"嫁了别人，他觉得心里难受，感到自尊受挫。他说"我老婆是穿高跟尖头皮鞋的""西安的女人。"他后来还是用精神上虚幻的胜利，自我安慰。但是我们都知道其实是他穷，娶不到老婆，而他却能以丑为美，并以虚幻的城里女人才穿的高跟鞋来安慰自己。用锁骨菩萨——佛妓的联想宽慰自己提升自己，就是他精神胜利法的一个集中体现。当孟夷纯是妓女的事实摆在高兴面前时，他是不愿接受的，后来就用锁骨菩萨来美化她。其实他也是为了维护自尊，因为他不愿承认自己爱上的人竟是妓女，但是要肯定的是他的确爱着夷纯。他用自欺的方式来为自己尴尬的爱情解围，因为他知道，作为底层人，不喜欢粗鲁的翠花，那么只有妓女才能给他一个和城里漂亮女人近距离接触的机会。他依旧是底层人，真正的城里女人和他是格格不入的。他为了维护自己虚伪的自尊，只能用精神胜利法安慰自己。再如以丑为美：高兴在没事的时候，喜欢吃豆腐乳，样子就跟"狗啃骨头""咂个味"一样，"人总是有个精神满足的"。他认为这也是一种精神享受，他甚至还嘲笑五富不懂音乐更不懂精神享受。因为精神上虚幻的胜利可以让任何丑的东西变成"美"。"满足"正是他始终活在自己构筑的精神优胜的乐巢中的自欺的集中体现。

  但仔细比较二者也有不同点：刘高兴和阿Q比较，抽象的精神胜利法的实质或"方法论"没有变，具体内容却已有变化：高兴不自轻自贱、懦弱卑怯、蛮横霸道，比辛亥革命时期的农民在精神面貌上有所改观。但是他仍然自我欺骗，用精神上的虚幻胜利化解实际物质上贫乏以及底层地位带来的自卑感。在一定程度上，"精神胜利法"依然在"胜利"延续着。

三、反思及变形

作为民族魂或"精英"的杰出作家，出于铁肩担道义的责任感不免经常要进入躬身反省、反思的语境。但我们可能看到的是不同的沉吟着和反思中的身影。

先看鲁迅对辛亥革命和国民性的反思：辛亥革命前后正是中国从传统农耕文明向现代工业文明转变的前夕，阿Q作为"浮浪农工"游荡于城市与农村之间。辛亥革命并没有启蒙民众，很快被篡权，还复辟了帝制。原因是革命没有深入底层，没有找到真正能够支持革命的力量——底层民众。众所周知，底层的压迫最深，苦难最多，其革命性最强。然而在民众心中辛亥革命像是闹剧，正如阿Q以为的革命就是抢劫。从底层民众的角度看，他们处于蒙昧状态，在封建主义和帝国主义的夹缝中坚忍地生活着。他们没有主体意识，大多没有文化，看不清社会变迁的方向。他们长期受到封建思想的毒害，卑怯、畏缩，甘于混在底层。原因是一方面统治阶级太强大了，另一方面底层民众没有自救反抗意识。比较而言，中国一直是倾向"求诸内"的，讲求形式、爱面子，不求实效与"求诸外"，与主动探求自然、重实践的精神是相反的。

次看平凹对现代化城市化的反思：(1)城市人口的流动性。正如《高兴》里一群公务员谈论城乡问题，城里人其实都是来自乡下，凡是城里人绝不超过三至五代。半个多世纪，中国城市的两次主体人群的变化：一是四九年新中国成立，土八路背着枪从乡下进了城；二是改革开放后，一批携带巨款的人在市场经济繁荣的年代，"办工厂、搞房产、建超市，经营运输、基金、保险、饮食、娱乐、销售等各行各业"。(2)人们普遍物欲膨胀。在洪水般的"现代化"的侵蚀下，连"目不识丁"的农民也知道现代化的生活是人生的最高生活目标，他们也对城市生活充满了向往。"去城市打工是他们最普遍的向'现代'靠拢的方法。"①但是现代城市"弱肉强食"，根本就没有底层民众生活的空间。但是物质欲望的极度膨胀，却促使人不断地陷入物质相对匮乏的窘境。为了物质上的富足，农民背离土地来城市挖金，但是没有技术和资本，他们无法在城市立足，只能沦为底层。(3)城市化现代化中遇到的问题。《高兴》对"发展中"的成堆问题有较多的涉及。如农民工问题就是一个突出的问题。而拖欠工资，恰是农民工利益被侵害的具体表现，也是农民工最关切的问题。当农民工为了要回被拖欠的工资，以自杀相威胁时，换来的却是"城里人对一个民工的死就像是看耍猴"。②仇富、凶残、不文明的一面也显示了农民工存在的某种心理问题：正如老铁告诉高兴的，打工的"使西安的城市治安受到很严重的威胁，偷盗、抢盗、诈骗、斗殴、杀人，大量的下水道井盖丢失，公用电话亭的电话被毁，路牌、路灯、行道树木花草遭到损坏"，种猪的同乡就是被另一个同乡杀害的。的确，农民工身处底层，在城里生活是艰辛的，但是他们在建设城市的同时也在以

---

① 刘旭：《底层叙述：现代性话语的裂隙》，上海古籍出版社 2006 年版，第 14 页。
② 贾平凹：《高兴》，作家出版社 2007 年版，第 239 页。本文中的引文凡未另注者皆出自小说《高兴》。

各种"不文明"的行为毁坏着城市。还有城市治安差的问题:连朴实的五富都知道"城里贼多,抬蹄割掌哩!""不要和陌生人说话,城里的骗子多";管理差的问题:城中村,农户为了出租挣钱就盖没有钢筋的民房。市容却把袖筒装在口袋。高兴不得不责问:"你们的责任是提醒监督市民注意环境卫生,还是为了罚款而故意引诱市民受罚?"环境恶化问题:生活垃圾增多,每天数百辆车从城里往城外拉送垃圾;不文明现象:立交桥下随地大小便;用电紧张:一方面是没有足够的电供市民使用,另一方面却是城里霓虹闪烁;人际关系的冷漠:世态人心,"好事难做","城里除了法律和金钱的维系,谁还信得过谁呢?"当人情淡漠到如此地步,我们是否应该反省一下我们在一味追逐物质欲求、物质极大丰富的同时,精神世界为何日渐残破?究竟在城市化现代化的过程中,我们得到了什么,遗失了什么美好的东西?五富切瓜不均,黄八"骂现在当官的贪污哩",贪污从一个质朴的农民口中说出的时候,我们不得不思考,国家机关部分人员的不良行为到底损坏了谁的形象?

  谈到鲁迅和平凹的叙事表达,我们不会忽视他们对艺术变形之意趣的渲染。譬如荒诞性:《阿Q正传》用夸张、陌生化等手法塑造人物形象,阻止读者和阿Q的情感交融,不致丧失理性的批判态度。同时也体现了高度的概括力,表现力,源于生活却必须高于生活。有了这种"高"才可能引发审美的愉悦。《高兴》也大抵如此。明明是在书写拾破烂者的下苦生活,却还要努力挖掘主人公苦趣中的乐趣;再如《高兴》用荒诞的情节——农民工(拾破烂者)和妓女的爱情推进小说的叙事。又如夸张变形:精神的变形,恰如前述,阿Q和高兴都用精神胜利法处世;语言的变形,虽然鲁、贾文学语言的个性化很强,但从语言风格上也都体现出了诙谐、尖刻、幽默。还须注意的是鲁迅与平凹笔下喜剧与悲剧的交织,"戏剧化"程度的人为加强其实也是超越本色生活的一种艺术变形。鲁迅说过:"悲剧将人生的有价值的东西毁灭给人看,喜剧将那无价值的撕破给人看。"阿Q是生理健全、善良的人物,却要被毁灭。精神上的无价值,撕破后让人在笑声中获益,从而促使悲喜剧交融在一起。① 如用幽默的语言叙述底层悲惨的生活:买了自行车"除了铃不响,浑身都响";语言上越是幽默、调侃,显示出的底层生活的悲苦就越是深刻。读者在阅读时,可以时或清楚地看到两个乐观、开朗的主人公形象,同时可以看到高兴和阿Q的喜剧性格和悲剧命运:他们的性格是喜剧的,但是当我们看到阿Q被杀头,高兴背着在外打工猝死的五富艰难地返乡时,却不禁悲从中来。这种人物性格的喜剧性和命运的悲剧性之间的巨大反差,不禁让人反省他们的苦难根源和深层次的社会根源,从而由轻笑、苦笑到悲愤。这说明在其喜剧的外表下,作品暗含着悲剧的实质。鲁、贾都在尽量淡化"苦难"描写,悲悯之情却又蕴含于字里行间。特别是贾平凹"凸现小说主人公在艰难困苦中的自乐情绪,目的是建构一种进城乡下人的主体"。② 归根结底,高兴毕竟较阿Q有了"初级阶段"的"自我意识",却在形象上有了

---

① 张梦阳:《阿Q新论——阿Q与世界文学中的精神典型问题》,陕西人民教育出版社1996年版,第195页。
② 徐德明:《乡下人进城的一种叙述——论贾平凹的〈高兴〉》,《文学评论》2008年第1期。

更多的杂色和斑点,使我们在面对经常遇见的拾荒者时,不免疑心贾氏故意加多了笔墨。

通过初步的比较分析,我们可以看到《高兴》和《阿Q正传》有着不少值得注意的异同点,但笔者在此特别想强调的是:作为启蒙文学和底层书写,两者在本质上是有相通之处的。他们都在叙述底层民众悲惨的生活和蒙昧精神状态,希冀能借此揭示社会问题,改造国民性中劣根的部分,都将农民命运与民族命运紧密联通起来,仅仅在这个意义上可以说,他们都有情系农民的"农民情结"。而我们在比较分析中感触最深的却是:跨了一个世纪,农民化的"民族主体"也仍未完成现代化"重建"。① 虽然历史毕竟有所进步,但为何民众苦难有时依然如冰雪封盖?而未来何时才能化解?"底层书写"居然可以成为文学潮流或传统,这究竟是值得欣喜还是悲哀?凡此种种,我们都理应继续给予关注!

(与高谨合作,原载《西安建筑科技大学学报》2008年第4期)

附录6 西安文化名人与西安城市文化发展初探
——以当代三位西安作家为中心

每一座城有每一座城的特色,每一座城有每一座城的记忆,从历史文化角度审视,在中国可以和北京相媲美的可能就是西安。不过,北京自有其雍容典雅恢宏的气度,西安作为中华文明

---

① 参见李继凯:《全人视境中的观照——鲁迅与茅盾比较论》,中国社会科学出版社2003年版,第213—225页。

的发祥地则是以厚重苍劲周正而著名。在当今人们的意识抑或旅游业中有这样一个观念:没有来过西安不算来过中国;没有目睹秦始皇兵马俑就不能称之为领略过中华文明,西安这一古今交融的国际大都市以其独特魅力吸引远方宾朋,以周秦汉唐雄风凝固成一座文化历史古城。

然而,讲述任何一座城都不可能离开城里的人。城是人的居所,人是城的主体,人与城的关系是历来研究者最为关注的问题。就像波德莱尔之于巴黎;狄更斯之于伦敦;老舍之于北京;张爱玲之于上海。当代诸多西安作家和西安这座城结下不解之缘,离开这块地域他们的创作可能就会枯竭。西安使他们获得创作的源泉和灵感,同时西安也因他们以及他们的文学作品而鲜活、灵动。

当然,要研究文学与西安城市发展之间的联系会有言说不尽的话题,仅探讨唐时诗文就会让人如数家珍一般而兴味无穷。在我们的研究中有意使用"西安"这个地理概念,而刻意回避"长安"这一称谓,显然意在倾向于当下、现实西安的研究。众所周知,陕西历来是文学重镇,进入当代,从柳青到陈忠实再到贾平凹,他们作为西安文化名人对西安城市文化的发展和繁荣都作出了贡献。是的,他们在一定语境中可以成为某一地域文化、城市文化的"代言人"或形象"符号",他们能够引领城市文化,也在批判城市文化;他们建构城市文化,也在消解城市文化;他们是城市的文化名片,但也可能是名片上的斑点。然而,无论如何当这三位西安作家和西安这座古城融为一体之后,这座城就成为有情主体的舞台,它的文化发展必然充满了神秘的牵引力。本文即以这三位当代西安作家为中心对西安城市文化的发展做初步的探讨。

一、柳青与西安城市主体精神

在唐时,唐诗与长安结下千古情缘,这座城因诗人们的风雅诗篇而意蕴幽远,同时文人们又因这座城的文化厚重而风流隽永。① 毫不讳言,人与城、文学与城市珠联璧合式的结合创造了长安文化的繁荣。历史是何等相似,当我们的目光聚焦在现代西安这座城的时候,我们不期发现:当代西安作家与西安这座城再次结下良缘。如果说唐诗与长安是西安城市与文学相联姻的上篇,那么当代西安作家的文学创作与西安城市则是上述命题的下篇。西安作为古今交融的国际大都市绵延历史文化的文脉光辉而璀璨。

在这座城里,我们既可以处处触摸古代文人遗留的文化古迹,又可以时时捕捉现代文人散发的文化气息。这里不仅有杜甫居住的杜公祠,王维隐居的辋川,还有郭沫若留下的书法,贾平凹为许多饭庄题写的牌匾,梅兰芳观看的秦腔,鲁迅光临的易俗社,周海婴品味的黄桂稠酒,阎纲盛赞的羊肉泡馍,来自不同地域的人们共同感受到一个城市的真实存在,这是生活化的丰富的大都市。从历史看是如此,在近现代中国历史上也是如此。尽管有落差,但比较而言,西安仍是名副其实的大都市,它在文化名人的真实体验下鲜活起来,在作家的感悟下灵动、飞舞起来。著名西安作家王汶石曾饱含深情地写道:

远在四十多年之前,我,一个来自黄河岸上的乡村少年,

---

① 参见王兰英:《文化西安》,三秦出版社2006年版。

搭乘一辆破旧颠簸,令人昏昏欲睡的骡车,沿着那荒凉的乡间古道,来到你的怀抱。虽然,那时节,在你的巍峨庄严的古城墙内,这儿那儿,还有片片荒园,没胸的蓬蒿,黄昏和黎明,偶尔还有来自郊外的野狼,旁若无人地在你的城边漫步,而我却已深深地爱上了你。①

西安是古老的,但西安又是现代的。

没有一个城市比之今天的西安更为显著地揉和着"古"与"今"的了。在没有一寸土没有历史的古老文化的基础上,建立起了新的社会主义工业核心的社会主义文化。新的长安城,毫无疑问地,将比汉、唐盛世的长安城,更加扩大,更加繁华。点缀在这个新的工业大城市里的是处处都可遇到的赫赫有名的名胜古迹墓葬、古文化遗址。……"古"与"今",古老的文化和社会主义的工业建设,结合得如此的巧妙,如此的吻合无间,正足以表现我们中国的国家,同时又是一个很年轻的国家。不仅西安市如此,全国范围内的许多城市也都是同样地把"古"与"今"结合起来的,而西安市是一个特别突出的、值得特别提起的一个典型的好例子。②

古今交融、中外结合是当今西安有别于其他现代化都市最为

---

① 王汶石:《西安漫语》,《王汶石文集》,陕西人民出版社2004年版,第492页。
② 陶凯、刘燕:《中外名城》,海燕出版社1994年版,第168页。

显著的特色,当然,西安的现代化气息肯定不是广州那种商业化浓郁的现代味道;也肯定不是上海那种高速旋转的现代风韵;当然也不是北京那种作为政治中心庄严肃穆的现代气派;更不是杭州那种风姿绰约的现代神韵,也没有南京那种错综复杂的难言况味。西安是在周秦汉唐文化奠基下凝结的现代气韵,一方面弥漫着厚重的乡土味道,另一方面又积蓄着渴望现代转型、奋飞的冲动。

纵观世界名牌城市的崛起从表面看是一种机遇的偶然聚合,但是从深层次研究却能找到其中的内在必然性,那就是它们都找到了自己城市主体的精神,并用城市主体的精神来统摄城市的发展和建设。众所周知,作为一种特质资源是可以随着社会经济和科技的进步而发生转移的,这种拥有并发展到一定阶段的特色产业城市可以说是具备了成为世界名牌城市的初步条件。但是这种初步的条件是需要通过城市主体精神的构建来进行提炼和升华的,使产业与文化进行融合,把文化发展为一动力,才能抵制产业革命和社会变迁带来的发展风险,使城市具备成为世界名牌城市的经济、文化和社会条件。古今交融的西安有着得天独厚的文化资源,应该充分运用这种资源创造出独具特色的城市文化,就像威尼斯以"水都"而称著,夏威夷以"旅游之都"而闻名,维也纳以"音乐之都"而遐迩,西安应以古今交融的文化为特色,立足传统文化,创建现代文明。在这个意义上,我们认为,柳青精神代表着西安城市主体精神。因为柳青自身质朴、厚重的个性和西安城古朴气息相融,柳青身上凝聚的战斗精神、执着文学事业的"愚人精神"和西安城现代追求相通,柳青本人就是立足乡土创建现代精神文明的典范,而西安也以古今交融获得自我的城市特征。

众所周知,1952年柳青到今天的西安市长安区(旧日称长安县)任县委副书记,1953年辞去县委副书记一职,在长安县皇甫村蹲点,这一蹲就是14年,可想而知,柳青与长安是有极其深厚的情感的,在这里他创作了不朽的名著《创业史》(其中第一部的第一稿就是在西安常宁宫撰写的),写下了散文《在皇甫村的三年》等。柳青虽是陕北吴堡人,但是却最终融入西安这座城。正如他逝世后皇甫村人给他写的挽幛一样:

扎根皇甫,千钧莫弯。方寸未息,永在长安。

柳青不仅将骨灰留在西安,而且也将"柳青精神"灌注到西安这座城。他深入生活、关注底层、献身文学的崇高品格以及气势磅礴、笔力雄健的写作风格激励着中国当代作家,尤其是陕西文坛的后来者,无论是王汶石还是陈忠实、路遥都是这种"愚人精神"的继承者。

当代西安作家对柳青的悼念无不是对柳青精神的缅怀,这座城因柳青平添了一道人文景观,也因其而获得了魂灵。是的,都市通常被认为是经济中心,在此,经济交换的多样性、集中性,赋予乡村贸易所不允许的交换方式一重要意义。但是,城市并不是一目了然的物质构成,文化是城市的灵魂栖所,社会、政治和文化思潮的变迁深刻影响着城市的兴衰,一个精神失落的城市必定是破败的城市,一个昂扬进取的城市必定是繁荣、昌盛的城市,柳青注入西安城自强不息的奋斗精神。今年是柳青诞辰90周年,为了纪念柳青,弘扬柳青精神,占地20亩、南北长200米、东西长30米的柳青文化广场在市西部大学城南区建成。该文化广场上竖起了柳青雕像,雕像后是表现柳青生平经历的浮雕,广场中央还建有柳青文化展馆。诚然,在城市建设中,像这种文化广场对推动城市的文化建设具有不可低估的意义。① 大城市应该具备公共文化设施,建立艺术博物馆,增加公共图书馆、出版社,建立艺术学校以及大学,因为这些都是城市成熟的标志,城市的成熟又深深地影响着每一个与城市接触的人。

作为现代大都市西安更应该有现代性意味,像博物馆、广场这样的城市文化载体都应该加强建设。在我们看来,博物馆所代表的整体的文化遗产和系统的经典范畴,是现代民族国家的文化象征,广场文化则体现着大众、市民文化。代表西安城市精神的柳青精神出现在广场,这是五四以来中国知识分子所热衷的通过占领广场阵地进行思想启蒙教育的独特方式。西方著名的社会学家路易斯·芒福德博士(Lewis Mumford),在其所著的《城市发展史》一书中写道:"最初城市是神灵的家园,而最后城市本身变成了改造人类、提高人类的主要场所,人性在这里得以充分发挥,进入城市的是一连串神灵,经过一段长时间间隔后,从城市中走出来的是面目一新的男男女女,他们能够超越其神灵的局限,这

---

① 可以扩建为"陕西作家文化产业园",园中还可建一座"秦地文塔",高耸入云,收藏和展览古今陕西文学重要作家作品、文史资料及手迹、手稿等,还可播映相关影视,与旅游产业紧密结合。

是人类最初形成城市时始所未料的。"①代表西安城市主体精神（立足传统,创建现代文明）经由一系列广场文化（当然包括柳青文化广场）得到传播、弘扬。

二、陈忠实与西安城市发展观

当西安这座国际大都市有了自己的城市主体精神之后,那么如何发展就是迫在眉睫的问题。美国加州大学洛杉矶校区教授理查德·利罕(Richard Lehan)在其所著《文学中的城市》中主张,将"文学想像"作为"城市演进"利弊得失之"编年史"来阅读;于是,既涉及物质城市的发展,更注重文学表现的变迁。② 更重要的是,文学文本如何促进城市的文化产业发展？在理查德·利罕看来,"随着物质城市的发展,她被用文学措辞在描述的方式（特别是在小说方面）也得到了不断的演进:喜剧的以及罗曼蒂克的现实主义带我们穿越商业城市;自然主义和现代主义带我们进入工业城市;后现代主义则带我们洞察后工业城市。城市和文学文本有着不可分割的历史,因而,阅读城市也就成了另一种方式的文本阅读。这种阅读还关系到理智的以及文化的历史:它既丰富了城市本身,也丰富了城市被文学想象所描述的方式。"③从上述的引文中清晰地看出:文学与城市有着不可分割的历史,文学想像与文化记忆不仅可以帮助我们进入城市,而且更为有意味的是,

---

① 转引自张鸿雁:《城市·空间·人际——中外城市社会发展比较研究》,东南大学出版社2003年版,第162页。

② 陈平原、王德威:《都市想像与文化记忆》,北京大学出版社2005年版。

③ Richard Lehan, *The City in Literature*, Berkeley: University of California Press, 1998, p. 289.

文学可以激活城市的记忆。在现代化意识观念中,各种形式的媒体、娱乐表演、文学艺术、时尚、出版业、博物馆以及整个文化创造产业,这些是所有发达社会中增长最快,产生价值最大的产业。

在中国当代陕西文坛,陈忠实的《白鹿原》文本陡然唤醒了沉睡的都市,激活了那久已逝去的流水岁月。毫无夸张地说,这部被誉为渭河平原50年变迁的雄奇史诗,这轴中国农村斑斓多彩的历史画卷,使白鹿原知名度空前提高,一时之间有关白鹿原的开发方案风起云涌,其中陕西白鹿原文化研究院院长于志启起草的《建设中国·西安"白鹿原文化城"》方案引人注目。白鹿原自身文化资源积淀深厚,但是长久以来并没有得到发掘、彰显,是小说《白鹿原》将其激活。不言而喻,特殊的地理位置和自然环境造就了这块依附大都市西安,但无都市污染的郊区净土,建议政府在白鹿原区域整合资源,突出主题,以文化产业为核心,山、水、田、林、路综合考虑,农、林、牧、副、渔、生态园林全面发展,文化、生态、旅游为品牌,创建西安这座城市经济增长新亮点,这确乎顺应文化产业在中国经济发展中的新生与裂变发展趋势。

是的,目前,西安已成为一个人口密集、城市压力巨大的综合性大都市。在郊区的白鹿原上下功夫,给西安抽脂减肥,以文化建设为核心,从生态平衡角度出发,山、水、田、林、路综合考虑,农、林、牧、副、渔全面发展从而凸现文化产业城,这将具有西安历史文化名城延伸的典型意义,其文化内涵将提升西安的城市声誉,文化产业的收入将增强西安城市经济实力。众所周知,西安现已成功地创建了曲江文化产业区,在曲江这一承载着中华古文化精华的文脉之地,曲江流觞、雁塔题名以及刚刚修建的大唐芙蓉园,无不体现着古典文化创建的西安城市的繁华。而今,开发"白鹿原文化城"是当代文化下的产物,展示的是西安城市文化中的另一道风景。在我们看来,文学想象可以帮助我们进入城市,甚至可以不断激活城市沉睡已久的记忆,白鹿原就是这样被文学激活的。不言而喻,"把人的主观情感以及想像力带入城市研究,这个时候,城市才有了喜怒哀乐,才可能既古老又新鲜。"①而"当我们努力用文字、用图像、用文化记忆来表现或阐释这座城市的前世与今生时,这座城市的精灵,便得以生生不息地延续下去。"②

陈忠实坚守在白鹿原,不仅其长篇小说以白鹿原为写作展开的空间,而且其散文、诗词都是以白鹿原为背景的,陈忠实有着深厚的白鹿原情结,这种情结就是对故土家园、对西安的挚爱。1942年陈忠实出生在西安郊区白鹿原上的一栋老屋,之后的66年岁月里他从没有离开西安这片地域。作为一名最本色的西安作家,他不可能如近代欧美知识分子那样一味"漫步"并"张望"于城市,他与西安城紧密相连,深厚的乡土情感使他难以置身其外做精神漂流,但是由于他又是从事精神生产的知识分子,所以他居住于城,分享并陶醉于这座城市文化的和谐,同时又保持着知识者的清醒意识。在散文集《走出白鹿原》里陈忠实表达了对西安乃至陕西文化激进的发展观,《俏了西安》、《活在西安》、《足球与城市》可看作其西安城市发展观的代表篇目。

---

① 陈平原、王德威:《都市想像与文化记忆》,北京大学出版社2005年版,第557页。
② 陈平原、王德威:《都市想像与文化记忆》,北京大学出版社2005年版,第557页。

西安俏了。俏得让那些老西安人常常发出喟叹：噢，噢，噢，这条大街就是早先那个鸡肠子似的巷子嘛！啥时候修得这么宽敞……人们在新的城市格局的每一个路口或每一座新的建筑物面前，总是忍不住钩沉昨天的记忆，这种喟叹便浸润着生活进步、社会变迁的历史性韵味了。……

在开放的中国和中国的西安，在即将进入 21 世纪的临界线上，一座明代的古城墙怎么能封闭现代西安人的思维和西安人的观念？现代高科技现代网络信息现代新的指示，难道依靠马车和云梯翻阅城墙闯入城门洞么？①

在陈忠实心中，神往的还是活在唐时的西安。

——你愿意生活在哪个时代？有一天，突然有人这么问我。

——唐朝！当然是唐朝。作为中国人，我想像不出比那个时代更让人向往的了。

言语中作家向往唐时高度的文明和超级的繁荣，艳羡唐人的自信和雍容，甚至是他们身上的放荡不羁和飞扬跋扈。

而今，这个长安一步一步萎缩下来，明洪武年间重新整修的保存至今的这一圈城墙，尽管在全国属于独一无二的规模最

---

① 陈忠实：《原下集》，上海人民出版社 2002 年版，第 109 页。

大最完整的古城墙,其实仅仅只是唐长安城的七分之一。……真是无可奈何花落去,废都的萎缩是不可逆转的。……最可怕的萎缩在心理和精神上,自信不起来,雍容大度也流失一空了,落后陈旧所酿制的过时的腐气和霉气挥斥不去。……汉唐雄风,一个遥远的梦。当今中国的发展方略能够产生这样的梦,也能实现这个美梦,肯定不是一代两代人的事,然而开发西部的方略已经启动,行程已经开始,总是会逐步接近以至达到的,到那时我将会是一个幽灵,邀上也许还健在的潘向黎,去观赏咸阳原上超现代的游侠少年的风姿,当是一种慰藉。①

西安作为一座古今交融的国际大都市如何发展,这可能是无数西安商人政客、学者文人、普通市民都思索的问题,也是这座历史文化古城如何转变为现代都市的关键。人所共知,转变的背后依靠经济、政治等各方面因素,但是最重要的则取决于理念。文人是城市的文化名片,他们以其深邃独到的理念引领城市文化,构建城市发展新观念。作为居住在西安城的文学家陈忠实有其独特的城市体验,自然而然,也就形成自我的城市发展观。

足球是动态的,有了足球的城市便添了动态的美。足球是一种进取精神最富激情的展现,有了足球的城市便呈现出锐意进取的精神。足球展示给世界的是一种生命的活力,有

---

① 陈忠实:《乡土关中》,中国旅游出版社2008年版,第8页。

了足球的城市就多了一份生动。足球是属于年轻的生命的,有了足球的城市便不会老化。足球是地球上所有种族、各种肤色的人共同拥有的无需翻译的语言,有了足球的城市便具备了与世界城市对话的一种基本功能……

我们陕西和我们西安,因人骄傲的首推先人和先民所创造的历史奇迹,多为墓冢里的藏物。我也殷切地期盼今天的陕西人创造新的奇迹,能让世界产生如对兵马俑、茂陵石雕那种惊喜与浩叹,我们自然可以列举卫星测控和长臂导弹这些令人腰杆挺硬的项目。然而始料不及的是,陕西国力足球队和陕西火爆的球市,风采独具的秦地球迷和一流的球场草地,吸引来了 ESPN,直令他们以激情的语言向亚太地区三十多个国家的观众展示当代陕西人的风采,让他们联想和品味秦兵汉将的后人身上所遗存的豪勇和热烈……①

陈忠实将城市与足球联系在一起,以足球的动感,凸现了西安城市的动感;以足球呈现的锐意进取精神,张扬西安城市的锐意进取精神;以足球的面向世界,展示西安城市的面向世界。这完全是一种现代化的城市发展观,因为只有在信息时代人类才会拥有这种互动、交融的城市发展观。在我们看来,新的城市文化是一种有流动空间和地方空间之间的多模式界面展现出来的有意义的、互动交流的文化。城市一直都是交流系统,以个体与社区身份与共有的社会表现之间的界面为基础,从根本上说,如果

---

① 陈忠实:《乡土关中》,中国旅游出版社 2008 年版,第 8 页。

作为文化特色之源的城市要在一种新的技术范式中生存下去,它就必须变成超级沟通的城市,通过各种各样的交流渠道(符号的、虚拟的、物质的),既能进行局部交流也能进行全球交流,然后在这些渠道之间架起桥梁。从这个意义上讲,西安这座文化古城已不是封闭、保守的城市,而是谋求发展、拥抱世界的城市,它应似一个足球一样滚动着、旋转着飞向世界球门。

三、贾平凹与西安城市文化

尽管以贾平凹个人的影响没有产生一个类似于柳青的文化广场;以其个人的著述没有诞生一个类似于陈忠实的白鹿原文化城,然而,贾氏在当代西安作家中对西安古城文化发展作出的贡献却是最大的。这种贡献既有关于西安城市建筑、商业、日常生活文化的外在描摹,也有关于西安城市现代化、艺术化的内在追逐。

在30多年与新时期文学同呼吸、共命运的文学创作生涯中,贾氏有关西安这座城市的创作最多,影响也最为深远。仅其专门为西安而写的长篇小说就有四部,从90年代的《废都》到后来的《白夜》、《土门》、《高兴》等几部作品无不展现西安特有的城市景观、日常生活以及文化特色。散文《老西安》则直接以西安为题,将近现代以来西安人事变迁、历史名人如数家珍一并道来,此外,还有像小说《怀念狼》,散文《〈游在西安〉序》、《都市与都市报》、《十字街菜市》、《人病》、《看人》、《闲人》等均属于书写西安城市的作品。可以说,贾氏的灵魂安妥在西安这座城市,正如作家在散文《西安这座城》里所言:

"我庆幸这座城在中国的西部,在苍茫的关中平原上,其实只能在中国西部的关中平原上才会有这样的城,我忍不住就唱起关于这个地方的一段民谣:八百里秦川黄土飞扬,三千万人民吼叫秦腔,调一碗黏面喜气洋洋,没有辣子嘟嘟囔囔。这样的民谣,描绘的或许缺乏现代气息,但落后并不等于愚昧,它所透发的一种气势,没有矫情和虚浮,是冷的幽默,是对旧的生存状态的自审。我唱着它的时候,唱不出声的却常常是想到了夸父逐日渴死在去海的路上的悲壮。正是这样,数年前南方的几个城市来人,以优越异常的生活待遇招募我去,我谢绝了,我不去,我爱陕西,我爱西安这座城。我生不在此,死却必定在此,当百年之后躯体焚烧于火葬场,我的灵魂随同黑烟爬出了高高的烟囱,我也会变成一朵云游荡在这座城的上空的。"①

这是一位作为西安的文人生前对西安这座城的挚爱,是发自心灵深处、渗透到血液中的痴情,它不仅是爱城、爱城里的人、城里的建筑、城里的生活,更重要的是,痴迷于这座城与生俱来的文化。概括贾平凹为西安城市文化发展所作出的贡献,在我们看来有以下几点,列举如下:

一是古典传统文化。贾平凹的西安是记忆久远的古城,散文中一个"老"字意味着西安城历史的沧桑。"如果说,在西方传统里,人们的注意力集中在意义和真实上,那么,在中国传统中,与

---

① 贾平凹:《西安这座城》,《贾平凹文集》,陕西人民出版社2000年版,第87页。

他们大致相等的,是往事所起的作用和拥有的力量。因为,人们无法进入'时间隧道',去修补不尽人意的历史,但回忆往事的诱惑,却实实在在地存在。"①贾氏回忆道:

> 该怎样来叙说西安这座城呢?是的,没必要夸耀曾经是13个王朝国都的历史,也不自得八水环绕的地理风水,承认中国的政治、经济、文化的中心已不在了这里,对于显赫的汉唐,它只能称为"废都"。但可爱的是,时至今日,气派不倒的,风范犹存的,在全世界的范围内最具古城魅力的,也只有西安了。它的城墙赫然完整,独身站定在护城河上的吊板桥上,仰观那城楼、角楼、女墙垛口,再怯弱的人也要豪情长啸了。大街小巷方正对称,排列有序的四合院和四合院砖雕门楼下已经黝黑如铁的花石门墩,让你可以立即坠入了古昔里高头大马驾驶了木制的大车开过来的境界里去。如果有机会收集一下全城的数千个街巷名称:贡院门、书院门、竹笆市、琉璃市、教场门、端履门、炭市街、麦苋街、车巷、油巷……你突然感到历史并不遥远,以至眼前飞过一只并不卫生的苍蝇,也忍不住怀疑这苍蝇的身上有着汉时的模样或是有唐时的标记。②

从上述引文中清楚地看出:作家不屑于夸耀西安旧日的荣

---

① 陈平原,王德威:《都市想像与文化记忆》,北京大学出版社2005年版,第526页。
② 贾平凹:《西安这座城》,《贾平凹文集》,陕西人民出版社2000年版,第87页。

耀,但是却真实地坠入到历史的辉煌中,不仅那些古建筑上遗留着历史的烙印,就连那些微不足道的小生物身上也凝结着岁月的厚重,所以作者说:

> 我不知疲劳地,一定要带领了客人朋友爬土城墙,指点那城南的大雁塔和曲江池,说,看见那大雁塔吗?那就是一枚印石;看见那曲江池吧,那就是一盒印泥。记住,历史当然翻开了新的一页,现代的西安当然不仅仅是个保留着过去的城,它有着其他城市所具有的最现代的东西。但是,它区别于别的城市,是无言的上帝把中国文化的大印放置在西安,西安永远是中国文化魂魄的所在地了。①

显然,贾氏心目中"西安毕竟是西安,无论说老道新,若要写中国,西安是怎么也无法绕过去的"。一种浑然、厚重、苍凉的独特气韵支撑着西安,这种气度、风范迫使天下人为之瞩目,这就是贾氏向人们展示的西安古韵文化,尽管这种古韵文化中流露出强烈的颓废意识,但是,无论如何《废都》为我们营造了一个以西安为城市象征意味的世界。因为在整个20世纪少有人写它,抑或创作出与它相衬的"大作"出来,直到贾氏的"西京系列作品"问世,这种状况才有所改变。《废都》展现了大量的西安都市景观、都市文人生活,四大文化名人的引入自觉地将西安文化名人与西安城市文化联系起来,在这个意义上,《废都》当之无愧是第一部

---

① 贾平凹:《贾平凹文集》,陕西人民出版社2000年版,第87页。

最为详尽、完整的有关西安城市以及城市文化叙述的文学作品。废都、废人是作家对西安这座城市及居民的隐喻,也是其所理解的人与城的关系,它的出现激活了都市的文化记忆、文学想象。试想,一位作家以其作品勾连起当代中国人一连串的有关西安这座历史名城的记忆,这该对西安城市的发展、文化的繁荣有多大潜在推动力?正如作家所言:

> 《废都》一书中基本上写到的都是西安真有其事的老街老巷。书出版后好事人多去那些街巷考证,甚至北京来了几个搞民俗摄影的人,去那些街巷拍摄了一通,可惜资料他们全拿走了,而紧接着西安进行了大规模的城区改造,大部分的老街老巷已荡然无存,留下来的只是它们的名字和遥远的与并不遥远的记忆。①

当然,作者写这部作品完全出于:"一晃荡,我在城里已经待了二十年,但还未写出过一部关于城的小说,越是有一种内疚,越是不敢贸然下笔。"②于是,作者下笔了,可是"要在这本书里写这个城了,这个城里却已没有了供我写这本书的一张桌子。"③作家居于城,灵魂却无法安妥于城,这本身就是悖论。众所周知,《废都》的问世带给贾平凹褒贬参半的命运,尤其是发表之后成为新

---

① 贾平凹:《丑石》,人民文学出版社 2008 年版,第 56 页。
② 贾平凹:《废都》,中国作家出版社 1993 年版,第 383 页。
③ 贾平凹:《废都》,中国作家出版社 1993 年版。见该书后记。

中国成立后第一部也是唯一部遭禁的书,这也是《废都》始料不及的命运。不言而喻,《废都》的颓废气息带给这座文化古城低沉、颓败的声誉,也使作家自己赢得了暮气的声名。名人是城市的文化名片,《废都》却成为名片上的斑点,这多多少少对西安城市的文化发展带来负效应。然而,我们却无法否认,《废都》在西安都市文化研究中的重要地位。

二是民间鬼巫文化。同样是写西安这座城市,《白夜》展示的是民间鬼文化。众所周知,鬼巫文化在中国颇为兴盛,这是民间粗俗、神秘、原始的文化,同时也是最为文学化、艺术化、最有生命力的文化。鬼神巫术究其产生根源而言,来自人对自然、神秘力量的恐惧,然而,在人类文化的任一领域中,"卑躬屈膝的态度"都不可能被设想为真正的和决定性的活力来。在这一点上,甚至巫术、鬼神意识也应该被看成是人类意识发展中的一个重要步骤。对巫术的信仰是人的觉醒中的自我信赖的最早鲜明的表现之一。在这里他不再感到自己是听凭自然力量或超自然力量的摆布了。他开始发挥自己的作用,开始成为自然场景中的一个活动者。不仅如此,鬼神世界的描摹是人类体现自我力量的象征,文学中的鬼神世界就是艺术思维世界。韦伯认为,科学的进步是理智化过程的一部分,理智化和理性化并不意味着人对生存条件的一般知识也随之增加。但这里含有另一层意义,即这样的知识和信念:只要人们想知道,他任何时候都能够知道;从原则上说,再也没有什么神秘莫测、无法计算的力量在起作用,人们可以通过计算掌握一切,而这就意味着为世界祛魅。而贾平凹恰恰相反,在他的西京类小说中,尤其是《白夜》中目连救母"鬼戏"的引入,夜郎亦人亦鬼的生存状态，无不是一种返魅的艺术手法，体现的是一种最为人文化的思维。所以，从这个层面上讲，贾平凹所展示的西京文化不仅是中国传统的，而且也是最具有艺术气质的文化。这是贾平凹对西安这座带有浓郁乡土气息的城市文化的特有贡献，也是贾平凹对中国当代文学的贡献，长期以来，贾平凹的价值一直得不到肯定就是忽略了这种独有的文化内涵。

三是城市文化中的现代反思性。城市是什么？

城市是个海，海深得什么鱼鳖水怪都藏得，城市也是个沼气池子，产生气也得有出气的通道。我是个球迷，我主张任何城市都应该有足球场，定期举行比赛，球场是城市的心理的语言的垃圾倾倒地，这对调解城市安稳非常有作用。城市如何，体现着整个国家和地区的综合实力，随着人类社会的发展，城市的拥挤、嘈杂、污染使城市萎缩、异化了。[1]

因此，在这个意义上，贾平凹是反城市化的，小说《废都》、《土门》、《白夜》、《秦腔》都流露出颓废意识，这不仅仅是因为汉唐盛世已经逝去，而且更为关键的是，现代化致使城市越来越丧失旺盛的生命力。

西京城依旧在繁华着，没有春夏秋冬，没有二十四节气，连昼夜也难以分清，各色各样的人永远挤在大街小巷，你吸

---

[1] 贾平凹：《丑石》，人民文学出版社2008年版，第56页。

着我呼出的气,我吸着你呼出的气,会还是没有头绪地开,气仍是不打一处地来,但我该骂谁呢,无敌之阵里,我寻不着对方。……清晨对着镜子梳理,一张苍白松弛的脸,下巴上稀稀的几根胡须,照照,我就讨厌了我自己!遗传研究所的报告中讲,在城市里生活了三代以上的男人,将再不长胡须。①

城市生活抑制了人的创造力,是狼,即原始野性激发了人的活力,所以从《废都》始到《白夜》、《土门》、《怀念狼》,作家都在呼唤原始野性,反城市化的《秦腔》则明目张胆为传统文化招魂。然而,贾氏的思想并非如此单纯,在现代与传统、城市与乡村之间他徘徊不定,从《废都》到《白夜》、《土门》以及《高兴》他都在讲西安的现代化进程,思考的是现代化进程中中国农民的命运、乡村的命运。从《废都》里弥漫的颓废气息到《白夜》里进退两难的尴尬状态,再到《土门》无家可归的悲哀,最后到《高兴》里农民对城市生活的期待,贾平凹用它的"西京"系列小说昭示了西安城市现代化过程出现的种种弊病,这也许是作家用其文学之笔表达了对西安未来发展的忧患。尽管作家并没有开出一剂良方,但是以牺牲农业为代价、牺牲生态为代价、牺牲生命本真为代价,这是作家不愿意看到的。贾氏渴望有一种合理、健全的西安城市现代化发展的方案,他反对人异化,渴望回归自然,希望彰显充盈活力的自然状态,"正像古代游牧民族在地中海盆地的永久定居标志着西方文明的开端一样,大都市的发展是独特的现代西方文明开始的标

---

① 贾平凹:《怀念狼》,人民文学出版社2008年版,第63页。

志。在城市生活的独特环境中，人类首次远离有机自然。现代人生活方式的鲜明特征是：中心城市集聚着大量人口，而次级城市围绕在它们周围"。[①] 也许等有一天，西安城不再像传统的城，而像是花园式的、乡土式的城市，更加生态化、更加合理化这才是西安居民最佳的去处。

四是西安人的文化。什么是西安人？吴宓说陕西人的性格是倔、犟、硬、碰，贾氏作品里的西安人却多是闲散。这种闲人既是都市中的文化闲人，也是城市里的流氓无产阶级——流浪汉。前者如小说《废都》塑造了一批以庄之蝶为代表的文化闲人，他们处于社会的边缘，精神颓废、心情郁闷。其实，这种城市的游手好闲者在本雅明的《发达资本主义时代的抒情诗人》著述里早就论及了，本雅明用他特有的飘忽不定的线条勾勒了"文人"的轮廓。把文人归结为生活漂泊不定的"游手好闲者"，在这一层面，这种好闲者不是京味小说中提着鸟笼悠然自得的满清遗老遗少，而是城市文化背景下产生的有闲阶层。在拥挤的大都市文人在人流中漫步，"张望"，从而展开了他同城市和他人的全部的关系，大城市并不在那些由他造就的人群中的人身上得到表现，相反却是在那些穿过城市、迷失在自己的思绪中的人那里被揭示出来。后者如《高兴》中的刘高兴、五福之流，像庄之蝶一样他们也在城市漫步，这种城市漫步不是为了浪漫休闲而是为了谋求生计——拾破烂走街串巷。作为普通的城市从业者他们生活在底层，他们行

[①] 孙逊、杨剑龙主编：《阅读城市：作为一种生活方式的都市生活》，上海三联书店2007年版，第3页。

走——一种城市经历的基本形式;他们是步行者,是行人,他们的身体在自己书写的却又读不到的城市"文本"的拥挤或空旷中流动,从而浏览了所有城市风景、体验了城市生活。于是,在贾平凹的文本里尽管看不到咖啡馆里情人的轻谈,夜总会里舞者的缠绵,酒店大厅的华丽壮观,但是作家以其独特的视角为我们描述了西安这座城,城市的魅力就在人和城市独一无二的经验遭遇。

综上所述,西安作家与西安城市紧密相连、与城市文化发展息息相关,在他们的意念以及文学文本里,秦腔是西安城之声;羊肉泡馍是西安城之食;黄色是西安城之色;城墙是西安城之形;质朴厚重是西安城之气;倔、犟、硬是西安城之人。从柳青到陈忠实再到贾平凹,他们或是以自我的人格魅力灌注西安城一种主体精神文化;或是以文学作品致使一座城市生态风景区诞生;或是以深邃的义化思想丰富城市义化内涵,尽管其中蕴涵诸多有关城市文化的批判,但是,就如贾平凹所言:

> 说实话,自一九七二年进入西安城市以来,我已经无法离开西安,它历史太古老了,没有上海年轻有朝气,没有深圳新移民的特点。我赞美和咒骂过它,期望和失望过它,但我可能今生将不得离开西安,成为西安的一部分,如城墙上的一块砖,街道上的一块路牌。当杂乱零碎地写下关于老西安的这部文字,我最后要说的,仍然是已经说了无数次的话:我爱我的西安。①

---

① 贾平凹:《丑石》,人民文学出版社2008年版,第56页。

文人以文化知识称著,文化古城的发展以文化繁荣为底蕴。通过文学家、文学文本,文学想象城市会有物质方面的发展,也会有精神领域的兴盛。城市和文学文本有着不可分割的历史,因此阅读城市文本以了解城市,本文希望通过探讨西安文化名人对西安城市文化发展的影响,从而促进西安城市文化的繁荣。

(与刘宁合作,原载《人文杂志》2009年第6期)

附件7 复杂人性的探询和文学生命的建构
——关于冯积岐小说创作的对话

李继凯 近期我一直比较集中地关注着你的文学创作,看到你像"秦川牛"一样辛勤地在秦地耕耘不止,从最初发表作品至今,已经过去了三十个春秋,你的坚韧和努力使你取得了斐然的业绩,已经引起了文学界较多的关注,网络上也有很多关于你的信息。但到目前为止,学术界或评论界的相关探讨还很不充分,对你的创作特色、美学追求和文学成就等仍揭示不足或评价未能到位。我在上世纪90年代所著的《秦地小说与"三秦文化"》中也只是触及到你的短篇小说。为了能够给现在和未来更多的读者和学者提供更为丰富的可靠材料,尤其是能够提供一些具有启发性的思路,在尽量不重复已有相关论文和访谈内容的情况下,希望你能就我提出的一些问题,进行一番从容、深入的对话和讨论,虽不必也不可能面面俱到,但尽量能够给出深思熟虑而又无所保留的对答。我所提出的问题及其内容时或有所交叉,但主要涉及你的人生体验与创作甘苦、对复杂人性的深入探询与精细书写、自我文学生命的积极建构及反思等内容,其间可能也会涉及若干较为敏感却也很实在的话题,你看这样可以吗?

冯积岐 好的,咱们就这样对话吧。我会尽量回应你的问题。你是陕西省乃至全国最早关注我的评论家之一,也是最全面最深入地研究我的创作和作品的学者之一。你花费了很多时间,投入了很大精力研究我的创作和作品,我感到很欣慰。关于对我的作品的研究、评价问题,你说得很对。2012年3月5日,陈忠实老师在《陕西日报》答记者问中就说,冯积岐"没有获得与其成就相称的评价和声誉"。北京和外省也有人发出类似的声音。通过咱俩的这次交谈,也许可以使更多的读者、学者和批评家关注我。为此,我也很感激你。其实,你高看我了,我的写作是一种逃避。我和笔下的人物在一起,才能忘却生存的痛苦。

一、人生体验和创作甘苦

李继凯 显然,你的人生体验、生活积累与你的创作,包括题材、人物、情节、情感、倾向、风格等等都有密切的关系,读你的小说,如小说集《我的农民父亲和母亲》,长篇《村子》、《粉碎》以及短篇《逃》等等,还会感到有比较明显的"自叙传"色彩。你对此可否细细说明一下?同时,我和许多读者一样也关心这样的问题:你的情感体验和深度思考包括大欢喜、大悲哀及大彻大悟对你的文学生涯、创作实践产生了哪些影响?与此密切相关,我很想探寻一些比较敏感的问题,希望能够更多地了解你的真实情况,这对认识和深入研究你和你的作品肯定会有所帮助。一是你的爱情、婚姻经历和体验,包括初恋、别恋等,这方面不少作家都有意回避,我希望你能给读者多介绍一些相关情况,最好能多谈点在苦难岁月中的恋爱、婚姻及其对创作产生的具体影响。二是你的生死观，特别是你在遭遇严重挫折和人生苦难时，是否陷入过绝望乃至想要自杀？我知道陕西著名作家中就有这样的人，如柳青和贾平凹等，都曾想自杀，但幸而自杀未遂。这类绝境体验对作家也会成为精神财富和创作的材料来源。三是你的物质生活，尤其是你在经济困难或市场大潮兴起时是如何坚持创作的？

冯积岐　1992年的初冬，我从西安回到老家岐山，在县城街道上碰见了舅舅。舅舅告诉我，他在县城粮站晒玉米，晒了好多天，还是验收不上。我问他，晚上怎么办？他说，晚上盖着麻袋就睡在粮站的晒场上。天气已经很冷，舅舅那么大年龄了，依旧要夜宿露天，我心里刹那间有一种凄凉感。但是，我发觉，舅舅说得很坦然，一点儿也不觉得苦。到了1993年，我就写出了《我的农民父亲和母亲》。作品发表后，我收到大量的读者来信，《小说月报》杂志在一本获奖作品选集的后记中说，我的这篇小说得票最多，却没有获奖。《村子》中的那一段历史，我是亲历者。1982年分田到户时，我是村干部之一，参与了这一历史变革。使我感到有意思的是，柳青在《创业史》中为合作化、把土地收归集体而欢呼，而不到三十年，我却为把集体的土地分给农民而奔走。引起我思考的是，土地分给农民后，随之而来的是精神的裂变。我的创作动念由此被触发，2001年动笔写《村子》，持续数年并多次修改才完成。《粉碎》的A章故事来自一段新闻，B章部分是我在凤翔挂职时听来的故事。其中的生活描写包括爱情故事自然离不开我的体验。

我没有初恋。我的妻子是媒人介绍的。和妻见面三次后就结婚了。我是早婚。1971年,我和我们村的知识青年去太白县修战备公路,县剧团来慰问,晚上去剧院看戏,一个女知青突然拉住了我的手,我害怕极了,赶紧抽出来了——那时候,我们县上因破坏知青上山下乡的罪名被枪毙的也有,我对女知青根本不敢动心。我不会和女人相处,因为我不会哄女人。我像对待艺术一样对待女人,要求真诚,追求完美。女人是容不下我这愚人的。别恋之事没有什么可谈的。

在"文化大革命"中,我们村和我年龄相仿的地主狗崽子有三个自杀了。我也曾自杀过——用两颗钉子系着一根绳子去上吊,结果,钉子抽脱了,自己跌在了地上。这是我今天第一次向你披露,我当时觉得,老天不叫我死,我就得活下去。

我曾经三次陷入死亡的边缘。第一次是在七八岁的时候,跟着父母去地里给生产队拔萝卜,一脚踏进田地里的一口七八丈深的井里,幸亏,井里的水不深,没及膝盖,不然,就没命了。那一次,我痛彻地体验了害怕是怎么回事——向下跌的过程太恐惧了。第二次是在1974年,在生产大队的广播室,一个少年朋友端起猎枪朝着我扣动了扳机——他以为枪膛里没有弹药,我和朋友相距不及一尺远。一声枪响,我头顶上的墙被打了有碗口那么大的半尺深的洞。如果不是朋友把枪口抬高一点,我的头就被打得无踪无影了。第三次是在1980年,我爬到几十米高的低压电线杆上去给生产大队安装大喇叭,电工在不知情的情况下合上了闸刀,我在间距不到一尺的裸露的低压线中间穿来穿去地工作了两个小时竟然没有触电——我上电杆时是拉下了闸刀的。三次历险,给了我人生的暗示:生死在一瞬间。我觉得,对每个人来说,死亡都是恐惧的。求生是人的本能。

我的生活虽不富裕,但我对金钱看得很淡,我的祖父那时候有二百多亩土地,据说,家里的银元用手推车推。到头来,还不是落了一个穷光蛋——到了1964年农村社会主义教育运动时,我们家连住的房子都没有。历经了富贵和贫穷后,我对钱财之事看淡了。我觉得,只有文字能留下来,其他东西都是暂时的。当然,我的文学创作与个人生存体验有着内在的联系,我也由衷希望我的部分文字能够留存后世。

李继凯 在生活中,作家是人而非神,也应该有自己长久的爱好或兴趣乃至嗜好,这对作家创作也肯定会产生不可忽视的影响,你这方面的情况怎样?俗语云"人贵有自知之明",你能否自我分析一下你的性格、习惯或癖好及其对创作的潜在影响?

冯积岐 我是一个生活很乏味,很枯燥的人,不会唱歌、不会跳舞、不会体育运动,不善交际,没有夜生活,和琴、棋、书、画无缘。除了读就是写,除了写就是读。从案头起来就到医院打吊针,从医院回来,又到了案头。今年腊月二十九(除夕)午夜在办公室写到初一下午一点起来时,一头栽倒了,住进医院,正月十四,才出了院。年轻的时候每天写作到凌晨二三点,每天抽一包烟,现在,晚上不写一个字,白天写作,抽烟也少了。

这种性格决定了我对生活的需求很简单:一天两块馍、一碗稀饭、一碗面条,晚上三尺宽的床。我的生活就是写作,我的写作就是生活。我的性格很固执,固执到偏执的地步,因此,一旦追求什么,就不放弃。我的基本性格是忧郁。我也很敏感,容易激动,有时大发雷霆,脾气暴烈;没有城府,不会运作什么。我的性格是一盆清水,清澈见底。我觉得,我这种性格天生就是搞创作的。

李继凯 诚可谓"创作即存在,忘我亦境界"啊。恰恰由于你"天生就是搞创作的",加之数十年如一日地坚持、再坚持,使你的创作量很大,超过了很多成名作家。从短篇小说、中篇小说到长篇小说,以及散文、报告文学和短评等,迄今总字数估计已近千万了,尽管水平不一,但总体看量大质优。仅短篇小说就有260篇左右(有的叙事散文也颇似小说),蔚为大观。我曾在1997年前后涉猎过你的短篇小说,那时候认为你的短篇小说很有特点,很见功力,质朴而又坚实,颇有深度也颇有意味,且感觉到了你的发展潜力巨大。从90年代到现在,又经过十多年的努力,你在短篇小说创作上虽然仍旧继续努力,但你的主攻方向明显变化了:你对长篇小说更加重视更用心力,于是多部长篇小说接踵而来,引起了文坛的关注。如《沉默的季节》、《村子》、《粉碎》、《遍地温柔》、《大树底下》、《逃离》、《敲门》、《两个冬天,两个女人》等,可以说创作方法多样,各有风姿妙味,堪称步步为营,部部都相当精彩,取得了令人刮目相看的成就。显然,在熟悉的题材领域,你对生活与历史已经进行了相当充分的书写。你能集中谈谈你在长篇小说方面的创作情况吗?在构思或表达方面有没有内在的关联?如何避免题材、内容、形式等方面的自我重复?

冯积岐 我是1992年9月2日动笔写第一部长篇小说《沉默的季节》的,从头至尾写了三稿,历时四年多。完成后,走了四家出版社,将近五年没有出版。小说被长江文艺出版社看中后,一字未改地出版了,并和阎连科、张一弓等人一起获得了"九头鸟长篇小说奖"。我认为,我写得最好的长篇小说是《沉默的季节》,它是中国大陆文坛具有明显的现代派风格的小说文本,是一本现代现实主义的作品。同样是写"文革"的小说,我不是简单地记录那一段历史,而是把笔深入到人性深处,探讨人性是怎么被扭曲的,探讨中国文化中优秀的部分是怎么被毁灭的。在写法上,整体是现代主义的,细部是写实的,尤其是在对时间和空间的处理上,跳跃、对接十分自如。把两个不同时间段的故事对接在一个空间中,使长篇的篇幅减少了一半。在《沉默的季节》的研讨会上,当时有人就说,作品很经典。《逃离》是我1996年就动笔写的一部长篇,时隔十四年,2010年才出版。对这部篇幅不长的长篇,我很自信,即使它永远得不到出版,我也自信:它是一部好书。我知道,我写了什么。有眼力的评论家和读者也能看得出,我写了什么。在这部长篇中,用象征和暗示传达我的创作意图。我至今出版了八部长篇小说,如果用"历史"这条线串起来,排在最前边的应该是写1964年农村社会主义教育运动的《大树底下》,下来应该是《沉默的季节》、《敲门》,再下来是《村子》、《粉碎》等。

在长篇小说的创作上,我力求一部和一部不一样,无论在写法上、内容上都力求保持各自的特色,避免重复自己。这八部长篇共同的特点,如你所说,是对"复杂人性的探询"和对历史的拷问,以及对中国文化的某些思考。比如说《村子》,一些读者关注的更多是社会层面的问题,而我当时更多的思考的是人性的复杂性,像田广荣那样的村支书是不能用"好"和"坏"的道德标准来评价的;而马秀萍的性心理更复杂,当田广荣第一次趴上她的身体的时候,我只写了一句话:她的手臂在他的腰上轻轻地一搂。

在结构上,《沉默的季节》是块状结构,不靠时间推进故事,而是靠意识流动。你、我、他三种人称交叉叙述。《逃离》把主要故事浓缩在三四天之内，采用多角度、多人称叙述。《遍地温柔》用三条线索把三个不相干的主要人物的故事拧在了一起。《大树底下》采用一个死去的婴儿的角度进行叙述，使人鬼世界融为一体。《两个冬天，两个女人》用两条线结构，独自叙述，但又有关联。《粉碎》也是两条线叙述，但是，一条是历史的线索，一条则叙述当下，把几个家庭和个人的历史很清晰地放置在两个空间。如果说，我的长篇小说有内在关联，那就是，我试图给我虚构的松陵村构建一部历史，把松陵村的各色人等用笔固定在纸上，几十年后或一百年后，读起来也是活的。我以为，小说不只是写什么的问题，更重要的是怎么写的问题，在怎么写上我是下了功夫的，所以我的八部长篇的面目各不一样。

李继凯 你确实是一位特别肯下功夫、多所创变的作家。这从你的"松陵村系列"小说也可以看得出来。你试图为"松陵村构建一部历史"的创作，我相信会越来越引人关注。因为你有扎实的功夫和深厚的素养。对于作家而言，其功夫以及创变能力无疑与他的修养有关。而修养则离不开读书。无数事实证明，有生活体验固然重要，但也必须认真地读书读报刊等。总之，阅读有益于创作，更多更广的阅读对开阔视野，提升思想境界肯定多有裨益；阅读本身也是"生活的一部分"，对于作家的成长、作家的修养和创作的启示等都有非常重要的作用。你的读书生活与你的文学生涯紧密相伴，你也素来非常重视读书，辅导年轻作者也总是不厌其烦地强调需要读书、如何读书。那么，你本人的读书生活是怎样的？文学类的书籍之外，哪些书能够引起你的兴趣并对你的创作产生过重要的影响？读外国作家的书是否仅仅借助译文？应该说，原文与译文的区别有时还是很大的，也可以说是不同的文本，翻译文本是独特的一种文本，借鉴原文文本和借鉴翻译文本是有区别的，你对此是否了解？接触外国作家作品的具体情况如何，有哪些看法？

冯积岐 我从十岁就开始囫囵吞枣地读小说，读的第一本小说叫《空印盒》，已记不得作者是谁，一些字不认识，大概意思知道，那是一本写县官丢了县印的故事。十三岁，上了初中，读张恨水的《魍魉世界》，当时老师感到很吃惊，我竟然读这样的大"毒草"？书被没收了，我在全校师生会上被点名批评。

我是1982年开始学习写作的。大量地阅读是写作以后，我喜爱的第一个作家是孙犁。吸引我的是孙犁那优美的文字，是用汉字排列组合的不可磨灭的景象。1989年，我从百花文艺出版社邮购了第一版的《孙犁文集》。《铁木前传》我读了好多遍。有人误以为，我是外国文学迷，只读外国文学，其实不是那样的。《红楼梦》我读了四遍，《金瓶梅》也读了两遍。《金瓶梅》有一章写西门庆和他的女人在假山后面做爱之后，一个"鞋"字出现了106次，兰陵笑笑生为什么不厌其烦地写"鞋"？读出了其中的暗喻后，我为之惊叹。我尤其喜欢沈从文、鲁迅、张爱玲。为得到一本《沈从文小说选》，我从岐山老家到凤翔县城去购买，来回步行八十多里路。

我确实是外国文学迷，可以说，对于外国许多作家作品我是通读了，从塞万提斯、歌德、契诃夫、莫泊桑、福楼拜、陀思妥耶夫斯基、托尔斯泰、屠格涅夫、梅里美、康拉德读到福克纳、海明威、斯坦贝克、菲茨杰拉德、辛格、鲁尔福、马尔克斯、川岛由纪夫、川端康成等等,一直到略萨、大江健三郎、托马斯·曼,对于英国的当代作家麦克尤恩和被各国读者叫好的美国的菲力普·罗斯的小说,翻译成汉语的我都读过。对于很年轻的爱尔兰女作家吉根的短篇小说,我也很喜欢,尤其是现代主义的卡夫卡、博尔赫斯、罗布·格里耶、加缪、贝克特的作品我都认真阅读过。如果把我书架上读过的外国作家的作品开列出来,恐怕要说半天,也就有了卖弄之嫌。

我也喜欢读传记作品,读历史,读哲学。每当我绝望之时,就读《福克纳传》、《海明威传》、《毕加索传》、《凡·高传》。这些传记都闪烁着强者之光。读普鲁斯特的《驳圣伯夫》,福柯的《性史》,读弗雷德里希·奥古斯特·哈耶克的《通往奴隶之路》和亨廷顿的《文明冲突论》等,使我对时代、对生活、对人性有了理性的认识和把握。我从大师们的创作谈和访谈中往往捕捉住一两句话,就会使我眼前一亮,豁然开朗,对自己的创作有很大的启示。我觉得,对我创作影响最大的是福克纳,翻译成中文的福克纳的作品,我几乎全部读过,一本《八月之光》,我已将书翻烂了。我每年都要读一遍福楼拜的《包法利夫人》和陀思妥耶夫斯基的《罪与罚》。翻译过来的陀氏的作品,我全部读过。我惋惜的是不能读原版书。我接触过一个翻译家之后,才知道读原版书和翻译版本,感觉大不一样。我很羡慕能读原版书、有相当外语水平的作家。我在阅读中也发觉,翻译水平的高下决定了翻译作品的质量,我的书架上有三个不同版本的《包法利夫人》,其翻译质量是有区别的。当然,各国的文学大师很多也都是靠读翻译作品补充营养的,福克纳读的巴尔扎克的是翻译作品,大江健三郎要读福克纳、巴尔扎克,也要读翻译作品。

还有,再伟大的作家也不能网罗全部读者,纳博科夫就不喜欢福克纳和加缪。

帕慕克说过:现代小说,除了史诗的形式以外,本质上是非东方的东西。帕慕克的话有一定的道理,因此,学习外国文学中的优秀东西是必须的。

李继凯　近些年来海外华文文学(如高行健、严歌苓等)越来越引人关注,你是否有所了解?

冯积岐　我最早接触的海外华人的作品是白先勇的短篇小说,我觉得白先勇的白描功夫很深,语言表达能力极强,但遵循的是再现现实的老路。严歌苓的小说读过几篇,觉得严歌苓有很好的文学修养。高行健的作品我很喜欢,我先读的是他的《灵山》,之后又读了《一个人的圣经》,再读了他的戏剧和其他小说。高行健的《一个人的圣经》同样写大陆的政治运动,不是用批判的眼光去写,他触及的是人物的内心世界,写出了人的脆弱和恐惧,读他的作品读者会跟着他一起去战栗。他是直面现实的,他笔下的现实真实、真切。当然,读外国的翻译作品对自己的创作影响太大了。一不小心,自己的作品会越走越远,和当下文坛的审美格格不入。

二、复杂人性与精细书写

李继凯　外国优秀文学以及海外华文文学大多对人性都特别关注,也值得认真借鉴。我注意到,复杂人性在历史旋涡中的艺术呈示,个中况味、各种色调使你的小说具有了丰富性和复杂性,这种志在对复杂人性进行深入探索、叩询的努力,如你所说,既借鉴了传统小说的典型书写特征,也显示了某种现代主义小说或先锋小说的特征。由此可以看出,你在综合创新方面确实已经达到了非常自觉的层面,在挖掘人性和精细书写方面不遗余力。请你谈谈相应的创作体会和观念,并特别希望你能结合自己的具体创作,回顾和总结一下这方面的经验教训。

冯积岐 这个问题只能从作品中的具体人物谈起。《沉默的季节》中的周雨言就是一个具有复杂人性的人。他对宁巧仙的情感多汁多味,难以廓清;他既喜欢宁巧仙丰满的肉体、泼辣坦率的性格,又憎恨她的贫农的阶级地位;他和宁巧仙做爱时怀着报复宁巧仙的丈夫和"贫农"阶级的心理,将做爱视为一场肉体搏斗,其心理之乐大于肉体之乐。祖母去世之后,为得到一块墓地,他几乎是含着眼泪和宁巧仙在砖窑里做爱的,那种悲哀,那种委屈,只有他自己知道。对他来说,这种肉体交换是十分寒心的,但他又不能不那样做。而周雨言对宁巧仙的女儿夏秋月的爱,是真诚的,是比较纯粹的一种情感,可是,他既被乱伦的罪恶感所煎熬,又被独占秋月的情感所困惑,因此,他对夏秋月的爱中有强烈的仇恨,这种恨,不是对宁巧仙的那种"阶级恨",而是接近内分泌和情感之间的那种难以言说的复杂的东西。要表达这种东西是非常困难的,更是需要拿出勇气的。《村子》中的田广荣在老百姓的生活极其困难时,为了给老百姓筹集粮食,挺身而出,无所畏惧。可是农民的孩子掉进他的石灰池中被呛死的时候他却十分冷漠。他对马秀萍的父爱没有任何杂质,十分纯洁,作为养父,当他占有了马秀萍之后,他的精神就陷入了深渊,他在肉体之乐中自我煎熬,享乐原则和道德伦理发生了强烈的冲突。当马秀萍戳了他一剪刀之后,他的第一个动作是用脚蹬上院门,把丑陋关在院内。这些举动,都是他复杂人性的表现。

19世纪20年代,年仅二十六岁的德国哲学家魏宁格,通过研究雌性和雄性花卉、研究雌性和雄性动物,得出结论:女人只有母亲型和妓女型两类。福克纳小说中的女人也只有圣母型和妓女型两类。这是对人的基本把握,人性的复杂性离不开基本性,离不开社会性和人的本能。这两方面都不能偏废。"文革"前十七年的文学作品只强调了人的社会性、阶级性。改革开放以来的某些作品过多地强调了人的本能,使人失去了复杂的面目。所以,一个好的作家要对人性有比较全面的把握。

我以为,凡是用方块汉字写出来的小说都是汉语言小说。我觉得,我的一些小说还没有走出追求史诗和编排一个好故事的框架,而西方作家早不这样写了。

李继凯 不管如何写,都是为了更好地"写人",包括揭示人性中的丑恶、美好以及被遮蔽的一切。文学是人类一种伟大的精神现象,从价值论而言,作家们大抵都会有自己的文学价值观,这对作家的影响至关紧要;文学创作和价值追求紧密相连,文学本质上是一种与道德完善、人性解放和精神拯救密切相关的伦理现象。因此,各类各派文学,即使是借文学来自言自语、释放力比多或影射或娱乐,也都与社会伦理、文学伦理密切相关(仅有正负值的区分及其比例的不同而已),所以真善美的话题永远不会消失。因此,献身于文学的人实际也是在献身于一种神圣的事业,增益和救赎,为人亦为己。据此,有学者认为小说是为了与他者交流才被创造出来的对话文体,是展示生活图景和传递人生经验的伟大手段。从人化、美化或人类文明发展的角度讲,这就要求小说家必须努力摆脱自恋和狭隘的心理倾向,摆脱对梦游症式的个人体验的迷恋,以一种客观的态度、恢廓的胸襟和开阔的视界面对外部世界和他者的生活。我读你的作品便常常感动于你对真善美的一往情深,你对人性中美好品质的认同、赞美和坚守。问题是,伴随全球化、现代化乃至后现代的步伐,多元化的文化观、审美观已经形成,你如何面对这样的社会人生以及分裂或分化的读者群呢?在文化价值包括小说伦理方面,你的主要观点如何?这对你的文学创作会产生怎样的影响?你的文学价值观及精神追求是怎样的?对你的文学创作最深切的影响是什么?

冯积岐 这是几个很值得探讨的问题。2012年8月7日,有一个叫作"万物生还"的网友在网上给我留言:"不是所有的人都愿意去读您的小说,不是所有的人都能读懂您的小说,也不是所有人都有资格读您的小说。您的小说有它的命运。我相信,您用血泪、汗水和灵魂拧出来的文字在好多年以后绝不是垃圾筐里的填充物。"这位网友是读懂了我的小说的。自己的小说只能属于自己的读者。我的小说是写给我的读者的。在当下,我以为,距离艺术越近,距离大众读者越远。我多年前就说过,文学不是大众化的,而是"化"大众的。我在写作的时候首先想到的不是读者,也不屈从读者,更不屈从某些既定的规则。一个有勇气有胆识的作家应当义无反顾地朝前走,朝艺术的巅峰走。我明白,这样做的结果会使自己疏离于大众。越是超前,越不叫好叫座,因此,我是抱定把石头一次又一次推上山的决心进行探索的。

艺术个性就是独创性。好的作家应当自觉地而不是刻意地用作品把自己和其他作家区别开来。压抑欲望,让本该流在床上的流在纸上,让自己的生命能量毫不浪费地变成文字,这是不是一种精神追求?什么名誉呀、地位呀、利益呀等世俗的东西在影响着我,要挣脱这些东西就需要很痛苦的超越。作家写到后来,不只是拼才华,而是拼你的思想境界和精神境界。

李继凯 在不少中国东部作家和评论家眼里,陕西有一批坚实真实忠实老实憨实的秦地作家,你当是其中成就相当突出的一位代表。你孜孜矻矻,笔耕不止,顽强地坚持着"个性化写作",努力书写"边缘化"的东西。你从事写作,就像农民做务农活一样,特别肯下苦功,有韧劲,更有一股狠劲。我想知道,你在体现陕西作家某些"共性"的同时,是如何努力建构和体现你本人的创作个性的?而作家的个性形成有其内在的规律,你对自己的艺术个性有着怎样的认识?

冯积岐 你说得很对,我确实和陕西的任何作家都不一样。给你说两件有趣的事,我参加一个全国性的会议,湖南一个有点名气的作家见了我的面说,我读过你的不少作品,以为你是一个华裔外籍作家。另一次的全国性创作会议上,又有一个我没见过面的作家说,读你的作品,以为你是60后或70后,原来是50后!其实,这两位作家的话概括了我的艺术个性的一个侧面。

我觉得,一个作家的艺术个性的形成离不开这几个因素:一,自己的人生经历和人生体验。二,个体的性格。三,艺术师承和艺术追求。我在西北大学中文系作家班毕业时所写的论文叫作《论现代现实主义的创作》。柳青固然是一个杰出的现实主义作家,但是,陕西只能有一个柳青,况且,那种老现实主义的路子不能再走了。而先锋文学只流于形式只玩语言,也不灵了,所以,我选择的是我自己定义的现代现实主义这条路,既直面现实,又坚持现代主义的元素。

李继凯 对现代现实主义的关注和思考,在上世纪80年代也曾引起一些作家、学者一时的注意,但你能持之以恒,化成一种"文的自觉"。大概这也是维系你创作热情和文学生命的一个内因吧。很明显,你的创作个性和创作方法对揭示人性的复杂大有裨益。其实,搞创作就是要仔细琢磨人和社会的复杂性啊,而小说家对人际关系的复杂尤其敏感。出于对人生和学术的体察及思考,我曾在"人际关系"和"性关系"之间创造了一个新的中介概念——"性际关系",并将这一概念作为建构"文艺性学"和评论某些作品的一个关键词,在借用来评论鲁迅、茅盾、张爱玲等现代著名作家时也颇为实用,还曾论及当代小说家孙惠芬的《歇马山庄》,短文在《小说评论》上发表后还曾引起"别有用心"的异议。在读你的长篇小说时,感觉也可以引入这一概念来进行相关的解读。你对农村中男男女女的复杂关系非常关注也非常熟悉,写来得心应手、风生水起、跌宕起伏、委婉曲折和扣人心弦,从而凸显了"性际关系"描写,揭示了人物的"潜意识"(如跨龄生成的恋母情结、恋少情结等),同时适当淡化了"性关系"及性行为描写,取得了很好的艺术效果,避免了被视为"性爱小说"或"色情描写"的讥评。你能否谈谈你的相关思考和创作体会?

冯积岐 我在农村生活了二十年,对农民生活、农村生活很熟悉的。我本身就是农民一个。我目睹了我们村农民朋友的婚外情,令我惊讶的是,一些农民把性关系变成了亲情——丈夫明明知道,妻子是某个人的情人,丈夫非但不责备妻子,反而和妻子的情人一家相处得格外好,相互帮助、耕作、收获。这种"性际关系"引起了我的思考,我觉得,农村人的性爱有其纯粹的部分,比如赵烈梅对祝永达的爱是那么执着、真诚,即使没有回报,也不让爱退却。爱的全部功利就是爱。包括田广荣与马秀萍的"性际关系"也不能说只是一种淫欲。《村子》之所以非常真实,是我没有回避这些复杂的情感。

我觉得,对于一个作家来说,"性际关系"是一个很好的视角,一个透视人性和时代的切入点。关键是要从中写出人性的复杂性、深刻性,不能写俗了。从性行为上看,"情"和"欲"没有什么区别。"情"在性活动中有心和脑的参与,有男女对彼此的美好想象。"欲"没有这些东西。"欲"只是性行为的表达,完成的只是享乐。

李继凯 你的作品,无论是短篇、中篇还是长篇小说,都很关注人物的内心世界,从而力求充分展示人性的复杂微妙,形成了你的一个重要的文学特色。而评论家还很关注你的创作心理,包括创作动机以及与创作相关的情感世界和潜意识、情结等。请你谈谈这方面的情况,好吗?

冯积岐 我认为,文学作品就是要揭示人物内心最隐秘的部分乃至最龌龊的东西,要亮出伤疤叫人看,这样,才以便治疗。文学不是武器,不是歌功颂德的工具,也不能用来抨击什么。我以为,好的作家要直面人生。对人性和他所处的时代应该有独到的、不同于常人的见解和把握。

我的所有的作品的问世首先来自生活的"刺激",由"刺激"而思考人性问题。二十多年前,我单身在西安,和一个朋友共同住在省作协的一间房子里编一本杂志,两张行军床,两张办公桌,两个人几乎没有私人空间。那年冬天,我的老家的一个女孩儿来作家协会看望我,她在西安读大一,是我在老家时认识的。那天晚上,恰巧,我的朋友回家了,房间里空出来一张床。我和那女孩儿吃毕晚饭说话到九点多,她不想走,我就留宿。于是,我们两个分别睡在两张床上。我从她的言谈中,从她的眼神里以及身体上的每一个器官上能感觉到,十八九岁的女孩儿渴望发生点什么。可是,什么也没发生。在我的潜意识里,我渴望得到她。我最终压抑了欲望。后来,我写出了短篇小说《一夜未了情》。第二天早晨起来,女孩儿邀我一起和她去安康(她说她的父亲在安康工作)。我拒绝了。我明白,她还想继续那"一夜未了情"。因为我的拒绝,她从此不再和我联系。我曾拷问自己:那天晚上没有和她上床,你是做对了,还是做错了?这不是一个道德命题。这是对人性的检验。我的潜意识里有一种"恋母情结"。读《沉默的季节》就能感觉到。

在和女性的交往中,我很受伤,心里很痛。由于这些"刺激",我的笔下才有了叶小娟、刘婷这些"恶之花",我才渴望人世间有赵烈梅那样的对爱情很"痴"的女性。赵烈梅是一种道德标杆。好的作品必须高扬道德的旗帜。

李继凯　文心静气写悲凉,健笔着意尽苍茫。你的"文心"确乎可以"雕龙",且可以引起群人的围观。你的长篇小说《村子》在你的所有作品中反响最热烈。有数十位作家、评论家以不同的方式公开发表过评论,如果认真整理、完善一下,是可以出版一本评论专集的。其中的一些名家点评也很耐人寻味,如陈忠实说:"震撼来自于作品丝毫不见矫饰的巨大的真实感。我尤其看重冯积岐在作品里对生活和社会的姿态:直面。"直面惨淡的人生,直面异化的甚至包括畸恋的人生,带着奇特的同情、理解和无奈,这种直面人生的书写在2012年初问世的长篇小说《粉碎》中,还在"松陵村"故事里继续着。在这里,"粉碎"的人生图景具有典型和象征、警示和反思的意味,小说中的景家人(景满仓、景解放)在情不自禁陷入畸恋时,都体会到了鞭炮炸飞般的毁灭感,而作家将人间性际关系的复杂和身心俱灭的消亡尽情诉诸笔端,写成了堪称是中国农村的新版《毁灭》,令人读来感慨不已。连小说中的人物鲍银花也如此感慨:"爱一个人不是轻而易举的事情,不论是男人还是女人,是不能随便示爱的,不然,就会毁了自己,也会毁了别人的。"(《粉碎》P.156)而那位被拯救、被异化的叶小娟,不仅其"灵魂先于肉体粉碎"了,而且还毁灭了拯救她的男人。在书写"三重粉碎"即粉碎的鞭炮(物质解体)、粉碎的人生(生命消逝)和粉碎的心灵(精神泯灭)过程中,呈现出了中国人的"悲惨世界",读来有种令人心碎的感觉。也许在一定意义上讲,可以把《粉碎》看成《村子》的续篇吧?

冯积岐 可以把《粉碎》看成《村子》的续篇的。因为,《村子》和《粉碎》都属于松陵村的故事系列。《村子》中的祝永达、马秀萍面临着被生活粉碎的危机,而《粉碎》中的解放、叶小娟已被生活粉碎了。我们所处的这个时代,每个人都面临着精神或人格被粉碎的可能,一不小心,就没有自己了。卡夫卡绝望到将人变成了甲虫。我觉得,我对人的绝望心态和卡夫卡是一样的。当下的人被欲望糟蹋得面目全非。我常常问自己:人的希望在哪里?

李继凯 你的这种经常性的追问也许就是在反抗绝望吧!探寻未来,往往要回到历史。而再次进入历史,尤其是悲苦的历史情境,可以给人反思民族苦难史的契机,在重新体验和品读中反省和提升,从而在浑浑噩噩的现实中葆有难得的几分清醒,为创造人与社会发展的良机提供可能,历史与文学由此也诠释了"文史不分家"的共同使命!而你的呕心沥血之作,尤其是《村子》、《沉默的季节》、《粉碎》等长篇小说,足可以在这些方面给人们留下难忘的印象和恒久的启示。那么,你对历史记忆与文学的关系是如何看待的?尤其明显的是,"文革"情结及相应的诅咒情绪在你的一些作品的字里行间都有深刻渗透,也由此引进了深入反思"文革"的人性化书写,这使得你的作品趋向于深刻,走向了批判现实主义的领域,这也不免有得有失吧?

冯积岐 关于文学和历史记忆的关系,我曾作过深入的思考。究竟《钢铁是怎样炼成的》描写的苏联那个时候的历史是真实的?还是《日瓦戈医生》、《古拉格群岛》中描写的历史是真实的?究竟黄世仁那样的地主是真实的?还是白嘉轩那样的地主是真实的?余英时在他的访谈录中谈到,他少年时期回到农村,发现他们那里的佃户和地主的关系很和谐,因此,他们头脑里从小没有打下"阶级"的烙印。

我注意到,近几年来,史学界对历史的反思比文学界更深刻,原因是,有良知的史学家千方百计向人民呈现历史的真实。我觉得,作为一个作家,首先不能遮蔽历史的真实,不能给读者提供伪历史。尽管,历史只是作家书写作品的一个载体,但是这个载体的稳固性就在于接近真实或者比较真实。我觉得,我的长篇小说中的历史是比较真实的历史。一百年以后,一旦有人读我的小说,他们会说,那个时代的人们是那样地生活着。

你也注意到了,我在写《沉默的季节》的时候,进入了一种全新的艺术探索阶段,进入了现代现实主义创作。可是,到了《村子》,又老老实实地写实了,当然,其中也有很多现代主义的手法,但整体上还是回归了。说心里话,在艺术上走得越远,自己越害怕。自己常常处在两难之中,矛盾之中,这就是得失吧。

三、自我反省和文坛反思

李继凯 你说你"常常处在两难之中",恐怕不只体现在创作方法的选择上吧?你在适应现今文学生产、传播方式等方面也许还有为难之处。在当今之世,文学生命是与现代传播方式息息相关的。特别是进入了全球化的电子时代之后,网络传播成为文化传播乃至各种宣传最重要的途径之一。我从网上可以找到许多关于你的信息,如通过百度搜索,就有数千条关于你的小说、文学活动等消息。从网络世界也可以看出你的长篇小说《村子》受欢迎的程度特别高,在凤凰卫视网上的点击阅读就很多,点击率明显超过了许多热门作家,不少评论家也格外推重这部长篇,将其视为你的代表作,相关言论或论文通过"知网"、"读秀"等数据库也大都可以查到。请问你对作家与电脑、与网络的关系是怎样理解的?你对《村子》这部小说的网上传播是否满意?当然,网上的信息往往又很零散,比如,你2010年6月开通了博客,但内容不多,为什么?

冯积岐 我基本不会使用电脑，不会打字，所以，几乎不写博文。我 2006 年去凤翔县委挂职任县委副书记时，别人给我建了一个博客，博客上的小说散文都是发表过的。通过实践，我发觉，网上的传播是惊人的。我的《村子》挂在凤凰网上才一年多，点击量接近五千万，而且读者中的美国、新加坡的读者不少。我也希望我的其他作品也能像《村子》一样广泛传播。我已意识到，网络同样是严肃作家传播作品的有效途径。

李继凯 深刻反思是优秀作家的宝贵品质，驱霾去蔽是杰出作家的重要使命，批判思维是文学大家的必备能力，更是其进入历史、现实生活的主要运思方式，这在你的代表作《村子》、《沉默的季节》、《粉碎》等小说中均有充分的体现。但你的发表在几种主流期刊上的某些报告文学如《正气之歌》、《高原火炬》、《我们的书记》、《一切为了老百姓》、《呼唤第三代市场》等，却明显表现出另一面或某种异于小说的取向，为什么？

冯积岐 时至今日，对你坦率地说，写这些东西是为了挣钱，为了养家糊口。当我写这些遵命文章的时候常常用福克纳安慰自己。福克纳当年为了挣钱，不止一次地去好莱坞写电影脚本。当然，自己心里明白，自己写的这些东西和文学创作无关。当然，这种妥协是痛苦的。

李继凯 的确，作家也是人，一要生存，二要温饱，三要发展。从创作生涯而言，作家的辛劳和收获应该是成正比例的，但不一定是"同步"的，作家沉潜既久，创作伟大的作品也往往需要付出毕生的心血，这方面的例子在古今中外的文学史上都有很多。杰出作家的现世感受往往是寂寞的，知音寥寥，于是有的作家感到孤苦难耐，有的作家却能享受孤独，还有的作家则是挥霍才情，随波逐流……在如今繁闹纷纭却又处在边缘寂寥的文坛之上，有人也会有"吟之斐然，以寄孤愤"（唐代刘禹锡《秋声赋》序）的冲动。你的真切感受如何？作家需要超越的精神，但又往往难以免俗，因此，我所关切的问题是：对于作家与声誉的关系，乃至作家的现实生活待遇等问题，你是如何面对的？如何思考的？

冯积岐 三十年来，我一直在孤独和寂寞之中，在不安、痛苦、自我煎熬和折磨中左冲右突，不时地陷入精神的苦难。如一位朋友所说，我是一位沉默的苦行者。我没有获得过所谓的全国大奖，关注我的主流评论家也不多。我认为，好的作家是属于未来的。属于当下的作家未必属于未来。按理说，写出了好作品，应该得到应有的声誉，但往往事与愿违。不要说索尔仁尼琴、帕斯捷尔纳克、布尔加科夫等伟大作家当时被前苏联封锁。福克纳早在上个世纪20年代就写出了《喧哗与骚动》，在他1949年获诺贝尔奖前依旧不被美国主流看好。近几年获诺奖的莱辛、略萨、帕慕克等等更被本国主流排斥在外。人有人的命运，作品有作品的命运。我祈祷，我死后，我的作品却依旧在读者心中。作为国家一级作家，我的工资和单位上的司机差不多。我的稿费收入没有当红作家的万分之一。我觉得，我和依旧在田地里劳作的故乡的父老兄弟相比，生活得已经很好了。写作是我的追求，是我个人的事情，和别人无干，和某些团体无干。我每月拿着纳税人的钱来写作，已很奢侈了。

孤独已成了我的生活内容，我没有加入任何圈子门派。我觉得，享受孤独是很幸福的事情。我的性格决定了我和热闹无缘。

如果有人起哄，我还真受不了呢。

李继凯 生活中有喜怒哀乐、得意失意，文坛上不免也是如此，你对文学界的官场气和评论界的江湖气多少也有感受吧，你一向坚持宁静致远、抱朴怀素，不愿意曲意逢迎，或凑场面上的热闹，但你是否有时也会有古来"文人失意"那样的感受？你对文坛与官场、文学与市场等话题有何感慨或看法？

冯积岐 我在回答一次记者问时说，陈子昂的"前不见古人，后不见来者，念天地之悠悠，独怆然而涕下"就是我的心情写照。我觉得目下的创作环境不尽人意之处在于：文坛变成了江湖，一些作家协会变成了官场，文坛聚集了一些"精致的机会主义者"（钱理群语），聚集了一些政客、奸商、流氓、混混子。当然，这一切，对于"面对文学，背对文坛"的作家来说，没有什么影响。我主张，作家应该走向市场，让读者去检验作品。

我对自己的要求是少一些媚俗，多一点超脱，尽量地做纯粹的作家。我希望，当下的大陆作家把作家还给作家，把小说还给小说，把诗歌还给诗歌。

李继凯 说得好。大概只有"纯粹的作家"才会时时刻刻琢磨文学的艺术特性，这是当今文坛比较欠缺的。可以说，你的小说大都是很讲究叙事艺术的，从语言的精心到文体的经营，从时空的交织到形象的塑造，从你笔下的"松陵村"描写到你憧憬的"地球村"境界，你的广泛借鉴为你的叙事话语及表达方式带来了丰富的启示，也提供了创新的资源和动力。你能否就这方面深入介绍一下你的经验和看法？

冯积岐 中国的古典小说写人物一直坚持从外向内写，而外国小说则从内向外写,抓住人物的内心生活不放。这个区别很重要。我不是在英语、法语或俄语的语境中长大的,我是通过读翻译小说来吸收外国小说的精华的。当然,中国小说和外国小说相比较,有一个形式和内容的问题,也有技巧问题。中国小说的表现手法比较单一,而国外小说的表现手法多彩多姿,比如说,意识流、内心独白、心理分析、象征、暗示等等。然而,这不仅仅是技巧的借鉴。从我读到的诸多国家的经典作品、优秀作品中,我获取了一个共同"点",那就是:这些作家的心灵是自由的,精神向度较高,对于他们来说,艺术就是艺术,小说就是小说。他们对艺术的理解和当代大陆作家对艺术的理解差别太大了,我们给艺术赋予了艺术难以负载的许多东西。

无可置疑,我们要学习外国作家客观冷静的叙述和丰富的艺术表达方式。至关重要的是,我们要充分理解外国作家对艺术的态度和追求;至关重要的是,要把外国作家优秀的东西吸收之后变成我们自己的东西,使我们的汉语写作更丰富更精彩;至关重要的是,我们要能够按照自己心灵的盼咐去写,按照自己对生活对时代对人性的理解去写。

李继凯 这样的话,就能进入自由创作的境界了。除了创作环境问题,其实作家主体也会存在问题。近期你在一次访谈中曾对陕西文学进行过反思,说陕西的作家"并不缺生活,整天在生活中泡着;也不缺体验,体验是深刻的;更不缺艺术实践,就是缺真诚,缺勇气,缺艺术良知和艺术修养,缺深刻的思想"。说这话的时候是否结合了自我的创作实践?能否结合自己的经验教训给予具体的解释?另外,你与前辈作家柳青、王汶石等有交往吗?

受到过他们的何种影响？作家各有各的"文学生态"，陕西是文学大省，这里的文学环境对你产生了怎样的影响？

冯积岐 在当下，有些人并不是倾听心灵的吩咐去写，而是按照规定性的动作去写，按照世俗的路子去写。文坛的怪象就在于，越是媚俗的作品越被鼓吹得厉害，越是媚俗的作者越能走红。还和他们谈什么艺术良知？深刻的思想来自挫折和失败，来自冷静、深入的思考。这些作家漂浮在空中，哪里有什么深刻思想可言？

我没见过柳青。王汶石老先生在世时也没和他交谈过文学创作。这些前辈作家的作品我都认真拜读过，他们的过人之处在于：几句话就把人物写活了。

我觉得文学生态不只是地域生态，完全在于个人的心态，只要是文学圣徒，只要内心是安静的，一支笔和几本稿纸就够了，写作在哪里都能进行。上个世纪的 20 年代海明威、斯泰因、庞德、毕加索、莫奈等人聚集到巴黎搞艺术，说明当时的巴黎有很好的艺术氛围。陕西是出文学大家的地方，陕西的文学环境比较温暖。

李继凯 读你的小说和散文，往往会感觉到意蕴深远、余韵悠悠，且能虚实相生、疏密相间，文笔颇为老辣、有味，甚至还体会到可以参照阅读、互相验证的趣味。你是怎么把握这两种文体的书写的？

冯积岐 我给业余作者讲过，小说和散文的区别用一个病案来比喻，小说是写牙痛的全过程，而散文是写牙痛的痛"点"。我往往会把一篇同样题材的散文写成小说。这不是对自己的重复，因为散文是很直接的人生体验,而小说则是把体验融入故事;小说用典型的人物形象说话,散文是作者的内心倾诉,这是不一样的。小说会改变散文所揭示的主题。小说和散文应该有两套笔墨。我不会用写小说的句式去写散文的。

李继凯　进行文学创作,自然离不开借鉴,既要借鉴国外文学,也要借鉴本国文学,多来点古今中外的借鉴和融汇,并与个人创造性发挥紧密结合起来,方能达到创化创新的层面。你在这方面也做出了长期的艰苦的努力,你也谈过你对诺贝尔文学奖系列作品及外国著名作家的跟踪关注,对诺奖获得者的经历及作品很熟悉,提起来"如数家珍",这在国内作家中似乎很少见,你甚至在《小说评论》上发表过专门谈论外国小说特别是诺奖小说家及其创作经验的论文。我读《给诺贝尔一个理由》等书亦深受启发,并在主笔的《20世纪中国文学的文化创造》一书中曾专门讨论过诺贝尔文学奖与中国现当代作家的关系,自然会论及"诺贝尔情结"之类的话题。通过你的言说以及你笔下屡次出现的人物形象(如"达诺"),都表明你是具有"诺贝尔情结"的作家。在中国,能够公开承认有此情结的作家很少见,尽管有不少作家实际有此情结而表面上矢口否认,而你则是能够坦诚表白自己是具有诺贝尔情结的一位作家,由此仅仅表达了你"师法其上"的文学志向,还是确有追求获得诺贝尔文学奖的想法? 如果是后者,那就要有意无意地适应西方文学价值体系,在内地是否获奖也无关紧要了,从目前情况来看,也许内地大奖对争取诺奖还有不利的一面。你说呢? 你可否较为细致地谈谈相关情况,包括中外作家对你产生的重要影响? 此外,你对人类的"基因"说和文化的"影因"说及其对作家研究产生的影响是否关注?

冯积岐 按理说,任何奖项都是对作家这种劳动的承认和肯定。我希望获奖。但没有获奖丝毫不影响我的写作。我不是为获奖而写作的。

我认为获诺奖的作家堪称大师。我渴望自己的作品能够"达诺",达到获得诺奖的作家作品的境界。我不奢望在内地能获什么奖。读中国的经典作品使我明白,我的根必须深深地扎在脚下的土地上,不能飘走。中国古典作品中那种内敛的、含蓄的美对我的写作有很大的影响。读外国作家的作品使我明白,一个优秀的作家的笔触必须伸向人性深处。对于西方文学中的价值我是认同的:比如,对情欲的尊重,对肉身的尊重;对自由、民主的尊重等等。

"基因"说、文化的"影因"说是有其道理的。如果脱离了"基因"和"影因"人就成为飘浮物了。

李继凯 随着中国和平崛起,随着中国文化综合实力的提升,汉语文学在世界文学中的地位也会不断上升,这种情况下的汉语也会像英语那样散发出越来越大的魅力,获得诺贝尔文学奖的机会也许因此而增加吧?文学是语言的艺术,你的这方面可谓下足了功夫,你对文学语言的考察包括方言的运用颇为引人注意,你的文体与语言、语言与风格的结合也展示了别致的文学景观,你在这方面是否获得了"文学自觉",请结合你的创作谈点你的"文学语言观"。

冯积岐 我不太关注汉语写作者谁能获诺奖。我认为,汉语言本身是很美的。我一接触到汉语言就兴奋,觉得笔下的文字能嗅、能吃、能看、能摸、能把玩。我对语言的要求特别苛刻。我觉得,语言就是作家本人。语言不只是技巧,不只是排列组合汉字的能力问题,语言是作家的个性、性格,以及精神面貌和道德取向的体现。一个对语言把握不住的作家能写出好作品吗?鬼才相信。我追求的不仅是语言本身的美和力度,我更追求语言背后的魅力。

李继凯 你认为你的创作特色主要是什么?你对评论界的相关评论是否关注?我近期收集了一下,已经可以编一本专题论文集或《冯积岐研究资料》了,其中有教授名家的论文,也有年轻人包括研究生的专论,还有各种著作或综论中的片断,对此你肯定已多有了解,对各种评论包括网上的诸多跟帖,你有哪些看法?你与文学评论的关系如何?你对自己文学生涯是否有过比较系统、深入的回顾和总结?

冯积岐 我觉得,我的创作特色主要是:追求作品的深刻性;追求人性的复杂性和可变性;追求作品的意蕴和味道,营造文字背后的东西;追求形式上的创新和完美;追求文本和语言的独特性。

作家离不开评论家的解读和关注。我觉得,作为一个手艺人,作家是做活儿的,评论家是鉴赏活儿的。我相信有眼力的评论家对作家的创作是有很大帮助的。我感到遗憾的是,关注我的评论家并不多。现在,我还来不及总结自己,只顾埋头写。和你的交谈,也是一种总结和反思吧。

李继凯 好的,我们不妨从西部人的角度继续总结一下。请你谈谈你对西部文学的理解,以及对民间文化、民间文学的态度,还有你的信仰,你对宗教文化的看法以及对创作与宗教关系的把握,如果还能谈谈你对钱穆、余英时等代表的新儒学的认识,那就更好了。

冯积岐 我说过,中国的现代主义在西部,在民间。在八九岁的时候,我去我们县里的博物馆看青铜器——我的故乡岐山是"青铜器之乡"。我记得,青铜器上的饰文是夸张变形的,不是写实的,具有现代主义元素。从秦朝的秦公大墓中,我看到了人面兽身的陪葬物,这些东西也不是写实的。使我纳闷的是,这些现代主义的艺术为什么没有传承下来?还有凤翔的木板年画、剪纸、泥塑都很夸张,都不是写实的。这些民间艺术对我的小说创作给了很大启示。

我没有宗教情结,但是,我总需要信仰一些什么,比如说,我接受佛学中的因果报应说。我是宿命论者。我觉得,谁也逃不脱命运。文学就是一种"宗教"。

我是2004年读到四卷本《余英时文集》的,因为很感兴趣,又读了老先生的其他一些书。从《余英时文集》中知道钱穆是他的老师,才读了钱穆的著作。对于做学问和做人来说,新儒学还是有启示的,但是,要有所警惕。李慎之老先生在他的文集中就对中国的传统提出了质疑,他认为,传统中既没有科学也没有民主。而余英时则认为,中国传统文化中有诸多现代主义的元素。钱穆老先生无疑是大师,他的《国史大纲》不仅仅是历史著作,而且是一部见解独到、思想深邃的学术著作。从《中国文化精神》、《民族与文化》等著作中,我能读出来老先生对传统文化的挚爱,但他对西方文化的不屑是令人惊讶的。他晚年的著作《晚学盲言》已不是学问专著了,而是一部思考历史、文化和有关做人的随笔。

李继凯 儒家崇尚和谐,心态由此平和。而鲁迅则明显与此不同。在20世纪初期,鲁迅致力于新文学的创作,当时就有"一箭之入大海"、"如入无物之阵"的极大困惑,甚至陷入了绝望的境地,但鲁迅也怀疑这种感受是"境由心造",并要执着于"反抗绝望"及"过客精神",从而笔耕不止,树立了不朽的文学丰碑。从现代心理学来看,被压抑、被损害的感觉容易通向颓废忧郁,这是负面的心理情绪,需要及时的化解和超越,在你笔下的人物描写中,你是如何把握那些人生失败者(如祝永达们)的?有一篇学位论文值得注意,题目就叫作《聚焦被压抑的世界——论冯积岐的松陵村》,现在也许我们需要聚焦一下被压抑的冯积岐本人了。你多次说过你"常常有一种惨败感",对此我还有些不解,如果不是生活层面的而是创作层面的,是否说明你本身还不够自信?或对"世俗意义上的成功"还是非常期待?

冯积岐 在《村子》中,我是把祝永达作为失败者来写的。失败,是因为祝永达没有达到他追求的目标,这种失败是他个人的失败,也是一个时代的败笔。因为《村子》和祝永达所处的整个大环境中的人们合力把他向失败的境地推。比如,农民工欠薪,祝永达帮助大家的讨要,不论手段如何,但其初衷是好的,然而,那些被奴役的农民反而跟着工头说好话,祝永达能不寒心吗?他不觉得"失败"才是怪事。

我常常在追求中怀疑自己,因此,缺少自信。当然,我也希望获得世俗上的成功,但是,当一次次被挫败之后,我明白了,我和这个时代格格不入,我的"失败"是必然的,这也和我的性格分不开。我也明白,这个时代只看结果,不择手段。因此,我对这个时代保持着高度警惕。命运的力量太强大了,我无可奈何。所以,我常常有一种很悲凉的感觉。文学作品是压抑欲望的结果,欲望膨胀的人和文学无缘。

李继凯　因为近期沉浸于你的作品及相关材料中,生成了许多问题,原本还想再询问和讨论艺术文化包括书画、影视对你的生活与创作的影响以及你的下一步创作计划等,但我们已经谈得够长了,就此打住吧。谢谢你了!

(与冯积岐合作,原刊于《文艺研究》2012年第12期)

原版后记

　　从地域文化角度来透视文学世界的人文景观，自会领略到许多我们过去视而不见或格外小觑的东西。我们曾经极其迷恋洋人的东西，将舶来物视为稀世的珍奇，这促使我们生成一种开放的眼光，这于我们有益。但与此同时，却有一束愈来愈耀眼的光折射回来，照亮了我们栖身的本土家园。

　　原来，向异域撷取的文化果实并非就是我们需要的一切，甚至会像南橘北枳那样，因水土之异而恶变；固有的本土文化也能化育出富有营养的果实，地方"特产"往往拥有更大的市场；尤其是以本土文化为主导与外来文化融合生成的"新型本土文化"，常能结出更其丰硕的文化果实。

　　由此我们开始更为自觉地审视自我及身处其中的地域文化，发现自我个性与地域文化"个性"居然有那样千丝万缕的联系；发现在文学的复杂构成中，地域文化也占有相当重要的分量；发现在文学创作及批评鉴赏活动中，地域文化也在或显或隐地起着非同小可的作用……经过对"文学与地域文化"这一话题的重新思考或反思，既可以激发我们重建文学世界的热情，也可以促使我们寻觅心萦神系的精神家园——那里不仅有炊烟袅袅、芳草青青、溪流潺潺、小路弯弯，更有我们自己的父老乡亲和民俗风情，以及我们自己的审美方式和文化遗产……

以上文字是我为《小说评论》1996年第6期"世纪之交的文学:反思及重建"专栏所写下的《主持人语》。从这里可以约略看出我写这本《秦地小说与"三秦文化"》小书的动机和心境。

自然,一旦投入研究课题的实际探索和写作过程之中,动机也会隐微不显,心境也会趋于复杂。无论如何,经过一年多的努力,总算将偶然得到的这个写作任务完成了。

就我个人而言,来到秦地已15个年头了。我是从苏北来到西北的,回想一下,这次人生选择也确实带有偶然性。大西北对我来说神秘而又茫然,古城西安也让我想起许多亦真亦幻的故事,但在我当初报考陕西师范大学现代文学专业研究生之前,从未想到过要到大西北,要到古都西安,并落脚在这里度过这样多的年月。可是,自从我踏上这块古老的秦地之后,就仿佛有一个美妙的声音在告诉我:"你将与这块黄土地结下难解之缘啦。"这个美妙的声音实在是个要命的诱惑,使我将生命中也许是最重要(这仅对我本人而言)的年华留在了这里。至今业已"陕化"了不少,出门在外,常有人将我目之为"老陕"或"西北军"中的一卒了。奇怪的是,我从未感到这是对我的调侃或讽刺,但也从未以正宗的"秦人"或"西北人"自居。

适应或熟悉了黄土地上的一些人和事,加之读了点有关的书,写过一点有关秦地文学的文章,于是当《二十世纪中国文学与区域文化丛书》编委会告知我可以写写西北文学时,我便斗胆领命。这之后便是尽量排除琐务,挤出时间准备资料、撰写提纲、草拟部分稿子。然而真正比较专注地投入写作,是在1996年10月中旬到12月下旬这段时间。其时我被派往北京昌平的国家高级教育行政学院学习，一边学习，一边写作，很有规律，效率较高（这段生活我很怀念）。只是限于主客观条件，尤其是学识的浅陋和时间的紧迫，未能将这部书稿从容地写得好些，这是深以为憾的。但在研究和写作过程中，也时有一得之乐，有些想法是有点"别致"的。何况从地域文化角度来较为系统地考察秦地20世纪小说，也带有开拓性，即使是初步的，也是必要的，有一定价值的。

在写本书的过程中，曾得到责任编委赵园老师和责任编辑邹树德先生的多次具体指导帮助，从他们提出的许多指导意见中，我不仅可以得到写作上的直接帮助，还深深感动于他们的敬业精神。此外，我还得到了严家炎先生、王富仁先生、钱理群先生、畅广元先生、肖云儒先生，以及朋友党圣元、苏雨恒、李国平、田和平、李建军、许玉乾诸兄的帮助。我对于以上先生和师友，深深地感激和感谢！在查阅资料过程中，我曾得到陕西师大中文系资料室、陕西师大图书馆、陕西省图书馆、北京图书馆、国家高级教育行政学院图书馆的有关工作人员的热情帮助，对此理应铭记不忘。尤其应该记取的是，我的妻子刘瑞春多年来支持我的研究工作，承担了几乎所有的家务，并且协助收集资料，提供诸多方便，代劳诸多事务。在写这本小书的过程中，这一切表现得相当充分。我在这里对她表示由衷的谢意。

在又一个新春将要来临之际，我再次向上述的诸位先生和女士表示衷心的感谢！并祝大家永远幸福快乐！

李继凯

1996年12月20日于西安

修订版后记

本书原为著名学者严家炎先生主编的《二十世纪中国文学与区域文化丛书》中的一册，该丛书在20世纪90年代中后期陆续出版后受到许多读者的欢迎和学术界的好评，对文学与文化特别是区域文化相关性的研究起到了推动作用。迄今该丛书还常常被人提起和引用。

笔者能受邀参与该丛书的撰稿感到非常荣幸。拙作出版后也有较多的反响，比如吴凤翔先生的书评《全新的角度，可贵的探索》(《文艺报》2000年2月22日)明确指出该书"富有开拓性的价值和意义"；畅广元先生在《小说评论》1998年第4期上发表书评《兼容并蓄：审美个性化的必由之路——李继凯〈秦地小说与"三秦文化"读后〉》，指出了该书治学的鲜明特色。此外还有李西建、赵德利、凤鸣、志强等教授的书评，也都对该书给予了充分的肯定。何西来研究员(中国社会科学院文学研究所前副所长)在1998年7月于太原召开的"中国现代文学学会第七届年会"上的重点发言中，对该书也给予了较高的评价，此后又在《关于文学的地域文化的思考》(《中国现代文学研究丛刊》1999年第1期)中，多处提到本书并引用了一些内容，还就其作了评述，并特别以鄙人的"延安文艺流派说"为例进行评点，认为："他的反思倾向，他的再思考、再评价的用意,是相当典型的。"有许多学者曾借鉴、评介或引用了该书及其前期成果。如朱寿桐教授在《九十年代以来中国现代小说研究》一文(《江海学刊》2001年第1期)中指出:李继凯提出了秦地小说的概念,并对其展开了系列研究,标志着"这些年地域小说的研究颇有进展,围绕着西部文学展开的秦地小说固然是这样,即连上海的小说创作也都得到了应有的关注。地域小说现象卓有成效的分析体现了研究界拓宽和深化小说研究视域的努力"。此书在秦地自然受到了更多的关注和赞肯,在陕西省政府哲学社会科学优秀成果和陕西省教育厅人文社会科学优秀成果评奖中也都获得了较高层次的奖励。

自拙作于1997年出版后,一晃15年过去了,秦地小说又有了很大的发展和变化。仅仅从贾平凹个人来看,就又创作出了多部长篇小说,其中,《怀念狼》《秦腔》《高兴》《古炉》《带灯》等还为他带来了新的荣誉,在国内外获得了更大的声誉及奖励,并且还被推向陕西省作家协会主席的位置。在他成为陕西当代文坛标志性作家的同时,他的作品也被很多人视为当代秦地文化即陕西文化的符号。其他一大批秦地作家如叶广芩、冯积岐、孙皓晖、红柯、吴克敬等以及一些新生代作家在小说领域也大展拳脚,多有佳作问世,要在短期内补充这些新内容或重新说明十多年来秦地小说与三秦文化的关系,确实是非常困难的。加之本书原来的选题限定在考察20世纪秦地小说,要大变则很难完成。但考虑到如前所述的诸多方面,尤其是本书在出版后被学术界进行过多次评论,有的书评还明确认为"该著是综合研究20世纪秦地小说的第一部专著,带有填补学术空白的性质",还考虑到该书出版后曾获得奖励、被众多论文(包括学位论文)、著作引用过其中的观点和材料,迄今还不断有友人或学生来函或面索此书,遂觉得还有一定的参考价值,加之被列为文学院"211工程"三期建设项目的一个小小的子课题,于是便勉力加以修订。为了尊重"原生态"或"历史"原貌,原来的篇章名目一仍其旧。仅仅谨慎地修改了目录中的序号及正文中的一些字句,还少量添加了新的内容,有段落性的,有字句方面的,还对注释及附录进行了调整。特别是附录,原来的所有附录全部删去了,为的是能够添加一些近些年来笔者及合作者相关的"新成果",其中有的讨论中国西部文学,有的讨论秦地作家作品,有的讨论陕西作家与西安的关联,有的是笔者与秦地作家的对话,等等,但大抵都与秦地作家及小说有关。在选作附录的文章后面,都注明了合作者姓名及发表的出处。总之,整体看基本遵照原版,表述方式和篇章结构基本保持了原样,但借重新出版之机,注意完善细节,适当添加和丰富了部分内容。尽管如此,缺憾依然颇多,敬请读者批评指正。

感谢著名文艺理论家、评论家畅广元先生,他曾为本书从审美理论和学术研究的角度撰写了数千言的书评,剖析细致,既有鼓励,更有启示,思之再三,便在征得他同意的情况下将畅先生的这篇"读后"改成了"代序",不仅对我本人仍有激励作用,而且对现在年轻学人的治学,肯定也是有启发意义的。还要感谢文学院的诸位领导,在我从办公楼撤退时能够接纳"老朽"之人,也使我终于有时间静坐改稿。特别要感谢国务院学科评议组成员、学校"211工程"建设项目"长安文化与中国文学"的首席专家张新科教授,没有他不断的督勉,此书也难以修订出版。还要衷心感谢出版社的责编金寒芽女士及相关同志,以及协助校对的冯超、问宇星、李思等研究生,有赖大家的辛勤劳作,才会使此书以新的面目问世。作为将"教师"视为本色行当和安身立命的人,我也要借此机会衷心感谢我所有的同事和学生,相互搀扶,合作愉快,则意味着其缘也巧,和谐美好,由此方能不虚此生!

2012 年 12 月 12 日